T0277150

Primera edición: enero de 2022

Título original: Kingdom of Souls
© Del texto: Rena Barron, 2019
Published by arrangement with New Leaf Literary & Media, Inc. through
International Editors' Co.

© De esta edición: 2022, Editorial Hidra, S.L.
http://www.editorialhidra.com
red@editorialhidra.com

Síguenos en las redes sociales:

 EdHidra  editorialhidra  editorialhidra

© De la traducción: Scheherezade Surià

BIC: YFH

ISBN: 978-84-18002-15-1
Depósito Legal: M-2952-2021

REINO
DE
ALMAS

RENA BARRON

Traducción de Scheherezade Surià

A todos los que osan soñar,
vivir su verdad,
plantar cara a las atrocidades,
decir: «Soy suficiente».
Este libro es para vosotros...

... y para mi familia.

PRIMERA PARTE

Y ella se alzará en llamas de las cenizas,
y no habrá agua que alivie su dolor.
No habrá redención para ella,
y jamás pronunciaremos su nombre.
—Canción de la Sin Nombre.

PRÓLOGO

—No te muevas, pequeña sacerdotisa.

Mi padre se arrodilla frente a mí con un collar de dientes entre los dedos. Brillan como perlas pulidas, y yergo los hombros y me enderezo para que se sienta orgulloso. El eco lejano de los yembés ahoga sus palabras, pero no amansa el brillo de sus ojos mientras me coloca los dientes alrededor del cuello. Esta noche me convertiré en una hija de la tribu aatiri de pleno derecho.

Magia de todos los colores flota por el aire, sutil como el aleteo de un pájaro. Me cuesta quedarme quieta cuando la veo danzar sobre la piel morena de mi padre como una luciérnaga. Le revolotea por la barbilla y se le encarama a la nariz. Lanzo la mano para tratar de atrapar sus rescoldos dorados, pero se me escurre entre los dedos. Se me escapa una risita y él también se ríe.

Las otras chicas cuchichean mientras sus madres les arreglan los caftanes y los amuletos de huesos. Por cada una de ellas a la que toca la magia, se salta a dos, como si las demás fuésemos invisibles. Siento una presión en el pecho al ver cómo va con otras sin haber venido nunca conmigo, ni una sola vez.

Las pocas chicas que hablan tamaro me preguntan cómo es la vida en el muy lejano Reino Todopoderoso. Dicen que no soy una aatiri auténtica porque mi madre no pertenece a la tribu, y una punzada me atenaza el estómago porque hay verdad en sus palabras.

Mantengo la cabeza bien alta mientras mi padre me pone derecho el cuello del caftán. Es el único hombre presente en la tienda, y las otras chicas también susurran comentarios al respecto. Me da igual lo que digan; me alegra que esté aquí.

—¿Por qué no viene a mí la magia, padre?

Levanto demasiado la voz y se hace el silencio en la tienda. Las otras chicas y sus madres me miran fijamente, como si hubiese dicho algo malo.

—No te preocupes, hija —me tranquiliza mi padre mientras me dobla las mangas del caftán naranja y azul, que hace juego con el suyo—. Vendrá a su debido momento.

—¿Y cuándo será eso? —pregunto atropelladamente.

No es justo que muchos de los niños aatiri más pequeños que yo ya tengan magia. En Tamar, soy la única de mi grupo de amigos capaz de ver la magia siquiera, pero aquí, se arremolina alrededor de los demás niños y les permite *hacer* cosas. Yo no puedo.

—Puede que nunca, pequeña *ewaya* —dice la mayor de las niñas en tamaro, con un marcado acento. Me mira fijamente y arrugo la nariz. No soy un *bebé*, y se equivoca. Vendrá.

La madre de la chica chasca la lengua y la riñe en aatiri. Sus palabras me resbalan por los oídos sin adquirir significado, como todos los extraños y hermosos idiomas de los mercados de mi hogar.

—Aunque la magia no venga nunca a ti, siempre serás mi pequeña sacerdotisa —dice mi padre.

Saco la lengua a la chica. Así aprenderá a no ser tan grosera. Otra chica pregunta por qué no ha venido mi madre.

—Tiene asuntos más importantes que atender —respondo, aunque recuerdo las súplicas de mi padre para que viniese.

—¿Por qué estás triste? —pregunta mi padre pellizcándome las mejillas—. El Imebyé es una celebración. Esta noche inicias el largo viaje hacia la adultez.

Los yembés enmudecen. Me muerdo el labio y las demás chicas dan un respingo. Ha llegado el momento de presentarnos frente a toda la tribu para que la jefa tribal nos dé su bendición. Sin embargo, por una vez, las piernas se me paralizan mientras las demás salen a toda prisa de la tienda acompañadas por sus madres.

—Quiero irme a casa, padre —susurro en cuanto sale la última niña.

El brillo de su mirada se apaga un poco.

—Pronto volveremos, ¿vale?

—Quiero irme a casa *ahora* —insisto con algo más de firmeza.

Mi padre frunce el ceño.

—¿No quieres participar en el Imebyé?

Niego con la cabeza tan enérgicamente que el amuleto de huesos tintinea.

Mi padre se levanta.

—¿Qué te parece si vemos juntos la ceremonia y ya está?

La jefa entra en la tienda y me pego a mi padre. Viste un caftán plateado que le cae hasta los tobillos y contrasta con su piel oscura, y lleva rastas entrecanas recogidas sobre la cabeza.

—¿Piensan mi hijo y mi nieta participar en la ceremonia para la que han viajado catorce días? —pregunta, y su voz grave retumba en el interior de la tienda.

Mi padre me rodea los hombros con el brazo.

—No este año.

11

La jefa asiente, como si aprobase la respuesta.

—¿Puedo hablar a solas con mi nieta, Oshhe?

Mi padre y ella intercambian una mirada que no comprendo.

—Sí, si Arrah está de acuerdo.

Trago saliva.

—De acuerdo.

Mi padre me aprieta el hombro antes de salir de la tienda.

—Te guardaré sitio en las primeras filas.

La jefa tribal me dedica una sonrisa desdentada mientras se acomoda en el suelo.

—Siéntate conmigo.

La solapa de la entrada de la tienda cruje tras mi padre. Las piernas me gritan que lo siga, pero la estampa de la gran jefa aatiri sentada frente a mí me clava los pies al suelo. En cuanto me siento delante de ella, levanta una palma hacia el techo. Chispas de magia amarilla, púrpura y rosa se posan en su mano.

—¿Cómo logras que la magia venga a ti, gran jefa?

Me mira con los ojos muy abiertos.

—Soy tu abuela, dirígete a mí como tal.

Me muerdo el labio.

—¿Cómo lo haces, abuela?

—Hay quien es capaz de extraer magia del tejido del mundo. —La abuela contempla los colores que le bailan en la punta de los dedos—. También hay personas que pueden obligar a la magia a acudir a ellas mediante rituales y hechizos. Muchas otras no pueden invocarla de ningún modo. Es un regalo de Heka al pueblo de las cinco tribus, un regalo que es él mismo, aunque es distinto para cada uno.

Me ofrece la magia y me inclino hacia ella. Tengo la esperanza de que esta vez venga a mí, pero desaparece al tocar mi mano.

—Puedo verla —le aseguro con cierto desánimo—, pero no responde a mi llamada.

—Es raro —observa la abuela—. No es insólito, pero sí que es raro.

La magia de la abuela me acaricia la frente como el borde de una pluma. Me hace cosquillas y tengo que meter las manos entre las rodillas para no rascarme.

—Al parecer, tienes un don todavía más inusual. —Frunce el ceño como si hubiera tropezado con un rompecabezas—. Nunca había visto una mente que no pudiera tocar.

Solo intenta hacerme sentir mejor, pero no significa nada si no puedo invocar magia como los auténticos brujos, como mis padres o ella misma.

La abuela se mete la mano en el bolsillo y saca un puñado de huesos.

—Estos huesos pertenecían a mis antepasados. Los utilizo para atraer más magia hacia mí, más de la que nunca podría atrapar con la punta de los dedos. Cuando me concentro en lo que quiero ver, me lo muestran. ¿Te importaría intentarlo?

Deja caer los huesos sobre mi mano. Son pequeños y brillan a la luz del aceite que arde en las jarras colocadas en taburetes bajo el toldo de la tienda.

—Cierra los ojos —dice la abuela—. Deja que los huesos te hablen.

Una corriente fría me trepa por el brazo y se me desboca el corazón. Fuera, los yembés vuelven a sonar, marcando un ritmo lento y firme que me deja sin aliento. La abuela tiene escrita la verdad en el rostro, una verdad que ya conozco. Los huesos no hablan.

Charlatana.

La palabra resuena en mi cabeza. Así es como llama mi madre a los vendedores ambulantes del mercado, los que venden amuletos de la fortuna sin ningún valor porque su magia es débil. ¿Y si piensa que yo también soy una charlatana?

Aprieto los huesos con tanta fuerza que me duelen los dedos.

—Suéltalos —susurra la abuela.

Los huesos caen de mi mano y se esparcen por el espacio que nos separa. Aterrizan de cualquier modo, unos cerca de otros, y algunos más alejados. Me escuecen los ojos mientras los miro fijamente, esforzándome para oír el mensaje de los antepasados entre la percusión de los yembés.

—¿Oyes o ves algo? —pregunta la abuela.

Parpadeo para combatir el ardor de las lágrimas.

—No.

La abuela sonríe mientras recoge los huesos.

—La magia no se manifiesta en todo el mundo tan pronto. En algunas personas, la magia no aparece hasta que prácticamente son adultas, pero cuando llega tan tarde, es muy potente. Tal vez un día serás una bruja poderosa.

Las manos me tiemblan al recordar las palabras de la chica aatiri: «Puede que nunca».

La abuela se levanta:

—Vamos, niña, la fiesta nos espera.

Las lágrimas me resbalan por las mejillas cuando salgo corriendo de la tienda sin esperar a la abuela. No quiero ser una poderosa bruja algún día: quiero que la magia llegue de una vez. Me asalta el calor de la noche del desierto, y mis pies descalzos golpean la arcilla dura del suelo. Chispas de magia caen del cielo a los brazos estirados de otros niños, pero parte de ellas se alejan volando. Corro a través del gentío y persigo la magia caprichosa, decidida a atrapar un poco para mí.

Se desliza entre las cabañas de ladrillos de arcilla como una serpiente alada, siempre dos pasos por delante de mí. Más allá de las tiendas, los timbales se convierten en un murmullo lejano. Me detengo cuando la magia desaparece. Aquí está más oscuro, y el olor de la medicina de sangre me irrita la nariz. Alguien ha celebrado un ritual entre las sombras. Debería dar media vuelta y huir corriendo. El viento aúlla una advertencia, pero me acerco unos pasos más. Unos dedos retorcidos como las raíces de un árbol me apresan el tobillo.

Me libero la pierna de un tirón y la mano me suelta. El corazón me late con más fuerza que los yembés mientras recuerdo todas las historias de miedo sobre demonios. Una vez, un escriba me advirtió durante una clase: «No te dejes atrapar por las sombras, porque un demonio espera la oportunidad de robarte el alma. Cuanto más joven es el alma, más goza del banquete». Un escalofrío me recorre los brazos al pensarlo, pero me recuerdo que no son más que cuentos para asustar a los niños. Soy demasiado mayor para creer en ellos.

No recobro el aliento hasta que distingo la silueta de una mujer. La magia le ilumina la piel, y se retuerce sobre la arena. La boca se le curva en una mueca que dibuja un grito agónico. No sé qué pensar; parece joven y vieja a la vez, viva y muerta, y sufre.

—Échame una mano —me ruega la mujer arrastrando las palabras.

—Voy a buscar a mi padre —digo mientras la ayudo a incorporarse.

Tiene la piel morena cenicienta y cubierta de sudor.

—No te molestes. —Se limpia el polvo de los labios—. Solo necesito descansar tras un hechizo.

—¿Qué haces aquí fuera? —pregunto, y me arrodillo junto a ella.

—Podría preguntarte lo mismo, pero conozco la respuesta. —Una chispa de vida regresa a sus ojos ausentes—. Solo hay una razón por la que una niña no participa en el Imebyé.

Aparto la mirada. Lo sabe.

—Yo tampoco tengo magia —añade, y la amargura impregna sus palabras—. Y a pesar de ello, acude a mi llamada.

Trago saliva para reprimir el escalofrío que me baja por la columna.

—¿Cómo lo haces?

La mujer sonríe y me enseña una dentadura podrida.

—La magia tiene un precio que debes estar dispuesta a pagar.

UNO

Cada año, las cinco tribus de Heka se reúnen para celebrar el Festival de la Luna de Sangre, y yo me digo que este será *mi año*. El año que haré borrón y cuenta nueva. El año que compensará la espera, el anhelo y la frustración. El año en el que la magia brillará sobre mi piel y me concederá el don. Cuando ocurra, todos mis fracasos se desvanecerán y poseeré magia propia.

Tengo dieciséis años y prácticamente soy una adulta, tanto a los ojos del reino como desde la perspectiva tribal. Se me acaba el tiempo. Ningún hijo o hija de ninguna tribu ha recibido el don siendo mayor que yo. Si no sucede *este año*, nunca ocurrirá.

Trago saliva y me froto las palmas sudadas mientras los yembés inician un ritmo lento y uniforme. Las tribus han acampado en el valle y aquí hay unas treinta mil personas. Formamos anillos alrededor del círculo sagrado, cerca del Templo de Heka, y el fuego del centro vibra y fluye al ritmo de los timbales. Los percusionistas marchan alrededor del borde del círculo con pasos sincronizados. Las cinco tribus parecen no tener nada en común, pero se trasladan como un pueblo único para honrar a Heka, el dios de sus tierras.

La magia flota en el ambiente, tan densa que me hace cosquillas en la piel. Baila en la noche sobre las interminables hileras de tiendas decoradas con telas de colores vivos. La túnica se me pega a la espalda por el calor que transpiran tantos cuerpos apiñados. El intenso olor del valle me recuerda al Mercado Oriental en los días más bulliciosos. Zapateo un ritmo nervioso mientras los demás dan palmas acompañando a la música.

Como invitados de la abuela, Essnai, Sukar y yo estamos sentados en cojines y ocupamos un lugar de honor cerca del círculo sagrado. No es que seamos especiales. En realidad, somos todo lo contrario: ordinarios y forasteros. Algunos nos miran fijamente para que no lo olvidemos. Me gustaría poder ignorar las miradas, pero solo sirven para alimentar mis dudas. Hacen que me plantee si pertenezco a este lugar. Si merezco una nueva oportunidad tras haber fracasado durante años.

—Supongo que la mirada perdida es una señal de que está llegando la magia. —Sukar arruga la nariz—. O eso, o echas de menos a *alguien* que se ha quedado en casa…

Una corriente cálida me trepa por el cuello. Ambos sabemos a quién se refiere. Intento imaginar a Rudjek a nuestro lado, sentado en un cojín con su elegante elara. Él llamaría mucho más la atención que yo y lo disfrutaría a cada instante. La idea me hace sonreír y me relaja un poco los nervios.

Sukar, Essnai y yo viajamos desde Tamar con la caravana y cruzamos las montañas Barat, en la frontera occidental del Reino Todopoderoso, para alcanzar las tierras tribales. Nos acompañaban unas doscientas personas, pero muchos más tamaros de sangre tribal no se habían molestado en venir.

—Deberíamos haberte dejado a ti también en el Reino —le digo a Sukar mirándolo con ojos feroces—. Algunos somos lo bastante considerados para prestar atención a la ceremonia, así que deja de distraerme, por favor.

—Bueno, distraerte no te viene mal... —replica con un guiño.

—Ayúdame, Essnai —suplico—. Dile que preste atención.

Essnai está sentada con las piernas cruzadas al otro lado de Sukar, con su habitual expresión pétrea. Anoche, mi padre le preparó una medicina de sangre para que se tiñera el pelo, y el rojo chillón luce bien en contraste con su piel de color ébano. Como de costumbre, atrae miradas, aunque nunca parece darse cuenta de ello. De hecho, Essnai parece un cachorrillo melancólico sin su *ama* Kira a su lado.

Encoge los hombros sin dejar de mirar a los percusionistas.

—De todos modos, no me hará caso.

Suspiro y vuelvo a mirar el círculo sagrado. La luna brilla con una luz carmesí de un rojo más intenso que hace apenas una hora. En Tamar nos enseñan que, esta noche, Koré, la orisha de la luna, llora sangre por sus hermanos caídos. Hace cinco mil años, ella y su gemelo Re'Mec, orisha del sol, encabezaron un ejército para poner fin a la insaciable sed de almas del Rey Demonio. Sin embargo, las tribus creen que la luna de sangre representa la conexión de ambos con Heka, porque es el único momento en el que él regresa para entregar su don a las futuras generaciones.

Aunque estamos lejos, el fuego de la hoguera me arranca perlas de sudor de la frente o, al menos, yo finjo que el fuego es lo que me incomoda. Me gustaría ser como Essnai y Sukar. A ellos no les preocupa no poseer magia, pero para ellos es distinto. Ninguno de sus padres tiene el don. No tienen la obligación de preservar el legado de dos estirpes prominentes.

Cuando pienso en el *otro* motivo por el que estoy aquí, las pruebas, se me hace un nudo en el estómago. Los tambores enmudecen, se hace un silencio súbito como la calma que precede a la tormenta y los músculos se me agarrotan todavía más. Los músicos permanecen casi tan inmóviles como las estatuas del distrito de los eruditos de Tamar. Nadie habla. El momento que esperábamos ha llegado al fin, pero se alarga un instante más de la cuenta para torturarme. Durante la pausa, me asaltan las dudas sin cesar. ¿Y si no ocurre? ¿Y si ocurre, pero mi magia no es tan fuerte como la de mis padres? ¿Y si estoy destinada a ser una charlatana que vende amuletos en la calle?

¿Sería *tan* malo?

Me abrazo las rodillas contra el pecho recordando a la mujer que se retorcía sobre la arena en el Imebyé. «La magia tiene un precio que debes estar dispuesta a pagar». Sus palabras me retumban en los oídos, las palabras de una charlatana, de una mujer desesperada por poseer magia. Me obligo a dejar de pensar en ella. Yo todavía tengo una oportunidad. Todavía estoy a tiempo de que Heka me conceda su don.

Oigo un murmullo a mis espaldas y giro el cuello para ver a los brujos que serpentean entre la multitud. Interpretarán la danza que dará comienzo a todo un mes de celebraciones. La luna de sangre los cubre de inquietantes sombras carmesíes. Sus voces son lo único que quiebra el silencio del valle. No se oye ni un susurro, ni el ruido de niños traviesos, solo el silbido del viento y el roce de pies contra la hierba. Deseo con toda el alma formar parte de sus filas, pertenecer a algún lugar, estar a la altura del legado de mi familia. En vez de eso, estoy atrapada en un segundo plano, mirando, *siempre* mirando.

Para la ceremonia, siete brujos representan a cada una de las cinco tribus. Bajo la supervisión de sus jefes, los otros seis forman el *edam*, el consejo tribal. Aunque muchos miembros de las tribus poseen el don de Heka, su magia, los brujos destacan sobre los demás. Los jefes les concedieron el título por mostrar una maestría de la magia por encima del resto. Entre todo el pueblo tribal, apenas un centenar de personas, aproximadamente, han sido merecedoras de un título tan prestigioso. Son aquellos a quienes los demás veneran, y también a quienes más envidio. Los brujos se acercan y sus cánticos me repiquetean en los huesos. ¿Cómo será gobernar la magia con la misma facilidad que se respira, recolectarla del aire con la punta de los dedos o entrar caminando en el mundo de los espíritus? ¿Cómo será no solo ver la magia, sino dominarla, doblarla, *ser* mágica?

Los brujos de la tribu litho son los primeros: cuatro mujeres y tres hombres. Su tribu habita los bosques al sudoeste del Templo de Heka. Llevan el cuerpo y los chalecos de cuero crudo cubiertos de polvo blanco, y unas intrincadas coronas de metal, hueso y cuentas de colores que danzan mecidas por la brisa. La tierra se mueve bajo sus pies con la suavidad de las olas del mar, llevándolos hacia el círculo sagrado, en el que solo pueden entrar los *edam*.

La procesión se acerca más y los percusionistas hacen sonar de nuevo los yembés al tiempo que se alejan del círculo para instalarse en un claro entre la hierba. El ritmo lento se acelera cuando el jefe de los litho entra en el círculo sagrado.

La siguiente es la tribu kes, la más pequeña de las cinco tribus, cuyas tierras bordean el valle al noroeste. Su piel diáfana y unos ojos casi transparentes me recuerdan a la gente del norte. Dos de ellos son blancos como el alabastro y sus ropajes brillantes contrastan con su palidez. A cada paso que dan, un relámpago surca el cielo y las chispas bailan sobre su piel. Abanican volutas de humo que me arden en la nariz. El humo huele a sanguinaria, jengibre y pimienta eeru, un remedio purificador que alguna vez he ayudado a mi padre a preparar en casa.

La tribu de las montañas que se alzan al sur del Templo es la siguiente en llegar. Los brujos zu saltan por encima de nuestras cabezas, apoyando los pies en aire. Llevan el cuerpo cubierto de tatuajes y van tocados con coronas de astas de ciervo, algunas curvadas, otras retorcidas, unas grandes y otras pequeñas. También las hay forjadas con un metal impecable y el borde lo bastante afilado como para seccionar un dedo. Un paso en falso y una de las coronas podría caer entre el público y causar estragos. Me escondo los dedos entre las rodillas por si acaso.

Sukar me da un codazo con una sonrisa torcida en los labios. Su familia es zu, y aunque él lleva al menos dos docenas de tatuajes, no tiene ni mucho menos tantos como los *edam* de su tribu.

—Como siempre, los más impresionantes de las cinco tribus.

Hago callar a Sukar de un manotazo en el brazo al tiempo que Essnai le propina un buen pescozón. Hace una mueca, pero es lo bastante sensato para no protestar. Ha llegado el turno de la tribu aatiri, la que Essnai y yo esperábamos con más expectación. Aunque Essnai lleva el pelo corto, es innegable que los pómulos elevados y los ojos muy separados la distinguen como una aatiri. Nos hicimos amigas después de que me encontrara en el desierto con la charlatana durante el Imebyé.

Me invade una oleada de alivio al ver a la abuela salir de entre las sombras al frente de la tribu aatiri. No esperaba ver a otra persona, pero es el primer rostro familiar que distingo entre los *edam*. Me enderezo, tratando de parecer siquiera una sombra de la gran jefa aatiri.

Los aatiri ni caminan ni saltan, ya que se trasladan sobre nubes de magia. La abuela lleva las rastas recogidas sobre la cabeza, como una corona, y media docena de collares de dientes. Los aatiri son altos y esbeltos, tienen los pómulos prominentes y se trenzan el pelo hirsuto como yo. Su piel es hermosa como la hora de *ösana*.

Mi padre es el último de ellos que entra en el círculo y el corazón se me desboca. Es alto, orgulloso y mágico, más que cualquier otro *edam* a excepción de la abuela. Se alza sobre su nube con el báculo tradicional en una mano y un cuchillo de hueso tallado en la otra.

Es un *edam* aatiri honorífico porque no vive con su pueblo, pero nadie niega que es uno de los más poderosos de todos ellos. No soy tan ingenua como para pensar que si mi magia... que *cuando* mi magia llegue tendré tanto talento como él, pero verlo me llena de orgullo.

La tribu mulani es la última en llegar. Es el pueblo que vive más cerca del Templo de Heka.

Cuando Heka descendió de las estrellas hace mil años, reveló su presencia a una mujer mulani. Ahora, la jefa de los mulani es su voz. Mi madre habría ocupado ese cargo de no ser porque se marchó y nunca volvió la vista atrás. Cuando apenas tenía catorce años, la tribu la nombró su próxima jefa y emisaria de Heka por lo notorio de sus poderes.

Tampoco podré estar nunca a la altura de esa leyenda, pero eso no evita que lo desee.

A diferencia de los brujos de las demás tribus, cuyo género varía, entre los mulani solo hay brujas. Me tapo los ojos para protegerlos de los destellos que siempre acompañan a su entrada en el círculo sagrado. Sukar murmulla una maldición porque está demasiado ocupado *no* prestando atención para acordarse de los fogonazos. A juzgar por los gemidos que oigo a mi alrededor, no es el único. Cuando sus auras se suavizan, las mulani se alzan frente a la multitud. Tienen los hombros anchos, cuerpos voluptuosos y tonos de piel que van del marrón oscuro al alabastro. A esa tribu le debo el color ámbar de mis ojos y parte del tono de mi piel, aunque heredé la complexión de los aatiri.

—Hablo en nombre de Heka. —Las palabras de la jefa mulani retumban en el valle y silencian a todos los presentes—. Hablo en nombre de la madre y el padre de la magia. Hablo por quien dio una parte de su ser cuando los orishas privaron de magia a los mortales. Hablo por el que no tiene principio ni final.

La jefa mulani es prima hermana de mi madre, y su voz transmite autoridad. *Casi* tanto como la de mi madre: Arti habla en un tono suave, pero inspira tanto respeto en el Reino Todopoderoso como su prima en las tierras tribales. Me digo a mí misma que no me importa que no esté aquí. Las cosas no son tan distintas a como son en casa. Allí, ella pasa la mayor parte del tiempo en el Templo Todopoderoso, donde ella y los videntes sirven a los orishas. Cuando mi madre abandonó las tierras tribales, también adoptó los dioses del Reino.

Cuando era más pequeña, suplicaba a mi madre que pasase más tiempo conmigo, pero ya entonces ella estaba demasiado ocupada. Siempre estaba atareada, ausente o infeliz, sobre todo por mi falta de magia. Una punzada de resentimiento se me instala en el pecho. Francamente, una parte de mí todavía desearía que las cosas fuesen distintas entre nosotras.

—Durante mil años, Heka ha acudido a nosotros al principio de cada luna de sangre —dice la jefa mulani—. Y así será de nuevo. Esta noche, nos congregamos y lo adoramos para que muestre favor a nuestro pueblo. Compartiremos nuestros *kas* con él para que pueda escudriñar nuestras almas y juzgarnos dignos.

La expectación me acelera el pulso. Todos los años, un puñado de niños, desde los más pequeños hasta los dieciséis años, reciben sus poderes tras la visita de Heka. Este año tiene que llegar mi turno, antes de que me haga mayor y sea demasiado tarde. Cuando llegue la magia, mis primas dejarán de mirarme como si fuera una extraña en este lugar.

La magia hará que mi madre se enorgullezca de mí por fin. Tras el discurso de la jefa mulani comienza la danza. Los treinta y cinco brujos bailan alrededor de la hoguera y entonan cánticos en sus lenguas nativas. Las canciones se entretejen formando un patrón que es a la vez extraño y hermoso. La ceremonia se prolongará durante horas, y los percusionistas ajustan el compás al ritmo de los *edam*.

Lejos del fuego sagrado, las hogueras arden entre las tiendas. El olor a estofado y carne asada preña el aire. Cuencos de madera circulan entre el público, y cuando uno de ellos llega a mis manos, olisqueo su contenido y el olor me quema la nariz. No puedo reprimir una mueca.

—Deberías ser la más acostumbrada a tomar un poco de medicina de sangre —observa Sukar en un tono engreído.

—Beberé en la próxima ronda —respondo, y le pongo el cuenco en las manos.

Se ríe y da un trago con un gesto dramático.

Alguien me pasa un nuevo cuenco y casi se me cae cuando veo a la abuela. Ha roto filas y ha salido del círculo sagrado. Se yergue imponente frente a mí y la respiración se me atasca en la garganta. Ningún *edam* había abandonado jamás el círculo durante la danza.

—Bebe, pequeña sacerdotisa.

Su voz transporta un matiz secreto, claramente perceptible a pesar del murmullo del gentío, las maldiciones y las miradas asesinas. Cuando Oshhe me llama así, es solo un apelativo cariñoso, pero en los labios de la abuela adquiere un peso mayor. Me mira, esperanzada y titubeante, sin apartar los ojos de mi cara.

No soy una sacerdotisa. La voy a decepcionar.

Bebo un sorbo del contenido del cuenco porque no puedo rechazarlo de ningún modo. El calor me recorre la lengua y me desciende por la garganta. Sabe a hierba, metal y podredumbre. Me agarro el estómago para contener las arcadas. La abuela asiente, toma el cuenco y se lo entrega a Sukar, que traga dificultosamente.

—Gracias, honorable jefa —dice inclinando la cabeza.

Él también parece sorprendido de verla. Ningún otro *edam* ha salido del círculo.

—¿Has estado practicando? —me pregunta la abuela con una sonrisa que le deja a la vista todos los dientes.

Este es el auténtico motivo por el que llevo toda la noche con los nervios de punta. Todos los años, durante el Festival de la Luna de Sangre, la abuela comprueba si poseo magia, y fracaso invariablemente.

—Sí —tartamudeo mientras la medicina me invade por dentro.

No le aclaro que tanto el trabajo con Oshhe como el entrenamiento en solitario han resultado del todo infructuosos.

—Mañana hablaremos más —anuncia la abuela.

Sukar cae de cara sobre la hierba. La medicina de sangre lo ha tumbado primero. Essnai lo pone de lado con la punta del pie. Una corriente cálida me recorre el cuerpo y se me afloja la lengua.

—Sigo sin tener magia —balbuceo incoherentemente, pero estoy demasiado mareada para avergonzarme.

La abuela está a punto de añadir algo, pero se calla la respuesta. Noto un pinchazo en el estómago. No puedo interpretar su expresión y me pregunto qué le habrán mostrado los ancestros respecto a mi futuro. En todos estos años, nunca me lo ha dicho.

—Nuestro mayor poder no radica en la magia, sino en nuestros corazones, pequeña sacerdotisa.

Habla con acertijos, como todo el pueblo tribal. A veces no me molesta cuando ella y Oshhe intentan apaciguar mi preocupación por el hecho de no poseer magia. A veces me enfurece. Ellos no saben lo que se siente cuando percibes que no encajas, que no eres digna. Cuando no estás a la altura de una madre a la que admira todo el reino.

Antes de que se me ocurra una respuesta, la medicina de sangre me sumerge en un estado de paz. El ardor de la garganta se transforma en un calor asfixiante, y siento en las orejas los latidos de mi corazón. Detrás de la abuela, los otros *edam* se mueven a una velocidad increíble. Sus rostros se vuelven borrosos y sus cuerpos dejan un rastro de neblina que los conecta entre sí. Los cánticos se intensifican. Poco después, casi todo el mundo yace en trance: Essnai, los ancianos, y la práctica totalidad de integrantes de las cinco tribus. Los yembés enmudecen y la canción de los brujos retumba en el valle.

La abuela me agarra la mano y me conduce al círculo sagrado.

—Deja que Heka te vea.

Esto está mal. Yo no pertenezco al interior del círculo sagrado. Solo pueden entrar en él los *edam* y los brujos prestigiosos como mi padre. Nunca alguien como yo, una persona desprovista de magia, una forastera.

No debería estar aquí, pero no recuerdo si me refiero al círculo o a las tierras tribales. La niebla que me nubla la mente me impide pensar con claridad, pero siento un calor dentro de mí cuando me uno a la danza.

La magia se arremolina en el aire. Es púrpura, rosa, amarilla, negra y azul. Es de todos los colores, y se entrelaza y se retuerce sobre sí misma. Me frota la piel y de pronto me siento en dos lugares a la vez, como si los lazos que unen mi *ka* y mi cuerpo se hubiesen aflojado. No. Estoy en todas partes. ¿Acaso es esto lo que se siente cuando tienes magia, la *sientes* y la moldeas? Por favor, Heka, bendíceme con este don.

Uno a uno, los brujos caen en trance y también se desploman. No se oye ruido alguno salvo el crepitar de los fuegos repartidos por el campamento. La jefa mulani, mi prima, pasa junto a mí con pasos silenciosos como la luz de las estrellas. Es la única otra persona que sigue despierta.

—Un momento —la llamo—. ¿Qué está pasando?

Por toda respuesta, sube los escalones del Templo y desaparece en su interior. Trato de seguirla, pero algo pesado me retiene las piernas.

Miro hacia abajo y me quedo sin aliento al ver mi cuerpo tendido bajo mis pies. Tengo los pies hundidos hasta los tobillos en mi propio estómago. Se me entrecorta la respiración y mi cuerpo físico me imita, el pecho se le hincha y abre los ojos como platos. ¿Ha despertado también el *ka* de todos los demás? No veo a nadie. ¿Me pueden ver ellos? Intento moverme de nuevo, pero me inmoviliza la misma fuerza poderosa de antes.

Mi *ka* se aferra a mi cuerpo con mano de hierro, como una cadena que me ata los tobillos. Me pregunto cómo puedo liberarme, y también si quiero hacerlo. Según mi padre, liberar el *ka* es un asunto peliagudo. Solo los brujos más talentosos pueden abandonar sus cuerpos, e incluso ellos lo hacen en muy pocas ocasiones por miedo a alejarse demasiado y no hallar el camino de regreso. La medicina de sangre no basta para provocar lo que está ocurriendo. La abuela debe haber usado algo de magia al hacerme entrar en el círculo para mejorar mis posibilidades de que Heka me viera. Seguro que ha sido eso.

Mi cuerpo me llama. Al principio es una suave llamada, pero cobra intensidad a cada instante. Parpadeo y lucho para conservar la conciencia mientras cintas brillantes de luz incendian la noche. Cada vez tiran de mí con más fuerza y caigo de rodillas al tiempo que la fuente de luz se me acerca. Es cálida y fría a la vez, hermosa y aterradora, serena y violenta. Me conoce, y algo dentro de mí la conoce a ella. Es la madre y el padre de la magia. Es Heka.

Me va a conceder su gracia.

No me puedo creer que vaya a suceder después de tantos años. Mi cuerpo exhala un suspiro de alivio.

Mi madre estaría orgullosa si le mostrase una pizca de magia. Bastaría con una pizca. Cierro los ojos al sentir la luz intensa y dejo que su poder me bañe la piel con una caricia suave como el trazo de un pincel. Noto su dulce sabor en la lengua y me río mientras palpita a través de mi *ka*.

Entonces la luz desaparece y me quedo vacía cuando la magia huye de mi cuerpo.

DOS

La mañana después de la ceremonia de inauguración, estoy de un humor de perros mientras Oshhe y yo entregamos regalos a sus incontables primos. Me observa como un halcón, pero no entiendo por qué. Sigo siendo la misma chica carente de magia que anoche. No ha cambiado nada. Quiero creer que parte de la magia se adhirió a mí y que este año será diferente.

Me tiemblan las manos y las mantengo ocupadas para que él no lo note. Tengo las pruebas con la abuela a la hora de *ösana*. Ahora mismo, no me veo con ánimo de estar cara a cara con ella, no después de haber entrado en el círculo sagrado. No después de sentir magia en la punta de los dedos, después de sentirla en la sangre, para acabar notando cómo me abandonaba. Fue entonces cuando comenzaron los temblores, como si la magia me hubiese arrancado un pedazo de *ka* al marcharse.

El aire huele a canela, clavo y menta, y me recuerda a nuestro hogar. Todos los años, mi padre me trae para que podamos pasar algo de tiempo con su familia y yo conozca mejor a la tribu de mi madre. Cuando los mulani de mayor edad me miran, ven a Arti: lo único que nos distingue es el marcado tono moreno de mi piel. Mi madre no era mucho mayor que yo cuando dejó la tribu para marcharse al Reino y nunca volvió la vista atrás. Por mi parte, no puedo ocultar el motivo por el que vengo, aquello que alimenta todas mis expectativas.

Solo nos quedaremos la mitad del mes de celebraciones. Oshhe debe atender su tienda en Tamar, y yo debo retomar los estudios con los escribas. Una parte de mí está impaciente por volver a casa, donde no soy una absoluta fracasada, sobre todo después de lo de anoche.

Nuestros primos aatiri bombardean a Oshhe con preguntas sobre el Reino durante la mayor parte de la mañana. Quieren saber si los tamaros son tan ridículos como les han dicho. Si el Todopoderoso es un bastardo como lo fue su padre. Si Tamar huele a pescado muerto. Si abandonar a su tribu por los encantos de la ciudad valió la pena.

Escucho la conversación de mi padre con viejos amigos. Aunque no entiendo todo lo que dicen en aatiri, sí consigo seguir la charla. Protestan por el consejo que defiende sus intereses ante el Reino. Quieren más a cambio de los metales preciosos que extraen en las minas de las cuevas que se extienden bajo sus tierras desérticas. Amigos de mi padre le han pedido en muchas ocasiones que ayude en negociaciones comerciales, pero él siempre se niega a hacerlo. Dice que Arti es la política de la familia. Llamar a mi madre política es quedarse corto.

Un brujo le pregunta por la salud del vidente de la tribu aatiri que sirve en el Templo Todopoderoso. Es muy viejo y quiere volver a casa. Dentro de tres días, la tribu se reunirá y la abuela pedirá un voluntario para sustituirlo. Dicen que solo irán los más viejos porque nadie más quiere vivir en el Reino. Oshhe ríe como ellos, pero hay tristeza en su mirada.

Entrelazo los dedos para mantenerlos quietos mientras mi padre entrega el último regalo. Todavía me tiemblan por el ritual, pero también porque mi tía abuela Zee me acaba de preguntar por Arti. Me encojo de hombros y, al ver que no se conforma con esa respuesta, contesto:

—Le gusta mucho ser la sacerdotisa *ka* del Reino.

Zee asiente y se ríe, y me cuenta que, de haber sido lo bastante lista, Arti se *podría* haber casado con el Todopoderoso. Pese a que no sé si está bromeando, la noticia es nueva para mí, aunque no me sorprende. Mi madre se ha labrado un buen camino en Tamar. Empezó sin nada, y ahora ocupa el tercer puesto más poderoso del Reino, tras el del visir y el del propio Todopoderoso. No pasa ni un solo día sin que se lo recuerde a todo el mundo.

—Si fueses princesa, no necesitarías magia —observa Zee.

El desprecio que hay en su voz me hace olvidar el comentario acerca de mi madre.

«No necesitarías magia».

Todos conocen mi pequeño problema. Al menos mis primos pequeños fingen no saberlo, pero algunos mayores hablan del tema sin tapujos con lenguas afiladas. La de Zee es la más afilada de todas.

—Tía, si fuera princesa, no tendría el placer de verte todos los años —replico en un tono dulce e inseguro—. Sería una pena.

—Hablando de cosas penosas —dice Zee al tiempo que espanta a una mosca irritante—. Daría la vida por saber por qué motivo mi hermana se arriesgó a enfurecer a los otros *edam* llevándote al interior del círculo sagrado. —Aprieta los labios con fuerza—. ¿Qué te dijo anoche?

Sorprendentemente, la abuela habló muy poco, pero no pienso repetirle sus palabras a Zee para que pueda propagar rumores.

—Veo que te sigue gustando cotillear —la interrumpe Oshhe, y clava sus ojos pétreos en su tía—. Es asombroso que no se te haya caído la lengua de tanto hablar.

Varias personas se mofan de Zee, que pone los ojos en blanco.

A última hora de la tarde, llaman a mi padre para que medie en una disputa entre dos amigos de su juventud. Protesta porque no me quiere dejar sola hasta que le digo que volveré a la tienda a descansar antes de las pruebas de esta noche con la abuela. En teoría, iba a reunirme con Essnai y Sukar, pero decido ir a dar un paseo antes para aclararme las ideas. Todavía estoy enfadada con mi tía abuela, y también con Heka.

En Tamar, casi nadie tiene magia, y a nadie le importa que yo tampoco la posea. Sin embargo, aquí la magia vuela en el viento como una pelusa, burlándose de mí y provocándome, siempre fuera de mi alcance. La mayoría de los miembros de las tribus tienen algo de magia, aunque no sea tan poderosa como la de la abuela y los otros brujos.

Mientras camino entre el mosaico de tiendas aatiri de colores brillantes, un primo o un viejo amigo de mi padre me saluda a cada paso que doy. Me preguntan por la noche de ayer, pero quiero estar sola, así que abandono el campamento en busca de algo de paz. Zigzagueo a través de las tiendas blancas mulani, las más cercanas al Templo de Heka. El Templo se alza en el límite septentrional del valle, y su cúpula dorada resplandece sobre las paredes blancas. Un grupo de mulanis lo decoran con flores y telas de colores e inyectan magia en la piedra. Paso junto al Templo y veo grabada en la roca una procesión de mujeres, cada una de las cuales porta un cesto de agua en equilibrio sobre la cabeza. El grabado es tan detallado que se puede distinguir el vaivén del agua en las cestas.

Deambulo entre las tiendas zu cubiertas de pieles de animales y me detengo un momento para observar a los ancianos que tallan máscaras de madera. Se empieza a hacer tarde cuando me adentro en el laberinto de tiendas litho separadas por sábanas tendidas en alambres. En el valle no abunda la intimidad, pero en el campamento no se oye más que el susurro de la tela acariciada por el viento. La mayor parte de la tribu se ha reunido alrededor de las hogueras y está atareada preparando la segunda noche de la luna de sangre.

El paseo no me aporta mucha paz, a diferencia de lo que ocurre cuando vago por el Mercado Oriental en casa. Allí siempre doy con algún mercader que ofrece algo interesante que me distrae, o escucho las historias de personas procedentes de los países vecinos. En el mercado he conocido a gente como la Estheriana, que arroja sal por encima del hombro para ahuyentar a los espíritus, o la mujer yöome que elabora botas lustrosas y a primera hora de la mañana ya tiene una cola de clientes esperando para comprarlas. Pero, sobre todo, me gustaría estar tumbada en la hierba junto al río de la Serpiente con Rudjek, lejos de todos y de todo.

El desorden y desconcierto de las tiendas litho contrasta con el orden del campamento aatiri. Me desoriento tanto que acabo en un claro. El olor a sangre y sudor me indica que se trata de una arena de combate improvisada. Si Rudjek hubiese venido a las tierras tribales, se habría pasado aquí todo el día.

He cruzado medio descampado cuando dos chicos litho más o menos de mi edad me cierran el paso. Trato de rodearlos, pero se vuelven a colocar frente a mí y me obligan a detenerme. No traman nada bueno. Lo llevan escrito en los rostros tiznados de ceniza. Ambos son una cabeza más altos que yo y visten pieles teñidas de color rojo oscuro. Nos miramos fijamente, pero no digo nada. Yo no soy la que acecha en las sombras como una hiena hambrienta. Ellos son quienes deben dar explicaciones.

—Queremos saber por qué una *ben'ik* como tú entró en el círculo sagrado —dice uno de los chicos, tocado con un dorek negro liado alrededor de la cabeza. Me mira con altivez—. No eres especial.

El tono en el que me llama *ben'ik* me pone el vello de punta. En Tamar estoy acostumbrada a pasear sin miedo gracias a la reputación de mi madre. Nadie osaría hacer enfadar a la sacerdotisa *ka*. Sin embargo, debería ser más prudente en las tierras tribales. Soy una forastera, y las personas como yo, los *ben'iks*, cuentan con menos simpatías aún por su falta de magia. Tampoco ayuda que estén enfurecidos porque la abuela incumplió las reglas por mí.

Me arde la sangre. Debería haber sido más cuidadosa. Me doy la vuelta y dos chicos más aparecen de entre las sombras.

—No cometáis un error que vais a lamentar —les advierto, infundiendo a mis palabras el mismo veneno que portan las de los muchachos—. Mi abuela es la jefa de su tribu y no encajará bien que alguien cause problemas.

Me doy cuenta de inmediato de que el error ha sido mío. En casa, todo el mundo se encoge al oír mentar el nombre de mi abuela, pero aquí, mi amenaza vacía solo sirve para empeorar las cosas. Los chicos litho me fulminan con miradas que provocan que el corazón se me dispare.

Uno de ellos agita una mano y el aire envuelve todo el descampado en una burbuja vibrante. Todo lo que hay fuera parece desaparecer. Sospecho que la burbuja también evitará que nadie vea o escuche lo que ocurre en su interior.

—Conocemos a tu abuela, y también a tu madre *owahyat* —dice el muchacho con una mueca de asco.

—Y también sabemos quién eres tú, Arrah —se mofa el chico del dorek—. No es habitual conocer a una *ben'ik* con un linaje en el que abunda tanto la magia. Los pecados de la madre a menudo recaen sobre la hija.

Con la columna empapada en sudor, veo un bastón apoyado en un comedero. Puede que sea inútil contra ellos, pero algo es algo. Tendría más posibilidades si tuviera algo de magia, aunque solo fuera una pizca. Lo imprescindible para mantenerme a salvo. Cierro las manos formando puños y recuerdo el momento en el que la magia de Heka me tocó anoche. Separó el *ka* de mi cuerpo y después me abandonó como una brisa caprichosa. *Casi* entiendo por qué algunos charlatanes se arriesgan tanto para invocar magia.

Mantengo a los cuatro muchachos en mi campo de visión.

—Si me volvéis a llamar *ben'ik*...

—Vamos a darte una lección —anuncia el chico del dorek—. *Ben'ik.*

Echo a correr porque ellos tienen magia y me superan en número. No llego muy lejos antes de chocar contra la burbuja y caer al suelo. Se han asegurado de que no pueda huir.

El pulso me retumba en los oídos mientras me incorporo y me abalanzo sobre el bastón. Noto el peso del cayado equilibrado entre mis manos, y me proporciona una ligerísima sensación de seguridad. Si pudiera elegir un arma, sería esta. Como diría Oshhe: «Cualquier aatiri digno de ese nombre sabe usar un bastón».

Los muchachos litho se ríen.

Que se rían.

Cambio de postura.

—Si me tocáis, romperé cada hueso de vuestros miserables cuerpos.

—¿La *ben'ik* sabe luchar? —El tercer muchacho hace crujir los nudillos—. No me lo creo.

—Lo creerás cuando comas tierra, cerdo —replico.

Mis palabras son más valientes que yo, pero hablo en serio. Aunque tengan magia, no pienso caer sin luchar.

—Es un farol —opina el chico de la burbuja.

La magia crepita en el aire como una tormenta de verano y me preparo para el combate enarbolando el bastón. Estrechan el círculo a mi alrededor. El tercer chico se golpea la mano con el puño y el suelo tiembla. Retrocedo unos pasos, manteniendo la barrera a mi espalda.

—Vaya, vaya... ¿Qué tenemos aquí? —pregunta alguien detrás de mí.

Sukar aparece de la nada. Los tres tatuajes que le cruzan la frente resplandecen como estrellas en la noche. Se pasa la mano por la cabeza rapada y, a juzgar por su expresión, la situación le parece de lo más divertida. Los chicos litho echan un vistazo a su físico delgado y ponen los ojos en blanco. Grave error.

Essnai entra en el descampado tras él, imponente y serena, una cabeza más alta que nosotros dos. Lleva la frente teñida con un polvo púrpura que le llega hasta las largas pestañas. La pintura roja bajo los ojos azul medianoche y el polvo dorado que luce en la nariz destacan en su piel de color marrón oscuro. Lleva los labios pintados de dos tonos distintos de rosa. Se ha vuelto a teñir el pelo de negro. Incluso los muchachos litho están demasiado embelesados por su belleza para fijarse en la forma engañosamente relajada en la que sujeta el bastón.

Suspiro con alivio. Mis amigos nunca me fallan cuando los necesito.

Essnai me mira y hace chascar la lengua.

—Siempre vagando por ahí y metiéndote en líos.

Una oleada de calor me trepa por el cuello, pero respondo a la acusación encogiéndome de hombros.

—Alguien ha olvidado invitarnos a la fiesta —dice Sukar.

—Los tatuajes de protección no te salvarán, zu. —El chico del dorek escupe en el suelo.

Sukar desenvaina dos hoces de las fundas que lleva ceñidas al pecho.

—Han roto tu muro sin problemas, pero me he traído a este par por si acaso.

Incluso sus hojas curvadas tienen símbolos mágicos grabados, obra de su tío, el vidente zu del Templo Todopoderoso.

—¿Qué más da si hay que apalear a dos *ben'iks* más? —pregunta riendo el tercer chico litho.

Essnai levanta el bastón y lo sujeta en la misma posición que yo sin mediar palabra.

—Si no queréis salir heridos, deberíais marcharos —les advierto a los cerdos litho.

—Eres muy atrevida para ser hija de una *owahyat* —observa el chico de la burbuja.

Antes de que acabe de pronunciar esas palabras, le lanzo una piedra apuntando a la cara. Por la malicia que transmite su voz, es evidente lo que piensa exactamente cuando llama prostituta a mi madre. No la conoce, y si alguien puede hablar mal de Arti soy yo, no él. El chico desvía la roca de su trayectoria con una racha de viento.

—Buen intento, *ben'ik* —se burla.

Escupo en la tierra.

O sea que su talento se basa en los elementos. Sucios cerdos arrogantes. Creen que estamos indefensos porque no tenemos magia. Otro grave error.

Sukar bosteza.

—¿Vamos a pasarnos la noche charlando o luchamos ya? Yo voto por la lucha.

Ni siquiera la magia es infalible. Lo sé mejor que la mayoría después de ver a mi padre en su taller. La única vía de escape pasa por el chico que mantiene intacta la burbuja. No ha movido ni un músculo desde que la ha conjurado, como si necesitase permanecer inmóvil para mantenerla en pie. Es mi oportunidad. Arremeto contra él sin pensármelo dos veces. Sujeto el bastón más fuerte, pero el suelo se mueve y me golpeo la cara con fuerza al caer. El brazo extendido del cuarto muchacho litho tiembla mientras la tierra que tengo debajo gruñe y vuelve a su lugar.

Sukar y Essnai pasan a la acción. Mis amigos desvían de un manotazo las piedras que dos de los muchachos litho nos lanzan con su magia, sin mover un dedo. Agarro otra piedra y se la arrojo al chico que me ha tumbado. Le golpea de lleno en el pecho y le arranca un breve grito de dolor. No puedo ocultar la satisfacción que me produce. Se lo tiene bien merecido.

Vuelvo a estar de pie y clavo la mirada en el chico de la burbuja. Pide ayuda, pero Sukar y Essnai ya tienen a sus amigos de rodillas, magullados y doloridos. La burbuja colapsa incluso antes de que alcance al chico, que huye corriendo. No me molesto en perseguirlo. Ha captado el mensaje. En cuanto la burbuja desaparece, el ruido de las celebraciones nocturnas vuelve a inundar el descampado. Los otros chicos litho huyen como su amigo.

Me aferro al bastón con las manos temblorosas. Ni siquiera eran muy poderosos. Sin embargo, de no ser por la ayuda de Sukar y Essnai, las cosas podrían haber acabado mucho peor. ¿Cómo puede Heka haber bendecido a escoria como ellos con magia y haberme dado la espalda a mí? En cuanto oigo los primeros golpes de yembé, el pavor me resbala entre las costillas como una hoja afilada. Ha llegado el momento de enfrentarme a aquello que llevo todo el día temiendo.

Las pruebas con la abuela, la gran jefa aatiri.

TRES

El pabellón de la abuela se alza imponente sobre las tiendas más pequeñas y bajas del campamento aatiri. La suave brisa del valle mece el mosaico de telas de colores. Las piernas me duelen mientras me abro camino entre la multitud que se prepara para la segunda noche de la luna de sangre. Ojalá pudiera perderme entre todos ellos y hallar un lugar en el que esconderme de las pruebas. No quiero volver a fracasar.

Inspiro hondo cuando por fin llego a la tienda. Mi prima Nenii abre la solapa de la entrada y se mete en el pabellón. Semma y ella retiran tazas de té de la mesa alargada y baja y la limpian. Magia atrapada en cuentas de cristal y extendida sobre las paredes ilumina la estancia. Siempre me sorprenden las incontables formas en las que la abuela moldea la magia a voluntad.

Me coloco dos dedos en la frente e inclino levemente la cabeza.

—Bendita noche, primas —digo en aatiri.

El saludo se me atasca en la lengua, pero las chicas no se burlan de mi acento. Estas primas siempre se han mostrado amables y acogedoras, aunque sea una forastera. Sin embargo, cuesta no preguntarse si no lo hacen solo por la abuela. En Tamar muchas personas son amables conmigo por respeto a mi madre.

—Nos honras, nieta de nuestra gran jefa —responden solemnemente.

—Ven aquí, pequeña sacerdotisa —me llama la abuela desde otra estancia.

Su voz destila autoridad, pero no suena brusca.

Nenii y Semma me sonríen para darme ánimos mientras ahuecan cojines.

Antes de que entre en las cámaras privadas de la abuela, Nenii susurra:

—Ven luego a nuestra tienda y te ayudaremos a trenzarte el pelo.

Me ruborizo, pero agradezco la oferta. Hace tiempo que me tendría que haber hecho las trenzas y me llevaría una eternidad. Me saco de la cabeza las dudas acerca de mis primas. Mi ausencia de magia no importa a todo el mundo.

Retiro la cortina que separa el salón de las estancias privadas de la abuela. Está sentada con las piernas cruzadas en una esterilla en mitad del suelo. No lleva puesto su amuleto de huesos, solo un caftán amarillo con cuentas de colores en los hombros. Las jarras de aceite de las esquinas emiten una luz parpadeante y dejan el resto de la estancia en penumbra. Su habitación huele a clavo, canela y cardamomo, las especias de su té favorito.

—Abuela —saludo inclinando la cabeza—. Bendita noche, honorable jefa de la tribu aatiri.

—Bienvenida, nieta. —Sonríe—. Siéntate.

La abuela entrelaza las manos sobre su regazo y, en cuanto me siento en el suelo de juncos, agita las muñecas y hace volar los huesos. Aterrizan entre nosotras en la misma posición que lo hicieron tantos años atrás, la primera vez que intentó enseñarme magia. Igual que todos los años. Sus susurros llenan la estancia mientras canaliza los espíritus de los ancestros a través de los huesos. Varias voces se hacen oír a la vez. El estómago se me encoge ante las palabras sincopadas y guturales que no son ni aatiri ni tamaro. Parecen habladas en una lengua que no pertenece a ninguna nación cerca del Reino o las tierras tribales. En la esquina, una de las velas parpadea y se extingue.

La abuela nunca me ha dicho qué significa el mensaje. Siempre que se lo pregunto, responde: «Todavía no ha llegado el momento en el que me estará permitido decírtelo».

Sin embargo, la pregunta me arde en los labios. *¿Qué significa?* Estoy a punto de suplicar una respuesta, pero me muerdo la lengua. No es justo que me lo oculte. ¿Por qué lo hará? La única explicación que se me ocurre es que se trata de algo malo o que nunca recibiré magia. El rostro inexpresivo de la abuela no me permite sacar ninguna conclusión.

—Hay mucha gente enfadada porque entré en el círculo sagrado —digo.

Las palabras se me atascan en la garganta. Ella tenía que saber que se enfadarían. La abuela me mira arqueando una ceja, expectante. Tiene la cara angulosa, las mejillas prominentes y la nariz protuberante que caracterizan a los aatiri. Como siempre, parece ligeramente divertida por la situación, como si conociera un secreto que nadie más comparte.

El fantasma de la magia de Heka persiste sobre mi piel. Fue la primera vez que la magia venía a *mí*. No fue un simple roce de camino a atender la llamada de otra persona. Chispeaba en mi alma como un órgano vital que no sabía que me faltaba. Quiero contárselo a la abuela, pero me da miedo el significado que pueda tener el hecho de que la magia no se quedase en mi interior.

Se arriesgó a enfurecer al resto de *edam* y a todo el pueblo tribal. ¿Por *qué motivo*? Me muerdo el labio y me miro las manos.

—¿Por qué lo hiciste?

—La gente debería meterse solo en sus asuntos —dice la abuela en un tono tajante. Cuando vuelvo a mirarla a los ojos, sonríe—. En cuanto a tu pregunta, permíteme que trate de explicártelo. —Pasa la mano sobre los huesos, que se recolocan formando una pila perfectamente ordenada—. Nuestra magia se presenta de distintas formas. No es nada desdeñable que seas capaz de ver la magia y que tu mente sea inmune a ella. Llevo mucho tiempo preguntándome si es posible que tu magia esté sencillamente dormida. Te llevé al interior del círculo para intentar despertarla.

Una corriente de calor me sube por el cuello.

—Supongo que solo hay un modo de comprobar si funcionó.

—Coge los huesos —me ordena la abuela—. Dime lo que ves.

Así dan comienzo las pruebas.

La superficie de los huesos tiene un tacto suave y pulido, y los noto resbaladizos en las manos. No vibran por efecto de la magia ni me hablan. No ha cambiado nada desde aquel Imebyé de hace años, o respecto a cualquier luna de sangre desde entonces. Aprieto los huesos con los ojos cerrados y siento el latido de mi corazón en las orejas. Les suplico que me cuenten sus secretos. *Por favor, que esto funcione.*

Cuando no soporto más la espera, los lanzo.

Los huesos quedan esparcidos formando un patrón aleatorio que no tiene significado alguno para mí. La abuela los examina atentamente, deteniendo la mirada en cada uno de ellos, y al final suspira suavemente. Tampoco tienen sentido para ella.

¿Por qué siempre fracaso en esta prueba? ¿Qué estoy haciendo mal?

La abuela no me da tiempo para lamentarme. Chasquea los dedos y Nenii entra en la estancia con un mortero, un cuchillo y pilas de hierbas. En cuanto se va, la abuela dice:

—Prepara una medicina de sangre de tu elección.

Eso sí lo puedo hacer. He aprendido a preparar docenas de ellas mientras ayudaba a mi padre en su taller. Sin embargo, sin magia, la medicina de sangre solo sirve para provocar dolor de estómago. O resaca.

Muelo hierbas añadiéndolas gradualmente a la mezcla para obtener la consistencia adecuada. La medicina requiere belladona blanca y una docena de otras hierbas. No tardo mucho en ensimismarme en la tarea y, por primera vez en todo el festival, mi mente disfruta de algo de paz. Preparar medicina de sangre siempre me ha resultado relajante, aunque es todo un reto. Cuando acabo, tengo los dedos manchados de jugos verdes y un olor penetrante me irrita la nariz.

Para completar el hechizo, debo añadir mi propia sangre a la mezcla, pero titubeo. No quiero volver a decepcionar a la abuela o a mí misma. Tras esta prueba, sabremos si lo de anoche valió la pena, si mi magia verdadera solo estaba dormida. Me pincho en la punta del dedo, añado sangre y susurro el conjuro sin respirar.

Está terminada.

Si he fallado en lo más mínimo al medir las proporciones, todo el trabajo habrá sido en vano. Sin magia *es* en vano. Siempre hago todo el paripé por la abuela, pero después de ver a Heka, tengo la esperanza de que por fin aparezca una chispa de magia. Este año tiene que ser distinto. Es ahora o nunca.

La abuela lleva las rastas sueltas y le llegan a la cintura. Incluso sin adornos, tiene el porte de la jefa que es. Arquea una ceja.

—¿Quieres teñirte el pelo de color azul?

—Es muy popular en Tamar.

Sonrío mirando el cuenco. Si funciona, le prepararé a Essnai todos los colores de pelo que pueda soñar. Encontraré mil cosas divertidas y frívolas que hacer con la magia. Seré útil en el taller de mi padre y, un día, abriré mi propio taller de magia.

—Claro. —La abuela hace un gesto hacia el cuenco con una sonrisa en los labios—. Después de ti.

Ambas bebemos, pero no notamos nada. Salvo el sabor atroz del potingue. Otro fracaso.

Pasamos a la siguiente.

Realizamos las pruebas durante horas.

No consigo leer mentes.

No consigo manipular el agua.

No consigo ver el futuro.

No consigo invocar a los ancestros.

No consigo sanar los cortes de mis dedos.

No consigo detectar qué mal aflige a una mujer enferma.

Trabajamos hasta altas horas de la noche, y varias personas entran y salen para participar en diversas pruebas. La cabeza me palpita y se me hace un nudo en el estómago a medida que se acerca la hora de *ösana*. La magia está en su momento de mayor poderío en ese periodo de tiempo comprendido entre la noche y el alba. La abuela nunca pierde la paciencia y me anima a seguirlo intentando. Ojalá mi madre fuera igual en vez de verbalizar a todas horas su desaprobación.

—¿No hay pruebas *más fáciles*? —pregunto en cuanto nos volvemos a quedar a solas.

La abuela vuelve a lanzar los huesos.

—Esas *eran* las pruebas más fáciles, pequeña sacerdotisa.

Hago una mueca.

—No me llames así, por favor, solo sirve para empeorar las cosas.

Frunce el ceño, pero no levanta la vista. En los huesos hay algo que absorbe toda su atención. Señala dos huesos cruzados. Esto es nuevo. Nunca habían aterrizado en esa posición.

El círculo sagrado *sí* cambió algo.

El corazón se me acelera y me inclino hacia delante, expectante. ¿Podría haber llegado al fin el momento?

La abuela me señala con un dedo tembloroso y habla usando dos voces. Una es un silbido grave que procede de su garganta, y la otra suena a estruendo de cristales rotos. Ambas son tan horripilantes que un escalofrío me desciende por la columna. Levanta la cabeza bruscamente.

—¿Quién eres?

Me encojo cuando sus ojos me encuentran. Los tiene completamente en blanco.

—¿Qué? —pregunto, sin saber qué más puedo decir. Ya la había visto en trance, pero nunca así. Algo cambia en el ambiente—. ¿Qué pasa, abuela?

—¡Vete! —grita, mirando algo a mi espalda. Me levanto de un brinco y me doy la vuelta como una exhalación. La tienda vibra y la jarra de aceite apagada chispea y cobra vida. Retrocedo. No hay nadie, pero un tipo nuevo de magia que no conozco entra a toda prisa en la estancia. Es una magia que no procede de la abuela, y tengo la certeza de que tampoco ha salido de mí. Una magia que *no* veo, que solo puedo *sentir* reptándome por la piel—. ¡Este no es tu lugar, serpiente de ojos verdes!

La abuela escupe gotas de saliva al rugir estas últimas palabras. Chispas de magia, *magia tribal*, llenan la cámara. Le iluminan la piel. Todo el cuerpo de la abuela brilla. Los huesos se alzan del suelo y vuelan en círculos, atrapados en un torbellino imposible.

Cierro los puños mientras su magia recorre la tienda. Revolotea sobre mis brazos como las alas de una polilla. Quiero huir, pero no me muevo. No me hará daño.

La abuela echa la cabeza hacia atrás tan deprisa que le cruje la columna. Me estremezco. Ambas estamos temblando. Se inclina hacia un lado con el rostro empapado en sudor. Por primera vez, parece vieja y frágil. Me arrodillo junto a ella.

—Se me pasará —dice mientras se incorpora, a pesar de que sigue jadeando.

—¿Qué... qué ha sido eso? —balbuceo.

—¿Has visto a la serpiente de ojos verdes en sueños, niña? —pregunta en un tono incisivo.

—¿Qué? —Me castañetean los dientes y me agarro los hombros. Tras el paso de esa magia extraña, en la tienda hace frío. El espacio parece demasiado pequeño, y el aire demasiado fino. Algo malo ha estado aquí, algo lo bastante poderoso para desafiar a la abuela—. No lo entiendo.

Chasca la lengua y fija la mirada en las cortinas que nos separan del resto de la tienda. Permanecen rígidas como planchas de metal hasta que la abuela dibuja un círculo en el aire con el dedo y vuelven a ser de tela.

—Pasa, Oshhe.

Mi padre cruza las cortinas con tanto ímpetu que las medio arranca del techo. Nos mira con una expresión de pánico. Al ver que estamos bien, lanza un profundo suspiro.

—Honorable jefa —dice inclinando la cabeza, y después, en un tono más suave, añade—: ¿Qué ha pasado, madre?

—Es difícil expresarlo con palabras —responde la abuela—. Siéntate con nosotras, hijo, por favor.

Oshhe se acuclilla junto a mí con el ceño fruncido.

—¿Estás bien?

Asiento y me apoyo en su costado. Me rodea los hombros con un brazo. Su cuerpo es cálido y huele a hierba y a la luz del sol, y el abrazo me apacigua los nervios.

—Respondiendo a tu pregunta, abuela, no, no he visto ninguna serpiente en sueños, ni de ojos verdes ni de cualquier otro tipo —contesto.

—Creo que será mejor que te expliques, madre —dice Oshhe en un tono calmado. Demasiado calmado. Solo usa ese tono cuando *no* está contento.

—Había alguien... *algo.* —La abuela sacude la cabeza como si quisiera aclarársela—. Alguien que no pertenece a este lugar. Puede que sea una reliquia del pasado, o tal vez un augurio del futuro, no lo sé...

La abuela vuelve a hablar con acertijos, pero le flaquea un poco la voz. Esa cosa, sea lo que sea, ha trastornado a la gran jefa aatiri, y eso también me asusta.

—Ella... la serpiente de ojos verdes... posee una magia que desconozco —concluye la abuela—. Una magia que parece muy antigua y poderosa.

—¿Una magia que no conoces? —pregunta Oshhe arqueando una ceja—. ¿Era... un *orisha*?

—¿Un orisha aquí? —digo atropelladamente—. ¿En las tierras tribales?

Me cuesta tanto imaginarme a los orishas en las tierras tribales como a Heka en el Reino. Aunque las tribus reconocen la existencia de los orishas, sitúan a Heka por encima de todos ellos. En el Reino, los orishas ocupan el lugar preferente, pero los ciudadanos proceden de todos los ámbitos de la vida, y lo mismo ocurre con sus deidades.

—No, no era un orisha —dice la abuela en un tono reticente—. Era otra cosa.

—¿Un renacido, tal vez? —aventura rápidamente Oshhe—. Podría tratarse de un brujo poderoso que ha engañado a la muerte.

La abuela se frota las sienes.

—No lo sé con certeza. Necesito hablar con una vieja amiga que sabrá más del tema. Me llevará tiempo dar con ella, ya que no camina por estas tierras.

Un escalofrío me desciende por la espalda. La abuela es la jefa aatiri. Que yo sepa, es la primera vez que no tiene respuesta para algo. Es una de las brujas más poderosas de las tierras tribales, y del mundo entero.

—No has dicho lo que esa serpiente de ojos verdes... lo que *ella* tiene que ver conmigo —digo, incapaz de callarme ni un momento más la pregunta.

La abuela me mira de nuevo con los ojos inyectados en sangre.

—La verdad es que no lo sé, Arrah.

Las palabras de la abuela me dejan de piedra. De no ser por la ayuda de Essnai y Sukar, los muchachos litho me habrían dado una buena paliza. Su magia era débil y nada del otro mundo, pero, aun así, habría resultado demasiado poderosa para hacerle frente yo sola. ¿Y ahora esto? Mis pensamientos regresan al círculo sagrado. ¿Por qué no podía Heka concederme el don de la magia?

—¿Estoy en problemas?

—No te voy a mentir —dice la abuela—. No creo que te tenga nada bueno preparado.

—Pero tendrás una idea de lo que es *ella* —interviene Oshhe, muy pálido.

La abuela baja la voz hasta el susurro con el que se desvelan los secretos inconfesables.

—No quiero especular. —Recoge los huesos con una mano temblorosa y se los coloca en el regazo—. Será mejor que antes lo consulte con el resto de *edam*...

—¡Abuela! —imploro—. *Por favor*... Lo sabes, ¿verdad?

Mete los dedos entre los huesos y sigue rehusando mirarme a los ojos.

—Madre —dice Oshhe apretando los dientes—, di lo que piensas.

La abuela respira hondo.

—Se dice que la serpiente de ojos verdes es un símbolo de la magia demoníaca.

Se hace el silencio en la estancia y las palabras de la abuela quedan suspendidas como una soga entre los tres. Los demonios son mitos, leyendas. Cuentos que explican los padres para asustar a sus hijos y hacer que se porten bien. Los escribas nos enseñan que los orishas salvaron a los mortales de ellos. En casa, llamamos «devoradores de almas» a los aguafiestas. Es una especie de insulto inofensivo, inspirado en los cuentos de demonios que se alimentaban de *kas*. Todo lo que sé de ellos proviene de esas historias medio olvidadas. La gente llena los vacíos de la tradición tirando de la imaginación. Según los escribas, los orishas borraron el recuerdo de los demonios de nuestras cabezas para protegernos. Ahora la abuela me dice que los demonios son reales, y que uno de ellos está muy vivo.

—Es *imposible* —murmura mi padre, al que la noticia ha arrebatado el vigor de la voz—. Tiene que haber otra explicación. La magia demoníaca se extinguió hace miles de años.

—Sí, lo sé —concede la abuela, y cierra el puño alrededor de los huesos.

Me froto la nuca. De pronto, tengo un espantoso dolor de cabeza. La visión también ha asustado a la abuela. Intenta protegerme, pero quiero conocer la verdad. Debo saberlo. Si la serpiente es un demonio…, ¿cómo es posible y qué significa? ¿Podría ser el motivo por el que mi magia está dormida o por el que la gracia de Heka solo me rozó en el círculo sagrado? Soy consciente de que me agarro a un clavo ardiendo, pero pregunto:

—¿Ese *demonio* tiene algo que ver con el hecho de que mi magia no se haya manifestado?

—Es posible —responde la abuela en un tono agotado—. En este mundo hay muchas cosas que ni siquiera yo puedo percibir. Como ya os he dicho, debo consultar con el resto de *edam*. Juntos, puede que hallemos una respuesta.

La calma bien entrenada de mi padre cede bajo el peso de la frustración.

—¿Cómo puedo mantener a Arrah a salvo?

La abuela reflexiona largamente antes de responder:

—No lo sé, pero lo descubriremos.

No se me escapa la incertidumbre que transpiran sus palabras. Me irrita que necesiten protegerme. Si poseyera magia propia, podría protegerme sola. Mi cabeza no cesa de dar vueltas a las malas noticias. No solo Heka me ha negado su don, sino que las cosas son mucho peores. Hubo un tiempo en el que me reía de los cuentos de demonios, y ahora sé que uno de ellos podría estar pisándome los talones.

Y no me tiene nada bueno preparado.

RE'MEC, ORISHA DEL SOL, REY GEMELO

Repíteme una vez más, hermana, ¿por qué toleramos semejante falta de respeto por parte de este pueblo tribal? Siento el impulso de aplastar sus vidas como las hormigas que son. Creen que la magia es un don. ¡Un don! ¿Cómo pueden ser tan necios? La magia es una maldición para los mortales, y llegado el momento la usarán para destruirse a sí mismos. ¿Quién lo sabe mejor que nosotros? Ya salvamos su mundo en una ocasión, y no estoy de humor para volverlo a salvar. Debería dormir otra siesta. Veinte años no han sido suficientes. Estoy cansado.

Heka es el responsable de nuestros nuevos problemas. Si no hubiéramos perdido a tantos de nuestros hermanos en la Guerra, habríamos podido evitar que les diera magia. Ahora nos vemos inmersos en este nuevo apuro.

No es que sea un sentimental. Si este mundo ardiera hoy, mañana mismo lo habría olvidado. No significa nada para mí. El problema es el fondo del asunto. Lo dimos todo para protegerlos de ese bastardo del Rey Demonio, todo. ¿Y así nos agradecen nuestro sacrificio y nuestra bondad?

Lo siento, querida hermana. Sé que la luna de sangre es tu momento. Es tu forma de recordar a nuestros hermanos caídos, como lo es el Rito de Paso para mí. Como ha hecho durante mil años, Heka ha regresado para mancillar tu luto. Su misma presencia es tan ofensiva como si se mease sobre las tumbas de nuestros hermanos, si tuviéramos cuerpos que pudiéramos enterrar. ¿O ahora incineran los cadáveres? No recuerdo qué es más popular en estos tiempos.

No es necesario que me recuerdes nuestros fracasos, Koré. Atormentan todos mis pensamientos. Debería haberme dado cuenta de que solo aplazamos lo inevitable. Tras cinco mil años, tenía la esperanza de que no llegáramos a esta situación, pero la bestia se retuerce incluso ahora. Debemos actuar antes de que sea demasiado tarde.

Es una lástima, hermana, pero, como siempre, tienes razón. No pude mantenerme al margen y dejar que este mundo acabase. No pude hacerlo entonces, y ahora tampoco lo haré. Lo quiero demasiado, y ese es mi peor defecto.

CUATRO

Nunca es fácil volver a Tamar tras pasar tiempo en las tierras tribales. Estoy agotada y muy irritable después de dormir todas las noches en una tienda. El viaje ha durado un mes en total. Ocho días de travesía en cada dirección con la caravana y dos semanas en el festival. Llegamos en plena noche, y estoy tan aliviada de volver a estar en casa que me voy directa a la cama. Unas horas más tarde, me levanto sepultada en cojines y sábanas que huelen a lavanda y coco. Anoche estaban limpias y frescas, pero ahora están arrugadas y manchadas de sudor. Las cortinas que rodean la cama bloquean la mayor parte de la luz del sol, pero unos rayos se filtran entre las rendijas y no consigo volver a conciliar el sueño.

Este iba a ser mi año, el año en el que por fin podría decir que yo también tengo magia. El año en el que podría abandonar la sombra de mi madre. Me habría conformado con rescoldos. Me repito por centésima vez que todavía hay una posibilidad, que no debo rendirme, pero la esperanza es frágil cuando tropieza una y otra vez con el fracaso.

Llevo soñando con la magia desde la primera noche de la luna de sangre. Los sueños agradables siempre acaban conmigo poseyendo alguna versión del don de Heka. Cuando salgo del círculo sagrado, soy tan poderosa que los *edam* me nombran bruja de inmediato. Floto sobre una nube como los aatiri en la ceremonia inaugural. Abandono mi cuerpo para explorar por el mundo de los espíritus y encuentro a Heka esperándome bajo una palmera. Vuelvo a Tamar, se lo cuento a Rudjek y, por una vez, lo dejo sin palabras. Cuando me despierto, todavía adormilada, me invade una sensación de paz. Pero el momento nunca dura.

En las pesadillas, entro en el círculo sagrado y los *edam* interrumpen la danza. Se hace el silencio en el valle y, uno tras otro, me dan la espalda. O los muchachos litho me sacan a rastras del círculo entre patadas y gritos porque no puedo estar allí. O un brujo me castiga convirtiéndome en una *ndzumbi* para que pase el resto de mi vida a su servicio.

Sacudo la cabeza. Dejando a un lado los sueños, la magia de Heka me rechazó. Eso fue real. Y es lo que más me cuesta digerir. Sí, tengo *dones*, pero ¿de qué me sirven si no puedo usar magia? ¿Cómo me van a proteger estos *dones* de la serpiente de ojos verdes si decide reaparecer? ¿Y si la próxima vez no es posible ahuyentarla? Teniendo en cuenta lo poderosa que demostró ser contra la abuela, es probable que sea el motivo por el que mi magia no se ha manifestado.

Me tapo hasta el cuello y cierro los ojos con fuerza. Terra anda dando vueltas por el dormitorio, así que finjo que todavía estoy dormida. Normalmente tararea en voz baja mientras me prepara el baño, pero esta mañana trabaja en silencio. Ty, el ama de llaves, y Nezi, la portera, llevan trabajando para mi familia toda mi vida. Nezi compró el contrato de Terra hace dos años, cuando los acreedores del padre de Terra dieron con él.

Ella misma me contó que, si no hubiera aceptado trabajar para saldar la deuda de su padre, a él le habrían cortado las manos.

Sin darme tiempo a esconder la cara en una almohada, retira las cortinas y el embate del sol directo me ciega. En Tamar, también llaman al sol el ojo de Re'Mec, pero ahora mismo se me ocurren nombres mucho más coloridos.

—Veinte dioses —maldigo, cubriéndome los ojos—. ¿Ya han sonado las ocho campanas de la mañana?

Alguien carraspea y me incorporo de un brinco. No es Terra. Una mujer baja y fornida con trenzas africanas grises se alza al pie de mi cama con los puños en las caderas. Frunce los labios de un modo que deja muy claro que no está para juegos.

—¡Ty! —Me levanto de la cama al instante—. Disculpa mis malos modales. Pensaba que eras Terra.

Me mira, parpadea dos veces y me aliso las arrugas del camisón y me enderezo un poco. Ty nunca viene a verme en persona. Estos no son sus dominios. Ella se ocupa de cocinar, y Terra del resto de tareas de la casa.

Niega con la cabeza y da golpecitos en el suelo con el pie, una señal de que quiere que me dé prisa.

Con las mejillas ardiendo, corro al baño que me espera. No tardo mucho. A continuación, me pongo una túnica de algodón limpia que huele a hogar. Inhalo el olor, saboreándolo, tratando de sacarme las tierras tribales de la cabeza. Cuando regreso a mi habitación, está impecable. Las sábanas blancas están lisas como papiros estirados y los cojines dispuestos en pulcras pilas. El frío del suelo de piedra se filtra a través de mis zapatillas mientras voy al tocador a buscar mi bálsamo labial favorito.

Ty revisa los estantes del armario que hay junto a la ventana. No encuentra lo que busca y cruza la habitación en dirección al que hay al lado de la puerta. Por el camino, ahueca uno de los cojines de terciopelo del diván del centro del dormitorio. No es una persona especialmente alegre, pero hoy parece más malhumorada que de costumbre. No es uno de sus peores días, pero, sin duda, tampoco es de los buenos.

Mientras hurga entre mi ropa, me acerco al altar que tengo junto a la cama. Mi colección de reliquias está cubierta de polvo. Aquí conservo mi primer amuleto de hueso, el que mi padre me dio en el Imebyé; también el collar kes de cuentas de cristal para darme buena suerte y dos muñecas de barro que Oshhe y yo hicimos para honrar a dos de sus tías favoritas, fallecidas hace tiempo. En las manos adecuadas, estos objetos amplifican la magia y nuestra conexión con los ancestros. Sin embargo, en las mías, no son más que baratijas. Como, siguiendo la tradición aatari, nadie toca mi altar, todo lo que contiene necesita una limpieza tras semanas de ausencia. Voy a buscar un trapo, pero Ty vuelve a carraspear a mi espalda.

—Sí, tienes razón —suspiro—. Ya tendré tiempo de limpiar después de las lecciones con los escribas.

En realidad, quiero decir después de ver a Rudjek. Le escribí una carta antes de que llegásemos a la ciudad y se la di a Terra para que se la entregase. Si todo va bien, nos veremos tras las clases en nuestro lugar secreto junto al río.

Me vuelvo hacia Ty y veo que me ofrece un vestido verde azulado. El efecto de la luz del sol reflejada en las cuentas que lo adornan y en la seda fina es asombroso. Essnai y su madre me lo regalaron por mi último cumpleaños. Ty no suele ayudarme a escoger la ropa, pero debería saber que el vestido es demasiado formal para dar clase con los escribas.

—Creo que es *bastante* inapropiado —digo encaminándome al armario.

Rebusco entre las pilas de ropa doblada y saco la túnica de color azul marino y unos pantalones a juego. Ty niega con la cabeza y deja el vestido sobre la cama, junto a un cinturón con cuentas y unas zapatillas enjoyadas.

Estoy a punto de protestar de nuevo, pero mi madre entra en el dormitorio seguida por el susurro del roce del caftán dorado de sacerdotisa *ka* en el suelo. Tengo la sensación de que el espacio que nos separa es demasiado pequeño y me encojo como si me hubiese sorprendido haciendo algo malo. La luz de la mañana le ilumina la piel de color miel y sus ojos anbarinos brillan como gemas exóticas. Cuando Oshhe y yo volvimos anoche, Arti estaba en el Templo Todopoderoso. Como los videntes a menudo celebran vigilias durante días, nunca es una sorpresa no encontrarla en casa. Siempre me ha parecido una suerte. Así es más fácil evitarla.

Mi madre es la pura definición de la belleza. Su pelo ébano le desciende por la espalda en rizos ondulados con cristales pálidos engarzados. Tiene la suavidad, las curvas y la baja estatura típicas de los mulani, que contrastan con el físico de los aatiri. Yo ocupo un lugar intermedio, y soy más alta que mi madre, pero mucho más baja que mis primas, que son altísimas. Aunque el parecido entre ambas es inconfundible, a su lado yo podría pasar por una mula de carga.

Nunca me viene a ver a mi cuarto. No entiendo el motivo de la visita, a menos que ya haya hablado con mi padre y lo sepa.

Arti echa un vistazo al dormitorio, evaluando su estado, hasta que sus ojos aterrizan en Ty. Las dos mujeres intercambian la misma mirada cargada de complicidad que han compartido en tantas ocasiones.

Ty no ha hablado nunca conmigo ni con nadie que yo conozca. La he oído hablar entre dientes en la cocina cuando está sola, pero se calla en cuanto alguien se le acerca. Desconozco el motivo por el que no habla. De niña lo preguntaba, pero nunca obtuve respuesta. Como cuando la abuela se mostró reticente a responder a mis preguntas acerca de la serpiente de ojos verdes.

—Puedes dejarnos, Ty —dice Arti, inclinando la cabeza en señal de respeto.

En cuanto Ty se marcha, los agudos ojos ambarinos de Arti se posan en mí.

—Espero que estés bien.

—Lo estoy, madre —respondo, resistiendo el impulso de apartar la mirada—. Gracias por preocuparte por mí.

—Tu padre me ha contado lo que ocurrió en el Festival de la Luna de Sangre. —Desvía la atención hacia el altar y arruga la nariz. No sé si le molesta el surtido de baratijas tribales o el polvo—. Es hora de que te olvides del sueño alocado de tener magia. La magia de los mulani se manifiesta cuando todavía son muy pequeños. Si no ha llegado a estas alturas, nunca llegará.

Mi madre habla en un tono prosaico que me pone de los nervios. Parece que hable con una desconocida a la que ha encontrado por la calle. Sus palabras se me clavan en el pecho y me dejan muda.

Pasa la mano por el vestido. La perla lustrosa de su anillo de sacerdotisa ka refulge a la luz del sol. Mientras acaricia la tela, el color ónice de la perla se transforma en gris pizarra y, finalmente, turquesa.

—Es una lástima que no poseas nada de magia procediendo de dos linajes tan poderosos. En mi familia no ha habido nadie que no tuviera, pero no podemos hacer nada al respecto.

—Todavía hay una posibilidad —digo en un tono débil y desesperado.

—¿Qué te hace pensarlo? —pregunta Arti sin ningún tipo de emoción en la voz—. Este año, la jefa aatiri te colocó directamente en el camino de Heka, y a él no le pareció apropiado concederte nada de magia. Fue un gesto atrevido y digno de elogio, pero ¿ha cambiado algo?

El comentario hiriente hace que me ruborice. Conoce perfectamente la respuesta a esa pregunta, pero quiere oír cómo la digo en voz alta.

—La abuela tuvo una visión —digo, controlando los nervios—. Un demonio podría estar bloqueando mi magia.

No es exactamente lo que vio la abuela, pero es el motivo más plausible para que mi magia no se haya manifestado.

—Me gustaría que tu abuela dejase de darte falsas esperanzas —lamenta Arti tras suspirar profundamente—. ¿Y eso de los demonios? —Se ríe—. Son cuentos de viejas, Arrah. Se extinguieron hace cinco mil años, y en el caso de que hubiesen vuelto, ¿qué iba a querer uno de ellos de ti, una chica sin magia?

Sus palabras son como una bofetada bien calculada, un recordatorio más de la enorme decepción que soy para ella. ¿Qué puedo decir? Creo a la abuela, pero no vale la pena discutir. No se puede ganar una discusión con mi madre. Es imposible convencerla de algo distinto a lo que ella elige creer.

—Sé que la magia es importante para ti —dice Arti en un tono algo más suave—, pero no te obsesiones con ella hasta el punto de hacer alguna estupidez para saborearla.

Me muerdo la lengua mientras me arde el estómago. Está mirando el amuleto de hueso. ¿Acaso cree mi madre que sería capaz de caer tan bajo como para plantearme intercambiar años de vida por magia? Sí, la deseo, pero no estoy loca. Y tampoco estoy tan desesperada. Recuerdo la noche del Imebyé y a la mujer retorciéndose en la arena. Fue su elección. Hay momentos de la vida que te dejan una marca indeleble. La piel cetrina de la mujer, sus dientes podridos y la forma en la que la magia acudía a ella y la estaba destruyendo son detalles que no se me han olvidado con el paso de los años.

Por aquel entonces no lo sabía, pero mi padre me lo explicó más tarde, cuando ya habíamos regresado a casa. Un día, le pregunté en el taller si los charlatanes del mercado, que parecían tener un pie en el mundo de los vivos y otro en la tumba, eran como la mujer del desierto. Me explicó que algunas personas tribales sin magia habían aprendido a poseerla a cambio de años de vida. Al descubrirlo, me puse a dar saltitos de emoción porque aquello significaba que yo también podía tener magia, pero Oshhe me tomó la cara entre sus grandes manos.

—No hay magia que valga tanto como tu vida, pequeña sacerdotisa. Ese no es nuestro camino.

Me miró directamente a los ojos con una expresión tan seria y severa que el entusiasmo se fue con la misma presteza con la que había venido.

—Prométeme que, pase lo que pase, nunca harás algo parecido. —La voz grave de mi padre resonó en las paredes del taller—. Prométemelo, hija mía.

—¿Por qué, padre? —le pregunté frunciendo los labios.

Mi padre suspiró. Se le acababa la paciencia.

—Cuando haces un trueque de años de vida a cambio de magia, la magia toma de ti los años que desea. El pago podrían ser cinco años o tu vida entera. La complejidad del ritual, hechizo o encantamiento que quieras realizar no importa. Es imposible conocer el importe del pago hasta que es demasiado tarde. Ni siquiera yo soy capaz de revertir el daño causado por una estupidez semejante.

«La magia tiene un precio que debes estar dispuesta a pagar».

La verdad es que yo no estoy dispuesta a pagar ese precio. Si no se me concede el don de la magia, viviré sin ella. Conservo mi orgullo y eso es importante. Alzo la barbilla y miro a Arti.

—¿Hay algún motivo para que hayas venido a visitarme esta agradable mañana, madre? —pregunto con la mandíbula tensa—. Tengo que prepararme para las clases.

Arti me mira con una expresión impasible. Es asombroso que mis padres acabasen juntos. Oshhe siempre está contando historias y riendo, mientras que mi madre tiene la lengua afilada y es *eficiente*. Quiero pensar que un día, mucho antes de convertirse en la tercera persona más poderosa del reino, fue más tierna.

—Suran planea nombrar heredero a su hijo pequeño en la asamblea de hoy. —Arti cruza los brazos a su espalda y pasea por el dormitorio—. No le queda más alternativa, dado que los otros dos son una vergüenza para el mal llamado legado Omari.

Me oprimo la túnica contra el pecho como si pudiera protegerme de la animosidad que desprende su voz. No es ningún secreto que el visir y mi madre se odian.

—¿Ah, sí? —pregunto, fingiendo aburrimiento y falta de interés.

El visir es la mano derecha del Todopoderoso. Él gobierna el Reino. Como cabeza del Templo Todopoderoso, mi madre es la voz de los orishas. Dicen que Re'Mec en persona visita a los videntes ocasionalmente, cuando está de humor, pero Arti nunca habla de ello. Como los videntes proceden de las tribus, Arti también supervisa el comercio con las tierras tribales. Las relaciones exteriores con el resto de los países, como Estheria, Yöom y el Norte, quedan bajo el dominio del visir.

—Al juego de Suran pueden jugar dos —dice Arti—. Asistirás a la asamblea conmigo.

—¿Por qué? —Trago saliva para aliviar el sabor amargo que noto en la lengua.

Es obvio que no tengo ningún motivo para asistir. Nunca he soñado con ser la sacerdotisa *ka* algún día. A pesar de ello, duele saber que, sin magia, jamás se me consideraría candidata a ocupar el puesto.

El Todopoderoso escoge personalmente al visir y la sacerdotisa *ka*. El título de visir siempre recae en un Omari, ya que son primos cercanos de la familia real. En cuanto al sacerdote *ka* o la sacerdotisa *ka*, el Todopoderoso elige al vidente con más poder de todos. Es una pequeña suerte que el puesto de mi madre no sea hereditario, o yo supondría el fin de *nuestro* legado familiar.

—Nosotras también haremos una declaración de intenciones —anuncia Arti de camino a la puerta—. Debes estar lista para cuando falte media campanada para las diez.

—Pero... —protesto.

Mi madre se detiene un instante en la puerta, de espaldas a mí.

—¿Decías algo, Arrah?

Una muestra de desprecio más para la colección.

—No, madre.

Una vez al mes, los gobernantes del Reino se reúnen para debatir sobre impuestos, aranceles y nuevos decretos. A la asamblea asisten el Todopoderoso y sus dos hijos, el príncipe heredero Darnek y su hermano menor, Tyrek; el visir y sus cuatro maestros gremiales; y mi madre con los otros cuatro videntes del Templo. Cuando acudo a la asamblea con Essnai y Sukar es divertido, pero me aterroriza ir con mi madre.

En cuanto Arti se marcha, me pongo el vestido y admiro las cuentas brillantes que lo recorren desde el cuello al dobladillo. Es ceñido a la altura de las caderas y me llega justo por debajo de las rodillas. Me coloco el cinturón en la parte baja de la cintura y me calzo las sandalias. Aunque es bastante bonito, prefiero los pantalones. Tienen bolsillos.

Mientras me miro en el espejo para ajustarme el vestido, Terra entra en el dormitorio con una caja enjoyada bajo el brazo.

Sonríe y las pecas destacan sobre su piel bronceada. El pelo rubio trenzado le confiere un aspecto regio. Es agradable tener a alguien de mi edad en la casa. Con ella, nunca hay tiempo para aburrirse. Colecciona rumores como quien colecciona figuras.

—Seguro que Ty os ha asustado —dice Terra en un tono alegre y musical.

—Me podrías haber avisado —refunfuño—. Esta mañana está de mal humor.

Dicho esto, Terra se abalanza sobre mí con un brillo excesivo en los ojos, como si fuera un juguete que puede moldear a su antojo. Me masajea el cuero cabelludo con aceite antes de recogerme las trenzas formando una corona elaborada con sartas de perlas entre los mechones. Aunque no puedo negar que el peinado es precioso, también es muy pesado. Terra tarda una eternidad en empolvarme la cara con tonos dorados y plateados. Al terminar, sonríe ante su obra y me hace salir de la habitación a toda prisa. Nezi ya ha abierto la verja y la litera me espera justo al otro lado. Ocho hombres aguardan con la mirada clavada en el suelo, y el sol se refleja en su piel morena.

La cortina roja está entreabierta y mi madre espera dentro. Trago saliva y entro con ella. El compartimento está fresco y huele a pulimento de madera con un toque del perfume dulce de Arti. Mira fijamente hacia un rincón con ojos ausentes. Está tan absorta en sus pensamientos que ni siquiera se mueve cuando Nezi ordena a los porteadores que procedan.

—¡En marcha! —grita nuestra portera—. Y tratadlas con delicadeza.

El tono que usa Nezi transmite un sutil «o ateneos a las consecuencias», una advertencia. Si sufriéramos algún percance, no me cabe duda de que buscaría venganza personalmente.

A la cuenta de tres, los hombres levantan la litera y nos ponemos en camino. Nuestro hogar está ubicado en la frontera septentrional del distrito, entre otras grandes propiedades de familias de peso de Tamar. Vislumbro retazos de la ciudad entre las cortinas y admiro los colores brillantes. Viajamos por caminos secundarios para evitar a la multitud del Mercado Occidental. Para la mayoría, hoy será un día normal y corriente. Solo asisten a la asamblea las personas más influyentes, aunque mi padre nunca asiste, aduciendo su alergia a la política.

Tras un largo silencio, Arti dice en tono bajo y calculado:

—Cuando lleguemos, sigue mi ejemplo. No hables, no sonrías ni te sientes hasta que haya ocupado mi lugar en la primera grada. ¿Entendido?

Doy un respingo ante el súbito ímpetu de sus palabras.

—Sí —respondo entrelazando los dedos.

Oímos el rugir de la multitud mucho antes de llegar al coliseo. Estatuas de orishas monumentales forman una hilera que protege a las familias más prominentes de la ciudad. Pronto, la muchedumbre es tan densa como un enjambre de abejas mientras los eruditos, los escribas y los cabezas de familia se dirigen al coliseo. El edificio es un coloso en forma de colmena con puertas por las que podrían pasar gigantes. Cuando la gente ve nuestra litera, se hace a un lado, y los portadores nunca tienen que reducir la velocidad de la marcha.

Las décimas campanas de la mañana suenan cuando apenas falta un instante para que entremos en la cúpula, lo que significa que llegamos tarde. Es evidente que mi madre trama algo. Una conspiración se forja en su mirada.

CINCO

Un gong resuena en el Mercado Occidental, indicando el comienzo de la asamblea. Si a mi madre le molesta lo más mínimo llegar tarde, lo disimula bien. Su rostro no pierde en ningún momento la expresión de desinterés.

La multitud en las calles enmudece y las palabras del visir rompen el silencio.

—Nos honráis con vuestra presencia, Todopoderoso, príncipe heredero Darnek y segundo hijo Tyrek. —Su voz retumba en el Mercado Occidental—. Que vuestra sabiduría guíe nuestros corazones y nuestras mentes, y que nuestros señores orishas custodien el Reino con bondad mientras vuestra gran familia reine sobre él.

El visir hace una breve pausa.

—Si el público me permite una pequeña indulgencia, me gustaría que mi hijo, Rudjek Omari, se sentase junto a mí en la primera grada.

Se me hace un nudo en el estómago. Espero que no hayan pillado a Rudjek con la guardia baja, como me ha sucedido a mí esta mañana. Se hace el silencio de nuevo y lo imagino abriéndose paso entre la gente y subiendo los escalones para reunirse con su padre.

Contengo la respiración mientras nos acercamos más al coliseo. Espero que los porteadores se detengan frente a las puertas gigantes, pero nos meten a toda prisa en el corazón mismo de la asamblea. La multitud exclama asombrada y el murmullo ahoga las siguientes palabras del visir. Cuando los porteadores dejan la litera en el suelo, Arti me lanza una mirada cargada de intención. *Sígueme el juego o atente a las consecuencias.*

Mientras desciende de la litera con la cabeza muy alta, los ojos ambarinos le resplandecen con una expresión triunfal. Las piezas encajan. Ella *quería* llegar tarde para poder interrumpir al visir mientras presentaba a Rudjek como su heredero.

Los murmullos enmudecen al ver a la sacerdotisa *ka*. Sigo a mi madre, reprimiendo el impulso de encogerme bajo el peso de centenares de miradas. El visir está de pie en la primera grada de la plataforma elevada, con un shotel brillante enfundado en una vaina a cada lado de la cintura. Sus espadas parecen piezas de museo, no hojas que hayan visto un solo día de batalla.

Localizo a Rudjek, y cuando nuestras miradas se cruzan, siento mariposas en el estómago. Reprimo una sonrisa. Está de pie junto a su padre, vestido con una elara púrpura distinta a la del visir, blanca y dorada. Las empuñaduras de las espadas con hojas en forma de media luna que lleva están descoloridas y gastadas. Su rostro es anguloso y delgado, y recientemente ha tenido una cita con una navaja bien afilada. La sombra de un moratón le subraya el ojo derecho, sin duda el resultado de un combate en la arena. Debería haber imaginado que sería incapaz de no meterse en problemas durante mi ausencia.

No tiene la magnífica piel morena de su padre, pero comparten las pestañas pobladas y la mandíbula bien definida. El color de su piel está a medio camino entre el tono de su padre y la piel más pálida y diáfana de su madre. El pelo de Rudjek es un caos de rizos morenos. Contemplo su rostro como si hiciera siglos que no nos vemos, aunque solo han pasado unas semanas.

Su padre y él lucen un blasón familiar de hueso de craven sujeto con una aguja al cuello de la elara, un distintivo de la importancia de su familia. Indica su rango en el Reino, por encima del de todos los demás a excepción de la familia real. El emblema de los Omari es la cabeza de un león, mientras que el carnero de la familia real, los Sukkara, simboliza la conexión de su linaje con el orisha del sol, Re'Mec. Otros asistentes a la asamblea también lucen blasones que muestran su rango o posición, y muchos primos de la familia real también exhiben con orgullo sus escudos de armas familiares.

—No permitáis que os interrumpa —dice Arti, y su voz dulce resuena en el coliseo. A nuestra espalda, los porteadores se llevan la litera vacía con una discreción bien entrenada—. Continuad, os lo ruego.

—Sacerdotisa *ka* —dice el visir, pronunciando el título de mi madre con desdén—. Me alegra que hayáis tenido la gentileza de venir, aunque, por si lo habéis olvidado, la asamblea comienza a la décima campanada de la mañana.

Arti levanta la mirada hacia la segunda grada, situada muy por encima de la primera. El Todopoderoso y sus hijos están acomodados en tronos de terciopelo con un ayudante a cada uno de sus flancos.

—Os ruego que disculpéis mi tardanza, Todopoderoso —se excusa Arti, fijando la vista en el suelo—. Llego tarde por motivos que daré a conocer durante la asamblea.

El Todopoderoso se inclina hacia delante en su trono y la mira de arriba abajo.

—Comenzad —ordena.

Mientras el visir está distraído mirando al Todopoderoso, Rudjek aprovecha la oportunidad. Antes de que su padre se percate, ya ha bajado la mitad de la escalera. Regresa al asiento que había dejado vacío mientras yo sigo aquí atrapada, esperando el momento de poder hacer lo mismo.

Los asistentes ocupan bancos enfrentados que rodean la rotonda curvada. Algunos están sentados en gradas tan elevadas que tienen el rostro envuelto en sombras. Aquí hay dos mil de las personas más influyentes de Tamar. Personas interesadas en el resultado de las decisiones de ámbito político. Tienen un aspecto tan pulido como la piedra de la que está hecho el edificio redondo, y también brillan, porque el techo de mosaico proyecta un prisma de colores sobre ellos. Mi vestido palidece en comparación con los kabas decorados con cuentas y los pañuelos para el pelo enjoyados que lucen algunas mujeres. Los hombres no se quedan atrás, y llevan hermosas agbadas, elaras o la última prenda de moda de importación.

La plataforma sobre la que se reúne la asamblea forma una luna creciente de dos niveles. A la derecha de la primera grada se encuentra una mesa curvada y sillas con el respaldo alto para el visir y sus cuatro maestros gremiales. A la izquierda, Arti y sus videntes ocupan una disposición idéntica de mobiliario. Una escalera de caracol conduce a la segunda grada. En realidad, básicamente es un elemento decorativo, porque detrás de una cortina hay una polea escondida con la que suben a los miembros de la familia real a sus cabinas privadas.

Cuando Arti ocupa al fin su sitio, busco un asiento disponible. Sukar me hace un gesto para captar mi atención. Essnai y él están sentados frente a Rudjek, en el lado opuesto del coliseo. Dos escribas ataviados con togas azules me miran con fastidio cuando me apretujo entre mis amigos y los obligo a moverse hacia un lado.

—Mi tío me dijo que la sacerdotisa *ka* tramaba algo —susurra Sukar con un brillo de emoción en la mirada—. No imaginé que fuera esto. Interrumpir al visir en su momento de gloria... Bien jugado.

—Presentad el primer punto del orden del día.

El visir ruge la orden al mensajero que aguarda de pie a un lado de la primera grada. El hombre da un paso al frente, se aclara la garganta y desenrolla un pergamino que le llega hasta las rodillas. Comienza a leer un resumen del orden del día de la sesión. Impuestos, diezmos, planes para un nuevo edificio público y un millón de cosas mundanas más que me zumban en los oídos. Empiezo a pensar que soy alérgica a la política, como mi padre.

—¿De verdad tiene que mirarte así de fijamente? —susurra Sukar—. Parece un cachorrito perdido.

No pregunto a quién se refiere. Lo sé. En lugar de prestar atención a las trifulcas entre su padre y mi madre, Rudjek se abanica con *mi carta*. En la parte de delante hay un burro dibujado con esmero, él sabe por qué. Me sonríe y agita la mano trazando arcos más amplios. De pronto, siento el impulso de sacarle la lengua, pero me reprimo.

Muy por encima de nosotros, el Todopoderoso conversa en voz baja con el príncipe heredero Darnek. El único miembro de la familia real que parece interesado en la sesión es el segundo hijo Tyrek. Es de mi edad, dos años más joven que su hermano. Está inclinado hacia delante en el trono y sigue el debate. Nunca solicitan al Todopoderoso que participe en la votación a menos que se produzca un empate, y hoy no hay ninguno.

Me paso toda la asamblea contando el tiempo que falta para ser libre de nuevo. Tras dos horas largas de debates y votaciones, el visir se vuelve hacia los asistentes.

—¿Tiene hoy el público algún asunto que exponer ante nosotros?

En las contadas veces que he asistido a una asamblea, jamás he visto a nadie proponer un asunto a debate. Los asistentes parecen contentarse con permanecer sentados escuchando las riñas entre el Gremio y el Templo. Me incorporo en el asiento, esperando con impaciencia el momento en el que cierre la sesión. En vista de las expresiones de aburrimiento que me rodean, no soy la única.

—Dado que no hay más asuntos que tratar, doy por cerrada... —comienza el visir.

—Me gustaría exponer un asunto que hemos pasado por alto —interrumpe Arti desde su lugar entre sus videntes. El caftán dorado de mi madre resplandece, mientras que el de los otros videntes es de color amarillo claro. El marcado contraste deja bien claro que ella, y solo ella, es la voz del Templo Todopoderoso. El efecto es parecido al de la impecable elara blanca del padre de Rudjek. El visir es el único que viste seda blanca en todo el Reino. Sus maestros gremiales visten diversos colores. El grupo está formado por la maestra de armas, la tía de Rudjek; el maestro de los escribas; el maestro de los eruditos y el maestro de los obreros. La mitad de ellos parece haber perdido el interés en la sesión.

—Hablad, os lo ruego —dice el visir—. Espero que no sea para pedir un nuevo incremento de los diezmos para el Templo. Por favor, apiadaos de nuestras billeteras.

Una risita nerviosa recorre el coliseo y los presentes intercambian miradas llenas de curiosidad. Hasta los maestros gremiales esbozan una sonrisa.

Los videntes no sonríen. Todos lucen una expresión siniestra.

—Se trata de un asunto de gran importancia. —Arti se levanta del asiento. Su expresión es todavía más sombría que la del resto de videntes y el pulso se me acelera. Mi madre no se altera por nada. Si está preocupada, debe ser algo grave. La sala enmudece mientras

camina hacia el centro de la grada, y el visir resopla antes de ceder-
le el espacio y regresar a su asiento con la irritación grabada en el
rostro—. Lamento comunicar que varios niños han desaparecido a
pesar de la vigilancia de la Guardia de la Ciudad. —Arti hace una
pausa y se le quiebra la voz—. Algunos eran del orfanato, otros no.

El público se mira y susurra. Miro a Sukar, que niega con
la cabeza, y después a Essnai, que murmura con un hilo de voz:

—¿Sabías algo de esto?

—No —susurro.

Estoy tan sorprendida como los demás, y no entiendo el
motivo por el que mi madre ha esperado tanto para comunicar
una noticia tan relevante. Debería haber sido el primer punto
del orden del día.

—No dispongo de información alguna al respecto —dice
el visir, y frunce el ceño.

—Mientras rezábamos a los orishas durante nuestra re-
ciente vigilia, vi algo muy inquietante —explica Arti, dirigién-
dose al público—. Cuando comulgo con los orishas, mi *ka* vaga
por nuestra gran ciudad, y nuestros señores me revelan cosas
de formas misteriosas.

Vuelvo a alzar la vista hacia la cabina del Todopoderoso.
El segundo hijo Tyrek se inclina hacia él para reclamar su atención, pero el Todopoderoso le hace un gesto para que se calle.
Está ocupado riéndose de algo que el príncipe heredero Darnek
le acaba de susurrar al otro oído.

—Hay alguien malvado merodeando por la ciudad y se-
cuestrando niños por la noche —dice Arti sin levantar la voz—.
Una persona a la que solo puedo vislumbrar, pero no ver con
claridad, porque algo la protege de mi visión.

La elara del visir se arruga cuando este se vuelve para
hablar con la maestra de armas, su hermana gemela, que está
sentada a su derecha.

—¿Es cierta esa noticia?

La general Solar y el visir comparten las mismas facciones bien definidas y los ojos oscuros. Ella dirige a las fuerzas militares del Reino: los gendars, los guardias y los shotani.

—Esta mañana he recibido un informe. —La voz de la general Solar es tan fría como la de su hermano—. Confío en que el jefe de la Guardia de la Ciudad descubrirá y detendrá al culpable sin tardanza.

—Ojalá compartiera vuestro optimismo —dice Arti—, pero si se oculta de nuestra magia, no hablamos de un vulgar secuestrador de niños.

—Debe ser obra de antimagia —añade Barasa, la vidente zu.

El público contiene el aliento y dirijo la mirada directamente al escudo de armas de la elara del visir. La antimagia procede de los huesos de craven. Nadie los posee salvo los Omari y la familia real. No es algo que se pueda comprar. Hace siglos que nadie ve un craven, no desde que masacraron a una legión del ejército del Reino en una sola noche.

No es complicado deducir lo que insinúan Arti y los videntes. Todo el mundo conoce la historia del antepasado del visir y de Rudjek que luchó contra los cravens en el valle Aloo. Cada vez que mataba un craven, hacía amuletos con sus huesos para protegerse de la influencia de la magia. El hueso era lo único capaz de ocultar a su portador de los videntes.

El Todopoderoso se inclina hacia delante. La cabeza rapada le resplandece del color dorado del polvo que la cubre.

—¿Estáis acusando a los Omari?

Me llama la atención que no haga referencia a su propia familia, los Sukkara.

—Es una acusación muy osada —responde Arti, sin confirmarla ni desmentirla—. Solo digo que el malhechor debe llevar hueso de craven. Eso lo supe gracias a mi visión. —Mira de reojo hacia el espacio que ocupa el visir—. Nadie pondría en duda el buen nombre de los Omari..., pero ¿acaso hemos olvidado tan pronto el incidente en el mercado?

Todos los presentes en el coliseo contienen la respiración mientras Arti deja que las palabras calen en el ambiente. Se refiere al Rito de Paso. Re'Mec ordenó el Rito para recordarnos el sacrificio de los orishas para salvar a los mortales. Ciento veinte de ellos cayeron en la lucha por detener al Rey Demonio y su insaciable sed de almas. En los muros del Templo hay instrucciones para llevar a cabo el Rito, pero no se puede saber cuándo exigirá Re'Mec que se celebre de nuevo. Antes del último Rito de Paso no se había realizado ninguno en veinte años.

Para el Rito, los videntes diseñaron obstáculos mortíferos que los voluntarios debían superar para poner a prueba su fortaleza mental y física. La última vez, se enfrentaron a un desierto hostil sin más herramientas que la ropa que llevaban puesta. Los hijos mayores del visir, Uran y Jemi, se presentaron voluntarios juntos para causar buena impresión. Al final, el Rito destrozó sus mentes como había hecho con las de tantos otros antes que ellos.

El último Rito se celebró hace cinco años, y fue el único llevado a cabo en mi vida. Menos de un tercio de los que se sometieron a él regresaron, y muy pocos lo hicieron sin secuelas.

Yo no estaba en el mercado el día que Jemi asesinó a un mercader. Los testigos aseguran que se enfureció por lo que él había percibido como una afrenta. Regateaba con un estheriano el precio de un velo de gasa que quería comprar para su madre. La discusión fue demasiado lejos y degolló al mercader. Tras el incidente, el visir lo envió junto con su escuadrón a un destino lejos del Reino. Ha permanecido allí desde entonces. El visir nombró a su otro hijo, Uran, embajador en el Norte. Rudjek dice que pasa la mayor parte del tiempo encerrado en sus aposentos, y que se niega a ver a nadie, incluida su esposa. A veces padece ataques de ira repentinos y sus ayudantes tienen que inmovilizarlo.

Un escalofrío me desciende por la espalda al ver lo pálido que se ha puesto Rudjek. Me muero de ganas de ir a su lado, pero sé que solo serviría para empeorar las cosas. Hemos llegado hasta aquí sin que nuestros padres sospechasen lo estrechos que son nuestros lazos.

—¿Dónde están vuestros hijos, visir? —pregunta Arti en un tono animado—. Estoy segura de que querrán limpiar sus nombres.

Mi madre ha blandido la noticia de los secuestros en la asamblea como un arma con la que atacar al visir, y no le importa quién más pueda salir perjudicado. Nunca le ha importado. En cualquier caso, el asunto de los niños desaparecidos ha calado hondo. A juzgar por los murmullos que se oyen en el coliseo, no soy la única que se pregunta quién sería capaz de hacer algo tan ruin. Mis ojos vuelven a dar con Rudjek y el estómago me da un vuelco al ver que se niega a devolverme la mirada.

SEIS

Según mi padre, todo el mundo posee un poco de magia, solo que nuestra familia tiene más que la mayoría. Es lo que les dice a los clientes que entran en su taller para hacerlos sentir especiales. Sabe que no es verdad, pero la gente necesita creer en algo. La multitud que abarrota el coliseo no posee magia y, por lo visto, también carece de corazón y conciencia.

Hablan de los niños desaparecidos como si fueran el último escándalo de la ciudad, y me irrita sobremanera. Para asistir a la asamblea debes tener propiedades y cierto estatus social. Ninguno de los presentes se preocupará por sus hijos, porque todos ellos cuentan con la compañía de ayudantes día y noche. Me abro paso entre el río de gente y pierdo algunas cuentas del vestido por el camino. Somos tantos que, por una vez, el gris Mercado Occidental parece vivo. Vivo y rebosante de rumores frívolos.

—Será mejor que vaya con cuidado, o acabará como el anterior sacerdote *ka* —comenta un hombre inclinándose hacia un amigo.

Lo dice tan fuerte que varias personas lo oyen y se muestran de acuerdo con él por lo bajo. Otras salen en defensa de mi madre.

Me limito a mirarlo fijamente. No es la primera vez que alguien lanza esa amenaza en concreto contra mi madre. Pero aun así me duele. No me gusta que Arti y el visir estén siempre a la greña. A veces la situación se pone muy fea. Dicho esto, hay que reconocer que mi madre ha hecho mucho por el Reino. Cuando el visir ha bromeado sobre una nueva subida de impuestos, ha omitido el motivo por el que el Templo pide dinero. Mi madre y los videntes dirigen todos los servicios públicos del Reino, entre los que se cuentan la educación gratuita para quienes no pueden permitirse escribas privados, comida, refugios para huérfanos... Todos ellos son el fruto de programas que instauró mi madre al convertirse en la sacerdotisa *ka*.

Ren Eké, el anterior sacerdote *ka*, ostentó el cargo antes de que yo naciera, pero el pueblo todavía canta sus alabanzas. Lo querían por su naturaleza sabia y tranquila, y se llevaba bien con el visir. La gente opina que, en aquellos tiempos, el Gremio y el Templo colaboraban mejor. Como Eké de la tribu litho, ocupaba el honroso puesto de jefe de su extensa familia. Sin embargo, una mañana neblinosa, un pescador encontró al sacerdote *ka* ensartado en un gancho en la bahía. Estaba desnudo y habían mutilado su cuerpo.

Por ese motivo, aunque mi madre y yo no siempre estemos de acuerdo, me preocupo por ella. Asesinar a cualquier personaje público no es una hazaña sencilla, pero atacar a un brujo es algo todavía más complicado. Pese a todo, su muerte sigue siendo un misterio, como la identidad del secuestrador de niños que anda suelto y es capaz de ocultarse de la magia.

Los brujos auténticos pueden reparar un hueso roto con una palabra o ahuyentar una tormenta con un ritual. Los poderosos, como la abuela, son capaces de ver el futuro. Arti también puede, aunque no haya lucido el título de «bruja» desde que abandonó las tierras tribales. Mi padre puede deshacer el envejecimiento y alargar la vida de una persona más allá de su ciclo natural. Siempre he pensado que mi familia estaba a salvo gracias a la magia de ambos, pero ahora no estoy tan segura de ello.

Un escalofrío me agarrota los hombros mientras me escabullo por callejones repletos de cubos llenos de comida en descomposición para escapar de la muchedumbre. La abuela vio una serpiente de ojos verdes al leer los huesos y creyó que era un demonio. Ahora, Arti no ha conseguido más que vislumbrar al secuestrador de niños. Los videntes y ella creen que es obra de antimagia. ¿Y si es otra cosa?

Un demonio y niños desaparecidos. No parecen guardar relación, pero están demasiado cercanos en el tiempo y las circunstancias son demasiado extrañas. ¿Por qué iba a aparecer un demonio en una visión sobre *mí*? No soy nadie especial. Sin embargo, aunque parezca imposible, incluso yo pude sentir la maldad de la magia que penetró en la tienda de la abuela. No se parecía en nada al tacto aterciopelado de la magia tribal. Esa magia fue invasiva, curiosa y hostil. El caso de los niños es mucho peor. La gran pregunta es por qué; ¿qué motivo podría tener alguien para llevarse a niños?

Salgo del callejón y aparezco en otra multitud, la del Mercado Oriental, con los nervios de punta. No me saco de la cabeza el modo en el que Rudjek se ha negado a mirarme después de que mi madre prácticamente haya acusado a uno de sus hermanos de ser un secuestrador de niños. Si no me quiere ver, no puedo culparlo. No después de lo sucedido esta mañana. Mientras me mentalizo ante la posibilidad de que no venga, una sensación terrible se me instala en el pecho. Echo de menos nuestra rutina. Lo echo de menos *a él*.

Paso frente a vendedores que ofrecen pan de ayer, fruta demasiado madura, carne curada y amuletos. Burros cargados con sacos de grano levantan una nube furiosa de arena roja. El mercado se retuerce como el río de la Serpiente tras una tormenta, y apesta a pies sudados y excrementos de animales.

Todo el mundo va a lo suyo, pero siento el peso de la mirada de rostros hostiles. Rostros suaves. Rostros amables. Rostros de todos los colores. Rostros curtidos por pasar demasiado tiempo al sol. Rostros tan angulosos que parecen esculpidos en piedra. Rostros joviales y redondos. Los habitantes de Tamar proceden de todas partes, de lugares ubicados más allá de desiertos, mares y montañas. La ciudad acoge a todos aquellos que se rinden a ella. El efecto es más notorio en el Mercado Oriental, y por eso me encanta venir.

Me consuela saber que, como yo, nadie entre este gentío encaja del todo. Siempre me ha fascinado que una persona pueda integrarse y destacar a la vez en este mercado. Ser invisible sería la mayor ventaja de la que podría disfrutar el secuestrador de niños. Los oídos me palpitan cuando echo otro vistazo a mi alrededor y veo el mercado con nuevos ojos.

Niños descalzos con pantalones harapientos y niñas con vestidos sucios corretean entre los viandantes. Con rápidas maniobras deslizan sus pequeñas manos en los bolsillos de la gente, y roban un monedero de aquí y un brazalete de allá. Una mujer sorprende a un chiquillo que trataba de hurtarle la pulsera, y un niño escondido en un tejado le arroja una piedra que acierta de lleno en el blanco. La mujer se frota la frente y se distrae un instante, y el ladronzuelo aprovecha para escapar con el botín. No apruebo lo que hacen los huérfanos en el mercado, pero tampoco los juzgo por ello. La vida en la ciudad es dura para quienes no proceden de una familia de buena posición. A diferencia de lo que ocurre en las tierras tribales, donde lo único que importa es la magia, aquí gobiernan el dinero y la influencia.

El sol me abrasa la espalda mientras cruzo una calle repleta de vendedores de comida. Una columna de humo procedente de los fuegos que usan para cocinar vicia el aire y hace que me lloren los ojos, pero huele de maravilla. Asan castañas, preparan guisos picantes y fríen plátanos en aceite de cacahuete. El estómago me ruge para recordarme que no he comido nada en todo el día, pero no puedo detenerme a comprar comida; estoy demasiado concentrada en llegar al río de la Serpiente para ver a Rudjek, y me angustia demasiado pensar que puede que no haya venido.

Se ha escapado de la asamblea antes de que su padre cerrase la sesión. He observado que intentaba ocultar la angustia tras una mirada inexpresiva y aburrida, pero puedo ver directamente a través de esa máscara. Lo conozco demasiado. Mi madre le acababa de propinar un golpe bajo, y él ya odia el modo en el que su padre trató a sus hermanos tras el Rito, y se culpa por no haber estado ese día en el mercado para calmar a Jemi.

Doy un respingo al oír un leve ruido a mi lado y sorprendo a uno de los pequeños ladrones intentando afanarme el brazalete. Lo agarro por el brazo, no muy fuerte, pero con la firmeza suficiente para que no se pueda liberar de un tirón. El niño me mira con ojos tristes y los labios temblorosos. Todo un pequeño artista del engaño.

Antes de que vierta la primera lágrima, alguien le propina un pescozón.

—Largo o llamo a la Guardia.

—¡Ay! —protesta el crío, y da media vuelta frotándose la cabeza—. ¡Quién fue a hablar, Kofi!

El ladrón en potencia debe ser nuevo en el mercado, porque no lo había visto nunca. Saco una moneda de plata del bolsillo oculto del cinturón y se la entrego.

—Me la podrías haber pedido desde el principio, ¿sabes?

Sonríe mansamente.

—Lo sé para la próxima.

En cuanto el chico huye corriendo, Kofi ocupa su lugar. Tiene doce años y no es mucho mayor que el aprendiz de ladrón. Lleva un delantal cubierto de escamas de pescado y huele a recién salido de los muelles, es decir, a entrañas podridas. Abre los ojos como platos al ver la ropa que llevo.

—¿Por qué vas vestida *así*? —pregunta.

Frunzo los labios y lo miro fijamente, aunque, por supuesto, tiene razón: el vestido ceñido es poco práctico y demasiado llamativo. Acudir al Mercado Oriental con esta ropa me convierte en un blanco fácil para cualquier ladrón. Al menos mi familia no lleva un escudo de armas en la solapa como la de Rudjek.

—Yo tengo una pregunta mejor: ¿por qué llevas una moneda de plata detrás de la oreja? —replico.

Sonríe, se lleva la mano a una oreja y no encuentra nada.

—En la otra.

Doy unos golpecitos con el pie en el suelo.

Esta vez mueve más rápido la mano, como si el dinero fuese a desaparecer en un abrir y cerrar de ojos. Cuando da con la moneda de plata, se la guarda en el delantal y la piel morena se le ruboriza de alegría. Últimamente, le he dado tantas monedas que ya no se queja por tener que trabajar para ganárselas. Nuestra familia posee más dinero del que necesita y, como siempre dice Oshhe, una moneda guardada es una bendición perdida.

El padre de Kofi es uno de los muchos vendedores de pescado del mercado. Di con su puesto hace un año, al ver a Kofi de pie sobre una caja, vendiendo historias extraordinarias a la clientela.

—En su huida desesperada de un río de hielo, este pescado vino nadando el largo trecho que nos separa del Norte —aseguraba.

Le grité que era poco probable y enseguida cambió la historia, rápido como el azote de un látigo.

—¡Tienes razón! Este lote llegó nadando del Gran Mar intentando refugiarse de una serpiente gigante. ¡No sabían que nosotros también comemos pescado!

Días más tarde, lo vi con una mujer que más adelante descubrí que era la nueva esposa de su padre. Agarró a Kofi por los hombros con los dientes apretados.

—Eres un inútil, muchacho —le espetó—. ¿No sabes hacer nada bien?

Sin mediar provocación alguna, le dio una bofetada. El golpe me llegó al alma, e intervine para detenerla, pero, al día siguiente, Kofi vino al mercado cubierto de moratones.

Cuando volví a ver a la mujer, me presenté como la hija de la sacerdotisa *ka*. Le dije que, si volvía a hacer daño a Kofi, las consecuencias serían graves. Era la primera vez que me aprovechaba del cargo que ocupa mi madre. Funcionó: a partir de aquel día, la madrastra de Kofi no le volvió a pegar. Ahora, en lugar de golpearlo, lo ignora. Como sé lo que se siente, decidí convertirme en su hermana postiza desde entonces.

—¿Te has enterado de la tortuga de mar gigante que ha traído la marea esta mañana? —empieza a decir Kofi, pero Rudjek ya ha captado toda mi atención.

Se abre paso a través del gentío, y viene directo hacia mí. El efecto que causa en el mercado es inmediato. Las chicas le sonríen con picardía y algunas tratan de llamar su atención saliéndole al paso. La muchedumbre mira fijamente el emblema de hueso de craven que lleva en la solapa.

Cuando alguien de una familia poderosa viene al Mercado Oriental, siempre se organiza un alboroto, pero él adora el mercado tanto como yo. Es nuestro segundo lugar favorito para encontrarnos, aparte del rincón secreto junto al río.

Los mercaderes reclaman su atención a gritos, pero no deja de mirarme en ningún momento. Esquiva a un hombre que vende las campanillas diminutas de los seguidores de Oma, el dios de los sueños. Luce una sonrisa de oreja a oreja, y se le ruboriza la piel tostada. Exhalo, y siento que se me deshace el nudo del estómago.

—Lo de esta mañana ha sido interesante —dice, interrumpiendo a Kofi.

Vista de cerca, la sombra del moratón púrpura que tiene en la mejilla derecha hace juego con su hermosa elara de seda. Sus ojos de color obsidiana chispean al reflejar la luz del sol bajo unas pestañas largas.

Me vuelvo hacia él.

—¿Estás bien?

Rudjek rechaza la pregunta con un gesto, pero se pone tenso.

—Te perdiste mi glorioso encuentro de ayer. Acabé segundo. —Mira a su derecha, donde Majka, su ayudante y mejor amigo, espera con un uniforme rojo de gendar. No lo había visto hasta ahora—. Y solo porque *él* hizo trampas.

—Cuando dices que «hice trampas», quieres decir que arrastré tu sucia cara por la arena —lo corrige Majka.

Se planta dos dedos en la frente, haciendo el símbolo de los perdedores, y me dedica la leve reverencia propia de los miembros de la tribu de mi padre. Es el perfecto hijo de un diplomático tamaro. Majka se ajusta más a la estampa típica de un tamaro de alta cuna que Rudjek, con su piel bronceada, el pelo poblado y negro como la noche y unos profundos ojos oscuros. Le devuelvo el saludo con una sonrisa.

A la izquierda de Rudjek, Kira carraspea. También lleva un uniforme rojo; tiene un rostro pálido como el invierno del

Norte y una trenza negra que le cae sobre uno de los hombros. A diferencia de Majka y Rudjek, armados con shotels dobles, porta una docena de dagas sujetas al cuerpo. Un mercader intenta ponerle una ballesta en las manos, y otro agita en el aire cuchillos tobachi para tratar de engatusarla.

Las familias de peso rara vez pisan cualquiera de los dos mercados. No lo necesitan porque disponen de ayudantes a los que pueden enviar en su lugar. Otras familias o no se pueden permitir ayudantes, o deciden no tenerlos. Nosotros tenemos a Nezi, Ty y Terra, pero, por suerte, ninguna de ellas tiene el único cometido de seguirme a todas partes. Rudjek no es tan afortunado.

—Veo que estás disfrutando de tu nuevo destino, Kira —comento mientras ella ahuyenta a los mercaderes.

Kira frunce el ceño.

—Yo no llamaría destino a protegerlo a *él*.

Rudjek se agarra el pecho fingiendo estar ofendido.

—Eso me ha dolido.

Niego con la cabeza. Todavía no me he acostumbrado a ver a Majka y a Kira en sus nuevos papeles de gendars. Tienen diecisiete años, son apenas unos meses mayores que nosotros, pero ya tienen edad de iniciar una carrera profesional. La madre de Majka es comandante bajo el mando de la maestra de armas, la tía de Rudjek; y su padre es el embajador de Estheria. El padre de Kira es el maestro de los escribas. Ambos se criaron compitiendo en la arena junto con Rudjek por pura diversión. Cuando se unieron al cuerpo de los gendars, él solicitó que sustituyeran a sus antiguos ayudantes. Servir a la familia real y a los Omari, sus primos más cercanos, es un gran honor, y Kira y Majka carecían del rango necesario para ostentar el puesto, pero el padre de Rudjek aceptó la propuesta, aunque solo lo hizo para reforzar las alianzas políticas con sus respectivas familias.

—Eh, que yo estaba hablando con ella primero —protesta Kofi, y cruza los brazos—. Esperad vuestro turno.

Rudjek se ríe y le da unos golpecitos amistosos en la cabeza.

—Hola a ti también.

Miro a Kofi con una expresión de disculpa.

—Mañana vendré a verte, te lo prometo.

Kofi le saca la lengua a Rudjek y se pierde entre la muchedumbre.

—Enano descarado... —Rudjek finge estar indignado—. Me estoy pensando si...

—¿Vamos? —pregunto.

Sin esperar respuesta, me dirijo a nuestro rincón del río por una ruta distinta a la que seguirán ellos. Si cuatro personas fueran juntas directamente hacia el lugar, no sería un rincón tan secreto. Rudjek ha tenido muchos ayudantes en el transcurso de los años, y los ha sobornado a todos para que guardasen nuestro secreto. En las ocasiones en las que el dinero no ha funcionado, ha recurrido a métodos de persuasión sutiles y, en algunos casos, no tan sutiles. Cuando quiere, puede ser encantador, aunque no se lo diría nunca para que no se le suba a la cabeza.

Mientras navego entre las multitudes, un escalofrío me desciende por la espalda. Un grupo de familiares recorre el mercado como una manada de felinos rabiosos preparados para atacar. No son más largos que mi brazo, y sus cuerpos sombríos son informes y cambiantes, fluidos como la brisa. Mientras inundan las calles, su presencia me arrebata el calor. Respiro hondo y veo a una docena de ellos arremolinados alrededor de una niña. Se arrastran por su cara, se aferran a sus extremidades y ella ni siquiera se da cuenta de lo que ocurre.

Un puñado de personas más los ven en el mercado; aquellos que tienen sangre tribal. Sus rostros se han ensombrecido y susurran entre ellos. Sin embargo, la mayoría de las personas no puede ver a los familiares.

Uno o dos familiares son un incordio por como culebrean sobrevolándolo todo, pero una horda solo puede significar una cosa: algo malo se acerca. Recuerdo a los niños desaparecidos y me doy cuenta de que esa cosa mala *ya* ha llegado.

Aturdida, atajo entre las casas de ladrillos de barro a la orilla del río de la Serpiente y camino río arriba desde los muelles. Aquí no hay familiares, pero el frío me cala en los huesos. Las tribus creen que los familiares son las reliquias de un pueblo destruido por los demonios hace mucho tiempo. Movidos por su hambre ciega de *kas*, arrasaron todo un reino antes de que Koré y Re'Mec, los Reyes Gemelos, fuesen a la guerra para detenerlos. Los familiares son los últimos vestigios de aquella época, fantasmas inquietos sin alma que buscan lo que no pueden volver a tener: *vida*.

Al llegar a nuestro rincón con el suelo gastado entre los altos juncos, veo a Majka y Kira montando guardia en la ribera, a distancia suficiente para dejarnos intimidad. Rudjek está sentado en una manta amarilla tendida sobre la hierba.

—Mi padre ha organizado un gran combate para celebrar el final de la luna de sangre —dice tras bostezar—. Tienes que venir. Llevo tres años imbatido en la competición de espadas. Soy el mejor espadachín de Tamar. Bueno, a excepción de los gendars, *supongo*.

—Después de lo que ha ocurrido esta mañana, no me parece buena idea —opino con un nudo en la garganta.

Sus ojos, más oscuros que la hora de *ösana*, se abren interrogantes. Cuando centra en mí toda la atención, el espacio parece empequeñecerse y el aire es más cálido.

—¿Qué pasa, Arrah?

La voz se le quiebra al pronunciar mi nombre y se olvida de las fanfarronadas. Sentada junto a él, el perfume de lilas y humo de leña que desprende me provoca un cosquilleo cálido que asciende por mi cuello. Debería decir algo para distraerlo, o fingir que no me gusta el modo en el que mi nombre sale de sus labios, pero no lo hago. No inmediatamente. Dejo que esa sensación extraña y maravillosa quede suspendida en el aire que nos separa. Es mi mejor amigo, e insufrible la mitad de las veces, pero últimamente imagino algo distinto. Imagino algo más.

Me visita el sentimiento de culpa, como un viejo amigo, y desvío la mirada. Aunque nuestros padres no se odiasen, algo me dice que esto está mal. Sí, quiero más, pero no quiero estropear la relación que tenemos ahora si algo sale mal. Un instante estoy a punto de confesarle lo que ocurre y al siguiente entierro mis sentimientos bajo una roca.

—Nada —me apresuro a responder antes de que la conversación vaya por otros derroteros. Una multitud de pensamientos se enredan en mi cabeza. Los familiares, el secuestrador de niños, la serpiente de ojos verdes… A primera vista, no guardan relación entre sí, pero juntos me recuerdan a los movimientos de una partida de perros y chacales, un juego basado en la estrategia, la evasión y el engaño. Puede que esté estableciendo conexiones inexistentes, pero yo no creo en las coincidencias. Sacudo la cabeza y sonrío—. ¿A qué se debe que hoy hayas traído una manta?

Acaricio la tela y siento los patrones intricados de las costuras. Me conoce tan bien que no protesta porque haya cambiado de tema.

—No quería que la hierba te estropease el vestido *divino* que llevas. —Recoloca las vainas, que ha dejado en el suelo, a su lado—. Es precioso.

—Gracias —replico con la mirada fija en los barcos que recorren perezosamente el río. Es tan ancho que el agua parece no tener fin.

Tras un silencio largo e incómodo, ambos intentamos hablar al mismo tiempo. Nos reímos y la tensión se relaja un poco.

—Tú primero —digo.

—Respecto a lo de esta mañana... —empieza, y la voz se le atasca en la garganta—. Mis hermanos jamás harían algo tan vil. Jemi y Uran no han vuelto a ser los mismos desde el Rito de Paso, pero mi padre... mi padre los vigila de cerca. Tiene un gendar que envía informes regularmente sobre el escuadrón de Jemi, y Uran *nunca* está lejos de sus ayudantes. Y cuando digo nunca, es *nunca*.

Acerco la mano al escudo de armas familiar que luce en el cuello de la elara, pero me detengo.

—¿Me permites?

Rudjek se rasca la cabeza y me mira mansamente.

—Por supuesto.

Paso los dedos por la superficie lisa del hueso de craven tallado en la forma de la cabeza de un león. Está frío al tacto, a pesar de que el día es muy caluroso. Si tuviera algún tipo de magia, me repelería, pero no pasa nada. Su roce suave es un recordatorio de que debería hacer caso a mi madre. Quizá ha llegado el momento de renunciar a mi sueño.

—¿Qué se siente cuando tienes cerca a alguien con magia?

No se lo había preguntado nunca porque siempre he evitado hacer cualquier comentario que pudiera hacerme pensar en mi carencia de magia. *¿Qué sentirías si yo tuviera magia y estuviéramos cerca... más cerca que ahora?* Esa es la pregunta que me gustaría hacerle realmente.

Rudjek se encoge de hombros.

—No lo sé... Si la magia está dirigida hacia mí, vibra un poco. Si no, no siento nada.

Llevo la mano del broche de su elara al colgante que luce en el cuello. Le rozo la garganta con la punta de los dedos y ambos nos ponemos tensos. Se inclina un poco más hacia mí y baja la voz hasta un susurro:

—Te he echado de menos.

Majka carraspea y nos separamos de un brinco.

—¿Interrumpo algo?

—¡No! —exclamamos ambos al unísono.

—Nada de nada —añado, resentida.

—Por supuesto que no. —Rudjek frunce el ceño—. ¿Qué quieres?

Majka vuelve la cabeza hacia Kira, que sigue de guardia.

—Debo recordarte que tu padre te espera en la reunión del consejo a las cuartas campanadas de la tarde.

Rudjek hace una mueca al verse las perneras de los pantalones, sucias de polvo del mercado.

—Déjanos un momento a solas, ¿quieres?

Majka asiente con una sonrisa torcida y regresa con Kira.

—Lo siento, pero tengo que ir —suspira Rudjek—. Mi padre estará de mal humor después de lo de esta mañana.

—Entonces es cierto —digo, y me vuelvo a notar la garganta seca—. ¿Te va a nombrar su heredero?

Rudjek tuerce el gesto y desvía la mirada.

—Así es. Yo... Todavía no sé cómo tomármelo. Soy el pequeño. Nunca pensé que esa responsabilidad recaería sobre mis hombros. Las expectativas que tenía mi padre respecto a mí, y las de todos, han cambiado.

No quiero pensar en lo que eso supondrá para nuestra amistad. Si él... Mejor dicho, cuando él se convierta en visir, no podrá rehuir sus deberes para venir a verme al río.

—¿Y los gendars? Siempre has dicho que querías unirte a sus filas. —Me arrepiento de la pregunta al ver que mira con tristeza las vainas de sus hoces—. ¿Cómo vas a sobrevivir si no puedes pasarte el día haciendo el tonto en la arena? —añado para animarlo.

—Ya me las apañaré —responde, y entonces, susurrando, añade—: Puedo ser bastante astuto.

Jugueteo con las cuentas del vestido.

—No puedes negarte, ¿verdad?

—No. —Agarra una piedra y la lanza al río—. Mi madre envió un mensaje a la matrona de su infancia en Delene para que venga a enseñarme los modales adecuados. —Fuerza una risa sin alegría, tan sombría como el estado de ánimo de ambos—. ¿Cómo es ese dicho de los aatiri? «El carácter de un hombre no radica en sus ropajes elegantes, sino en la pureza de su alma».

—La pureza de su *ka* —lo corrijo.

—Perdona —se disculpa Rudjek con una sonrisa tímida—. No dejo de hablar de mí y todavía no te he preguntado por las tierras tribales. ¿Qué tal te fue?

Gruño.

—No muy bien.

Rudjek arquea una ceja.

—¿Quieres hablar de ello?

—Otro día.

No estoy preparada para hablarle del Festival de la Luna de Sangre y la visión de la abuela. Es algo a lo que todavía trato de dar sentido y solo serviría para que se preocupase. De eso me encargo yo solita.

—Quería decirte otra cosa antes de irme. —Rudjek se frota la nuca—. Mi madre envió una invitación para mi Ceremonia de la Mayoría de Edad al taller de tu padre. Pensaba que, si *tu* madre le ponía las manos encima, se acabó, pero… tú vendrás, ¿verdad?

Arrugo la nariz para recordarle lo que pienso de su *Ceremonia de la Mayoría de Edad,* que fue lo que motivó que dibujase el asno en la carta que le envié. Antes de que pueda responder, añade atropelladamente:

—Sí, es un poco arcaica, pero...

—¿Te refieres a las bailarinas medio desnudas? —Cruzo los brazos—. Es una tradición estúpida.

—Por favor... —Parpadea como un perrito abandonado y no puedo reprimir la risa.

No es que nuestros padres no sepan que somos amigos. En el distrito de los eruditos se celebran pocas ceremonias a las que puedas asistir sin conocer a todo el mundo de tu edad. He visto a Rudjek compitiendo en la arena en incontables ocasiones. Esta no debería ser distinta, pero titubeo antes de aceptar la invitación.

—Lo pensaré —respondo, pero sé cuál será la respuesta de Arti si le pido permiso para ir.

Me despido de él y Majka y Kira se lo llevan. Mientras contemplo el río una vez más, no puedo sacarme de la cabeza el enjambre de familiares del Mercado Oriental. Como hay tanta gente que puede verlos, los escribas han elaborado una explicación oficial del fenómeno. Dicen que son inofensivos, meras sombras caprichosas, pero yo nunca me lo he creído. Aunque no posea magia de verdad, no puedo negar las señales.

Allá donde van los familiares, la muerte no tarda en llegar.

SIETE

Tras pasar otra mala noche, me levanto de la cama antes del alba. Demasiados sueños se agolpan en mi cabeza. Uno era sobre una serpiente de ojos verdes *real* que se arrastraba por el Mercado Oriental. No era más grande que una culebra de río, y se deslizaba con facilidad entre la marea de pies en movimiento. En otro, el secuestrador de niños acechaba las tierras tribales con una sarta de niños atados con una soga. Entonces veía a Rudjek en el límite de un bosque oscuro como la noche, con el ojo de Re'Mec a su espalda. La conexión entre los tres sueños era clara mientras dormía, pero ahora la neblina del letargo me nubla la mente.

Si me doy prisa, podré ver a mi padre antes de que vaya al taller. Me visto con la túnica de color azul marino y los pantalones que me quería poner ayer y arrastro las sandalias para no despertar a los demás. Terra se llevará un buen susto cuando vea que no estoy a las octavas campanadas de la mañana.

El sol se asoma por el horizonte mientras recorro el largo pasillo. Nuestra casa rodea un patio en el que mi padre cultiva hierbas para sus medicinas de sangre. Las habitaciones contiguas de mis padres están en el otro extremo de la villa. Ty y Nezi tienen sus propias habitaciones, y la de Terra está junto a la mía.

Figuritas de mosaico danzan por la pared, y giran, se retuercen y corretean para seguir mi ritmo. La magia es mulani, una de las muchas tradiciones de la tribu de mi madre. Los bailarines, las cortinas blancas y los cojines de seda del salón son detalles mulani que decoran nuestro hogar. Aunque Arti nunca visite las tierras tribales, debe echar algo de menos su vida en ellas si conserva esos pequeños recuerdos. Me detengo a mirar a uno de los bailarines y él también se detiene. Cuando era pequeña, solía apoyar la mano en la pared para sentir el zumbido de la magia. Arti intentó enseñarme a hacer que los bailarines se moviesen, pero no pude. Ya entonces, ella se dio cuenta de lo que eso significaba. Años más tarde, la expresión ilegible del rostro de mi madre ese día todavía me atormenta.

Oshhe está acuclillado frente a las raíces de un arbusto kindeliba en el patio, y pasa los dedos por la tierra.

—Hoy has madrugado, pequeña sacerdotisa —dice sin girarse—. ¿No podías dormir?

—Tengo muchas cosas en la cabeza —respondo tras respirar hondo.

—Ayúdame a recoger hierbas. —Me ofrece unas tijeras de podar—. Te ayudará a relajarte.

Mi padre corta hojas del arbusto y yo me coloco delante de una maraña de vides matay. Corto los pequeños brotes rojos con cuidado de no pincharme con las espinas. No me obliga a hablar; se limita a ir llenando una bolsita de hojas. El patio es su santuario. Nezi cuida los jardines que rodean la casa, pero mi padre se encarga de las plantas medicinales.

—Ayer recibí una invitación en el taller. Una invitación que sé que esperabas. —Oshhe se separa del arbusto kindeliba y empieza a recoger semillas de un árbol neem—. Te doy permiso para que vayas, pero tendremos que convencer a tu madre.

No quiero ir a la ceremonia de Rudjek, pero, en vista de todas las cosas que no me han dejado dormir esta noche, es la menor de mis preocupaciones.

—Lo que hizo ayer fue espantoso.

Mi padre hace una mueca. Como siempre dice que no quiere saber nada de política, rara vez hablamos del tema en casa. Hace mucho que comprendí que lo que detesta no es la política, sino los complots de mi madre.

—Fue cruel —insisto, incapaz de contenerme—. Convirtió a los niños secuestrados en un espectáculo solo para atacar al visir. ¿Qué clase de persona hace algo semejante?

—Contén esa lengua antes de decir algo que podrías lamentar —dice Oshhe.

Doy un tijeretazo a otra vid tan deprisa que me pincho el dedo con una espina. Me acerco el pulgar a los labios, pero me detengo a tiempo. El matay causa somnolencia en pequeñas dosis y alucinaciones si se ingiere en exceso. Mi padre asiente en señal de aprobación al ver que lo recuerdo.

—No estoy de acuerdo con los métodos que usa tu madre —admite Oshhe—, pero su animosidad contra el visir no carece completamente de fundamento. No es un buen hombre, hija mía. Necesito que lo entiendas. Sé que su hijo y tú sois muy amigos. Hace años, tuve muchas dudas cuando me preguntaste si podías ir a jugar con él a la orilla del río. Solo te lo permití porque no se puede juzgar al hijo por los pecados del padre. Los niños son inocentes.

Rudjek siempre ha querido ocultar nuestra amistad a su padre. Suponía que era por el mismo motivo que yo, porque nuestros padres se odian, pero no soy una ingenua. Los rumores sobre el visir son incluso peores que los que circulan sobre mi madre. La gente dice que el Reino no tiene enemigos porque él mismo ordena el asesinato de cualquier persona a la que considere una amenaza.

—No he venido a hablar de la ceremonia, padre.

Me sonríe afablemente.

—A veces es mejor comenzar las conversaciones difíciles de un modo agradable.

Me cuesta decidir por dónde empezar o qué debo decir. Todo lo que ha ocurrido desde el Festival de la Luna de Sangre se agolpa en mi mente. La decepción, el miedo y la incredulidad me carcomen, pero me niego a dejarme vencer por ellos. Soy demasiado orgullosa para rendirme. Soy demasiado obstinada.

—¿Tú crees que la serpiente de ojos verdes es un demonio? —pregunto haciendo acopio de valor—. ¿Es posible que uno de ellos sobreviviese a la guerra contra los orishas y se haya ocultado tanto tiempo? ¿Qué podría querer un demonio de *mí*?

La última pregunta toca una fibra sensible y mi padre hace una mueca. Me duele admitir que mi madre tiene razón. No hay motivo alguno para que un demonio se interese por mí. Me clavo las uñas en las palmas. Busco conexiones, una razón, pero nada tiene sentido. Antes de que mi padre tenga tiempo de responder, otra pregunta, más desesperada que las anteriores, abandona mis labios.

—¿Sabes cuándo desapareció el primer niño?

Oshhe arquea una ceja y espera para asegurarse de que he terminado. Al comprobar que no digo nada más, respira hondo.

—A un padre siempre le resulta difícil no disponer de las respuestas que busca su hijo…, pero percibo que podría haber una conexión entre las visiones de la jefa aatari y las de Arti. No sé con certeza si es obra de antimagia de huesos de craven o de magia demoníaca. Debemos mantener la esperanza de que sea antimagia. Si los demonios han vuelto, nos aguardan grandes problemas.

Mi padre hace una pausa y examina el enredo de vides matay que tengo en el regazo. Las lágrimas que reprime le brillan en los ojos. Quiere ser fuerte por mí, y yo también quiero serlo por él.

—Respondiendo a tu otra pregunta: el primer niño desapareció al principio de la luna de sangre. Tienes razón al relacionar ambas cosas —dice con la voz tensa—. Quiero que vayas con mucho cuidado, Arrah. Ya sé que te gusta visitar los mercados e ir al río, pero no corren tiempos seguros.

Me meto las manos entre las rodillas mientras trato de ahogar la tristeza que me oprime el pecho. El miedo que veo en los ojos de mi padre es inconfundible. Es una mirada tan poco corriente en él que se me parte el corazón. Como no consigue reunir el valor suficiente para decir el resto, lo hago yo misma:

—Crees que la visión de la abuela significa que el secuestrador de niños o el demonio, sea lo que sea, vendrá a por mí.

Mi padre se endereza y aprieta los dientes.

—No permitiré que eso ocurra.

—Si tuviera magia propia, no haría falta que me protegieses —observo con amargura—. Cuando llegue mi magia, yo…

Dejo la frase a medias al ver su expresión atormentada.

—Arrah. —La voz de mi padre es más amable, casi apaciguadora—. Da igual que tengas magia o no. Siempre serás mi hija favorita, y te protegeré hasta el último aliento.

Llevada por el rencor, estoy a punto de decir: «Soy tu única hija», pero, por más enfadada que esté, soy incapaz de herir a mi padre.

Así que se acabó.

Incluso mi padre ha abandonado la idea de que algún día puede llegar a tener magia. La noticia me resulta insoportable.

Todos los días, a las octavas campanadas de la mañana, el Templo Todopoderoso se abre al público. La mayoría de las personas suben solas el precipicio que da acceso al Templo, pero otras toman literas. El Palacio Todopoderoso resplandece recortado contra el cielo de occidente, todavía más alto que el Templo, dominando la ciudad y el sinuoso río de la Serpiente, al este. La finca del visir se alza en un acantilado opuesto al Templo en el confín meridional de la ciudad. Es un palacio de pleno derecho con muros marrones que reflejan el sol de la mañana. Pero ahora mismo mi mente está muy lejos de aquí, de las maravillosas vistas de Tamar.

El terror me atenaza el estómago al recordar las palabras de mi padre. Puede que a él no le importe que yo no tenga magia, pero no pienso quedarme sentada sin hacer nada. Si quiero saber más acerca de los demonios, el Templo es el mejor lugar para empezar a investigar.

Eruditos y escribas ataviados con togas barren el camino junto a mercaderes callejeros vestidos con sus mejores ropajes. Todo el mundo acude al Templo, independientemente de su estatus social, el apellido de su familia o su religión, porque las lecciones de la mañana marcan también el momento de pagar los diezmos.

Ayudantes con togas de color tierra acompañan a los visitantes a través de las puertas. A lo largo del borde del precipicio, cinco edificios de piedra dibujan una curva alrededor de un acceso en forma de media luna. Varios eruditos se dirigen a los jardines y los estanques para hablar en privado. Mientras la mayoría de los presentes entran en el edificio central para dar clase, yo me encamino al Salón de los Orishas.

Un intenso olor a sangre impregna el aire mientras cruzo el patio, donde los shotani entrenan en plena noche. Los asesinos de élite se entrenan con los videntes desde muy pequeños. Con el paso de las generaciones, sus familias se mudaron de las tierras tribales al Reino. Poseen magia, y aunque no tienen la suficiente para gozar de un estatus elevado en las tierras tribales, sí cuentan con mucha más que los charlatanes callejeros. Como siempre se mueven en las sombras, la mayor parte de lo que sabemos de ellos son especulaciones.

La magia recubre los muros del Templo, especialmente en el lugar que ocupa el árbol sagrado Gaer, donde enterraron el cuerpo del primer sacerdote *ka*. De día, solo parecen motas de polvo que ves de reojo. De noche, sobre todo durante la hora de *ösana*, es cuando cobra vida.

Sukar y otra ayudante esperan a las puertas del Salón de los Orishas, en el borde noreste del acantilado. Me hace un gesto para que me acerque y, cuando llego con ellos, pone los ojos en blanco.

—Hay muchísima gente confesando sus pecados. Pagan el diezmo para librarse del sentimiento de culpa. Nunca falla.

Sukar tiene la frente perlada de sudor y los tatuajes le brillan. Solo lo hacen cuando está cerca de alguien que posee el don. Miro a la otra ayudante, que hace gestos a la gente para que circule. El eco de la magia de la chica me baila sobre la piel, provocándome. Sukar se disculpa un momento y me acompaña por el largo acceso al interior del Salón de los Orishas. La luz titilante de las antorchas que cuelgan de los muros proyecta sombras perversas en la cámara. Es el lugar ideal para hablar y para repasar mi historia.

El salón acoge las estatuas de los orishas que sobrevivieron a la guerra contra el Rey Demonio. Esculpieron sus propias imágenes de polvo de estrellas más oscuro que la noche más cerrada. Cuesta mirarlas directamente, o durante mucho tiempo, porque los bordes de las siluetas comienzan a volverse borrosos.

Cuando era pequeña, Sukar, Essnai y yo solíamos convertirlo en un juego. ¿Quién de los tres podía mirarlas más rato? Yo gané una vez, si es que a eso se le puede llamar una victoria. Miré fijamente durante tanto tiempo que la oscuridad que rodeaba a la estatua de Essi, el dios del cielo, se me grabó en los ojos y me dejó ciega durante media campanada. Sukar fue corriendo a buscar a mi madre, que envió a su tío en su lugar. No fui la primera niña que tentaba al destino y pagaba el precio. No repetiré aquel error.

De camino a un lugar privado, pasamos junto a varios feligreses postrados meditando frente a su orisha favorito. A medida que nos adentramos en el salón, cada vez encontramos a menos gente y el eco de nuestros pasos es lo único que rompe el silencio. Las inscripciones que brillan en los muros contrastan con la oscuridad del lugar. Nunca he tenido motivos para cuestionar los textos sagrados o la historia que me enseñaron acerca de las tierras tribales, pero las inscripciones aseguran que los orishas destruyeron a *todos* los demonios. Si los primeros escribas se equivocaron en ese punto, ¿qué más no sabemos?

Re'Mec, el orisha del sol, lleva un tocado elaborado de plumas de avestruz y perlas, y luce unos cuernos de carnero gruesos como el brazo de un hombre. El fuego refulge en sus ojos por encima de un pico afilado y puntiagudo. Va desnudo, tiene los hombros anchos, y sus músculos bien definidos magnifican su majestuosidad. Tiene una esfera de cristal sobre el regazo. La neblina gris del interior de la esfera representa a las almas de los orishas que se sacrificaron para detener al Rey Demonio.

Koré, la hermana gemela de Re'Mec, está sentada frente a él en una tarima bajo una cúpula de cristal que la amortaja en sombras. Tiene el rostro esculpido de una mujer aatiri, anguloso y con las mejillas prominentes. Sus manos son garras, y largas trenzas fluyen como ríos por encima de sus pechos.

Sostiene una caja de bronce con una cadena alrededor. Dos mujeres vestidas con los tocados blancos típicos de los adoradores de los Reyes Gemelos están arrodilladas a sus pies. Cada una de ellas ofrece a su dios patrón una cajita llena de baratijas con lunas grabadas en el interior de la tapa.

El muro junto a Koré cuenta la historia de la caída del Rey Demonio. Ella vertió su magia en una caja para atrapar el alma del demonio, pero no fue suficiente. Fueron precisos veinte de sus generales más poderosos para sellar la caja. Ofrecieron voluntariamente sus *kas* para cerrarla para siempre. Otros orishas habían perecido durante la guerra, pero su sacrificio fue imprescindible para ponerle fin.

Me llevo las manos a los hombros, incapaz de imaginar cómo debió ser para ellos entregar la parte de sí mismos que los pueblos tribales consideraban más sagrada y pura. Tengo más preguntas sobre los demonios que al principio. ¿Cómo podían ser tan poderosos como los orishas si ellos no eran dioses? ¿Por qué comían almas? ¿Cómo lo hacían? Solo conocemos fragmentos de historias sobre ellos, elaboradas completamente a partir de la imaginación.

Sukar se aclara la garganta, animándome a darme prisa, pero contemplo cada orisha mientras avanzamos por el salón. Dejamos atrás a Koré y Re'Mec, y pasamos por delante de Essi y, más adelante, Nana, la orisha que dio forma a la tierra.

—¿Han tenido los videntes alguna visión más sobre el secuestrador de niños? —susurro para no molestar a los feligreses tendidos a los pies de Mouran, el señor del mar.

Frente a él, otros dos fieles están arrodillados delante de Sisi, guardiana del fuego. Reviso de pasada todas las escrituras sagradas que hallamos a nuestro paso, pero nada me llama especialmente la atención. Buena parte de los textos describen la guerra con detalles truculentos.

—Si lo que quieres saber es si tu madre nos ha informado de alguna nueva visión, la respuesta es no —contesta Sukar—. Sea quien sea el secuestrador de niños, puede evitar que mi tío y los demás lo vean. La sacerdotisa *ka* es la única lo bastante poderosa para vislumbrarlo, y ni siquiera eso nos ha sido de ayuda.

Hago una mueca al enterarme de la noticia y el silencio se alarga entre nosotros mientras pasamos por delante de Yookulu, el tejedor de estaciones. Sus seguidores han esparcido margaritas en la base de su pedestal para celebrar Su'omi, la estación de la renovación, cuando las plantas florecen tras los meses más fríos de Osesé. Llegamos a Kiva, protector de los niños y la inocencia. Oma, orisha de los sueños. Kekiyé, orisha de la gratitud. Ugeniou, el cosechador. Fayouma, la madre de las bestias y las aves. Fram, que equilibra la vida y la muerte. Todos los orishas están representados a un tamaño gigantesco.

—¿Y tú, amiga mía? —pregunta Sukar sin rastro alguno de su habitual jocosidad—. ¿Alguna nueva desde la extraña visión de la jefa aatiri?

Niego con la cabeza, recordando la conversación con mi padre. No es el momento de hablar del asunto, al menos hasta que sepamos más.

—Todavía nada.

—Sé paciente como el león que acecha en la noche. —Me guiña un ojo—. Los *edam* hallarán una respuesta.

Al fondo del salón, encontramos a la decimocuarta orisha, llamada la Sin Nombre. Como su rostro no tiene ningún rasgo peculiar, cuesta hallar un detalle que permita reconocerla, a excepción de las cobras que le rodean los brazos. Me detengo para examinarla, o, mejor dicho, para contemplar las serpientes con la cabeza en posición de ataque a la altura de sus muñecas. Las otras estatuas son majestuosas, intimidantes, pero esta parece estar *mal.*

La miro demasiado tiempo y la oscuridad me invade por el rabillo del ojo y se me acelera el corazón. La habitación parece inclinarse y el pánico me nubla la mente. Me obligo a desviar la mirada.

Estoy a medio leer otra escritura cuando Tam, uno de los *sparrings* de Rudjek, se acerca a nosotros. Tiene el pelo rubio y rizado, los ojos azul cielo y la piel morena de los yöome y facciones tamaras. Su rostro es delgado, atlético y noble. Su apariencia es chocante, de las que atraen miradas, y lo sabe. Recientemente fue nombrado escriba de primer año e imparte lecciones en el Templo.

Tam chasquea la lengua con una sonrisa taimada en los labios.

—¿La hija de la sacerdotisa *ka* vuelve a saltarse clases? —Me mira severamente y después se vuelve hacia Sukar—. Y el sobrino del vidente zu se escabulle de su deber. ¿Debo recordaros que los orishas exigen nuestra lealtad y que no ven con buenos ojos esta desconsideración?

Sukar pone los ojos en blanco.

—Piérdete, Tam. ¿No ves que estamos ocupados?

—Barasa te está buscando. —Tam se encoge de hombros—. Es por algo de unos pergaminos traspapelados.

—Veinte dioses —maldice Sukar tras suspirar—. Os juro que mi tío no sabe hacer nada sin mí.

—Un sirviente del templo maldiciendo en este lugar sagrado... —Tam se estremece y la sonrisa ladina desaparece de sus labios—. No augura nada bueno.

—Cierra el pico, Tam, por favor —replica Sukar y, acto seguido, se disculpa y corre a atender la llamada de su tío.

En cuanto se marcha Sukar, Tam se apoya en el trono en el que está sentado el orisha de la vida y la muerte. Fram es la dualidad y el equilibrio, y se muestra con dos cabezas que representan su naturaleza fluida.

—No quisieron tomar parte en la guerra contra el Rey Demonio. —Tam indica a Fram con la barbilla—. Para ellos, la vida y la muerte son caras distintas de una misma moneda, así que, cuando Re'Mec y Koré les pidieron ayuda, ellos se la negaron. La dualidad es una espada de doble filo..., pero al final acudieron a la llamada.

Cruzo los brazos.

—Nunca hubiera dicho que acabarías haciéndote escriba. Te gusta demasiado la arena.

—Consideré la posibilidad de unirme a los gendars. —Vuelve a sonreír—. Pero mi auténtico talento está en la educación.

Lo dice con tanto sarcasmo que me río. Estoy a punto de burlarme de él, pero cambio de idea. Tal vez me pueda ayudar a descubrir más acerca de los demonios.

—Cuéntame algo de los orishas que la mayoría de gente no sepa.

—El universo empezó con una gran explosión. —Silba y atrae miradas asesinas de los feligreses que ocupan el templo—. Vosotros lo denomináis el Cataclismo Supremo, pero tiene muchos nombres. Piensa en ello como un vacío de profunda oscuridad que destruye y crea sin principio ni final. En el transcurso de eones, los primeros orishas salieron a rastras de su vientre y cortaron sus cordones umbilicales, por expresarlo de algún modo. Cada uno de ellos posee una parte de la naturaleza del Cataclismo Supremo. Igual que el Cataclismo, los orishas aman a sus creaciones. —Tam cambia de postura y ahora centra su atención en la Sin Nombre—. Por desgracia para nosotros, el amor de un dios es a la vez hermoso y aterrador.

—Nunca me habían contado de ese modo la historia del origen —digo, sorprendida.

—La he adornado un poco —confiesa—. Me hice escriba para poder contar alguna mentira de vez en cuando.

—Háblame de ella... de la Sin Nombre. —La señalo—. La verdad.

—No hablamos de ella. —Tam niega con la cabeza, midiendo las palabras—. No hay nada que contar.

Vuelvo a fijar la mirada en las serpientes. «Había alguien... *algo*», me dijo la abuela. «Alguien que no pertenece a este lugar. Puede que sea una reliquia del pasado, o tal vez un augurio del futuro, no lo sé».

—Una serpiente de ojos verdes. —Trago saliva—. ¿Es un símbolo de los demonios?

Tam da un respingo y me mira con una ceja arqueada.

—Es una pregunta interesante.

—¿Por qué es interesante? —pregunto al detectar un matiz sombrío en su voz.

—Efectivamente, es el nombre que los orishas daban a los demonios —confirma Tam—, porque, aunque adoptaban muchas formas, todos tenían los ojos verdes, un rasgo distintivo de su raza.

El pavor que he sentido antes regresa con toda su fuerza. Si mi padre tiene razón acerca de la conexión existente entre ambas visiones, ya tengo la respuesta que buscaba. Ya sé lo que un demonio podría querer de los niños... y de *mí*.

No es posible. No puede ser. La raza de los demonios fue exterminada en la guerra con los orishas. ¿Pudo sobrevivir uno de ellos? ¿Podría haber más? Si los demonios tienen un hambre insaciable de almas, no existen almas más sagradas y puras que los *kas* de los niños.

OCHO

Hace mucho que he abandonado el templo, pero todavía me cuesta respirar. Atajo por el árbol sagrado Gaer y me dirijo al Mercado Oriental. El árbol se alza solitario y desprotegido sobre una tierra oscura iridiscente, con las ramas retorcidas y peladas. En este lugar, la magia es tan intensa que es palpable. No me detengo, pero las ramas se estremecen a mi paso. El exterior del Templo Todopoderoso es el lugar más mágico de Tamar. ¿Cómo de poderoso fue el primer sacerdote *ka* del Reino para engañar a la muerte echando raíces y convirtiéndose en un árbol?

Cuando me adentro en el Mercado Oriental, veo familiares revoloteando en masa como un nido de avispas agitadas. Cientos de ellos serpentean entre la multitud y se arrastran por todos los rincones imaginables. Los perros les aúllan, mientras que la mayoría de las personas ni siquiera los ven. Absorben el calor del aire y, aunque es mediodía, una corriente fría se adueña del mercado. El sol está oculto tras las nubes, un hecho inusual en Tamar, donde brilla casi todos los días. ¿Acaso siente también la perturbación Re'Mec, el orisha del sol?

A primera vista, todo parece normal. Clientes y mercaderes regatean precios, y los vendedores se pisan las ofertas para atraer a más clientela. Unos chiquillos tocan un ritmo alegre golpeando la base de cajas de madera, y los viandantes dejan monedas de cobre en el cuenco que tienen delante. Sin embargo, una energía maligna vibra entre el gentío como la corriente estática que impregna el aire antes de que caiga un rayo. Estallan varias peleas y la Guardia de la Ciudad interviene. De pronto, me doy cuenta de la cantidad de amuletos con el orisha Kiva que hay hoy en el mercado, ahora que se conoce la noticia de los niños desaparecidos. Cuando era pequeña, el rostro bulboso y los ojos asimétricos del orisha me asustaban, pero Kiva protege a los inocentes. La gente luce su efigie cuando una plaga azota la ciudad, o cuando hay malas cosechas. Es una señal de que el pueblo tiene miedo.

Veo a Rudjek más adelante, librándose de un charlatán callejero que intenta venderle talismanes. El charlatán lleva una docena de collares de hueso al cuello y otras dos docenas en cada brazo. Mira boquiabierto a Rudjek, con los ojos nublados por cataratas desorbitados. Tiene las mejillas hundidas y la piel cenicienta y curtida, y sus movimientos son lentos y letárgicos. Cualquiera podría pensar que está borracho, pero su rostro luce las señales de quien ha intercambiado años de vida por magia. No todos los charlatanes lo hacen, pero es obvio que este hombre en concreto lo ha hecho.

—Necesitas protección —proclama con una voz quebrada como cáscaras de huevo—. Tengo un collar para ti. Viene de las lejanas tierras tribales. Está bendecido por un gran brujo.

Las palabras del charlatán me detienen en seco en medio de la muchedumbre antes de llegar junto a Rudjek. Los clientes se dividen a mi alrededor, y algunos me gritan que me aparte, pero no puedo moverme. Siempre había considerado que los charlatanes eran personas débiles. En realidad, algunos poseen más magia que yo incluso sin intercambiar años de vida. Abarrotan este rincón del mercado, en el que ofrecen amuletos, bolsitas de hierbas y pociones que prometen entregarte todo cuanto anhelas.

Sé lo que se siente cuando deseas tanto la magia que duele. Sé lo que se siente al ver a tus padres someter a la magia con solo chasquear los dedos cuando tú no puedes tocarla.

Un sabor amargo me llena la boca y trago saliva con dificultad. Lo que no puedo entender es el motivo por el que alguien intercambia años de vida por hechizos insignificantes. Si lo vas a hacer, hazlo por una razón mejor. Hazlo porque no tienes otra alternativa.

No es justo juzgar a los charlatanes, pero, cuando los miro, veo mi propio reflejo. Veo el anhelo de ser aceptado. Veo mi propio deseo de protegerme cuando el demonio venga a por mí, porque lo hará. Ahora no me cabe ninguna duda de ello. La visión de la abuela fue una advertencia dirigida a *mí*.

Rudjek frunce el ceño.

—No necesito baratijas hechas con huesos de pollo.

El charlatán abre los brazos y hace tintinear los huesos.

—¿Baratijas? Estos amuletos son auténticos.

—¿De qué tribu proceden? —Rudjek arquea una ceja mientras examina la sarta de huesos diminutos.

—De la tribu kes —responde el hombre al tiempo que hace un gesto perezoso—. Solo elaboran los mejores amuletos.

Rudjek se frota la barbilla.

—¿Los encantadores de huesos no eran los aatiri?

El hombre hace una mueca. La expresión es tan exagerada que tendría cabida en cualquier escenario.

—¿Quién te ha contado esas mentiras?

—Yo le conté esas verdades —respondo, dando un paso al frente.

Rudjek me saluda al estilo de los aatiri, tocándose la frente y realizando una pequeña reverencia. Se ruboriza y vuelve a sonreír como un tonto. No puedo evitar ruborizarme como él. Intento no mirar fijamente sus ojos de obsidiana, ni sus labios, que parecen suaves como el terciopelo, ni sus hombros anchos. Para evitarlo, cometo el error de desviar la atención hacia la piel morena y tersa que asoma por la abertura de la elara que viste. Distingo la curva de la garganta, la clavícula, y una punzada de calidez me baña el estómago. Se acabó lo de vernos en un lugar discreto.

—Ella es la experta en todo lo que tiene que ver con las tribus.

Rudjek me señala con la barbilla y su voz profunda me resuena en los oídos.

—¿Esperabas a alguien?

—A ti, por supuesto —murmura.

—¿Y quién eres...?

El charlatán deja la pregunta a medias en cuanto me ve. Parece décadas mayor y tiene el pelo más cano que la última vez que lo vi, meses antes de la luna de sangre.

—Bendiciones, joven sacerdotisa. —Hace una reverencia y clava los ojos en el suelo. Debe haber visto a mi madre en mis facciones. La mayoría de la gente se percata del parecido. Tengo los ojos ambarinos, los pómulos elevados y la nariz prominente de mi madre—. No quería ser irrespetuoso. ¿Bastará con ofrecer una moneda de plata al Templo para mostrar mi arrepentimiento?

Cambio el peso de pie y miro a todas partes menos al rostro del charlatán. Se hurga en el bolsillo ostentosamente y le tiembla tanto la mano que casi se le cae la moneda. Otros charlatanes observan la escena con curiosidad. ¿Qué esperan que haga? Yo no soy mi madre, y nunca seré como ella.

—Por favor, no maldigas a otro más —me suplica Rudjek—. Recuerda lo que le ocurrió al último que te contrarió.

Frunzo los labios en señal de protesta, pero, aunque me muero de la vergüenza, los charlatanes parecen estar pasándolo tan mal como yo. Los desconocidos siempre creen a Rudjek cuando miente sobre mi supuesta magia, aunque jamás he demostrado ni una chispa de talento.

Antes de darse cuenta de quién soy, quien no me conoce no me presta la menor atención. Solo soy otra clienta del mercado a quien levantar algunas monedas de cobre, o una de plata, si soy lo bastante tonta. En cuanto descubren quién soy, o mejor dicho, quién es *ella*, la gente me mira con una mezcla de horror, admiración y deseo. Y también con una pizca de envidia. Como el charlatán que me mira fijamente ahora mismo. Me mira como yo miraba a los brujos en el Festival de la Luna de Sangre y, por un momento, finjo que es verdad. Finjo que la magia obedecerá a mis designios. Y lo primero que haré con ella será amordazar la bocaza de Rudjek.

Lo miro fijamente mientras se me lleva de donde estábamos. Una descarga de calor fluye entre nuestras manos y me trepa por el brazo. Tiene la mano mucho más grande que yo, y la piel callosa de blandir shotels en la arena de su padre. El corazón me aletea como un pájaro elevándose hacia el cielo. Rudjek mira nuestros dedos entrelazados, se vuelve a ruborizar y me suelta. Últimamente, lo hacemos mucho.

Resoplo con frustración.

—Ojalá la gente dejase de actuar como si yo fuera ella.

—Tu madre inspira un tipo de terror muy especial —dice Rudjek—. Ocurre lo mismo con mi padre.

Me vienen a la mente las palabras de Tam sobre Fram, orisha de la vida y la muerte. Veían la vida y la muerte como caras distintas de una misma moneda. Se podría describir a nuestros padres del mismo modo. Ambos son implacables a su manera. No es de extrañar que se odien.

Rudjek me toca el brazo y el calor vuelve a palpitar entre nosotros. Nos hemos tocado muchas veces, y esta no debería ser diferente. Sin embargo, distingo con claridad la chispa que brilla en sus ojos de medianoche.

—¿Va todo bien?

Varias personas se dan cuenta de que vamos juntos y me vuelvo a poner colorada. Es complicado que Rudjek pase desapercibido. Es el hijo del visir, lleva una elegante elara púrpura, luce shotels chapados en oro a los costados y su cabello es un caos de rizos morenos. Empieza a decir algo, pero se muerde el labio. Se hace un silencio incómodo entre ambos hasta que por fin asiento.

Mientras nos abrimos paso por el mercado, se lo cuento todo en una retahíla que me deja sin aliento. Hablo mucho rato, y la distracción de navegar entre el gentío y tenerlo cerca me facilita la labor. No me había sentido preparada para hablar de la visión de la abuela hasta ahora, pero es un alivio haberlo soltado todo por fin. Con Rudjek, me puedo permitir el lujo de ser vulnerable, puedo bajar la guardia.

—¿Cómo es posible cualquiera de estas cosas? —me pregunto al acabar—. ¿Demonios... después de todo este tiempo?

Me mira estupefacto. No sé qué se esperaba, pero no era lo que le acabo de decir. Si le preguntas a un amigo qué le pasa, te contará que ha discutido con su pareja o que le duele una muela. Si me preguntas a mí qué me pasa, te contaré que un demonio ha venido a instalarse en Tamar. Me suena siniestro incluso a mí.

—Estás diciendo... —Rudjek agarra la empuñadura de los shotels y ladea la cabeza para echar un vistazo a un callejón. Hasta Majka y Kira nos siguen más de cerca que de costumbre. Están en máxima alerta, aguzando la mirada, y también mantienen la mano cerca de las armas—. Los demonios no pueden haber vuelto... Eso significaría...

No logra acabar la frase.

Cruzo los brazos.

—Entonces, ¿por qué estás tan tenso?

Antes de que Rudjek pueda contestar, un familiar le pasa volando entre los pies y se pierde en una zona sombría a su espalda. Docenas de ellos trepan por puertas cerradas, muros y puestos de mercaderes. Se posan como pájaros sobre el techo de una botica mientras dos guardias se abren camino entre la gente. Los siguen cuatro pescadores que llevan a un quinto hombre en una camilla. El hombre lleva clavado un anzuelo para la pesca de ballenas que le atraviesa todo el hombro, y Rudjek y yo lo miramos horrorizados. Pierde tanta sangre que su olor impregna el aire. Me sujeto la garganta para reprimir una arcada. Los hombres entran en la botica y los familiares los siguen. En los muelles suele haber accidentes, pero hacía mucho que no veía uno tan grave. Recuerdo la historia del antiguo sacerdote *ka*, a quien alguien atravesó con un gancho en la bahía.

—Deberías ver la cantidad de familiares que hay en el mercado ahora mismo. —Niego con la cabeza, incrédula—. Es un mal presagio.

—¿Familiares? —Rudjek se tira de la túnica—. ¿Te refieres a las sombras caprichosas?

Hago una mueca. Me niego a escuchar otro sermón sobre lo que dicen los escribas científicos. Los escribas quieren que olvidemos las almas que caminaron por el mundo mucho antes que los humanos. Sin embargo, algunas de ellas no ascendieron a la otra vida. Siguen aquí, ocultas a plena vista. Su presencia me pincha la piel como agujas puntiagudas. No tengo tiempo de volver a discutir este tema con Rudjek. El rastro de sangre que ha dejado el pescador a su paso me está mareando.

—Me da igual lo que digan tus escribas científicos —le experto.

—La gente lleva hablando de las sombras caprichosas…, es decir, de los familiares, desde… —Rudjek echa un vistazo a su alrededor y baja la voz hasta hablar con un susurro ronco—. Desde que desapareció el primer niño. Mi padre no deja de desestimar los informes porque los atribuye a una superstición tribal. A mí… también me gustaría verlos. —De pronto, se oye alboroto a nuestra espalda y vuelve a llevarse las manos a las empuñaduras de los shotels. Al comprobar que solo se trata de un carro volcado, me vuelve a mirar con una expresión llena de pavor—. Anoche se llevaron a otro niño. Es el sexto.

—¿Hay seis niños desaparecidos?

Se me quiebra la voz mientras una niña pequeña se desliza bajo el brazo de un comprador y le birla la bolsa del dinero. El hombre está examinando un puesto de cuchillos tobachi y no se da cuenta de nada. Echo un vistazo a todos los niños que hay en el mercado, tan numerosos como los adultos, y el corazón se me dispara en el pecho. Si tuviera magia, podría *hacer* algo, *hacer* lo que fuese. ¿Se supone que debo quedarme sentada y dejar que este demonio se lleve a los más vulnerables de nosotros, para después esperar mi turno? Qué fácil fue, hace un año, mencionar de pasada a Arti para que la madrastra de Kofi dejase de pegarle.

Kofi.

Sin previo aviso, giro bruscamente y desvío la trayectoria del grupo hacia los mercaderes de pescado. Tengo que asegurarme de que mi amigo está bien.

—Los shotani han estado peinando la ciudad —dice Rudjek, siguiéndome el ritmo—. Ahora que ha desaparecido el hijo de un erudito, el Gremio se ha interesado por el asunto.

Incluso en este instante, la magia shotani flota entre las multitudes. Es pesada y opresiva, como hundirse en un pozo de alquitrán. Comparada con ellos, la Guardia de la Ciudad es poco más que un incordio.

—¿Han encontrado...? —dejo la pregunta en el aire, incapaz de decir «cadáveres».

—No. —Rudjek se pasa los dedos por el enredo de rizos. No sabe qué hacer con las manos, y ni siquiera le calma apoyarlas en las espadas, como suele hacer—. No tienen ni una sola pista. No es normal. Son *shotani*, por lo más sagrado. Bendecidos por los mismos orishas.

—Si Arti no puede ver al secuestrador en sus visiones, los shotani no tienen ninguna posibilidad —replico.

Rudjek se apoya las manos en las caderas.

—¿Seguro que lo intenta?

Empalidece mientras asimilo lo que acaba de decir. Su acusación es como un puñetazo en el estómago. No hace falta que añada nada más. Lo lleva escrito en la cara. Nuestros padres se odian, y cualquiera de los dos haría lo que fuese para ver caer al otro.

—No lo sé.

Agacho la cabeza. No debería albergar ninguna duda de que mi madre hará lo correcto. Sin embargo...

—Lo siento —se disculpa Rudjek, desviando la mirada—. No debería haber insinuado que...

Me muerdo el labio.

—¿Tu padre la ayudaría si la situación fuese a la inversa?

El dolor centellea en los ojos de Rudjek.

—No lo creo.

Seguimos caminando en silencio, pasando junto a los clientes que se agolpan frente a los puestos de los mercaderes. Un punto de frustración y miedo subraya sus murmullos. Las cosas se pondrán muy feas si nadie detiene al secuestrador de niños. La ciudad se rebelará.

Suspiro cuando llegamos a la zona de los pescaderos y Rudjek me mira con una sonrisa tranquilizadora. Kofi está sobre su caja de madera, cubierto de escamas. Desprende un hedor atroz, pero está bien. Me sonríe y luego pone los ojos en blanco al ver a Rudjek. El Kofi de siempre.

—¿Qué tal va el negocio? —pregunto, esforzándome por sonar alegre—. ¿Se venden como rosquillas?

—Esta mañana, Terra ha comprado siete percas. —Kofi mira a su padre, que regatea con un cliente el precio de unas gambas—. Le he regalado otra porque sois buenos clientes.

Rudjek se inclina para hablarme al oído:

—¿Este mocoso está flirteando contigo?

Kofi cruza los brazos y mira a Rudjek con el ceño fruncido, aprovechando la altura que le da la caja de madera.

—¿Vas a comprar algo o qué?

—¿Debería retarlo a un combate en la arena? —Rudjek me mira de reojo—. Me vendaré los ojos para que sea un duelo justo.

Hora de marcharse.

Le lanzo una moneda de plata a Kofi y la atrapa al vuelo.

—No te alejes de tu padre y ten cuidado, ¿de acuerdo?

—Lo haré. —Kofi vuelve a mirar a su padre y ambos asienten—. Te lo prometo.

—Hasta luego —me despido, y me llevo a Rudjek.

—Le pondré un guardia —susurra Rudjek para que solo yo pueda escucharlo—. Sé que no puedo hacer mucho, pero, por lo menos, puedo asegurarme de que no le pase nada. Ojalá pudiera hacer lo mismo por todos los niños. —Se rasca la nuca—. Como futuro visir, debería ser capaz de hacer algo útil por una vez.

Miro a Rudjek con una sonrisa radiante. Un día, será mejor visir que su padre. Ahora que sé que Kofi contará con protección, tengo algo menos de miedo. De repente, un familiar me pasa a través del hombro y me detengo en seco. Un escalofrío me recorre la columna y me deja un cosquilleo helado en la piel a pesar del calor del mediodía. Más familiares, toda una horda, vuelan a toda prisa hacia algún lugar situado detrás de mí. Con un nudo en la garganta, me giro precipitadamente. Una docena de ellos se arremolinan alrededor de Kofi y se deslizan por su cara, sus brazos y las piernas, como un manto de pesadillas.

Es inconfundible lo que eso significa. El secuestrador de niños no ha acabado de cometer fechorías.

Mi amigo es el siguiente.

NUEVE

A rti está sentada frente a mí en la mesa baja del salón, y mira fijamente la pared mientras remueve la sopa de pescado. No ha pronunciado ni una sola palabra. Aunque nunca ha sido muy habladora, esta noche está especialmente callada. Arrugas fruto de la preocupación le surcan la cara; parece cansada y angustiada, y verla así hace que yo también me preocupe. Por primera vez, al menos que yo recuerde, tiene círculos negros debajo de los ojos, como si hiciese días que no duerme. En momentos como este, recuerdo que, aunque mi madre sea fría, no es insensible.

Su rostro exhibe señales de que ha estado trabajando duro practicando rituales. Ha intentado descubrir la identidad del secuestrador de niños. No debería haber dudado de mi madre. Por supuesto que quiere ayudar.

Hace apenas un momento que nos hemos sentado a cenar, pero no puedo dejar de estrujarme las manos entre las rodillas. Me digo que Kofi tiene un guardián que lo custodia. Estará bien. Nunca había agradecido más los lazos familiares de Rudjek con el visir que hoy. Ha dado la orden y en menos de media campanada había un guardia al lado de Kofi. Un gendar, uno de los soldados de élite del Ejército Todopoderoso. A pesar de todo, estoy impaciente por ir a comprobarlo personalmente por la mañana. Le prometí que cuidaría de él.

Sentado a la cabecera de la mesa, Oshhe se aclara la garganta e interrumpe mis pensamientos.

—Interpreto que las cosas no van bien en el Templo.

Arti parpadea como si quisiera aclararse la mente y una sonrisa desmayada le arquea los labios. Alarga la mano hacia mi padre, que la acoge en la suya. Mis padres intercambian una mirada de anhelo, de tristeza, de algo perdido.

—Ojalá la situación fuese distinta —lamenta Arti en voz baja.

Mi padre sonríe, y la resignación de sus palabras transmite una sensación de derrota:

—Ojalá.

Ty entra abruptamente en el salón, seguida de cerca por Terra, y mis padres se separan. La matrona agarra el cuenco de Oshhe y se derrama parte de la sopa todavía caliente en las manos y el delantal, pero parece ajena a ello. Coloca el cuenco bruscamente en la bandeja vacía que porta Terra y se acerca a Arti para recoger el suyo. Mi padre y yo nos miramos y el terror se me instala en el estómago. Ty tiene la mirada ausente. Cuando está así, parece que esté a leguas de distancia. Se ha retirado a un rincón de las profundidades de su mente, donde el horror que la atormenta se ha adueñado de ella.

—¿Esta noche cenas con nosotros, Ty? —pregunta Oshhe en un tono grave y amable—. Terra se puede ocupar de los platos.

Las familias de posición elevada no ven con buenos ojos que una sirvienta se sume a la familia a la hora de comer. Yo no lo supe durante mucho tiempo, porque es muy habitual que Nezi y Ty se sienten a comer con nosotros. Lo descubrí durante una conversación con Rudjek después de mi duodécimo cumpleaños. Se emocionó tanto al saberlo que le preguntó a su madre si sus ayudantes podían comer con ellos. Se ganó un sermón de su madre y, más tarde, una reprimenda de su padre.

Ty ni acepta ni rechaza la invitación de mi padre. Limpia las migas de pan de la mesa con las manos temblorosas. Terra deja la bandeja a un lado y va corriendo a buscar a Nezi. Antes de su llegada, yo me encargaba de esa tarea. Cada vez que Ty tenía un episodio, yo corría a buscar a Nezi, la única que la puede calmar. Los episodios se le acaban pasando, pero es duro verla así.

—Esta noche la sopa estaba excepcionalmente buena —digo, tratando de hacer que vuelva en sí.

Gruñe, pero no mueve los labios y el silencio devora sus palabras. Me pregunto si la noticia de los niños desaparecidos la ha disgustado. Para cuando acaba de limpiar la mesa, tiene la piel cetrina. Se detiene en seco y Arti también se queda totalmente inmóvil delante de mí. Ty retrocede hacia un rincón sacudiendo la cabeza, con los ojos abiertos como dos monedas de cobre aplastadas.

—Solo tienes que pedírmelo y lo haré desaparecer, Ty —dice Arti con la voz muy tensa.

Me muerdo el labio y cierro los puños entre las rodillas. Como la abuela, uno de los dones que posee Arti es manipular la mente, pero sus poderes tienen un límite. No puede hacer desaparecer los recuerdos para siempre, solo enterrarlos durante un tiempo. Ty tampoco responde a Arti.

Cuando Nezi entra renqueando al salón con Terra suspiro aliviada. Recorre la escena con la mirada y el gesto se le tuerce en una mueca. Ty es la persona de más edad de la casa y Nezi es la siguiente. Mechas canas salpican sus rastas morenas, que despuntan en todas direcciones. Miro las manos llenas de cicatrices de Nezi, nudosas y retorcidas como las raíces de un árbol. Cuando yo era pequeña, me decía que se las había quemado recogiendo magia del cielo.

—Estoy aquí. —La voz ronca de Nezi retumba en la sala. No se acerca a Ty porque solo serviría para empeorar las cosas. Lo aprendí por las malas cuando era muy pequeña. Nezi se rasca las viejas cicatrices. Siempre lo hace cuando está triste o alterada—. ¿Quieres que Arti te ayude?

Ty gira la cabeza bruscamente y mira a su amiga. Las dos se entienden. Usan un lenguaje secreto que también conocen las otras mujeres de la casa, pero sigue siendo un misterio para mí. Ty parpadea por toda respuesta. Araña la pared de piedra y respira con breves jadeos intensos. El tacto aterciopelado de la magia de mi madre no tarda en hacerme cosquillas en la piel. Baña toda la habitación, y Ty cierra los ojos con fuerza y emite un largo gruñido antes de recuperar la calma.

Mientras Ty se serena, mi padre le pide a Terra que se lleve los platos. Para cuando regresa, Ty ya ha abandonado el rincón y vuelve a lucir la habitual máscara severa de matrona. Terra y ella nos sirven el siguiente plato: pescado asado con pimienta y arroz de menta. Ty inclina la cabeza hacia Arti, que le devuelve el gesto. La paz tiñe el rostro de la matrona cuando regresa a la cocina con Nezi y Terra. Yo también me siento aliviada.

Arti parece agotada. La magia tiene un precio que paga todo el mundo, incluso los poderosos. Suspira. Tiene la piel pálida y los ojos todavía más rojos que antes. Se recuperará: a diferencia de los charlatanes, que toman prestada la magia, mi madre no la paga con años de vida. La magia acude gustosa a su llamada. Oshhe también parece cansado, como siempre después de un largo día. En mitad de la cena, y mientras todavía tiemblo por el incidente con Ty, Oshhe anuncia:

—Debo partir por la mañana a cazar un buey blanco.

No hace falta que pregunte para qué lo necesita. He trabajado lo bastante en su taller para saber qué quiere hacer con un buey blanco.

—No necesito un encantamiento de protección. —Jugueteo con la perca que tengo en el plato—. Necesito magia propia.

Arti se pone tensa, pero se muerde la lengua.

Mi padre traga saliva y la prominente nuez le sube y baja por el cuello.

—No sé si se trata de un demonio, porque solo los conocemos por historias. He intentado realizar el ritual para ver a través del tiempo y el espacio, pero la magia no me obedece. No tengo talento para ese don en concreto.

Paso de juguetear con la perca a clavarle el cuchillo entre las costillas.

Si hubiese heredado algo de ese don de Arti y la abuela podría ayudar. Podría hacer algo para detener al secuestrador de niños y proteger a Kofi, en lugar de no hacer nada.

—Te elaboraré el amuleto protector más potente que se conoce en las cinco tribus. —Oshhe desestima mis protestas de plano—. No debería pasar más de unos días ausente; debo ir al valle Aloo a buscar a la bestia.

—¿Al valle Aloo? —pregunto atropelladamente—. Está cerca del Bosque Oscuro. Es territorio de cravens.

Nadie ha vuelto a ver un craven desde que atacaron al Ejército Todopoderoso en el valle Aloo hace generaciones. Sin embargo, no es un lugar que visiten muchos habitantes del Reino, porque nadie quiere tentar a la suerte. El valle Aloo es donde se inició el legado de la familia Omari.

Según la fábula infantil, un antepasado lejano de Rudjek, Oshin Omari, fue el último que luchó contra los cravens. Oshin lideró una cruzada para repelerlos de vuelta al Bosque Oscuro cuando amenazaron las fronteras del Reino. Instaló su ejército en el valle Aloo, situado entre el punto más septentrional del Reino y el Bosque Oscuro. Los cravens, astutos y arteros, mataron a la mitad de sus hombres en una sola noche.

Cansado de sufrir derrotas, Oshin se adentró solo en el bosque y ordenó a sus hombres que no lo siguieran. Caminó por las ciénagas sin ver un solo craven hasta que llegó a un claro. Allí, todos lo rodearon. Oshin desenvainó los shotels, dispuesto a morir con honor, pero no lo atacaron. Su valor impresionó a la líder de los cravens, que lo retó a un duelo a muerte en igualdad de condiciones. Espadas contra garras, dientes y una piel dura como la corteza de un árbol. La craven era rápida y astuta, pero Re'Mec recompensa a los valientes. Oshin ganó y los cravens se inclinaron ante su arrojo en la batalla. Como premio, le prometieron no invadir el Reino, porque a partir de entonces respetaban a sus habitantes. Oshin se llevó a los cravens caídos de vuelta a casa, y más tarde descubrió la antimagia que poseían sus huesos.

—Está *cerca* del Bosque Oscuro —repite Oshhe—, no *en* el Bosque Oscuro, hija mía. La paz ha reinado en el valle Aloo durante generaciones. Es el lugar en el que tengo más posibilidades de encontrar el buey que necesito. El secuestrador de niños no es lo único por lo que debemos preocuparnos; también debemos estar atentos a las personas que permiten que el miedo domine sus actos.

Mi mirada suplicante encuentra la de mi madre. Si mis padres tienen algo en común es lo testarudos que son. No quiero que mi padre vaya, pero sé que implorárselo no servirá para nada. En un momento de tanta incertidumbre, deberíamos mantenernos unidos. Nadie está a salvo.

—Los videntes y tú daréis con el demonio, ¿verdad? —le pregunto a mi madre con un hilo de voz.

El anillo de sacerdotisa *ka* de Arti tintinea al rozar el plato. Esta noche ha cambiado a un color esmeralda.

—Tanto si es un demonio como si no, he hecho todo lo que estaba en mi mano —suspira—. Ahora le corresponde a Suran barrer su propia casa. La protección del Reino forma parte de sus atribuciones.

—Y si no lo consigue, ¿qué pasará? —replico—. Desaparecerán más niños.

Mi madre me mira a la cara con unos ojos tristes e inyectados en sangre.

—Eso me temo.

DIEZ

Cada mañana rezo una plegaria por los niños desaparecidos en el altar de los ancestros. Han pasado tres días desde que mi padre partió y la rutina me calma. Sujeto con fuerza el amuleto del Imebyé mientras recito las palabras. Si siguiera la tradición mulani, haría una muñeca con ropa vieja. Los kes también usan una muñeca, pero ellos la hacen de barro. La tradición litho requiere un sacrificio, que suele ser un pollo. Los zu interpretan una danza a la luz de la luna. Añado un amuleto de Kiva, orisha de los niños, por si acaso. No me puedo permitir el lujo de preocuparme por estar mezclando dos fes. El pueblo tribal adora a un solo dios, Heka. El Reino adora a los orishas. Ahora mismo, quienquiera que decida responder a mis plegarias se ganará mi devoción eterna.

Sin embargo, soy consciente de que, sin magia, el ritual no sirve para nada. Si tengo algún eco del don de Heka, no es muy valioso. ¿Para qué sirve ver la magia en el cielo si no la puedes tocar? Supongo que debería estar agradecida por el hecho de que mi mente sea inmune a su influencia, pero no lo estoy.

No basta para marcar la diferencia. No me puedo creer que se espere de mí que me esconda en casa sin hacer nada. Si mi destino está ligado de algún modo a la serpiente de ojos verdes, al demonio, nuestros caminos se encontrarán tarde o temprano. Debería hacer algo para prepararme, para *protegerme*.

Echo de menos a mi padre. Lo necesito aquí conmigo. Necesito que me diga que todo saldrá bien. Tuve que contener las lágrimas todo el tiempo que estuvimos esperando a que embarcase en la nave que lo iba a llevar al valle Aloo.

—No te preocupes, pequeña sacerdotisa —me tranquilizó con una amplia sonrisa—. Volveré muy pronto.

—No quiero que te vayas —supliqué con la voz rota—. ¿Y si pasa algo mientras no estás?

¿Y si el demonio viene a por mí?

—Confía en tu madre. —Oshhe me estrujó el hombro afectuosamente—. Sé que tiene un carácter complicado, pero te quiere.

Me di la vuelta con un sabor amargo en el paladar. Decir que era *complicado* era endulzar mucho la realidad.

Mi padre me tomó la barbilla para que lo volviese a mirar.

—No es tan invencible como aparenta; ella también sufre. Más de lo que imaginas.

Abandono el recuerdo con un respingo porque Terra ha entrado en mi dormitorio para las abluciones matutinas. Charla sobre los últimos cotilleos que circulan por el mercado, pero evita el tema de los niños desaparecidos.

Vuelvo a saltarme las clases de la mañana con los escribas para ver cómo está Kofi y encontrarme con Rudjek en el Mercado Oriental. Él también ha estado haciendo novillos de sus clases privadas. Aunque está convencido de que Kofi es un pequeño artista del engaño, Rudjek no duda a la hora de ayudarme a vigilarlo. Además, estoy segura de que, a pesar de las burlas, Kofi también lo aprecia. Una vez lo encontré defendiéndonos a Rudjek y a mí de un grupo de niños mayores que él. Las lágrimas le humedecían los ojos porque le habían dicho que solo éramos sus amigos porque nos daba lástima.

En cuanto eché a los otros niños, me preguntó si era cierto. Me dolió que no conociera la respuesta a esa pregunta, pero lo entendí. Le dije la verdad: yo era su amiga porque, como él, sabía lo que se sentía al no encajar en un hogar. Y Rudjek era su amigo porque pensaba que Kofi era valiente y le gustaba escuchar las historias que contaba. Eso también era verdad.

A pesar del miedo y la gran incertidumbre presentes en Tamar, el mercado está abarrotado. El humo de los fuegos satura el aire y hace que me lloren los ojos. Los ciudadanos discuten con hombres con los uniformes grises de la Guardia de la Ciudad acerca de los niños desaparecidos. La gente dice que el secuestrador se oculta en las entrañas subterráneas de la ciudad. Como nadie sabe con certeza dónde se esconde, también discuten por eso. Me abro camino entre la multitud. Cuando llego al lugar donde Kofi y su padre suelen instalar su puesto, descubro que lo ocupa una comerciante distinta.

—¿Me permite que le lea la buena fortuna? —Una mujer delgada con un vestido sucio me cierra el paso y me planta un cuenco en las narices. La mujer tiene unos ojos pálidos extraños, y unas trenzas largas y sueltas enmarcan su piel oscura—. Por tan solo tres monedas de cobre, le diré su futuro.

La miro con una expresión de disculpa y me giro de nuevo hacia la vendedora que no debería estar ahí.

—Disculpe. —Me abro paso a empujones hasta el principio de la cola de la comerciante. Los clientes gruñen y me maldicen entre dientes—. ¿Dónde está el pescadero que suele instalar su puesto aquí?

—Espere su turno, señorita. —La mujer chasca la lengua y me muestra unos dientes chapados de oro—. Tengo una remesa suficiente de mi famosa grasa de ballena curada para todos. Todavía es pronto.

Repito la pregunta, esta vez levantando un poco más la voz, y la mujer se encoge de hombros.

—No sé nada de ningún mercader de pescado ni de su hijo. En este mercado, el sitio se elige por orden de llegada. Como este espacio estaba vacío, lo he ocupado.

Me alejo del puesto de la mujer con el corazón desbocado. Ayer mismo, Kofi y su padre estaban en este rincón, vendiendo bagres y tilapias frescos. Es su lugar favorito.

Me muerdo el labio y los busco. Mi mirada va de cara en cara. Él no. Él no. Él no. ¿Dónde está? El inacabable desfile de clientes del mercado pasa frente a mis ojos.

Pregunto a los mercaderes cercanos si han visto al padre de Kofi, pero evitan las preguntas y me sugieren que compre sus artículos. Estoy a punto de decirles a esos cerdos avariciosos por dónde se pueden meter sus baratijas, pero opto por volverme a mezclar con la gente para retomar la búsqueda.

Todo sería mucho más fácil si tuviera magia. Podría usar un conjuro que elaborase un mapa en un pergamino con indicaciones para llegar hasta Kofi en lugar de tener que depender de rumores. Trago saliva, pero no consigo apaciguar la frustración que me hierve dentro y provoca que me tiemble todo el cuerpo.

—¡Arrah! —me llama Rudjek, y al volverme veo que viene directo hacia mí—. Espérame.

Majka y Kira reparten empujones a la muchedumbre. Al ver los uniformes rojos de gendars, nadie osa devolverles los empellones. Respiro con alivio. Los tres me pueden ayudar a buscar.

—No encuentro a Kofi ni el puesto de su padre. —Miro detrás de Rudjek, sin cesar de buscar—. ¿Lo has visto?

Rudjek me agarra el brazo con una expresión siniestra. No me gusta esa expresión; no me gusta nada.

—Ha desaparecido, Arrah. —Rudjek niega con la cabeza—. Anoche...

—¡No! —Me separo de él—. Tiene que estar aquí, por alguna parte.

Un familiar me pasa entre los pies y me sobresalto. Hace cuatro días, un enjambre de familiares engulló a Kofi en el mercado. Me prometió que tendría cuidado. Lo *prometió*.

Rudjek se acerca un poco más a mí. El olor a lilas y humo de leña me alivia y me asfixia a la vez.

—Lo siento, Arrah. —Sus palabras me cortan como cuchillos—. Anoche, el gendar de guardia abandonó su puesto tan solo un instante y, cuando volvió, Kofi... había desaparecido.

—¿Desaparecido? ¿Qué significa eso?

Divago, incapaz de asimilar lo que me está diciendo.

El ruido del gentío me retumba en los oídos. No es demasiado tarde. Es imposible.

—Voy a encontrar a Kofi —le digo con determinación.

Rudjek apoya las manos en las empuñaduras de los shotels y cambia el peso de pie.

—Arrah, ¿qué quieres decir...?

No puedo mirarlo a la cara.

—Hay un modo.

—No me gusta cómo suena eso. —Frunce el ceño—. ¿A qué te refieres?

Al no obtener respuesta, Rudjek se calla la siguiente pregunta. Me sigue a la parte del mercado que frecuentan los charlatanes. Hallamos a dos docenas de ellos vendiendo amuletos de protección, algunos de plata, otros de oro y también de hueso. Amuletos con Kiva, Re'Mec, Koré y otros orishas. Hay cola para comprarlos y los clientes se empujan para hacerse con el que quieren. Me estremezco ante las disputas motivadas por la desesperación. Algunos charlatanes son simples estafadores que venden amuletos falsos a sabiendas.

No tardo mucho en dar con el charlatán que le ofreció un amuleto protector a Rudjek.

—Dame un momento.

—Solo si me prometes que me contarás qué está pasando —replica Rudjek, y aprieta los labios para darme a entender que habla muy en serio.

—Lo haré —le aseguro mientras Kira y Majka llegan a nuestro lado.

Dicho esto, me separo de ellos y me abro paso a través de la cola de clientes del charlatán.

—¿Podemos hablar? —grito entre el jaleo.

Está enseñando dos saquitos de hierbas a una mujer; uno, según él, ahuyentará la mala suerte, y el otro le traerá buena fortuna. La mujer no sabe por cuál decantarse.

El hombre arquea una ceja al oírme hablar sin esperar a mi turno. Tiene la cara más demacrada y el cabello no solo más cano, sino también menos poblado, y no son imaginaciones mías. Las cataratas que padece también han empeorado.

—La hija de la sacerdotisa *ka*. —Inclina la cabeza—. Ya que rechazasteis la última, ¿puedo ofrecer otra moneda al Templo?

—Necesito hablar de otro asunto. —Una oleada de calor me asciende por la espalda y podría jurar que el resto de los clientes han dejado lo que estaban haciendo para observar cómo suplico ayuda—. Un asunto privado.

El hombre sonríe con una expresión taimada. Sabe lo que quiero. Acudir a él es un error, pero ¿qué alternativa me queda? No hay motivos para creer que vaya a funcionar. Mi abuela y Arti son videntes talentosas, pero el factor crucial es que el demonio apareció en una visión sobre *mí*. Debe haber algo que pueda usar para encontrar a Kofi y a los demás niños. Tengo que intentarlo.

—Por supuesto —murmura en tono profesional, y después alza la voz para que lo oiga todo el mundo—. Siempre estoy al servicio del Templo.

Una vez que se ha disculpado con los otros clientes, nos retiramos a un callejón para poder hablar en privado. Por el rabillo del ojo, veo a Rudjek, que camina de un lado a otro a la entrada del callejón, desde donde no puede oírnos. Kira y Majka montan guardia con las manos en la empuñadura de las armas.

—¿Qué puedo hacer por la hija de la mejor vidente que el Reino haya visto jamás? —pregunta con tanta malicia que se me hace un nudo en el estómago—. Estoy seguro de que no puedo resultar útil a alguien como *vos*.

—Necesito... Necesito... —Apenas me salen las palabras. Vuelvo a echar un vistazo a mi alrededor para asegurarme de que nadie pueda oír la petición que voy a hacerle. Mis padres se avergonzarían de mí. Yo misma me avergüenzo—. Necesito conocer el secreto que permite intercambiar años por magia.

La sonrisa del hombre se le ensancha de oreja a oreja y reprimo la vergüenza. Lo hago por Kofi.

—Pagaré por la información. —Busco la bolsa de las monedas—. ¿Cuánto quieres?

—Para vos... —Sus ojos taimados y nublados por las cataratas vuelven a mirarme directamente—. Será gratis.

Se cuelga la bolsa al hombro y levanta la solapa. Dentro hay un revoltijo de botellas, baratijas, hierbas, amuletos y pergaminos de papiro. Forzando la vista, hurga entre el contenido hasta que por fin me entrega un pergamino sellado con un cordel rojo.

—Solo debéis hacer el ritual una vez para crear el puente por el que la magia llegará hasta vos —explica—. A partir de entonces, cada ritual que realicéis os restará años de vida, así que sed prudente.

Trago la bilis que se me acumula al fondo de la garganta y la angustia me atenaza el estómago. No conocía ni me había planteado todas las consecuencias que comporta comerciar con años de vida. Mi padre no me lo dijo cuando hablamos del precio de la magia. Si creo el puente, ¿estaré renunciando a poseer algún día mi propia magia? Cada ritual que realice estará cimentado por este trato espantoso.

Bajo la vista y examino el pergamino con las manos temblorosas. Si no es algo que pueda deshacer, ¿podré perdonármelo? ¿Puedo vivir sabiendo que renuncié a mi última esperanza de poseer un don propio?

Estoy tentada de preguntarle si hay algún modo de quemar el puente, de desconectarlo tras un solo ritual, pero me muerdo la lengua. Da igual si existe o no alguna forma de hacerlo. Le hice una promesa a Kofi y estoy decidida a honrarla. Si el puente es para toda la vida, será mi responsabilidad resistir la tentación de volverlo a usar.

—No toméis esta decisión a la ligera, niña —me advierte el hombre, arrancándome de mis pensamientos.

Le doy las gracias y me guardo el pergamino en el bolsillo. Cuando me doy la vuelta para marcharme, añade en tono jovial:

—Y la próxima vez que veáis a uno de nosotros en el mercado, tratad de no mirarnos con desprecio.

Si ha habido un momento en el que me gustaría poder esfumarme de la faz de la tierra, es este. Nunca me he relacionado mucho con ningún charlatán, especialmente con los que osan autodenominarse brujos. Es un título prestigioso que no se han ganado, un título que siempre había pensado que me correspondía por derecho de nacimiento. Sin embargo, yo tampoco me lo he ganado, y nunca lo haré. Sigo sin estar del todo de acuerdo con la idea de comerciar con años de vida, pero ¿quién soy yo ahora para juzgar a estas personas?

—Lo siento. —Me muerdo el labio—. Me portaré mejor.

Más que salir del callejón, huyo de él. Tengo la espalda empapada en sudor y me cuesta respirar. Rudjek me sale al paso y me hace despertar del ataque de pánico. Frunce el ceño y la preocupación se le refleja en el rostro. No puedo llegar a imaginar lo alterada que le debo parecer ahora mismo. ¿Puede ver el miedo en mi expresión? ¿Puede sentir cómo lo irradian mis huesos?

—Cuéntame —dice con una voz que es un retumbo grave en su pecho.

Hago un gesto para indicarle que no hay de qué preocuparse.

—Me ha dado un ritual especial.

—Un ritual. —Rudjek empalidece y las venas de la cara se le hinchan como las de su madre. De pronto, las manos le quedan inertes sobre las empuñaduras de los shotels—. Veinte dioses, Arrah —susurra—. Dime que no es lo que pienso. He oído los rumores sobre los charlatanes…, lo que hacen para obtener magia.

Es exactamente lo que piensa.

Voy a intercambiar años de vida por magia que me permita encontrar a Kofi y detener al secuestrador de niños.

ONCE

El ojo de Re'Mec resurge de entre las nubes mientras nos dirigimos al taller de mi padre en el Mercado Occidental. Resta algo de frío al aire, pero a pesar de la presencia de Re'Mec, los familiares siguen revoloteando por las calles como moscas.

Cuando cruzamos la hilera de casas de mercaderes que separa los dos mercados, la tierra batida del suelo deja paso a los adoquines pulidos. Paredes grises sustituyen a los colores vibrantes. Escribas y eruditos hacen sus compras a toda prisa flanqueados por guardias a sueldo. El caos del Mercado Oriental no ha llegado hasta aquí, pero se agita en segundo término, esperando su momento. Kira y Majka dejan que nos adelantemos un poco para darnos intimidad.

Rudjek se coloca delante de mí y me cierra el paso.

—No has contestado mi pregunta. ¿Qué tipo de ritual es este, Arrah? ¿Cómo puedes realizar un ritual sin magia?

Se lo quiero decir, pero intentará convencerme para que no lo haga.

—¿Puedes confiar en mí?

—Es gracioso que lo preguntes —contraataca, mirándome fijamente—. Yo diría lo mismo.

Levanto la barbilla y miro a sus ojos de medianoche.

—Mi padre sospechaba que existe una relación entre la serpiente de ojos verdes y el secuestrador de niños. Los videntes se han rendido, pero, como la serpiente aparecía en una visión sobre mí, espero poder usar esa conexión para encontrar a Kofi. El ritual que me ha dado el charlatán debería ayudar. —Cruzo los brazos, esperando que comience la discusión—. Ahora ya lo sabes.

—No debería corresponderte a ti hacer algo tan peligroso —replica Rudjek, contrariado por la noticia—. Si los videntes no pueden hacer nada, deberían invocar a sus señores. Toda la ciudad paga diezmos al Templo, así que lo mínimo que pueden hacer los videntes... y lo mínimo que pueden hacer los orishas es ser útiles por una vez.

Hay gente espiando la conversación y ni siquiera tratan de disimular. Gruño a los cotillas y huyen correteando por los adoquines como las ratas que son.

—No siento ningún afecto por los orishas. —Hace una pausa y se lleva las manos a las caderas—. Ya viste lo que su barbárico Rito de Paso les hizo a mis hermanos. —La voz se le quiebra, y cada palabra transmite el dolor y la angustia que siente por lo que les ocurrió a Jemi y Uran. Uno cayó en desgracia y lo destinaron en tierras lejanas y el otro vive custodiado de cerca—. Pero, si el secuestrador de niños es más poderoso que los videntes, los orishas son nuestra única esperanza.

Se agarra el colgante de craven que lleva al cuello y acaricia el hueso como si hallase consuelo en él. El dolor que siente no es solo por sus hermanos, sino también por sí mismo. Su padre espera que esté a la altura de un legado que nunca debió heredar. Se me parte el corazón, y me gustaría poder decir algo que lo hiciese sentir mejor. Conozco demasiado bien la carga que conlleva no satisfacer las expectativas de un padre, pero necesito que entienda que lo que voy a hacer es decisión mía.

—No puedo quedarme de brazos cruzados mientras ese monstruo se lleva a niños —digo sin levantar la voz—. No podría vivir sabiendo que podría haber hecho algo para salvar a Kofi y ni siquiera lo *intenté*.

—Tienes razón, no podemos quedarnos de brazos cruzados, pero… —Sus ojos son dos lagos brillantes de una hondura infinita que reflejan esperanza, desesperación y algo más profundo y cálido. Una llama que prende—. Tú… Majka, Kira y tú sois mis mejores amigos. No sé qué haría si os perdiese.

—Tendré cuidado —digo para tratar de tranquilizarlo.

Arquea las cejas.

—¿Me puedo quedar contigo?

—Eres alérgico al taller de mi padre, ¿recuerdas? —Ahora soy yo la que disimula la desesperación, porque no sé qué otras sorpresas desagradables hallaré cuando lea el pergamino y lo quiero hacer sola por si vuelvo a fracasar—. No me parece buena idea que vengas.

—A tu padre no le vendría mal limpiar el polvo más a menudo —valora Rudjek al tiempo que les indica a sus amigos que se acerquen con un gesto—, pero me las apañaré.

Ojalá Majka y Kira se lo llevasen a otra de las reuniones de consejo de su padre para poder marcharme tranquila.

Cuando llegan a nuestro lado, Kira levanta la cabeza.

—No sé qué os traéis entre manos, pero no me va a gustar, ¿verdad?

Majka cruza los brazos con una expresión sombría.

—Rudjek, sea cual sea el favor que estás a punto de pedirnos, la respuesta es no. El visir está de un humor de perros y preferiría no despertar su ira.

Rudjek hace un gesto para tranquilizarlo.

—Es un favor pequeño.

—No. —Kira hace una mueca—. Por una vez, Majka tiene razón.

—Vamos, que aquí todos somos amigos. —Le lanza a Kira una sonrisa arrebatadora—. No os pediría un favor si no fuese importante.

—Confiamos en Arrah —dice Majka señalándome, y después mira a Rudjek con los ojos entrecerrados—. En ti, ni un pelo.

La torre del campanario se alza burlona dominando el Mercado Occidental. Se acerca el mediodía y no tengo ni idea del tiempo que me tomará realizar el ritual. Podría ser un instante o días enteros. No dispongo de días. Kofi tampoco. En cualquier caso, debo pensar que los demás niños y él están sanos y salvos de momento, porque la alternativa es impensable.

—Eso me ha ofendido. —Rudjek se agarra el pecho—. Soy digno de toda confianza.

—¿Digno de confianza? —Kira niega con la cabeza—. Hace pocos días te escapaste de tus aposentos en plena noche.

—Y te asaltaron unos ladrones en los muelles —añade Majka.

—Y perdiste una partida de perros y chacales y no podías pagar la apuesta —remata Kira, dando golpecitos al suelo con el pie.

—Y te pusieron un ojo morado —agrega Majka.

Eso explica los moratones de Rudjek en la asamblea, que me dio a entender que se había hecho en la arena. Lo fulmino con una mirada afilada como una daga y agacha la cabeza.

—¿No te amenazaron con cortarte las pelotas? —concluye Kira.

Rudjek pone los brazos en jarra y mira a sus amigos boquiabierto.

—Quién fue a hablar, Majka. Escaparnos a los muelles fue idea tuya. Y Kira, tú lanzaste el primer golpe.

Los ojos marrones de Majka brillan con una inocencia fingida.

—Somos *tus* ayudantes, no a la inversa. Si decides ir a los muelles para divertirte un rato, tenemos que seguirte.

—Sois insufribles *los tres* —los interrumpo, o son capaces de discutir durante toda una campanada. Generalmente, sus pullas amistosas me animan, pero ahora mismo estoy impaciente por ponerme en marcha.

—En cuanto a ese favor... —Rudjek se aclara la garganta—. Necesitamos pasar un tiempo a solas.

Majka arquea las cejas. No sé quién se pone más colorado, si Rudjek o yo.

—No digáis bobadas —digo poniendo los ojos en blanco—. No es lo que pensáis.

Majka suspira.

—Y yo que pensaba que vosotros dos por fin ibais a...

—Cierra el pico, Majka —gruñe Rudjek.

Kira le lanza una mirada feroz a Rudjek.

—¿Debo recordarte que esta tarde tienes clase? —pregunta, y se gira hacia mí—. Y tú también.

Mis escribas no me delatarán por saltarme las lecciones. Tienen miedo de Arti.

—Sí, ya lo sé, *mamá* Kira.

Supongo que no puede evitar ser la hija del maestro gremial Ny, jefe de los escribas, aunque no me la puedo imaginar vistiendo una túnica de escriba sobre las dagas resplandecientes.

—Dales una moneda de plata de mi parte. —Rudjek le guiña un ojo a Majka—. No será la primera.

Suenan las campanadas de mediodía y apoyo el peso en los talones. No puedo saber lo que entrañará el ritual o a qué más tendré que renunciar para cerrar el trato. Me seco el sudor de la frente e intento vencer mis miedos.

—Estaremos en el taller de mi padre —digo antes de que Kira o Majka tengan la oportunidad de seguir discutiendo. No quiero que Rudjek me acompañe, pero es la única manera de poner fin a esta conversación—. Si os lo tenéis que llevar, podéis venir a buscarlo cuando queráis.

Nos volvemos a encaminar hacia el taller sin esperar a que respondan.

—Cualquier día se chivarán a tu padre —digo para ver si consigo distraerlo.

Se ríe, pero es una risa forzada. Él también está preocupado por Kofi y lo disimula sirviéndose del humor. Me da una chispa de esperanza de que las cosas puedan volver a la normalidad.

—Mientras lo hagan después de mi Ceremonia de la Mayoría de Edad, me da igual —replica encogiéndose de hombros.

La campanilla de la entrada anuncia nuestra llegada al taller vacío. El interior está a oscuras, pero en cuanto cruzo el umbral los faroles de las paredes se prenden. El aire del taller es cálido y el espacio está lleno de hileras de estanterías bien surtidas. El toque de clavo que se huele en el ambiente me recuerda a los momentos en los que bebía té con mi padre entre clases. En mis días libres, suelo ayudarlo a preparar medicinas de sangre. Los recuerdos me apaciguan un poco los nervios.

Antes de que partiéramos hacia el Festival de la Luna de Sangre, me escondí tras una estantería llena de esqueletos de animales y lo vi alargar la vida de una vieja erudita. Oshhe se acuclilló en el centro de la habitación, donde el caldero hervía bajo una fanega de hierbas. Una pintura negra cubría su rostro, ya oscuro de por sí, y tenía los dientes pintados de color carmesí. Abrió mucho los ojos mientras el humo amortajaba a la mujer.

Primero le rodeó los pies y después le envolvió las piernas, lento y metódico, elevándose como una serpiente alada.

La erudita permanecía inmóvil como un cadáver, con la prístina elara convertida en un fogonazo plateado. Un murmullo grave brotaba de la garganta de Oshhe mientras guiaba el humo, que serpenteaba alrededor de la mujer, sumida en un silencio sepulcral. Los clientes habituales nunca hacían ruido. Me acerqué un poco para ver mejor, espiando entre la sanguinaria y la carcoma. Maravillada al presenciar el trabajo de mi padre, pasé todo el tiempo ordenando en silencio las plantas medicinales de esas estanterías. Opio, cannabis, mirra, incienso, hinojo, casia, sen, tomillo... Había tantas plantas que era imposible contarlas.

Cuando el humo alcanzó la cabeza de la mujer, el fuego se extinguió bajo el caldero. La piel arrugada de la erudita ondeó como una piedra al atravesar la superficie de un estanque y se alisó alrededor de sus sienes y su frente. Su pelo cano se tornó de un hermoso color caoba. La magia de mi padre había reducido a la mitad la edad de la mujer.

Rudjek se abanica la nariz con la mano.

—¿Cómo podéis soportar este olor?

Un aroma sutil de tomillo, lavanda y clavo impregna el aire. Huele mejor que una perfumería. En tiempos mejores, me empaparía de este olor y me pondría cómoda para pasar una agradable tarde con mi padre. Este es mi lugar favorito aparte del Mercado Oriental, pero aquí tampoco hallaré consuelo.

—No huele mal —replico, bastante irritada.

Hace una mueca y entreabre una ventana.

—Este lugar necesita un poco de aire fresco.

Cruzo los brazos.

—¿Qué es exactamente lo que encuentras tan ofensivo de hierbas y plantas?

—¿Hierbas? —Los ojos se le humedecen y tiene que secarse las lágrimas—. Es una descripción francamente singular.

—¿Qué quieres decir? —pregunto—. El aire está encantado para oler bien.

Rudjek vuelve a fruncir el ceño.

—Pues parece que el encantamiento no funciona.

Me dirijo a las estanterías de pergaminos del fondo del taller.

—¿A qué te huele?

—A algo que se ha puesto rancio. —Se levanta el cuello de la elara—. Me arde en la nariz y el pecho.

Puede que Rudjek sea alérgico a algo del taller *de verdad*.

—Te lo dije —murmuro.

El pergamino me pesa en el bolsillo y no puedo esperar más, aunque Rudjek siga aquí. Sujeto el papel arrugado con los dedos temblorosos y desato el cordel. Leo el ritual escrito en tamaro tan deprisa que el pulso me palpita en los oídos. Si lo hago, si cierro el trato, la conexión solo se podrá romper si la magia decide venir a mí por voluntad propia. Inspiro a través de los dientes cerrados, aliviada y devastada a la vez. Todavía hay esperanza. Si mis dones vienen a mí y son poderosos, se romperá la conexión. Sin embargo, Arti dijo que ningún mulani desarrolla tarde la magia. Ni siquiera mi padre cree que vaya a pasar. La única otra forma que existe de romper la conexión es *la muerte*.

Me obligo a seguir leyendo, aunque la mano no me deja de temblar. El ritual precisa de un lugar donde la magia se concentre abundantemente. En Tamar, eso significa que debo acudir al Templo Todopoderoso o al árbol sagrado Gaer. Como el templo es una opción que debo descartar, tendré que ir al árbol. Me he rebajado a la altura de las personas de las que se mofa mi madre. Si supiese lo que planeo, me miraría con el mismo desdén con el que yo miraba a los charlatanes. El desprecio que el charlatán del mercado se ha encargado de restregarme por las narices.

Un pinchazo de vergüenza me atenaza el estómago, pero no pienso permitir que me haga flaquear. Lo hago por Kofi y los demás niños. El orgullo es la última de mis preocupaciones.

Cuando levanto la vista observo que Rudjek se ha sentado en el suelo con la espalda apoyada en la pared. El sudor le empapa la elara. Espera que le diga lo que pone en el pergamino, pero no me veo capaz.

—¿Estás bien? —le pregunto para desviar su atención—. No tienes buen aspecto.

—Estoy bien. —Se agarra el blasón familiar—. Se me pasará.

Frunzo el ceño y me pregunto si el hueso de craven reacciona a la magia del taller. Si es así, ¿reaccionará también al ritual? No me puedo arriesgar a que interfiera en mis planes.

—¿Te preparo un té? —le ofrezco, y Rudjek empalidece—. ¿Qué pasa, también te parece que el té huele mal?

—No, no es eso. —Niega con la cabeza y se mira las manos—. Como voy a cumplir la mayoría de edad, me han estado enseñando más cosas de las tradiciones del pueblo de mi madre. En el Norte, ofrecer té se puede... *malinterpretar*.

—¿Malinterpretar? —pregunto riendo—. ¿Cómo?

Rudjek se abraza las piernas contra el pecho y se apoya la barbilla en las rodillas. Parece el niño escuálido que conocí en el río de la Serpiente hace tantos años. Por aquel entonces era un chiquillo espantoso, y los rizos enredados le tapaban los ojos mientras gritaba a dos hombres adultos. Sus ayudantes se retiraron mientras él se peleaba con una caña de pescar. Uno se mofó de la rabieta y el otro parecía dispuesto a darle un buen pescozón al crío.

Oshhe y yo estábamos recogiendo menta junto al río. El chico estuvo forcejeando un buen rato con la caña hasta que, finalmente, me impacienté. Le pregunté a mi padre si podía ir a ayudarlo y, sin esperar respuesta, fui hacia ellos y encontré al niño al borde de las lágrimas.

—No te están enseñando bien cómo se hace.

Me miró con unos ojos más oscuros que la noche y después dedicó una sonrisa torcida a los dos ayudantes.

—¡Ya os lo he dicho, pero nunca me hacéis caso!

—¿Quieres que te enseñe? —Me encogí de hombros—. A mí me enseñó mi padre.

El dolor se le reflejaba en los ojos y contestó con un hilo de voz:

—Sí, por favor.

La voz de Rudjek me arranca del recuerdo:

—En Delene, el país de mi madre, cuando una chica ofrece té a un chico, significa algo más.

—No busques los tres pies al gato. —Me ruborizo—. En las tierras tribales, el té es solo té.

—¿Quién dice que le busco los tres pies al gato? —pregunta mientras se levanta—. Aquí el té también es solo té.

Doy la vuelta al pergamino sin responder. Se hace otro silencio incómodo entre nosotros. En cualquier otro momento, me habría burlado de él sin piedad. Le habría preguntado si le gustaría que una oferta de té significase algo más que *solo* té. No voy a negar que yo también lo he pensado.

—Quiero hacer esto sola. —Me muerdo el labio—. Si estás aquí, meteré la pata.

—¿Por qué? —susurra acercándose a mí. Tiene un aspecto horrible—. ¿Te distraigo? —añade en tono inocente.

—La verdad es que sí —replico mirándolo con los ojos entrecerrados—. Parece que estés a punto de vomitar.

—Arrah. —Pronuncia mi nombre y es música para mis oídos—. No sé qué planeas hacer, pero estoy seguro de que es peligroso. No puedo permitir que lo hagas sola. Si algo sale mal…

—Todo saldrá bien —lo interrumpo.

—Desde que volviste de las tierras tribales, las cosas entre nosotros han cambiado. —Escruta mi rostro en busca de algo, y sus ojos oscuros se abren paso a través de mi máscara de medias verdades—. Antes nos lo contábamos todo.

—Te lo he contado *casi* todo. —Las palabras se me escapan antes de que pueda contenerme.

—Casi todo —repite, y se acerca un paso más.

Hago una mueca.

—Sé que quieres ayudar, Rudjek, pero tengo que hacer esto sola.

Suspira y desvía la mirada.

—Eres terca como una mula, ¿lo sabías?

Un nuevo silencio. Sin palabras, el taller parece demasiado pequeño. Como no se encuentra bien, acabo saliéndome con la mía. Nos separamos dejando cosas por decir.

Cuando al fin se marcha, no pierdo ni un minuto. La hora de *ösana* no espera a nadie.

DOCE

Existen varios hechizos, encantamientos y conjuros que podrían ayudarme a dar con el demonio. El problema es que la mayoría de ellos necesitan un objeto personal para funcionar. Oshhe tiene pergaminos de las cinco tribus, y encuentro un ritual mulani que no requiere de objeto alguno. El pergamino promete descubrir algo o a alguien escondido a plena vista. Me pregunto si mi madre ha estado usando algún ritual semejante en el Templo o si no ha realizado ninguno. Quienes poseen un don más poderoso no siempre necesitan rituales para canalizar su magia.

Las manos me tiemblan mientras desenrollo el pergamino mulani y lo coloco sobre la mesa junto al del charlatán. Para empezar, debo llevar a cabo el ritual para tender un puente entre la magia y yo durante la hora de *ösana*. Todavía queda tiempo, pero la duda empieza a asaltarme. El ritual me acercará a la muerte, y no tengo motivos para creer que funcionará. Nunca he sido buena para la magia, pero no quiero que eso me impida intentarlo.

Me aferro a la esperanza de que mis dones naturales lleguen antes de que sea demasiado tarde y que, si solo hago este ritual, todavía hay una opción de romper esta conexión. Pero ¿y si mi capacidad de ver la magia y de que no afecte a mi mente son los únicos dones que llegaré a tener? Me muerdo la carne de la mejilla mientras las dudas se enroscan alrededor de mis esperanzas. Unas me dan la fuerza que necesito para seguir luchando, y las otras me recuerdan que nunca debo rendirme.

Por la noche, chispas de magia centellean entre los estantes de hierbas secas, huesos y amuletos del taller de mi padre como polillas atraídas por el fuego. Las sombras se agazapan en los rincones y se transforman en siluetas acechantes que de pequeña me aterrorizaban y aún me ponen de los nervios. Sin nadie que la guíe, la magia vaga errabunda y sin un objetivo. Estar aquí sin mi padre tiene un punto siniestro. Nunca me había colado sola en el taller, y no puedo sacarme de la cabeza que estoy invadiendo su intimidad, que no debería estar aquí.

Oshhe guarda las herramientas para preparar medicinas de sangre en una pequeña trastienda. Ollas, cizallas, trapos, cuchillos y agujas para extraer sangre cuelgan de las paredes. El suelo está cubierto de tierra importada de los territorios aatiri. Dice que fortalece su magia.

Debería haber enviado a alguien a decir en casa que pasaré la noche con Essnai para que mi ausencia no llame la atención, pero es demasiado tarde para eso. Si Arti quiere encontrarme, lo hará. Cuando entro en el almacén, cierro los ojos y encojo los dedos de los pies por lo fría que está la tierra del suelo. Inhalo profundamente y la expectación y el miedo me palpitan por todo el cuerpo. No puedo volver a fracasar. Kofi me necesita. Sin embargo, no puedo negar que bajo esa sensación de necesidad yace algo más. Mis motivaciones no son puras. Deseo desesperadamente poder invocar magia y controlarla como mis

144

padres, atraparla con la punta de los dedos. Y si hago el ritual y la magia nunca viene a mí por voluntad propia, esta será mi única conexión directa con la magia auténtica.

Voy a romper la promesa que le hice a mi padre. Lo lamento. No quiero decepcionarlo, ni tener que soportar la mirada devastada que le vi en el huerto cuando me dijo que era posible que mi magia no llegase jamás. Arti siempre me ha hecho sentir mal por no poseer magia, aunque no lo hiciera a propósito. A lo largo de toda mi vida he visto su seguridad y firmeza inquebrantables. En sus pasos resuena una confianza cruda e impasible. Siempre he querido ser tan poderosa y resuelta como ella, tener una fracción de sus dones. En cuanto a mi padre, nunca le ha importado que yo no poseyera magia. Me gustaría que a mí tampoco me importase, pero es demasiado tarde para regodearme en mis sentimientos. No tengo tiempo para eso.

Me acuclillo frente a un montón de leña y enciendo un fuego para preparar la medicina de sangre para el ritual mulani. En cuanto las hierbas (vernonia amarga, hierba de cabra y sen) empiezan a hervir, no queda nada por hacer salvo esperar. Mientras contemplo las llamas, trato de conciliar la visión de la abuela con la de Arti. Tam prácticamente confirmó que la serpiente de ojos verdes es un demonio. Los demonios necesitan almas, y los *kas* de los niños son los más puros. Ahora no me cabe ninguna duda de que buscar a la serpiente de ojos verdes me llevará hasta el secuestrador de niños.

Cuando las hierbas están listas, las mezclo con jengibre y pasta de pimienta eeru y vierto la medicina en un vial. Es densa como la melaza, y el olor es tan intenso que se me llenan los ojos de lágrimas. Para sellar el ritual, debo añadir sangre infusionada con magia, una magia que poseeré si el trato para obtenerla a cambio de años de vida funciona. Estoy más nerviosa que antes de las pruebas con la abuela en el Festival de la Luna de Sangre. ¿Qué sentiré cuando la magia responda a mi llamada y se convierta en parte de mí? Si todo sale bien, lo descubriré muy pronto, esta misma noche.

Algo tan simple como teñir de azul el pelo a alguien precisa un poco de sangre. El ritual de mi padre para alargar la vida requiere mucha más. Esa es la auténtica limitación de la magia de carne. La cantidad de sangre que una persona puede donar en un breve periodo de tiempo es limitada. He mezclado incontables medicinas, tanto sola como junto con mi padre. Ninguna de ellas ha funcionado nunca, pero el simple hecho de prepararlas siempre me ha proporcionado una sensación de paz. Esta vez, la medicina de sangre que he elaborado debe funcionar.

Trabajo durante horas, toda la tarde y hasta bien entrada la noche. Las primeras campanadas de la mañana doblan cuando acabo de engarzar un collar de huesos. Es un amuleto protector por si algo sale mal. Aunque estoy dispuesta a realizar grandes sacrificios, quiero salir de este ritual sana y salva. Pensar que un simple amuleto me protegerá es una tontería, pero el collar me ofrece una chispa de consuelo y, ahora mismo, estoy ansiosa por aceptar todo el que pueda obtener. Me apresuro a recoger el taller de Oshhe con la frente empapada de sudor. Puede que no eche de menos los ingredientes que he usado, pero si pregunta, no le ocultaré la verdad. En cuanto sepa lo que he hecho, se dará cuenta de que no tenía elección.

La luz de la luna baña los adoquines frente al taller. Todos los mercaderes han cerrado ya sus puestos, y la práctica totalidad del Mercado Occidental está en silencio. Las farolas iluminan mi camino por las calles oscuras. Evito a los borrachos que buscan *owahyats*, y a los que van cantando agarrados del brazo. Cuando me adentro en barrios más tranquilos con la luna de guía, cada ruido que oigo hace que me dé un vuelco el corazón.

Habría sido más seguro seguir un camino más concurrido a través del Mercado Oriental, pero la hora se me echa encima. Para cuando llego al árbol sagrado Gaer, en el extremo norte de la ciudad, estoy empapada en sudor. El árbol pelado es más oscuro que la propia noche. En sus ramas no crece ni una sola hoja, y la hierba no brota alrededor de sus raíces.

El primer sacerdote *ka* del Reino yace enterrado aquí. Se dice que su magia era tan poderosa que su *ka* echó raíces y se transformó en un árbol en lugar de morir. Aparte del Templo, este es el lugar más sagrado de Tamar, y el más práctico en el que realizar el ritual.

Me instalo entre la tierra fresca, negra e iridiscente como la obsidiana. Se acerca la hora de *ösana* y chispas de magia danzan por el cielo morado. Espero a que dos dioses crucen su camino, espero a que el mundo despierte y a que la magia penetre en mis venas. El momento se alarga tanto que el corazón me palpita en los oídos como una súplica desesperada.

Esto no será fácil. No soy estúpida, pero ahora mismo soy una niña tonta haciendo una tontería. La magia tiene un coste, incluso para quienes aparentan que esto es tan fácil como amasar fufu.

Primero, el intercambio.

La magia me obedecerá o me rechazará. Me rehuyó cuando era pequeña en el Imebyé y me ha ignorado durante todos los años que he estado practicando con la abuela. Ahora tengo algo que ofrecerle.

Antes de flaquear, estampo la mano contra el árbol sagrado y las espinas me perforan la piel con la misma facilidad con la que lo haría un cuchillo tobachi. El dolor es abrasador y agudo, y tengo que reprimir un chillido. Una de las espinas llega a atravesarme el dorso de la mano. Inspiro profundamente mientras el corazón me martillea los oídos. La sangre se me acumula en la muñeca y al caer alimenta las raíces del árbol. Pienso que no es un dolor insoportable, pero esto no ha hecho más que empezar. Las cosas se pondrán mucho peor antes de mejorar. El pergamino lo deja muy claro.

Susurro las palabras para ofrecer mi vida como pago a cambio de saborear la magia y espero. He sido paciente todos estos años y puedo aguantar un poco más. Sin embargo, por una vez, la magia es impaciente. Enredaderas negras brotan del árbol como malas hierbas en un jardín. Se retuercen y se proyectan hacia mí. Trato de apartar la mano rápidamente, pero se hunden bajo mi piel. Chillo mientras los tallos crecen y me trepan por el interior del brazo, dejando un rastro de dolor terrible a su paso. Un nuevo brote se lanza hacia mí desde el árbol y se me introduce directamente en la boca abierta, cortando el grito en seco. No puedo respirar. Instintivamente, intento arrancarme las enredaderas, pero he perdido el control sobre mi cuerpo. No puedo levantar el brazo que me queda libre. La garganta me arde y no podré aguantar mucho más. El pánico se apodera de mí. Quiero echarme atrás, pero es demasiado tarde.

Puedo hacerlo. Las palabras se mofan de mí mientras los tallos se arrastran detrás de mis ojos y me constriñen los órganos. No, no puedo. Voy a morir. Es lo último que me pasa por la cabeza antes de que el mundo se apague y la oscuridad se adueñe de todo.

De repente, despierto jadeando para recuperar el aliento con el rostro medio enterrado en el suelo. Intento incorporarme y mi mano derecha casi cede bajo mi peso. La tengo cubierta de sangre coagulada y tengo la herida en carne viva. Tardo un instante en recobrar el conocimiento y me apoyo en un espacio sin espinas del tronco del árbol. Me da miedo que las enredaderas regresen, pero estoy demasiado débil para moverme, y levantarme es impensable. Me seco las lágrimas de los ojos y compruebo que son gotas de sangre. ¿Ha funcionado? No lo sé. En el cielo nocturno hay mucha magia, pero no viene a mí.

Se me hace un nudo en el estómago. No puedo haber vuelto a fracasar. No después de tanto sufrimiento.

El amuleto de huesos tintinea alrededor de mi cuello, recordándome la advertencia de mi padre. «Cuando haces un trueque de años de vida a cambio de magia, la magia toma de ti los años que desea. El pago podrían ser cinco años o tu vida entera. La complejidad del ritual, hechizo o encantamiento que quieras realizar no importa. Es imposible conocer el importe del pago hasta que es demasiado tarde». No malgasto ni un segundo: tras añadir mi sangre, bebo la medicina para encontrar al secuestrador de niños. El sabor repugnante me provoca arcadas y se me acelera el pulso. Debería hacer caso a mi padre y detenerme antes de que sea demasiado tarde, pero ¿qué haría entonces? No puedo dar la espalda a lo que ocurre y fingir que todo va bien. Kofi me necesita. Debería haber encontrado la forma de protegerlo al ver a los familiares en el mercado.

—Heka, padre y madre de la magia, haz que esto funcione, por favor. —Las palabras tienen un sabor oxidado y amargo al pronunciarlas. Espero una señal, y un pájaro grazna en lo alto del árbol pelado. Rechino los dientes con tanta fuerza que me duele la mandíbula. Elijo cuidadosamente lo siguiente que voy a decir—: Ayúdame a salvar a Kofi.

El suelo tiembla bajo mis pies. Fragmentos de magia atrapados en el aire se arremolinan frente a mi rostro y una neblina me engulle los pies y serpentea entre mis piernas. Está caliente y me entumece las piernas. El sudor me cae a chorros de la frente, y me lo seco. El corazón me retumba en los oídos como un redoble de timbales. *Funciona.* Una parte de mí no creía que fuese posible. La magia responde a *mi* llamada. Estoy asustada y emocionada a la vez tras todos estos años de intentarlo y fracasar.

La neblina me sube por los muslos y el torso, y me envuelve en un capullo sólido como la roca. Una oleada de frío me recorre todo el cuerpo y una especie de ceniza me recubre la lengua y me absorbe años de vida. Años que se van en unas pocas respiraciones. Los cortes de los brazos en los lugares por los que se han abierto paso las enredaderas se me llenan de ampollas y me duelen las raíces de los dientes. Me muerdo la carne de la mejilla para soportar el dolor. Parece que la magia prefiera destrozarme a acudir a mi llamada.

El suelo tiembla bajo mis pies mientras me deslizo al espacio que precede a la inconsciencia. Ni aquí ni allí. El lugar que antecede a los sueños y las pesadillas, en el que la oscuridad se aferra a mi piel como gotas de sudor. La expectación y el anhelo me ahogan al tiempo que mi mente se parte en dos.

Algo o alguien me agarra con fuerza y arranca mi mente dividida de mi cuerpo. Intento resistirme, pero el tirón no es físico, sino espiritual, y demasiado poderoso, igual que en el Festival de la Luna de Sangre, cuando mi *ka* estuvo a punto de separarse de mi cuerpo.

Soles y lunas surcan el cielo tan deprisa que se convierten en chispas brillantes de oro y plata. Mi *ka* se estira y abandona la cáscara vacía de mi cuerpo. Unos ojos desconocidos se clavan en mí, ojos que miran a través del tiempo desde un lugar futuro. Ojos que brillan como la niebla verde que desciende sobre la ciudad tras una tormenta. Los ojos de la serpiente de la visión de la abuela. El demonio. Si estuviera en mi cuerpo, el corazón se me habría parado en este preciso instante.

—No perteneces a este lugar —me susurra el demonio al oído.

La voz es de *niña*. Y muy pequeña. Su magia me pincha la piel. Me sacude los huesos como si tratara de romperme por las costuras. Conservo la sensatez suficiente para tener más miedo que celos de ella. Mi consciencia se expande en todas direcciones. Si sigue haciéndolo, no quedará nada de mí que pueda regresar a mi cuerpo. La magia de la niña se estrella contra mí con tal furia que golpeo el árbol con la columna vertebral, un recordatorio de que mi cuerpo espera mi vuelta.

—Nuestro momento todavía no ha llegado —añade con una voz llena de malicia—. Vuelve y encuentra lo que buscas.

Busco al secuestrador de niños, pero si el demonio no es quien se los lleva, ¿quién podría ser? ¿Acaso tenía razón Arti acerca de los huesos de craven y la antimagia? ¿El culpable es realmente alguien de la familia del visir?

Mi *ka* se vuelve a encoger hacia la noche, pero no regreso a mi cuerpo. Una luna solitaria se aposenta en el cielo y vuelvo a estar en el presente. Mi *ka* flota muy por encima de Tamar, más alto incluso que los tres gigantes que vigilan la ciudad: el Templo Todopoderoso al norte, el Palacio Todopoderoso al oeste y la hacienda del visir al sur. Al este, barcos amarrados se agolpan en el puerto del río de la Serpiente y la gente abarrota los muelles. Desciendo con el único impulso de mi fuerza de voluntad y vuelo por las calles que transcurren entre los hogares de los escribas. Paso por las casas adosadas de los mercaderes y por las cabañas de ladrillos de barro de las riberas. No sigo un camino lineal. Mi *ka* es un tapiz que ondea en el viento.

Esto no se parece en nada a lo que esperaba que pasase tras realizar mi primer ritual. Los brujos hacen que parezca fácil, pero es como andar con los pies hundidos en un bosque de ramas retorcidas que amenazan con atraparte como un cepo. En este estado, soy una niña que aprende a caminar.

Soy consciente de mi cuerpo, apoyado en el árbol. En la corteza del tronco brotan nuevas espinas que se me hunden en la espalda, y el dolor recorre como un rayo el lazo que me une a mi *ka*. Sí, la magia permanece en mí, pero también me está matando. Mi *ka* flota sobre el orfanato como atada por un hilo de tender.

—Veinte dioses, Majka —dice Rudjek—. ¿Qué le ha pasado a tu cara?

Al verlos, el pavor inunda mi *ka*. Ambos llevan elaras negras y capuchas con las que ocultan el rostro. Por segunda vez esta noche, siento que se me va a detener el corazón. ¿Qué hace Rudjek aquí a estas horas intempestivas? Me niego a creer lo peor, aunque me cuesta hallar una explicación plausible.

—Ha sido cosa de Kira —gruñe Majka, frotándose la frente.

—¿Qué has hecho esta vez? —pregunta Rudjek riéndose.

Majka se encoge de hombros.

—Puede que le haya tirado los tejos a su hermana.

—Pues da gracias de que Kira no te haya roto un brazo por algo así. —Rudjek agita un dedo en el aire—. Pensaba que serías lo bastante sensato para no irritar a una chica que lleva una docena de dagas encima en todo momento. Ya te ha tumbado varias veces en la arena.

—¡A ti también te ha vencido! —replica Majka, incrédulo.

—Me ganó una vez —contraataca Rudjek—. Y llevaba los ojos vendados.

—Mentiroso —le espeta Majka—. No llevabas los ojos vendados.

—Y una mano atada a la espalda —insiste Rudjek.

—Hace frío y tengo que mear. —Majka se lleva las manos a los hombros—. Aquí no hay nadie. Esto está más silencioso que un cementerio.

—Deja de lloriquear. —Rudjek frunce el ceño y da un respingo—. ¿Sientes eso?

—¿El qué? —Majka ladea la cabeza como un pajarillo asustado—. ¿Qué es?

Rudjek acerca las manos a las empuñaduras de los shotels.

—No lo sé.

El eco de mi corazón latiéndome con fuerza en el pecho viaja por el lazo que me une a mi *ka*.

Majka mira a su alrededor y baja la voz.

—¿Es posible que Arrah se equivoque en lo del demonio?

—No, no lo creo. —Rudjek desenvaina las espadas—. Confío en ella.

—Yo también confío en ella —gruñe Majka—, pero si tiene razón, ahora mismo somos lo único que se interpone entre el demonio y el orfanato. Eso no presagia nada bueno.

A pesar del dolor que me causan las espinas que tengo clavadas en la espalda, una oleada de ternura me recorre todo el cuerpo. Mocoso insensato. Cómo iba a esperar que no se escapase esta noche para tratar de ayudar. Es ridículo que él piense que puede hacer algo, aunque se podría decir lo mismo de mí. Verlo aquí es todo un consuelo.

Algo tira de mi *ka* y me arrastra lejos del orfanato. Esta vez no es la serpiente de ojos verdes. Viajo a través de los toldos multicolores del Mercado Oriental. Una neblina grisácea envuelve la ciudad, ahogando sus brillantes colores. Incluso los timbales, las flautas y las arpas de los músicos callejeros suenan apagados. El olor a cerveza, humo de pipa y carnes sazonadas satura el ambiente. El ruido de carcajadas y conversaciones no se hace esperar. Los mercaderes que comercian con pieles, marfil y secretos se congregan en esquinas y callejones oscuros del mercado. Hay mercaderes nocturnos capaces de leer lo que más deseas y un auténtico brujo que sabe leer los huesos. A pesar del miedo atroz que azota la ciudad, hay quienes se niegan a permitir que cambie su rutina. Ellos son quienes mantienen viva la esperanza.

Mi reflejo en un charco de agua me devuelve la mirada. Soy casi transparente, una sombra de mi auténtico yo. La gente me atraviesa sin detenerse un solo instante. La brecha entre mi cuerpo y mi *ka* se ensancha hasta convertirse en todo un abismo. ¿Es normal que me sienta así o me he alejado demasiado? Estoy a la vez tendida en la tierra fría junto al árbol y de pie en el mercado. La confusión me nubla la mente y un conocimiento profundo se cuela entre mis pensamientos como un secreto portado por el viento.

Un fulgor capta mi atención entre tanto gris. Es algo amorfo, como yo, pero posee una solidez de la que yo carezco. Aunque los clientes del mercado no me ven, rodean ese fulgor como si fuera la estatua de un orisha que se cruza en su camino. Lo sigo, y paso junto a viandantes que beben jarras de cerveza y apuestan en peleas de gallos, gente que escupe jugo de tabaco entre los dientes mientras cuenta puntos y niños que juegan en la calle.

Kira y Essnai se abren paso entre la multitud, examinando los rostros de uno en uno. Caminan tan cerca que sus manos se rozan, y sus auras se entrelazan en brillantes tonos de azul. Essnai sujeta la vara mientras Kira toca la hoja que lleva envainada junto al muslo. A juzgar por su lenguaje corporal, las *amas* no solo buscan al secuestrador de niños; también se protegen mutuamente.

Es un alivio comprobar que mis amigos tratan de ayudar. Estoy convencida de que es cosa de Rudjek: siempre ha tenido dotes de mando. El mercado está lleno de vida, y el vaivén del gentío me tranquiliza. Podría vagar por las calles toda la noche sin cansarme. La sensación es semejante a la que experimento los días que vengo durante horas para calmar mis inquietudes.

Cuando el fulgor se transforma en una figura encapuchada que camina entre la gente me quedo de piedra. Mi campo de visión se estrecha hasta que solo la veo a ella. Todo lo demás se vuelve borroso y se funde con el entorno. La mujer lleva un vestido verde que arrastra por el suelo embarrado y un chal a juego que oculta su identidad. Su cuerpo brilla con una luz tenue que a primera vista es hermosa, aunque tiene unos bordes afilados como un cristal. Si me acerco demasiado a ella, su luz cortará mi *ka* y no quedará nada de mí. Sin embargo, no puedo alejarme de ella. Es el motivo por el que estoy aquí. Es la secuestradora de niños, y es indudable que no se trata de la serpiente de ojos verdes. La bruma que nubla mi mente se disipa y vuelvo a tener muy claro mi propósito. Sé por qué estoy aquí.

Los pasos firmes de la secuestradora de niños vibran en mi *ka* y atraen chispas de magia del cielo. La mujer corre en todas direcciones. No tardo en darme cuenta de que acecha a los niños como un buitre que vuela alrededor de la carroña. El eco de los latidos de mi corazón tira del lazo que me ata a mi cuerpo.

Una neblina gris flota sobre los caminos de tierra del mercado. Me ralentiza, pero redoblo mis esfuerzos. El dolor que atormenta a mi cuerpo tendido bajo el árbol se agudiza a cada paso que doy. ¿Es obra de la secuestradora de niños? ¿Sabe que alguien le está dando caza? ¿O es que mi *ka* se ha alejado demasiado de mi cuerpo? Rechino los dientes con tanta fuerza que me duele la mandíbula, pero no pararé hasta descubrir la verdad.

En esta parte del mercado, la gente se mantiene agrupada y nadie va desarmado. Llevan armas de todo tipo, desde shotels hasta cuchillos de carnicero o varas. La Guardia de la Ciudad también ha realizado un gran despliegue, al que se suma un nutrido contingente de gendars. Me distraen hasta que el olor a miel y coco de la mujer se cruza en mi camino. Es un olor *familiar*, lo cual me desconcierta.

Imprimo todas mis fuerzas a mis piernas, pero es inútil. Mi *ka* se mueve como si se arrastrase por un pantano. La sangre me cubre la lengua cuando la atadura que me une a mi cuerpo se tensa hasta casi romperse. No tiene sentido preguntarse qué pasará si llega a quebrarse. No puede desembocar en nada bueno. Trato de memorizar todo lo que puedo de la mujer. Es más baja que yo, de caderas anchas y complexión esbelta, y vislumbro sus ojos dorados. El corazón me da un brinco cuando entra en un callejón.

Entre las sombras, la mujer sigue a una niña no mucho más joven que yo. La niña mira constantemente hacia atrás, como si percibiera el peligro. Cuando la luz de la luna ilumina el anillo oval que la mujer lleva en la mano izquierda, se me corta la respiración. Mi cuerpo se revuelve. No puede ser. Esto es un sueño. *Despierta, Arrah. Despierta ahora mismo.* El callejón me da vueltas y se me nubla la vista. Vuelvo a estar en dos lugares a la vez, tendida en el suelo y en el mercado, presenciando algo horrible que está a punto de ocurrir. Estoy viendo a la secuestradora de niños, *veo* a mi madre.

Mi *ka* regresa bruscamente a mi cuerpo. Me quedo tumbada en la tierra a los pies del árbol pelado, jadeando para recobrar el aliento, completa de nuevo, y siento que mis huesos amenazan con partirse por la mitad. La luna dibuja una sonrisa maliciosa. Lo que he visto no puede ser real. No tiene sentido. Lágrimas cálidas me resbalan por las mejillas mientras me sumo en la oscuridad.

Es hora de pagar el precio de la magia.

KORÉ, ORISHA DE LA LUNA, REINA GEMELA

*E*s un interesante giro de los acontecimientos. Debo admitir que no me lo esperaba.

Has estado ocupado, ¿verdad, viejo amigo? Has estado haciendo tu magia malvada delante de mis narices. Tú y yo llevamos mucho tiempo juntos, y cada día eres más fuerte. No debería ser posible, pero aquí estamos. Mi caja no retendrá tu alma para siempre.

La Guerra fue larga y sangrienta, y bastante divertida en algunos momentos. Sin embargo, no podías dejarlo correr, ¿no es cierto? Nuestra hermana ya no estaba entre nosotros, y lo único que tenías que hacer era dejar de comer almas, vivir el resto de tu vida innatural y morir. ¿Tan difícil era? Pero no, eso habría sido demasiado fácil. Cuando ella murió, mostraste tu auténtico rostro, el que ocultabas bajo la superficie. Tal vez era ella quien reprimía a tu bestia interior.

Vosotros dos siempre estuvisteis sincronizados de un modo que nunca pude entender, vuestras almas estaban entrelazadas en extremo. Habría sido encantador si no hubierais sido tan ingenuos. Si ella no hubiese muerto, no me cabe la menor duda de que el resultado habría sido el mismo.

No puedes cambiar tu naturaleza. Incluso sin almas, siempre estuviste destinado a convertirte en un monstruo. Nuestra hermana solo complicó las cosas. Viéndolo en perspectiva, fuimos unos necios al pensar que te perderías en el éter tras su muerte.

Me duele que veinte de mis hermanos se sacrificaran para encadenarte con sus propios kas. Solo debía ser una solución temporal hasta que yo encontrase otra respuesta al problema, pero el tiempo es un asunto complejo, ¿no crees? Cinco mil años son un abrir y cerrar de ojos en la vida de un orisha, pero cualquiera guardaría rencor tras pasar tanto tiempo encadenado.

¿Crees que eres el único que ha estado urdiendo planes?

Viejo amigo, todas las armaduras, por más fuertes que sean, tienen un punto débil.

Juré que protegería a los mortales con mi vida y no voy a permitir que los destruyas. Fue un juramento insensato, pero ellos son un reflejo de mí misma y, aunque es un reflejo bastante pobre, no deja de ser mi reflejo.

Basta de charla, viejo amigo. Debo afilar mis cuchillos.

SEGUNDA PARTE

Y allá donde va la sigue la muerte,
y tiene el corazón negro y vacío,
su amor es algo peligroso,
lleno de dolor y sufrimiento.
—*Canción de la Sin Nombre*

TRECE

Cuando era pequeña, mi padre me contaba muchas historias. Unas eran divertidas, otras tristes y otras tontas, pero
solo me contó una historia de amor. Nunca la he olvidado y el
recuerdo vuelve a mí en sueños.

Estamos trabajando en el patio una tarde ociosa y el sol
nos calienta la espalda. El aroma dulzón de la madreselva flota
en el ambiente. Son los comienzos de Su'omi, la estación del
renacimiento, pocos días después de mi octavo cumpleaños.

—El corazón es voluble, pequeña sacerdotisa —comenta
mi padre mientras poda un arbusto—. Cuando la magia está
implicada, puede volverse tan negro como la hora de *ösana*.
Hay pocas cosas más poderosas que el corazón humano.

Estoy tumbada con la panza sobre la hierba y balanceo
las piernas en el aire.

—¿Amas a Arti?

Se hace un largo silencio.

—«Amar» es una palabra que debemos usar con cuidado
—me advierte.

Callamos otro largo rato.

—Tu madre... es *mulani.*

Lo dice como si la tribu a la que pertenece justificase su frialdad. Mi madre pasa más tiempo en el Templo Todopoderoso que en casa, y nunca tiene una palabra amable para nadie. Especialmente para mí. He conocido a muchas personas de su tribu y ninguna es como ella. Los demás mulani me parecen arrogantes, incluso temperamentales, pero los ojos ambarinos de mi madre siempre están vacíos cuando me mira, como si nunca estuviera satisfecha con nada de lo que hago. Cuanto más intento acercarme a ella, más me rechaza. No recuerdo haberla visto nunca feliz o sonriente.

—¿Y yo qué soy, padre? —pregunto—. ¿Soy hija de la tribu aatiri o de la tribu mulani?

—Tú eres la hija de mi corazón. —Oshhe me da un golpecito en la barbilla.

Me río, encantada de oír esas palabras.

—¿Quieres oír una historia de amor, pequeña sacerdotisa? —pregunta Oshhe.

Asiento, entusiasmada, y mi padre deja a un lado las tijeras y se sienta en la hierba junto a mí. La luz del sol se refleja en la piel caoba y los ojos marrones de Oshhe. Cruza las piernas largas y se saca una bolsita del bolsillo.

—No se puede contar una historia sin caramelos.

Coge un puñado y me pasa la bolsa. Inhalo el aroma a vainilla y nuez moscada de los dulces y me meto dos en la boca.

—Hace mucho tiempo, un muchacho aatiri acudió al Festival de la Luna de Sangre en el Templo de Heka —comienza Oshhe—. Allí vio a una chica con unos ojos dorados preciosos.

—¿Es sobre Arti y tú? —balanceo los pies más deprisa—. Lo es, ¿verdad?

—No, solo es una historia.

Oshhe niega con la cabeza con una expresión algo triste.

—El chico aatiri era muy tímido y la chica mulani era preciosa —continúa—. Noche tras noche, las tribus se reunían para celebrar la luna de sangre, y él quería pedirle un baile a la joven. Sin embargo, otros muchachos mayores lo apartaban de un empujón y siempre se le adelantaban.

»Una mañana, mientras se lavaba en el río, vio a la chica recogiendo bayas entre los arbustos. Dio gracias a Heka por su buena fortuna y se acercó a ella enseguida. La chica se sobresaltó, pero no huyó corriendo. Al chico le costaba encontrar las palabras adecuadas porque quería causarle una buena primera impresión. Recordó que los otros chicos la llamaban Sirena del Valle a sus espaldas. Decían que te podía robar la magia con un beso, pero él no creía en esas paparruchas.

»"A mí no me pareces una sirena", le dijo el muchacho. No son las mejores primeras palabras que se pueden decir a una chica, pero en vez de espantarlo, ella se rio. La joven le preguntó si quería ayudarla a recoger bayas. Se hicieron amigos y pasaron mucho tiempo juntos durante el Festival de la Luna de Sangre. Ambos descubrieron las esperanzas y los sueños del otro. La chica deseaba abandonar las tierras tribales un día para ver mundo, mientras que el muchacho amaba su hogar con toda su alma. Todos los años se encontraban en el festival, pero el chico nunca le confesó lo que sentía a la joven. Pasaron muchos años y, cuando por fin se armó de valor, era demasiado tarde. La chica se había enamorado de un príncipe que podía hacer realidad su sueño de ver mundo.

—Es una historia de amor triste —lamento—. Ella no debería enamorarse de otro.

—La historia no ha terminado. —Oshhe chasca la lengua—. El mejor amigo del príncipe era un joven muy poderoso que quería labrarse un nombre, y la chica no le caía demasiado bien. Ordenó a un brujo malvado que demostrase que la chica había encantado al príncipe, pero para cuando el brujo descubrió que la acusación era falsa, ya le había arrebatado el amor que sentía por el príncipe. Sin embargo, no se detuvo aquí. También arrebató toda la pureza, la amabilidad y la bondad a la chica. La joven había sido castigada solo por perseguir sus sueños e imaginar una vida distinta para sí.

Dejo quietas las piernas y me muerdo el labio para no volver a interrumpir a mi padre. Es una historia espantosa.

—Al no ver a su amada en el siguiente Festival de la Luna de Sangre, el chico la fue a buscar a una ciudad lejos de las tierras tribales. La encontró hundida y cambiada, pero se aferró al recuerdo de la joven dulce y amable que solía ser. El chico tenía la esperanza de que un día ella también lo amara, así que, al convertirse en un hombre, le pidió que se casase con él. Ella aceptó.

»Durante una breve temporada, fueron felices juntos. Tuvieron una hija preciosa que se parecía mucho a su madre y era tan valiente y decidida como ella. El hombre juró que amaría y protegería a su hija para que siempre se sintiera querida y nunca tuviese que sufrir como su madre. Por fin había encontrado al amor de su vida. Como puedes ver, pequeña sacerdotisa, esta no es una historia de amor entre un chico y una chica. Es una historia sobre el amor de un padre por su hija.

Mi padre siempre me ha protegido y ahora lo necesito desesperadamente.

Tengo el cuerpo crispado, roto y dolorido. Unos zarcillos negros fluyen sobre mi piel como agua fría sobre una quemadura, y me sumen en un sueño profundo. Estoy parapetada en un rincón impenetrable de mi mente, un lugar solitario, lleno de secretos y engaños. El eco de las risas y las canciones me devuelve al mundo de los vivos, pero solo me recibe la oscuridad. Me duele, pero el dolor ha quedado reducido a una sombra. Han pasado días. No sé cuántos. Tengo la boca seca y los labios agrietados. El recuerdo de Arti acechando a la niña me atormenta. Se filtra en todos mis pensamientos, entrelazándose con la historia del chico aatiri y la chica mulani.

A pesar de la inquietud, los zarcillos negros me vuelven a arrastrar hacia el sueño. Me despierta un fulgor intenso, esta vez en plena noche. Mi habitación está a oscuras. En mi campo de visión aparecen y desaparecen familiares, que se arrastran por el suelo y las paredes como pestes hambrientas. Sin embargo, lo que atrae mi atención no son los familiares. Mi madre se alza a los pies de la cama, envuelta en sombras. Intento incorporarme y huir de ella, pero se mueve con la gracilidad de un guepardo. Grazno un chillido que apenas es una exclamación ahogada. Arti se coloca a mi lado. Lleva el pelo suelto y sus rizos morenos y suaves son una promesa de bondad, aunque en realidad son canciones de cuna que desembocan en pesadillas.

Los ojos ambarinos de Arti reflejan la luz de la luna, pero están vacíos. El dolor me atenaza el estómago. Añoro dolorosamente a la niña a la que arrebataron su inocencia, aquella que robó el corazón a mi padre a primera vista. Añoro a la madre que nunca conoceré, y a la carcasa vacía que tengo al lado.

—¿Qué has hecho, insensata? —susurra con la voz rota.

—¿Por qué? —La palabra me irrita la garganta seca y se apaga. Por un instante, la angustia en su voz me desconcierta y me avergüenza, pero no, yo no he hecho nada malo. Ha sido una insensatez, eso es cierto, pero no ha sido nada malo—. No lo entiendo… ¿*Por qué*? —consigo articular.

—No eres mejor que un charlatán… Has renunciado a años de vida. —Mira fijamente el altar que hay junto a la cama, mi capilla de objetos tribales, para no mirarme a mí—. No se puede deshacer.

Mi madre siempre me ha mantenido a distancia. Nunca me ha abrazado con ternura ni me ha contado una historia en el patio durante una tarde ociosa. Si no me pareciese tanto a ella, podría ser una huérfana a la que recogió de la calle por lástima y que luego se arrepintió de haber acogido. Ahora, las lágrimas que reprime y el dolor que impregna sus palabras me parten el corazón. Una parte de mí se sigue aferrando a la idea de que mi madre se preocupa por mí, que no es un monstruo que secuestra niños por la noche.

—¿Dónde está Kofi? —pregunto con la voz ronca, aunque temo la respuesta.

—El ritual te costó diez años de vida —dice Arti, ignorando mis preguntas.

—¡Contéstame! —grito, incapaz de disimular la desesperación—. ¿Dónde están los niños?

—¿Crees que quería llevármelos? —replica Arti, furiosa—. Hice un trato, un trato que no podía incumplir, aunque hubiese querido hacerlo—. Nuestras miradas se vuelven a encontrar y sus ojos son puñales. Las lágrimas han desaparecido y ha vuelto a sepultar las emociones—. Si hubiera conocido todas las implicaciones del trato, lo habría rechazado, pero es demasiado tarde para echarse atrás. Todo acabará pronto.

Arti se saca una daga del caftán tan deprisa que la hoja destella como un rayo plateado en la oscuridad. Me tiemblan los labios, pero solo brota de mi garganta un gemido apagado. Intento incorporarme de nuevo, pero su magia me retiene. Me aprieta el filo contra la mejilla. Espero sentir el frío de la hoja, pero está caliente y vibra por efecto de la magia. En la historia de mi padre, el brujo malvado había destrozado irremediablemente a la chica mulani. Ahora *ella* es la bruja malvada.

No puedo esperar que lo deje correr. Quiere hacerme daño.

—Niña tonta. —Se inclina hacia mí y se acerca tanto que el olor dulzón a coco y miel me revuelve el estómago—. Esto no formaba parte del trato. Estamos muy disgustados, pero es culpa tuya. Te lo advertí.

No me atrevo a respirar, y me duele el pecho de contener el aliento.

—No puedo permitir que eches a perder nuestros planes. —Arti hunde el cuchillo en la sábana—. Todo está dispuesto. Se acerca el momento. El día y la hora exactos que *él* presagió.

Habla sin mirarme. Vuelve a tener la mirada fija en el altar.

—Oshhe lo sabrá —susurra, inexpresiva—. También tendré que ocuparme de él.

La magia flota en el dormitorio, pero, aunque intento someterla con todas mis fuerzas, no acude a mí.

La mirada de Arti me recorre de arriba abajo con tristeza.

—Es lo mejor.

Heka, ayúdame, por favor.

La única respuesta que recibo es el suave repiqueteo de la lluvia en el tejado.

—No lo hagas, por favor —suplico.

—Será rápido. —Me agarra el cuello del camisón y rasga la tela—. Te lo prometo.

Mi madre me va a matar. Me hundirá el cuchillo en el corazón y se deshará de mi cadáver antes de que vuelva mi padre. ¿Qué mentira le contará? ¿Le dirá que he sufrido un accidente?

Lucho contra la magia que me inmoviliza. La daga me abrasa y los grabados de la hoja destellan a la luz de la luna. La magia desprende un olor intenso y fiero, muy distinto al de las chispas de magia que danzan en el aire. Hay algo maléfico en ella, algo muy diferente. Me repta por la piel, buscando todos los caminos posibles para invadir mi cuerpo. Me revuelvo cada vez más, el pulso me palpita en los oídos y el corazón se me desboca, pero es inútil. Su magia me sujeta con una mano de hierro. Aunque mi mente se resiste, mi cuerpo no se ha movido ni un ápice.

Los familiares se estiran formando zarcillos alargados y se acercan a mí, pero incluso ellos guardan las distancias con mi madre. Grito cuando el cuchillo se me clava en el pecho. El dolor me recorre el estómago y las extremidades. La voz de mi madre se vuelve a romper mientras entona un hechizo que me recuerda al canto de los pájaros. Su angustia es insoportable, y cierro los ojos con fuerza mientras las lágrimas me resbalan por las mejillas. No puedo confiar en nada de lo que ha dicho, y ser testigo de sus remordimientos solo empeora las cosas. Todos estos años se ha mostrado fría y distante, ¿y ahora pretende hacerme creer que le importo?

Arti me graba símbolos en el pecho con cortes largos y lentos. Tras el primero, el toque de su magia mitiga el dolor. Me dispensa una pequeña deferencia, aunque no sé por qué. Desliza el cuchillo con cuidado, como un artista que esculpe algo hermoso. Cuando por fin acaba, la magia de la hoja me ha dejado un rastro cálido en el cuerpo que me consume desde el interior. Me pasan por la cabeza infinidad de remordimientos y oportunidades perdidas. Nunca le he dicho a Rudjek que solo quiero besarlo, aunque sea una vez. No he pasado suficiente tiempo con Essnai y Sukar, ni con la abuela. Y mi padre. Oh, *Heka*.

—Mírame, Arrah —me ordena Arti.

Los párpados me cosquillean y se abren súbitamente, forzados por su magia.

—Tanto tu cuerpo como tu *ka* están ligados a mí —dice—. Nunca hablarás ni actuarás en mi perjuicio.

Un leve dolor se me instala en el pecho.

—¿Qué has hecho?

—Lo necesario para que no puedas arruinar nuestros planes. —Arti esboza una sonrisa insólita—. Y también te he hecho un regalo.

Antes de que pueda decir algo más, mi madre se retira a las sombras y desaparece. Poco después, los familiares también huyen del dormitorio. En cuanto me dejan de temblar las piernas, me levanto de la cama. El sudor me empapa el camisón y me agarro al altar para no caerme. El ruido de la lluvia en el tejado me retumba en la cabeza mientras me acerco al espejo a trompicones. Tengo que ver la magnitud del daño.

El aire fresco de la noche me hace cosquillas en el pecho y la luz de la luna me baña la piel tersa y tostada. No es posible. No hay cortes. Ni un rasguño. Ni una quemadura. Ni una sola cicatriz. Miro fijamente el espejo y una minúscula chispa de esperanza subraya mi sorpresa. Si solo confiase en el sentido de la vista, podría olvidarme de lo ocurrido esta noche y achacarlo a una simple pesadilla, pero mis dedos cuentan una historia muy distinta, una historia que corrobora el calor que todavía me palpita bajo la piel.

Recorro los círculos invisibles que me ha grabado en el pecho, círculos que mi madre se ha asegurado de que nadie pueda ver jamás. En el mundo de la magia, los círculos sirven para unir y conectar, pero estos grabados no son exactamente círculos. Vuelvo a pasar el dedo por las cicatrices, esta vez más despacio, palpando las espirales más gruesas del fondo hasta llegar a la cresta del diseño. Mientras lo hago, un rastro de luz brilla al paso de mi dedo y dibuja una silueta bien definida. La sorpresa inicial se transforma en horror ante lo que descubro.

Una serpiente. Arti me ha grabado una serpiente en el pecho. Los zu son los escribientes más hábiles, auténticos maestros de la magia escrita, pero mi madre también la ha estudiado. No me cabe duda de que domina las técnicas de las cinco tribus. Ahora ha pervertido esa magia para crear algo vil. La serpiente que me ha cortado en el pecho debe tener algo que ver con la niña de mi futuro, el demonio. Estoy segura de ello. Arti ha dicho que se acerca la hora que *él* predijo, lo que implica que todavía queda tiempo para detener sus planes.

Con la espalda empapada en sudor, me pongo una túnica, unos pantalones y unas sandalias. Abro las persianas de mi ventana y dejo entrar el olor a lluvia fresca. Algunas gotas me salpican la cara.

Busco refugio en la noche con la cabeza totalmente embotada. Las gotas de lluvia están frías, pero mi piel sigue desprendiendo vapor por el calor. Pierdo una de las sandalias, que cae en el charco de barro que hay bajo mi ventana. No me molesto en buscarla en la penumbra porque sé que, si me agacho, el sueño me volverá a arrastrar al abismo. Ojalá también pudiera enjuagar mis recuerdos, reescribir la historia y borrar los pecados de mi madre. Sin embargo, ni siquiera la magia puede deshacer sus crímenes y el dolor de *saberlo*. El vacío, el dolor crudo. Abotargada, dejo que me guíe el instinto. Cruzo el jardín aplastando lirios con los pies descalzos. A mi espalda, nuestra casa está totalmente a oscuras y amortajada por una neblina innatural. Como Arti, la neblina está por todas partes, rodeándome. Nada ocurre sin que ella lo sepa. Si quiere detenerme, lo hará. Me agarro los hombros al pasar frente a la garita de Nezi. Está vacía y oscura.

Perdida en mis pensamientos enfangados, camino trastabillando por los adoquines. La lluvia y las lágrimas me nublan la vista. A cada paso que doy, el viento aúlla para retenerme. Veo a borrachos que se tambalean por la calle, y a otros traspuestos en callejones. Me cuesta mantener el equilibrio, y me caigo tantas veces que acabo con las palmas y las rodillas en-sangrentadas y en carne viva. Tengo un nudo en el estómago. El ritual me ha arrebatado años de vida, pero se ha llevado algo más. Sigo avanzando impulsada por una determinación reno-vada que nace en mi interior. Voy a detener a mi madre.

Todavía tengo una oportunidad. Arti ha dicho que se acercan el día y la hora exactos que *él* presagió. No sé quién es ese *él*, pero sí sé quién *no* es. Mi padre nunca participaría en algo tan despreciable. Aunque Arti no hubiese estado tan preo-cupada por si Oshhe descubría lo que está pasando, yo habría sabido que no era él.

Arti pasa la mayor parte del tiempo en el Templo. ¿Se re-fiere a alguno de los videntes? Barasa, el tío de Sukar, fue quien sugirió que el secuestrador de niños llevaba hueso de craven en la asamblea. Sin embargo, mi madre podría haber plantado esa semilla en su mente con la misma facilidad con la que es capaz de calmar a Ty durante uno de sus ataques. Habría sido la arti-maña perfecta, sobre todo porque odia al visir.

¿Para qué quieren a los niños su cómplice y ella? Me obli-go a pensar que siguen vivos. Tienen que estarlo. Arti es astuta y paciente. Si se han presagiado un día y una hora que todavía están por llegar, deben estar esperando el momento de pasar a la acción. Celebrar un ritual durante un eclipse solar o una luna nueva refuerza la magia. ¿Podría ser eso? La boca se me llena de bilis. Planea llevar a cabo un ritual en el que están implica-dos *niños*… No logro hacerme a la idea. En el mejor de los casos, mi madre es una persona inestable, y en el peor, una bestia que acecha entre las sombras.

El palacio del Todopoderoso es un faro que ilumina la noche. Incluso en mitad de una tormenta, se yergue hacia el cie-lo y vigila la ciudad. Es un coloso blanco con antorchas rodea-das de cristal para protegerlas de los elementos. Tras sus muros se encuentra el hombre al que un día amó mi madre, cuando todavía era capaz de hacerlo. Estoy agotada, pero para llegar al lugar al que voy no tendré que subir tan alto.

Cuando llego al muro de piedra marrón, me desplomo contra las rejas de hierro y llamo al portero. El viento engulle mi voz, pero aparece cubierto de ropa para protegerse del chaparrón. Es el portero habitual de la hacienda del visir y me reconoce.

—Veinte dioses, Arrah —exclama con voz ronca—. ¿Qué hacéis por el mundo a estas horas de la noche?

La magia de mi madre me arde en el estómago.

—Vengo a ver al visir.

—¿Al visir? —El portero frunce el ceño—. ¿Y qué asuntos os traen a hablar con él?

Un destello me deslumbra y miro su rostro enjuto con los ojos entrecerrados. «El visir no es un buen hombre», dijo mi padre. Es cierto, pero tampoco es un secuestrador de niños, y él no grabó una maldición en el pecho de su hijo. El portero me observa, aún con el ceño fruncido, mientras gotas de lluvia le caen de la barba. Debo parecer una loca con las trenzas enmarañadas, la ropa empapada y un pie descalzo. *¿Cuándo he perdido el zapato?*

—Será mejor que antes os ayude una sirvienta. No podéis ver al visir en plena noche con el aspecto de una pordiosera de la calle. Ya lo pondrá de bastante mal humor que lo despertéis.

Mientras cruzamos el patio, percibo un leve olor a sangre y vómito matizado con el aroma de hibiscos y lirios. Procede de la arena cercana en la que entrenan Rudjek y sus amigos. Tropiezo con una piedra suelta y el portero me sujeta por el brazo y sostiene parte de mi peso.

—La sacerdotisa *ka* os arrancará la piel a tiras por venir a ver al visir —gruñe.

—¿Decís que me arrancará la piel a tiras? —pregunto riendo, con la voz ronca—. Suena muy apropiado.

El portero me mira de reojo y aprieta los dientes.

—Sabíamos que tramaría algo ahora que vuestro padre no está.

No me sorprende que el visir espíe a mi familia. Arti desafía su autoridad siempre que se le presenta la ocasión propicia. Cuestiona sus decretos y azuza a los leales al Templo en su contra.

—Os juro que vuestro padre es el único que mantiene a esa mujer en vereda —farfulla el portero.

Sus palabras suenan distorsionadas porque la magia de mi madre absorbe toda la energía de mi cuerpo. Debe saber lo que he venido a hacer e intenta detenerme. Lucho para mantener los ojos abiertos, pero las piernas me flaquean.

—¿Qué os pasa, joven? —pregunta el portero, y su voz suena lejana y ahogada.

La lluvia difumina los colores y la vista se me nubla mientras siento que me levantan del suelo. Veo fugazmente a Rudjek empapado hasta los huesos antes de que la magia me vuelva a arrastrar a la oscuridad.

CATORCE

Me despiertan unas luces cegadoras y un picor irritante bajo la piel. Intento incorporarme, pero la habitación me da vueltas tan deprisa que la bilis me arde en la garganta. Oigo voces cercanas procedentes de todo mi alrededor y de ninguna parte a la vez. Me han inmovilizado los brazos pegados al cuerpo con ligaduras que me atan las muñecas. ¿Ha regresado Arti para causarme más daño? No, ella no necesitaría atarme. Su magia me clavó a la cama sin que tuviese que mover ni un dedo. Alguien se me acerca y un toque de lirio y humo de leña perfuma el aire, un aroma familiar y reconfortante.

Parpadeo hasta que logro enfocar el rostro de Rudjek. Parece preocupado y tiene el ceño fruncido. Se muerde el labio y está tan nervioso que no sabe qué hacer con las manos. Está muy desaliñado, y verlo así es hasta cierto punto enternecedor. Ahora mismo no es el hijo del poderoso visir, segundo del Todopoderoso. Solo es el muchacho que ha pasado la noche en vela para proteger el orfanato porque quería ayudar.

Recuerdo al niño del río de la Serpiente que discutía con sus sirvientes aturullados, hombres armados con shotels más grandes que él. En aquellos tiempos ya desprendía un cierto aire de autoridad. ¿Cómo no iba a ser autoritario si se había criado en una hacienda que se alzaba por encima de la ciudad como un dios antiguo? El mismo lugar en el que, de momento, estoy a salvo de mi madre.

El muchacho que tengo ahora delante es mucho más alto que su padre, y ya no es un crío larguirucho. Se acabaron los chistes sobre cañas de pescar. ¿Cuándo fue la última vez que le gasté una broma sobre eso? Hubo un tiempo en el que solo sus sirvientes parecían esculpidos en roca, pero en algún momento él también hizo esa transición. El cambio drástico no ha pasado desapercibido, al menos para las chicas del mercado que sonríen y se abanican al verlo pasar, ni para mí. Si no fuese un Omari, serían más descaradas a la hora de intentar conquistarlo, incluso conmigo al lado.

—Rudjek —digo con la garganta dolorida.

«Será rápido», dijo Arti. «Te lo prometo». Los recuerdos regresan de repente y las lágrimas me resbalan por las mejillas. Es cierto que fue rápido y, aunque no fue indoloro, podría haber sido peor.

—Arrah, ¿estás bien? —pregunta acercándose más.

—Veinte dioses, Rudjek. —El visir lo agarra por el brazo—. No estorbes al médico.

—No estorbo —replica Rudjek en tono agresivo.

Las cejas como orugas del visir se unen en una mirada asesina dirigida directamente a su hijo. Es la misma mirada que siempre ha evitado que yo fuese a ver a Rudjek competir en la arena. El visir siempre se ha encargado de que me diese cuenta de que me fruncía el ceño con desaprobación independientemente de dónde estuviera sentada. Si supiera la cantidad de tiempo que Rudjek y yo pasamos juntos en el Mercado Oriental, o la frecuencia con la que nos encontramos en nuestro rincón privado del río de la Serpiente para pescar o charlar durante horas tendidos en la hierba... De pronto, me doy cuenta de que lo debe saber. Es el visir. Rudjek es su heredero. El único de sus tres hijos que un día podría ocupar su puesto. Seguro que Rudjek no puede dar ni un paso sin que el visir lo sepa. ¿Acaso no vi a más gendars que de costumbre en el mercado la noche que celebré el ritual y vagué por él en mi forma *ka*? Seguro que algunos de ellos estaban allí para proteger a Rudjek.

—O dejas de estorbar al médico o te vas —ordena el visir en un tono frío como el hielo.

—Permite que el médico haga su trabajo, hijo —ronronea con suavidad Serre, la madre de Rudjek.

Rudjek gruñe, pero da un paso atrás sin rechistar.

No he visto nunca a su madre sin el velo de gasa que protege su piel del sol. Es hija del Norte, una tierra de nieve, hielo y una niebla blanca tan densa como unas gachas. El Norte no es un reino, sino un puñado de países aliados mediante un consejo, al estilo de las tribus. No adoran al orisha del sol Re'Mec, y él no los ilumina con su gloria. No adoran a ningún dios. Los escribas dicen que es el motivo por el que están malditos con una piel fina como el papel y sensible a la luz solar. A Serre se le marcan las venas en la piel leonada a la altura de las sienes y por debajo de los ojos de color violeta claro. No es guapa en el sentido tradicional, pero nadie puede negar que es despampanante.

Un hombre vestido con una sencilla túnica azul me coloca un vial debajo de la nariz lleno de un vapor de un olor tan fuerte que me escuece. Me aparto bruscamente y me encuentro cara a cara con el visir. Es plena noche, y lleva su elara blanca y dorada con un emblema en forma de cabeza de león sujeto al cuello con una aguja. También lleva un brazalete y un colgante de hueso de craven, como si tuviera algo que temer de *mí*. ¿Acaso piensa que mi madre me ha enviado para causarle algún daño? Sabe que no tengo magia, o al menos no la *tenía* antes del ritual que he pagado con años de vida.

Sigo sin poseer magia propia, pero ahora la puedo obligar a acudir a mi llamada. Al completar la peor parte del ritual, la magia vino. Me colmó de esperanza y posibilidades. Me mostró que existen muchos tapices por desenmarañar en el mundo, muchas capas que pelar. Mi madre lo arruinó, como lo arruina todo. Al pensar en ella, me asaltan la vergüenza y el asco.

La magia de Arti sigue haciéndome cosquillas en el pecho. ¿Qué ha hecho? ¿Ha ligado mi cuerpo y mi *ka* a los suyos? Cuando era pequeña, Oshhe me contaba historias de brujos poderosos capaces de someter a los vivos o a los recientemente fallecidos. ¿Acabaré siendo como esas pobres almas, los *ndzumbi*? No pienso convertirme en un monstruo como ella. Lucharé para evitarlo, aunque tenga que renunciar a más años de vida para romper su maleficio.

Mientras miro el emblema en forma de cabeza de león, recuerdo que Rudjek dijo que el hueso de craven solo reacciona cuando alguien dirige magia contra él. Eso significa que no detectará la maldición que me ha impuesto mi madre. Intento hablar de nuevo, pero tengo la garganta demasiado reseca y toso.

Rudjek da un paso al frente y su madre lo sujeta por el brazo.

—¿No ves que necesita agua?

—Esta noche estás poniendo a prueba mi paciencia, muchacho —ruge el visir—. ¡Fuera!

Hago una mueca al percibir el veneno en su voz y le hago un gesto a Rudjek con la cabeza para indicarle que estoy bien. No puedo evitar sentirme culpable por no haberle contado toda la verdad sobre el ritual. Es mi mejor amigo y nunca le había ocultado algo así. Debería haber confiado en que me apoyaría, aunque no aprobase mi decisión. Serre nos mira a ambos, pero su rostro diáfano no revela nada.

Rudjek titubea un instante y sale de la habitación seguido de cerca por su madre.

Más ruido de pasos, susurros y, después, silencio.

El médico me coloca dos dedos en la muñeca.

—El pulso es regular.

—Desatadme los brazos —gimo.

—Os he atado las manos para evitar que os rascaseis hasta la muerte —explica el médico.

No recuerdo haberme rascado, pero me pica toda la piel.

—¿Qué...?

—Obedeced a la joven —ordena el visir apretando los dientes.

El médico obedece y el visir le indica que se marche.

En cuanto el hombre sale por la puerta, el visir me sirve un vaso de agua de la jarra que hay junto a la cama. Doy unos sorbos mientras decido por dónde comenzar. Para empezar, tengo que hablarle de los niños. Es más importante que lo que me ha hecho Arti. Sin embargo, cuando abro la boca, la garganta me arde y me quedo sin voz. Soy incapaz de pronunciar una sola palabra. La magia de Arti arde en mi pecho y el calor me recorre todo el cuerpo.

—¿Le ocurre algo a vuestra lengua, muchacha? —pregunta el visir con una expresión de indiferencia bien ensayada.

El corazón se me desboca.

—No... No lo sé.

—¿Por qué habéis venido a verme? —Su voz me retumba en los oídos—. ¿Qué asunto es tan importante para traeros aquí en mitad de una lluvia torrencial?

—Venía a deciros... —Las palabras se atascan como si las cortase el filo serrado de un cuchillo tobachi. Cierro los puños.

Mi madre me ha dicho que no podría hablar ni actuar en su contra. Ahora entiendo a qué se refería. Su magia ha comprado mi silencio. Llevo muchos años leyendo los pergaminos del taller de mi padre y nunca he dado con ninguno capaz de hacer algo semejante—. Mi madre…

Rechino los dientes, aunque lo que de verdad deseo es chillar a pleno pulmón. Tiene que haber algún modo de combatir esta maldición, debe haber alguna forma de romperla. Mi madre es poderosa, eso es indudable, pero la magia infalible no existe.

El visir se sienta en la silla que hay junto a la cama, con expresión neutra. Se ajusta la elara, interpretando el papel de dignatario con la perfección de siempre. El silencio se alarga entre nosotros como una soga tirante y él entrelaza los dedos.

—No tengo intención alguna de perder el tiempo. —Deja a un lado las apariencias y su voz pierde todo rastro de amabilidad—. Y tampoco de malgastar palabras.

—Yo tampoco.

La magia me constriñe la garganta, lista para evitar que hable mal de Arti. Agito los puños mientras las lágrimas me resbalan por las mejillas. Tiene que haber una forma de sortear la maldición.

—Si las noticias que traéis sirven para reforzar mi posición, os puedo proteger. —El visir se inclina hacia mí y un brillo ávido le ilumina los ojos—. Hablad sin miedo, niña.

Detesto pensar que podría concederle cierta ventaja respecto a mi madre. Su rivalidad es un juego enfermizo, y él está tan impaciente por asestar el siguiente golpe como ella.

—No tengo miedo —digo tentativamente—. Es que no puedo.

Su rostro se contrae en una expresión de puro desdén.

—¿Qué ha hecho esta vez?

La lengua se me agarrota y se petrifica. El visir me ve abrir y cerrar la boca como una sábana ondeando al viento hasta que me rindo y suspiro, frustrada.

—No lo puedo decir.

—¿No podéis decirlo? —El visir arquea una ceja—. No es que no queráis, sino que no podéis.

Asiento.

—Exacto...

Se me apaga la voz de nuevo y me clavo las uñas en las palmas.

—Uno casi pensaría que vuestra madre sabía que acudiríais directamente a Rudjek y, por extensión, a mí —aventura—. Ella deseaba que esto sucediese. Aparecéis en mi casa presa del pánico, febril y cubierta de barro. Un acontecimiento semejante amedrentaría a un rival de menor categoría.

Alguien llama a la puerta con timidez y el visir vuelve la cabeza bruscamente. Uno de sus sirvientes trae nuevas. El hombre hace una reverencia sin levantar la vista del suelo.

—La sacerdotisa *ka* ha enviado a sus sirvientes desde el otro extremo de Tamar en busca de su hija enferma. ¿Informamos, señor?

—No. —El visir se frota la barbilla—. Esperaremos a mañana por la tarde.

—Como deseéis, señor.

El sirviente hace una nueva reverencia y se marcha.

Vislumbro a Rudjek, que echa un vistazo al interior del dormitorio desde el pasillo. Un instante antes de que el sirviente cierre la puerta, veo que su expresión es medio sonriente, medio intrigada. Me dejo caer sobre las almohadas, derrotada. El visir *debería* estar preocupado, pero no tengo demasiada fe en él. Soy la única que conoce la verdad, y también quien debe encargarse de detener a mi madre.

Rudjek entra a escondidas en la habitación una hora después de que se vaya el visir.

—Perdona que haya tardado tanto —susurra mientras cierra la puerta a su espalda con delicadeza—. He tenido que sobornar a un montón de gente.

—No me impresiona que hayas sobornado al personal para verme —replico mientras me incorporo en la cama.

—¿Qué pasó con el ritual y el secuestrador de niños? —Rudjek abre las cortinas para dejar entrar la luz de la luna y se sienta junto a la cama—. ¿Viste algo?

La magia se vuelve a inflamar y ahoga mis palabras. Suspiro y niego con la cabeza.

—Nada que valga la pena mencionar.

La mentira me sabe amarga.

—¿Entonces el ritual *no* funcionó? —Rudjek respira entrecortadamente—. Me preocupé al no verte en el mercado al día siguiente. Te envié un mensaje, pero no contestabas a mis cartas. También me pasé por tu casa, y Essnai y Sukar también fueron. Nezi nos dijo que estabas enferma y que tu madre había dado órdenes estrictas de que no te molestasen. —Se muerde el labio—. Pensaba que el ritual te había causado algún daño.

Por muy exhausta que esté de luchar contra la magia de Arti, no deja de irritarme que dé por sentado que he vuelto a fracasar.

—Acabo de decir que no vi nada que merezca la pena mencionar.

Rudjek hace una mueca.

—O sea que funcionó —dice en tono acusador.

—Sí, podríamos decir que sí —murmuro con un hilo de voz.

—¿Crees que no sé lo que hiciste? —Rudjek cruza los brazos y desvía la mirada—. He preguntado por ahí... y hablé con otros charlatanes, ya que el que te dio el pergamino no quiso decirme nada.

Veo en su rostro que se siente traicionado y me muerdo la carne de la mejilla. No tengo por qué dar explicaciones de lo que hice, ni a él ni a nadie. Fue mi elección.

—Intercambiaste años de vida por magia. —Las palabras de Rudjek destilan dolor. Cuando por fin me vuelve a mirar a los ojos, añade—: ¿Cómo has podido hacer algo tan imprudente, Arrah? ¿Y si...?

No quiero discutir con él sobre este tema. Lo hecho hecho está, y no tendría sentido.

—¿Sabes lo que le pasó a mi madre?

Rudjek empalidece y se le marcan las venas de la frente.

—Lo has sabido todo este tiempo. —La voz se me quiebra con una rabia que no puedo..., no, que no *quiero* contener—. ¿Verdad?

Entrelaza los dedos como el visir hace un rato, lo que solo sirve para enfurecerme más.

—Mi padre me lo contó hace pocos meses. Supongo que ya entonces me estaba preparando para que fuera su heredero, pero no lo entendí. Antes de que Jerek, el Todopoderoso, subiera al trono, mi padre y él eran grandes amigos. Conocieron a Arti cuando ella vino a Tamar con el consejo comercial que representa a las tribus. Jerek se prendó al instante de Arti, hasta el punto de que mi padre pensó que ella lo había embrujado.

A estas alturas, embrujar a un hombre sería el menor de los pecados de mi madre.

—Durante meses, no se separaron ni a sol ni a sombra —prosigue Rudjek—. Jerek le pidió a Arti que se casara con él durante una ceremonia pública e incitó una avalancha de rumores. Mi padre explicó sus sospechas al Todopoderoso, que se tomó en serio la acusación y ordenó a mi padre que se ocupase del asunto. Acudió al sacerdote *ka* de entonces para que interrogase a Arti, y Ren Eké... le hizo cosas espantosas.

La gente del mercado siempre habla bien del sacerdote *ka* Ren Eké, y aseguran que siempre había sido amable, atento y un hombre de paz. Todo era mentira.

No había entendido lo espantosa que era la historia que me contó mi padre hasta ahora, porque nunca había sido consciente de lo que significaba en realidad. Se me hace un nudo en el estómago al recordar años de incontables comentarios insidiosos y ofensivos de mi madre. Recuerdo las miradas decepcionadas, pero también su expresión ausente y agotada. Las veces que se perdía en sus pensamientos. Los momentos de paz cuando bebía té sentada en el salón. El anhelo constante de que las cosas mejorasen entre nosotras cuando era más pequeña. Nunca mejoraron. Y ahora nunca lo harán.

Cuesta digerir la historia que me contó mi padre y las piezas del rompecabezas que me acaba de proporcionar Rudjek al confesar que *su padre* fue quien dio la orden. ¿Qué cosas innombrables le hizo el sacerdote *ka* a Arti? ¿Qué transformó a aquella joven dulce e inocente a la que mi padre amó en su juventud en el monstruo del callejón? Sea cual sea la respuesta, no justificará las fechorías que ha cometido...

En el Festival de la Luna de Sangre, una de mis tías dijo que Arti se podría haber casado con el Todopoderoso de haber sido lo bastante lista. Por aquel entonces, no di demasiada importancia al comentario. Todo el mundo podía ver la lascivia con la que él la miraba en la asamblea, la misma lascivia con la que devoraba con los ojos a muchas mujeres presentes en las sesiones. Sin embargo, ¿qué relación guarda su historia con el Todopoderoso, el visir y el sacerdote *ka* Ren Eké con el secuestro de los niños? No tiene sentido. Hay algo más... Algo *mayor*.

No me cabe ninguna duda de que mi madre es muy capaz de vengarse de lo sucedido, pero el sacerdote *ka* está muerto. ¿Podrían los secuestros formar parte de un complot para vengarse del visir y el Todopoderoso? Al fin y al cabo, no podría atacarlos directamente debido a la antimagia y a los guardias que los protegen. Las desapariciones ya han causado disturbios en la ciudad, y esto no es más que el principio de lo que planea mi madre.

—No me puedo creer que lo supieras y no me lo dijeses.

Soy incapaz de mirarlo a la cara. Lo que me resulta insoportable no es solo su secreto. Yo también tengo uno. Nunca le he dicho que mi madre tiene espías infiltrados en la hacienda del visir. No puedo soportar más secretos, mentiras y engaños. Me ahogan. Sin embargo, aunque quiera ser franca con él, no puedo hacerlo a causa de esta maldición espantosa.

—Lo siento, Arrah —se disculpa Rudjek en tono grave—. Pensaba que...

—¿Qué pensabas? —replico fulminándolo con la mirada.

—Pensaba que si te lo decía me odiarías —confiesa.

El pecho me arde y el calor se me extiende por las extremidades como una telaraña, pero las palabras de Rudjek acaban con mis ganas de discutir. La rivalidad que enfrenta a nuestros padres siempre se ha interpuesto entre nosotros, y tratamos de no hablar del tema.

—No te odio, pero me irrita enormemente que no me lo hayas contado hasta ahora.

Se hace un silencio que se prolonga algo más de la cuenta y Rudjek acaba estallando:

—Tu madre era inocente. El mismo sacerdote *ka* lo admitió tras pasar semanas torturándola. Además, al hacer que la interrogasen, mi padre puso en peligro el comercio con las tierras tribales. Los mulani amenazaron con romper las relaciones con el Reino. Para preservar la alianza, el Todopoderoso nombró a Arti aprendiz del sacerdote *ka*.

Se me hace un nudo en la garganta. No logro asimilar la noticia. Tanto si estaba en sus cabales como si no, Arti aceptó trabajar para el hombre que la había torturado. Me hundo las uñas en los antebrazos y me aprieto las rodillas contra el pecho para no temblar. Odio al visir por lo que ha hecho. Destruyó a mi madre, y ahora ella es peor que él.

—La gente dice que un pescador encontró al sacerdote *ka* ensartado en un gancho en la bahía.

Rudjek traga saliva.

—Según tengo entendido, el sacerdote *ka* Ren Eké se granjeó un gran número de enemigos mientras hacía el trabajo sucio del Reino.

Ninguno de ellos era más peligroso que Arti.

QUINCE

Tras pasar un día entero en el hogar del visir, uno de sus sirvientes me lleva a casa. Se acerca la puesta de sol cuando Nezi se aproxima cojeando a la verja y me deja entrar. Niega con la cabeza y vuelve a meterse en la garita sin decir ni una palabra. ¿Dónde estaban anoche? Nezi, Ty o Terra debían estar en casa. ¿No escucharon mis gritos? ¿Fue una de ellas la que me recogió de los pies del árbol sagrado Gaer tras el ritual?

Miro la casa apretando los dientes. Los muros de ladrillos marrones, las persianas de color tierra, las cortinas blancas cerradas de las ventanas, el arco que lleva al patio interior en el que mi padre cultiva sus plantas medicinales... Todos los detalles transmiten una sensación de calma, pero no son más que una nueva sarta de mentiras.

Rodeo la casa de camino a la entrada de la cocina y me cruzo con Terra, que va cargada con un cubo de verduras. Se me acerca corriendo y el sol se le refleja en los rizos rubios sueltos.

—Hemos puesto Tamar patas arriba buscándoos. —Frunce el ceño—. ¿Dónde...?

—¿Está mi madre en casa? —pregunto interrumpiéndola.

—Sí. —Terra abraza el cubo contra su pecho—. Está de un humor de perros, y con razón.

Inspiro profundamente. Me gustaría subirme al primer ferri que partiera a tierras lejanas, pero no soy una ingenua. La maldición no me dejaría llegar demasiado lejos antes de partirme por la mitad. Mi madre se habrá asegurado de ello.

—Será mejor que entre.

Doy unos pasos hacia la puerta y Terra susurra:

—¿Qué os pasó?

Sus ojos vuelan sobre las flores que han crecido gracias al chaparrón. Los nenúfares resplandecen con unos enormes pétalos brillantes y las gotas de lluvia centellean sobre las rosas. Los lirios que aplasté anoche al correr a través del jardín están intactos. Aprieto los labios para ocultar la incredulidad. Arti no pasó ni un detalle por alto al borrar todo rastro de sus fechorías.

—Anoche la sacerdotisa *ka* nos dio la noche libre y unas monedas de cobre, pero yo me guardé las mías. Bajé a la bodega a leer… Me gusta leer cuando tengo tiempo libre. —Terra palidece—. Oí vuestros gritos desde allí, pero cuando subí a veros, vuestro dormitorio estaba vacío. Fui a buscar a vuestra madre, pero ella también había desaparecido.

Me gustaría poder contarle la verdad para compartir con alguien este horrible secreto. A diferencia de Ty y Nezi, que siempre han sido íntimas de mi madre, Terra y yo siempre nos lo hemos contado todo. Ha demostrado ser una buena amiga y nunca le ha dicho a nadie que me saltaba clases con los escribas. A pesar de todo, ni siquiera me molesto en intentar explicarle lo que pasó porque la magia me detendría.

—Tuve una pesadilla.

—¿Eso es todo? —Terra arquea una ceja. No me cree, pero no insiste.

Asiento, y Terra da media vuelta y se dirige a la cocina. Entro por la misma puerta que ella con la esperanza de evitar a mi madre, calzada con las zapatillas plateadas demasiado grandes que me ha dado un sirviente de la hacienda de los Omari. Subo a escondidas a mi habitación sin ver a Arti, y los bailarines de la pared me siguen. Terra ha traído agua limpia para que me bañe, pero se ha enfriado, probablemente porque lleva aquí desde el alba. Un vestido ajustado caoba me espera sobre la cama.

Arti sabía que iba a volver. Sabe que no tiene motivos para preocuparse mientras esta maldición me contamine la sangre. Hago una mueca al mirar en el espejo el lugar que ocuparía la cicatriz de no ser por la magia de mi madre. Quiero arrojar algo contra el cristal para hacerlo añicos como mi madre hizo conmigo. Como el sacerdote *ka* hizo con ella.

Mientras el ojo de Re'Mec se instala sobre el Palacio Todopoderoso, me tomo mi tiempo para vestirme tras tomar un baño. Vuelvo a recorrer con el dedo la serpiente invisible que llevo grabada en el pecho. Esta vez no brilla cuando la toco, pero, aunque mi piel es tersa y no luce marca alguna, recuerdo la curva exacta que sigue su contorno. No puedo fingir que las cosas horribles que ha hecho mi madre nunca han sucedido. Se negó a responder a mis preguntas sobre Kofi, y eso me preocupa más que esta serpiente despreciable.

Me horroriza ir al salón a comer con Arti, pero su magia tira de mí a través de una correa invisible. En cuanto entro en la estancia, me detengo en seco. Mi padre está sentado sobre un cojín en la cabecera de la mesa. Bebe su cerveza habitual antes de la cena en un cuenco de porcelana. Él sabrá qué hacer. Él podrá detener a Arti. Ella está sentada a su derecha, comiendo higos y nueces asados. Su magia me ha traído hasta aquí, pero ni siquiera me mira.

—¡Has vuelto! —exclamo.

Mi padre me sonríe y el rostro se le ilumina como los primeros rayos de luz del alba. Es obvio que no sabe nada de mi misteriosa desaparición en plena noche. Deja el cuenco a un lado y me tiende los brazos para recibirme. Casi me dejo caer entre ellos y me abraza con firmeza. Me pierdo en la calidez del abrazo, convencida de que él lo solucionará todo.

—Te he echado de menos, hija. —Me da un beso en la coronilla—. Tengo que contarte muchas cosas.

Arti luce una máscara de fingido desinterés mientras se acerca una copa de vino a los labios, pero no oculta la hostilidad de su mirada. Tampoco disimula la forma en la que cambia de postura sobre el cojín, como si no lograse ponerse cómoda. Clava los ojos en una pared situada a mi espalda para no mirarme a la cara. Debería fulminarla con la mirada y maldecirla por dentro, pero, muy a mi pesar, me da lástima. Todavía tengo fresca la noticia sobre el sacerdote *ka*, que hierve y supura como la sangre infectada.

Los ojos ambarinos de Arti brillan con demasiada intensidad, y su pelo azabache resplandece demasiado a la luz de los faroles. Es lo opuesto a Oshhe en todos los sentidos. La luz define los ángulos de su rostro de ébano y vuelve su barbilla más prominente, su nariz más distinguible y su frente más orgullosa. Incluso en estos momentos, ella es toda elegancia, curvas y carisma. Sorprendo a mi padre mirándola a escondidas de vez en cuando con una expresión anhelante y una pequeña sonrisa. A pesar de todo el tiempo que ha pasado, todavía se alegra de verla.

Los chicos tribales la habían llamado la Sirena del Valle. Deberían haberla llamado la Serpiente.

—¿Encontraste al buey blanco, padre?

No debería preguntárselo delante de Arti, pero estoy desesperada. Sus huesos podrían ser lo bastante poderosos para romper la maldición.

—Ya lo creo, pequeña sacerdotisa. —Oshhe asiente mientras me instalo en el cojín que hay a su izquierda—. Encontré al buey en los límites del Bosque Oscuro.

La voz de mi padre vibra en la habitación como una canción épica y me envuelve. Debe percibir que algo no va bien. Como mínimo, debería sentir la tensión que hay entre Arti y yo, tan densa que se podría cortar con un cuchillo.

Mientras Oshhe da otro trago a la cerveza, desearía poder recoger todas las cosas horribles que se amontonan en mi cabeza y enterrarlas en algún lugar lejano. Me gustaría poder quemar la serpiente maldita invisible que llevo en el pecho. ¿Por qué no siente algo…, lo que sea? A juzgar por cómo le brillan los ojos, está a punto de contar una historia. Suspiro, resignada, porque hace demasiado que mi padre no me cuenta ninguna historia y necesito sentirme segura.

Cuando mi padre narra una historia, me vuelvo a sentir una niña pequeña y devoro cada una de sus palabras.

—¿Has visto alguno? —pregunto con el corazón acelerado. La chispa traviesa que le resplandece en los ojos apunta a que debe haber sucedido algo extraordinario—. ¿Has visto algún craven?

—Los craven no se dejan ver, pequeña sacerdotisa. —Oshhe está henchido de orgullo—. Son tan esquivos como peligrosos. Sin embargo, si se posee la magia suficiente, es posible percibir su presencia. Se siente como un manto pesado, como si el aire fuera demasiado denso, como si el cielo se fuese a caer. Sientes su peso sobre el *ka* y te abruma el impulso de huir.

»Como decía, encontré al buey blanco en el límite del Bosque Oscuro —prosigue mi padre—. Como no era un buey normal y corriente, supo al instante para qué había ido hasta allí y lo que pretendía hacer. Corrió como el viento de una tormenta, alocado, desatado y sin precaución alguna, pero yo no pensaba regresar sin sus huesos. Yo también corrí, ligero como una gacela, y lo atrapé cuando ya se adentraba en el bosque. Cuando me arrodillé para dar las gracias por haberle arrebatado la vida a la bestia, los sentí.

»En el Bosque Oscuro siempre es de noche, incluso en pleno día —relata—. Los árboles son tan altos y frondosos que bloquean la luz del sol. Los cravens me rodearon en esa penumbra. Me di por muerto, pero permanecieron en las sombras. No sé cuántos había. Al ver que no me atacaban, usé la magia para reducir el peso del buey al de un niño pequeño. Tuve que esforzarme mucho, porque la presencia de los cravens había debilitado mis poderes. Los huesos del buey blanco contienen magia protectora muy poderosa, pero la antimagia de los cravens la envenena, y es un veneno para el que no existe antídoto.

Oshhe hace una pausa para servirse más cerveza.

—Como puedes imaginar, no tenía intención alguna de permanecer más tiempo del estrictamente necesario en ese lugar. Saqué el cadáver del buey del Bosque Oscuro tan aprisa como pude, y no me detuve a descansar hasta que estuve muy lejos.

»"Gracias, buey blanco, te prometo que honraré tus huesos", susurré.

Es una plegaria aatiri que se pronuncia para mostrar respeto hacia algo que se ha tomado. Espero que este sacrificio sirva para deshacer la maldición de Arti.

—¿Cuándo harás el amuleto, padre?

Es una pregunta demasiado atrevida para formularla delante de mi madre, pero ahora no me puedo preocupar por eso.

—Perder el tiempo haciendo amuletos de hueso es una estupidez —refunfuña Arti.

—El mero hecho de que tú no te sirvas de ellos no los convierte en una estupidez. —Oshhe niega con la cabeza con una expresión de lástima e incredulidad. Entonces mete la mano en una bolsita que tiene cerca y sonríe—. Es un regalo para ti, hija mía.

Me ofrece el talismán. Es un solo cuerno curvado, pulido y vaciado, con un orificio en cada extremo. Ha pasado una cadena de plata por los agujeros para que lo pueda llevar colgado al cuello. Tiene incrustaciones de oro y brilla con su magia. Y no es una magia cualquiera, sino una magia que me protegerá de la serpiente de ojos verdes y de mi madre.

Sin embargo, cuando trato de alargar el brazo para cogerlo, los músculos se me agarrotan y no me puedo mover. Levanto la mirada hacia mi padre, desesperada.

Oshhe está a punto de decir algo cuando Arti hace sonar la campanilla para que Ty nos traiga la comida. Seguro que sabe que mi padre no tardará mucho en averiguar la verdad. Intenta distraerlo. No le funcionará siempre.

Terra sale de la cocina con una bandeja en las manos. Se arrodilla entre Arti y Oshhe y les presenta la comida para que la aprueben. Sopa de cacahuete sazonada con jengibre y ajo, servida con generosas albóndigas de fufu. Cordero a las hierbas con hojas de menta. Queso wagashi y una hogaza de pan caliente. Oshhe le hace un gesto a Terra para que deje la bandeja, pero apenas le presta atención a ella o a los platos.

Arti inclina la cabeza y dice:

—Felicita a Ty de mi parte.

Cuando volvemos a quedarnos a solas en el salón, mi madre toma la jarra de cerveza y rellena el cuenco de Oshhe.

—Te hemos echado mucho de menos —comenta en un tono apacible y autoritario—. ¿Verdad, Arrah?

Miro el cuenco de porcelana vacío que tengo delante. Es de color hueso. El aire de la habitación vibra como la burbuja que crearon los muchachos litho cuando entré en su campamento.

Es un escudo para que nadie pueda oír o ver lo que ocurre en el salón. Me obligo a mirar a mi madre. Mis ojos le suplican que ponga fin a todo esto, que confiese y que nos cuente qué ha hecho con los niños. Empiezo a perder la esperanza de hallarlos con vida y de que haya una oportunidad de arreglar las cosas. Si pudiera alcanzar el amuleto...

Oshhe mira a mi madre con una expresión severa.

—¿Qué has hecho, Arti?

—Me temo que tengo malas noticias. —Arti toma una servilleta de la mesa y se limpia las comisuras de los labios—. Lamento lo que debo hacer.

Mi padre y yo nos volvemos a mirar fijamente y el cuerpo se me paraliza. Sus ojos son del color negro cambiante de un cielo nocturno, un estanque que refleja el color con una claridad radiante. Cuando encuentra lo que busca, su rostro se descompone. El dolor en su expresión me parte por la mitad. Los labios le tiemblan cuando abre la boca para hablar, pero no dice nada. Un viento invisible se lleva sus palabras. Chispas de magia recorren la habitación y atraviesan el cielo respondiendo a la llamada silenciosa de mi padre.

Su piel adopta un brillo blanco cuando se separa de la mesa y, con las prisas, se le cae el amuleto de hueso. Lucho contra la magia de Arti para tratar de hacerme con él, pero la pelea solo se desarrolla dentro de mi cabeza. El deseo, la necesidad y la desesperación se acumulan en mi interior como una tormenta a punto de desatarse, pero por fuera, aunque tiemblo, sigo sentada en el cojín. No me puedo mover, no puedo hablar y no puedo hacer nada contra Arti. Lo único que mi madre no controla son mis pensamientos y mis sentimientos. Se me ocurren todas las maldiciones del mundo, pero todo es en vano.

Arti se toma su tiempo para ponerse en pie con movimientos cansados. La magia brilla en mis padres. Se adhiere a sus cuerpos. Mi padre me hace un gesto para que vaya con él. Al ver que no me muevo, me coloca a su espalda como si aún fuera su niñita.

La magia entra en erupción en una explosión de luces y colores brillantes. Crepita por el salón como un trueno y se arremolina formando nubes de niebla. Mi padre se tambalea unos pasos hacia atrás mientras la nariz de Arti gotea sangre.

Me rebelo mentalmente contra la fuerza que me ata a mi madre. Me muerdo la carne de la mejilla hasta rasgarla y la boca se me llena de sangre. Me retuerzo como un gusano hasta que logro rozar el amuleto de hueso caído con las manos temblorosas. Agarro el cuerno con fuerza, deseando desesperadamente sentir algo, cualquier indicio de que ha roto la maldición. No ocurre nada, salvo que tropiezo de bruces con la dura realidad. Los huesos de buey blanco, la fuente de magia protectora más poderosa que existe, no logran hacer siquiera una muesca en la superficie de la maldición de mi madre, y mucho menos romperla.

Oshhe cae de rodillas detrás de mí y abandono el amuleto.

—¡Padre, no! —chillo, arrastrándome hacia él—. ¡Déjalo en paz!

La mandíbula de Oshhe se relaja y los brazos le quedan inertes a los lados. Intenta hablar, pero las palabras le salen a trompicones, vueltas del revés y alteradas. Las lágrimas me nublan la visión y me las seco.

—No, no, no... —susurro mientras sacudo a mi padre—. Heka, por favor...

Arti está casi sin aliento, y se agacha para recoger el cuenco de Oshhe con el pelo alborotado. Un escalofrío recorre todo el cuerpo de mi padre, que pone los ojos en blanco. Le grito enfurecida que luche contra la maldición, pero no contesta. No puede.

—¿Qué has hecho?

Quiero arrancar los ojos maléficos de mi madre y arañarle la cara hasta borrarle esa expresión impávida. En lugar de eso, sujeto a mi padre entre mis brazos mientras su cuerpo queda totalmente inmóvil.

—Has intentado alcanzar el amuleto de hueso, aunque te lo prohibí con mi magia —observa Arti, mirándome intensamente—. ¿Cómo es posible que puedas resistirte a mi poder?

Tiene razón. Me he resistido a su magia por un instante, pero el desafío ha sido estéril. El amuleto no ha funcionado y no puedo hacer nada para ayudar a mi padre.

Al ver que no respondo, se encoge de hombros y se limpia la sangre de la nariz.

—No importa.

Arti sopla en el cuenco y revela la inscripción de fuego que cubre la porcelana blanca. Con el rostro bañado en lágrimas, sujeto a mi padre entre los brazos. Tiene la piel muy caliente, demasiado. Debería haber sentido la maldición en el cuenco al tocarlo. De haberlo hecho, no habría tardado tanto en percibir que yo también estaba maldita. Solo ha visto a la dulce joven a la que amó un día, del mismo modo que yo perdí demasiado tiempo anhelando el afecto de mi madre para sospechar la verdad. Ambos hemos estado ciegos.

—¿Por qué? —me oigo preguntar una vez tras otra, y las palabras me saben a bilis.

Arti me mira por encima del cuenco.

—Necesito tu ayuda.

Parpadeo para contener las lágrimas. La forma en la que dice «necesito» provoca que un escalofrío me recorra la columna.

Arti vuelve a mirar fijamente el cuenco, con los labios cerrados formando una línea severa, decidida e impasible. En su mirada arden tantas emociones distintas que, por un momento, parece confundida. Equilibra el cuenco de porcelana sobre las puntas de sus dedos alargados. El cuenco se tambalea mientras ella lo balancea hacia delante y hacia atrás, concentrada en todo momento. La cerveza se derrama por los bordes y le resbala por la mano. Una neblina brota del interior y le envuelve la muñeca. Pienso a toda velocidad. Estoy aturdida. Ya había visto esta inscripción en el Templo. En la magia, las inscripciones sirven para sellar; como los círculos, establecen un enlace. Si el cuenco ha capturado algo de mi padre, una parte de él, y se cae y se hace añicos, él también se romperá. De pronto, el cuenco se detiene entre sus dedos. Inspiro hondo y me permito albergar la esperanza de que haya cambiado de opinión. ¿Es posible que, a pesar de todo, conserve un pedazo de su corazón? Parpadea, con todo el cuerpo rígido, y deja caer el cuenco. Me lanzo a por él, pero soy demasiado lenta y no me puedo liberar lo bastante rápido.

El cuenco choca contra la mesa y se rompe en mil pedazos. Cada fragmento brilla con la intensidad del sol. Me cubro los ojos para protegerme de la magia de Arti, que me araña los antebrazos. Cuando la luz se extingue, abrazo a mi padre con más fuerza, como si pudiera protegerlo de la tormenta de fuego que se avecina.

Encontraré el modo de liberarte, padre. Lo juro por Heka.

DIECISÉIS

Me siento en el suelo con mi padre entre los brazos. Aprieta con fuerza los dientes y tiene los músculos del cuello en tensión. Lucha contra la maldición, pero acaba perdiendo la batalla antes del final de la noche. Arti no le graba el símbolo de una serpiente en el pecho. Líneas de la inscripción de fuego del cuenco le recorren la piel como ciempiés y se detienen formando tatuajes.

Salvo por el rostro, que permanece inmaculado, una tinta aún más oscura que su piel le cubre la mayor parte del cuerpo. Ahora parece un miembro de la tribu zu, pero en lugar de protegerlo, los tatuajes lo ligan a Arti con un lazo incluso más poderoso que el que me puso a mí. Me ha preguntado cómo era posible que me hubiera podido resistir a su poder, pero ¿ha servido para algo? No logré contarles la verdad a Rudjek ni al visir, y tampoco he podido advertir a mi padre del peligro.

Arti ordena el salón ayudándose de la magia. Una luz cegadora recorre el espacio destrozado y repara la mesa rota, recoge la comida volcada y reconstruye los cristales hechos añicos.

La burbuja que rodea la habitación vibra, pero permanece intacta. Ni siquiera mira a Oshhe cuando vuelve a sentarse a la mesa como si nada hubiese pasado. La ira me inflama el pecho. ¿Cómo puede ignorarlo por completo? Es el hombre que la encontró deshecha y trató de ayudarla cuando ella más lo necesitaba.

Se sirve más vino con las manos temblorosas y se lleva la copa a los labios. Me gustaría hacérsela tragar. La idea me sorprende con la guardia baja y el pavor me recorre las venas. Aunque *pudiera* hacerlo, no hay modo de saber si su muerte rompería los maleficios que nos ha impuesto. Mi madre es poderosa y no es tonta.

—Es culpa tuya, charlatana —me espeta tras vaciar la copa—. Si no hubieras metido las narices en mis asuntos, tu padre y tú estaríais bien.

Vuelve a agarrar la jarra de vino y vierte un poco en el mantel.

—Solo me quedaba una cosa por hacer —lamenta con rabia—. ¿Creías que iba a permitir que dieras al traste con años de meticulosa planificación? Los acontecimientos que se han puesto en marcha no se pueden deshacer.

Habla usando más acertijos que los ancianos tribales. Cuanto más hable, más tiempo tendré para encontrar el modo de detenerla. Chasca los dedos y Oshhe inspira hondo.

—Ven a sentarte, esposo mío —le ordena Arti en una voz dulce y envenenada—. Vamos a disfrutar de una agradable cena en familia.

Sin titubear ni un instante, Oshhe se levanta y me aparta como si yo fuera un mosquito molesto. Las lágrimas me ahogan. Este no es mi padre. El rostro de Oshhe está distendido y gris, y sus ojos brillan de admiración por Arti. Mi padre es un hombre fuerte, hijo de la tribu aatiri, y su madre no solo es una bruja poderosa, sino también la jefa de la tribu. Mi padre tiene una sonrisa tierna y un corazón inmenso. Es un jardinero de lo más cuidadoso y con una paciencia infinita. No teme enfrentarse a Arti cuando ella se equivoca. Este hombre es otra persona disfrazada con la piel de mi padre.

—Ven, pequeña sacerdotisa. —Oshhe da unos golpecitos al cojín de su lado—. Quiero contarte una historia.

Nadie más percibiría cambio alguno en su timbre grave, pero la chispa lo ha abandonado y se ha llevado consigo la promesa tácita de mantenerme siempre a salvo. Parece un actor de teatro muy talentoso interpretando el papel de mi padre, capaz de convencer a todo el mundo de su sinceridad. Sin embargo, a mí no me engaña. No pienso seguirle el juego. No me muevo a pesar de que me hace un gesto para que vaya con él.

—¿No tenías bastante con maldecirlo? —Le lanzo una mirada fiera a Arti con los puños cerrados—. ¿También tenías que convertirlo en tu marioneta?

Arti descarta mis palabras de un manotazo, como si se sacudiera una pelusa del caftán.

—He sometido a su *ka*, y lo he dispuesto todo para que solo me haga caso a mí. No tendrá que sufrir la verdad —explica, como si acabara de llevar a cabo un acto de piedad—. En su mente, solo conocerá la felicidad. ¿Acaso eso no es suficiente para ti?

—¿Suficiente? —Me estremezco, asqueada—. Deberíamos darte las gracias por ser tan piadosa, ¿verdad?

El ataque capta su atención y se inclina hacia delante. El anillo de sacerdotisa *ka* cambia de color zafiro a un tono más propio de una piedra lunar. ¿Había pertenecido a Ren Eké anteriormente? Es espantoso pensar que Arti fuese capaz de ponérselo en ese caso. Del mismo modo que el primer sacerdote *ka* había echado raíces y se había convertido en un árbol para esquivar a la muerte, Ren Eké podría haber hecho lo mismo con Arti. ¿Acaso se hizo un refugio en el que seguir viviendo dentro de la mente de Arti?

—Ven a sentarte, hija mía —me ordena.

Me resisto a la fuerza de su magia y me tiembla todo el cuerpo. Finalmente, mis músculos se tensan y me obligan a levantarme. Aprieto los dientes mientras las piernas me arrastran por la habitación y me fuerzan a sentarme en el cojín.

—Todo este tiempo pensábamos que no tenías magia —gruñe arrastrando las palabras.

No digo nada. Si tuviera magia de verdad, no me vería en esta situación. En realidad, no es cierto. Mi padre posee mucha magia y tampoco ha podido detener a Arti. ¿Qué posibilidades tengo yo de lograrlo?

—No deberías poderte oponer a mi magia lo más mínimo —dice con los ojos encendidos—. Estoy impresionada.

Las palabras me sientan como una bofetada. ¿Cuántos años he anhelado contar con una pizca de aprobación por parte de mi madre? Me habría bastado cualquier pequeño gesto... Y ahora esto. Le ha impresionado ver que he tenido que arrastrarme a gatas por el suelo para recoger un amuleto que ni siquiera ha funcionado. No puedo evitar preguntarme si se habría convertido en un monstruo si yo hubiese mostrado mucho antes aptitudes para la magia. Sé que el razonamiento no tiene sentido, pero no me lo saco de la cabeza.

—Puede que la magia que te ata a mí no sea del todo firme —murmura—, pero no te equivoques: no me traicionarás, hija mía. Por mucho que lo intentes, siempre fracasarás. Desgraciadamente, es lo único que se te da bien.

Es mejor fracasar con la magia que hacer algo tan malvado con ella. No digo lo que pienso. No tiene sentido discutir con ella. Necesito información sobre Kofi y los demás.

—Sé lo que te hizo el sacerdote *ka*... No estuvo bien —digo, probando un nuevo enfoque.

Estoy casi convencida de que Arti volverá a ocultarse tras la máscara de la indiferencia, pero no lo hace. Me mira con ojos hambrientos y amenazantes, y cambio de estrategia.

—Merecía lo que le pasó —añado, y Arti ladea la cabeza—. Pero los niños... ¿Por qué los has secuestrado? Son inocentes, ¿qué mal te pueden haber hecho?

—¿Me tomas por tonta, niña? —replica Arti—. Ya sé que los niños son inocentes.

El remordimiento entretejido en su voz temblorosa es inconfundible.

Baja la mirada.

—Me los tuve que llevar precisamente por eso.

—¿Por qué? —estallo—. ¿No tuviste bastante con matar al sacerdote *ka*? ¿Para qué te sirve secuestrar a los niños?

Oshhe se corta un pedazo de cordero especiado con queso de hierbas y come ajeno a la conversación.

—¿Crees que le maté? —Arti se ríe.

—¿No lo hiciste? —replico, apretando los dientes.

Arti se sirve otra copa de vino, ruborizada.

—No —responde, casi ausente—. Matarlo habría sido demasiado piadoso.

—Come algo, pequeña sacerdotisa —me invita Oshhe con la boca llena de comida—. No tienes buena cara.

Las lágrimas me resbalan por las mejillas. Su voz suena casi como de costumbre.

—Haz caso a tu padre —susurra Arti con hostilidad—. Come.

Su magia vuelve a arderme bajo la piel y obedezco. La comida me sabe a ceniza.

—Hay muchas cosas del antiguo sacerdote *ka* que nadie sabe —asegura—. Suran Omari ha hecho un trabajo excelente difundiendo mentiras para mantener intacto el legado de Ren. Lo hace para molestarme, pero también para no ensuciarse las manos. El sacerdote *ka* sufrió una desafortunada enfermedad del espíritu. —Rebaña queso de cabra con el dedo—. Pasó sus últimos años de vida postrado en la cama.

No me pasa desapercibido que ha evitado decir «Eké» al nombrarlo, una falta de respeto según la tradición litho. De todos modos, alguien tan despreciable como él no merece respeto alguno, ni siquiera después de muerto.

—Es una lástima. —Oshhe se encoge de hombros—. Si hubiese estado aquí, lo podría haber sanado.

Arti lo mira con el ceño fruncido y se sacude el queso de cabra del dedo.

—Es raro que un Eké no tenga familiares cerca, pero Ren no tenía a ninguno en Tamar y tampoco había ninguno dispuesto a viajar desde la tribu litho. Me ofrecí voluntaria para cuidarlo y asumir sus obligaciones. —Habla sin emoción en la voz, como si estuviese explicando algún asunto intrascendente de la asamblea—. Salí en busca de las chicas cuyas mentes había violentado. La mayoría eran chicas de la calle, las que los mal llamados hombres de alta posición usaban y después desechaban. La mayoría habían muerto o no se podía hacer nada para ayudarlas. Ren nunca les puso la mano encima; ese no era su vicio personal. Lo que él hacía era peor.

»Se te introducía en la mente y te alteraba los recuerdos para satisfacer sus placeres perversos. —Su mirada se desvía hacia la pared que hay a mi espalda—. Los sustituía por nuevos recuerdos contaminados que se convertían en los únicos que tenías. Violó a cientos de mujeres antes de hacer lo propio conmigo, y Suran lo encubría todo porque Ren también trabajaba para él. Recopilaba información que situaba al Reino en una posición ventajosa respecto a sus enemigos. Y los orishas... —dice con rencor—. Los orishas lo sabían todo y no hicieron nada para detenerlo.

Miro a mi madre sin parpadear. Aunque querría negarlo, se me parte el corazón al verla... por la chica que fue antes del sacerdote *ka* Ren Eké. Nunca supe *de verdad* la magnitud de lo que le hizo. La historia que me contó mi padre, y lo que añadió Rudjek, fue una versión edulcorada de lo sucedido. Incluso el acto más horrible no parece tan malo si omites las partes más devastadoras. Sin embargo, ahora conozco todos esos detalles. No sé qué es peor, escuchar el relato de los crímenes del sacerdote *ka*, o el tono neutro con el que mi madre los recuerda.

—Cuando acababa de jugar con la cabeza de una persona, nunca quedaba gran cosa de ella..., pero algunas chicas se habían sobrepuesto a lo peor. Contraté a dos de ellas para que lo *cuidasen* cuando... enfermó. Tiene bastante mérito que lo mantuvieran con vida tanto tiempo. —Arti hace una pausa y la sombra de una sonrisa se asoma a su rostro—. Estoy segura de que a Nezi o a Ty les encantaría compartir los detalles contigo. Estaban con él cuando le llegó el final.

El tenedor se me resbala de los dedos temblorosos y cae sobre mi plato. Me cuesta respirar al pensar en la cojera de Nezi y las cicatrices que tiene en las manos, y en Ty, que no habla nunca. Se lo hizo ese bastardo del sacerdote *ka*. Arti las ayudó a vengarse, pero ha resultado no ser mejor que él. El sacerdote *ka* le contagió la depravación como una enfermedad se transmite en una estancia pequeña. No puedo conciliar las dos caras de mi madre, la Arti que dio refugio a dos mujeres que habían sufrido tanto y la que secuestra niños en plena noche.

A la mañana siguiente, sigo confundida mientras Terra revuelve mi ropa. Parlotea sobre algo, pero no le presto atención.

Solo puedo pensar en mi madre y mi padre cenando anoche como si nada hubiera cambiado. Cuando Arti acabó de comer, abandonó el salón y Oshhe la siguió de cerca como un perrito faldero. Desconozco el origen de mi habilidad para resistirme a la magia, pero lo cierto es que conservo más control sobre mí misma que mi padre. Mi mejor oportunidad para romper el lazo que me une a ella se encuentra en el taller de Oshhe, entre los centenares de pergaminos sobre magia tribal que guarda. Tiene que existir algún ritual o amuleto poderoso capaz de romper la maldición de mi madre, porque la magia infalible no existe. Espero a que Arti se marche al Templo y Oshhe vaya a trabajar como de costumbre, sin que sus clientes noten ninguna diferencia.

Nezi discute con alguien a las puertas de nuestra finca. Rudjek asoma la cabeza por su costado cuando estoy a medio cruzar el jardín. Frunce el ceño, pero, al verme, relaja los hombros.

—¿Quiero saber qué estás haciendo? —refunfuño, aunque en realidad me alegro de verlo.

—Te estaba buscando, por supuesto. —Rudjek aprieta las rejas de la verja. Su mirada oscura me recorre de arriba abajo y lo que ve lo hace empalidecer—. No me dejaba entrar.

Nezi deja de apoyarse en la caseta de la portería y abre la verja. Le miro las manos cicatrizadas. Están cubiertas de llagas en carne viva de tanto rascarse. Cuando era pequeña, nunca dudé de la veracidad de la historia de que se había quemado al recoger magia del cielo. Ahora se me hace un nudo en la garganta y se me revuelve el estómago. Si el sacerdote *ka* nunca tocó a las mujeres, ¿se hizo Nezi eso a sí misma?

Tras ver a mi familia luchar contra el dolor toda la vida, me invade la ira hacia el hombre que les hizo daño. De haber sido Ty, Nezi o Arti, ¿habría hecho yo lo mismo?

Nezi se frota el dorso de la mano y lo mira con altivez.

—Vuestra madre no aprobaría esta visita. Los Omari solo traen problemas.

Agarro a Rudjek por el brazo y me lo llevo lejos de casa antes de que tenga tiempo de cantarle las cuarenta a Nezi.

—Ni te molestes.

—¿Me acaba de insultar? —pregunta Rudjek, volviendo la cabeza—. Me siento insultado.

—Tenemos que volver al taller de mi padre —digo soltándole el brazo.

Los pergaminos de mi padre deben tener una respuesta. Recuerdo el tacto de su textura granulosa en los dedos. En ellos hay encantamientos, rituales y maldiciones que van de los más simples a los más complejos, de los benignos a los ominosos. En un momento u otro los he hojeado todos por pura curiosidad, pero ahora son mi última y única esperanza. Doy un paso y la magia de mi madre me florece en el pecho. Mis piernas se detienen y se me paraliza todo el cuerpo.

—Oh, no —protesta Rudjek—. No sé qué estás pensando, pero…

—No es asunto tuyo —lo interrumpo antes de que pueda acabar la frase. Intento dar un paso más, pero la maldición me retiene con más fuerza—. ¡Veinte dioses! —exclamo, frustrada.

La magia no me permite actuar contra mi madre, pero tiene que haber algún modo de sortear el maleficio. Ha manipulado la mente de mi padre y es probable que pretendiese hacer lo mismo conmigo, pero una parte de la maldición falló. Hace muchos años, en el Imebyé, la abuela dijo que mi habilidad mental para resistir la magia era mi mayor don. ¿Para qué me sirve si no puedo decir o hacer nada que crea que va a perjudicar a Arti? La maldición conoce mis intenciones.

—Tampoco hace falta que te irrites tanto —refunfuña Rudjek.

—No seas pesado —le suelto.

Cada vez que mis pensamientos se acercan demasiado a la verdad, la magia resurge bajo mi piel. ¿Qué pasaría si no me concentrase en el *motivo* por el que voy al taller de mi padre? ¿Y si finjo que voy con otras intenciones? ¿Será capaz la magia de detectar el engaño? Solo hay un modo de averiguarlo.

—Voy al taller de mi padre para ayudarlo a limpiar —anuncio, más para mí misma que para Rudjek, y dejo que los recuerdos de los días pasados ordenando las estanterías y lavando viales inunden mi mente. Doy un paso adelante y mi pierna vuelve a moverse con facilidad. Un escalofrío de alivio me recorre los hombros. Ha funcionado. No me permito regodearme en exceso en esta pequeña victoria para no crearme demasiadas expectativas. Cuando puedo dar otro paso, digo—: ¿Vienes o no?

—Me fastidia que me llamen pesado. —Rudjek me vuelve a mirar, esta vez durante tanto tiempo que me hace sentir incómoda. Me agarra el brazo y desliza los dedos hasta la muñeca. Su contacto es como la luz del sol acariciándome la piel—. Te arrebató algo, Arrah. Lo noto. El ritual, quiero decir. Tienes que sentirlo.

No tiene sentido discutir o negar que mi piel ha perdido algo de color. Incluso la ropa me queda un poco más grande, aunque anoche me obligaron a cenar. De hecho, tengo más hambre que de costumbre, pero comer no llenó el vacío que siento dentro.

—Sí, ya lo sé —digo antes de que pueda insistir en el tema—. ¿Cuántos más han desaparecido?

Rudjek me sostiene la muñeca hasta que la retiro.

—Otra niña.

En cuanto nos alejamos unos pasos de la hacienda, Kira y Majka se unen a nosotros y se colocan una delante y el otro detrás.

Les fallé a los niños porque fui demasiado ingenua para darme cuenta de la verdadera naturaleza de mi madre. También le fallé a Kofi, mi dulce y locuaz amigo, que siempre tiene una sonrisa para todo el mundo. Un pinchazo de culpa me retuerce el estómago. Si también fracaso hoy, desaparecerán incontables niños más. No puedo permitirlo.

Arti me dijo que había tenido que secuestrar a los niños porque eran inocentes, pero sigo sin saber cuál fue su motivación. Sea quien sea su cómplice, ella ha estado dispuesta a enfrentarse a su familia para protegerlo y seguir adelante con sus planes.

Rudjek y yo evitamos pisar el Mercado Oriental. En las calles se oyen demasiados gritos, maldiciones y peleas. Hay tantos familiares revoloteando que el aire tiene un sabor más amargo. Recorremos el resto del trayecto hasta el taller de mi padre en silencio. No es necesario que Rudjek me diga que los shotani no han encontrado ninguna nueva pista sobre el secuestrador de niños. Ahora sé que no la encontrarán jamás. Arti y sus videntes los adiestraron, y los shotani le son leales.

—A pesar del caos reinante, mi padre se niega a aplazar mi Ceremonia de la Mayoría de Edad —gruñe Rudjek—. Por favor, dime que vendrás… Necesito ver una cara amiga.

—No lo sé —respondo, sin prestarle demasiada atención. La magia se revuelve de nuevo en mi pecho y me tengo que repetir constantemente que solo voy a ayudar a mi padre.

Rudjek es el primero que ve el humo que sale de la parte trasera del patio de Oshhe, y el corazón me da un vuelco. Corro al callejón que hay tras el taller. Las piernas casi me flaquean mientras me acerco a mi padre dando tumbos.

—¿Qué haces? —grito mareada y con la vista borrosa.

Oshhe lanza puñados de pergaminos en un barril en el que arde un fuego.

—Me estoy deshaciendo de trastos viejos. Llevo toda la mañana haciéndolo. No me había dado cuenta de que tenía tantos pergaminos inútiles en el taller.

Me abalanzo hacia el lugar en el que mi padre está quemando sus pergaminos mágicos y trato de salvar el último justo cuando empieza a arder. Alargo el brazo, pero Rudjek me agarra la muñeca y me aparta del barril. Pataleo y lucho para liberarme. El calor de su cuerpo contra mi espalda es tan intenso que siento que también me arde la piel.

Oshhe viene corriendo y ambos repiten la misma pregunta:

—¿Qué pasa? ¿Qué pasa? ¿Qué pasa?

Mi padre me atrae hacia sí sin un atisbo de remordimiento en los ojos. Arti dijo que solo conocerá la felicidad, pero el hombre que me abraza no es más que un cascarón. Grito con la garganta irritada y el pecho ardiendo. Parpadeo para reprimir las lágrimas mientras las llamas envuelven el pergamino. El papiro liso se ennegrece y se desintegra. Las brasas se apagan hasta que solo quedan cenizas.

Arti ha obligado a mi padre a destruir nuestra última esperanza.

DIECISIETE

L a luna flota oronda y pesada en el cielo nocturno cuando mi padre y yo llegamos a la Ceremonia de la Mayoría de Edad de Rudjek. Han pasado días desde que Oshhe quemó los pergaminos y sigo sin sacarme de la cabeza la imagen o el olor punzante de los papiros quemados. Ahora está riendo con hombres de Estado en el patio del visir y encandilando a los asistentes con sus historias. Una brisa cálida llega desde el jardín trayendo consigo rastros de jazmín, lila y pétalos de rosa. La fragancia dulce solo me revuelve el estómago. Por tercera vez en una hora, un camarero me ofrece una copa de hidromiel y la rechazo con un gesto.

Arti no está aquí, y eso me preocupa. Esta mañana, antes de ir al Templo, ha dicho que Oshhe y yo vendríamos. Su magia se ha ocupado del resto. Evidentemente, estaba al tanto de la ceremonia, probablemente gracias a sus espías, o a los rumores que circulaban acerca de las importantes familias que han venido a la ciudad con motivo del acontecimiento. Nadie comenta su ausencia debido a su rivalidad con el visir, pero estoy convencida de que no planea nada bueno. También me preocupa Rudjek. No me sorprendería que Arti tramase algún ataque contra él para perjudicar a su padre.

Giro el cuello en busca del resto de videntes. No sé si me pone más o menos nerviosa no ver a ninguno de ellos. Me vuelve a pasar por la cabeza que uno de los videntes podría ser su cómplice. Me ha quedado claro que Arti no siente amor alguno por los orishas, pero ¿sienten lo mismo los otros videntes? ¿Han dado la espalda a su fe como lo hicieron con Heka al abandonar las tierras tribales?

Como de costumbre, Oshhe es el conversador perfecto y está contando historias de magia. Muchas de las familias de clase alta presentes en el acto también son clientas de su taller. Son eruditos, escribas, artesanos y artistas, personas con el dinero suficiente para pagarse la juventud y la buena salud. Personas que habrían muerto diez veces de no ser por su intervención. Su don es tan poderoso que una persona que ya ha vivido cien años, algo que ya es una hazaña, puede vivir otros cien sin que parezca en ningún momento que tiene más de cincuenta.

Mi padre seguiría en el desierto de no haberse enamorado de Arti. Sería sanador en la tribu aatiri, donde nadie malgasta monedas para cambiarse el color de pelo o mejorar el aspecto de alguna parte del cuerpo. Sería feliz y estaría completo.

En la historia de amor que me contó, los chicos decían que la joven mulani te podía robar la magia con un beso.

Oshhe subestimó a Arti. Ambos lo hicimos.

No cometeré de nuevo ese error.

—La sacerdotisa *ka* te ha dejado venir —murmura Essnai, que se ha colocado a mi lado—. No me lo esperaba.

La aparición repentina de mi amiga me sobresalta. Para ser una chica que saca más de una cabeza a casi todas las demás, se mueve con la gracilidad de una sombra. Destellos plateados en su vestido rojo hacen juego con el polvo plateado que le recubre la piel de ébano. Como siempre, está deslumbrante.

—Ha sido muy amable —digo en tono sombrío. No puedo decir nada que vaya en contra de mi madre, pero sigo pudiendo controlar el tono que utilizo. Es una pequeña concesión, pero no me sirve para nada.

—Esta ceremonia se celebra en muy mal momento. —Essnai contempla a la multitud con los brazos en jarra—. La ciudad llora la desaparición de los niños.

—Al visir no le importa —murmuro—. Es un hijo de perra egoísta.

Essnai arquea una ceja en señal de aprobación.

—Coincido.

Cambio de tema antes de encenderme más.

—A mí también me sorprende que hayas venido.

—He hecho la mitad de los vestidos que ves. —Essnai se encoge de hombros—. No podía dejar pasar la oportunidad de verlos en libertad.

Es la más sensata de todos mis amigos. Por más graves que sean mis problemas, su serenidad siempre me calma. Años atrás, en el Imebyé, me ayudó a encontrar el camino de vuelta al campamento aatiri. Fue el faro que me guio en la oscuridad. Ojalá también pudiera mostrarme el camino ahora, ojalá me pudiera decir que todo saldrá bien.

—Me alegro de que estés aquí —digo con una sonrisa frágil.

Clava en mí sus ojos oscuros, escrutándome.

—Hace tiempo que no te veo por la tienda.

—Lo sé. —Se refiere a que no he ido a verla, y mucho menos a curiosear los preciosos vestidos que su madre vende en la tienda. Desde que volvimos del Festival de la Luna de Sangre apenas hemos pasado tiempo juntas. Essnai nunca ha sido de fisgonear, y en vez de preguntarme por qué no he ido, espera que le dé una explicación—. Las cosas se me han complicado.

Me mira a la cara un instante más y finalmente dice:

—Si me necesitas, aquí me tienes.

Cuando se abren las puertas de la hacienda, la música enmudece y los invitados callan para no perderse detalle. Rudjek cruza el umbral con el rostro inexpresivo. Sin embargo, bajo la máscara de indiferencia percibo que aprieta la mandíbula y tiene los hombros tensos. Me recuerda a los leones enjaulados que el Todopoderoso hace desfilar por la ciudad al principio de Basi, la estación de cosecha. En tiempos mejores, en otras circunstancias, y de haber estado yo de mejor humor, me habría burlado de él por ello más tarde. Sin embargo, ni siquiera quiero estar aquí. Tengo que saber qué está haciendo mi madre en el Templo.

El visir se alza a la derecha de Rudjek con una elara negra que sustituye a su habitual elara de seda blanca con bordados dorados. Todos los hombres y chicos que asisten a la Ceremonia de la Mayoría de Edad visten de negro. Incluso mi padre luce un caftán negro. Serre, la madre de Rudjek, está a su izquierda, y es la viva estampa de una princesa del Norte. Capas de seda lavanda se extienden a su espalda como el Gran Mar. Lleva el pelo azabache ondulado y suelto sobre la espalda, luce una corona de perlas y maquillaje que le cubre la piel para que no sean visibles las venas de debajo.

A pesar del espectacular aspecto de Serre, todos los ojos están puestos en Rudjek. Aunque tengo la sensación de que mi mente está atrapada en un lugar lejano, yo tampoco puedo dejar de mirarlo. Contengo la respiración. Por un instante fugaz, me permito la licencia de olvidarme de todo lo demás y admirarlo. Unas cejas exuberantes coronan unos ojos todavía más oscuros, y aprieta los labios. La luz parpadeante de las antorchas hace que su mandíbula angulosa sea todavía más prominente. Lleva bordados de hilo de oro en la elara blanca y rubíes incrustados en las mangas. El emblema de hueso de craven destaca como un trofeo sutil en su solemne atuendo ceremonial. El visir es la única persona que viste una elara blanca y dorada. Está haciendo toda una declaración del futuro que le espera a su hijo. No necesito preguntarme si ese es el motivo por el que Rudjek parece sentirse tan incómodo en la escalera de su hogar.

Los asistentes se separan para formar un camino que cruza el patio. Muchos ojos curiosos lo miran, y muchas sonrisas tímidas brillan a la luz de las antorchas, pero su mirada me encuentra a mí. Curva los labios en una sonrisa mientras sus padres le cogen las manos.

—Os presento a Rudjek de la casa Omari, carne de mi carne.

La voz del visir sobrevuela a la multitud sin dificultad.

—Ya no es un niño, sino un hombre —añade Serre—, y como tal se presentará a partir de este día.

—Heredero del legado de los Omari —sentencia su padre—, y futuro visir del Reino Todopoderoso.

—Sabed que abandono la sombra de mi padre y ahora proyecto mi propia sombra —recita Rudjek en un tono monótono en su primera intervención.

Los invitados reciben la declaración asintiendo y las flautas y las arpas comienzan a sonar. Tres bailarinas con vestidos transparentes que no dejan nada a la imaginación se contonean por el pasillo. Una es alta, con las piernas larguísimas, y tiene una magnífica piel tostada que atrae todas las miradas. La segunda bailarina tiene los labios del color del fuego y unas cintas brillantes que le recogen unas largas trenzas. La tercera mujer es todo curvas y parpadea con sus largas pestañas a Rudjek como si ambos fueran las dos únicas personas en el patio. Rudjek se ruboriza. Da un paso hacia atrás en el momento en el que las tres mujeres convergen en el lugar que ocupa, y su padre lo empuja hacia ellas. Algunos hombres silban. Otros se ríen.

Es una tradición ridícula.

En lugar de enojarme con las mujeres que culebrean alrededor de Rudjek como moscas atrapadas en miel, me doy la vuelta. Kira sale de entre la multitud con una copa de hidromiel en la mano.

—¿Te importa si te robo a mi *ama*? —Toma la mano de Essnai y le besa la palma. Essnai sonríe, y los ojos oscuros le brillan hechizados—. Lleva toda la noche como un pajarillo perdido.

Con una punzada de tristeza en el pecho, agacho la cabeza y me froto la frente mientras ambas desaparecen entre el gentío.

Los invitados lanzan una exclamación de asombro y vuelvo la cabeza de inmediato. Las bailarinas flexionan y retuercen sus cuerpos al ritmo de las flautas y las arpas. La forma en la que algunas de estas *supuestas* personas de alta cuna las miran con lascivia me pone la carne de gallina. Es posible que el ruin sacerdote *ka* mirase en su día a Ty y Nezi del mismo modo, impaciente por hacerles las peores mezquindades. Y lo consiguió: Arti es una buena prueba de ello.

Cuando termina la danza, Rudjek apoya una rodilla en el suelo y, una tras otra, las mujeres le besan la frente. Se vuelve a levantar y los invitados lo vitorean y le dan palmaditas en la espalda. El maestro gremial Ohakim, un hombre alto con el rostro enjuto que dirige el gremio de los obreros, dice:

—Yo no me habría podido controlar de ese modo si *estas* bailarinas hubiesen venido a mi ceremonia.

Ohakim parecía más interesado en el baile que cuando Arti habló en la asamblea de los niños desaparecidos.

Majka se coloca a mi lado y me da un golpecito en el brazo.

—Esto no le gusta nada, ¿sabes?

Tiene la mejilla izquierda hinchada y amoratada.

Miro a Rudjek, enojada.

—Sí, ya veo lo mucho que está sufriendo.

Lo rodean varias personas, pero él sigue mirando en nuestra dirección. Su expresión suplica que alguien vaya a rescatarlo, pero no me da ninguna lástima. Majka se muerde el labio y observa a la bailarina de cuerpo escultural, que ahora se contonea entre los invitados. No es el único que la mira.

—Lo vuestro es ridículo —resopla Majka, que vuelve a centrar su atención en mí—. Os comportáis como críos.

—Quién fue a hablar. —Cruzo los brazos—. ¿Te ha vuelto a pegar Kira por flirtear con su hermana?

Majka se encoge de hombros y se alisa la elara.

—Eso no sería apropiado, ¿no te parece?

Chasqueo la lengua.

—¿Y desde cuándo te comportas de una forma apropiada?

—¿No os cansáis nunca? —pregunta Sukar, que sale de entre el gentío y pone los ojos en blanco.

Majka se lleva la palma derecha al corazón.

—Vaya, si es mi muchacho zu favorito.

Sukar se acerca la mano al pecho para devolverle el saludo zu. Una celosía de tatuajes le rodea los dedos. También se ha hecho nuevos en las mejillas, cicatrices protuberantes como las rayas de un tigre.

—¿Qué le ha pasado a tu cara esta vez? —le pregunta a Majka haciendo una mueca.

Majka se coloca bien el cuello de la elara.

—Alguno de los combates en la arena.

Agarro a Sukar por el brazo y me lo llevo antes de que pueda seguir incordiando a Majka.

—¿No tenías guardia en el Templo esta noche?

Arti se ha marchado a toda prisa vestida con el caftán de sacerdotisa *ka* mucho antes de que Oshhe y yo saliéramos de casa para venir a la ceremonia de Rudjek. Al ver a Sukar aquí, el dolor que siento en el estómago se intensifica. Era demasiado optimista esperar que mi madre hubiera ido al Templo tan deprisa esta mañana solo para mantener el engaño. Planea hacer algo. Esta noche.

Sukar frunce el ceño y se le arrugan los tatuajes de la frente.

—No, ¿por qué?

—Pensaba que Arti... —La garganta se me cierra y se me apaga la voz. Odio esta maldición—. Pensaba que los demás videntes estarían en el Templo con mi madre.

Sukar hace un gesto con la cabeza indicando a su tío. Barasa y el vidente litho son los dos únicos hombres, aparte de Rudjek, que no visten de negro. Incluso Sukar lleva una túnica y unos pantalones negros. Su tío viste el caftán amarillo pálido de los videntes, de un color más suave que el exuberante dorado que luce Arti. Los otros dos videntes vagan entre la multitud, también ataviados con su caftán tradicional.

La serpiente me hace cosquillas y me coloco una mano en el corazón. La magia se me extiende por todo el cuerpo y me abrasa todos los nervios. Se me acaba el tiempo.

—¿Estás bien? —pregunta Sukar tocándome el hombro.

Mareada, me apoyo en su brazo.

—Tengo que sentarme.

Sukar mira a nuestro alrededor, pero todos los bancos del patio están ocupados. La magia no solo me produce dolor; también me llama. Vamos a los jardines que hay junto al patio, más tranquilos, y nos sentamos en un banco. Un escalofrío me recorre los brazos.

—¿Eso ha sido lo que parecía? —pregunta Sukar arqueando las cejas.

Soy incapaz de decir nada que apunte a Arti. Lo intento, pero ni siquiera puedo pronunciar la palabra «magia». Sus tatuajes no brillan como lo hicieron cuando atravesó la burbuja litho en las tierras tribales, y como suelen hacer cuando hay magia presente. Alarga la mano para volverme a tocar el brazo con una expresión de desconcierto, pero se detiene.

—¿Puedo? —pregunta, y asiento, aunque la magia me oprime el cuello con más fuerza, no lo bastante para hacerme daño, pero sí para ahogar mis palabras.

Cuando Sukar me apoya la mano en el brazo, la magia vibra.

—¿Notas eso? —pregunta.

Me cuesta encontrar las palabras adecuadas.

—¿Qué notas?

Sukar hace una mueca.

—Siento que es posible que no seas una *ben'ik*.

Me hundo tanto en el banco que arrastro el borde del vestido. Sukar me suelta el brazo y me imita. Él me *conoce*. Debería percibir la diferencia entre que yo posea magia y que me vea afectada por ella. Me desanima que haya confundido la maldición de mi madre con algo bueno. Le apoyo la cabeza en el hombro y miramos el patio desde los jardines. Echo de menos cuando podía pasar tiempo con Essnai y con él sin ninguna preocupación.

Dos de las bailarinas caminan entre el público, sin la más voluptuosa. Como era de esperar, Majka ha desaparecido. Kira y Essnai se han marchado discretamente para disfrutar de un momento a solas. El padre de Rudjek lo está presentando al corro de eruditos y hombres de Estado que lo rodean. Sus atractivas hijas se abren paso hacia el interior del corro y esperan su turno para poderlo conocer. No me quedan fuerzas para estar celosa, pero no puedo negar la oleada de calor que me trepa por el cuello.

Sukar y yo nos quedamos sentados en silencio un rato y la magia cobra fuerza. Me pincha la piel como un manto de agujas. Cuando no aguanto más sentada, me pongo en pie de un salto.

—¿Cuándo pensabas contarme tu secreto? —bromea Sukar, mirándome divertido.

—¿Qué secreto? —pregunta Rudjek a nuestra espalda.

Me doy la vuelta, sobresaltada, y lo veo de pie, rascándose la cabeza y mirándonos. Suele apoyar las manos en las empuñaduras de los shotels y ahora no sabe dónde ponerlas. Esta noche no lleva sus elegantes espadas, pero el resto de su atuendo sí lo es.

Toso.

—Me sorprende que hayas podido librarte de tus fans incondicionales.

—No soy el único que tiene fans incondicionales —contraataca Rudjek.

La acusación hace que me sonroje, y se vuelve hacia Sukar con una sonrisa triunfal en los labios.

—Yo también quiero saber ese secreto.

Sí, guardo un secreto, pero no es lo que ninguno de los dos podría estar pensando. Exhalo ruidosamente, irritada por la conversación.

—No hay ningún secreto —miento, agotada.

Rudjek se aclara la garganta.

—Tengo que hablar a solas con Arrah.

Sukar se queda un rato más repantingado en el banco para fastidiarlo.

Rudjek cambia de opinión y me indica que lo siga. Nos adentramos más en los jardines y nos detenemos junto a un estanque de peces azules que brillan en la oscuridad.

—Pensaba que no me podría escapar nunca. —Se frota la nuca—. Agradece que las chicas no tengáis que pasar por esto.

Cruzo los brazos.

—Estoy segura de que ha sido todo un tormento.

—Te has enfadado. —Rudjek se mira las manos—. Lo siento, no pude convencer a mi padre de que no contratase bailarinas. Insistió en que es una tradición.

Me alejo de él, aunque lo que realmente deseo es arrojarme a sus brazos. Necesito que apacigüe la creciente sensación de que algo malo está a punto de ocurrir.

—Es una tradición ridícula.

La magia me vuelve a vibrar en el pecho y me tiembla la voz.

—Ya lo sé.

Rudjek se acerca a mí y su fragancia dulce me hace cosquillas en la nariz.

—Pues parecía que estabas disfrutando el momento de lo lindo —digo, aunque no es verdad.

Se acerca un poco más, y yo no retrocedo.

—¿Estás celosa?

Niego con la cabeza y aprieto los labios, con los pensamientos en cualquier lugar salvo aquí. No puedo rendirme a la magia de mi madre. Si sigo resistiéndome a ella, al menos podré retrasar sus planes hasta que encuentre la manera de sortear la maldición.

—¿Por qué iba a estar celosa?

—¿Y si te digo que me he puesto celoso al verte con Sukar?

Se acerca un paso más y una oleada de calor se me extiende por el pecho. Esta vez no es la maldición, sino una sensación agradable entre tanta incertidumbre.

—¿Y no estabas celoso al verme hablar con Majka?

—A Majka no le ofrecerías té —responde Rudjek en un tono grave que me fuerza a volver al presente y a centrar de nuevo la atención en él.

Ladeo la cabeza.

—¿Cómo puedes estar tan seguro?

—¿A mí me ofrecerías té? —pregunta Rudjek con una sonrisa taimada en sus labios perfectos.

¿Siempre los ha tenido tan bonitos? ¿Cómo puedo pensar en él de este modo justo ahora? Sé que lo hago para no tener que pensar en mi madre y en las atrocidades que ha cometido. Quiero perderme en las profundidades de sus ojos oscuros y fingir que todo va bien.

—Sí —respondo, y el corazón me aletea como una mariposa—. Lo haría.

—Arrah. —Rudjek susurra mi nombre y es música para mis oídos. Estamos lejos de los festejos y lejos de ojos curiosos, como Majka y su bailarina—. Debería haberte dicho lo que siento hace mucho.

Salvo la escasa distancia que nos separa.

—Yo también podría haber dicho algo.

Rudjek me acaricia la mejilla y me inclino hacia él. Sus ojos reflejan el dolor de mi interior. Un mal presentimiento ensombrece el instante. Todavía hay una gran incertidumbre entre nosotros, y nos quedan muchas cosas por decir, muchos secretos, oportunidades perdidas y tiempo malgastado. ¿Qué habría pasado si hubiésemos sido más valientes, hubiésemos dejado al margen la disputa entre nuestras familias y hubiésemos dejado que nuestros corazones decidiesen? Es una pregunta que por fin estoy dispuesta a olvidar.

Es posible que no tengamos una nueva oportunidad después de esta noche, así que me abandono a su mirada cautivadora. Inclina la cara y le acerco la mía. Nuestras respiraciones se entrelazan cuando nos acercamos para besarnos. El beso que he soñado mil veces. Chispas cálidas me encienden el cuerpo. Sin embargo, justo cuando sus labios están a punto de rozar los míos y su fragancia sacude mis sentidos, se separa bruscamente.

—¿Te has vuelto loco, muchacho? —ruge el visir, que agarra el hombro de Rudjek.

—Veinte dioses. —Rudjek se libera de la mano de su padre—. ¿Me estabas espiando?

El visir resulta todavía más imponente vestido con la elara negra que con su habitual elara blanca, e intimida el doble.

—He invitado a familias importantes de todo el Reino para que te conocieran esta noche. —Me fulmina con la mirada—. Y tú te escondes en los jardines y te tomas libertades con una joven.

Rudjek frunce el ceño.

—Por si no te habías dado cuenta todavía, Arrah es...

—Es la hija de mi enemiga —le replica el visir—, y te está vetada.

La ira me corroe la piel y cierro los puños. No puedo soportar ver al visir después de las cosas horrendas que le hizo a mi madre y que permitió que le hicieran personas bajo su mando. Puede que no sea capaz de hablar mal de Arti, pero a la maldición no le importará que le cante las cuarenta a él.

—¿Cómo osáis...? —empiezo a decir, pero otra mano me agarra el hombro. Es mi padre.

—Es hora de irnos —anuncia Oshhe con el rostro inexpresivo—. Nos necesitan.

Las palabras me resuenan en la cabeza y la magia se despierta. Esta vez, la llamada es más poderosa, mucho más que a lo largo de toda la noche. Clavo los talones en el suelo para oponer resistencia, tratando de hacerme fuerte en los jardines. Aprieto los dientes hasta que me duele la mandíbula, pero es inútil. Soy incapaz de resistirme a la llamada de mi madre y, aunque lograse hacerlo, mi padre se me llevaría a rastras por más que pataleara y chillase. Miro a Rudjek, indefensa, y lo veo inmerso en un duelo de miradas con su padre.

—Mis asuntos no son de tu incumbencia —dice, y escupe en el suelo.

—¿De veras? —replica el visir.

La arrogancia dibuja una sonrisa conspiradora en el rostro del visir. Me gustaría zarandearlo para inculcarle algo de sensatez, pero sería inútil. La inquina que existe entre el visir y mi familia es irreparable. Al verme, debe recordar a la chica a la que acusó de embrujar a su mejor amigo. Una chica a la que robó la inocencia. Si supiera el monstruo en el que ella se ha convertido y el papel que él tuvo en crearlo...

Las cadenas invisibles de la maldición de Arti me obligan a marcharme. Lucho contra ellas a cada paso con toda mi fuerza de voluntad, pero las piernas no me obedecen. La magia me acaba desgastando y la fatiga termina con los últimos rescoldos de resistencia.

—¡Espera, Arrah! —grita Rudjek al ver que me doy la vuelta.

Un destello de desafío me recorre los hombros, pero sigo caminando.

Arti culminará su plan esta noche y lo peor está por llegar.

DIECIOCHO

Oshhe y yo subimos el precipicio resbaladizo por el rocío de camino al Templo Todopoderoso. Suenan las primeras campanadas de la mañana y el sonido me vibra en los huesos. Hemos pasado toda la noche en la ceremonia de Rudjek y se acerca la hora de *ösana*, cuando la magia es más poderosa. Mi padre no ha dicho ni una palabra desde que salimos de la hacienda del visir. En cuanto Arti nos llamó, se desvaneció lo poco que quedaba de él. Me recuerda a las historias de los *ndzumbi*: no tiene control sobre sí mismo, ni conciencia aparente. Vive y respira para ella.

—Tiene que haber un modo de romper las maldiciones. —Entrelazo los dedos con los de mi padre. Tiene la mano helada—. Lo sabrías si estuvieras en tu sano juicio.

Imagino a mi padre asintiendo, aunque, en realidad, su rostro se mantiene impávido.

En Tamar debe haber más personas de origen tribal con registros documentales. Los videntes también tendrán pergaminos, pero intentar acceder a ellos sería demasiado arriesgado.

El charlatán que me dio el ritual para intercambiar años de vida por magia llevaba otros textos tribales en la bolsa. Si soy capaz de hablar, mañana le preguntaré por ellos. La magia me abraza con fuerza y sigo avanzando contra mi voluntad. El terror me cala hondo en los huesos y me da un vuelco el estómago. Cuanto más subimos, más fuerte se vuelve la influencia de mi madre sobre mí.

Oshhe sube la pendiente con la determinación de una mula de carga, y nunca desvía la mirada del Templo. No sé para qué necesita ayuda Arti, pero no puede ser nada bueno. Al menos, mientras esté en el Templo no estará en las calles buscando más niños que secuestrar. De momento, están a salvo.

Parece que haya pasado toda una vida desde la mañana en la que Tam me contó la historia del origen y me confirmó la conexión existente entre la serpiente de ojos verdes y los demonios. Entonces buscaba respuestas, pero todo lo que ha ocurrido no ha servido más que para aumentar mi desconcierto. Cuando llegamos al Templo, las puertas están abiertas y no hay ayudantes a la vista. Es estremecedor verlo tan silencioso y vacío cuando durante el día siempre está rebosante de gente. Los austeros edificios grises me recuerdan las historias de los mausoleos monumentales que la gente del Norte esculpe en hielo para enterrar a sus difuntos.

La luz de las antorchas ahuyenta la oscuridad que rodea el patio y deja el resto del Templo en penumbra. No hay ningún shotani cerca; si lo hubiera, detectaría su magia suspendida en la brisa. Entramos al acceso alargado, iluminado por más antorchas, y nuestros pasos resuenan en el suelo de piedra.

El acceso nos conduce al Salón de los Orishas. Las constelaciones lanzan destellos que cruzan la oscuridad que envuelve a los dioses y sus tronos. Si los miras directamente o los tocas, son sólidos como el mármol. Sin embargo, cuando los ves por el rabillo del ojo, sus formas cambian y palpitan, siempre inquietas, siempre vigilantes.

La estatua de la orisha Sin Nombre está amortajada en sombras incluso durante el día, pero su rostro cincelado es mucho más inquietante de noche. Se ha convertido en algo retorcido, feo e insoportable. Cuando Essnai, Sukar y yo éramos pequeños y todavía asistíamos regularmente a clase en el Templo, nos inventábamos historias sobre ella. Essnai decía que la Sin Nombre había metido los brazos en un nido de serpientes y había muerto a consecuencia de sus mordeduras. El misterioso motivo por el que había hecho algo semejante dio pie a un debate entre los tres. Sukar dijo que la Sin Nombre lo había hecho por un reto, y Essnai que había querido poner a prueba los límites de su inmortalidad. A mí se me ocurrió que quizá estaba buscando algo que había perdido. Ahora que la miro sabiendo de los demonios, tengo una teoría distinta.

Su nombre no aparece en ninguno de los pergaminos sobre la guerra entre los orishas y el Rey Demonio. No aparece mencionada de ningún modo, motivo por el cual los escribas la llaman la «Sin Nombre». ¿Es posible que los otros orishas borrasen su nombre de la historia debido a algún acto atroz que cometió? Su pose es relajada y serena, y las serpientes bien podrían ser sus mascotas. ¿Acaso se puso del lado de los demonios durante la guerra? ¿Por qué?

Quiero desviar la mirada, pero me inmoviliza. La magia que se acumula en mi pecho me obliga a acercarme a ella y me sumerjo en el abismo sin fondo de sus ojos, unos ojos que son un portal a un lugar prohibido y un tiempo olvidado. Parpadeo y la sensación se desvanece a la vez que un escalofrío me repta por los hombros.

—Se acerca el momento —susurra Arti desde las sombras que tenemos delante.

Inspiro hondo y el aire se me atasca en la garganta. Mi madre empieza a caminar por un pasillo medio iluminado sin esperar respuesta. El caftán dorado le aletea sobre los tobillos. Oshhe la sigue y yo hago lo propio. No tenemos elección; la magia de Arti es una correa que nos sujeta por el cuello.

Recorremos a la estela de Arti un laberinto de pasillos estrechos, y después bajamos dos tramos de escaleras oscuras de piedra. A medida que descendemos, el aire está cada vez más saturado de polvo y la temperatura baja. Las paredes del Templo están decoradas con plegarias a los orishas, pero ninguna de ellas menciona a Heka. El Reino no le rinde culto.

La escalera acaba en una cámara con un techo bajo de piedra repleta de estanterías con tarros de cristal vacíos. Con los ojos cerrados, Arti apoya la mano en el muro del fondo de la estancia. Susurra algo en el mismo gorjeo antiguo que selló mi maldición, y el muro gime y se desliza como un mamut enorme que despierta de un largo letargo. Si no me fallan los cálculos, hemos llegado a algún lugar situado bajo el patio o los jardines.

—El sacerdote *ka* traía aquí a las chicas cuyas mentes había violado. —Arti se detiene en el umbral entre las dos habitaciones y apoya un brazo en la piedra—. Al final, aquí es donde ellas acabaron con la vida del sacerdote. Muy apropiado, ¿verdad?

Nuestra portera, Nezi, la de las manos quemadas y la cojera persistente. Ty, que nunca habla con nadie. Dos mujeres que pueden ser gruñonas a ratos, pero nunca crueles. Ty, la que horneaba mis dulces favoritos por mi cumpleaños, y Nezi, la que me enseñó a jugar a perros y chacales. Ambas mujeres ayudaron a criarme. Me cuesta creer que bajasen a rastras al viejo sacerdote *ka* por esta escalera y lo torturasen hasta la muerte. ¿Cómo es posible que dos personas a las que conozco de toda la vida sean asesinas?

Arti entra a la oscura cámara con Oshhe pisándole los talones. El frío emana de los muros como un ser vivo. Quiero huir y comprobar hasta dónde me permite llegar la maldición, pero no puedo abandonar a mi padre. No estaría metido en este embrollo de no ser por mí. Me llevo la mano al estómago cuando entro en la habitación y la puerta se cierra a mi espalda con un sonoro estruendo concluyente. Una luz tenue ilumina la cámara, que resulta no ser una cámara, sino una tumba.

Reculo hasta llegar a la pared, y con la punta de los dedos busco un asidero entre la mugre resbaladiza que la cubre. Me falta el aire y la estancia me da vueltas. Los ojos me escuecen al ver a los niños que tengo delante. Doy un paso hacia ellos, pero Arti levanta una mano para detenerme. Lucho contra su magia, los dientes me castañetean y cierro los puños a los costados. Chillo, pero también me hace enmudecer.

Arti ha colocado a los niños formando una fila india en la base de un altar. Siete de ellos están tendidos en camastros improvisados, y tienen un tarro de niebla gris sobre la cabeza. Sus pechos se elevan y vuelven a descender, y los ronquidos que emiten se oyen en toda la habitación. Hace mucho frío, pero los ha abrigado con mantas. No tardo mucho en darme cuenta de lo que es la neblina gris. Son sus *kas*. Arti les ha robado el alma y la ha guardado en tarros.

Clavo las uñas en el muro mientras el olor a humedad y moho de la habitación invade mis sentidos. Arti no me lo impide. Mis uñas se quiebran y la sangre de mis dedos se mezcla con la mugre. El dolor es lo único que me mantiene en pie. Es lo único que evita que me muera por dentro, lo único que me da fuerza.

Trato de decir algo, pero mis palabras salen revueltas, como las de un niño que está aprendiendo a hablar. *No habrá paz para ti, ni en esta vida ni en la siguiente. Me aseguraré de ello.*

Solo puedo chillar la promesa en mi mente, pero hablo muy en serio. Encontraré la manera de acabar con mi madre.

Arti mira a los niños un largo rato y susurra algo. Derrama una única lágrima que le resbala por la mejilla. Es como una bofetada para mí, para sus familias y para todas las personas que lloran su desaparición. Tiene los ojos inyectados en sangre y repletos de angustia y tristeza, pero las emociones se esfuman en cuanto se vuelve hacia el altar. Cualquier atisbo de remordimiento en su mirada no es más que una ilusión.

En este lugar, los muros no están cubiertos de plegarias a los orishas, sino de hechizos escritos en sangre. Las palabras tienen bordes irregulares y curvas, y están escritas con pinceladas decididas. Una serpiente enroscada recorre el texto como un gran monstruo marino. En el cuerpo de la serpiente, Arti ha dibujado dos esferas interconectadas, el símbolo de la unión. También distingo otros símbolos: enredaderas, ojos y bestias con dientes tan afilados que podrían cortar piedras. Símbolos que no había visto hasta ahora.

Oshhe espera la siguiente orden en un rincón. Miro su cabeza rapada y las hileras de pendientes de oro que cuelgan de sus orejas, pero soy incapaz de ver a mi padre. Gran parte de lo que constituye la esencia de una persona está en su *ka*, y el suyo está prisionero en algún lugar muy dentro de él. No se merece esto. Siempre se ha portado bien con Arti, a pesar de la indiferencia con la que ella se lo ha recompensado.

—¿Por qué nos odias tanto? —le espeto.

—¿Que os odio? —Arti frunce el ceño—. No seas tonta. No os odio.

A pesar de todas las fechorías que ha cometido, parece tan perpleja que me deja sin palabras.

—Sin embargo, sí que me has decepcionado. —Arruga la nariz—. Deberías ser más fuerte.

—¿Te he decepcionado? —Las palabras me saben amargas mientras miro fijamente a mi amigo. El espanto de lo que ha hecho mi madre pesa más que el alivio de haberlo encontrado. Duerme profundamente y tiene los labios curvados en una sonrisa torcida. Kofi, mi amigo. El niño dispuesto a todo para irritar a Rudjek y hacerme reír. El niño de las mil y una historias de pesca. Espero que esté soñando con una audaz aventura en el Gran Mar, o con cualquier cosa salvo esta pesadilla. Quiero salvarlos a todos, pero si solo puedo salvar a uno de ellos… Me trago la bilis que me arde en la garganta. Es un pensamiento horroroso, pero si solo puedo salvar a Kofi, lo haré.

—Está en paz —comenta Arti, que también lo está mirando—. Todos lo están. Me he asegurado de ello.

—Es amigo mío —musito.

—Lo sé. —Algo oscuro se agita tras sus ojos—. Perderás a muchos amigos antes de que todo esto acabe.

—Deja que se vaya, por favor —le ruego sosteniéndole la mirada.

—¡No toleraré que supliques! —estalla Arti, y su magia me inmoviliza la lengua—. Este mundo es un lugar cruel en el que solo triunfan los más desalmados —ruge, mirando a Oshhe—. Teniéndonos a nosotros por padres, deberías haber heredado un talento excepcional para la magia, pero… eres débil. Tienes que ser más fuerte para sobrevivir a lo que está por llegar.

Las palabras de mi madre me hacen cortes tan profundos que las heridas hierven y sé que no sanarán jamás. No hay forma de llegar hasta ella o de hacerla cambiar de opinión. Coloca una daga sobre el altar. No parece alocado pensar que matará a los niños con esa misma daga. Me imagino clavándosela en el estómago. La idea de matar a mi madre me revuelve las tripas, pero, si no atiende a razones, no tendré otra alternativa.

—Me preguntaste por qué había elegido a niños —recuerda Arti con una voz dulce como el hidromiel.

Hace algo en el altar, como si fuese una noche cualquiera en el Templo. Ahora que conozco su secreto, parece obvio que para ella esto es normal. A juzgar por el aspecto que presenta la cámara y la forma en la que se mueve por ella, ha pasado mucho tiempo aquí abajo. Todos estos años, cuando mi padre y yo creíamos que estaba con los otros videntes, en realidad estaba en este lugar aterrador.

Coloca un muñeco de paja junto al cuchillo y un cuenco de hierbas secas y aceite, tres elementos usados en rituales mulani tradicionales.

—¿Todavía quieres saber por qué lo hice?

Me esfuerzo por hablar, pero la maldición me sujeta la lengua. Al darse cuenta de que no contesto, Arti alza la vista y la magia se relaja. Trato de comprender los hechizos de los muros y la gran serpiente. Me seco el sudor de la frente con tanta fuerza que me dejo un rastro de calor en la cara. Las piezas encajan, el plan de mi madre queda al descubierto y desearía poder deshacerme de la verdad con la misma facilidad. Las esferas entrelazadas y el símbolo de la unión no difieren mucho de los símbolos de las baratijas que los charlatanes venden en el mercado. Son símbolos zu poderosos, reforzados por la magia de mi madre y su voluntad de hierro. La serpiente es la misma que llevo grabada en el pecho. Se acabaron las adivinanzas.

—Intentas invocar a un demonio —balbuceo, incrédula—. Vas a invocarla *a ella*, a la serpiente de ojos verdes de la visión de la abuela. Pero ¿por qué?

—Cuando el sacerdote *ka* Ren invadió mi mente, vio toda mi vida. —Arti dibuja símbolos en el muñeco con una pluma mojada en sangre—. Lo vio todo salvo mis recuerdos más íntimos. Al principio, se lo tomó como un reto, pero no ser capaz de ver esa parte de mi mente lo acabó frustrando. —Levanta la vista hacia mí de nuevo y me mira con ojos ausentes—. Esos recuerdos son los únicos que sé que son reales. El resto de los recuerdos que conservo de lo ocurrido antes de encontrarme con Ren apestan a sus asquerosas perversiones.

»¿Sabes qué habría descubierto si hubiese sido capaz de robarme también esos recuerdos? —Marca la frente del muñeco con sangre. Como no respondo, prosigue—: Habría descubierto que mi primer recuerdo es del Rey Demonio susurrándome al oído. Que cuando era muy pequeña, él me mostró lo que le hicieron los orishas y por qué se lo hicieron. No encontrarás esa historia en las paredes de este Templo. —Arti mira al techo y la voz le flaquea—. Sin embargo, entonces era demasiado pequeña para entenderlo. Cuando abandoné las tierras tribales para venir al Reino, también lo dejé a él atrás. Quería experimentarlo todo..., ver todo el mundo, y no solo a través de la magia, sino también mediante el resto de los sentidos.

»Cuando Suran me acusó, Ren me llevó a una cámara como esta. —Arti habla con un hilo de voz y la mirada vacía—. Fue entonces cuando comprendí de veras la advertencia del Rey Demonio sobre los orishas. Mientras el sacerdote *ka* estaba en pleno proceso de robarme los recuerdos, Re'Mec apareció para exigir un nuevo Rito de Paso. Supliqué ayuda al dios del sol, y le ofrecí mi servidumbre eterna, pero él ni siquiera se dignó a mirarme.

»¿Crees que no siento la presencia de Heka en cada luna de sangre, que no oigo su llamada? No responder a ella es una elección consciente. Cuando necesité ayuda, no me respondieron ni Heka ni los orishas, sino el Rey Demonio. Aunque seguía aprisionado, vertió una parte de sí mismo en mi mente, y ese fue el único motivo por el que sobreviví a Ren.

»¿Por qué me llevé a los niños? —Arti los mira—. Me los llevé por necesidad..., para devolver a mi señor lo que los orishas le habían robado y castigarlos. —Desvía la mirada hacia Oshhe—. Ven, esposo. Es la hora.

Miro a mi madre fijamente tanto tiempo que me duelen los ojos. Sus palabras chocan contra mi mente y aplastan cualquier atisbo de esperanza de hacerla entrar en razón. No, es demasiado tarde; demasiado tarde para razonar y demasiado tarde para las súplicas. Todos estos años, mi madre ha estado conectada al Rey Demonio. Supongo que a causa de los dones extraordinarios de Arti... *habla* con él, y está a su servicio. Lo lleva en su mente.

El cómplice de mi madre... es... la mayor amenaza para los mortales. ¿Podría estar equivocada respecto al sacerdote *ka* Ren Eké? ¿Y si él le implantó esta historia fantástica en la mente? ¿Cómo puede estar tan segura de que no fue así? Todo sería más fácil si ella no estuviera en sus cabales; me resultaría más sencillo asimilarlo, pero no es cierto, mi madre no desvaría... Su concepción de lo que es correcto y lo que no está tan alterada como sus recuerdos.

Mi padre se encarama al altar y se tumba bocarriba. Del rabillo del ojo le brotan lágrimas que me encienden una chispa de esperanza en el pecho. Sigue luchando contra la maldición. Si se libera, podría acabar con Arti, pero no logra mover ni un músculo. Sin dejar de llorar, alza el cuenco por encima del pecho y su contenido prende de inmediato. Puede que su *ka* siga atrapado en las profundidades de su ser, pero no se ha rendido.

—Entrego o estos inocentes al Devorador de Almas, Ejecutor de Orishas —recita Arti—. Rey Demonio, acepta estas ofrendas.

Mi madre ha dado la espalda a los orishas y a Heka, a su tribu y al Reino. Las almas de los niños son puras, lo que las convierte en poderosas. Por eso necesita sus *kas* para alimentar al peor demonio de todos. Sin embargo, si el Rey Demonio sigue atrapado en la caja de Koré, ¿cómo piensa hacerlo?

Cuando el fuego del cuenco se extingue, Arti levanta la barbilla de Oshhe y le vierte los restos negros y espesos en la boca.

—Espero tu gracia —dice inclinando la cabeza—. Envíame a tu sirviente.

Una fuerte corriente de aire me agita las trenzas, que me tapan la cara. Un olor repugnante me abruma, y me dejo caer al suelo y me abrazo las rodillas. La cabeza me da vueltas, y tengo la sensación de que me observan. El aliento cálido del demonio invisible me toca los labios. Me pego a la pared de piedra hasta que la roca se me clava en la piel.

La espalda de Oshhe se arquea, casi como si se fuese a partir, y mi padre se desploma y convulsiona. Expulsa un engrudo negro por la boca y hace una mueca de dolor. Cuando grita, dos voces abandonan sus labios. Una es la de mi padre, y la otra es una voz primordial y oscura como el fondo de un pozo de agua turbia. Trata de incorporarse, respirando entrecortadamente. Tiene la columna tan encorvada que la cabeza le cuelga entre los hombros.

—Las almas…

La voz se le vuelve a dividir, y ambos tonos me raspan los oídos.

—Dámelas.

—Tómalas tú mismo, Shezmu —ruge Arti—. No respondo ante ti.

Shezmu levanta el rostro, el rostro de mi padre.

—Una bruja tribal… Qué interesante.

Sus ojos refulgen con un brillo verde enfermizo. Los ojos del demonio de mi visión eran iguales.

Shezmu se vuelve hacia los niños y sus *kas* con la frente empapada en sudor. Alarga el brazo hacia ellos y las tapas de los tarros se caen. Grito al ver que los *kas* de los niños flotan hacia la boca abierta del demonio, una boca de un tamaño imposible.

Shezmu devora las almas de los niños como una serpiente gigante. Quiero apartar la mirada, pero no puedo. Soy incapaz de dejar de mirar la escena, y las lágrimas me resbalan por las mejillas. Kofi todavía tiene la sonrisa torcida en los labios mientras su *ka* abandona el tarro volando. *No siente nada. Está en paz.* La idea es como una puñalada en el corazón. Su *ka* viaja hacia Shezmu y la sonrisa de Kofi desaparece. Las arrugas de su frente se alisan hasta que todos los músculos de su rostro se relajan por completo. Golpeo la piedra con los puños, deseando que la víctima fuese el demonio. El pecho de Kofi se hincha, se deshincha y... *se detiene.*

No puedo respirar. La habitación se inclina. Se ha ido. Mi falso hermano se ha ido. No lo he podido salvar.

Arti está pálida y una película de sudor le brilla en la frente. Las lágrimas no me dejan ver más que una mancha de sombras.

—A cambio de este pequeño regalo, me concederás un favor.

Shezmu se endereza y le cruje la columna.

—A menos que hayas hallado el modo de darme un cuerpo permanente, no me sirves para nada. —La mira con el ceño fruncido en señal de indignación y añade—: No soy lo bastante fuerte para expulsar el alma que habita en este.

Exhalo el aire que me escocía en los pulmones. Mi padre saldrá de esta; volverá conmigo.

Arti chasquea la lengua.

—Puedo liberar al Rey Demonio.

—Dinos cómo —ordena Shezmu, y sus voces son a la vez un chirrido agudo y la voz grave de tenor de mi padre.

—Si fuera tan fácil, no te necesitaría. —Arti hace una mueca y lo mira con desdén—. Necesitamos una magia más poderosa que la que poseemos tú o yo. Solo la combinación de la magia demoníaca y la de Heka es lo bastante fuerte. Estoy en posición de cobrar una deuda en nombre de las tribus que comparten sus almas con Heka a cambio del don de su magia. Yo soy la auténtica jefa mulani. Heka atenderá a mi llamada.

Un dolor agudo me atraviesa la cabeza. Todos los años, en el Festival de la Luna de Sangre, la jefa mulani llama a Heka para que baje a las tierras tribales desde el cielo. Nadie más puede invocarlo, ni siquiera los otros *edam*. Heka entregó su don por primera vez a una mujer mulani hace un milenio, y la tribu mulani se convirtió en su emisaria. ¿Por qué debería atender a la llamada de Arti ahora si no vino cuando ella le suplicó ayuda? Hace mucho que ella abandonó las tierras tribales. ¿Es posible que no dejase de ser la auténtica jefa mulani cuando se fue?

Heka no puede acudir a ella ahora que lo ha traicionado a él y a su pueblo y se ha convertido en una sirviente del Rey Demonio. Sin embargo, Heka no es un orisha, y no tiene motivos para despreciar a los demonios. Él vino a nuestro mundo y nos dio magia cuatro mil años después de la guerra. No es posible que la ayude si sabe lo que ella pretende y las consecuencias de liberar el *ka* del Rey Demonio. No entiendo por qué Arti quiere hacer esto. Es vidente en el Templo Todopoderoso, el templo de los orishas, y como tal, conoce mejor que nadie la historia de la guerra. Es consciente de la devastación que el Rey Demonio sembrará en el mundo. No obstante, si el Rey Demonio ha sido su confidente durante todos estos años, Arti no cree que vaya a hacerlo.

—Te escucho, bruja tribal. —Shezmu la mira con los ojos entrecerrados—. ¿Qué propones?

—Mientras ocupas el cuerpo de mi marido, me darás una hija.

Me tapo la boca para reprimir un nuevo grito y el pulso me palpita en los oídos. Arti no puede estar pidiendo algo tan vil, tan imposible. Si los orishas exterminaron a toda la raza de los demonios, no debería ser capaz de conjurar a uno de ellos. Es posible que los textos del Salón de los Orishas no sean fidedignos. Visto lo visto, es obvio que no lo son. Niego con la cabeza, pero negar la evidencia no cambiará la realidad.

—Sabes que no puedo hacer eso —gruñe Shezmu apretando los dientes—. En este estado, ninguno de nosotros somos lo bastante fuertes.

Arti se le acerca.

—Podrás con la gloria de la magia de Heka.

Shezmu esboza una sonrisa fría e indiferente.

Conjurar al demonio ha debilitado mucho la magia de Arti, y la soga que me ata a ella ha perdido fuerza. La libertad se burla de mí como un espejismo en la calima del desierto.

—No lo hagas. Hallará el modo de traicionarte a ti también —le advierto, aunque mi lengua es reacia a obedecerme.

—Es una chica peculiar —observa Shezmu—. Oculta sus secretos. También quiero su alma.

—¡Ni hablar! —exclama Arti, y su magia chispea en destellos eléctricos.

Shezmu se ríe.

—Te noto muy susceptible, bruja tribal.

Las palabras del demonio no tienen sentido, pero recuerdo mis dones, los que tan a menudo he despreciado por ser débiles e inútiles. Mi mente es resistente a la influencia de la magia y, por una vez, es un alivio.

No sé por qué se preocupa mi madre por mi alma, cuando soy una decepción tan grande para ella que desea tener otra hija. La vergüenza me atenaza el estómago y tengo que contener más lágrimas.

—Tengo entendido que no eres capaz de honrar un trato a menos que te obliguen a ello —le dice Arti al demonio.

Los ojos verdes de Shezmu brillan, divertidos.

—Es innegable que has hablado con mi señor.

Arti chasquea los dedos y otra hebra de su magia me roza la piel.

—En ese caso, te ato a Arrah. Engáñame y te verás atrapado por siempre en su sombra.

—Tengo condiciones —contraataca Shezmu—. Si fallas, consumiré tu *ka* y también el de ella.

—Acepto tus condiciones —responde Arti sin titubear—. No fracasaré.

El demonio vuelve a sonreír, a sabiendas de que, pase lo que pase, él saldrá ganando. Arti también sonríe. No tiene intención alguna de cumplir su promesa si fracasa; su plan también debe prever esta posibilidad. Sin embargo, ahora mi *ka* no me preocupa... Si sirve para detener a mi madre, el demonio se lo puede quedar.

Arti alza los brazos hacia el cielo y habla con una voz horripilante que me retumba por todo el cuerpo.

—Llamo al hijo de quien alumbró a las estrellas, a aquel que nació incluso antes de que existiera su madre, a quien pertenecía al universo antes del origen de los orishas. Ven a nosotros, Heka, ven y paga tu deuda con el pueblo tribal, que comparte su alma contigo para que puedas revelar tu magia. Te invoco en virtud del pacto que sellaste. Honra tu prestigio. Soy la jefa mulani por derecho; debes escuchar mis palabras.

Toda la cámara tiembla hasta que el techo se agrieta y se retira como la carne al ser arrancada de los huesos de un animal. Llueven terrones de tierra húmeda y una brisa cálida recorre la tumba. Estamos debajo de uno de los jardines. La luna ilumina el cielo con un brillo suave y las estrellas se agrupan. Una luz blanca cegadora desciende.

La presencia de Heka ocupa todo el espacio del sepulcro.

No muevo ni un solo dedo por miedo a que su *ka* aplaste hasta el último hueso de mi cuerpo. Heka ve el interior de mi mente. Me conoce y yo lo conozco. Deseo desesperadamente que me consuele, tenerlo cerca. Su magia zumba en mis venas, y tentáculos invisibles me permiten saborear el mundo por segunda vez. Solo en su presencia se agita una veta de auténtica magia en lo más profundo de mí, como sucedió en el Festival de la Luna de Sangre. Mi mente se extiende más allá de mi cuerpo, de esta tumba, del tiempo y del espacio. Es la magia de las posibilidades, la búsqueda, el conocimiento de lo incognoscible. Soy una con el universo. No se asemeja a la maldición de mi madre, dispuesta a atacar a la menor provocación. Desgraciadamente, sé que esta sensación no durará. Heka ya me negó una vez su don, al considerarme indigna de él, y aunque lo sea, espero que oiga mi plegaria. No debe ayudar a mi madre.

Heka, detenla antes de que sea demasiado tarde, por favor.

Sobrevuela nuestras cabezas. Su forma física son cintas de luz cambiantes. El cuerpo me palpita como un tambor, y mi *ka* habla con Heka. Le habla de sufrimiento y de resistencia. Le habla de esperanza y de renacimiento.

Detenla, por favor.

—Como heredera por derecho de tu templo en las tierras tribales, soy la única que puede pedirte que devuelvas el total de tu deuda. —Arti amansa el tono de voz—. A cambio de compartir nuestras almas contigo, nos prometiste toda la gloria de tu magia. Yo, Arti, de la tribu mulani, me atengo al pacto sellado con tu magia. Es hora de que cumplas tu promesa.

No puede acceder. No puede hacer nada que ella le pida. Si es capaz de ver mi interior, también puede ver lo que hay dentro de ella y sabe que tiene un corazón podrido y malvado.

Heka responde mediante imágenes: un hombre con cabeza de toro y el pecho empapado de sangre con las manos encadenadas y los pies en llamas. «Lo que deseas va contra el orden natural de este mundo. Las consecuencias serán inimaginables».

Impasible, Arti alza la voz:

—Es mi deseo tener una hija que sea a la vez humana y demonio, y poseer toda la gloria de tu magia. Es lo que te pido y no puedes negármelo.

La imagen de una mujer arrodillada frente a un altar con las manos cortadas a la altura de las muñecas aparece en mi cabeza. «El don que te concedo saldará mi deuda, y no volveré a atender a vuestra llamada. Para mí, las tribus se habrán perdido para siempre. No os arrebataré lo que os he dado de mí mismo, pero, a partir de esta noche, no os daré nada más. Estamos en paz». La última chispa de esperanza se extingue. No la va a detener y, lo que es peor, la está ayudando.

—Buen viaje —gruñe Shezmu.

Esto no puede estar pasando. Si Heka no regresa a las tierras tribales durante la luna de sangre, no concederá magia a las generaciones futuras. ¿Qué significa eso para los pueblos tribales? ¿La magia que poseen se transmitirá a través de los linajes o habrá más *ben'iks* como yo? ¿Se convertirá la magia de los mortales en una reliquia del pasado? ¿Cómo puede Arti ser tan egoísta para pedir algo así y realizar un sacrificio tan grande? Y todo para liberar al Rey Demonio, que no respeta lo más mínimo la vida. Lo dicen las escrituras…, aunque esas mismas escrituras también aseguran que los demonios están muertos.

—Así sea.

Arti habla sin emoción en la voz, sin remordimiento alguno por haber roto los lazos de Heka con los pueblos tribales. Él podría rechazar el trato, pero no lo hace. Atiende los caprichos de mi madre como un perrito obediente. No es mejor que Re'Mec y su Rito de Paso.

Un pedazo de Heka, una cinta de luz blanca, se desprende de él y flota hacia Arti. Cierro los ojos, incapaz de soportar esta profanación. En el interior de mi mente, Heka me muestra una lluvia de pétalos de lirio cayendo sobre mí mientras estoy tendida en la hierba junto al río de la Serpiente. Rudjek está tumbado a mi lado y miramos un cielo azul radiante.

—Sé valiente, Arrah —me dice Heka con la voz de Rudjek.

—¡Podrías haberla rechazado! —chillo—. Eres el único que puede detenerla.

—No es mi lugar —replica, y su voz es un suave ronroneo—. Mi tiempo se ha acabado. Y ahora, *sé valiente*.

Sus palabras portan una enorme autoridad y peso.

—No sé cómo ser valiente.

—Debes hacerlo. Si fracasas, nadie sobrevivirá —susurra.

La escena cambia y se convierte en una montaña de cadáveres destrozados que forman una pila tan alta que llega al borde del cielo. Una lluvia de sangre cae sobre el Reino, formando charcos que se transforman en lagos y después en ríos bravos.

La serpiente de ojos verdes, mi hermana, nos traerá la muerte a todos.

FRAM, ORISHA DE LA VIDA Y LA MUERTE

*A*mo a mi hermana. Todos la queremos. Nuestro amor hacia ella no debería cuestionarse jamás.

No lamento haberla matado. Quizá debería haber partido sola.

Pero soy el orisha de la vida y la muerte.

Yo doy la vida.

Yo la arrebato.

Y a veces la devuelvo.

Ahora ese cabrón la ha encontrado.

Los otros no conocen mi secreto. No pueden saber lo que he hecho.

La decisión de matar a nuestra hermana no fue fácil. Rumiamos el asunto durante décadas hasta que todos acordamos que ella debía morir. Re'Mec y Koré fueron quienes lo propusieron. Querían venganza, pero también era una necesidad, el menor de dos males.

Cuando le robamos a nuestra hermana, el Rey Demonio desató su ira. Él la quería. Quizá demasiado. Ella es el motivo por el que él es inmortal. Ella le entregó nuestro don, pero no es un don apropiado para los de su especie. La inmortalidad lo cambió.

Recuerdo el chico que fue un día. Cuando nuestra hermana lo encontró agonizando junto al lago helado. Era un ser escuálido. Los suyos lo habían abandonado. Ella le devolvió la salud y se enamoró de él.

El amor es peligroso, sobre todo entre quienes son como nosotros.

Nuestro amor es ilimitado, eterno y obsesivo.

Me estoy yendo por las ramas.

Permitidme comenzar por el principio.

Maté a mi hermana.

Le hundí la mano en el pecho y le arranqué el alma de su recipiente.

Mientras Koré, Re'Mec y los demás batallaban contra el Rey Demonio, encontré a mi hermana sentada en su trono. Al percibir mi presencia, ella sonrió y se inclinó hacia delante. Sabía qué había ido a hacer. Aceptó la muerte. Sin embargo, cuando tuve su precioso ka en las manos, fui incapaz de aplastarlo. Siempre tuvo un alma amable, aunque se hubiese dejado engañar.

Me quedé de pie frente a su recipiente vacío. La indecisión forma parte de mi naturaleza, así que, cuando me topo con ella, presto mucha atención. En lugar de destruir el ka de mi hermana, me lo guardé en el bolsillo y les dije a los demás que había acabado con ella. De vez en cuando, me llevaba la mano al bolsillo y notaba la esencia de su alma. Está hecha de tormentas de fuego, cenizas y lava. ¿Cómo podía dejarla morir amándola tanto?

Mientras caminaba entre los humanos, decidí liberar su ka de vuelta en el mundo sin el lastre del pasado. Lo hice para que tuviera la oportunidad de reparar todo el sufrimiento que ha causado el regalo que le hizo al Rey Demonio. La he visto renacer a lo largo de más generaciones de las que soy capaz de recordar. En cada ocasión ha conseguido progresar un poco en su empeño.

Sin embargo, ahora el Rey Demonio lo ha estropeado todo. Mi hermana lleva mucho tiempo dormida. Cuando por fin despierte, su ira será el fin de todos nosotros.

DIECINUEVE

Arti responsabiliza del hundimiento del suelo del Templo Todopoderoso al pueblo, por haber encolerizado a los orishas. Los videntes y ella piden más diezmos para restaurar la belleza del templo más sagrado del Reino. Ha pasado un mes desde entonces, y los rumores corren por el Mercado Oriental como un incendio descontrolado. La gente dice que el hundimiento es un presagio ominoso. Aseguran que el orisha Kiva está enfurecido con el Reino por haber permitido que desapareciesen los niños. Incluso hay quien afirma haber visto los *kas* atormentados de los niños vagando por los callejones de noche. Los granjeros sostienen que las almas torturadas han hecho enloquecer a su ganado. Los pescadores las culpan de sus escasas capturas.

Pese a todo, sigue habiendo quien conserva la esperanza de que la Guardia encuentre vivos a los niños, pero yo sé la verdad. Los shotani se deshicieron de los cuerpos tras el ritual de Arti. Limpiaron la sangre de los muros y eliminaron cualquier prueba que pudiera quedar de lo ocurrido en la cámara bajo los jardines.

Por la noche, el sueño se burla de mí y se vuelve esquivo como el buey blanco. Sueño con los niños…, *con Kofi…*, tendidos en el suelo del sepulcro. Shezmu abre la boca para comerse sus *kas*. Es la boca de mi padre. A veces muestra dientes extremadamente afilados. Otras, un rastro de sangre le mancha los labios y le cae por la barbilla. En ocasiones me sonríe con los ojos amables de mi padre antes de que sus dos voces se partan en un chillido desgarrador.

Me paso el día vagando por el mercado para perderme entre la multitud. Durante un breve receso, finjo ser otra persona y oculto mi dolor en el bullicio. No sé cómo detener a mi madre y me hierve la sangre. ¿Dónde estaban los orishas para permitir que esto ocurriese? *Y Heka…* No me puedo creer que accediera a ayudarla y después me dejara con este peso encima. Ahora estoy sola y no tengo ni idea de qué debo hacer. No he podido hablar de pergaminos con ninguno de los charlatanes. En cuanto veo a uno de ellos, la maldición de mi madre me apaga la voz.

Tras la Ceremonia de la Mayoría de Edad de Rudjek, el visir lo recluyó en su hacienda. Con todo lo que ha ocurrido, no he tenido tiempo de pensar en que casi nos besamos, y no nos hemos vuelto a ver desde esa noche. Majka o Kira me vienen a buscar al mercado todos los días y me transmiten un mensaje de su parte.

—Rudjek dice que no te preocupes. Él se ocupará de su padre —me dijo Majka conteniendo la risa. Uno no puede ocuparse del visir del Reino. Solo puede obedecerle—. También dice que eras la chica más hermosa en la ceremonia. —Majka se subió el cuello y la tersa piel tostada se le ruborizó casi imperceptiblemente—. Y que el recuerdo de tu sonrisa es lo que lo mantiene cuerdo en estos tiempos tan turbios. Es muy melodramático, ¿verdad? —añadió Majka con una sonrisa traviesa.

Majka tenía razón. Es el chico más melodramático que conozco. Rudjek me habría podido enviar una carta en lugar de a sus amigos para hacerme llegar sus mensajes. Las conversaciones de este tipo han sido tan incómodas para ellos como para mí.

El mensaje de hoy ha sido: «He visto los informes sobre el ambiente general en los mercados. La Guardia espera una revuelta el día menos pensado. Deberías dejar de ir hasta que las aguas se calmen».

Mi respuesta ha sido: «El problema no es el mercado. Lo sabes tan bien como yo».

Es cuanto me ha permitido decir la maldición.

Tras la cena, Arti le pide a Terra que le vaya a buscar té de corteza de palmera y un vino fuerte. Acorralo a Terra en la cocina y le pregunto si la puedo acompañar. Necesito salir. No puedo soportar ni un minuto más las historias que Oshhe cuenta con una voz tan monótona como la de quien lee la lista de la compra. Para acabar de empeorar las cosas, Ty, Nezi y Terra parecen totalmente ajenas a lo que ocurrió en el Templo y lo que le pasa a mi padre. Siguen con su rutina cotidiana como de costumbre, y me enfurece. Arti es muy íntima de Ty y Nezi, y cuesta creer que no sepan nada. No puedo evitar preguntarme si no solo saben lo que ha hecho, sino que además la apoyan.

Cada vez que miro a mi padre, veo el brillo verde enfermizo de Shezmu en sus ojos, aunque el demonio abandonó su cuerpo esa misma noche. Su marcha fue tan espantosa como su llegada, y después Oshhe pasó varios días encamado. Para mi sorpresa, Arti permaneció a su lado. Como mi padre estaba tan débil que no podía ni sujetar una cuchara, ella le dio de comer. Estas dos caras opuestas de mi madre pintan un retrato contradictorio, pero, por mucho que me esfuerce, no puedo ver más que su vertiente oscura.

Cuando Terra y yo llegamos al Mercado Oriental vemos grupos de gente en las esquinas que hablan de traiciones y venganza entre susurros. Ojalá pudiera contarles todo lo que ha hecho Arti en lugar de tener que quedarme al margen con la lengua inmovilizada en un atrapamoscas. Miembros de la Guardia con uniformes grises patrullan por las calles dispersando a los grupos.

—¿Te encuentras bien? —pregunta Terra con timidez—. Últimamente te veo rara.

El dolor que me causa mi secreto me consume. Quiero dejarme caer de rodillas y arrancarme el pelo, pero en lugar de eso, reprimo las lágrimas que intentan abrirse paso.

—Creo que nadie está bien.

—Es horrible, ¿verdad? —Terra se estremece a mi lado—. Algunas personas dicen que los niños están muertos.

Se me ponen los nervios de punta y miro a cualquier parte salvo a ella. Los pecados de Arti también son mis pecados. Ser testigo de un ritual supone formar parte de él.

—Espero... —La maldición me impide acabar la frase. *Espero que se lo hagan pagar a Arti*—. Espero que la ciudad obtenga pronto una respuesta.

Las palabras se me agrian en la lengua.

Mientras buscamos una botica que siga abierta a estas horas, un ambiente sombrío se cierne sobre el mercado. No hay familiares encaramándose a la espalda de la gente para alimentarse de su pesar y su odio. Tampoco los hay entrando y saliendo de las sombras, algo que sería un alivio de no ser tan inusual. Si no están aquí, deben estar causando problemas en alguna otra parte. Como cuando hemos salido de casa Arti estaba vomitando en un cubo, es probable que ella no sea la fuente de esos conflictos, pero, aunque Arti esté enferma, los shotani podrían estar haciendo algo que ella les haya ordenado.

—Tu madre ha pedido té de corteza de palma. ¿Está...?

—Terra traga saliva—. ¿... embarazada? —pregunta y, al ver que no contesto, añade—: El té es bueno para los mareos.

—Sí. —Respiro entrecortadamente—. Ya lo sé.

—Te encantará tener una hermana o un hermano. —Terra me sonríe—. Yo tengo cinco. Tres hermanas y dos hermanos.

Sí, pero ninguno de ellos es una serpiente de ojos verdes con la magia de los demonios y de Heka, una magia tan poderosa que se abrió paso a través del tiempo y penetró en mi visión y en la de la abuela, bloqueando su poder.

La abuela.

Debería haber pensado antes en ella. Lo habría hecho si no tuviese la mente tan embotada desde aquella noche en el Templo. ¿Y si pudiera hacer llegar una carta a la tribu aatiri? ¿Me lo permitiría la maldición? ¿Podría ser la respuesta al problema escribir algo que no tenga nada que ver con Arti pero que convenza a la abuela para que venga de inmediato al Reino? Ella no se dejará engañar por los trucos de Arti, y podría poner fin a esta pesadilla. Si el plan que tengo pensado para esta noche no funciona, mañana probaré suerte con ella a primera hora de la mañana.

—Esta mañana me he encontrado con una sirvienta del visir. —Terra pasa la mano por un rollo de seda brillante mientras caminamos por una zona congestionada del mercado—. Oyó lo que pasó en los jardines la noche de la Ceremonia de la Mayoría de Edad del heredero de los Omari.

—Terra, no pienso cotillear contigo —le advierto mientras una oleada de calor me trepa por el cuello.

—Bueno... —Se encoge de hombros y se ruboriza—. Si en algún momento quieres hablar...

—No querré.

Aprovecho el momento en el que Terra entra en la única botica que queda abierta para escabullirme. Hay bastante gente en el local, y eso debería darme el tiempo que necesito. No he venido a por un medicamento que alivie los mareos de Arti. He venido en busca de otra cosa. No puedo pensar en el motivo por el que la busco porque, si lo hago, la magia de mi madre me detendrá. Necesito veneno, pero la razón por la que lo necesito es irrelevante. Mientras la magia no se entere, nadie saldrá herido. De momento.

Atajo entre los músicos callejeros en dirección a las partes más sórdidas y tranquilas del Mercado Oriental. A primera vista, los callejones parecen desiertos, pero hay personas camufladas entre las sombras. Me dirijo a los mercaderes que venden venenos, pero mis pies me alejan de ellos. Por mucho que intente disimular mis intenciones, soy incapaz de acercarme más a los vendedores.

—No pareces tramar nada bueno —me dice una mujer apoyada en la pared de una tienda cerrada.

Es menuda y delgada, y lleva el vestido sucio. Tiene los ojos tan claros que brillan en la oscuridad. Es la mujer que me ofreció leerme la buena fortuna antes de la desaparición de Kofi o, mejor dicho, antes de que mi madre lo raptara. Tiene a los pies una caja de metal pulido cubierta de escrituras de fuego sobre la que descansa un cuenco con algunas monedas. Las curvas y los finales angulosos de las palabras me recuerdan a algo.

Debería seguir andando. No tengo mucho tiempo, pero el aire tiene algo que me hace cosquillas en los antebrazos, como cuando hay demasiada magia cerca. Las trenzas de la mujer se retuercen en torno a su cara como si tuvieran vida propia. Una sensación de peligro me eriza el vello de la nuca. Retrocedo, pero sus siguientes palabras hacen que me detenga en seco.

—¿Qué hace una chica como tú por aquí a estas horas?

La luz de la luna se refleja en su piel oscura, que irradia un brillo iridiscente.

—¿Quién eres?

Me abruma una inquietud siniestra y soy incapaz de moverme o de dejar de mirarla. Olas de magia fluyen alrededor de su cuerpo. No es la magia que baila en el cielo nocturno; es una magia ilimitada, desbocada e invisible incluso para mis ojos. Me saluda con la reverencia tradicional de los miembros de la tribu kes, pero no posee su piel diáfana.

—Una amiga preocupada que sabe que buscas algo.

—¿Cómo... cómo lo sabes? —tartamudeo.

Se encoge de hombros y me dedica una sonrisa torcida.

—Sé muchas cosas.

Una de sus trenzas me acomete como una serpiente venenosa. Doy un paso hacia atrás y me tropiezo con mis propios pies. Miro fijamente la caja. Es casi idéntica a la que tiene Koré en el regazo en el Templo Todopoderoso. La escritura de sangre refulge a la luz de la luna y encajo las piezas del rompecabezas.

Re'Mec y Koré, dioses del sol y la luna, son los orishas más poderosos. Koré forjó la caja con sus propias manos, y Re'Mec grabó los *kas* de sus hermanos en los lados. Sus mismas almas se convirtieron en cadenas para retener al Rey Demonio en su prisión. Ahora Koré se alza delante de mí y el aire vibra a su alrededor. Su magia no es ni la caricia aterciopelada de Heka ni los ojos fisgones de los demonios. Me hace sentir como si me estuviera aferrando al borde de un acantilado en mitad de una tormenta.

Vuelvo a mirar la caja, boquiabierta y sin aliento, y me escuecen los ojos. Está aquí. *El Rey Demonio.* No son imaginaciones mías: la caja tiembla y zumba por efecto de la magia, quiere que la abra. Me seco las manos en los pantalones y me trago el ácido que me impregna la lengua. Él es el motivo por el que mi madre raptó a los niños, la razón por la que mi amigo... *está muerto.* Estoy tan enfadada que la cabeza me da vueltas y se me nubla la visión.

—Eres Koré, de los Reyes Gemelos —me oigo decir, sin acabar de creérmelo.

Debería tener miedo, pero no estoy asustada. He visto demasiadas cosas horribles, y si una orisha está aquí, seguro que pretende hacer algo para detener a mi madre. Es el único motivo por el que puede haberme revelado su presencia.

Me hace un gesto con el dedo.

—Sé lo que estás pensando.

—Tú la podrías detener —digo—. Tienes poder suficiente.

Koré vuelca el cuenco de monedas con el pie descalzo y se desperdigan tintineando por el suelo. Coloca el pie sobre la caja y esta deja de vibrar. Respiro aliviada al ver que ya no se mueve.

—No puedo... Ya tengo demasiadas cosas por hacer.

—No lo entiendo. —Me encojo, incrédula—. Sabes lo que planea... y lo que ya ha hecho.

—La bestia se mueve. —Koré adopta un tono serio—. Debo mantenerlo dormido.

La maldición de mi madre se agita ante la mención de su señor.

—Estás usando toda tu magia para mantener prisionero al Rey Demonio.

Sonríe entre las trenzas, que no dejan de moverse.

—Yo no diría que la uso toda.

—¿Puede Arti traerlo de vuelta? —Trago saliva—. ¿Es realmente posible?

—Nunca se fue, Arrah —responde Koré, y el odio afila sus palabras.

No debería sorprenderme que conozca mi nombre. Al fin y al cabo, es una orisha. ¿Qué más sabe de mí? ¿Desde cuándo saben lo de Arti y por qué no han hecho nada?

—Si mi hermano y yo hubiésemos podido matarlo, no nos encontraríamos en esta situación —mascula Koré.

La serpiente se enrosca bajo mi piel. Cruzo los brazos para no temblar y me alejo de Koré. Me matará si puede. Me estrangulará con sus manos desnudas.

No. Es la reacción de la magia demoníaca a su presencia.

—Es una lástima que te hayan hecho esa cicatriz. —Koré señala mi pecho con la barbilla, como si pudiera ver la serpiente a través de mi túnica—. Es interesante que la sacerdotisa *ka* escogiese esa marca en concreto. —Saca la lengua y arruga la nariz—. Respondiendo a tu pregunta, ninguno de nosotros puede acercarse lo suficiente a tu madre para matarla. La protege una magia demoníaca que se extiende a todos aquellos que la rodean. Incluso ha impuesto un espantoso hechizo de obediencia a los demás videntes para que no sospechen nada. Muchos la sirven voluntariamente y llevan marcas de protección.

—Pero si su magia es tan poderosa... —Me apoyo en un barril para recobrar el aliento—. ¿Por qué puedes hablarme?

—La atadura que te impuso tiene unas reglas muy precisas —explica Koré, que parece irritada—. Si cualquier otra persona intenta traicionarla con todas sus fuerzas, la magia le detendrá el corazón. Sin embargo, a ti te ató con una maldición demoníaca que no te puede causar daño... De hecho, está diseñada para mantenerte a salvo. Nos conoce bien; si hubiésemos podido, te habríamos matado para dañarla a ella.

Me seco el sudor de la frente. Mi madre dijo que la maldición era un regalo, y ahora entiendo a qué se refería, aunque no comprendo por qué lo hizo. Todo lo que hace mi madre es contradictorio, y no sé cómo interpretarlo. ¿Hay alguna posibilidad de convencerla para que deje de buscar el modo de liberar al Rey Demonio? Él le salvó la vida, y siempre ha ocupado un rincón de su mente, incluso antes de ese momento. Recuerdo las incontables veces en las que ha adoptado su habitual expresión ausente. ¿Le estaba hablando?

—¿Qué haces aquí si no puedes hacer nada? —pregunto, impaciente. Soy consciente de que gritar a una orisha es una majadería, pero no me queda mucho que perder.

Koré parpadea y escruta mi rostro.

—Estoy haciendo algo, muchacha tonta. ¿No notas que la magia de la sacerdotisa *ka* se debilita en este mismo instante? —Un destello taimado le ilumina los ojos—. Te he estado vigilando, y si planeas lo que yo creo, es la hora de actuar.

Yo también percibo el cambio, y me invade una desorientación pasajera. Pienso en el veneno, pero la maldición no reacciona. Me imagino vertiéndolo en el vino de Arti. Tampoco ocurre nada. Vuelvo a mirar a Koré, con el corazón desbocado.

—Voy a matarla.

Koré recoge la caja de metal pulido y la escritura brilla más intensamente. A continuación, se da media vuelta, lista para marcharse.

—En realidad, puede que sea demasiado tarde, pero pensé que podía tratar de ayudar de todos modos.

—¡Espera, necesito tu ayuda para mi padre!

Corro tras ella, pero se disuelve en una nube de niebla.

Frustrada, salgo del callejón y me encuentro de frente con Terra. Sostiene una bolsita en las manos. La corteza de palma.

—¿Quién era?

Ya sé que no se puede confiar en los shotani, pero Koré me ha dicho que hay más personas que sirven a mi madre voluntariamente. ¿Podrían estar Terra, Nezi y Ty entre ellas? Aunque Terra no esté confabulada con mi madre, Arti también podría haberle impuesto una maldición. En ese caso, es posible que trate de detenerme. No puedo correr ese riesgo.

—Ya llevo yo el vino y el té a casa. —Sujeto la jarra tan fuerte que me duelen los dedos—. Necesito que lleves un mensaje a Rudjek.

—¿Un mensaje al hijo del visir a estas horas? —protesta Terra, lo bastante fuerte para atraer la atención de los transeúntes—. Después de lo que pasó en su ceremonia, no es buena idea. Dale un poco de tiempo y su padre...

—Quiero que le digas... —Me muerdo el labio—. Dile que le echo de menos.

Terra frunce el ceño.

—Arrah...

—Por favor, Terra —imploro—. ¿Qué mal puede hacer intentarlo?

Como en última instancia trabaja para nuestra familia y para mí, acaba cediendo. Me avergüenza engañarla, pero tardará al menos una hora en ir y volver de la hacienda del visir, tiempo más que suficiente para encontrar veneno.

Regreso a las partes sombrías del mercado, espantando a borrachos y vendedores nocturnos. Un mercader afirma que su brebaje es lo bastante potente para matar a diez vacas. Para demostrar que funciona, vierte un poco del líquido transparente en una piel de manzana y se la da a una rata enjaulada. En cuanto el roedor se come el regalo, cae muerto.

Hago una mueca, con los ojos clavados en el cuerpo inerte del animal, y el mercader me mira.

El hombre me vende un vial del tamaño de mi pulgar sin hacer preguntas. Vierto la mayor parte del veneno en el vino y empapo la corteza de palma con el resto. De vuelta en casa, preparo el té yo misma y sirvo un vaso de vino. Lo hago por Kofi, por los demás niños, por mi padre y por todas las personas a las que mi madre ha hecho daño. No me queda ninguna otra opción. Tengo que detener a Arti antes de que libere el *ka* del Rey Demonio. Al hacerlo, es probable que esté sacrificando mi propia vida y la de mi padre, pero sé que él lo entenderá. Él habría hecho lo mismo.

Pienso en cualquier cosa salvo en mis motivaciones para no tentar a la maldición. De momento, sigo teniendo el control de mis actos. No pienso ni en las consecuencias ni en la oscuridad que crece dentro de mi corazón. En lugar de eso, mi mente se centra en uno de los recuerdos más felices que tengo con mi madre. Era una tarde de Su'omi, la estación de la renovación y el renacimiento. Yo no debía de tener más de siete u ocho años. Estaba llorando porque Nezi y Ty me habían obligado a ponerme un vestido con volantes para asistir a una ceremonia en el Palacio Todopoderoso. Armé tanto follón que mi madre vino a ver qué pasaba. Antes de que tuviera tiempo de preguntarlo, hundí el rostro en su caftán dorado y me puse a llorar todavía más desconsoladamente. Ella me abrazó con fuerza contra su cintura, e inspiré su fragancia dulce de miel y aceite de coco. Apenas fue un instante, pero no lo he olvidado en todos estos años.

Repito mentalmente el recuerdo mientras preparo la bandeja de té y vino y la llevo al salón. Arti está sola, medio tendida sobre los cojines, con una expresión severa y el cubo al lado. El intenso hedor que flota en la sala me revuelve el estómago.

La magia de mi madre me roza como una caricia suave. Las manos me tiemblan cuando me agacho frente a ella con la bandeja. Su poder sobre mí recobra la fuerza habitual.

—Tu corteza de palma y el vino —digo en un tono tan distante como el que ella emplea.

—¿Por qué habéis tardado tanto? —Arti se incorpora con dificultad—. ¿Dónde está Terra?

—Todavía no ha vuelto —respondo con una media verdad.

Arti coge el té con una mano temblorosa y vuelca la taza. Tiene la frente empapada en sudor. Algo muy dentro de mí odia verla en este estado, pero me alegra que ella también sufra.

Me apresuro a recoger la taza para no tener que mirarla a los ojos.

—Te puedo preparar otra taza.

—No te molestes. —Hace una mueca y coge el vino con el pulso más firme—. Con esto bastará.

Contengo la respiración, de pie frente a mi madre, mientras bebe el veneno. Está a punto de decir algo, tal vez de recordarme lo torpe que soy o lo mucho que la decepciono, pero solo susurra un débil:

—Gracias.

Las piernas me flaquean mientras llevo la bandeja a la mesa baja y finjo estar ordenando los platos para ganar algo de tiempo. No puedo marcharme hasta cerciorarme de que el veneno funciona. Me muerdo la carne de la mejilla mientras ella bebe. Empieza a toser, y no para ni siquiera cuando la sangre le mancha los labios. Trastabillo hacia atrás, sin acabar de asimilar lo que he hecho, que la pesadilla podría haber llegado a su fin. Sin embargo, en lugar de aflojarse, la soga con la que me ata se estrecha alrededor de mi pecho y mi libertad se desvanece.

Arti se inclina hacia delante y se lleva una mano al estómago. Sus ojos inyectados en sangre encuentran los míos y aprieto los dientes. ¿Lo sabe? Si lo sabe, puede matarme. Arti me vomita en los pies. El vino envenenado y lo que le quedaba de la cena en el estómago salpica el suelo y se me mete entre los dedos de los pies.

Se limpia la boca con el dorso de la mano.

—¿Has envenenado el vino?

Su voz me corta como el filo de un cuchillo tobachi, con puñaladas largas y lentas.

Mi madre puede oler el engaño sin siquiera esforzarse. Probablemente se deba a lo buena que es ella misma en el arte de la conspiración. Si le hubiera contado a Terra mis planes, a Arti le habría bastado con una mirada para sospechar algo. Lo habría visto en sus ojos, o en un cambio de postura, o se habría fijado en la menor gota de sudor que le perlase la frente. Su magia habría recorrido el contorno de la mente de Terra, un truco que aprendió de su torturador. En cambio, mi mente solo me pertenece a mí. Es lo único que ni siquiera la magia, ni tan solo la magia demoníaca, ha podido arrebatarme.

—Por supuesto que no —digo en un tono sereno. Demasiado calmado. Demasiado plano. Me aparto un paso del desastre que me ensucia los pies—. Terra y yo hemos comprado el vino a un mercader en el Mercado Oriental. —Frunzo el ceño—. No lo había visto nunca, pero tenía los mejores precios.

Arti no da muestra alguna de sospechar que le miento. He intentado matarla. He intentado matar *a mi madre*. Siento malestar en el estómago, pero no me arrepiento. Me repito que lo único que lamento es que no haya funcionado.

—Tienes muchos... muchos enemigos —tartamudeo mientras invento una excusa—. Puede que uno de ellos supiera que soy tu hija y haya intentado atentar contra ti.

—Una historia creíble de no ser porque mis auténticos enemigos ya lo han intentado y fracasado. —Arti sonríe y recupera un poco el color—. La sangre que me corre por las venas es más letal que cualquier veneno.

Deja de mirarme, pero, cuando estoy a punto de marcharme, su voz cantarina me sorprende con la guardia baja:

—Te pareces más a mí de lo que crees, hija.

La acusación me frena en seco y estoy a punto de darle una mala contestación, pero me muerdo la lengua. Quiere sacarme de quicio, y no pienso darle esa satisfacción. Esta vez he fracasado, pero no pienso rendirme. Lo seguiré intentando hasta mi último aliento. Con sus ojos clavados en la espalda, le recuerdo:

—A fin de cuentas, soy tu hija.

VEINTE

Los familiares recorren el Mercado Oriental como un enjambre de mosquitos, atraídos por la muerte. El hedor a carne podrida y pescado fétido ahoga el aroma habitual de aceite de cacahuete, especias y plátanos fritos. Aunque los colores chillones de siempre no han cambiado, hay algo gris que impregna todas las rendijas y lo envuelve todo con un manto de sombras y niebla.

Solo es mediodía y la tristeza y la ira dominan al pueblo. Los transeúntes se empujan y se insultan. Los clientes gritan obscenidades a los mercaderes por los precios que piden en lugar de limitarse a regatear. Los mercaderes responden en el mismo tono y estallan peleas. La Guardia, con sus uniformes apagados, merodea por el mercado de un modo tan ominoso como los familiares. Apalean a la gente sin provocación. La maldición de mi madre parece estar destruyendo todo lo que toca a lo largo y ancho de la ciudad.

Anoche, después de fracasar en el intento de envenenar a mi madre, no pude dormir. Tenía razón cuando me dijo que lo único que se me da bien es fracasar. Lo he demostrado. Mi intento de asesinato le pareció divertido y se limitó a echarme del salón. Su arrogancia, sumada a todo lo demás, me escuece como la sal en una herida abierta. Aunque fingió que no le afectaba, llevo todo el día sintiendo la presencia de la maldición. Esta mañana me he sentado para escribir a la abuela, pero he sido incapaz de hacerlo.

Yo también me abro paso a empujones entre el gentío, cada vez más irritada. El sudor me chorrea por la espalda y me bajo el cuello. Hace el calor habitual de cualquier otro día tamaro, que es lo mismo que decir que hace un calor abrasador, pero el mercado está tan abarrotado que cuesta respirar, y mucho más moverse. Cada tres pasos encuentro a alguien buscando pelea o recién salido de una refriega. Busco a Majka o a Kira para escuchar el mensaje que me envía Rudjek.

«El recuerdo de tu sonrisa es lo que me mantiene cuerdo en estos tiempos tan turbios». Qué melodramático. Majka se ruborizó al transmitirme el mensaje, pero no me da ninguna lástima. Aunque Majka y Kira se quejan constantemente del comportamiento de Rudjek, son tan insolentes como él. A pesar de todo, sus mensajes me consuelan por la noche, cuando no puedo dormir reviviendo el horrible episodio del Templo.

Cuando no estoy pensando en el Templo, me regodeo en otro miedo, el miedo que despertó ese beso que no fue. A una parte de mí le preocupa que la madre de Rudjek quiera emparejarlo con una princesa del Norte como ella. Todas las chicas preciosas que asistieron a la Ceremonia de la Mayoría de Edad no estaban allí por casualidad. Las llevaron sus familias para que conociesen al futuro visir. Cada vez que el padre de Rudjek lo presentaba a alguien, esa persona le presentaba a sus hijas, chicas de una gracia hipnótica, capaces de encantar serpientes con sus dulces palabras.

Sin embargo, en los jardines solo estábamos nosotros. Su olor a humo de leña y lila me cosquilleaba en los sentidos y sus labios estuvieron muy cerca de los míos. Sentí calor, y lo que pensé tenía poco que ver con reunirnos en el mercado o ir a pescar al río. ¿Cuánto tiempo hace que lo que hay entre nosotros hierve bajo la superficie?

No debería pensar en él después de todo lo que ha ocurrido. Al disfrutar del menor momento de gozo, estoy traicionando la memoria de Kofi y los otros niños. ¿Qué derecho tengo a ser feliz mientras sus padres sufren y los lloran? No es justo. Pero mi amistad con Rudjek es lo único que mi madre no me ha quitado. Es lo que evita que me haga pedazos. La esperanza se ve abrumada por la desesperación, pero me aferro a ella por muy pequeña y frágil que sea. Es ingenuo pensar que alguien como yo pueda detener a mi madre cuando incluso los orishas han fracasado en el intento, pero no me rendiré. He fracasado con la magia tantas veces que he aprendido a ignorar el dolor y seguirlo intentando.

—Yo también te he echado de menos.

Me detengo en seco. Se me acelera el pulso y una oleada de calor inunda mi cuerpo. La voz de Rudjek es grave, profunda y jovial, y la potencia la añoranza que danza en mi pecho. No contiene ni rastro de la arrogancia y la fanfarronería que exhibe cuando habla de la arena. Me giro y lo veo de pie a mi lado entre el tumulto, y no puedo evitar quedarme sin aliento por un instante. Me sorprende que haya venido en persona; esperaba un nuevo mensaje a través de Majka o Kira. Sus ojos de color medianoche chispean, y me mira con una sonrisa boba en los labios, como si estuviera embrujado.

Embrujado por *mí*.

Yo estoy embrujada por *él*.

Rudjek, mi mejor amigo.

Rudjek, algo más.

Nos detenemos en mitad del mercado abarrotado y la muchedumbre fluye a nuestro alrededor como un río embravecido. La gente hace mucho ruido, pero, cuando doy un paso más hacia él, el runrún se convierte en un leve sonido de fondo. Él se me acerca otro paso. Ahora nos separa muy poco espacio, como en los jardines, y la anticipación me aletea en el estómago.

—¿Tu padre te ha dejado salir? —pregunto, y la voz me sale ronca.

Rudjek se rasca la cabeza.

—Por fin ha entendido que estaba equivocado.

Veo a Majka y a Kira cerca de nosotros, escrutando la multitud.

—Lo dudo.

Los ojos de Rudjek se detienen en algún lugar de mi cuerpo que hace que se le enciendan las mejillas y desvía la mirada.

—Siento que tuvieras que ver aquella escena. Mi padre es un idiota egoísta.

Me río, pero no porque lo que ha dicho sea verdad o divertido. Me río porque, si vamos a competir acerca de quién es hijo de la persona más desagradable, yo ganaría el concurso con mil veces más puntos.

—Podría ser mucho peor.

—Mi madre se puso de mi lado y él acabó cediendo —explica mientras dos clientes del mercado nos esquivan y uno de ellos maldice entre dientes.

—¿El visir ha cedido? —Me vuelvo a reír—. Me cuesta imaginármelo.

—Le recordamos que soy su único heredero viable.

Ladeo la cabeza y lo miro con los labios fruncidos.

—O sea que lo amenazasteis.

Rudjek se encoge de hombros.

—Si tan malo soy, siempre puede decantarse por Jemi o Uran.

Respiro hondo.

—No quería provocar un conflicto entre tu padre y tú.

Rudjek se inclina hacia mí. Va a besarme. Quiero que lo haga, pero, en lugar de eso, me acaricia una trenza con un dedo provocador.

—No te imaginas el tiempo que hacía que quería hacer esto.

El calor me trepa por el cuello.

—Cuando éramos pequeños me tirabas del pelo a todas horas.

—¿Salimos de aquí? —Rudjek se lleva las manos a las caderas—. ¿Vamos a nuestro rincón de pescar?

Arqueo una ceja y chasqueo la lengua.

—Con Majka y Kira, por supuesto. —Rudjek me guiña el ojo—. Prometo portarme bien.

No quiero que se porte bien. Quiero el beso que interrumpió su padre, un beso para olvidar todo lo malo y enterrar el dolor. La visión de Heka me mostró un futuro desolador, pero al menos puedo tener esto, mientras el Reino sigue de una pieza.

El ruido amortiguado del mercado regresa.

En realidad, nunca ha enmudecido, ¿verdad?

Un grupo de plañideras de pago cruza la multitud y les abrimos paso. Rudjek se aparta a un lado y yo al otro. Las mujeres se rasgan las vestiduras ya destrozadas, con las mejillas manchadas por un río de lápiz de ojos. Ruegan a Kiva, orisha de los niños, que salve las almas de los caídos. Un escalofrío me recorre la columna mientras un enjambre de familiares revolotea alrededor de las plañideras, alimentándose de sus emociones.

Lo saben.

—¡Han encontrado a los niños! —grita alguien.

Los guardias cruzan el mercado a empujones.

—¡Bajo los acantilados, cerca del Templo! —ruge otra persona.

Tras el paso de las plañideras, me pregunto si Koré, o algún otro orisha, se ha ocupado de que alguien encontrase a los niños. Los shotani debieron esconder bien los cuerpos, así que esto no puede ser un accidente.

—¡El Templo está ardiendo! —grita un tercero.

Es verdad.

Un humo negro se alza en lo alto de los acantilados que dominan la ciudad e impiden ver el Templo.

Agarro a Rudjek por el brazo y me abro camino a contracorriente. La gente avanza hacia el Templo a codazos, pero llegaremos antes al fondo del precipicio siguiendo un camino distinto. Cuando por fin logramos salir del alboroto y llegamos al árbol sagrado Gaer, ambos jadeamos empapados en sudor. Hemos perdido a Majka y Kira en algún momento de la refriega. Rudjek me mira fijamente, boquiabierto; el coqueteo de hace un momento ha dejado paso a la siniestra comprensión de lo que ha ocurrido. Ambos estamos sin palabras. Mi mente regresa a la pesadilla del ritual de Arti y al demonio devorando las almas de los niños. A mi padre devorando sus almas.

—Hicimos lo que pudimos, Arrah —dice Rudjek.

No sabe lo equivocado que está, ni hasta qué punto estoy implicada. ¿Qué pensaría de mí si lo supiese? Vi cómo arrebataban las vidas a los niños para que el monstruo que mi madre lleva en el vientre pudiera existir. Rudjek ve la culpa en mis ojos y se estremece. *¡Une las piezas del rompecabezas! Han encontrado a los niños cerca del Templo.* Mis pensamientos chillan lo que mi lengua no me permite decir.

—No es culpa tuya —me consuela—. Sacrificaste mucho al hacer aquel ritual.

La columna de humo que se eleva sobre el Templo ha doblado su grosor. Perfecto. Espero que ese lugar ruin arda hasta los cimientos con mi madre dentro, que el fuego la destruya como ella me ha destruido a mí.

—Esto no tiene nada que ver conmigo, Rudjek. —Hago una mueca—. No lo entiendes.

Lucho contra la magia demoníaca de Arti, pero constriñe más mi cuerpo y mi *ka*. Un dolor agudo me cruza las costillas y se me extiende al estómago. Koré dijo que la maldición no me mataría, así que pienso seguir tensando la cuerda hasta que se rompa o me parta por la mitad. Las piernas son lo primero que me falla. Rudjek se lanza hacia mí y, cuando me agarra por el brazo, la magia se relaja. Me inunda el alivio y la maldición me libera las extremidades, como si quisiera asegurarse de que no me ha hecho daño. Se acerca a mi mente y siento un cosquilleo en la nuca, pero se detiene ahí.

Rudjek se mira el emblema de hueso de craven.

—Arrah...

—¿Has sentido lo mismo que yo? —pregunto, esperanzada.

No ha sido lo mismo que con Sukar en su Ceremonia de la Mayoría de Edad. Aquello fue como la picadura de hormigas de fuego. Esto se parece más a un fuego suave que acaricia una noche fría, al romper de las olas en una costa rocosa.

Sin soltarme, Rudjek me mira con las mejillas ruborizadas.

—Ha sido... agradable.

Siento la corteza del árbol Gaer en la espalda. Esta vez no tiene espinas. Las manos cálidas de Rudjek me sujetan los antebrazos, y está tan cerca que su pecho casi roza el mío. Se da cuenta de lo próximos que estamos e intenta separarse, pero no se lo permito. Necesito que se dé cuenta de la relación entre los niños y el Templo, pero malinterpreta mis intenciones.

—Arrah —recita mi nombre con su timbre gutural y suena a canción.

Aquí está.

Mi perdición.

Rudjek me vuelve a mirar con *esa* mirada, pero me pongo tensa al ver a cinco hombres a su espalda. No reconozco a ninguno de ellos, y no son miembros de la Guardia de la Ciudad ni llevan elaras elegantes. Rudjek asiente, sabedor de lo que ocurre, y se da media vuelta con las manos en las empuñaduras de los shotels mientras los hombres se acercan más a nosotros. Tienen una expresión severa y arrugas profundas grabadas en la piel. Visten túnicas andrajosas cubiertas de hollín y polvo. A pesar de todo, lo que me alarma no es su aspecto, sino el brillo agresivo de sus miradas.

—Los orishas han atendido a nuestras plegarias —musita uno de los hombres con una voz grave y furiosa, como de piedra chocando contra piedra—. Nos han entregado al hijo del visir y la hija de la sacerdotisa *ka*. Si os castigamos, perdonarán a Tamar por la tragedia que azota al Reino.

La tragedia que es mi madre.

Rudjek desenvaina los shotels antes de que el hombre tenga tiempo de terminar de hablar. Está claro que no vamos a negociar. Es imposible convencerlos de que desistan de sus intenciones. La gente quiere respuestas, y los hombres como estos hablan primero con las espadas. El visir no deja salir a Rudjek de la hacienda sin ayudantes por un motivo. Majka y Kira no son el tipo de sirvientes que le traen las zapatillas o le ajustan la capa alrededor de los hombros. No son solo sus amigos. Han entrenado en la arena durante la mayor parte de sus vidas antes de superar una estricta prueba para convertirse en gendars.

La familia Omari tiene enemigos. Han ostentado el título de visir desde hace generaciones y no son pocos quienes desean deponerlos. Mi madre es la cabeza visible de todos ellos. Por otra parte, ella también se ha granjeado muchos enemigos a lo largo de los años. Como las familias de los niños que sacrificó a Shezmu.

Los hombres desenvainan sus shotels y dejan al descubierto sus hojas curvadas como lunas crecientes. Aunque Rudjek lleva dos y los demás solo uno por cabeza, las hojas de las armas de los asaltantes están tan afiladas como las de las suyas. La situación no se parece al incidente durante el Festival de la Luna de Sangre con los muchachos litho, que no eran más que una pandilla de fanfarrones. Estos hombres avanzan sin previo aviso y Rudjek se adelanta en busca del acero de sus armas. Aprieto los dientes y busco un arma a la desesperada. Las cosas serían distintas si tuviera mi vara o un palo medio decente, pero solo veo el árbol y la tierra que piso.

Rudjek cruza las espadas con dos de los hombres, y gira rápidamente para detener otro ataque dirigido directamente a mí. Su acero es un destello cegador y se hace uno con sus armas, embistiendo y saltando como un enorme leopardo. Los atacantes le lanzan estocadas a la garganta, el corazón y el estómago, todos los puntos letales, pero él las rechaza con elegancia y sin dificultades. Siempre presume de ser uno de los mejores espadachines sin contar a los gendars y puede que tenga razón, aunque jamás me oirá admitirlo.

Rudjek se da media vuelta y le hace un tajo en el hombro a uno de los hombres y una herida en el costado a otro. Ataca y retrocede con el cuello en tensión. Quiere que se rindan, pero no cesan de atacar. Otro corte, esta vez en un antebrazo.

La garganta se me llena de bilis al ver la sangre que brota de las heridas de los hombres y mis pensamientos se trasladan al Templo. A los niños. La magia vibra en mi pecho y agarro puñados de tierra y se los lanzo a los dos hombres que tengo más cerca. Al menos puedo ralentizarlos.

Dejan caer los shotels y se llevan las manos a la cara. Malditos cerdos.

Les está bien empleado por atacarnos. Espero que la tierra en los ojos les escueza como un demonio.

Agarro dos puñados más de tierra y ahogo un grito. Los otros tres atacantes retroceden y miran a sus amigos con los ojos como platos. Yo también reculo hacia el árbol pelado con las manos temblorosas. Solo pretendía detenerlos.

Los gritos de los hombres me retumban en los oídos. La tierra les abrasa la carne y un río de sangre les desciende por las mejillas. Se desploman de rodillas con la piel cubierta de ampollas y grietas. No puedo respirar mientras la magia demoníaca me envuelve el corazón como un capullo protector. Esto es obra de mi madre. Este es el don maldito que me ha concedido.

VEINTIUNO

Sigo temblando cuando llegamos a los pies del precipicio que conduce al Templo Todopoderoso. La columna de humo negro que brota de los acantilados ahora es inmensa, y cuesta determinar la gravedad del incendio en el Templo. Mientras nos abrimos paso a empujones entre el gentío, veo destellos de los rostros de los asaltantes. La piel se les ha fundido como mantequilla puesta al fuego. No puedo dejar de frotarme las manos en la túnica, desesperada por limpiarme la atrocidad que acabo de cometer.

«No soy como ella». Musito las palabras mientras Rudjek tira de mí. La multitud empuja a la hilera de guardias de la ciudad que cortan el paso. Gritan que Re'Mec ha enviado una tormenta de fuego para derruir el Templo por haber permitido semejante sacrilegio. Susurran que los videntes han muerto y espero que sea verdad, al menos en lo referente a mi madre. Eso significaría que la pesadilla ha terminado al fin. Si Arti está muerta, pienso escupir sobre su cadáver por el mal que ha causado y por lo que me ha obligado a hacer, pero ni siquiera eso me absolverá de haber tomado parte en el ritual, ni del crimen que he cometido hoy en el árbol sagrado Gaer. Los orishas también deberían fulminarme.

Rudjek y yo estamos tan cerca que siento su aliento en la cara, y casi puedo saborear su miedo. Entre la multitud hay shotani, ocultos a plena vista, vestidos como plebeyos o fingiendo formar parte de la Guardia de la Ciudad. El eco de su magia me danza por los antebrazos. Antes su magia me parecía algo tentador que quedaba fuera de mi alcance, pero ya no. No después de ver una pequeña muestra de lo que es capaz de hacer esta maldición.

Un guardia me cierra el paso. El hombre es el doble de alto que yo y me mira con unos ojos de color avellana tan incisivos que podrían cortar una piedra. A su espalda, otras personas se pasan cubos de agua para llevarlos a lo alto del escarpado precipicio. Llevan trapos húmedos atados alrededor de la boca y la nariz para combatir el humo.

—Tenemos que llegar al templo —grito para hacerme oír por encima del ruido de la multitud, y siento una punzada en el estómago.

—¡No puede pasar nadie! —ruge el guardia, y su saliva me salpica la cara—. Órdenes del visir.

—Pero... —Intento apartarlo de mi camino.

—Ya me has oído, niña —gruñe el hombre, y se aferra con fuerza al shotel.

—Apártate —ordena Rudjek, y sus palabras destilan autoridad. Está despeinado tras la pelea, pero su expresión es tan impasible como la de su padre—. No me hagas decírtelo dos veces.

El guardia se fija en el emblema con la cabeza de león que Rudjek lleva en la elara, maldice entre dientes y se aparta con cara de pocos amigos. El pánico que me atenazaba el estómago mengua un poco, pero no desaparece.

Una vez que hemos superado el cordón de guardias, Rudjek me toca el hombro y nos detenemos. Tiene la mano helada, y su mirada es tan inquisitiva que hace que me tiemblen las piernas. No quiero hablar de la cosa horrible que he hecho, pero no puedo aplazar el tema para siempre. Tras él, un hombre con barba trenzada y la piel curtida por el sol se abre paso a empujones hasta el mismo guardia que nos ha dejado pasar.

—Eso ha sido magia, Arrah —dice Rudjek—. Pensaba que...

—No te lo puedo explicar... —La maldición restringe mis palabras.

—¿Desde cuándo lo sabes?

—No hace mucho —respondo.

Maldita sea esta maldición. Maldita sea por lo que les ha hecho a esos hombres y por convertirme en su rehén. Koré me dijo que la magia demoníaca me mantendría a salvo, pero no me esperaba nada semejante a lo ocurrido bajo el árbol sagrado Gaer. Esta maldición es una broma macabra y retorcida.

Toda la vida he anhelado poseer magia como mi padre y mi madre. Quería que la abuela, la gran jefa aatiri, se sintiera orgullosa de mí. He pasado años encorvada sobre medicinas de sangre en el taller de Oshhe, y años haciendo las pruebas durante el Festival de la Luna de Sangre, con la esperanza de que llegase el día en el que podría alzar los brazos al cielo y atrapar una chispa de magia. He sentido la frustración del fracaso constante y, finalmente, renuncié a años de vida a cambio de obtener la magia necesaria para ver a la secuestradora de niños, que resultó ser *mi madre*. No quiero este... don. Si pudiera, me lo arrancaría del pecho.

—¡Déjame pasar! —grita el hombre de la barba trenzada—. Mi hijo está ahí arriba.

El corazón se me encoge al pensar en el padre de Kofi. Las familias merecen saber qué les ocurrió a sus hijos, aunque no vaya a servir para aliviar su sufrimiento.

—Ya te lo he dicho…

Antes de que el guardia pueda acabar la frase, el hombre barbudo le propina un puñetazo en la cara.

Basta con que una persona sea incapaz de reprimir la ira para que estalle una batalla campal. Vuelan puñetazos seguidos de destellos plateados. En unos instantes, la muchedumbre avasalla a los guardias. Algunos abandonan la cadena que carga los cubos de agua para ayudar a restablecer el orden, pero nadie nos molesta mientras escalamos el precipicio.

A medio camino, nos detenemos para recuperar el aliento. Rudjek tiene los ojos inyectados en sangre y la piel tiznada. El humo hace que me lloren los ojos y el hollín también me cubre la lengua. Rudjek reprime un ataque de tos y me ofrece una mano que acepto. Nos miramos en silencio, con los dedos entrelazados formando un lazo irrompible, un lazo que se empezó a fraguar hace muchos años, alrededor de una caña de pescar junto al río de la Serpiente. No necesitamos palabras para este momento. Este pequeño gesto es una declaración de todo cuanto no nos hemos dicho.

Las segundas campanas de la tarde suenan cuando llegamos a la cima y franqueamos las puertas del Templo. Me duele el pecho de respirar humo. Hay personas dispersas desordenadamente por el patio y los jardines. Algunas gritan órdenes y otras parecen perdidas y desconcertadas. El hollín y el polvo forman una película que lo cubre todo, incluida la gente. Tres de los cinco edificios que compartían el acceso en forma de media luna permanecen indemnes. El fuego está controlado y las últimas volutas de humo brotan del profanado Salón de los Orishas. El edificio contiguo, en el que asisto a las clases, también ha quedado reducido a cenizas y piedras calcinadas.

Libres de su hogar sombrío, las estatuas de los orishas también se han salvado del fuego. Ya eran imponentes en el salón, pero aquello no se puede comparar con su majestuosidad al aire libre. Incluso la escultura de la Sin Nombre parece etérea. La luz del sol se doblega alrededor de su oscuridad eterna, y el efecto es asombroso y surrealista. Un pedazo de noche interminable persiste en pleno día en el lugar que ocupa cada una de las estatuas. Más allá, los acantilados trazan una línea que se recorta en el horizonte.

En el suelo, cerca de la parte de los jardines que se hundió durante el vil ritual de Arti, yacen tres cadáveres. Les han tapado los rostros, pero uno de ellos lleva un caftán ennegrecido por el hollín. Los músculos se me agarrotan y me detengo. No es mi madre. Habría sido demasiado fácil. Un simple fuego no bastaría para acabar con ella.

El visir sale de uno de los edificios que se han salvado del incendio con una docena de gendars pisándole los talones. Lucen el equipo completo de batalla, con las túnicas rojas bajo corazas plateadas. Los pobres diablos deben estar sudando a chorros. Llevan dos shotels en vainas de piel a cada lado de la cintura. El visir levanta una mano y se detienen en seco. Entre tanta devastación, su elara blanca sigue inmaculada.

Se dirige hacia nosotros solo, con las manos en las empuñaduras de las espadas pulidas que lleva envainadas a los costados. Me mira de arriba abajo como si no fuera más que un mosquito que podría aplastar de un manotazo, y entonces ve la elara sucia de Rudjek. El hollín y las manchas de sangre. Su expresión pasa de la irritación al disgusto.

—Veo que no has aprendido la lección —le espeta el visir.

Rudjek cruza los brazos a modo de respuesta.

Siento un pinchazo en el costado por la escalada.

—¿Mi madre está...?

—¿Muerta? —me interrumpe el visir, enfurecido—. Desgraciadamente, no.

No puedo mirarlo sin recordar que acusó a Arti de haber embrujado al Todopoderoso. ¿Acaso cree que yo también he embrujado a su hijo? La acusación fue lo que la puso en este camino. No es responsable de los actos de ella, pero él también tiene las manos manchadas.

—¿Siempre tienes que ser tan grosero? —pregunta Rudjek frunciendo el ceño—. ¿Qué ha pasado?

—Pensaba que a estas alturas sería obvio —replica el visir—. Alguien ha provocado un incendio en el Templo.

—Los niños. —La maldición me oprime el pecho—. ¿Es verdad? —Tengo que pensar lo que la magia me permitirá decir—. ¿Es verdad lo que dicen de los niños?

El visir aprieta los dientes.

—Sí.

Escojo mis siguientes palabras con sumo cuidado:

—Dos tragedias azotan el Templo, y...

Dejo la frase a medias, a modo de pista. Necesito que ellos mismos deduzcan la verdad.

Rudjek hace una mueca.

—¿Crees que los mató alguien del Templo?

Sí. Me esfuerzo por pronunciar la palabra, al menos por asentir, y ambos se dan cuenta.

Y ahora saca tú mismo las conclusiones, Rudjek, suplico con la mirada y con todo mi corazón. *Ha sido Arti.*

El visir me mira fijamente.

—No me gustáis lo más mínimo y estoy harto de vuestros acertijos.

—A mí tampoco me caéis bien —replico—, pero intento ayudar.

—Vigilad esa lengua o la perderéis.

El tono del visir es la calma que precede a la tormenta. No es una amenaza vana.

La magia demoníaca vibra bajo mi piel, como una cuerda muy tensa que se va a romper de un momento a otro. Doy un paso al frente y me planto justo delante de él. Es un error. Debería parar antes de que las cosas empeoren, pero detesto el modo en que sus labios se curvan en una sonrisa burlona. Es un desafío nada disimulado. ¿Cómo se atreve a amenazarme después de haberle ordenado al sacerdote *ka* que destrozase la mente de mi madre? Debería pagar por sus fechorías y, ahora mismo, estoy decidida a asegurarme de que así sea.

Otra fuerza me detiene y me clava unos colmillos afilados en el cuello para advertirme del peligro. Mis ojos dan con el broche de hueso de craven que el visir luce en la elara y su sonrisa se vuelve más siniestra. Cerdo tramposo. Sin la protección de esos huesos, no sería nada.

Rudjek se interpone entre nosotros. Ensancha los hombros y apoya las manos en las empuñaduras de los shotels. Están uno frente al otro, como si se reflejasen en un espejo, ambos inflexibles.

—Déjala en paz. —Rudjek agarra las empuñaduras con tanta fuerza que los nudillos se le ponen blancos—. Ya has hecho bastante daño.

—No tengo tiempo para estas tonterías. —El visir se aleja unos pasos y hace una señal a los gendars—. Tengo un Reino que gobernar.

Los soldados guían a los videntes que salen de la parte del Templo que no ha ardido. Llevan las túnicas hechas harapos y manchadas de hollín. Es obvio el motivo por el que el visir no quiere que venga nadie más. En este estado, los videntes tienen peor aspecto que los charlatanes que ofrecen amuletos de la buena suerte por la calle. Los ayudantes son los siguientes en salir y suspiro de alivio. Sukar está entre ellos. Está ocupado ayudando a otro sirviente que ha sufrido quemaduras graves y no nos ve al otro extremo del patio.

Otro grupo de gendars escoltan a Arti, la última en salir. Decepcionada, observo que ha salido indemne, y nada parece indicar que la haya alcanzado el fuego. Todavía no se le nota el vientre abultado bajo el caftán dorado. Incluso en mitad de la destrucción y el caos reinantes, mi madre se mantiene radiante y serena, más que el propio visir. Los gendars le ofrecen una amplia litera. No se atreven a tocar a la sacerdotisa *ka* por temor a que los maldiga. La llevan con el visir, al cual flanquean dos guardias. Si conociera el auténtico alcance de los poderes de mi madre y la devastación que es capaz de provocar, tendría más guardaespaldas.

—Por orden del Todopoderoso, os destituyo de vuestro cargo de sacerdotisa *ka* del Reino —anuncia, y su expresión impasible no refleja la satisfacción que destila su voz—. La profanación del Templo y el asesinato de inocentes han tenido lugar en vuestras propias narices. Vos sois la única responsable de lo sucedido, por lo que quedáis desterrada del Reino.

Se me corta la respiración. *Desterrada*. No es ni una pequeña fracción de lo que merece, pero podría darme una oportunidad. Si se va, la distancia entre nosotras podría debilitar la maldición y me permitiría volver a intentar enviar un mensaje a la abuela. Sin embargo, antes de que mi mente tenga tiempo de albergar la más mínima esperanza, una sensación de desasosiego anida en mi pecho.

Mi madre reacciona con una sonrisa tan arrogante como la del visir.

—Acepto el castigo sin objeciones, visir —responde, como si lo que le acaba de decir no fuese con ella.

—Si dependiera de mí, perderíais la cabeza, pero Jerek es idiota —ruge el visir.

Arti arruga la nariz al escuchar el nombre de pila del Todopoderoso.

—Agradezco vuestra compasión.

El visir se inclina hacia ella y la mira amenazadoramente.

—Si volvéis a poner un pie en territorio del Reino, haré que os ejecuten de inmediato.

La expresión de indiferencia de Arti no flaquea, y no agacha la cabeza en señal de sumisión. Se me eriza el vello de la nuca mientras una chispa de magia acaricia el aire. El visir empalidece un poco y se aleja medio paso de mi madre. De no ser por el hueso de craven que bloquea su magia, Arti podría matarlo con solo chasquear los dedos.

El visir me fulmina con la mirada y después vuelve a dirigirse a Arti.

—Desde hoy, *toda vuestra familia* queda desterrada del Reino.

—No —susurra Rudjek, que se tensa a mi lado.

Una gota de sudor me resbala por la frente y el pulso me martillea los oídos. No... no puede hacerlo. ¿Adónde voy a ir? Tamar es mi hogar. Mis amigos están aquí. Mi *vida* está aquí.

La magia demoníaca ruge y cierro los puños. Quiere atacar al visir, pero lucho para combatirla. Atacarlo solo serviría para empeorar las cosas, y hace un momento ya he estado a punto de cometer ese error. Ahora debo ser más inteligente. El visir tiene poco peso comparado con el Rey Demonio. Puede que Arti haya pensado lo mismo.

Rudjek, sin embargo, se acerca a su padre con el rostro enrojecido por la ira. Dos gendars lo agarran por la espalda. Da un codazo en el estómago a uno de ellos y se retuerce para liberarse del otro. Otros dos lo desarman y, mientras lucha por soltarse, llegan más para inmovilizarlo.

—¡Padre, no lo hagas! —grita Rudjek—. ¡Arrah no ha hecho nada malo!

—Vamos, hija —me llama Arti—. La palabra del visir es ley... —Hace una pausa y su tono duro y desprovisto de emociones me parte en dos—. De momento.

Si el visir la oye, no le hace el más mínimo caso porque está ocupado viendo a Rudjek luchar contra sus guardias. Lo han inmovilizado en el suelo y, aunque quiero ir a ayudarlo, la magia responde a la orden de Arti. Voy con ella con lágrimas en los ojos. *¿Es el fin?* Esta será la última vez que vea a Rudjek, a mis amigos y mi hogar. Un entumecimiento inquietante se instala en mi cuerpo y mi mente mientras contemplo la escena, incrédula. El día de hoy ha sido una pesadilla de la que es imposible escapar.

—¡Dejadme ir! —chilla Rudjek—. ¡Soltadme!

Grita y lanza patadas y puñetazos. Hacen falta una docena de gendars para sujetarlo, y todos acaban golpeados, magullados y ensangrentados.

—Es por tu bien —le dice el visir a su hijo—. Pronto lo comprenderás.

Arti me apoya una mano en el hombro. Una expresión fría le tiñe la mirada y me doy cuenta de lo que ha hecho. Los orishas no han derrumbado el Templo, y tampoco le ha prendido fuego una turba con ansias de venganza. Arti ha provocado el incendio. No podía dar a luz tan cerca del Templo, porque los otros videntes habrían percibido la magia demoníaca del bebé y habrían despertado de su maldición. Así se libra de los ojos vigilantes del Reino. Es libre para despedazar a todo aquel que se interponga en su camino. Es libre para dar a luz a un bebé que pondrá el mundo a sus pies.

—¡Te encontraré! —grita Rudjek—. Lo prometo.

Sus palabras me resuenan en los oídos y me aferro a su voz mientras me pregunto si será la última vez que nos veamos. Si Arti quiere desaparecer, se asegurará de que nadie pueda encontrarnos. También me aferro a la esperanza. Soy la única que puede detener a mi madre antes de que sea demasiado tarde.

FRAM, ORISHA DE LA
VIDA Y LA MUERTE

*¡N*o deberías haber interferido sin consensuarlo con el resto de
nosotros!

No digo que necesitases nuestro permiso, Re'Mec, pero habría
estado bien que los dos hubieseis tenido el detalle de incluirnos. Nunca
piensas en el futuro. Como cuando declaraste la guerra al Rey Demonio. El egoísmo forma parte de tu naturaleza.

Guarda las obscenidades para quien vaya a sentirse ofendido.
Hablemos del asunto que tenemos entre manos.

Te burlaste de esos niños y ahora el Reino se encuentra sumido
en el caos.

¿Acaso no es esta la misma gente a la que juramos que permitiría-
mos vivir según sus propias reglas? ¿No son el pueblo por el que luchamos?

Nunca has sido capaz de mantenerte al margen, siempre has
tramado una conspiración tras otra o has iniciado una guerra cuando
te aburrías. ¿Te aburres? ¿Ya no te entretiene ese ridículo Rito de
Paso tuyo?

Si permites que tus serpientes me vuelvan a morder, Koré, te
juro que te mataré personalmente.

Pensáis que soy demasiado blando, pero recordad que soy el único de todos nosotros que ha matado a uno de los nuestros. No me opongo a volverlo a hacer.

Malinterpretáis mis intenciones. No estoy en contra de la acción, pero el Rey Demonio sigue en su prisión y el bebé todavía no ha nacido. No sabemos si ella poseerá la fuerza necesaria para liberarlo. No podemos ver su futuro.

Sabemos que la niña será poderosa, pero no podemos actuar sin basarnos en hechos.

¿Qué esperas que hagamos, Koré? Quedamos muy pocos.

En todo este tiempo, no hemos encontrado el modo de liberar a nuestros hermanos. Aún hoy siguen sufriendo quienes encadenan al Rey Demonio y todos aquellos que sellaron el portal entre este mundo y el reino abandonado que dejamos atrás. Es como si estuvieran muertos. Merecen una vida mejor.

El Cataclismo Supremo es lo mejor para todos. Alumbró este universo como lo hizo con muchos otros anteriormente. Deberíamos volver a su vientre para que nos haga desaparecer y renacer una vez que este mundo se haya destruido a sí mismo.

No es necesario que señales lo obvio, Re'Mec. Ya sé que el Cataclismo Supremo no creó al Rey Demonio. Lo hizo nuestra hermana.

No, no pronunciaré su nombre. Ya no está. Es mejor así.

¿Es necesario que siempre estemos luchando? Antes no éramos así.

Sí, soy un viejo idiota y nostálgico. Añoro los tiempos en los que la vida era sencilla.

VEINTIDÓS

Rudjek me encontrará. Habla de corazón. Tengo los dedos helados y un escalofrío me recorre todo el cuerpo. Vendrá. Trago saliva y se me forma un nudo en el estómago. Vendrá y Arti no dudará en matarlo. Odia tanto al visir que sería un placer para ella.

Dos docenas de gendars se nos llevan del Templo Todopoderoso. La muchedumbre que aguarda al pie del precipicio enmudece al ver que nos acercamos y se separa para abrir un camino entre la multitud, que zumba como un enjambre de abejas enfurecidas. Al principio, nadie habla, pero una mujer escupe en el camino y otros la imitan.

Conozco a algunos de ellos de los mercados. Veo a Jelan, que hornea los mejores dulces de toda la ciudad, y a Ralia, cuyos clientes hacen cola al alba para que les tome las medidas y les fabrique sus zapatos extravagantes. Y a Chima, un amigo de mi padre que pasa una vez a la semana por el taller para tomar té con él. No saben que Arti secuestró a los niños, pero no importa. Necesitan un culpable, y nos enseñan los dientes como si no valiésemos más que la tierra que pisan..., como si fuésemos peores que esa tierra. Desprenden un dolor, un odio y una ira que hacen que me tiemble todo el cuerpo.

Intento ignorarlos, pero me taladran con la mirada. Su hostilidad es tan intensa que satura el aire. Alguien arroja un pollo sin cabeza a nuestro paso y la sangre me salpica la mejilla. Me estremezco y me froto la cara como si la sangre me fuese a quemar la piel. La muchedumbre se ríe y la magia demoníaca se libera, lista para pasar al ataque. Cierro los puños para apaciguarla. No puedo dar rienda suelta a la maldición, pero no me supondría esfuerzo alguno. Suplica que la invoque, y siento cómo se extiende a mis extremidades. Lo hace siempre que estoy asustada, pero nunca cuando quiero actuar contra Arti. Es un don maldito, sin lugar a duda.

—No hagas nada. —La voz cantarina de Arti me quita las ganas de luchar, pero no porque su magia someta a mi voluntad. Me ha *pedido* que no haga nada dejándome libertad para elegir. La magia quiere estallar y cortar, quemar y ahogar el odio que tienen en los ojos.

La sangre también le ha salpicado el caftán dorado, pero ni se inmuta. Yo llevo la túnica empapada en sudor, pero mi madre mantiene la cabeza bien alta. Su falta de miedo solo sirve para enfurecer más a la muchedumbre.

Un escriba echa el brazo hacia atrás para lanzarnos una piedra, pero antes de soltarla, los dedos le crujen como si alguien hubiese pisado una rama. El hombre lanza un alarido y cae de rodillas, agarrándose la mano.

—Ha sido ella —susurra alguien—. Lo ha maldecido.

—¡Sucias *owahyats*! —gritan varias personas al unísono.

Tiemblo de la cabeza a los pies y aprieto los dientes para contener a la magia dentro de mí. No quiero hacer daño a esta gente, pero tampoco permitiré que me lo hagan a mí.

El gesto del hombre que ha intentado arrojarnos la piedra ha servido para envalentonar a los demás. Tres personas, dos mujeres con cuchillos tobachi y un hombre con un shotel, nos cierran el paso.

La magia de Arti atraviesa a la turba con la suavidad de una pluma y, uno tras otro, todos caen de rodillas. Los primeros en caer son las dos mujeres y el hombre que pensaban atacarnos, y tienen que arrastrarse para despejar el camino. A partir de ese momento, caminamos entre cabezas gachas y manos temblorosas. Tamar se inclina a los pies de mi madre.

Los gendars nos conducen a los muelles, donde nos esperan otras dos docenas de hombres. Mi padre está allí con Nezi, Ty, Terra y algunas cajas con nuestras pertenencias. El visir ha organizado el destierro con presteza y precisión. No me cabe la menor duda de que había planeado desde el principio que acabáramos así o incluso peor.

Una niebla verde se posa en la bahía y los barcos gimen como monstruos marinos gigantes que surcan la superficie del agua. Antes de embarcar, Majka se cuela entre las filas de gendars.

—Envía un mensaje a la hacienda de mi padre con vuestro paradero —me indica—. Me aseguraré de que Rudjek lo reciba e iremos a buscarte.

No contesto. Miro fijamente a Majka, en shock, hasta que un gendar me ordena que siga caminando. Abandono mi hogar. Abandono a mis amigos, a Rudjek, y todo aquello que conozco. Mi madre también ha logrado arrebatarme todas esas cosas. Me lo ha quitado todo. Subo al barco aturdida. Arti susurra nuestro destino al capitán, pero no me molesto en intentar oírlo a escondidas. No importa. El lugar al que nos dirigimos no es Tamar. No es mi hogar.

Paso el día sumida en una confusión ausente. El capitán se niega a navegar de noche por miedo a los bancos de arena, en los que puede encallar un barco y quedar atrapado como una presa en una telaraña. Amarramos en una pequeña localidad portuaria situada en el punto en el que el río de la Serpiente se bifurca. Una de las bifurcaciones sigue por el Reino hasta la tierra vecina de Estheria. La otra se desvía hacia el Gran Mar y conduce al Norte y a los países que hay de camino.

Una vez, Oshhe me contó historias de los muertos que vagan de noche con la cabeza completamente girada, muertos que salían para robar la vida de los bebés mientras sus madres los amamantaban. Sin embargo, lo que me da miedo no son los muertos, sino el bebé que Arti lleva en el vientre. El calor abrasador parece portar un mal presagio mientras el barco se mece sobre las olas. Me sujeto a la barandilla con más fuerza para mantener el equilibrio. De vez en cuando oigo un estrépito en el agua, seguido de un rugido, y un hipopótamo asoma la cabeza en las aguas oscuras. Los otros animales que acechan en el río se mantienen alejados de las luces de los muelles y el resto de los barcos amarrados.

Podría saltar al río.

Arriesgarme a nadar entre hipopótamos y cocodrilos.

Nadar hasta tener calambres en los brazos y las piernas.

Ir a la deriva por el mar.

La maldición se agita y la columna se me agarrota. Arti sube de la cubierta inferior seguida de cerca por Oshhe. La mayor parte de la tripulación ha desembarcado hace horas, corriendo tras la promesa de pasar un buen rato por unas pocas monedas de cobre.

La presencia de Arti me activa los sentidos antes de que llegue a mi lado, y reprimo el impulso de estremecerme.

—Debería haberte prohibido ir con el hijo de Suran desde el principio. —Arti se apoya en la barandilla, junto a mí, y su perfume almibarado ahoga el olor a podrido del río que porta la brisa—. Pero disfrutaba con lo mucho que le enfurecía saber que su hijo sentía una predilección especial por mi hija.

Contengo las lágrimas y vuelvo a fijar la mirada en el vientre oscuro de la bahía para no darle la satisfacción de obtener una respuesta. Rudjek y yo siempre hemos intentado ser discretos, aunque a veces éramos menos prudentes en los mercados. Era difícil no confiarse habiendo tanta gente a nuestro alrededor que nos podíamos perder entre la multitud. Siempre pensé que Arti no había reparado en nuestra amistad o que no le importaba. Ella nunca sacó el tema, y yo fui tan ingenua que pensé que era por uno de esos motivos. Por supuesto, sí que se había percatado de lo que ocurría, y nos ha vigilado en todo momento. Me gustaría empujarla y tirarla por la borda para que la devore un cocodrilo. Los dedos me cosquillean y casi puedo levantar los brazos para intentarlo. *Casi*. Clavo las uñas en la madera para canalizar la frustración.

—Voy a contarte un secreto que solo conocen los videntes —anuncia Arti, con la mirada perdida en la cubierta del barco—. Tras el nacimiento de cada uno de los hijos del visir, su mujer llevó al bebé al Templo. La gente del Norte no adora a los orishas, pero quería conocer el futuro de los niños. Le dije que el Rito de Paso destrozaría a los dos primeros, aunque hacía veinte años que Re'Mec no visitaba el Templo para exigir la celebración de un Rito..., no desde los tiempos del sacerdote *ka* Ren.

Todo este tiempo, Rudjek ha culpado a los orishas por lo que les ocurrió a Jemi y Uran, pero Arti lo planeó todo. Sabía que los hijos del visir se ofrecerían voluntarios, aunque solo fuera para contrariarla. ¿Cómo no iban a hacerlo si querían estar a la altura del apellido Omari? Arti se encargó de que Jemi y Uran fracasaran para vengarse.

—¿*Alguna vez* te han hablado los orishas? —le espeto en un tono abrasador como la lava.

Arti me sonríe.

—Nunca.

Mi padre espera como un perrito abandonado en la proa del barco. Su rostro permanece inexpresivo. La garganta se me cierra mientras mi madre espera a que le haga la pregunta que me arde en los labios. No quiero saber la respuesta, pero debo conocer la verdad.

—¿Qué viste en el futuro de Rudjek?

Cuando por fin se gira hacia mí, sus ojos ambarinos son fríos y distantes, inertes como las ascuas de un fuego que se apaga.

—Morirá en el Bosque Oscuro.

El Bosque Oscuro. El lugar en el que Oshin Omari, el antepasado de Rudjek, derrotó a los cravens y se hizo con sus huesos. El lugar en el que mi padre dio caza y mató al buey blanco. El suave bamboleo del barco me marea y me cuesta respirar. No puede ser verdad, pero las palabras se me atascan en la garganta cuando pregunto:

—¿Por qué iba a ir al Bosque Oscuro?

Arti frunce el ceño y aprieta los labios.

—Porque no es quien él cree.

—¿Qué significa eso? —pregunto bruscamente, alterada por la noticia.

—No es asunto tuyo. —Resopla y desvía la mirada—. Irá al Bosque Oscuro, morirá y se acabó. Su futuro está decidido.

—No te creo. —Un sueño medio olvidado de Rudjek en el límite de un bosque sumido en una noche interminable aflora a mi mente. *Solo fue un sueño.* No significaba nada. Miente porque odia al visir y quiere que piense que mi amigo no vendrá a buscarme como ha prometido—. Reserva tus mentiras para otra persona.

Arti solo permite que la sorpresa se le refleje en el rostro por un instante.

—Será un golpe devastador para Suran —insiste en un tono burlón—. Ojalá estuviera allí para ver cómo se derrumba el legado del visir.

—El sacerdote *ka* debió matarte cuando tuvo la oportunidad —digo con todo el desprecio que soy capaz de expresar, y es un sentimiento sincero.

Arti se ríe. Es una risa auténtica que hacía mucho que no le oía, pero también es fugaz, y deja paso a una mueca. Se doblega y se lleva la mano al estómago. Las ligaduras de su maldición se aflojan levemente y la soga que nos ata se destensa. Koré logró mitigar la magia de Arti lo suficiente para permitirme actuar. ¿Podría estarla debilitando ahora el bebé o el malestar que acompaña al embarazo? Si es así, la maldición podría irse atenuando a medida que avance la gestación y concederme una nueva oportunidad. Me aferro a la esperanza. *Después de tantos fracasos, es lo único que me queda.*

No me atrevo a poner a prueba mi libertad delante de ella por miedo a que halle el modo de volver a estrechar el lazo. Mi padre se sobresalta y endereza la espalda. ¿También siente que la maldición se aplaca? Jadea y mi esperanza crece. *Lucha, padre. Eres más fuerte que ella.*

—Pide a Ty que prepare más té —dice Arti con la cara descompuesta y la frente cubierta de sudor—. Y esta vez, procura no envenenarlo.

No puedo sostenerle la mirada, no después de lo del vino y el té, y del comentario horrible que he hecho sobre el sacerdote *ka*. No después de todo lo que ha hecho ella.

En los ojos de mi padre se libra una guerra, pero permanece atrapado en su trampa y parte de mi esperanza se desvanece. Koré dijo que la maldición de mi madre no me mataría, pero que el resto de los malditos morirían si intentaban actuar contra ella. Si mi padre recobra el dominio de sus actos, aunque solo sea por un instante, él también lo sabrá.

Me marcho sin decir ni una palabra. Que mi madre saque sus propias conclusiones. Ty y Terra están en la cocina de la cubierta inferior, limpiando pescado y mejillones para la cena. Nezi debe estar sola, como de costumbre.

Ty se limpia las manos en el delantal y se aclara la voz. Nezi y ella son leales a mi madre, pero ¿conocen el auténtico alcance de las fechorías de Arti? ¿Podría convencerlas para que la hiciesen entrar en razón? Ya no sé en quién puedo confiar, sobre todo en mi entorno. Echo de menos a mis amigos, y echo de menos el tiempo en el que mi única preocupación era saber si algún día tendría el don. Ahora que estoy bajo la cubierta, las ataduras de Arti se debilitan todavía más. Me siento como si me hubiese quitado un abrigo pesado después de llevarlo durante días. Aprovecharé que la maldición flaquea para escribir a la abuela. Lo haré esta noche.

—Hola, Ty —saludo, ruborizada.

Nuestra matrona niega con la cabeza. Obviamente, ha escuchado mi horrible comentario sobre el sacerdote *ka*. Terra no aparta la vista de lo que hace, y tiene las manos hundidas hasta las muñecas en las entrañas del pescado. Tras una pausa algo más larga de lo normal, Ty arquea las cejas para preguntar: «¿Qué quieres?».

—Arti quiere té de corteza de palma —respondo.

Ty se rasca la barbilla y vuelve a negar con la cabeza para decir: «Se nos ha terminado».

—Iré a comprar al puerto. —Terra se levanta—. Encontrar corteza de palma no debería ser muy complicado.

—Te acompaño —me ofrezco, impaciente por desembarcar—. No me vendría mal algo de aire fresco.

—Mejor otro día —farfulla Terra, que sigue sin mirarme a los ojos—. Salir de noche no es seguro para una chica decente.

Me dispongo a protestar, pero Ty aparta a un lado el cuenco de entrañas de pescado y se levanta para dejar claro que ella acompañará a Terra. Se guarda un cuchillo en el delantal y el corazón me da un vuelco. Me cuesta un mundo mantener la compostura. Ahora que sé la verdad, me resulta difícil ver a Ty y Nezi como antes. Al ver mi reacción aprensiva, Ty pone los ojos en blanco y suspira. Entre este incidente y el comentario sobre el sacerdote *ka*, ya no soy bienvenida en la cocina.

—Lo siento —balbuceo, y huyo a toda prisa de allí.

Recorro el pasadizo dando tumbos, tropezando con las paredes, que apestan a moho. No necesito ir con Terra. Escribiré la carta sola y desembarcaré a escondidas aprovechando la debilidad de la maldición. Entre el vaivén del barco y la noticia de mi madre sobre Rudjek, me cuesta pensar con claridad. Su voz resuena como el estrépito de cristales rotos en mi cabeza, una y otra vez. «¡Te encontraré! Lo prometo». Aunque Arti esté mintiendo, ¿cómo va a encontrarme si nos dirigimos a un lugar desconocido lejos del Reino?

Los faroles atornillados a las mamparas del barco ahuyentan las sombras, pero con escaso éxito. De camino al camarote, me encuentro con un tripulante. El hombre me pasa tan cerca que su aliento rancio me frota la oreja. Me mira lascivamente, y sus ojos hambrientos me recorren todo el cuerpo. La magia demoníaca zumba como una víbora amaestrada bajo mi piel, suplicándome que la libere. El hombre se me acerca más y doy un paso atrás. Conozco lo que la magia es capaz de hacer. Solo tengo que desearlo, dar una orden y guiarla. Es lo que no entendí en el árbol sagrado. Entonces, le permití dominarme, y ahora soy yo quien la domina… y eso me gusta.

La magia envuelve al hombre y la mandíbula se le relaja. Se da la vuelta con las piernas agarrotadas y desaparece por la escotilla que conduce a otra cubierta. Irá directamente a su litera y no tardará en dormirse. En cuanto se ha ido, suspiro, aliviada, y me seco el sudor de la frente.

De vuelta en mi camarote, no pierdo ni un instante. La estancia es del tamaño del armario de mi casa, el hogar que jamás volveré a ver. Hay una litera con un edredón almizclado y un colchón tosco, y un escritorio. Busco papel y una pluma en el cajón del escritorio y, cuando los encuentro, me limpio las palmas en los pantalones. El fracaso anterior se asoma a los bordes de mi mente, pero evito pensar; dejo que fluyan las palabras. Cuando la pluma toca el papiro, la súbita libertad de la que disfruto me llena de esperanzas renovadas.

Al no poder abordar el tema directamente, me pregunto cómo reaccionará la abuela a la carta. Ella me conoce. Se dará cuenta de que algo no va bien. Gracias a su poder de viajar a una gran distancia a través del mundo de los espíritus, podrá localizarnos y verlo ella misma.

—¿Qué haces? —pregunta alguien, sobresaltándome.

Dejo que el papiro se enrolle para ocultar el mensaje. Me doy la vuelta de inmediato y encuentro a Nezi apoyada en la puerta. Tiene los brazos cruzados y se agarra los codos. No la he oído llamar ni entrar.

—¿Nezi? —Me aclaro la voz y una neblina se disipa en mi cabeza. Estoy sin aliento y me irrita que me haya interrumpido—. Estaba escribiendo mis pensamientos. —Disimulo el fastidio y elijo con cautela mis siguientes palabras para no levantar sospechas—. Vivimos tiempos difíciles.

—¿Odias tanto a tu madre como para decir cosas tan atroces? —Su tono no refleja hostilidad, solo curiosidad y sorpresa. Como no contesto, añade—: He hablado con Ty y Terra.

La maldición ya no me retiene la lengua y esta es mi primera oportunidad de expresar lo que siento desde que vi a Koré en el callejón.

—¿Odia ella tanto al visir como para *hacer* cosas tan atroces? —replico—. ¿O solo hace lo que *él* le ordena?

Nezi ni siquiera parpadea. Intento no pensar en el Rey Demonio ni pronunciar su nombre. Incluso en este mismo momento, su magia penetra más en mi cuerpo, se extiende a mis extremidades y se acomoda como una vieja amiga. Una magia tan poderosa que destrozó a dos hombres con un simple puñado de tierra. No puedo darle rienda suelta y ser como mi madre.

—No lo entiendes. —Nezi frunce el ceño—. El Rey Demonio no es nuestro enemigo.

—¿Qué? —exclamo, aunque no me sorprende que ya lo sepa. Por supuesto que lo sabe. Ty, Arti y ella son demasiado íntimas para que no lo supiera—. Come almas. Estuvo a punto de destruir el mundo, y aun así dices que no es nuestro enemigo. ¿No te das cuenta de la devastación que comportará liberar su *ka*? ¡Todos sabemos lo que dicen las sagradas escrituras!

—Las sagradas escrituras no son más que cuentos, Arrah —suspira Nezi—. A estas alturas, ya deberías haberte dado cuenta de que no todo es lo que parece. Los orishas tampoco son lo que parecen. Yo tuve una hija, y como deseaba una vida mejor que la que yo podía darle, se ofreció voluntaria para el Rito de Paso. Como tantos otros, nunca regresó a casa, gracias a tus orishas. Y Ty...

Los ojos de Nezi se llenan de dolor y deja la frase en el aire.

La magia demoníaca me sopla en la nuca y cierro los puños. *Vete.*

—Queremos que los orishas paguen por sus crímenes —sentencia Nezi en un tono neutro—. Y los crímenes que se cometen ante sus narices y de los cuales son víctimas aquellos que no pueden defenderse.

«Queremos». Y yo que pensaba que podía hablar con Nezi y Ty para pedirles ayuda.

—Yo no digo que los orishas sean íntegros o buenos. —Aprieto los dientes y la ira me tiñe de rojo la visión—. Sin embargo, lo que mi madre ha hecho para ayudar al Rey Demonio no está bien, y nada de lo que puedas decir me convencerá de lo contrario.

—Ya te darás cuenta. —Nezi se da la vuelta y se dispone a marcharse—. Solo es cuestión de tiempo.

Dicho esto, abandona el camarote tan silenciosamente como ha venido. Corro a la puerta y esta vez paso el pestillo con las manos temblorosas. No puede pensar que apoyaré lo que está haciendo mi madre, que me apartaré de su camino y se lo permitiré. Veinte dioses. ¿Acaso ha perdido el juicio todo el mundo en este barco?

Vuelvo enseguida al escritorio para terminar la carta mientras la maldición sigue débil. Cuando desenrollo el papiro, la cabeza me da vueltas y se me acelera el corazón. No puede ser. Miro la siniestra realidad de lo que he hecho. Sobre el papel, no hay más que círculos superpuestos a más y más círculos. Círculos que unen, círculos que conectan. El tatuaje en forma de serpiente me duele mientras la magia demoníaca me constriñe más el corazón.

VEINTITRÉS

Tras diez días de navegación por el río, desembarcamos en Kefu, un territorio franco que bordea la frontera septentrional de Estheria. La magia aletea por mis antebrazos como alas de polilla aterciopeladas, pero no puedo verla. No tiene ningún sentido, porque la siento tan intensa como la de las tierras tribales. Aunque la magia es menos visible de día, normalmente flota en el aire como un enjambre de hebras, pero aquí es casi imperceptible. El ojo de Re'Mec se oculta tras una nube que inunda los muelles de sombras cambiantes. Es mediodía, pero está demasiado bajo en el cielo.

Arti contrata a porteadores para que lleven una litera con espacio suficiente para Oshhe y para mí, pero me niego a ir con ellos. Mi padre protesta hasta que Arti le pide que me deje tranquila. Camino con el resto del personal de la casa, frente a los burros que transportan nuestras cosas.

En Kefu todo está cubierto de polvo, desde las personas hasta los edificios bajos. Rostros enjutos y ojos hundidos nos miran mientras cruzamos la localidad. A Kefu le falta la chispa que irradia la gente de Tamar, sobre todo en el Mercado Oriental. Los mercaderes venden sus artículos sin ánimo y los clientes parecen aletargados. Nadie alardea de sus productos en las esquinas, y tampoco hay apuestas en los callejones. No se oye la melodía de flautas ni yembés y, sobre todo, no se oyen canciones ni risas. En este lugar pasa algo muy malo.

Espanto moscas con la frente perlada por el sudor. Me retraso respecto a la caravana hasta que desaparece en una nube de polvo a las afueras del pueblo. Estoy harta de caminar a la sombra de mi madre y es agradable disponer de algo de espacio tras tantos días de estrecheces en el barco. Camino tirando del burro y arrastro los pies tanto como él.

—¿Me podéis dar un poco de pan? —pregunta una niña pequeña que corre para seguirnos el paso. Parpadea con unos ojillos violetas tristes y tiene la piel tan cenicienta que cuesta creer que le haya dado jamás la luz del sol, aunque no tiene venas visibles como las de los norteños, independientemente de su tono de piel—. ¿Podéis ayudarme, por favor?

La magia de Kefu vuela alrededor de la niña, dejando una bolsa de aire que la aísla de ella. Su propia magia transmite la sensación de estar al borde de una tormenta. Esta niña no es quien parece ser.

—¿Otra vez tú?

—¿No te alegras de verme? —pregunta Koré usando una versión aguda de su voz que suena extraña en los labios de una niña. En su presencia, la maldición vuelve a perder su poder sobre mi lengua.

—Si no sabes decirme cómo puedo matar a mi madre, no —replico.

—¿Siempre eres tan arisca? —refunfuña la niña Koré. Olisquea la silla del burro hasta que da con el pescado salado y el pan de anoche. Se comporta como una niña de verdad, y no la habría reconocido de no ser porque percibo su magia. Abre la alforja sin pedir permiso—. ¿A qué sabe la comida de este tiempo?

Ver a Koré fingiendo que es una niña precoz me recuerda a Kofi, y la vergüenza me cosquillea en el estómago. No fui capaz de protegerlo, y no puedo evitar preguntarme si seguiría vivo de no haberme conocido. El corazón se me encoge.

La pequeña Koré sonríe al ver el contenido de la alforja.

—Aunque me encantaría probar vuestras exquisiteces, he venido con un propósito o, mejor dicho, con varios. Tienes que saber algunas cosas.

La expectación me cierra el estómago. No sé qué tiene que decirme, pero no puede ser nada bueno.

—Ya habrás observado que Kefu no es lo que parece. —Se ajusta las cintas de una vieja bolsa de piel en los hombros—. La ciudad es como el espacio en mitad del tiempo que el pueblo tribal denomina el *vacío*. Nosotros..., mis hermanos y yo..., recorremos vastas distancias en apenas unos instantes a través de él. Sin embargo, este sitio es un tipo de vacío distinto. Es el lugar en el que los demonios se congregaron tras la guerra.

—¿Se congregaron? —Me llevo las manos a los hombros—. ¿Quieres decir que no murieron? ¿Ninguno de ellos? Pero... —Inspiro bruscamente y recuerdo la boca abierta de Shezmu, su espantoso grito desgarrador y lo que Nezi me dijo sobre las escrituras sagradas del Templo. «Solo son cuentos»—. Vosotros... —Apenas puedo hablar—. Mentisteis a todo el mundo.

—Tergiversamos la realidad, es cierto. —Koré se encoge de hombros—. Cuando destruimos la raza de los demonios, hallaron el modo de evitar que sus almas se elevasen. Todos debemos regresar al Cataclismo Supremo al morir. Él hizo a los orishas, y nosotros hicimos todo lo demás. Sin embargo, los demonios encontraron la forma de hacer trampas.

La miro fijamente, asombrada, mientras las lecciones de los escribas sobre los orishas y sobre ella se repiten en mi mente.

—¿En qué otras cosas tergiversasteis la realidad?

Koré entorna los ojos.

—El caso es que... no pudimos obligar a los demonios a elevarse, así que tuvimos que contener sus almas para evitar que ocupasen nuevos cuerpos. Este lugar es una prisión, y como ocurre en el vacío, aquí el tiempo es voluble. Avanza a su antojo y no es fiable. A veces las horas de un día se alargan demasiado, o pasan años en un abrir y cerrar de ojos. —Mira a un grupo de clientes que se han detenido a observarnos y cuchichean entre sí—. Las personas que viven en el espacio físico que ocupa Kefu ni siquiera son conscientes de que los demonios se aferran a la vida absorbiendo fragmentos de sus almas. Era un intercambio bastante inofensivo... hasta que llegó tu madre.

—¿Inofensivo? —protesto—. ¿No ves que esta gente está sufriendo?

—¡Estos no son mis dominios! —Koré me enseña los dientes—. Otro orisha se encarga de vigilar este lugar.

—Pues no hace nada de nada —le espeto.

—Algo en lo que eres toda una experta —contraataca.

Me trago la réplica.

—Hago lo que puedo.

—Eso me lleva al segundo motivo por el que estoy aquí.

Koré se coloca la bolsa delante del cuerpo. Saca una caja de su interior y la sostiene bajo el brazo para mantenerla en un lugar seguro. La caja de madera no se parece en nada a la que contenía el *ka* del Rey Demonio, y me doy cuenta de que hoy no la trae consigo.

Basculo sobre los talones y la magia demoníaca se me agita en el pecho, recordándome que, aunque esté letárgica, no está dormida.

—¿Su alma está...?

Siento la garganta rasposa y dejo la pregunta en el aire.

—De momento sigue a salvo de tu madre. —Koré frunce el ceño—. La he escondido. —Abre la caja y me muestra pergaminos y huesos—. No puedo hacer nada respecto a la sacerdotisa *ka*, pero te he traído algunos regalos. ¿Quieres librarte de esa horrible maldición?

Haría lo que fuera para romper la maldición que pesa sobre mi padre y sobre mí.

—Sí.

—Tendrás que pagar un precio elevado —me advierte Koré—. La magia demoníaca no te abandonará voluntariamente.

Después de que el ritual me obligase a pasar días en cama y me arrebatase años de vida, conozco el riesgo.

Conozco el precio.

Años a cambio de libertad.

Cojo la caja sin pensármelo dos veces. Los dedos me tiemblan al rozar los de ella, que tienen un tacto sorprendentemente *humano*. Desvía la mirada, pero me da tiempo a apreciar la profunda tristeza en sus ojos.

—¿Me harías un favor? —Me trago el nudo que tengo en la garganta. No me da miedo realizar el ritual, pero sí fracasar de nuevo—. ¿Podrías contarle a mi abuela..., la jefa de la tribu aatiri..., lo que ha ocurrido? Dile que necesito ayuda.

—Ya lo sabe, Arrah —dice Koré, y me vuelve a mirar a los ojos—. Me llamó después de su primera visión de la serpiente de ojos verdes durante el Festival de la Luna de Sangre.

Cuando la abuela mencionó a una vieja amiga, ni se me pasó por la cabeza que se pudiese estar refiriendo a una orisha. Los orishas no son los dioses de las tierras tribales, pero, para bien o para mal, siguen siendo dioses. Una vez más, me quedo de piedra.

—Los *edam* te ayudarán, pero su tiempo todavía no ha llegado —añade Koré, que vuelve a hablar con acertijos—. Tienes que hacer todo lo que puedas para retrasar a tu madre hasta que estén preparados para actuar.

—No lo entiendo —murmuro, pero Koré ya ha desaparecido entre la multitud. La abuela puede ver a través del tiempo y el espacio. ¿Habrá descubierto el momento adecuado para atacar? Pienso en todas las veces que leyó los huesos y me ocultó su significado. Siempre contestaba a mis preguntas diciendo: «Todavía no ha llegado el momento de decírtelo». ¿Sabía la abuela que iba a pasar todo esto y aun así decidió no advertírmelo? Sin embargo, si lo sabía, pero no era capaz de detener a Arti, ¿para qué habría servido decírmelo? Me siento algo menos frustrada. No entiendo por qué lo hizo, pero confío en la abuela y me alivia que los *edam* y ella tengan un plan.

Cuando vuelvo a conectar con el final de la caravana a las afueras del pueblo, nadie parece haber reparado en mi ausencia. El sudor me baña el cuerpo a causa del calor abrasador y la falta de brisa. La caravana levanta tanto polvo que ni siquiera el chal que llevo me protege de él. Durante horas, avanzamos en un silencio que solo rompen los rebuznos quejumbrosos de los burros.

Al oeste, en la lejanía, montañas carmesíes se recortan contra el horizonte. A nuestra espalda, una neblina densa rodea Kefu formando una esfera casi perfecta que vuelve invisible la ciudad. No se parece a la niebla verde que se posa sobre Tamar tras un chaparrón. La neblina envuelve Kefu como una serpiente enroscada alrededor de su presa. Algo me dice que siempre está presente, de día y de noche, independientemente del tiempo que haga. ¿Es la manifestación de los demonios congregados? No sabemos mucho de los demonios, como pretendían los orishas, y ahora entiendo el motivo. Los orishas nunca exterminaron la raza demoníaca; solo atraparon sus *kas*. Y por lo visto, algunos, como Shezmu, siguen sueltos en el mundo de los espíritus y todavía son peligrosos.

Los porteadores se detienen a recobrar el aliento y Oshhe sale de la litera para estirar las piernas. Arti se asoma por un lateral y le susurra algo. Roza con los labios la oreja de mi padre y me encojo. Antes, ver estas demostraciones de afecto tan poco habituales entre mis padres me emocionaba. Era cuando anhelaba la atención de mi madre y habría estado dispuesta a hacer cualquier cosa para ganarme su favor. Ahora se me revuelve el estómago solo con mirarla. Alguien debería sacarla a rastras de la litera y patearle el culo. En cuanto nos establezcamos en nuestra nueva casa, hallaré el modo de realizar este ritual y romper el asqueroso lazo que nos une.

Quiero creer que el orgullo de mi padre le permite plantar cara a Arti a través de pequeños gestos. A veces tiene un tic en los ojos o en las manos. A veces permanece tan inmóvil que le toco el brazo para asegurarme de que está bien. A veces se pasea inquieto. Cuando Arti vuelve a recostarse en la litera, mi padre les dice a los porteadores que estamos listos para reemprender la marcha. Oshhe se acerca a Nezi, le coge la bolsa extra que carga y, en lugar de volver a la litera, camina al mismo paso que ella, que le da un golpecito amistoso con el codo. A primera vista, todo parece normal.

No se oyen campanadas que señalen el paso del tiempo, y el ojo de Re'Mec ocupa el mismo lugar en el cielo. Llevamos caminando al menos tres o cuatro horas, y cuanto más avanzamos, más lentamente se mueve la caravana. El desierto que comienza en los confines de Kefu se extiende hasta donde llega la vista. La arena es inacabable, y el calor vibrante imposibilita calcular a qué distancia nos encontramos de las montañas del oeste.

Terra camina junto a su burro y ralentiza el paso hasta que llego a su altura. Estamos lo bastante retrasadas respecto al resto como para poder hablar sin que nos oigan.

—Este lugar parece maldito. —Se toca el colgante de Kiva que lleva al cuello.

Tiene razón. En las tierras tribales abunda el toque suave de la magia, pero aquí la magia es pesada. Te cala en los huesos. Se me ocurre algo y me detengo en seco. ¿Ha encontrado Arti la manera de manipular la magia orisha que mantiene atrapados a los demonios?

Terra se protege los ojos con la mano y mira al cielo.

—Mi familia cruzó desiertos y tierras salvajes, y navegó a través del mar. Nunca había visto el sol inmóvil.

—No es el sol —puntualizo, y por fin entiendo la advertencia de Koré—. Aquí el tiempo no transcurre con normalidad.

Para demostrar lo que digo, cuando miramos hacia atrás el cielo de mediodía se oscurece por completo. Ocurre en tan solo unos instantes. Debería ser imposible, pero, en Kefu, el tiempo pasa a su ritmo. Aunque llevamos horas viajando, el pueblo parece seguir a un corto paseo de distancia. Pensaría que el calor me está jugando una mala pasada, pero el olor a agua fresca y pescado sigue flotando en el ambiente.

—Por favor, dime que tú también lo estás viendo. —Terra está inmóvil, totalmente rígida—. Dime que no me he vuelto loca.

Delante de nosotras, donde la caravana continúa trotando, sigue siendo mediodía, y nadie más ve el cielo roto.

Le apoyo una mano en el hombro. No puedo decir nada para consolarla.

—Yo también lo veo.

Terra masculla una plegaria desesperada.

—Que los dioses nos ayuden.

Cuando era pequeña, mi padre y yo rezábamos juntos antes de acostarme. «Protégeme, Heka. Escóndeme. Mantenme a salvo». Él decía que Heka favorecía a quienes le rezaban. Ahora que he visto a Heka, he escuchado sus palabras en mi cabeza y le he visto dar la espalda a las tribus, sé que no es cierto. Cualquier plegaria que se asome a mis labios es un puro hábito y carece de auténtico sentido.

Koré tampoco dijo nada que indicase que otros orishas estén haciendo algo para ayudar. El orisha del sol Re'Mec, con sus plumas de avestruz, cuernos de carnero y ojos de fuego. Essi, el dios del cielo. Nana, que da forma al mundo. Mouran, el rugido del mar. Sisi, el aliento del fuego. Yookulu, tejedor de estaciones. Kiva, el protector. Oma, orisha de los sueños. Kekiyé, la sombra de la gratitud. Ugeniou, el cosechador. Fayouma, la madre. Fram, el equilibrio.

Los imagino con la forma de sus estatuas, pero estas no deben ser más que una de sus múltiples manifestaciones. Koré ya se me ha aparecido adoptando dos formas distintas, ninguna de las cuales era exactamente como su estatua. Espero que estén haciendo algo para ayudar a los *edam*, porque cada momento que pasa, dudo más de mí misma.

Cuando llegamos a la hacienda cubierta de arena que será nuestro hogar a partir de ahora, tengo los pies llenos de ampollas. Terra tiene el rostro escarlata por el sol. Los demás no tienen mejor aspecto. Aquí también hay magia, y en cuanto estamos entre los muros de granito que rodean la casa, el tiempo cambia y nos encontramos a última hora de la tarde. Terra ahoga una exclamación y Nezi le susurra algo a Ty. Aprieto los labios. No pienso darle a mi madre la satisfacción de verme reaccionar.

En la hacienda hay patos que nadan entre lirios en un estanque donde florecen flores de loto. La luz de la luna ilumina palmeras y sicomoros que lucen más sanos de lo que debería estar ningún árbol en mitad del desierto. El jardín está repleto de parterres de azucenas, margaritas y rosas, y el canto de pájaros rompe el silencio.

Arti sale de la litera y nos detenemos en seco, incapaces de creer lo que estamos viendo. Terra aprieta las riendas de su burro tan fuerte que los nudillos se le ponen blancos. Nezi y Ty desvían la mirada. Yo me llevo una mano al estómago y se me escapa una exclamación de sorpresa. Si no lo habían comprendido aún, ahora ya lo entienden. No hay vuelta atrás. No hay un camino de regreso a la normalidad, o a lo que considerábamos normal en nuestras vidas. Mi padre no reacciona al cambio que ha experimentado Arti, y en cuanto a los porteadores, o bien no se han dado cuenta, o bien no les importa.

El mensaje de Koré me atormenta. «Tienes que hacer todo lo que puedas para retrasar a tu madre». Se repite en mi cabeza como una armonía desacompasada, y la garganta se me llena de bilis. En otras circunstancias, me reiría de lo irónico de la situación, pero ni siquiera puedo respirar mientras miro el vientre de mi madre. Es tres veces más grande que cuando salimos de Tamar. Crece a una velocidad de vértigo. El bebé nacerá pronto.

TERCERA PARTE

Sabe a tormenta de fuego y cenizas,
a nuevos comienzos y finales.
Es el monstruo que acecha en la oscuridad,
la salvadora que guarda la luz.
Duerme en un pozo de víboras y fuego,
y se despierta en un torbellino de furia.
—Canción de la Sin Nombre

VEINTICUATRO

Los burros cocean el suelo y se alejan de mi madre. Nos mira a todos con la frente empapada en sudor. Da un paso y le flaquean las piernas. El corazón me da un vuelco y la maldición se debilita de nuevo. Mi padre, Ty y Nezi corren a ayudarla.

Terra me mira con los ojos como platos y las riendas enrolladas con fuerza alrededor de su mano. Abre la boca para decir algo y niego con la cabeza. Ahora me doy cuenta de que, como yo, no tenía ni idea de lo que estaba ocurriendo en nuestro hogar.

—Necesito descansar —gime Arti, que sigue encorvada—. El bebé se mueve.

Oshhe y Ty la acompañan por el patio y los jardines hasta la entrada en forma de arco de la casa. Nezi se queda atrás para dar indicaciones a los trabajadores que descargan los burros. Meto la caja de pergaminos en una bolsa y me la cuelgo al hombro. No puedo correr el riesgo de que alguien los encuentre.

Los obreros tardan horas en trasladar nuestras posesiones al interior de la casa. Igual que antes el día se ha alargado mucho más de la cuenta, la noche es interminable. Una oscuridad perpetua ennegrece el cielo, y todas las luces de la hacienda cobran vida por sí solas. La magia es sencilla, pero aquí no confío en ella. Me quedo con Terra en la cocina, para que ninguna de las dos estemos solas en ningún momento, aunque no podremos estar siempre juntas más allá de esta noche.

—¿Cómo...? —deja la pregunta en el aire.

Aprovechando que las ataduras de la maldición han perdido fuerza, podría contarle toda la verdad sobre Arti, pero no quiero arrastrar a Terra a lo más hondo de los problemas de mi familia. Además, aunque ella no sea consciente de ello, sigue existiendo la posibilidad de que esté bajo la influencia de mi madre.

Dos de los obreros pasan junto a la cocina cargando una caja grande por el pasillo.

—Ty te aprecia. —Me muerdo la carne de la mejilla—. Pídele que convenza a mi madre de que te libere de tu contrato. Dile que te puede la añoranza, que echas de menos a tu familia, lo que sea.

Terra se abraza el estómago.

—Desde el destierro, he estado pensando en algunas cosas...

—Si Arti no te libera del contrato, haz tu trabajo, sé discreta y pasa desapercibida —la interrumpo—. Y en cuanto se te presente la oportunidad, corre y no mires atrás.

Las lágrimas le atraviesan el polvo que le cubre las mejillas tras la caminata por el desierto y se me parte el corazón al verla.

—Tengo miedo, Arrah.

Le agarro el hombro y recuerdo todas las veces que la vi ajetreada por mi dormitorio por las mañanas, y cómo se sentaba en mi cama para explicarme los últimos cotilleos o las noticias más recientes de su familia. No se merece verse atrapada en este lugar abandonado por los dioses.

—Yo también tengo miedo —admito, justo cuando Ty entra en la cocina.

Terra y yo damos un respingo, y Ty arquea las cejas para preguntar qué ocurre. La respuesta debería ser obvia.

—Voy a descansar. —Le lanzo una mirada a Terra que espero que sepa interpretar. *Hazte invisible—*. Vosotras también deberíais descansar. Tenemos tiempo de sobra para deshacer el equipaje.

O puede que no tengamos tiempo, no importa en este lugar en el que el tiempo es tan caprichoso.

Desgraciadamente, mi nueva habitación está en el mismo pasillo que la de mis padres, en la segunda planta. Subo la escalera con las piernas temblorosas y siento que me arden los pies después de caminar todo el día. En cuanto entro al dormitorio, las vasijas de aceite que hay sobre una mesa se encienden solas. Me siento observada por ojos ávidos, ojos demoníacos, como un instante antes de que Shezmu poseyera a mi padre, aunque esta vez la sensación es más intensa. Me cuesta respirar sabiendo que aquí también hay demonios que quedan fuera del alcance de mi percepción. Intento ignorar el pánico que se apodera de mi cuerpo, pero es imposible.

En nuestra antigua casa tenía una cortina gruesa que rodeaba la cama, uno de los muchos toques mulani que decoraban nuestro hogar, pero aquí no hay cortinas. Tampoco hay bailarines que salten y se retuerzan al ritmo de canciones desconocidas por la pared del pasillo, ni un salón con una mesa baja y cojines de colores para sentarse. No hay un patio repleto de plantas medicinales para el taller de mi padre, ni la posibilidad de escaparme para reunirme con Rudjek junto al río de la Serpiente. No puedo visitar a Essnai en la tienda de ropa de su madre, ni soportar las interminables burlas de Sukar, y también se han acabado los intercambios de pullas entre Majka y Kira.

La casa es austera y fría, y está llena de sillas negras de respaldo alto, bastas columnas de piedra y techos abovedados. No se parece en nada a nuestro hogar.

Me lavo y me meto en la cama con la caja de pergaminos y huesos. Me inquieta abrirla aquí, pero estoy desesperada y dudo que haya un rincón donde pueda disfrutar de más privacidad en toda la casa. Las manos me tiemblan mientras saco los dos pergaminos y esparzo los huesos por la cama. Los rituales están escritos en aatiri, y tardo un instante en recuperar el ritmo del idioma. El primer pergamino contiene instrucciones para romper ataduras y maldiciones. El segundo sirve para invocar a los antepasados y pedirles ayuda.

Mientras releo el primer pergamino, esta vez con más cuidado, la magia demoníaca me baña como un manantial de agua fresca. No puedo perder el control como ocurrió en el barco. No puedo permitir que me desvíe de lo que estoy haciendo. Otra vez no. Sería muy fácil rendirme a ella, ceder y dejar que se fusionase con mi alma. Es lo que quiere. No se conforma con la maldición de Arti, lo quiere todo. Cierro los ojos y me hundo un poco más en ella. Es difícil resistirse a la tentación. La magia parece una parte de mí misma que no sabía que me faltaba hasta ahora. Quiero dejarme ir, abrazar la promesa de que siempre me protegerá. No. No puedo caer en esta trampa.

Aquí, en Kefu, la magia es más poderosa. Redobla sus esfuerzos y tira con más fuerza de mí. El eco de mis latidos me retumba en los oídos mientras lucho para no perder la concentración. Trata de evitar que... que haga algo, y me frota los labios de un modo que me recuerda al beso que casi le di a Rudjek en los jardines.

Veinte dioses. Ojalá estuviese aquí conmigo. Al menos se le ocurriría alguna tontería para aplacar mis preocupaciones. Haría un chiste bobo o se jactaría de lo bueno que es en la arena. Lo echo tanto de menos que me duele. Echo de menos sus ojos de color medianoche y cómo chispean cuando me mira. El vello de su piel, una piel que podría recorrer infinitas veces, y su fragancia dulce de lilas y humo de leña. Inspiro y casi puedo olerlo, como la noche en la que casi nos besamos.

Sin previo aviso, la magia enmudece y despierto del recuerdo de repente. La niebla que me enturbia la mente se disipa. ¿Es así de fácil? ¿Basta con concentrarme lo suficiente en otra cosa para mantener a raya a la magia demoníaca? Pensando en Rudjek, retomo la lectura del papiro, decidida a aprenderme de memoria el ritual para romper mi maldición.

Debería escribirle, pero soy incapaz de hacerlo después de que Arti me dijese que morirá en el Bosque Oscuro. ¿Y si creo que estoy escribiendo un mensaje, pero la magia demoníaca escribe algo distinto? Podría hacer que le pida a Rudjek que vaya allí. No puedo correr ese riesgo.

Estudio el pergamino hasta bien entrada la noche. Aunque está escrito en aatiri, hay elementos del ritual que me recuerdan a las otras tribus. A juzgar por lo ocurrido tras el último ritual, necesitaré unos días para recuperarme después de completarlo, pero vale la pena. El hechizo promete liberar mi cuerpo de la magia demoníaca y repeler cualquier nuevo intento de maldecirme.

Mañana volveré a intercambiar años de vida por el poder necesario para romper la maldición de mi madre.

Mañana estaré más cerca de la muerte.

Los elementos principales del ritual son cabello de Arti y un objeto que ella valore. A la mañana siguiente, mientras ella toma un baño y mi padre está en la planta de abajo, entro a su dormitorio a escondidas con la intención de arrastrarme por el suelo en busca de algún pelo suelto, pero en el cepillo hay cabellos de sobra. Mi madre se ha vuelto descuidada o demasiado presuntuosa. Los brujos se queman el pelo para que nadie lo pueda usar para hacer magia contra ellos. En el fondo de un cajón lleno de baratijas encuentro el anillo que un día la identificó como sacerdotisa *ka* del Reino. Se ha tomado la molestia de envolverlo en seda escarlata de primera calidad, así que todavía debe significar algo para ella.

La maldición es mucho menos restrictiva desde que pisamos Kefu. Cuanto más avanza el embarazo de Arti, más libre me siento, pero estoy segura de que no durará mucho. Meto sus objetos en una bolsa de lona, junto con el resto de cosas necesarias para el ritual, y entierro los huesos de antepasados para el segundo ritual en los jardines. Antes de que tenga tiempo de dirigirme al desierto, Terra viene a mi encuentro cerca de la portería vacía.

—¿Te escapas?

Terra mira mi bolsa con los ojos muy abiertos por la sorpresa. La verdad es que me lo he planteado, pero Koré me dio una misión sencilla: retrasar a mi madre hasta que los *edam* estén listos para actuar. Si no puedo detenerla, es lo mínimo que puedo hacer.

—No. —Giro la cabeza y miro la casa—. Tengo que… hacer una cosa. Volveré.

Terra se masajea los muslos con la punta de los dedos.

—¿Y si alguien pregunta por ti?

—Diles la verdad. —Me aprieto la bolsa contra el costado—. Has visto que me iba y nada más.

—Ten cuidado. —Acaricia el colgante de Kiva—. Y será mejor que vuelvas.

Sonrío.

—Lo haré.

En cuanto pierdo de vista la casa, un atajacaminos aparece en el cielo. Sus vastas alas negras proyectan sombras en la arena, y me detengo en seco. Algo situado más al sur llama su atención y suspiro aliviada.

Camino hasta que el peso de la bolsa se me hace insoportable y me instalo en mitad del desierto. El ojo de Re'Mec brilla tanto que casi me ciega. Construyo un círculo de huesos de animales y me siento en el centro con las piernas cruzadas. Sostengo la muñeca de paja que hice anoche tras leer el pergamino. Está tan retorcida y rota por dentro como yo. Con una pluma de pollo, cubro la muñeca con escrituras hechas con mi sangre que nos mencionan a mi madre y a mí. La noche inacabable me ofreció la cobertura perfecta para reunir todo lo que necesitaba para el ritual.

Cuando la sangre se seca, envuelvo la muñeca con tela de lino y la dejo a un lado. Con pulso firme, machaco las hierbas en el mortero mientras recuerdo los días ociosos en los que ayudaba a mi padre en el taller, las historias que me contaba mientras trabajábamos, y las ocasiones en las que comíamos tantos dulces de leche que nos acababa doliendo el estómago.

Oigo los graznidos del atajacaminos en la distancia mientras el paso del sol por el cielo deja un rastro de calima. Me seco la frente y el corte que me he hecho en la palma me escuece por el sudor. Afortunadamente, esta medicina de sangre no necesita reposar. Bebo la mezcla y me arde en la garganta. Sabe a jengibre, menta, azúcar y azufre, y me hierve en el estómago.

Me mojo los dedos con el resto del líquido y lo esparzo sobre los huesos que tengo delante. Otro sorbo y salpico los huesos de mi izquierda. El sol me abrasa la espalda y me quema la piel, tan intenso como el calor que me corre por las venas. Repito la secuencia dos veces más: una para los huesos que tengo a mi espalda, y otra para los de mi derecha. El cuerpo me palpita como un dolor de muelas y se me nubla la vista.

El pulso me vibra en los oídos y los graznidos del atajacaminos suenan cada vez más cercanos. Coloco la muñeca en el cuenco vacío y los restos de la medicina le manchan el vestido marrón. Inspiro entrecortadamente y la empapo en aceite de palma. Arde sin necesidad de chispa alguna y las llamas adquieren un intenso tono verdoso cuando añado el anillo y el pelo de mi madre.

—No juegues con cosas que no entiendes, charlatana —se burla una voz áspera.

Me sobresalto y miro a mi alrededor, pero no hay nadie. Al principio, pienso que la voz está dentro de mí, pero viaja a través del viento rígido del desierto. Debe de ser uno de los demonios atrapados en Kefu, que todavía conserva la fuerza necesaria para comunicarse sin necesidad de un cuerpo. Así fue como el Rey Demonio logró contactar con mi madre.

Ignoro la voz y me concentro en el cuenco. Dejo que las llamas me tranquilicen. Un zumbido grave se instala en mis oídos como un enjambre de abejas. Tengo el cuerpo empapado en sudor y el zumbido se intensifica y me vibra en la garganta.

—Pesa una gran maldición sobre ella —dice otra voz, que suena vieja y estridente.

—Huele a muerte —musita la voz ronca.

—Marchaos, demonios —replico.

—Vamos a destriparla para comprobar si también está rellena de paja —se mofa la voz vieja.

Quieren que fracase. Puedo oler sus intenciones taimadas. Si pudieran detenerme, ya lo habrían hecho. No pienso perder el tiempo con ellos.

—Doy mi vida para romper la maldición y liberar mi *ka* —recito.

—¿Seguro que quieres hacerlo? —pregunta la voz vieja—. Es un mal negocio.

—Yo puedo ofrecerte un trato mejor —dice la voz ronca, que adopta un tono amenazante—. Mejor que regalar años de vida.

No debería prestarles atención, pero si hay otro modo...

—Te escucho.

—Este lugar es muy antiguo —replica la voz ronca—. Necesita sangre fresca.

—La gente ya no comercia con sus almas como antes —añade la voz vieja—, pero con esa carita tan bonita podrías convencerlos.

Escupo, asqueada.

—¿Queréis que le pida a alguien que intercambie su alma por baratijas?

Nunca haría algo tan ruin. Ya tengo bastantes cosas de las que avergonzarme.

—Doy mi vida para romper la maldición y...

—Valora nuestra oferta, chica —me espeta la voz ronca—. No seas tonta.

—No tiene sentido intentar negociar con una aatiri —protesta la voz vieja—. Son sacrificados a más no poder.

—... liberar mi *ka*.

Las últimas palabras brotan de mis labios.

Un tinte púrpura empaña el cielo y las nubes se separan y desvelan un túnel negro que se alarga hacia mí. El corazón me retumba. Duele.

—La has armado buena, charlatana —se burla la voz vieja—. Es demasiado tarde para cambiar de opinión.

Estoy paralizada con la cabeza inclinada hacia el cielo. Un grito se me hiela en la garganta. Parece que alguien me esté arrancando los dientes de uno en uno. Quiero detenerlo, pero la lengua no me obedece. El túnel devorará mi cuerpo y mi alma. No quedará nada.

—No flaquees, pequeña sacerdotisa. —Koré aparece ante mí como una neblina brillante con una flecha tensada en el arco.

El apelativo hace que los ojos se me llenen de lágrimas. Así es como me llama mi padre. Echo de menos oírlo de sus labios.

Echo de menos su sonrisa y sus carcajadas, y beber té de menta con él. Echo de menos los momentos de paz que pasamos en su taller, seleccionando y secando hierbas. De no haber estado tan obsesionada con obtener magia, habría valorado más esos instantes. Ahora renunciaría a toda la magia del mundo para poder recuperar esos momentos.

El pájaro desciende en picado por el túnel negro, apuntándome con sus espolones afilados.

Koré suelta la flecha, que atraviesa al atajacaminos.

—Esta noche me haré un estofado delicioso.

—La orisha no tiene cabida en este lugar —protesta la voz vieja con una indignación patente.

—Te llevará por mal camino —me advierte la voz ronca.

—¿Por qué sois tan mezquinos todos los demonios? —Koré escupe en la arena—. ¿No veis que la chica está ocupada? No la molestéis.

El túnel negro se me acerca más, profundo, infinito y frío. Su boca alargada se extiende como un pozo de alquitrán. Cuando por fin me toca la frente, introduce fuego y hielo dentro de mí. Antes de que me devore, oigo la última palabra que me dice Koré: «Respira». Respiro, pero mi pecho no se mueve. Estoy vacía y llena a la vez. El *ka* me pesa como diez rocas, y brilla con un fulgor plateado que rivaliza con la luz de Heka. Mientras su luz es clara como cristales finos, la mía es opaca y chispeante.

Me pesan los ojos, la lengua, el cuello y la espalda. La bestia me absorbe la vida como un bebé la leche de su madre. Mi mente se transforma en un abismo sin fondo. El tiempo pasa volando y se detiene a la vez. Cuando vuelvo a abrir los ojos, con el rostro medio hundido en la arena, no hay ni rastro de Koré ni del atajacaminos, ni nada que indique que jamás han estado aquí.

Estoy a punto de perder la conciencia cuando la voz vieja se ríe de mí:

—Hemos intentado avisarte.

Los espejismos de los demonios cobran corporeidad en el calor del desierto, con alas enormes formadas por sombras. Me tumbo en la arena tanto tiempo que el cielo se nubla y se llena de atajacaminos que vuelan en círculo. Se cruzan en un vuelo frenético y hacen llover plumas. Las voces me confirman lo que ya sé.

—El bebé ya llega —presume la vieja.

El demonio de la voz ronca se ríe, y el sonido es tan enfermizo y terrible que se me hiela la sangre.

—Te hará pagar por esto, charlatana.

VEINTICINCO

Rudjek me saca del desierto en brazos. Me acurruco contra el calor de su piel, sabiendo que estoy segura. El reflejo de la luz del sol en los ángulos de sus facciones lo hace todavía más atractivo. Observo sus encantadores ojos oscuros, su mandíbula bien cincelada y su nariz alargada y respingona. Incluso admiro sus cejas como orugas. Intento reírme, pero solo logro gruñir. Me duelen todos los huesos del cuerpo.

Ha venido a buscarme como prometió.

Rudjek me acaricia la mejilla, y su mano tiene el tacto de la piedra pulida, fresca y reconfortante al contacto con mi piel caliente.

—Arrah… —pronuncia mi nombre con ese timbre grave suyo y siento escalofríos—. Te recuperarás.

Lo dice con una mezcla de ensoñación y nostalgia que me llena de añoranza y remordimiento. ¿Cuánto tiempo he pasado deseándolo y disimulando lo que sentía? Hemos perdido demasiado tiempo, y nos queda muy poco porque la vida se me escapa.

Me instalo en un lugar oscuro y me sumerjo en un pesado letargo. No me acompaña ningún sueño, solo el silencio y un frío que se convierte en parte de mí y yo en parte de él. Me relaja como una de las historias de mi padre y sus caramelos de dulce de leche. Aquí nunca tengo hambre. No me asaltan preocupaciones. No estoy muerta, pero tampoco viva. Estoy protegida. Este lugar tiene algo que me resulta familiar, como si ya hubiese estado aquí. No. Como si siempre hubiese estado aquí. Pertenezco a este sitio.

Rudjek y yo nos sentamos en nuestro rincón secreto junto al río de la Serpiente. Viste una sencilla túnica gris y pantalones en lugar de su elegante elara habitual. Es más alto de lo que recordaba, y también más fornido. ¿Cuánto tiempo he perdido en Kefu?

No. Sigo aquí. Esto no es más que un sueño, y nada de esto es real. Rudjek no me ha rescatado tras el ritual porque no le he enviado ningún mensaje. El Rudjek del sueño lanza el sedal al río mientras Majka y Kira duermen bajo un árbol cercano.

—Es tu sueño —me recuerda Rudjek, riendo—. Si quieres, puedes despertarlos.

—Prefiero no hacerlo —masculo, y Majka suelta un ronquido espantoso—. Se pelean como dos gallinas viejas.

—Son gallinas viejas. —Niega con la cabeza, mirándolos—. Solo que no lo saben.

—¿Por qué estamos aquí? —pregunto.

El río de la Serpiente es caudaloso y bravo, y estamos a cierta distancia corriente arriba de los muelles. Estamos lo bastante lejos para no oír el ruido del puerto y también lejos de nuestras responsabilidades. Nuestro rincón secreto está cerca de un meandro del río demasiado estrecho incluso para una balsa de juncos.

—Me estoy escondiendo de los escribas. —Agacha la cabeza, fingiendo que uno de ellos anda cerca—. De todos modos, soy demasiado listo para ellos.

—¿Demasiado listo? —pregunto en tono burlón—. ¿Y eso quién lo dice?

Arquea una ceja, adopta su tono fanfarrón y me derrito por dentro.

—Todos los escribas a los que alguna vez he sobornado con una moneda de plata para que me dejasen saltarme la clase. Un día seré visir, independientemente de lo que haya estudiado, y puedes apostar a que lo haré mejor que el cretino de mi padre.

—Si el visir te oye hablar así, te despellejará. —Reprimo una risita—. Aunque no puedo discutirte esa última parte. Sin duda, serás mejor que él.

Rudjek me guiña un ojo.

—Ahora te toca a ti responder. ¿Qué haces *tú* aquí?

Me encojo de hombros y una brisa cálida llega desde el río y agita el aroma mentolado de la hierba. Quiere una respuesta sincera, no una historia inventada para ajustarla al sueño.

—Me muero.

Arruga la frente, intrigado.

—¿De verdad?

—Ya no lo sé. —Frunzo el ceño—. Pensaba que sí.

Me mira con los labios separados. En su mirada veo ansia, deseo y desesperación.

—A mí me pareces muy viva.

El calor que me corre por las venas disipa todo rastro de duda. Sigo viva.

Los colores que me rodean cambian. El río se vuelve de un azul más oscuro, y la hierba de un verde más intenso. El amarillo de mi vestido ahora es más brillante, y la túnica de Rudjek es de un gris tan reluciente como el granito tornasolado.

Me paso los dedos por el pecho, buscando la serpiente. Noto la piel tersa e intacta. La cicatriz ha desaparecido. El ritual ha funcionado.

—Eres libre, Arrah. —Rudjek me sonríe—. Puedes huir.

Trago saliva con dificultad y el miedo se infiltra en mi mente.

—No sin mi padre.

Oshhe se sienta en la hierba bajo el árbol, en el mismo lugar que Majka y Kira ocupaban hace unos instantes, con un montón de caramelos de dulce de leche en el regazo.

—Cuando llegue el momento adecuado, lo sabrás.

Me alivia que mi padre esté aquí. Sus palabras contienen la promesa de que, un día, recuperaremos las tardes ociosas en los jardines. Un día, las cosas volverán a la normalidad, él retomará el trabajo en el taller y yo iré a ayudarle.

No puedo seguir escondiéndome en este sueño. Debo encontrar el camino para salir de la oscuridad. El sueño chisporrotea y gruñe, y me empuja hacia una nueva ilusión, tratando de apresarme en este lugar. Estoy en el desierto, siguiendo un desfile de atajacaminos muertos. Sus alas rotas y huesos quebrados fluyen como un río hacia las verjas de la hacienda.

La magia me recubre de un residuo aceitoso que se me pega a la carne. He deseado poseer magia toda la vida, pero en cuanto pude saborearla, quise desprenderme de ella tan pronto como fuera posible. La ironía de la situación me retuerce el estómago. En una ocasión, la abuela me dijo que nuestro mayor poder no radica en la magia, sino en nuestros corazones. Pensaba que intentaba consolarme, pero lo cierto es que ella comprendía la importancia de ser consciente de la propia fuerza. Con magia o sin ella, mi poder se encuentra en mi cerebro, en mis decisiones e incluso en mis errores.

En cuanto doy dos pasos por el jardín, oscurece. Me obligo a seguir caminando. Pasada la verja, sigue siendo mediodía. Más allá de la verja se encuentra el lugar de los sueños. Este sitio es otra cosa. Es una manifestación de la cárcel en la que los orishas aprisionaron a los demonios. Mi inconsciente se aferra al lugar, atrapado entre la vida y la muerte.

Sigo avanzando con pasos laboriosos. No veo la casa, solo una oscuridad interminable que me ciega. Siento una fuerza sobre la piel que intenta evitar que vuelva a casa. La oscuridad pretende mantener mi *ka* aquí, perdido como una hoja al viento.

La oscuridad también es distinta. Se manifiesta como una enorme multitud que se arremolina a mi alrededor como un nido de serpientes inquietas. Se trata de hombres, mujeres y niños cubiertos de ceniza blanca como los miembros de la tribu litho.

Chillan, agitados, y el ruido me araña la mente. Me tapo las orejas, pero no sirve para nada. Gritan dentro de mi cabeza. Estoy en este lugar, y este lugar está en mí.

La hacienda es mi cuerpo. La piedra marrón, la forma asimétrica y la entrada arqueada son partes de mí.

Aprieto los dientes y avanzo entre la muchedumbre. Docenas de manos tratan de agarrarme y manchan todo lo que tocan con cenizas candentes. Los latidos acelerados de mi corazón resuenan en la oscuridad, pero no pierdo la concentración. En este sitio, mi mente es todo cuanto tengo.

Reparto empujones y golpes.

Me cogen los hombros y los brazos.

—No te vayas —susurran.

Doy codazos y esquivo las manos.

Me cierran el paso.

—Quédate con nosotros —suplican.

Una mujer con trenzas recogidas sobre la cabeza como una corona me hace gestos desde la puerta que da acceso a la hacienda. No es la abuela; es mucho más alta y no tan esbelta. Arti es más baja y voluptuosa, como todas las mujeres de la tribu mulani. Tampoco se trata de Terra, Essnai o Kira. La mujer es mi guía. Es el cordón umbilical que me une a los vivos. Es mi camino de vuelta a mi cuerpo.

No permitiré que mi historia acabe aquí.

Cuando por fin consigo dejar atrás a la tribu, tengo la frente empapada en sudor, y en el momento que estoy cara a cara con ella, tan cerca que las sombras despejan la silueta de la mujer, me doy cuenta de que es yo. Yo soy ella.

Aunque es joven, parece agotada y abatida, y tiene la piel cetrina. Pese a todo, sonríe. Una sonrisa cansada. Una sonrisa cálida. Me libero de las últimas manos que me sujetan y estiro los brazos hacia ella. Cuando nos tocamos, inspira bruscamente.

Ahora ocupo su lugar, y miro a las personas en la oscuridad, con las mejillas enjutas y los hombros caídos. Me miran fijamente con ojos tristes que brillan con la marca de los demonios. Abren los brazos para invitarme a regresar con ellos, y su súplica colectiva suena a cántico en un viento inerte. Koré me dijo que los demonios de este lugar te quitan pedazos del alma, pero estos demonios son distintos de los depravados que se burlaron de mí en el desierto. Casi los compadezco, hasta que me recuerdo el motivo por el que los orishas los atraparon aquí.

—No tendréis mi alma —les digo a los demonios—. Eso os lo puedo prometer.

Al despertar del lugar de los sueños y las pesadillas, veo a Arti junto a mi cama. Amamanta a un bebé y da un respingo al ver que me muevo. El bebé debe tener seis meses o más. El ritual solo debería haberme incapacitado durante unos días, pero aquí el tiempo no tiene sentido y es difícil saber cuánto ha pasado.

Arti está demacrada y tiene unas grandes ojeras. Suspira y la tensión desaparece de sus hombros. Es evidente que verme viva es un alivio para ella.

—No dejo de subestimarte, hija mía —dice, y aprieta los labios—. No lo volveré a hacer.

Tengo la boca demasiado seca y la lengua demasiado cansada para responder, y soy incapaz de apartar la mirada del bebé. La niña tiene la piel de color miel de nuestra madre y unos rizos morenos desaliñados, y en sus ojos verdes brilla una ambición insaciable que también rivaliza con la de nuestra madre. Balbucea. Parlotea como un bebé normal. Si no hubiese sido testigo de los actos que propiciaron su existencia, diría que es como cualquier otra niña de seis meses y la cogería en brazos, feliz por tener una hermana pequeña.

«Efiya, Efiya, Efiya». Los demonios invisibles que abarrotan la habitación corean su nombre.

Sigo débil. Necesitaré tiempo para recobrar las fuerzas.

Pero cuando lo haga, mataré a mi hermana.

VEINTISÉIS

Los berridos lastimeros de Efiya se cuelan en mi dormitorio mientras Arti camina de un lado a otro por el pasillo para calmarla. Lleva todo el día igual, y no hay paseo ni abrazo capaz de apaciguarla. No sé qué le pasa, pero agradezco que mantenga ocupada a nuestra madre. Incluso los demonios de las paredes enmudecen ante la desesperación del bebé. Que yo sepa, Arti no ha hecho nada salvo atender a todos los caprichos de Efiya. Su plan para liberar el *ka* del Rey Demonio está aplazado ahora mismo, y pretendo asegurarme de que siga así.

La cabeza me palpita y quiero escapar a los jardines para pensar. Sin embargo, aunque ya han pasado días desde que me desperté tras el ritual, sigo demasiado cansada para levantarme de la cama. Me esfuerzo por mover las piernas de nuevo y siento intensos espasmos en la columna. Me dejo caer sobre los cojines. Al otro lado de la ventana, el cielo está nublado y se avecina una tormenta. En Tamar, el cielo tiene este aspecto durante Osesé, cuando los vientos fríos envuelven la ciudad y la lluvia desborda el río de la Serpiente. Abandonamos el Reino en pleno Ooruni, lo cual significa que me he perdido toda la estación que separa a ambas. Koré me advirtió sobre Kefu, pero nada podría haberme preparado para *esto*.

Una vez más, pienso en la abuela y los otros *edam*. No sé si para el resto del mundo ha pasado un día o todo un año, pero me pregunto por qué no han venido aún. Con lo rápido que crece Efiya, Koré no puede pretender que retrase mucho a Arti. De todos modos, tampoco he podido distraer a mi madre porque está muy ocupada con... *mi hermana*.

Al anochecer, Ty entra en mi habitación con una bandeja, y reprimo el impulso de arrugar la nariz. Espero que no sea otro caldo templado o agua tibia. Tras ella, veo el pasillo, donde Arti mece a Efiya contra su pecho y le acaricia el cabello rizado. Un pinchazo de melancolía me recorre todo el cuerpo y me muerdo la lengua. Ty sonríe. Ha estado de buen humor desde el ritual. Tener un nuevo bebé en la casa la ha animado.

—Hola, Ty —la saludo, devolviéndole la sonrisa.

A pesar de todo lo que ha ocurrido, me alegra que esté bien. Me incorporo y apoyo la espalda en la cabecera de la cama antes de oír uno de sus resoplidos de desaprobación. Al menos ahora lo puedo hacer sola. Fue peor los primeros días después del ritual, cuando Ty y Terra me tenían que ayudar y darme de comer porque era incapaz de moverme. Ninguna de ellas se quejó en ningún momento, y eso también se lo agradezco.

Ty deja la bandeja en la mesa que hay junto a la cama y un olor delicioso me inunda la nariz. Cacahuetes, tomates asados y jengibre. Me recuerda a nuestro hogar, al Mercado Oriental, y a *Rudjek*. Otro pinchazo. Esta vez se trata de una nostalgia distinta, un dolor que me parte el corazón. Se enfadará porque no le he escrito, pero cuando me marche de este lugar abandonado por los dioses se lo explicaré todo.

El estómago me ruge y la sonrisa de Ty se ensancha. Me ha traído dos cuencos de sopa y pan de semillas para compartir. Comemos en silencio un rato y los berridos de Efiya templan el ambiente. La sopa es lo más delicioso que he comido en días.

—¿Por qué llora todo el tiempo? —le pregunto a Ty, que levanta la vista del cuenco.

Ty se señala la boca y, al ver que no la entiendo, se da unos golpecitos en un diente.

—¿Le están saliendo los dientes?

Hago una mueca. Aunque tengo la prueba justo delante, nunca pensé que Efiya seguiría las etapas habituales de la infancia. Koré me advirtió que el tiempo en Kefu es caprichoso, pero Arti y Efiya deben estarlo manipulando de algún modo.

Ty asiente, se saca una pluma y un papel del bolsillo del delantal y escribe un mensaje. «Me recuerda a ti. Eras un bebé muy revoltoso».

—No me compares con esa *cosa*. —Dejo caer la cuchara en el cuenco de porcelana y el estrépito resuena entre ambas—. No se parece a mí en nada. Apenas es humana.

Ty niega con la cabeza y se guarda la nota en el bolsillo. Acabamos de cenar en silencio y, una vez que se ha ido, paso la noche recitando mentalmente los dos rituales. Cuando desperté y miré debajo de la cama, la caja de los pergaminos había desaparecido. Debería haberlos escondido, pero no importa. Tuve la precaución de enterrar los huesos de antepasados antes de adentrarme en el desierto. Todavía tengo que romper la maldición de mi padre. Si lo logro, él me ayudará a retrasar a Arti hasta la llegada de los *edam*.

Me duermo repitiendo mentalmente los rituales con los llantos de Efiya de fondo. En las horas del crepúsculo, una presencia repentina me despierta bruscamente. Alguien se acurruca contra mi espalda y me hunde la cara entre el pelo. El contacto es tan reconfortante que estoy a punto de volverme a dormir.

Me doy la vuelta, gimo a causa del dolor que me desgarra los músculos, y se me corta la respiración. Una niña me observa con unos ojos de color verde claro llenos de curiosidad. Tiene el pelo áspero y muy desaliñado. *Efiya*. Ha vuelto a crecer, y ahora es una niña de seis o siete años.

—Ya te había visto. —Efiya se pone de rodillas y después se levanta. Brinca por la cama dando saltos cada vez más altos con los puños cerrados—. Estabas en un lugar en el que se suponía que no debías estar.

Debe referirse a la visión, cuando viajó al pasado, hace mucho, la primera vez que vendí mis años de vida. La magia que ahora posee es todavía más poderosa que la de entonces.

—Tú... —La palabra me raspa la garganta dolorida.

Efiya parpadea, se agacha y me toca el cuello.

—¿Mejor así?

El dolor desaparece y me deja un regusto de sangre en la boca.

—¿Cuánto tiempo ha pasado?

—¿Tiempo? —Se lleva las manos a las caderas—. Aquí el tiempo no importa, boba.

—Estás creciendo mucho —observo con el ceño fruncido—. Pero yo no.

—Porque yo quiero crecer —explica Efiya—. Madre no permite que los demás y tú sucumbáis a los caprichos del tiempo.

—Entonces, ¿tienes *seis años* de verdad? —pregunto, titubeante.

—¡Siete! —Sonríe—. Desde que te he despertado, ha pasado un año para mí, aunque para ti solo ha sido un instante.

Me cuesta creerlo, pero es verdad. Es un poco más alta y tiene las mejillas algo menos redondeadas. El cambio se ha producido en un abrir y cerrar de ojos.

Intento incorporarme, pero mi cuerpo no coopera. Al principio, nunca lo hace. Necesito un tiempo para que la rigidez abandone mis huesos.

—No sé nada de ti. —Me señala la frente—. No puedo ver dentro de tu cabeza, como hago con los demás. Sé lo que dicen y lo que callan, pero tú... tú eres distinta. ¿Por qué?

—Ve a preguntárselo a Arti —le espeto—, y déjame en paz.

—Madre no lo sabe —replica Efiya—. Puedo ver todo lo que hay en su mente.

—¿Es importante? —pregunto con hostilidad.

—Todavía no lo sé. —Frunce el ceño—. ¿Quieres ir a jugar a los jardines?

—¿Te parece que ahora mismo puedo jugar?

La miro fijamente. Esta misma noche todavía era un bebé en los brazos de Arti y ahora es una niña pequeña. Una niña con la curiosidad infinita de cualquier otra niña, los ojos brillantes como luciérnagas y una sonrisa tan... tan pura que me cuesta relacionarla con el espantoso ritual del Templo, el ritual en el que la crearon. Es una niña, pero ¿hasta cuándo?

Si sigue creciendo a este ritmo, no podré hacer nada para detenerla. De momento, no ha hecho daño a nadie. Quiero creer que la visión de Heka se equivocaba, que hay otro camino, otra posibilidad, pero no soy una ingenua.

—¡Puedo curarte! —Vuelve a saltar por la cama, emocionada—. Sé hacerlo.

Cada salto que da hace que su magia choque contra mi columna y me provoca una oleada de dolor.

—Para —gimo—. ¡Por favor!

La puerta del dormitorio se abre y Arti entra a toda prisa. Agarra a Efiya por la espalda y la niña patalea y chilla en señal de protesta.

—¡La estaba curando! —grita—. Deja que la cure.

—¡Basta! —exclama Arti en un tono severo, y Efiya interrumpe el berrinche de inmediato.

Arti la deja en el suelo.

—Te dije que no usases tu magia con ella. ¿Por qué me has desobedecido?

—Necesitaba que la curasen. —Efiya se enrolla furiosamente el cordel de los pantalones en el dedo—. Solo quería ayudarla.

La magia de Arti crepita en la habitación. Le lanza una mirada tan amenazante que Efiya no mueve ni un dedo.

—No me vuelvas a desobedecer, ¿lo has entendido?

—Sí, madre —responde con el labio inferior tembloroso.

—Buena chica. —Arti le da unos golpecitos afectuosos en el hombro y Efiya reacciona dedicándole una sonrisa tímida—. Tenemos trabajo por hacer.

—¡Llévatela de mi cuarto! —consigo graznar, y las lágrimas ocultan la ira que me domina.

He fracasado otra vez. Siempre fracaso. No puedo soportar ver a ninguna de las dos.

Arti me observa con una ceja arqueada y me sostiene la mirada un instante más de la cuenta. Parece a punto de decir algo, pero apoya una mano en la espalda de Efiya y la hace salir de la habitación.

Estoy tan enfurecida que me tiembla todo el cuerpo. No puedo quedarme aquí tumbada sin hacer nada. No puedo seguir esperando que los *edam* me salven y detengan a mi madre y a Efiya. Aprieto los dientes y desplazo las piernas hacia el borde de la cama. Un leve dolor me recorre la espalda, pero por primera vez desde que rompí el maleficio de mi madre, es soportable. Doy un paso, me tambaleo y me apoyo en la pared. Lo sigo intentando, una y otra vez, hasta que el sudor me empapa la frente. Lo sigo intentando mientras en Kefu la noche deja paso al día y vuelve a anochecer en cuestión de segundos. En ese lapso, puedo volver a caminar con naturalidad. Lo cierto es que la magia de Efiya me ha ayudado, pero no sé por qué se ha molestado en sanarme.

Contemplo el reflejo de mi rostro enjuto en el espejo. Tengo ojeras y arrugas que antes no estaban ahí, la piel cenicienta y costras en el puente de la nariz, donde sanan quemaduras provocadas por el sol. Llevo los brazos repletos de moratones y, a juzgar por los dolores que padezco, también deben cubrir el resto de mi cuerpo. Parezco uno de los charlatanes del mercado. *Soy una charlatana.* ¿Cuánto me costará repetir el ritual para liberar a mi padre? ¿Cuánto tiempo tardaré en quedarme sin nada con lo que pagar?

Abro la puerta del cuarto y salgo al pasillo. Los demonios de las paredes parecen contener la respiración. Agradezco que no me hablen como los dos del desierto. Tengo que obligarme a no pensar en la magia demoníaca, en que, sin ella, me siento como si alguien me hubiese robado un órgano vital y ahora sobreviviese gracias a un fantasma, un recuerdo o un sueño. A pesar de todo, me alivia que el ritual funcionase. He recuperado el pleno control de mis actos ahora que la maldición ya no anida en mi pecho y me impone su voluntad.

Oigo las voces cantarinas de Arti y Efiya en la habitación del otro lado del pasillo. Es el cuarto de Efiya. Me acerco a la puerta para espiar la conversación. Espero escuchar a Arti diciéndole a Efiya lo orgullosa que está de ella, y que es la hija que siempre había soñado, o bien lo talentosa o lo hermosa que es, pero su conversación no gira alrededor de un tema tan inocente.

—Está en un lugar muy oscuro —dice Efiya, y le tiembla la vocecilla infantil—. Muy oscuro.

—Describe lo que ves —la presiona Arti—. ¿Qué más hay alrededor de la caja?

Tras un largo silencio, Efiya responde:

—Yo… solo veo oscuridad.

—Tienes que esforzarte más —gruñe Arti con una desesperación casi palpable.

—Hago todo lo que puedo, madre —gimotea Efiya—. Me vuelve a doler la cabeza.

—Otra vez —ordena Arti, sin atender a las quejas de Efiya—. Cierra los ojos y busca su *ka*. Deja que tu mente vaya más allá de tu cuerpo, de la hacienda y de este mundo. Busca en todos los resquicios, en todos los espacios, sigue las líneas que lo conectan todo en nuestro universo. Encuentra dónde la han escondido los orishas.

—Veo demasiadas líneas, demasiadas posibilidades y demasiados futuros. —Efiya parece a punto de echarse a llorar, y no puedo evitar sentir lástima por ella. Sé lo que se siente cuando decepcionas a nuestra madre—. No puedo seguirlas todas. *Son infinitas…* ¿Puedo parar? Estoy cansada.

Es la hija que mi madre siempre deseó, pero Arti no la trata mejor que a mí. Ella es todo lo que yo nunca podré llegar a ser. Debería alegrarme que mi madre también se sienta decepcionada por ella, pero no me alegra.

Arti respira hondo.

—Descansaremos de momento, pero debes practicar por tu cuenta.

—¿Puedo volver a ver a Arrah? —pregunta la niña.

La petición me sorprende con la guardia baja, y a Arti le debe ocurrir lo mismo, porque guarda un largo silencio antes de responder:

—Si quieres ver a tu hermana, debes esforzarte más en encontrar el *ka* del Rey Demonio.

—Sí, madre —responde Efiya en un tono meloso como el dulce de leche—. Lo haré, te lo prometo.

Efiya es en parte demonio, pero también tiene una parte humana. Si me toma cariño, tal vez pueda sacar provecho de ese detalle. Solo es una niña con mucho por descubrir. Arti la necesita para liberar al Rey Demonio, eso está claro, pero al juego de mi madre podemos jugar las dos. El objetivo de una partida de perros y chacales es ser más listo que tu rival, y ahora tengo una estrategia propia. He comprobado que mi hermana es capaz de mostrar empatía a pesar de todo lo que ha hecho mi madre para convertirla en su peón. Los niños son inocentes, y estoy decidida a asegurarme de que Efiya siga siéndolo.

VEINTISIETE

El eco de las pisadas de Arti al volver a su cuarto tras las clases con Efiya resuena más allá de la puerta de mi habitación. Salgo al pasillo sin perder ni un instante y oigo susurros ahogados en el dormitorio de Efiya. Como habla tan bajo que no la escucho, entro sin llamar, como hizo ella cuando se coló en mi habitación.

Efiya está de pie sobre la cama, de cara a la pared. No hay velas ni jarras de aceite encendidas en el cuarto, pero una luz iridiscente ilumina el espacio. El mobiliario es austero. Aparte de la cama, hay un tocador con un espejo de cuerpo entero y un diván. También hay juguetes por todas partes: muñecas, pelotas y bloques de construcción.

Doy un paso más hacia ella y el suelo gime bajo mis pies. Efiya no se percata de mi presencia y le susurra algo a la pared de detrás de la cama. Pienso que está jugando sola hasta que mis ojos se adaptan a la luz tenue. Cientos de rostros con los ojos huecos y bocas de alquitrán se asoman a través de la pared profiriendo gritos mudos. Unos zarcillos retorcidos rodean la cama y serpentean hacia mí. Retrocedo a trompicones y casi pierdo el equilibrio.

—¡No, a ella no os la podéis llevar! —grita Efiya a la pared—. Es mi hermana.

Soy incapaz de decir una palabra, y no me fío de mis piernas. Me quedo quieta, agarrándome el estómago. La oscuridad es un eco de todos los *kas* de demonios atrapados en Kefu, que no pueden ascender ni descansar, congregados en una cárcel creada por los orishas.

Efiya se da media vuelta a la par que esboza una sonrisa conspiradora.

—Arrah. —En sus labios, mi nombre suena a canción de cuna dulce y amenazadora—. ¡Has venido a jugar!

Ha sido un error. Es demasiado tarde. Me alejo de ella, pero tropiezo con mi propio pie. Efiya frunce el ceño y vuelve a centrar su atención en la pared.

—¡Marchaos! Estáis asustando a mi hermana.

«Mi hermana». Lo dice con tanto orgullo que me recuerda a Kofi y a lo mucho que lo echo de menos. Cuando era pequeña, siempre quise tener una hermana, alguien con quien intercambiar secretos, alguien que entendiese lo duro que es crecer sin magia en una familia con tanto talento para ella. Efiya nunca podrá reemplazar a Kofi, ni ser la hermana que soñé, pero, ahora mismo, es cuanto tengo.

Le basta con dar la orden una sola vez en su aguda voz infantil y los demonios se vuelven a fundir con la pared sin dejar rastro alguno de su presencia. Su control sobre los demonios es absoluto, a diferencia de cuando Arti tuvo que hacer un trato con Shezmu. No olvidaré ese detalle.

—Venía… Venía a preguntarte si quieres ir mañana a jugar a los jardines. —Las palabras se me escapan atropelladamente de los labios y me noto la garganta seca—. *Conmigo*.

—¿Jugaremos al escondite? —pregunta Efiya, entusiasmada—. Terra me ha enseñado cómo se juega.

Me acerco un dedo a los labios.

—Baja la voz, no queremos despertar a Arti.

—¡No es divertida! —susurra Efiya con las manos ahuecadas alrededor de la boca.

Lo que voy a intentar es una locura, pero Efiya todavía es una niña. Espero que mi madre no le haya envenenado aún la mente. Desde que rompí la maldición de Arti, la magia ya no se agita en mi pecho esperando el momento de arrebatarme la libertad. Por primera vez en lo que me ha parecido una eternidad, soy libre de decir lo que me plazca.

—No puedes ayudar a Arti a liberar el *ka* del Rey Demonio.

—Yo solo quiero jugar, pero a ella no le gusta —gimotea Efiya.

—Eres una niña —digo con el pulso acelerado—. Deberías jugar todo el día.

Efiya frunce los labios.

—Pero el Rey Demonio necesita que lo cure como a ti.

Me encojo, preguntándome qué le debe haber contado Arti.

—Si curas al Rey Demonio, no podremos jugar.

Efiya cruza los brazos.

—¡Pero has dicho que los niños tienen que jugar!

—Es verdad. —Me obligo a acercarme un poco más a ella—. Pero si liberas al Rey Demonio, nadie podrá jugar nunca más.

Los ojos se le llenan de lágrimas y solloza. Intento no compadecerla, pero es imposible. En parte, no es más que una niña pequeña, inocente e impresionable. Sin embargo, también es la hija de Shezmu, nacida de la muerte de otros. Al final, la niña pequeña gana la batalla. Abro los brazos y ella baja de la cama y me abraza la cintura. Efiya me pregunta si puede dormir en mi cuarto y, aunque no será algo permanente ni habitual en ningún caso, accedo. Se acurruca pegada a mi costado y parece que hayamos dormido así toda la vida. Me quedo dormida con la pequeña en mis brazos.

La mañana tarda en llegar, pero, cuando lo hace, me despierto emocionada ante la perspectiva de pasar tiempo en los jardines. No había descansado tan bien desde la visión de la abuela, cuando dieron comienzo los problemas. Efiya no está. Intuyo que ha vuelto a su cuarto, pero tampoco está allí. Ahora que me puedo volver a mover con comodidad, desciendo a la planta baja. Paso por el salón, donde Arti, Oshhe y Ty desayunan sentados en sillas con el respaldo alto. Nezi patrulla la garita de la portería y Terra está en los jardines. Está a la sombra de un árbol, de cara al tronco, contando hasta diez.

—¿Dónde está Efiya? —pregunto.

Anoche, mientras ella dormía entre mis brazos, me convencí de que, si no le quito los ojos de encima, no se meterá en problemas.

Terra se sobresalta y suspira aliviada al ver que soy yo.

—Escondida en los jardines.

Se limpia las manos en el vestido verde mientras Efiya se asoma desde detrás de un árbol. Reprimo un exabrupto. Mi hermana ha vuelto a crecer. Ahora parece una niña de diez años, con las piernas espigadas y el pelo todavía más alborotado.

—Tengo un juego nuevo. —Efiya corre por la hierba, descalza—. Tengo un juego nuevo.

Antes de que pueda preguntar a qué juego se refiere, Terra me toca el hombro y señala hacia la verja que separa la hacienda del desierto. Dos docenas de rostros polvorientos nos miran a través de los barrotes de hierro forjado. Nezi sale de la garita de la portería y trata de echarlos, hasta que empiezan a corear el nombre de mi hermana. Entonces Nezi sonríe.

—Efiya...

El aire se me atasca en los pulmones y siento que me ahogo.

Esto es culpa mía. Mis fantasías atolondradas han llevado a mi hermana a buscar a estos niños. No había mostrado interés en jugar con otros niños hasta que le di la idea. Hasta entonces, centraba en mí toda su atención. Mi cuerpo roto y mi mente impenetrable la fascinaban, pero se ha aburrido, como les ocurre a los niños con todos los juguetes, y ahora ha convertido a todos los niños de Kefu en *ndzumbi*.

—Efiya —repito, esta vez alzando la voz—. ¿Qué hacen estos niños aquí?

—¡Han venido a jugar con nosotras, so boba!

Me sonríe y da saltitos de alegría.

Terra está totalmente helada y parece a punto de desmayarse de la impresión.

—No los necesitamos para jugar. —Hago un gesto de desdén e intento sonar impasible, pero no lo consigo—. Deja que vuelvan a casa.

—¡Ya están aquí!

Efiya corre al patio para recibirlos. Un gato sarnoso de color rojo anaranjado que ha venido con los niños se frota en los tobillos de Efiya, que se ríe y se agacha para abrazarlo. El gato intenta escabullirse, pero la niña lo atrapa y vuelve a los jardines seguida de cerca por los niños. Mi hermana posee demasiado poder, demasiada magia, y no tiene a nadie que le enseñe lo que está bien y lo que está mal. No puede saber que lo que hace está mal. Me muerdo la carne de la mejilla y espero ser capaz de encargarme de enseñárselo.

Los niños juegan todo el día y acaban exhaustos. Cuando le explico a Efiya que tienen que comer, beber y descansar para estar bien, frunce el ceño y se sienta bajo un árbol. Los otros niños también se sientan. Si el calor del mediodía me está matando, ellos deben sentirse igual de mal, pero no protestan. Miran a Efiya como si fuera una diosa y beben cada palabra que pronuncia.

Terra corre a buscar comida y bebida a la cocina y yo me siento en la hierba. Tengo que convencer a mi hermana de que envíe a los niños a casa cuando acaben de comer, pero no consigo tomar la palabra porque Efiya plantea una batería interminable de preguntas a los niños acerca de sus vidas. Aunque puede leerles la mente, parece encantada de escucharlos contar sus historias. Terra y Ty vuelven pronto con bandejas de fruta cortada en rodajas, pasta de almendras, pan y jarras de agua. Ty ahoga una exclamación al ver las miradas vacías de los niños. A diferencia de Nezi, ella no reacciona con una sonrisa al juego perverso de mi hermana. Ahora se da cuenta de la realidad. La avisé, pero no me hizo caso.

Ty se retira de vuelta a la casa y Terra se sienta a mi lado. El frondoso follaje del sicomoro proyecta sobre nosotros una sombra que agradecemos de corazón, y muy por encima de nuestras cabezas cuelgan racimos de higos carnosos. El gato callejero atraviesa el nutrido grupo de niños y me golpea la mano con la cola. Se ha pasado la mayor parte de la mañana durmiendo bajo un árbol, y ahora acecha a un pájaro que picotea el suelo cerca del estanque de los patos.

Efiya nos hace jugar a un juego en el que finge ser la Todopoderosa del Reino. Su magia se me adhiere más a la piel que el sudor.

—Muchacho —dice Efiya arrastrando las palabras—. ¿Qué puedes ofrecer para entretenerme?

No me gusta el brillo que veo en sus ojos ni su repentino cambio de humor. Ha fijado su atención en el niño que tiene a sus pies. El crío está arrodillado con las manos en los muslos y la mira con adoración. Arti es la bruja más poderosa de todas las tierras, e incluso ella tiene que realizar rituales para someter a otras personas a su voluntad. Efiya no lo necesita. Ella *es* magia.

—Lo que sea, Todopoderosa —responde el niño—. ¿Qué os complacería más?

—*Todopoderosa.* —La palabra me sabe tan amarga como una medicina de sangre—. ¿No deberíais decirnos quién formará parte de vuestra corte? ¿Quién será vuestro visir? ¿Y vuestra sacerdotisa *ka*? ¿Y los videntes? ¿Y los eruditos?

Sigo parloteando para llamar su atención, pero solo me dedica una sonrisa cómplice que me hace un nudo en el estómago.

Sus ojos han perdido todo rastro de inocencia infantil. Ha desaparecido por completo la inocencia de la niña pequeña que se acurrucó a mi lado en la cama. Ahora brillan con avidez, la marca de su sangre demoníaca. Me mira antes de dar la siguiente orden al niño:

—Córtate el pulgar.

El niño coge un cuchillo de una de las bandejas sin pensárselo dos veces.

—¡No! —Le quito el cuchillo de la mano—. Efiya, los niños no juegan así.

—¿Por qué no? —protesta—. Jugarán como yo quiera.

—¡Déjanos jugar! —corean los niños al unísono—. ¡Déjanos jugar!

Ojalá pudiera hacerlos entrar en razón. No puedo rendirme.

—No todo el mundo es como tú —digo con una serenidad fingida—. Nuestros cuerpos son frágiles, y cosas que a ti no te harán ningún daño podrían causarnos lesiones graves o incluso la muerte. ¿Entiendes qué es la muerte? Una persona se va y nunca vuelve. No querrás hacer daño a tus amigos, ¿verdad?

—La muerte no funciona así, tontorrona. —Efiya arranca un puñado de briznas de hierba y las deja caer entre los dedos de una en una—. ¿Quieres que te lo demuestre?

Una intensa punzada de dolor me agarrota el estómago.

—No lo hagas, Efiya.

—¿Por qué no? —pregunta—. ¿No quieres jugar conmigo?

—Una buena reina no hace daño a su corte —gimo.

—¿Buena? —Reflexiona sobre la palabra, jugueteando con ella—. Bueeeena.

Ahora comprendo de veras que mi hermana no tiene noción alguna del bien y el mal. La crueldad y el odio la trajeron al mundo.

El dolor del estómago me atraviesa como la hoja de un cuchillo tobachi y me doblego.

—Por favor, Efiya.

—¡No! —Golpea el suelo con el puño—. Ya he escuchado bastante; quiero jugar.

Su magia envía una segunda oleada de dolor que me recorre todo el cuerpo, y me retuerzo sobre la hierba, incapaz de moverme. No se parece a la maldición de Arti, que buscaba hacerse con el control de mi cuerpo. Esto es distinto, algo que solo parará si así lo decide Efiya. El chico me arrebata el cuchillo mientras los otros niños me miran fijamente con ojos inexpresivos. Terra se tapa la boca y solloza.

Suplico, chillo y lloro, pero mi hermana ni siquiera me mira. El niño se acuclilla, separa los dedos sobre el suelo y hace lo que le ha pedido Efiya, sonriendo tras las lágrimas que le resbalan por las mejillas. Hundo la cara en la hierba para no ver la peor parte. Efiya le podría ahorrar el dolor, pero no es lo que quiere. Quiere que sufra.

Veo fugazmente a Arti. Está asomada al balcón de la primera planta y mira hacia los jardines. Desde aquí no distingo su expresión, pero se agarra con fuerza a la barandilla. Efiya pide a otro niño que le haga un regalo y Arti se convierte en una neblina blanca, la misma forma que adoptó para secuestrar niños en el mercado de Tamar. Me retuerzo, impaciente por levantarme. Quiero hacer algo para detener a Efiya, lo que sea, pero con este dolor, soy inútil. La neblina, Arti, desciende del balcón al jardín como una furiosa nube de tormenta.

Arti recobra su forma física y se planta frente a Efiya con las manos en las caderas. Sus ojos son malévolos y están enrojecidos por la ira.

—Se me ha acabado la paciencia. —Enseña los dientes a los niños—. No tenemos tiempo para estos jueguecitos estúpidos. Tenemos mucho por hacer.

El niño recoge el pulgar amputado con las manos temblorosas.

—¿Esto os complace, Todopoderosa?

—¡Quiero jugar! —grita Efiya, ignorando la pregunta—. Arrah dice que los niños deben jugar.

—Cúrale la mano —ordena Arti en tono amenazador—. *Ahora.*

Efiya cruza los brazos.

—No me puedes obligar.

Empieza el espectáculo.

La magia de Arti recorre todo mi cuerpo, suave como el aleteo de un ave, y mitiga el dolor. Se me relajan los músculos y me pongo de lado, jadeando. El sudor me humedece un corte en el labio y hace que me escueza. No me atrevo a moverme mientras madre e hija se fulminan con la mirada. Arti alarga el brazo hacia el chico y, de pronto, chilla y se lleva una mano al estómago. La mano se le ennegrece y se le vuelve dura como la madera carbonizada.

—¡He dicho que no! —ruge Efiya, y una bandada de pájaros huye del árbol más cercano.

Ha permitido que Arti me aliviase el dolor, aunque también lo habría podido evitar. Le importo y, para bien o para mal, a mí también me importa ella. No puedo sacarme de la cabeza que cabe la posibilidad, por minúscula que sea, de que Efiya pueda ayudarme a invertir esta situación.

—Me decepcionas enormemente.

Arti flexiona los dedos para hacer caer las cenizas y su mano vuelve a la normalidad.

A Efiya se le llenan los ojos de lágrimas y, a pesar de que va contra toda lógica, la compadezco. Si no hubiese dormido tanto después del ritual, habría podido ayudarla. Le habría podido enseñar la diferencia entre el bien y el mal, lo justo y lo malvado.

—Usas la magia para hacer ridículos truquitos de salón —le espeta Arti.

Los niños abuchean a Arti y le enseñan los dientes, pero no les presta atención.

—Tu hermana intercambió años de vida por magia para obtener lo que deseaba. Aunque deteste su estupidez, al menos posee convicción. Tú, Efiya, careces por completo de ella. No te centras y no tienes un objetivo en la vida. Tienes todo lo que a ella le falta, pero no tienes cerebro.

—Basta —intervengo—. Deja de intentar manipularla para que haga tu voluntad. Si es así, es por ti.

—¡Es culpa tuya! —Arti se gira bruscamente hacia mí y me señala—. La has envenenado y ahora es débil como tú.

A veces pienso que mi madre ya no puede ahondar más en la herida, pero siempre encuentra el modo de retorcer la hoja del puñal. Lo que me duele no es que me acuse una vez más de ser débil, sino que me acuse de influenciar a Efiya cuando he fracasado en el intento. No he conseguido desviar a mi hermana de su hoja de ruta letal, solo he logrado ser una distracción insignificante. Mis esfuerzos han sido estériles, y en el fondo sabía que estaba condenada al fracaso.

—¿Y qué pasa con tus otros amigos, Efiya? —pregunta Arti—. ¿A ellos también los dejarás salir a jugar?

El corazón me da un vuelco al recordar a los demonios de la pared de detrás de la cama de Efiya. El gato sarnoso camina hacia mi hermana y Efiya sonríe. Levanta la palma hacia el cielo y la tela del mundo se rasga como un papel roto. Una niebla gris emerge de la grieta y aterriza en su mano. Es un *ka*.

El gato no tiene tiempo de percibir el peligro antes de que el alma del demonio se le introduzca por la garganta. La imagen del gato ahogándose es insoportable, pero es aún peor verlo retorciéndose por el suelo. Cuando el gato vuelve a abrir los ojos, ya no los tiene amarillos, sino verdes. Estira las patas y arrebata el dedo seccionado de la mano del niño de un zarpazo.

Con el pulgar entre las fauces, el gato salta al regazo de Efiya, se acurruca y ronronea. Efiya le da unos golpecitos afectuosos en el lomo.

—Se llama Merka. —Efiya le da un beso en la cabeza al animal—. Quería un cuerpo humano, pero antes tendrá que ganárselo.

Arti cruza los brazos y sonríe.

—Eso está mejor.

Los niños la vitorean. Mientras Merka mordisquea el pulgar ensangrentado, mi última esperanza de que haya algo de bondad en mi hermana se desvanece.

EFIYA

*M*e he cansado de jugar a las casitas con madre y las mascotas ya no me distraen. Cuando me parece bien, le concedo a Merka, mi mascota favorita, un nuevo recipiente, el cuerpo de un hombre de Kefu. Es un pescador con las manos callosas y la piel basta como el cuero sin curtir. A Merka no le gusta nada, y expresa sus quejas cuando cree que no presto atención, pero yo siempre estoy atenta.

Oigo todos los ruidos de la casa. Oigo a Arrah sollozando en la cama, los susurros febriles de Arti a su señor, y a Oshhe gritando dentro de su cabeza, maldiciendo a Heka y los orishas. Oigo las pisadas de los ratones que corretean por los suelos de piedra y los pensamientos avariciosos de todos los demonios que me piden que los libere sobre Kefu. Prometen servirme, pero no me satisfacen. Estoy destinada a algo más grande que estos juegos pueriles.

Frente al espejo, admiro las líneas esbeltas de mis brazos y las curvas de la cintura y las caderas de mi reflejo. Mi cabello rizado e ingobernable es incluso más hermoso que el de mi madre. Tengo un rostro suave como el rocío del alba, y mis ojos son gemas con un brillo afanoso. Mi piel es de un tono dorado muy luminiscente, como la de

Arrah, y ya soy tan alta como ella. Aunque no tengo edad, aparento tener la misma que ella para que cuando me mire vea a la hija perfecta que ella jamás podrá ser.

Odio que apriete los labios y levante la cabeza con orgullo cuando me habla, y las pequeñas insolencias que se permite porque sabe que no puedo ver el interior de su mente. El espejo se desintegra en un polvo fino que dejo suspendido en el aire con solo pensarlo. Este tipo de cosas son sencillas, pero ver el interior de la mente de una chica patética no lo es. Y tampoco puedo dar con el ka *del Rey Demonio.*

Madre dice que debo aprender a canalizar la ira, y que, si no lo hago, nuestros enemigos lo usarán contra mí. Cuando habla de «nuestros enemigos», se refiere a los suyos, el Todopoderoso y el visir. El odio que siente hacia Suran Omari es puro y visceral, y tiene un sabor dulce.

Sus sentimientos hacia Jerek Sukkara son peculiares y cambiantes. Puedo ver el pasado de Arti, su romance con él, lo que le robó el sacerdote ka *y la amargura que se infectó y se transformó en un odio ciego. Puedo ver el día en el que profanaron el altar del Templo, y el odio que todavía se profesa por haber sido tan débil, aunque se deleita recordando el tacto de las manos de él sobre su piel desnuda. Veo la chispa que sigue ardiendo entre ambos, y sé que ahora ya no lo desea a él, sino todo lo que él posee. Quiere que el Rey Demonio le entregue el Reino, pero eso puedo hacerlo sola.*

Mientras hago un gesto para recomponer el espejo, decido que destruiré a Jerek. Eso liberará a mi madre de esa carga que ella llama amor. El amor es algo muy particular. Oshhe la quiere, lo veo en su mente, aunque el amor se encuentra enterrado bajo capas de odio. Estas emociones parecen tan frívolas y maleables que no estoy segura de querer experimentarlas. Sonrío ante el espejo mientras entro en el espacio que transcurre entre el tiempo, el pasillo que los orishas utilizan para viajar grandes distancias con un solo paso.

En el vacío no hay aire, pero no necesito respirar. Aquí solo están las incontables hebras que lo conectan todo como un tapiz intricado.

Estoy a la vez en mi habitación a oscuras de casa y en el borde de un precipicio en el que Tyrek, el hijo menor del Todopoderoso, está sentado contemplando el mar. Doy un paso al frente y mi sandalia pisa un terreno rocoso.

El viento me golpea la espalda y amenaza con hacerme caer por el precipicio. Sería interesante caer y romperme todos los huesos. Un día lo intentaré, pero hoy tengo trabajo que hacer. Podría matar a Jerek yo misma; podría arrancarle las baratijas de protección y hacérselas tragar, pero no sería divertido... No sería refinado. Haré que lo mate su propio hijo.

Un día yo también mataré a mi hermana y eso me entristece.

VEINTIOCHO

Efiya no está. Es complicado saber cuánto hace que se ha marchado debido a la forma en la que pasa el tiempo en Kefu. Pueden haber pasado días, o mucho más. Incluso cuando está ausente, deja una parte de sí misma en la casa. No es algo que pueda ver, pero sí puedo sentirlo, es un escalofrío que me trepa por la espalda en pleno día, o una brisa tan dulce que hace que me duela el estómago.

Me paseo por los jardines para calmar los nervios, pero no funciona. Tengo la sensación de que, en cualquier momento, asomará la carita desde detrás de un árbol. Me gustaría que las cosas fuesen distintas, pero no puedo olvidar que convirtió a niños en *ndzumbi* y liberó a un demonio de su prisión. El gato naranja sarnoso también ha desaparecido. Terra y yo lo hemos buscado por todas partes.

Paso junto a Nezi, que labra la tierra del huerto. Lleva todo el día arando sin parar. Aunque está cubierta de polvo, distingo las ronchas rojas en el dorso de sus manos. Sigo caminando. No he sido capaz de volver a hablar con ella desde que los niños vinieron a la hacienda. Ty también la ha estado evitando. Encuentro a nuestra matrona frente a la puerta de la cocina, mirando fijamente el muro que rodea los jardines. Escurre una bayeta sucia. Terra está junto al pozo, lavando ropa en un barril, y frota la tela tan enérgicamente que debe tener los dedos en carne viva. Ella tampoco habla. Ninguna de nosotras habla. Solo esperamos.

Al menos Efiya liberó a los niños. Un día, mientras corría con ellos por el jardín, dijo que ya no quería jugar más. A su orden, salieron del trance. Los más pequeños se echaron a llorar. Terra y yo los llevamos a casa y descubrimos que sus padres ni siquiera sabían que habían desaparecido a causa de la magia de Efiya.

En cuanto a los niños que procedían de las calles, los hice embarcar en una barcaza con destino a Tamar con una carta dirigida al orfanato. Tuve que contenerme para no enviar otra carta a Rudjek. Esta vez fue más difícil no escribirle. No sé cuánto tiempo llevamos en Kefu. A veces parece que hayan pasado años, y otras tengo la impresión de que apenas han pasado unas campanadas. A veces el cielo no cambia durante días. El ojo de Re'Mec se inclina como si estuviera a punto de escupir lava. Me acongoja pensar que en el resto del mundo podrían haber pasado años. Es posible que Rudjek ya sea adulto, como Essnai, Sukar, Majka y Kira. ¿Me habrán olvidado o me odiarán por no haberles escrito? En cualquier caso, después de ver los poderes de Efiya, sé que no puedo pedir a mis amigos que vengan. No podría vivir sabiendo lo que pasaría.

Y los *edam*... ¿Qué ha pasado con su plan? Algo debe haber ido mal, de lo contrario, la abuela ya estaría aquí. Oshhe está sentado con las piernas cruzadas y los ojos cerrados en el balcón de la primera planta, que rodea la casa. Aunque renunciaría con gusto a más años de vida a cambio de romper su maldición, sería demasiado arriesgado. Si caigo en un nuevo sueño profundo, Efiya podría liberar al Rey Demonio sin que yo tuviera ninguna oportunidad de detenerla. Contengo las lágrimas, que se acumulan en mi interior, fermentan y crecen como las mareas, desesperadas por abrirse paso.

Heka me mostró una montaña de cadáveres destrozados tan alta que alcanzaba el borde del cielo. Llovía sangre sobre el Reino. Los charcos se convertían en lagos, y estos en ríos bravos. No puedo permitirlo.

—Lo siento, padre. —Me llevo la mano al corazón—. Estoy rompiendo una promesa más.

Arti camina de un lado a otro por el balcón. Por la noche, vaga por el pasillo esperando el regreso de Efiya. Últimamente está más inquieta que de costumbre, así que Efiya debe haberse marchado sin decirle nada tampoco a ella. Si es cierto, ¿qué nueva perversidad ha captado la atención de mi hermana? Después de que convirtiera a los niños en *ndzumbi*, no puedo ni imaginar qué más es capaz de hacer. Me preocupa que haga algo incluso peor.

Dejo de dar vueltas y me siento con la espalda apoyada en el sicomoro más cercano al estanque, con los patos por toda compañía. Espero al momento adecuado para desenterrar los huesos de antepasados que enterré aquí antes del ritual. Es imposible saber cuántos años me robará este nuevo ritual, y tampoco hay garantías de que funcione, pero vale la pena intentarlo. Los antepasados son nuestro nexo entre los vivos y los que se elevaron, y los invocamos para que nos guíen y nos aconsejen. Antes, Oshhe hablaba con ellos a menudo a través de visiones en sueños, y la abuela leía sus huesos para ver el futuro. Yo usaré sus huesos de otro modo. Los usaré para invocar a mis antepasados a través del tiempo para que se unan a mí si deciden responder a la llamada. Ahora solo me queda esperar a Efiya. Mi plan depende de su presencia.

Desde que se marchó, los demonios de la pared me susurran al oído por las noches, y me llaman *ndzumbi* porque he renunciado a muchos años de vida a cambio de magia. Dicen que no me queda vida suficiente para celebrar otro ritual. Dicen que ya estoy muerta, pero me da igual. No quiero morir, pero si renunciar a más años de vida me permite detener a Arti y Efiya, lo volveré a hacer.

Me convenzo de que si libera al Rey Demonio lo sabré porque ya he sentido su magia. Fue simultáneamente una fuerza que me calmaba y un fuego que ardía sin control dentro de mí; me protegía y estuvo a punto de seducirme. Su magia me dio lo único que siempre he deseado. En ese momento dejé de ser la hija charlatana de dos brujos poderosos, desesperada por obtener magia. De hecho, Arti me había concedido un don a su enfermiza manera, una magia que respondía a mis órdenes sin hacer preguntas y sin pedirme años de vida a cambio. Ahora ya no está y la echo de menos.

La presencia de Efiya me pincha la piel y se materializa de la nada justo delante de mí. Me levanto de un salto, y no puedo creer lo que veo. Mi hermana... es... Mi cerebro trata de asimilar a la chica que tengo enfrente, que ya no es una niña. Es la viva imagen de nuestra madre, pero todavía más hermosa. Es como las estatuas de los orishas del Templo, es difícil mirarla durante demasiado tiempo. Si la orisha Sin Nombre no tenía nada especial, Efiya se sitúa al otro extremo del espectro. Ahora mismo tiene mi edad.

Me vuelvo a sentar en la hierba, boquiabierta.

—Has vuelto.

—¿Me has echado de menos? —Las palabras de Efiya fluyen como una canción encantadora, y su voz es adulta.

Me abrazo las rodillas, pero no le doy la satisfacción de responderle. Sonríe al ver que cierro los puños. Sabe que temo sus caprichos porque hace poco que me dio la primera sorpresa desagradable.

—¿Te encuentras bien, Arrah? —pregunta mientras se sienta delante de mí—. Pareces un poco enferma.

Su magia me araña la mente como unas zarpas de gato rascando una piedra. Tropieza con una barrera que no es capaz de salvar, pero disimula la frustración y yo me tomo la libertad de esbozar una pequeña sonrisa. Mi mente sigue siendo solo mía. Aunque no sea nada comparable con la magia demoníaca o la de mi hermana, siempre será la única ventaja con la que cuente frente a ella. Algo que siempre será realmente *mío*.

—Estoy bastante bien —gruño.

—Eres un enigma. —Efiya toma una de mis trenzas en su mano y me desliza los dedos por el pelo—. Un día, veré el interior de tu mente y conoceré tus secretos.

Parpadeo.

—¿Por qué te molesta tanto no poder ver lo que pienso?

—Veo todo lo posible y todo lo que ocurrirá. —Efiya se enrosca la trenza alrededor del dedo—. Puedo ver a través del tiempo sin apenas esfuerzo, pero cuando me centro en ti, el futuro está en blanco. No puedo ver las consecuencias de nada que haga contra ti o de cualquier cosa que hagas. ¿A qué se debe, querida hermana?

A pesar de toda la magia que posee, carece de sentido común. La repuesta a su pregunta es obvia, ¿no? Trago saliva, pero sigo notando la garganta seca. No he sido la misma desde el primer ritual, y el segundo me mermó un poco más. He caminado por el plano situado entre la vida y la muerte. Los demonios atraparon mi alma y estuvieron a punto de integrarme en el tapiz de Kefu. Aunque he recuperado la mayor parte de las fuerzas, me sigue faltando una parte de mí.

En su futuro yo ya estoy muerta. Esa es la respuesta. Con todos los años que he intercambiado por magia, es la explicación más plausible.

—Haces preguntas que no puedo responder y me provocas dolor de cabeza.

Efiya me tira de la trenza tan fuerte que siento un dolor agudo en el cuero cabelludo. Alargo el brazo y contraataco tirándole de un rizo. Parece encantada con el intercambio de tirones y se ríe. En este momento, no es la chica de dieciséis años que aparenta ser. Todavía se maravilla de los detalles más simples porque es la primera vez que los experimenta.

Aparto la mano y me vuelvo a apretar los puños contra las piernas. No puedo olvidar quién es, qué es y todo lo que ha hecho. Hizo aparecer el *ka* de un demonio de la nada.

—¿Dónde has estado?

—Cazando —susurra Efiya, como si estuviera compartiendo conmigo su secreto más sagrado—. Hoy he matado a un orisha.

Mil pensamientos horribles me pasan por la mente.

—¿Qué? —exclamo. La cabeza me duele horrores.

Efiya frunce el ceño.

—No me quería decir dónde escondió Koré el *ka* del Rey Demonio.

Niego con la cabeza. Me tiembla todo el cuerpo.

—Tienes que parar, Efiya. ¿No te das cuenta de lo que ocurrirá si liberas al Rey Demonio? El mundo sangrará.

—Sí. —Se inclina hacia mí y le brillan los ojos—. Y también he visto lo que hay después. Es precioso, hermana.

Me seco las lágrimas mientras un hombre larguirucho de mediana edad entra en el jardín. Nezi lo acompaña. La cojera de Nezi ha desaparecido, y camina con una confianza renovada. Al principio me desconcierta y pienso que Efiya la ha sanado hasta que veo que tanto sus ojos como los del hombre son de tonos verdosos y refulgen con una chispa que no es natural. El hombre se pasa los dedos por el pelo grasiento y me guiña un ojo. Tiene el mismo cabello desaliñado que el gato naranja, pero no puedo apartar la vista de Nezi. En todos los años que hace que la conozco, nunca ha caminado erguida, y en esos ojos fríos no queda nada de ella.

—¿Nezi? —balbuceo.

La cosa que se hace pasar por nuestra portera sonríe.

—Quería morir desde que el sacerdote *ka* Ren Eké le hizo daño —explica Efiya—. Madre debería haberlo hecho hace tiempo, pero es demasiado sentimental.

Me sumo en un silencio abrumado. Se me parte el corazón por Nezi, por la Nezi *auténtica*. ¿La he visto hace apenas unos instantes o en realidad he visto al demonio? No sabía que se sentía así. Ni siquiera lo sospechaba. Quizá me lo esperaba de Ty por sus arranques, pero en ningún caso de Nezi.

—¿Te gusta mi nuevo recipiente, Arrah? —musita el pelirrojo Merka—. Es bastante ramplón, pero es mejor que el gato, ¿no crees?

—Quiero hablar contigo ahora mismo, Efiya —la llama Arti desde el balcón en tono severo.

—¡Voy enseguida, madre! —responde Efiya, sin siquiera molestarse en mirarla.

—He seguido tu consejo, hermana. —Se levanta y, a su espalda, una horda de incontables demonios cruza la verja de la hacienda. No puedo negar la evidencia. Mi hermana ha liberado a cientos de demonios que se han dado un festín con los *kas* de personas inocentes. Ha matado a un orisha sin pensarlo dos veces. Todo este tiempo he estado preocupada por el Rey Demonio, pero Heka también me advirtió sobre ella—. Estoy construyendo mi corte. No te preocupes, dejaré a Ty y a Oshhe a nuestra madre y a Terra para ti. Es justo que también tengáis juguetes.

Arquea una ceja como si esperase que le dé las gracias.

—¿Te gustan mis súbditos? —pregunta radiante—. Si quieres, te puedo hacer uno.

No respondo. Cierro el puño con fuerza en torno al mechón de pelo que le he arrancado antes mientras ella vuelve a desaparecer en el vacío.

Huesos de ancestro.
Corteza de iboga.
Menta y jengibre.
Aceite de palma.
Pelo.

Huesos de ancestro.
Corteza de iboga.
Menta y jengibre.
Aceite de palma.
Pelo.

Voy a matar a mi hermana esta noche.

VEINTINUEVE

Cuando el anochecer se instala en la hacienda, Efiya entra en el vacío y se esfuma. Se me relajan los hombros. No ha dejado ninguna parte de sí misma para vigilarnos. En su ausencia, la casa es más espaciosa y el aire más limpio. Su magia, combinada con la de Arti, me hacía sentir como si fuese a aplastarme el batir de centenares de alas.

Me apoyo en la garita de la portería mientras Merka encabeza a los demás demonios de camino a Kefu. Hay al menos doscientos, quizá más. Mi hermana no ha traído de vuelta a tantos demonios por simple diversión. Ha formado un ejército. Pretende someter al Reino. Si no logro detenerla, Rudjek, Sukar, Essnai, Majka, Kira y todo el mundo estarán en peligro.

En cuanto se han marchado los demonios, me dirijo al sicomoro del estanque con cuidado de no apresurarme demasiado por si Arti me vigila. Espero a que caiga la noche para desenterrar los huesos, pero cuando escarbo en el suelo, mis dedos no encuentran más que la capa de tierra más fresca de debajo. No están.

El sudor me corre por la frente y la espalda. ¿Los enterré debajo de otro árbol? ¿Los ha encontrado Arti? Una neblina blanca de confusión me nubla los pensamientos. ¿Dónde están? El agujero era poco profundo. No debería tardar tanto en dar con ellos.

Oshhe se aclara la garganta detrás de mí.

—Ya no escuchas mis historias, pequeña sacerdotisa.

Doy media vuelta con el corazón acelerado. Mi padre permanece inmóvil e imponente como uno de los monumentos de piedra de Tamar. Siempre ha sido delgado, pero ahora está demasiado flaco, tiene las mejillas y los hombros huesudos y las facciones angulosas. Me abruma la vergüenza y desvío la mirada. No lo doy por perdido, pero, de momento, detener a Efiya es más importante.

—Hace mucho que no me cuentas historias —le recuerdo—. Echo de menos oírlas.

Lo que omito es que, justo después de la maldición, cuando todavía contaba historias, no era lo mismo porque no lo hacía de corazón.

Mi padre ve los agujeros y frunce el ceño.

—¿Qué haces?

Aprieto los dientes y respiro hondo.

—Estoy haciendo agujeros.

Oshhe me mira fijamente y, por una vez, sus ojos parecen despiertos. La magia que lleva dentro se ha puesto en guardia. Si cree que estoy haciendo algo contra Arti intentará detenerme, pero, ahora mismo, mi madre es la menor de mis preocupaciones. Dijo que no me volvería a subestimar, pero bajo sus palabras frías ardía una chispa de orgullo. Una chispa de respeto. Por descontado, tuve que estar a punto de morir para ganarme la aprobación de mi madre.

—Quiero plantar margaritas mañana por la mañana. —Me muerdo el labio—. Como las que teníamos en casa.

Cuando digo «en casa», el rostro de mi padre se ilumina. En sus ojos veo nostalgia y una melancolía que me rompe el corazón.

—Si las regamos, deberían crecer bien. —Acaricio la tierra con la punta de los dedos, recordando otro jardín y otros tiempos—. Aunque el aire es muy seco.

Mi padre se frota la barbilla.

—Sí, yo también lo creo...

—Bajo el sicomoro sería un buen lugar para plantarlas —propongo mordiéndome la carne de la mejilla.

Una parte de él debe saber que algo (todo) anda mal, pero no es capaz de hallar sentido a lo que piensa. Desde que llegamos a Kefu, cada día está más irreconocible. Rara vez habla, y aún es más inusual que cuente alguna historia. Arti siempre está demasiado ocupada conspirando con Efiya para darse cuenta de la situación.

—Estarían mejor al lado del estanque para que les dé más el sol. Deberías saberlo, pequeña sacerdotisa.

Suspiro exageradamente.

—Tienes razón. Mañana haré más agujeros. Estoy cansada.

—Por la mañana iré al mercado y compraré dulces de leche —anuncia entusiasmado—. Trabajaremos juntos en el jardín como antes. Ha pasado mucho tiempo desde la última vez, y echo de menos pasar el rato contigo. Has crecido muy deprisa.

Sonrío y el corazón se me encoge. Nada me gustaría más que poder volver a esos tiempos.

—¿Y qué me dices de tu otra hija? ¿No crees que ha crecido todavía más deprisa?

Oshhe nunca habla con Efiya, y tampoco ha tenido oportunidad de conocerla bien a causa del modo en el que pasa el tiempo en Kefu. Ella no comparte los lazos que me unen a él. No puedo evitar pensar que, si nuestro padre hubiese sido dueño de sus actos, podría haberme ayudado a persuadirla.

—Es verdad —coincide Oshhe, sonriente—. Las dos habéis crecido muy deprisa. Mis dos pequeñas sacerdotisas.

—Ella no es una pequeña sacerdotisa. —Aprieto los dientes—. Es un maldito demonio.

—¿Quieres que te cuente una historia? —pregunta Oshhe sin prestarme atención.

—Ahora no, padre. —Me encojo—. Mañana, cuando plantemos las margaritas.

—Estupendo. —Oshhe da una palmada—. Te contaré una historia sobre uno de mis antepasados.

Sonríe, pero no remolonea mucho más. Revuelvo la tierra a los pies de tres sicomoros distintos antes de encontrar los huesos. Tengo la espalda empapada en sudor y los dedos pelados de tanto escarbar. La luz de la luna se refleja en el suelo y pienso en Koré. No la he vuelto a ver desde el día que rompí la maldición de Arti.

Tras recuperar los huesos, remojo la mitad de la corteza de iboga en té de menta y jengibre y me coloco el otro pedazo debajo de la lengua. Al principio sabe a nueces, pero pasado un rato el sabor se vuelve amargo. Para cuando la infusión está lista, tengo la boca entumecida y siento la lengua hinchada e inservible. Cuando percibo de nuevo la presencia de Efiya en la hacienda, vuelvo a mi dormitorio para iniciar las últimas etapas del ritual.

Me siento frente al espejo de mi cuarto y enrollo el pelo de Efiya alrededor de los huesos. Todos los nervios de mi cuerpo me piden que me dé prisa, pero los rituales necesitan su tiempo, incluso en este lugar en el que el tiempo no tiene sentido. Debo ser paciente. La magia de los ancestros exige respeto. Es lo mismo que respetar a los mayores. Los huesos son tan pequeños que necesito realizar varios intentos antes de hacerlo bien. Finalmente, lubrico los huesos con aceite de palma y me los ato a la mano izquierda con un trapo. Bebo el té de menta y jengibre y espero.

Soy Arrah.

Oíd mi voz, gloriosos antepasados.

Oíd mi plegaria.

Atended a mi necesidad.

Bendecidme con vuestra presencia.

El acento tamaro hace que las palabras aatiri suenen ásperas en mis labios, a pesar de que llevo mucho tiempo ensayándolas mentalmente. Ahora solo queda esperar. Pasa el tiempo y no oigo más que mis latidos acelerados y el sonido de mi respiración. La espera es tan larga que comienza a asaltarme la duda. Los demonios de las paredes susurran que no me quedan años de vida suficientes para pagar otro ritual. Cuanto más espero que la magia se manifieste, más temo que sea verdad. Repito las palabras más lentamente, alargando las sílabas. Esta vez, chispas de magia recorren las paredes y el techo. Contengo la respiración mientras la magia flota en el ambiente, pensándose si acudir a mi llamada. En lugar de iluminarme la piel, forma un círculo a mi alrededor.

Una llamarada me abrasa los músculos. Aprieto la mandíbula para no desmayarme y el dolor no tarda en remitir. Esta vez, el alivio es más rápido que en las anteriores ocasiones. Me duelen las encías, y cuando me palpo el interior de la boca con la punta de la lengua, se me cae una muela. Cojo la pieza con una mano temblorosa e intento devolverla a su lugar como una idiota. Al final, me rindo y la sostengo en la palma de la mano. Está cubierta de podredumbre negra. Mi padre me dijo que la magia toma lo que le parece de ti. Puede tomar tan solo un poco o todos los años que te quedan de vida. Por suerte, esta vez no me ha dejado impedida. Una muela es un bajo precio que pagar.

Una niebla brota de los huesos y no me deja ver, pero solo en el espejo. Mi dormitorio sigue intacto. Me duelen los ojos de mirar fijamente demasiado tiempo y parpadeo. En mi reflejo, tres mujeres aparecen detrás de mí. El corazón me late con fuerza. Aunque tenía la esperanza de que el ritual funcionase, me sorprende con la guardia baja.

Me doy la vuelta, pero no hay nadie. Las tres grandes antepasadas aatiri solo me acompañan en espíritu. Tienen los ojos en blanco y los rostros inexpresivos. Me arrodillo y me apoyo las manos abiertas en los muslos para mostrarles respeto.

No debo hablar antes que ellas, así que sigo esperando. Parpadean y sus ojos pasan de ser completamente blancos a totalmente negros. La mujer que ocupa la posición central, que me recuerda a la abuela, es la primera en hablar. Su voz es ronca y autoritaria.

—¿Quién eres para llamarnos? —pregunta.

Para que la magia funcione, debo convencerlas de que soy digna y conocer sus nombres.

—Me llamo Arrah —respondo—, y soy hija de Oshhe, quien a su vez es hijo de Mnekka, la gran jefa de los aatiri.

La mujer sonríe.

—Mnekka era mi nieta favorita.

—Y yo soy la suya. —Al menos eso espero.

La mujer asiente.

—Me llamo Nyarri.

Sigo esperando.

Las otras dos mujeres parecen decididas a hacerse de rogar.

Me muero de ganas de ser la primera en hablar, pero me muerdo la lengua.

Cierro los puños sobre mi regazo y las manos me empiezan a temblar. Por favor. Por favor. Por favor. Necesito que me confíen sus nombres y que acepten ayudarme a matar a Efiya. No puedo hacerlo sola.

—Por favor —susurro.

—Suplicar no servirá de nada —me advierte la mujer situada a la derecha de Nyarri—. No eres una auténtica aatiri, chica. Llevas sangre mulani en las venas.

—Y tampoco hablas bien nuestra lengua —añade la mujer a la izquierda de Nyarri con frialdad—. ¿Cómo osas invocarnos si ni siquiera conoces nuestras costumbres?

Aprieto los puños con tanta fuerza que me clavo las uñas en la carne.

—Es cierto que tengo sangre mulani, pero también soy de los vuestros. ¿Acaso no soy digna de vuestra ayuda por ser distinta? ¿No soy digna porque no crecí en la tribu aatiri y no hablo vuestra lengua? Juzgadme en función de quién soy, no de lo que no soy. Sigo siendo carne de vuestra carne. Responded a mi llamada, antepasadas, y escuchad mi súplica. Necesito vuestra ayuda.

—Has hablado como una auténtica aatiri. —La antepasada de la izquierda asiente, satisfecha—. Me llamo Ouula.

La antepasada de la derecha se ríe de mí y agita la mano. Actúa como si me hubiese servido de algún truco para ganarme a las otras dos. No lleva el cabello recogido en las tradicionales trenzas aatiri. Lleva los rizos sueltos y el pelo le cae en todas direcciones, como el mío cuando no me lo trenzo. Aunque me parezco a mi madre, tengo los mismos ojos hundidos que esta antepasada.

Como ella ya ha hablado, pregunto:

—¿Puedes negar que soy una de los tuyos, antepasada?

Cruza los brazos. También es tan tozuda como yo.

—Si puedes negar que soy sangre de tu sangre, os suplicaré perdón —insisto.

La mujer suaviza la expresión, aunque me sigue mirando de reojo.

—Me llamo Arra. —Suspira y pone los ojos en blanco—. Supongo que somos tocayas.

Respiro entrecortadamente. Superada esta parte, puedo explicar mi petición a las antepasadas. No les doy todos los detalles, pero lo que les digo las enfurece. Hablan entre ellas de lo típico que es que una mulani tenga tan poca visión de futuro. No me hace ninguna gracia interrumpirlas, pero les recuerdo que el tiempo apremia.

—Llévanos dentro de ti hasta la serpiente de ojos verdes y nosotras nos encargaremos del resto —dice Nyarri.

Esto tiene que funcionar. Sin la ayuda de los *edam* o de Koré, es mi mejor y última oportunidad.

—Estoy lista.

Me levanto con dificultad y las piernas me flaquean bajo el peso de mi misión.

Arra chasquea la lengua.

—Vamos, muchacha. No eres lo bastante fuerte para soportarnos demasiado tiempo.

Me separo del espejo y las tres me siguen, silenciosas e invisibles. Llegamos al salón, donde Efiya está con Merka y el demonio que ha usurpado el cuerpo y el nombre de Nezi. Mi hermana está sentada sobre un pedestal, en un trono con incrustaciones de oro y joyas. Es una réplica exacta del trono del Palacio Todopoderoso, que solo he visto en contadas ocasiones. Eso significa que Efiya debe haber viajado al Reino. El corazón me palpita con tanta fuerza que me vibran los tímpanos. Pienso de inmediato en mis amigos y, más que caminar, me tambaleo hacia mi hermana.

Merka se está quejando de algo, como de costumbre, pero Efiya ha dejado de prestarle atención. Se levanta del trono y su sonrisa se ensancha a cada paso que da hacia mí. Lo sabe. Claro que lo sabe.

—Acércanos más a ella —susurra Ouula.

Los ojos de Efiya brillan con entusiasmo mientras acorto la distancia que nos separa. Mi hermana desea este reto; lo estaba esperando. No la he engañado con mis artimañas. Es demasiado lista, demasiado astuta para caer en mi trampa. Nadie se atrevería a enfrentarse a una chica que puede recoger almas de demonios del cielo como quien recoge manzanas de un árbol. Una chica que puede moverse por el espacio que transcurre entre el tiempo para recorrer grandes distancias. Una chica capaz de convertir a niños en *ndzumbi*. Mi hermana es la encarnación de todas las historias de terror que mi padre me explicó sobre brujos malvados, solo que ella es mucho peor. Sin embargo, ya no soy una niña, y aunque su mirada malévola hace que me tiemblen las piernas, no cederé.

Efiya mira detrás de mí y su sonrisa se ensancha todavía más.

—Eres una caja de sorpresas, hermana.

Merka y Nezi se quedan sobre el pedestal. Parecen molestos porque Efiya ya no les presta atención y, como no ven a las antepasadas, prosiguen la conversación sin ella.

—¿Y bien? —Efiya arquea una ceja, expectante.

He intentado imaginar cómo sería mi hermana si no hubiese nacido en unas circunstancias tan horribles. ¿Sería cariñosa y jovial? ¿Sería valiente y serena? ¿Hasta qué punto sería distinta si no hubiese poseído la magia demoníaca y Arti no hubiese guiado todos sus pasos? Sería un bebé que yo podría sostener en brazos, y después una niña pequeña que me seguiría por el mercado. Querría ir a pescar con Rudjek y conmigo, y aunque yo protestaría, ni se me pasaría por la cabeza marcharme sin ella. Pensar en esa versión de Efiya me provoca un pinchazo de añoranza en el estómago. Añoranza por algo que jamás ocurrirá. Nunca seremos auténticas hermanas. Nunca seremos más que enemigas. Nuestra madre se ha asegurado de ello.

—Ahora, chica —me susurra Nyarri al oído—. Libéranos.

Las antepasadas abandonan mi sombra y Merka y Nezi se sobresaltan, pero Efiya no se inmuta. La fuerza de los *kas* de las antepasadas la golpea con tanto ímpetu que me proyecta hacia atrás. Me estrello contra una pared, pero me incorporo de un salto. La cabeza me da vueltas y me arde el pecho. Acometen a Efiya como una tormenta desbocada, y me mata por dentro. Una parte de mí desearía que pudieran arrancarle la magia demoníaca del alma y dejar intacta a la chica. La chica que podría ser mucho mejor. Aparecen tajos en la garganta, los brazos y el pecho de Efiya, y el viento aúlla en la habitación como una bestia salvaje. Sin embargo, los cortes sanan casi de inmediato, lo cual me obliga a despertar de mi ensoñación estéril. Mi hermana es exactamente quien debía ser y eso no va a cambiar nunca.

Efiya estalla en llamas en el momento en que otra antepasada libera su magia. El fuego arde con un fulgor blanco cegador, y la piel de mi hermana se llena de ampollas, se agrieta y se desprende en grandes pedazos de ceniza. No emite ningún sonido mientras el fuego la consume y se transforma en un ser hecho de llamas, una llama en forma de chica. Cuando recupera la forma humana, empieza a marchitarse y se arruga como el cuero que ha permanecido demasiado tiempo al sol. Eso tampoco funciona. Ninguno de los ataques que las antepasadas lanzan a Efiya sirve más que para ralentizarla por un instante.

Saco el puñal que llevo escondido bajo la manga y acometo a mi hermana. Merka se interpone en mi camino en el último momento y el cuchillo se le hunde en el corazón. Le arranco el puñal del pecho y la sangre me baña la mano temblorosa. Se tambalea hacia atrás y Efiya le agarra el hombro. La herida se cierra ante mis ojos. Merka se endereza y Nezi se sitúa al otro lado de Efiya.

Es demasiado tarde. No puedo retener por más tiempo los *kas* de las antepasadas. Se desvinculan de mí con un chasquido que me deja sin aliento. Efiya sonríe y una oleada de dolor me recorre la columna. Me desplomo de rodillas. El cuchillo se me cae de las manos y Efiya lo atrapa al vuelo.

—Dame un motivo para no matarte, querida hermana. —Me oprime la hoja contra el cuello. Los ojos le vuelven a brillar de la emoción. Para ella, esto es un juego, como cuando obligó al niño a cortarse el pulgar para regalárselo—. Si me gusta, te perdonaré la vida. Si no...

Se encoge de hombros.

Estoy acumulando saliva para escupirle en la cara cuando Arti se sitúa a mi lado y me envuelve con su magia. La expresión de nuestra madre es tan impasible como de costumbre. Puede que le pida a Efiya que lo haga, que acabe de una vez con mi existencia. No sé por qué me ha permitido vivir tanto tiempo ahora que tiene a la hija que siempre ha querido. En lugar de eso, Arti cruza los brazos y la mira severamente.

—Yo te daré el único motivo que importa.

Merka y Nezi la miran con hostilidad, pero Efiya simplemente ladea la cabeza para indicar a nuestra madre que la escucha.

—No puedes prever las consecuencias que tendría matarla. —Arti lanza un suspiro gutural y cargado de frustración—. Puede que no pase nada, o podría ser el desencadenante de que lo eches todo a perder. ¿Estás dispuesta a correr ese riesgo?

Efiya me vuelve a mirar e imprime más fuerza al puñal. Sus ojos se vuelven borrosos durante un instante fugaz. ¿Vuelve a ver el futuro? ¿Me ve? Parpadea y baja el arma.

Arti mira a Efiya con los ojos entornados y habla en un tono tan amargo como el que usa para mofarse de mí.

—Detén este juego estúpido y céntrate en el trabajo.

—¿Te volverías en mi contra por ella? —pregunta Efiya con el ceño fruncido.

—Dímelo tú, Efiya —responde Arti mirándola con una expresión de reproche—. Puedes ver mi mente.

Efiya hace pucheros como una niña malcriada y regresa al trono, seguida de cerca por Merka y Nezi. El dolor desaparece y jadeo. Arti me agarra el hombro y me ordena que vuelva a mi cuarto. No son imaginaciones mías: le tiembla la mano. Veo alivio en sus ojos fríos, y mantiene alzada la magia que me rodea como un escudo. Mi madre me acaba de salvar la vida.

TREINTA

He pasado la noche pensando en la abuela. Echo de menos el tiempo que pasábamos juntas en el Festival de la Luna de Sangre, cuando mi única preocupación era no obtener magia. Ahora me parece una auténtica frivolidad. Hice todo lo que pude para retrasar a mi madre y mi hermana hasta que los *edam* pudiesen actuar. Como fue en vano, intenté influenciar a mi hermana, y por último traté de matarla hace tres días. No puedo hacer nada más sola. Necesito ayuda. La abuela no me abandonaría, pero me he resignado a pensar que los *edam* no pueden o no quieren venir. Por eso iré yo misma a buscarlos.

Planeo escaparme esta noche. Si Efiya puede matar a un orisha y formar un ejército de demonios, no estoy segura de que los *edam* vayan a ser capaces de hacerle frente. Sin embargo, ahora mismo no puedo pensar en lo que pueda pasar. No hay otro camino. Necesito la fuerza férrea de la abuela, y si fuera de Kefu han pasado décadas y hay una nueva generación de *edam*, recurriré a ellos.

Estoy tumbada en la cama, totalmente vestida con una túnica y unos pantalones, y tengo una bolsa de provisiones escondida debajo de la sábana, a mi lado. Permanezco quieta y con los músculos en tensión. Hace horas que espero que Efiya se marche, y en cuanto lo hace, espero un poco más para asegurarme. No puedo dejar de pensar en el trono del Todopoderoso del salón y lo que eso significa. Efiya ha estado en Tamar, y no solo eso, también ha estado en el Palacio Todopoderoso. Trato de convencerme de que mis amigos están bien. Ella no tiene ningún motivo para hacerles daño, pero también me resuena en la cabeza la voz de Arti y la horrible declaración que hizo la noche que invocó a Shezmu en el Templo. La noche aciaga que trajo a Efiya al mundo.

«Perderás a muchos amigos antes de que todo esto acabe».

Siento un pinchazo de dolor que no consigo mitigar respirando hondo.

Pienso en mi madre y se me reseca la boca. Me salvó de Efiya, aunque en ningún momento dio indicio alguno de que significase algo para ella, a excepción de la mano fría y temblorosa que me apoyó en el hombro. En ese instante me ofreció algo de consuelo. ¿Siente algún remordimiento por lo que ha hecho? No lo sé y no tengo tiempo para averiguarlo. Tampoco puedo arriesgarme a que descubra mi plan.

Estoy a medio levantarme de la cama cuando un dolor insoportable me cruza la frente y me desplomo sobre la almohada. Dentro de mi cabeza, unos susurros me taladran la mente como agujas puntiagudas. Aunque el aire del cuarto arde como un brasero, siento escalofríos. Me llevo las manos a los hombros para protegerme del frío y el pánico. Los susurros no son como los de los demonios de la pared, que solo se burlan de mí. Esto es nuevo. Zumban como un enjambre de abejas enfurecidas tras perder a su reina. Me tapo los oídos y aprieto los dientes, pero el ruido me hace vibrar el cuero cabelludo. El pavor me abruma. ¿Qué espanto ha hecho mi hermana esta vez?

Poco después, los susurros se trasladan a la parte posterior de mi cabeza. No es momento de preguntarme qué significa esto. Debo marcharme antes de que vuelva Efiya. Antes de que el miedo me domine, me pongo los zapatos y cojo las provisiones. Salgo del cuarto a toda velocidad y mis pies golpetean el suelo, pero la oscuridad devora el ruido de mis pisadas. No debería ser posible, pero me alivia descubrirlo mientras bajo la escalera. Veo familiares que cruzan en todas direcciones la luz de la luna que entra por las ventanas abiertas, pero no se percatan de mi presencia.

No quiero dejar a mi padre a merced de Arti y mi hermana. Ha hecho todo lo que mi madre quería, pero después de todo este tiempo, ella todavía no ha tenido la decencia de liberarlo. No me acompañará sin ella. Se me hace un nudo en el estómago al pensar en lo que debo hacer. No hay otra alternativa. Me siento la peor hija del mundo por irme sin él, pero si consigo llegar con la abuela, ella y los demás *edam* podrán liberarlo. Tengo que creer que así será. La alternativa es insoportable.

Entro en la habitación de Terra. Ahora también es la de Ty, que se instaló en su cuarto cuando el demonio poseyó a Nezi.

—Despierta. —La voz me vibra como un zumbido grave.

Ty es la primera en despertarse y enciende el candil. La luz ilumina demasiado la habitación. De pronto, me doy cuenta de que el dormitorio no tiene ventanas que dejen pasar la luz de la luna. No debería haber sido capaz de verlas.

—Tenemos que irnos —insisto—. Tenemos que huir antes de que vuelva Efiya.

Si queremos escapar, tiene que ser ahora, mientras Efiya no está y antes de que Arti descubra lo que está pasando. Terra me mira fijamente en lugar de ponerse en marcha. Ty cruza los brazos.

—¿Ir a dónde? —pregunta Terra—. Nos encontrará.

—Conozco un lugar.

No es verdad, pero no tengo tiempo para convencerla de que me acompañe.

Ty niega con la cabeza. Sigue siendo leal a mi madre, incluso después de todo lo que ha hecho.

Terra estruja la sábana.

—No deberías estar aquí, Arrah.

—Me voy —digo, tozuda—. Podéis arriesgaros a ser libres o seguir siendo esclavas de los caprichos de Efiya. ¿Cuánto creéis que tardará en ceder también vuestros cuerpos a los demonios?

Ty se lleva la palma al corazón en un gesto de amor y vuelve a apoyar la cabeza en la almohada. Tiene los ojos vidriosos, como si la libertad fuera una chuchería infantil para la cual ella es demasiado mayor. No viene. Parpadeo para contener las lágrimas y le devuelvo el gesto. Terra se muerde el labio, se levanta de la cama y empieza a vestirse. Ty gruñe, como diciendo que Terra es tonta, pero Terra tiene una familia que la espera: un padre cuya deuda ha pagado por triplicado con creces y una madre que cuida a sus hermanos.

Terra y yo salimos de la hacienda y cruzamos la oscuridad que la rodea sin decir nada. La negrura es infinita y notamos su peso en la piel, como si fuera melaza. En su interior se agita algo que me araña la mente, pero esta vez la oscuridad no me ahoga. No sé cómo, pero veo un camino claro que la atraviesa y forma una especie de cruce. Señalo las tenues líneas blancas, pero Terra no las ve. Los demonios no tienen una forma física, pero sus mentes individuales me susurran. Aprieto los dientes e intento ignorarlos.

Te encontrará.

Te consumirá.

Ya estás muerta.

No puedes huir, pequeña charlatana.

Las voces hablan de sufrimiento, de deseo y de un anhelo intenso. Las otras voces, las que sonaban dentro de mi cabeza en mi dormitorio, hablaban todas a la vez y no podía entender lo que decían. Terra me toca el brazo. No la puedo ver porque la oscuridad es completa, pero la preocupación le palpita en la punta de los dedos. Nada de todo esto tiene sentido. No tiene sentido que pueda ver las líneas blancas, ni que distinga la forma de las almas de los demonios y la silueta de sus alas. Uno de los muchos detalles que los orishas ocultaron es que tienen alas.

—¿Estás bien? —pregunta Terra.

No estoy bien, pero, pase lo que pase, esta noche abandonaré Kefu. Más allá de la verja, los atajacaminos patrullan el desierto y chillan frenéticamente. Lo mismo que ha agitado a los demonios ha hecho lo propio con las aves. El estómago me da un vuelco al ver la espalda de Arti. Nos cierra el paso y la brisa fría le hace ondear el camisón. Terra se pone tensa a mi lado y se refugia detrás de mí, asustada. Debería haber previsto que mi madre trataría de detenernos. No pasa ningún detalle por alto.

Me enderezo un poco, cojo la mano de Terra y sigo caminando. No volveré a acobardarme ante mi madre. Veamos de qué es capaz. Si es necesario, apelaré a la parte de Arti que me salvó la vida.

—Lo echará todo a perder —dice Arti en un tono tan apocado que me sorprende—. ¿Lo he planeado todo tan cuidadosamente para esto...?

Mi madre se da la vuelta y me detengo en seco al ver su expresión demacrada y agotada. Tiene los ojos rojos y deja las palabras en el aire, como si esperase que vaya a consolarla.

No me permitiré compadecerme de Arti. Conocía las consecuencias de sus actos, pero estaba demasiado obsesionada con liberar al Rey Demonio para pensar en ellas.

—Heka te lo advirtió —le recuerdo, temblando de rabia—, pero tampoco lo escuchaste. Ahora no puedes controlarla.

Aunque quiero restregárselo por las narices, la satisfacción que me proporciona hacerlo es agridulce.

Arti yergue la cabeza y aprieta los labios.

—Puedo arreglarlo.

—¿De verdad? —grito—. ¿Puedes traer de vuelta a Kofi y a los otros niños? ¿Puedes deshacer todo el mal que Efiya y tú habéis causado?

Una hebra de magia de Arti me roza los antebrazos; mi madre entrecierra los ojos.

—¿Qué haces aquí?

Me sorprende que haya tardado tanto en preguntármelo, pero, como yo, debe percibir que Efiya ha cometido un nuevo crimen espantoso.

Cruzo los brazos.

—Aquí no hay lugar para mí.

—¿Te vas? —pregunta Arti, inexpresiva.

—Me voy —replico. *No intentes detenerme.*

—Puede que sea lo mejor. —Mi madre me vuelve a dar la espalda—. Efiya es imprevisible.

La fulmino con la mirada, asombrada de que sea cuanto tiene que decir. Estoy tentada de escupirle a los pies, pero no vale la pena. Que se quede aquí, sufriendo con Efiya. Es el destino que se merece.

Dejamos tantas cosas por decir que no llegamos a despedirnos como es debido. Terra y yo seguimos caminando hacia Kefu mientras las últimas palabras de Arti y su mirada vacía me siguen atormentando. Puede que sea lo mejor.

Caminamos durante lo que me parece una eternidad, pero Kefu sigue siendo un brillo en la lejanía. Los atajacaminos nos sobrevuelan en círculos, y graznan más fuerte a cada paso que damos. Terra los maldice constantemente, pero yo no malgasto energías. Lo que me preocupa son las punzadas de magia demoníaca. Siempre que mi hermana se ha ido, ha dejado a una parte de su ejército de guardia. Aparte de Merka y Nezi, no he visto a más demonios en forma humana desde que el resto se adentraron en el desierto. No me esperaba que algunos de ellos nos siguiesen, ocultos en las sombras.

Agarro la correa que llevo colgada al hombro tan fuerte que me duele la mano. Debería haber trazado un plan más elaborado, pero ya estoy aquí y no pienso volver. ¿Por qué no atacan? Sea cual sea el motivo, no les tengo tanto miedo como antes. Algo ha cambiado; algo nuevo ha despertado dentro de mí y me hierve en las venas.

—¿Qué haremos cuando Efiya venga a por nosotras? —pregunta Terra.

—Todavía no lo sé.

Es la respuesta más sincera que le puedo dar.

Cuando por fin llegamos a Kefu, todavía es de noche. La población portuaria está en silencio y las calles en penumbra. El aire está cargado de tensión. ¿Acaso los residentes también sienten la inquietud de los demonios? Miro un rostro tras otro, buscando ojos verdes sobrenaturales con el corazón acelerado. La brisa del lugar también porta un rastro de magia demoníaca.

Nos dirigimos a los muelles, la única vía de escape posible de este pueblo miserable. Un grupo de hombres descargan cajas de suministros de los barcos con sogas y poleas. Pescadores, obreros y mercaderes de todo tipo se ocupan de sus asuntos ensimismados.

Tres pescadores nos salen al paso. En realidad, no son pescadores, sino demonios. Su magia me hace cosquillas en los brazos y me hiela hasta los huesos.

—No. —Terra niega con la cabeza—. ¡No pienso volver! —grita, y se mete en un callejón, presa del pánico.

—¡No, Terra! —Echo a correr tras ella.

La alcanzo a mitad del callejón y me doy cuenta de que estamos atrapadas. Las lágrimas resbalan por las mejillas de Terra mientras dos grupos de demonios se nos acercan, cinco por cada lado. Busco algo con lo que luchar, lo que sea, pero solo hay barriles de basura llenos de entrañas de pescado. No es la primera vez que echo de menos mi magia demoníaca, pero ni siquiera sé si habría funcionado contra ellos. Cojo a Terra de la mano y nos agarramos muy fuerte. Se acabó. No me puedo creer que vaya a terminar así después de todo lo que ha pasado.

El aire se altera a nuestro alrededor y Koré aparece de la nada. Suspiro y suelto la exhalación que estaba conteniendo. Una parte de mí estaba convencida de que los *edam* y ella se habían rendido. Viste pantalones negros de capitana y un chaleco con una blusa blanca debajo. Por una vez, las trenzas larguísimas no le serpentean por el rostro porque las lleva recogidas en una coleta. Me sonríe de oreja a oreja y me alegro de ver una cara amiga en lugar de la fría mirada de mi madre.

—Has traído a tu amiguita.

Terra da un respingo y retrocede hasta la pared del callejón.

—Todo saldrá bien. —Levanto las manos para calmarla—. Koré ha venido a ayudarnos.

Terra frunce el ceño, pero no protesta.

—¿Dónde estabas? —le pregunto a Koré—. ¿Dónde están los *edam*?

Me mira con ojos tristes.

—No tardarán mucho en llegar.

Una oleada de alivio inunda mi cuerpo. La abuela y los demás brujos están en camino. Ellos acabarán por fin con el reinado del terror de mi hermana.

—Bestias asquerosas. —Koré escupe en el suelo y se limpia la boca con un gesto dramático. Ahora que está aquí, los demonios centran su atención en ella. Los ojos verdes les brillan más intensamente y enseñan los dientes. Koré inclina la cabeza a un lado y después al otro, y su pelo empieza a retorcerse—. Esto será divertido.

Por eso no nos han atacado en el desierto. Antes querían acercarse a ella para robarle el *ka* de su señor, lo que significa que Efiya todavía no lo ha encontrado.

Koré hace una elegante reverencia a los demonios.

—¿A qué debo el placer?

Los demonios le gruñen y hablan con voces que parecen trinos de pájaros perversos:

—Danos la caja.

—¿Qué caja? —Koré se encoge de hombros, fingiendo que no sabe de qué le hablan.

—No juegues con nosotros, falsa diosa.

—¿Falsa diosa? —Hace una mueca—. Me ofendéis.

—Viene a por ti —advierte otro demonio.

Koré arquea una ceja, intrigada.

—Estaréis muertos antes de que ella llegue.

—¿Qué están diciendo? —susurra Terra mientras se me acerca.

—¿Qué...? —Frunzo el ceño al darme cuenta de que Koré y los demonios hablan una lengua que yo no debería entender. La lengua que Arti empleó en aquel horrible ritual de invocación. Primero los susurros y el dolor agudo en mi cuarto, y ahora esto. Algo no marcha bien. Puedo sentirlo—. La están amenazando... —balbuceo, perdida en mis pensamientos.

Los demonios desenvainan las espadas, pero no avanzan. Deben estar esperando a que llegue mi hermana. Dos dagas fantasmas se materializan en las manos de Koré. Las empuñaduras centellean y las hojas refulgen. Un demonio se coloca tras ella. Se acerca demasiado y una de las trenzas de Koré le golpea la garganta y un rayo lo parte por la mitad. El *ka* del demonio abandona el recipiente y desaparece en la noche.

Los nueve demonios restantes se abalanzan sobre Koré. Las dagas cortan el aire y se hunden limpiamente a la altura del pecho de dos de los demonios. Agarro una espada caída y me coloco delante de Terra. La noto demasiado pesada. No me gusta tanto como una vara liviana, pero me las apañaré.

Koré corre como una exhalación, salta hacia los edificios y se impulsa por los aires, con el cuerpo horizontal respecto al suelo. Los demonios también saltan y apuntan sus garras, colmillos y espadas hacia su menuda silueta. Se agazapa en pleno vuelo y las dagas reaparecen en sus manos. Ataca de nuevo. Tiene una puntería magnífica, y tengo esperanzas de que sobrevivamos a esta noche. Empiezo a creer que aún tenemos una posibilidad de evitar que mi hermana destruya el mundo.

Un nuevo latigazo de dolor me atraviesa la cabeza y me hace caer de rodillas. La espada cae al suelo con un golpe pesado. Una nube de magia se arremolina a mi alrededor formando una columna de polvo chispeante que se posa sobre mi piel antes de introducirse dentro de mí. La magia tiene el tacto de las caricias de una pluma, del aleteo de un ave. Es magia de las tierras tribales, magia de Heka. Cuando abro los ojos, lo veo todo más nítido y definido, como si se hubiese disipado la niebla que me cegaba la mente. Me tambaleo y todo me da vueltas.

Date prisa, susurra una voz dentro de mi cabeza. Es la voz de la abuela.

—¿Dónde estás? —Contengo las lágrimas. Como la abuela no responde, miro a Koré—: ¿Dónde están los *edam*?

Koré está en el callejón, cubierta de sangre y con diez cadáveres despedazados a sus pies.

—Lo que queda de ellos está contigo, Arrah.

Su voz es un suave arrullo, pero lo que acaba de decir no tiene sentido.

La sangre se me hiela en las venas.

—¿Qué significa «lo que queda de ellos»?

Me rodeo el estómago con el brazo, recordando la última vez que vi a la abuela, en el Festival de la Luna de Sangre, las interminables tiendas de colores y las chispas de magia que danzaban en el aire. Recuerdo el ritmo de los yembés y los cánticos de los brujos, las rastas plateadas de la abuela, que le llegaban hasta la cintura mientras permanecía sentada con las piernas cruzadas delante de mí, y su sonrisa mellada. Me dijo:«Los huesos no mienten», pero tampoco la avisaron.

Koré me da un golpecito afectuoso en el hombro. Su contacto me ralentiza el pulso y me mitiga el dolor de estómago. Su magia me ordena que me calme, y cuanto más lucho contra ella, más me envuelve en su abrazo.

—Espera mi llegada en el Templo Todopoderoso —dice Koré—. Aún tenemos una oportunidad de detener a tu hermana.

Asiento, pero es un puro acto reflejo.

—¿Mi abuela está muerta?

Sé la respuesta.

Koré mira más allá de nosotras.

—Llévatelas, Mouran.

Un hombre alto, que en realidad no es un hombre, sino un orisha, sale de entre las sombras. Sus ojos son de hielo y contrastan con su piel negra y su pelo lanudo. Es Mouran, el orisha del mar, en carne y hueso, y tiene la cola espinosa enrollada a los pies. Sonríe fugazmente y la luz de la luna se refleja en sus dientes puntiagudos.

—¡Marchaos! ¡Ahora! —grita Koré, y Mouran nos envuelve en su magia. Se nos lleva a rastras, pero no quiero irme. Necesito saber qué le pasó a la abuela. Aprieto los dientes y la magia tribal tamborilea en mi interior. Me inmoviliza en el espacio vacío entre el callejón y el mar, pero mi mente y mi conciencia se quedan con Koré.

En el callejón, el aire se agita y mi hermana aparece de la nada delante de Koré. Efiya luce un vestido blanco suelto, y lleva el pelo moreno recogido en una corona de trenzas como la que solía hacerme yo. En mi estado actual, puedo ver su auténtica forma. Sus ojos son de un tono esmeralda sin la intensidad de los demonios de sangre pura, y cintas de la luz de Heka se entrelazan con su *ka*.

—Tienes algo que quiero. —Efiya esboza una sonrisa que corta como un cristal roto—. Y no tengo tiempo para jueguecitos.

Su voz es un dulce trino que me parte por la mitad. No conserva ni rastro de la niña pequeña.

—Creo que no nos hemos presentado. —Koré inclina la cabeza para saludarla—. Hola, soy la orisha de la luna y soy inmortal.

Efiya se ríe y Koré se desploma de rodillas. Le tiembla todo el cuerpo bajo el peso de la magia de mi hermana. Por una vez, sus trenzas permanecen inmóviles.

—Ahora soy tu diosa, orisha. Dame lo que quiero.

La magia de mi hermana zumba en el aire.

—Hora de marcharnos —susurra Mouran.

Su magia tira de mi mente y me arrastra más hacia las profundidades del vacío. El aire huele a agua salada. Mi cuerpo ya está en la cubierta de un enorme barco negro. Mi mente se mueve más despacio y se aleja del callejón, sin dejar de observar la escena que transcurre en él.

Koré tose y escupe sangre.

—Debo advertirte que no se me da bien perder.

—¿De verdad? —Efiya se agacha y coge la barbilla de la Reina Gemela—. Eso puedo arreglarlo.

El cuello de Koré cruje.

EFIYA

*M*oldeo el tiempo para revivir el recuerdo. Debo saber dónde me equivoqué para no volver a fracasar. Observo el templo de Heka desde el borde del valle. Los edam pierden el tiempo celebrando rituales para un dios que los ha abandonado. Idiotas.

En el valle, ciento catorce kas maduros canturrean siguiendo el ritmo de los yembés. Son brujos. Los más poderosos de todas las tribus. Su magia me vibra en la piel. Una vez que haya consumido sus kas, esa magia me pertenecerá. Los brujos perciben mi presencia, dejan de bailar y levantan la vista para mirarme. Los yembés enmudecen y no queda nada salvo el zumbido de la magia y el susurro del viento en la hierba. Me estaban esperando.

Doy otro paso en el vacío y aterrizo frente a los jefes. Mi abuela, la jefa de la tribu aatiri, da un paso al frente. Rastas plateadas le serpentean por la espalda, y lleva un amuleto de hueso colgado del cuello. Un juguete para bobos. Los otros jefes también dan un paso al frente. Son los cinco edam más poderosos, y también son más fuertes que el resto de los brujos. Su magia retumba en mis oídos como un trueno.

La abuela oculta algo. Todos lo hacen. Usan su magia combinada para ocultarme un secreto que comparten..., un secreto que desvelaré una vez que haya consumido sus kas. *Aun así, no pueden disimular la angustia, el miedo o el hecho de que son conscientes de que sus vidas llegan a su fin. Sus emociones me ponen enferma. Les cierro la tráquea mientras mis demonios descienden sobre el valle para iniciar el asedio. Los brujos luchan con magia y armas, pero no son rivales para los demonios. Cada vez que uno de ellos muere, absorbo su* ka. *Siento un cosquilleo a medida que me fortalezco, y todo el cuerpo me palpita.*

La abuela cae de rodillas junto al resto de jefes. Se agarran la garganta, pero ella se ríe. Busco el secreto que comparten en su mente. Veo cien imágenes, mil, un millón, incontables fogonazos de su pasado, su nacimiento, su infancia, su matrimonio, el nacimiento de sus hijos. Intenta distraerme para evitar que vea la verdad. Aprieto con más fuerza hasta que le sangra la nariz. Ahora los veo a todos juntos. Los jefes han forjado un pacto. Realizan un ritual para unirse a otra persona.

Agarro a la vieja aatiri por la barbilla y le levanto el rostro. Estoy sin aliento y me tiembla todo el cuerpo. Necesito sus kas. *Los ansío. Debo tenerlos. Le devuelvo la vida por la fuerza y le sano la garganta aplastada. Tendré la respuesta que busco.*

Aprovecha que titubeo para hundirse una daga en el corazón. Una maldición supura del cuchillo, y no me doy cuenta de lo ocurrido hasta que su ka *se me escurre entre los dedos. Lo siento helado y me noto vacía a pesar de todos los otros* kas *que he devorado. He caído en su engaño. Debo saber a dónde han ido sus* kas. *Debo recuperar lo que me pertenece.*

Revivo ese instante una y otra vez hasta que veo un rostro; una cara que conozco tan bien como la mía.

Los jefes han ligado sus kas *a Arrah.*

Avanzo en el tiempo, más allá del momento en el que maté a la orisha Koré en el callejón. No era más que un estorbo. Había eliminado el recuerdo del instante en el que escondió el ka del Rey Demonio. Fue un buen truco, pero también la convirtió en alguien sin ninguna utilidad para mí. Llego al patio de la hacienda y me sumerjo en la oscuridad de los demonios que siguen esperando que los libere.

Apenas he dado un par de pasos cuando madre cruza las puertas dobles de la casa y sale al patio hecha una furia. Irradia ira, pero no estoy de humor para ocuparme de ella. Necesito tiempo a solas para contemplar todas las posibilidades.

Las lágrimas que surcan el rostro de mi madre me serenan. Solo la había visto llorar en sus recuerdos. Llora por lo que he hecho. No necesitaba los kas de los brujos, pero los deseaba a pesar de todo.

He visto este episodio mil veces, pero siento el impulso de regresar al vacío y desaparecer. No puedo soportar la decepción y la aversión que veo en sus ojos. En este instante me odia; me desprecia; desea que yo no hubiese nacido. No es la primera vez que lo piensa, y tampoco será la última. Nunca he sido capaz de hacer nada que la complaciera. Siempre me recuerda que soy una fracasada porque no he conseguido encontrar y liberar al Rey Demonio. A ella solo le importa él, pero lo liberaré a su debido tiempo.

Siempre ha habido diversas posibilidades relativas a cómo encajaría ella esta noticia, desde el silencio a la furia desatada. En algunos futuros lloraba tendida en el suelo. En otros, la noticia la destrozaba y la dejaba totalmente incapaz de sentir emoción alguna. En los peores casos, me atacaba y yo me veía obligada a matarla. No quiero matar a mi madre. Ahora que Arrah me ha traicionado, es todo lo que tengo.

No vi este resultado porque mi hermana no me permite ver su mente. A veces me enfurece, pero no en esta ocasión. Mi hermana quiere jugar al escondite, como cuando jugábamos en el jardín. Ella se esconderá. Yo la buscaré.

TREINTA Y UNO

Los sollozos se me acumulan en el estómago y me suplican que los libere, pero tengo la sensación de que nada de todo esto puede estar pasando. La magia relajante de Koré me abandona a medida que el callejón de Kefu se desvanece a lo lejos, y me deja a solas con la dolorosa realidad. Está muerta. La abuela y los demás brujos están muertos. Efiya los mató a todos. No hay magia en el mundo capaz de traerlos de vuelta. Los jefes deben haber ligado sus *kas* al mío por pura desesperación. Eran los brujos más poderosos de todas las tierras tribales y fueron incapaces de derrotar a mi hermana.

He sido una ingenua al pensar que alguien como yo, una simple charlatana, podría detener a mi hermana. Heka me pidió que fuese valiente, pero ¿para qué ha servido? Al final, Efiya lo destruirá todo a su paso, justo como él predijo, y pronto vendrá a por mí.

Los *kas* de la abuela y los jefes ahora están conmigo, igual que su magia, que vibra bajo mi piel. Uno de los recuerdos de la abuela se asoma a mi mente. Lleva a una bebé en brazos y la mira sonriente y con los ojos llenos de orgullo. Soy yo. Mi padre nunca me contó que la abuela viajó desde las tierras aatiri hasta Tamar cuando nací.

Te echo de menos, abuela.

Responde con otro recuerdo. Este es de un Imebyé. Está sentada enfrente de mí y me ofrece los huesos. Solo me ha concedido ese honor a mí, porque nadie más los ha tocado desde que se los regaló su abuela. En sus recuerdos está el mensaje implícito de que siempre estará conmigo, un mensaje que me transmite una cierta sensación de cierre de una etapa y me consuela.

El barco de Mouran es un navío colosal de madera oscura con cintas de seda negra que ondean al viento. Él se yergue ante el timón con las manos en las caderas, y no hay ningún tripulante más a la vista. El orisha tiene los ojos nublados y su magia invisible zumba en el aire. El barco navega alejándose del puerto y surca el río tan deprisa que el viento me agita las trenzas y estas me tapan la cara. Al principio, la sensación es mareante, pero el barco avanza con suavidad. Levanto una mano y veo que me brillan los dedos. Así que esto es lo que se siente cuando posees magia propia, cuando sabes que, cuando invoques más, acudirá a tu llamada sin poner impedimentos. No se parece en nada a la magia demoníaca que intentó engañarme concediéndome una falsa sensación de paz.

Ahora entiendo el motivo por el que las sagradas escrituras dicen que los orishas querían mantener la magia lejos de las manos de los mortales. La magia no es ni buena ni mala. Las personas son las que la transforman en algo peligroso. Solo la hemos usado para destruirnos entre nosotros. Mi madre dejó que la convirtiesen en un simple peón. ¿Y para qué? ¿Para vengarse del visir? Hizo exactamente lo que el Rey Demonio quería. Puede que un día él le salvase la vida, pero lo hizo por razones puramente egoístas.

Impulsado por la magia de Mouran, el barco recorre el río de la Serpiente en tan solo unos instantes. La niebla se desvanece en sus ojos cuando llegamos al puerto de Tamar. Terra se rodea la cintura con un brazo y mira hacia el Mercado Oriental, situado a lo lejos, más allá de los muelles. Ella no vuelve a la ciudad. Mouran la llevará junto a su familia.

Terra apoya el hombro en el mío, y le devuelvo el gesto afectuoso.

—Cuídate, Arrah.

Sonrío tímidamente. Me entristece que nos separemos, pero también me alegro de que por fin pueda regresar a casa.

—Tú también.

Tras la despedida, cruzo los muelles bulliciosos y las casas de ladrillos de barro a toda velocidad. Cuando llego a trompicones al mercado, veo rostros sombríos que me miran fijamente, pero no reconozco a nadie. Busco algún indicio que me indique cuánto tiempo ha pasado. Tanto los ciudadanos como los edificios parecen desgastados. No conozco a ninguno de los mercaderes ni de los clientes que examinan sus artículos. El frío de la noche me hiela los hombros y me hace tiritar, pero no me detengo.

El Mercado Oriental, más que cualquier otro lugar de Tamar, nunca cierra y nunca aminora la actividad, y la clientela tampoco descansa. Sin embargo, a estas horas de la madrugada, no se oyen risas ni fanfarronadas. No hay nadie apostando en peleas de gallos ni jugando a perros y chacales. Tampoco hay nadie asando castañas en hogueras o friendo plátanos en aceite de cacahuete para camuflar el olor a podredumbre que flota en el ambiente.

Un escalofrío me recorre la columna cuando pienso que mi madre es la causante de toda esta decadencia. Empezó con ella y se extendió como una plaga por todo el territorio. Ha habido muchas muertes recientes en la ciudad. Con la nueva magia que llevo dentro, me dejan un sabor amargo en el paladar. ¿He venido para nada? Nadie podrá detener a mi hermana. Es demasiado poderosa.

La hacienda del visir destaca en la noche, y se alza sobre su precipicio al sur de la ciudad. Recuerdo la última vez que vi a Rudjek compitiendo en la arena de su padre, el brillo del sudor en sus anchos hombros y su postura confiada ante un adversario que lo doblaba en tamaño. Lo echo tanto de menos que se me parte el corazón. No me puedo ni imaginar que podría ser mayor, incluso un adulto. No puedo permitirme el lujo de dejar de pensar que todavía queda una oportunidad..., que mi amigo me estará esperando.

Me pone nerviosa verlo después de tanto tiempo. Tengo la sensación de que han pasado años. La verdad es que podrían haber transcurrido solo unas semanas, o dos décadas. Puede que ya sea visir. Puede que se haya casado y haya formado su propia familia. Se me hace un nudo en el estómago. No me gusta imaginarme a Rudjek con una esposa. Aparte de mi padre, es lo único que me queda. Necesito perderme en sus ojos de color obsidiana, aunque solo puedan hacerme olvidar por un instante.

Cuando llego a la hacienda del visir, la luz del sol ilumina el cielo y ahuyenta los últimos retazos de la noche. Un escalofrío me asciende por la espalda porque no reconozco ni a los guardias ni al portero apoyado en la garita. Estoy agotada y sucia, pero me obligo a caminar erguida. No puedo pensar en lo peor... Todavía no. El visir podría haber renovado la plantilla por muchos motivos. Quizá descubrió que Arti tenía espías en su hogar.

—Buenos días. —Me aclaro la voz—. Disculpad que os moleste, pero...

—Esto no es una casa de caridad. —Uno de los guardias frunce el ceño—. Ve a mendigar a otra parte.

Disimulo la irritación que me produce que me tomen por una mendiga, aunque es lo que parezco. El portero habitual me conoce. Él no sería tan maleducado, y no estoy de humor para estas tonterías.

—Soy amiga de Rudjek. Me disculpo por presentarme tan temprano, pero es un asunto importante.

Los dos guardias intercambian una mirada que no me gusta nada.

El portero se acerca y se agarra a la verja.

—Si fueses amiga suya sabrías que hace meses que partió hacia el Norte para reunirse con su prometida.

Ahogo una exclamación.

—¿Su prometida?

Las palabras me retumban en los oídos. Se me clavan en la carne. Son como un puñetazo en el estómago.

Su prometida.

¿Cuánto tiempo he estado ausente? Fui una tonta al pensar que Rudjek me esperaría, sobre todo teniendo en cuenta que no le escribí. Si le hubiese escrito aquella maldita carta y se hubiese enterado de lo que ocurría, habría ido a Kefu. Habría ido a buscarme tal como me prometió. Trago saliva y yergo los hombros para que crean que no me importa, pero me siento mareada. Necesito sentarme. La energía que me ha mantenido en movimiento todo el día se esfuma y el agotamiento me cala en los huesos.

—Vaya, ¿estás triste? —El portero escupe en el suelo—. ¿Creías que alguien de tu baja condición tendría alguna oportunidad con el hijo del visir?

Mi mejor amigo se ha marchado. Rudjek se ha ido con otra chica.

Los guardias se ríen y una ira ciega me hierve en el pecho. Siento el impulso de romperles el cuello a ambos. Ahora que poseo magia, *auténtica* magia, podría borrarles la sonrisa de la cara con solo mover un dedo. La tentación es tan fuerte que palpita en todos los poros de mi piel. Deben reparar en mi expresión asesina, porque se ponen tensos y se llevan las manos a los shotels que llevan envainados en el costado. Retrocedo, trastabillo y estoy a punto de perder el equilibrio. A pesar de las mofas que me dedican, mi propia reacción me desconcierta. Me han partido el corazón y yo quiero romperlos a ellos. *No soy como ella. Yo no soy mi madre.*

Echo otro vistazo al patio tras la verja, recordando el último día que estuvimos juntos. Blandió sus shotels con una elegante eficacia contra los hombres que nos atacaron cerca del árbol sagrado. Más tarde, intentó combatir contra una docena de gendars de élite para llegar hasta mí. Y ahora viaja a los confines del mundo, a una tierra de hielo y nieve, por otra chica.

Recuerdo los momentos que pasamos sentados en nuestro rincón secreto junto al río de la Serpiente, con las cañas de pescar en la mano. Recuerdo su sonrisa radiante y cómo me miraba a escondidas cuando creía que yo no estaba prestando atención. Yo también lo miraba de reojo e inhalaba su dulce fragancia. ¿Cómo puedo presentarme ante el visir para hablarle de mi hermana? ¿Cómo voy a mirar esos ojos oscuros sin derrumbarme y ponerme a sollozar? De todos modos, no me creería. Él también se puede ir al infierno. Es tan malvado como mi madre.

Aturdida, vago por las calles de Tamar en dirección a la hacienda de los Kelu, el hogar de la familia de Majka. Si alguien sabe lo que piensa Rudjek, es él. Quiero que me diga que Rudjek me buscó, que no se rindió a las primeras de cambio, que trató de encontrarme como me prometió.

Veo a Majka en el patio con los brazos cruzados y el corazón me da un brinco. Cerca de él, Kira está sentada en un banco con Essnai acurrucada a su lado. Las dos se susurran. Sukar camina de un lado a otro y maldice por lo bajo. Parecen tan ceñudos como los clientes del mercado, pero no han envejecido nada. Eso significa que Rudjek... *no me esperó.*

Majka es el primero que me ve.

—¿Arrah?

Essnai se incorpora de un salto. Sukar y ella cruzan el patio corriendo y abren la verja. Kira los sigue de cerca.

Mi callada, taciturna y preciosa amiga Essnai sonríe y llora a la vez.

—¿De verdad eres tú?

Asiento porque estoy demasiado emocionada para hablar.

Sukar se rasca la cabeza rapada.

—No se te ve mal para ser un fantasma.

Me llevo la mano al corazón para hacer el saludo zu y contengo las lágrimas.

Sukar respira hondo.

—¿Sabes lo que ha pasado?

—¿De verdad han...? —Me cuesta plantear la pregunta—. ¿De verdad han muerto todos?

—Todos los habitantes de Tamar que poseen una chispa de magia percibieron sus muertes —responde Essnai.

Essnai, Sukar y yo formamos un corro y nos abrazamos. Una luz tenue palpita en los tatuajes de Sukar. Alargamos el abrazo y ni Majka ni Kira interrumpen el silencio que guardamos. Cuando suenan las octavas campanadas de la mañana, Essnai recita una plegaria funeraria aatiri y Sukar entona un cántico de despedida zu. Soy la primera que rompe el corro, pensando en las últimas palabras que me dijo Koré.

—Debemos ir al Templo —digo—. Os lo explico por el camino.

Essnai mira a Sukar y después a mí.

—¿Ahora posees magia?

Me encojo, apesadumbrada por los pueblos tribales y también por Rudjek.

—Es una larga historia. Os la contaré más tarde.

—Entonces eres la última. —Sukar me mira boquiabierto.

—¿La última qué? —El corazón me late con fuerza en el pecho.

Los tatuajes protectores de Sukar centellean a la luz de la mañana. No han dejado de brillar desde mi llegada. Solo los había visto así en las tierras tribales, entre grandes cantidades de magia.

—La última bruja.

Me froto la cabeza para mitigar la jaqueca. Todo es muy confuso. Veo a la abuela leyendo los huesos en sus recuerdos y en los míos. En todos los Festivales de la Luna de Sangre antes del último, los huesos siempre cayeron en la misma posición. Ahora entiendo la cruda realidad: en su visión, me vio sola en el valle frente al Templo de Heka. No sabía qué significaba exactamente, pero sí comprendió que una gran tragedia iba a azotarnos a todos.

—¿Sabes algo de Rudjek? —pregunta Majka, abriéndose camino a través del ruido que oigo en mi cabeza. No me había dado cuenta hasta ahora de que ni él ni Kira llevan el uniforme rojo de gendar.

—Supongo que el visir se salió con la suya. —Me encojo de hombros para fingir que me da igual, aunque, en realidad, la idea me carcome—. Me han dicho que se ha comprometido con una chica del Norte.

—Veinte dioses —maldice Majka—. ¿Todavía están difundiendo esa mentira?

Frunzo el ceño.

—¿A qué te refieres?

—Rudjek fue a buscarte. —Majka cambia el peso de pie—.
No nos permitió acompañarlo.

—¿Qué? —murmuro—. ¿Cuándo se marchó?

—Justo después de que te fueses —responde Kira, rompiendo su silencio—. Hace tres meses.

—No vi el rumbo que tomaba tu barco. —Majka hace una mueca de pavor—. Había demasiados barcos y mucha niebla, pero Tam le dijo a Rudjek que había oído a la sacerdotisa *ka* decir en el Templo que vuestra familia iría al valle Aloo. —Majka se balancea sobre los talones y desvía la mirada—. Rudjek te fue a buscar y... nadie ha vuelto a saber de él desde entonces. El visir envió a shotani y gendars en su busca, pero no consiguieron dar con él.

Sus palabras me resuenan en los oídos. Rudjek tendría que atravesar el valle Aloo para llegar al Bosque Oscuro. «Rudjek morirá en el Bosque Oscuro», me advirtió Arti en el barco a Kefu. No la creí porque Rudjek no tenía motivos para ir, pero, en realidad, sí los tenía. Me estaba buscando.

Tam es una sabandija. Esto es culpa suya. Mintió a Rudjek. Me apoyo en la verja y las piernas me flaquean. Esto no puede ser real. Nada de todo esto puede serlo. Es una pesadilla. Mi madre, Efiya, Rudjek, las tribus... Tanta destrucción... Entonces está muerto, justo como ella dijo.

Essnai y Sukar me miran como si fuera una especie de salvadora, pero lo único que soy y siempre seré es una charlatana.

TREINTA Y DOS

En pleno día, las heridas de Tamar son visibles bajo un cielo amoratado con nubes violetas y grises. Las calles están llenas de basura y el siempre impoluto Mercado Occidental está mancillado por estatuas de orishas hechas añicos. Essnai, Sukar y yo pasamos por una hilera tras otra de tiendas tapiadas. El mercado está prácticamente abandonado, y en las calles hay más basura arrastrada por el viento que personas. Las puertas monumentales del coliseo en el que Arti y el visir se enzarzaron en mil batallas durante años están cerradas y aseguradas con cadenas.

Me detengo un instante frente al taller de mi padre. No ha cambiado mucho, excepto por los arañazos que presenta la pintura amarilla de la puerta. Gracias al hechizo de protección que Oshhe conjuró hace años, nadie puede acceder al taller si ninguno de nosotros está presente. Quiero entrar, acurrucarme en los cojines de la trastienda y llorar hasta quedarme dormida. Podría fingir que los últimos meses solo han sido un sueño, y al despertarme el taller olería a menta y dulce de leche, y mi padre estaría contando otra de sus historias.

—Deberíamos seguir adelante —dice Sukar—. Últimamente, el Mercado Occidental no es seguro.

Los ladrones han derribado las puertas de algunas tiendas y han robado la mercancía del interior. Aunque nunca ha
sido mi mercado favorito de los dos que hay en Tamar, me
cuesta creer a lo que ha quedado reducido.

Rodeo un carro roto volcado en mitad de la calle.

—¿Dónde está la Guardia de la Ciudad?

Sukar escruta a todas las personas con las que nos cruzamos, que hacen lo propio con nosotros.

—La mayoría huyeron tras las muertes.

Me detengo en seco.

—¿Más niños?

—Niños, adultos y personas de todas las edades y clases
sociales —responde con los hombros en tensión.

—Familias enteras —añade Essnai, temblando.

Me muerdo la carne del interior de la mejilla tan fuerte
que me hago sangre. Tamar se ha convertido en una ciudad de
muerte y desesperación. Mi hermana no tardará en asediarla
con todo el peso de su ejército, pero todavía no. No sería divertido. Antes quiere jugar con sus habitantes. Esto no es más que
otro de sus juegos.

Los susurros de los brujos me bordean la mente, pero esta
vez suenan apagados. Hablan todos al tiempo y me cuesta en-
tenderlos, pero una sensación de urgencia palpita en mi interior.

—Heka maldijo a Tamar —dice Sukar sin ningún rastro
de su habitual jovialidad—. Como castigo por lo que el nuevo
Todopoderoso les hizo a mi tío y a los otros videntes.

Mira hacia el oeste, en dirección al palacio real, un faro
de luz que se eleva sobre la ciudad decadente. Nunca le había
visto la mirada tan sombría y fría.

—¿El nuevo Todopoderoso?

—Tyrek —aclara Essnai, que sujeta la vara con tanta fuerza que le tiembla la mano.

Escupe en los adoquines y suelta una letanía de maldiciones aatiri. Sukar también lleva sus hoces. Dada su condición de empleado en el Templo, nunca las llevaba en público cuando estaba en el Reino. Hasta ahora no me había dado cuenta de que ambos van armados.

Tyrek era príncipe, pero no el príncipe heredero. La última vez que lo vi estaba con su padre y su hermano en el palco del coliseo, observando con sumo interés los lances que intercambiaban el visir y Arti en el gran juego de la política. No estaba destinado a ser rey, pero su suerte ha cambiado. Debe ser otra de las conspiraciones de Arti causada por el fracaso de Efiya en la búsqueda del *ka* del Rey Demonio. Sin embargo, ¿qué pretendía con eso? No puedo ignorar la desazón que me embarga el pecho.

—Se convirtió en el nuevo heredero tras la muerte en un «accidente» del príncipe heredero Darnek —explica Sukar.

Sukar y Essnai me cuentan que fue un accidente de caza. Tyrek declaró que los guardias habían ignorado los gritos de su hermano pidiendo auxilio. Al oír su versión, el Todopoderoso sentenció a muerte a los guardias. Antes del fin del siguiente ciclo lunar, un sirviente encontró al Todopoderoso asesinado en sus termas. Tyrek acusó a su madre y a los videntes de conspirar para arrebatarle la corona. Encarceló a su madre y mandó ejecutar a los videntes. Ahora, un muchacho de dieciséis años gobierna el Reino.

Sukar enmascara el dolor tras una expresión severa, pero la angustia se le refleja en los ojos de color marrón claro. Se me parte el corazón. Su tío está muerto. Barasa siempre fue amable conmigo, y Sukar y él estaban muy unidos.

—Su *ka* está en paz, amigo mío. —Recito una bendición tribal, aunque sé que no hay palabras que puedan consolarlo—:

Que se reúna con la madre y el padre, que se haga uno con el reino de las almas.

Sukar asiente y mira hacia otro lado.

—Ese mocoso de Tyrek sabe que han puesto precio a su cabeza —se lamenta Essnai, como si fuese mucho mayor que él—. Trasladó a algunos gendars al palacio para que lo protegiesen y envió al resto a una misión secreta. Según los rumores, ordenó a los shotani que se infiltrasen en países rivales. Dice que unirá el mundo bajo una misma diosa.

—Él llama a esa diosa *Efiya*. —Sukar pronuncia el nombre de mi hermana con desprecio—. Nadie ha oído hablar de ella. Hay quien cree que es la orisha Sin Nombre, que ha regresado para reclamar su nombre y su gloria.

¿Mi hermana ha formado un ejército de demonios, ha exterminado a las tribus y ha dejado Tamar en ruinas en tan solo tres meses? Cuando se esfumaba en el vacío, yo pensaba que iba a buscar el *ka* del Rey Demonio, pero, de paso, también se dedicaba a matar orishas y sembrar el caos en Tamar.

Efiya no dejará piedra sobre piedra a su paso.

Se me hace un nudo en la garganta al recordar las serpientes enrolladas alrededor de los brazos de la Sin Nombre. La idea de que mi hermana pueda ser ella me parecería ridícula si no hubiese sido testigo del poder de Efiya. Ahora que conozco la verdad acerca de los demonios, me doy cuenta de que su anonimato no es accidental.

Al ver el pesar de mis amigos, el sentimiento de culpa me devuelve al presente. Quieren respuestas, y soy la única que puede proporcionárselas. Ha llegado el momento de desvelarles la verdad, pero me cuesta mucho hablar. No soporto la expresión de asombro en sus rostros cuando les digo quién es Efiya y que se trata de mi hermana. Es un demonio, no una orisha. Espero quitarme un peso de encima, pero las

noticias devastadoras sobre las tribus y el Reino me reconco-
men por dentro.

Essnai y Sukar se detienen bruscamente, sin palabras, mientras un par de eruditos vestidos con sus togas nos rodean para es-
quivarnos. Incapaz de soportar el peso de sus miradas, miro hacia
otro lado. La vergüenza me entumece las extremidades.

—¿Es tu hermana? —pregunta Essnai con una mueca de
repugnancia.

Bajo la cabeza y una oleada de calor me trepa por el cuello.

Sukar se ríe.

—Eso sí que es un giro de guion.

En condiciones normales, Essnai o yo le reprocharía-
mos haber elegido tan mal momento para bromear, pero
agradezco ver que mi amigo ha recuperado el sentido del
humor. Mientras caminamos hacia el Templo me hacen incontables preguntas y contesto todas las que puedo. Pasamos
por un callejón en penumbra y se me eriza el vello de la nuca.
La magia se calienta en mis venas. Los tatuajes de Sukar se
mueven como piezas de un rompecabezas que adoptan una
nueva configuración. Un círculo espinoso le cubre la mayor
parte de la frente y otros símbolos zu más complejos se le
instalan en las mejillas.

Se da cuenta de que lo miro boquiabierta y se encoge de
hombros.

—Un regalo de mi tío antes de morir.

Centramos nuestra atención en la entrada del callejón,
pero sé perfectamente lo que hay en él. Los pinchazos de la magia demoníaca impregnan el aire. Sukar desenvaina las hoces y
Essnai levanta el bastón. Esta vez no lucharemos contra chicos
de una tribu que apenas dominan la magia; lucharemos contra
demonios. La magia de los jefes me infunde confianza, pero no
soy tan ingenua como para confiar solo en ella o dejarme llevar

por una falsa sensación de seguridad. Sin embargo, mentiría si dijese que no me alegro de poseerla.

Entramos sigilosamente en el callejón y doy un respingo. Es la vieja erudita que vino al taller de mi padre para alargar su vida. Está agazapada sobre un hombre tendido junto a un muro y le separa los labios. La boca de la mujer se abre como un agujero abismal, como la de mi padre la noche que Shezmu consumió los *kas* de los niños. No me puedo mover. No puedo respirar. Absorbe el *ka* del hombre de su cuerpo en convulsión. El alma de la víctima es una neblina gris que se le escapa entre los labios. Essnai murmura una maldición y Sukar chasquea la lengua. El demonio gira la cabeza bruscamente y esboza una sonrisa.

—Hoy me sonríe la suerte —se regodea en un tono gélido.

Se levanta limpiándose la boca, con movimientos lentos y deliberados. En los ojos del demonio no queda ni rastro de la erudita, solo codicia y un hambre insaciable. Con los poderosos *kas* de los brujos dentro de mí, poseo más magia de lo que jamás habría podido imaginar. Magia que me permite ver a través del tiempo, invocar tormentas de fuego, viajar por el mundo de los espíritus, manipular *kas* o sanar. Cuento con tantos dones que la cabeza me da vueltas mientras trato de elegir uno con el que derrotar al demonio. Antes de que me decida, una hoja curvada le perfora el centro del pecho. Una silueta aparece de entre las sombras detrás del demonio y le hunde todavía más la espada en el corazón. El demonio nos mira boquiabierto y la hoja resplandece con su sangre.

—Otro demonio en mi espada —canturrea Tam—. Otro demonio como si nada.

Tam arranca la espada de la espalda del demonio y la erudita se desploma. Sin pensármelo dos veces, salvo la distancia que nos separa y le propino un fuerte empujón en el pecho.

—¡Le dijiste a Rudjek que había ido al valle Aloo! —grito—. Hijo de perra.

Tam entorna los ojos como si no me reconociese. Toco el hueco en el que debería estar la muela que perdí con la punta de la lengua y siento que me ruborizo.

—Estuve en el Templo el día del incendio. —Frunce el ceño—. Cuando estaba claro que el visir iba a desterrar a tu madre, oí decir a la sacerdotisa *ka* que iría al valle Aloo.

Reprimo las lágrimas. No sé si es verdad, pero no me extrañaría que mi madre lo hubiera dicho. Debió imaginar que la noticia llegaría a oídos de Rudjek por un camino u otro.

—O ella mintió, o ahora mientes tú —le espeto.

—Lo siento.

Tam agita la espada para limpiar la sangre, pero no parece sentirlo de verdad.

—Me duele admitirlo, pero nos ha sido muy útil. —Sukar arruga la nariz—. Nos advirtió que los demonios acechaban la ciudad y estaban matando a gente antes de que nadie más tuviese ni idea de lo que estaba pasando.

—¿Y tú cómo lo sabías? —pregunto, impaciente por usar la magia que acabo de adquirir para calcinar a Tam.

Tam ladea la cabeza.

—Lo dijiste tú misma en el Templo el día que me preguntaste por la serpiente de ojos verdes. Te contesté que así era como los orishas llamaban a los demonios.

La magia se agita alrededor de la erudita muerta a nuestros pies y emana de su piel formando volutas de humo. Ver la magia de mi padre me consume y doy un paso atrás. Al morir, la mujer se arruga y envejece de pronto porque la magia la abandona para regresar al cielo.

—Si matar a un demonio es así de fácil, ¿por qué tuvieron los orishas tantas dificultades para detenerlos?

—Todavía son débiles. —Tam envaina el shotel—. Repite la pregunta cuando des con uno de ellos que haya consumido cien o mil almas.

—¿Qué haces aquí, Tam? —pregunta Essnai en tono hostil.

—Lo mismo que vosotros. —Sonríe—. Me he tropezado con este pequeño banquete y he decidido interrumpirlo.

Salgo del callejón porque no puedo soportar a Tam ni un segundo más. Rudjek era su amigo, pero no le importa haberlo enviado a morir al valle Aloo. Es demasiado egoísta para lamentarlo, y disfruta jugando a ser un héroe por las calles de la ciudad y saboreando su momento de gloria.

—¿Qué le pasa? —oigo que le pregunta a Sukar antes de alejarme de él—. Se ha vuelto un poco borde, ¿no?

Essnai me da alcance.

—Yo le habría roto las piernas.

—Debería haberle hecho algo peor —digo, todavía enfurecida.

Sukar se sitúa a mi lado cuando pasamos frente a la tumba del primer sacerdote *ka*. Un tocón con astillas puntiagudas es cuanto queda del árbol sagrado Gaer, donde vi por vez primera una imagen fugaz del futuro. El lugar en el que vi los ojos de serpiente de Efiya. El lugar en el que maté por primera vez.

El camino al Templo está cubierto de malas hierbas y ofrendas a los orishas abandonadas. Hay flores marchitas, fruta que los pájaros han devorado y muñecas de barro con la imagen de los orishas: Re'Mec con sus cuernos de carnero, Koré con su pelo viperino, Kiva con sus ojos asimétricos... Y Fram, con sus dos cabezas. ¿Cómo han podido mantenerse al margen? Han fallado a Tamar y al Reino del mismo modo que Heka falló al pueblo tribal. ¿Para qué sirven los dioses si nos vuelven la espalda cuando más los necesitamos? Lo cierto es que no estoy siendo justa: no todos nos han vuelto la espalda.

Koré me ayudó a romper la maldición de Arti, y también se sacrificó para salvarme a mí, una simple charlatana.

A medio camino del Templo, me detengo para recobrar el aliento y se me revuelve el estómago. Desde esta altura se divisa toda la ciudad. Tamar está asolada. Hay barrios enteros reducidos a ruinas y otros han sido pasto del fuego. Essnai y Sukar me informan de que el nuevo Todopoderoso purgó a todos los ciudadanos leales al Templo. Si hubiera visto esta escena en una visión, habría dado por sentado que se trataba de un simple sueño.

—Tengo que contaros algo —anuncio sin dejar de mirar la ciudad. De nuevo, soy incapaz de mirar a los ojos a mis amigos, que se colocan a mi lado esperando que reúna el valor suficiente para seguir hablando—. Cuando los brujos murieron, los jefes de las tribus ligaron sus *kas* al mío... Ahora están conmigo.

—Veinte dioses, Arrah —dice Essnai, asombrada—. Eso explica tu magia.

—Si contamos a Efiya, en realidad son veintiún dioses —reflexiona Sukar.

—No es buen momento, Sukar —le advierte Essnai.

Se me escapa una tímida sonrisa. Los he echado mucho de menos. En Kefu, a veces me preguntaba si volvería a ver a mis amigos.

Llegamos al Templo Todopoderoso, donde empezó todo, donde Arti llevó a cabo su atroz acto de profanación. No hay ni un alma, ni shotani acechando en las sombras.

—El visir apostó guardias en el Templo hasta que el Todopoderoso lo destituyó de su puesto —explica Sukar.

Aprieto los dientes al oír la mención de su título, pero saber que él también ha caído en desgracia es un pequeño consuelo.

—Aquí hay algo.

Un rastro de magia tan sutil que casi no reparo en su presencia vibra en el aire.

—Hemos subido al Templo una docena de veces. —Sukar niega con la cabeza—. No queda gran cosa. Los videntes destruyeron los registros antes de que Tyrek ordenase que los apresaran.

El Templo tiene prácticamente el mismo aspecto que antes del incendio. Un acceso en forma de media luna vuelve a conectar los cinco edificios, y los orishas han regresado a su hogar penumbroso bajo un nuevo Salón de los Orishas, pero las partes del Templo que siguen en obras contrastan marcadamente con la piedra antigua.

La última vez que vi a Rudjek, estábamos aquí. Me quedé al margen mientras él luchaba contra los gendars, y tampoco hice nada cuando el visir desterró a mi familia. Sí, Arti se lo merecía. Se merecía una suerte peor. Pero el visir me desterró a mí por puro capricho. Lo hizo para separarme de Rudjek.

—Llámalo. —Sukar me saca de la ensoñación.

—¿Qué?

—Llevas los *kas* de los cinco jefes en tu interior. —Sukar me señala el pecho—. Todos poseían un gran poder, y deberías ser capaz de ver a través del tiempo y el espacio y localizar a Rudjek. —Baja la voz—. O al menos verás qué le pasó.

—Antes debe descansar.

Essnai me coge por el brazo y cruzamos juntas el patio. Sukar nos sigue y no protesto porque estoy agotada. Al principio pienso que se refiere a que debería sentarme un momento, pero me lleva a la habitación de Sukar en los barracones de los sirvientes.

—Duerme —me ordena Essnai suavemente, y Sukar y ella me dejan a solas.

Me apoyo en la puerta y exhalo entrecortadamente. Las paredes están decoradas con máscaras zu de colores chillones de personas, animales y diversas combinaciones de ambas cosas. Es una habitación austera con una cama, un escritorio, una jofaina y un tocador. Huele a tinta y a perfume dulce.

¿Dónde estás, Rudjek? Te necesito. Te echo de menos.

La magia detecta lo que deseo y aflora a la superficie. Podría calmarla, pero no lo hago. No quiero dormir. Quiero recuperar a mi mejor amigo, y ahora dispongo de magia que responde a mi llamada y cumple mi voluntad. Le ordeno que me lleve hasta Rudjek y chispas de magia se encienden a mi alrededor. Me abruma el ruido del agua lamiendo la proa de un barco. Dentro de mi cabeza, soles y lunas viajan en sentido inverso, y mi *ka* abandona mi cuerpo como si fuera un cascarón inservible. Esta vez la separación no me causa ningún dolor. Me muevo tan deprisa que no logro distinguir las imágenes borrosas que me pasan como fogonazos por delante de los ojos, pero una fuerza me empuja hacia atrás e intenta evitar que llegue a mi destino.

No permitiré que me detenga. Me abro paso más enérgicamente, atravieso una barrera invisible y mi *ka* aterriza en un claro en el corazón del Bosque Oscuro. Rudjek está cara a cara con un engendro salido de una pesadilla. La criatura tiene la piel dura como la corteza de un árbol, un cuerno en el morro y zarpas. Unas zarpas largas, curvadas y afiladas como cuchillos. Zarpas bañadas de sangre. *No, no, no.* La cabeza me da vueltas y me estiro para descender y acercarme a él, pero la antimagia de los craven me mantiene a raya. Eso y el tejido del tiempo. Este momento está situado en el pasado.

Rudjek cae de rodillas y los shotels se le escurren de las manos y golpean el suelo.

Grito en mi *ka* y los árboles del bosque tiemblan, y también grito en el cuarto y las máscaras de Sukar se parten por la mitad. *Rudjek. Oh, dioses, no.*

Parpadeo y lo veo tendido en un charco de sangre. El craven se agazapa encima de él y examina a Rudjek con sus ojos negros como si fuera algo exótico. El emblema de su familia pende de una de las zarpas de la bestia.

—Aquí yace Rudjek Omari. —Tose y escupe sangre—. El que puso fin al linaje de los Omari.

Solo mi atolondrado Rudjek sería capaz de bromear a las puertas de la muerte.

Cae y permanece inmóvil.

Ataco al craven, pero a pesar del gran poder que poseo, no puedo actuar en el pasado. Un velo me separa de él. Empujo a mi *ka* con tanta fuerza que la atadura que lo une a mi cuerpo comienza a rasgarse y perforo el velo y el mismísimo tiempo. No me preocupa lo que pueda pasar si se rompe. Me perderé en el mundo de los espíritus para siempre o moriré, pero antes pienso degollar a ese craven.

Casi me he liberado cuando una docena de cravens más aparecen en el claro. Miran hacia el lugar en el que floto por encima de las copas de los árboles y su antimagia me devuelve al presente. Aterrizo en mi cuerpo tan violentamente que mi espalda golpea la pared y el pecho me arde. Me tumbo en el frío suelo de piedra y lloro por mi amigo.

CUARTA PARTE

Porque su historia comienza por el final,
llena de dolor y dulce venganza.
Porque no descansará en esta vida,
ya que debe sufrir por sus pecados.
—*Canción de la Sin Nombre.*

RE'MEC, ORISHA DEL SOL, REY GEMELO

*V*oy a contarte la historia de un hombre tamaro que se adentró en un bosque y murió.

No, esta historia no es sobre ti. Sí, tú te estás muriendo y sí, estás en el Bosque Oscuro, pero trata de otro hombre. ¿Siempre eres tan insufrible, Rudjek?

¿Por dónde iba? Ah, sí. El hombre vivía en una época en la que un solo rey se creía el señor de todas las tierras. Envió a su ejército a lugares que no le pertenecían y se adueñó de cosas que no eran para él. Cuando acabó de guerrear con el pueblo del Norte, centró su atención en las tribus. Sin embargo, las tribus eran inteligentes. Le ofrecieron magia y él las acogió en su consejo.

El rey poseía riquezas más allá de sus sueños más disparatados, pero quería más. Le hablaron de las tierras fértiles que comenzaban al otro lado del valle que delimitaba su reino por el sur. Los brujos le advirtieron que esa tierra estaba bajo la protección de un orisha, pero el insensato no les prestó atención, por supuesto. Los necios nunca escuchan.

¿Quién soy? Me llamo Re'Mec. Los cravens son mi guardia.

¡Te has dado cuenta! Sí, también soy Tam. Es la abreviación de Tumar, otro de mis nombres.

Los cravens te han hecho esa herida tan espantosa, pero tenían buenos motivos para ello. Ya lo verás.

Sigamos con la historia.

El rey ordenó a su primo, Oshin Omari, que conquistase esas tierras por la fuerza. Oshin y su ejército llegaron al valle al anochecer, y sus hombres se retiraron a descansar antes de la batalla. La mitad montaron guardia mientras los demás dormían. Cuando el segundo turno se despertó para relevar a sus camaradas, encontraron sus cabezas clavadas en estacas. Nadie había oído nada. Ni siquiera un susurro.

Oshin, que había bebido demasiado y había dormido demasiado poco, decidió asaltar el bosque solo. A estas alturas ya te habrás dado cuenta de que era idiota, así que no debería sorprenderte.

Sí, ya sé que es tu antepasado. ¿Por qué crees que te estoy contando esta historia? Sé quién eres, Rudjek Omari. Te conozco mejor que tú mismo.

Esta es la versión de la historia que has aceptado como verdadera, aunque, si te detienes un instante a considerarla, te darás cuenta de que no puede ser lo que ocurrió.

Oshin Omari se adentró solo en el Bosque Oscuro y pilló a los cravens desprevenidos. Como el guerrero honorable que aseguraba ser, dio a conocer su presencia. Los cravens querían desgarrar su carne con los colmillos y las zarpas, pero su anciana quedó tan impresionada por el valor de ese hombre que lo retó a un duelo a muerte.

Según cuenta la historia, Oshin Omari derrotó a la anciana con sus shotels.

Al ver que un simple humano había vencido a la más poderosa de todos ellos, los cravens se inclinaron ante su coraje. Prometieron que nunca atacarían el Reino mientras el ejército se mantuviera alejado del Bosque Oscuro y Oshin aceptó estas condiciones.

Cuando Oshin abandonó el bosque, se llevó el cadáver de la anciana de recuerdo, y usó sus huesos para hacer amuletos que su familia transmitió de generación en generación. Los huesos protegen a quienes los portan de la influencia de la magia.

La mayor parte de esa historia no es cierta. Salvo por lo de los huesos.

Los cravens son antimágicos. Yo los hice así.

¿Quieres conocer la verdad, Rudjek? ¿Nos olvidamos de la historia? Te prometo que la verdad es mucho más interesante que la mentira.

TREINTA Y TRES

Entre sollozos, explico a Essnai y Sukar la visión de Rudjek. El cuarto tiembla, la magia reacciona a mi angustia y más máscaras caen y se agrietan. Essnai me obliga a beber té rojo con hierba de serpiente para calmarme. Es eficaz, pero mi padre habría añadido una hoja de matay a la infusión para que me durmiese antes. Pensar en él me entristece más. Dormito todo el día y la mitad de la noche. Sueño con Rudjek tumbado sobre una sábana junto al río de la Serpiente. Lo veo tocando los shotels con una sonrisa boba. Sueño que lo busco por el Mercado Oriental, presa del pánico. Lo sueño tendido en un claro de un bosque donde la noche es interminable, cubierto de heridas de las que brota un charco de sangre.

—Suéltame. —El timbre grave de Rudjek resuena en el sueño.

—Arrah —ronronea otra voz que parece el aire cálido de un día perfecto y me envuelve.

Los recuerdos de los jefes también se enredan en mis pensamientos. Me cuentan sus historias.

El jefe litho, hombre de muchos vicios y aficionado a segar vidas.

La jefa mulani, la prima de Arti, que sirvió a su gente con lealtad.

El jefe zu, el mejor escriba de su pueblo, amante de los hombres y el vino.

El jefe kes, un hombre que pasó la mayor parte de su vida viajando por el mundo de los espíritus.

La jefa aatiri, la abuela, que amaba profundamente y conducía su pueblo con mano de hierro.

Forman parte de mí. Sus recuerdos, esperanzas y sueños, sus secretos, verdades y mentiras se retuercen en mi cabeza hasta que retumban en mis oídos como las campanadas de la mañana. Me incorporo en la cama de un salto, y sus voces pululan por los bordes de mi mente. El té me ha adormilado, pero no ha mitigado el dolor. Nada puede hacerlo. Rudjek ya no está, y en mi corazón hay un agujero que palpita como un dolor de muelas. Una parte de mí querría quedarse en esta habitación mientras el mundo arde, pero no puedo hacerlo. No me lo perdonaría jamás. Gracias a la magia de los jefes, por una vez tengo la oportunidad de hacer algo útil. Koré me envió al Templo por algún motivo. Debe tener algo que ver con el leve zumbido mágico que detecté en el patio.

Me levanto de la cama de Sukar y voy a lavarme la cara a la jofaina, pero está vacía. Evito mirarme en el espejo porque me atemoriza lo que pueda ver. Sukar y Essnai han encendido las antorchas de las paredes del pasillo en el que se encuentra la habitación. Recorro el largo pasadizo y echo un vistazo a los barracones comunes. Los sirvientes en puestos de prestigio como Sukar tienen habitaciones propias, pero la mayoría comparten dormitorio. Mis amigos no están aquí. Trato de localizarlos mentalmente, pero estoy demasiado cansada y la magia se apaga.

Sukar asoma la cabeza desde la cocina que hay siguiendo el pasillo.

—Suponía que eras tú.

Se apoya en la entrada. Sus tatuajes han regresado a su posición original. Las zarpas de tigre alzadas que luce en sus mejillas y las barras que le cruzan la frente están donde siempre.

—Se estaba haciendo tarde y no hemos querido despertarte. —Se impulsa para separarse del muro—. ¿Estás bien?

Me encojo de hombros porque es mejor que mentir. Huelo algo que se quema en la cocina.

—¿Qué huele tan mal?

—Estofado de ave —responde Essnai—. La receta especial de mi madre.

Sukar baja la voz.

—Sabe peor de lo que huele.

—¡Te he oído! —grita Essnai.

Es la hora, Arrah, susurra la abuela dentro de mi cabeza. *Ve.*

No titubeo. Mis piernas se ponen en marcha antes de que tenga tiempo de asimilar lo que estoy haciendo.

—Oye, ¿dónde vas? —Sukar corre para atraparme—. No es tan horrible.

No me detengo hasta que me encuentro en mitad del patio y la brisa me azota. Sombras caprichosas amortajan la mayor parte del patio, iluminado tan solo por la luz de la luna.

—Viene alguien.

Essnai se reúne con nosotros y ambos miran hacia la verja. Una hebra de magia chispeante surge de mi piel, indagando. Detecta algo. Sukar se sobresalta a mi lado y desenvaina las espadas en forma de media luna de inmediato. Sus tatuajes brillan tanto que me protejo los ojos con la mano. Una ráfaga de viento me golpea con tanta fuerza que está a punto de derribarme. Todos

414

gruñimos, pero antes de que pueda preguntarme qué ha pasado, la luz de los tatuajes de Sukar se apaga y la magia regresa a mi interior.

A menos de diez pasos de nosotros, alguien yace acurrucado en el suelo vestido con una elara harapienta y manchada de sangre. No es alguien cualquiera. Me acerco a él medio corriendo, medio tropezando. Los susurros se elevan hasta alcanzar un tono febril y ahogan mis gritos. Me derrumbo junto a Rudjek. Las lágrimas me enturbian la visión y se me atragantan. Hay mucha sangre, demasiada, y también está cubierto de polvo, como si lo hubiesen desenterrado de una tumba. Mi magia se le aproxima para buscar su *ka*, pero rebota y se disipa en el aire. Le envío pensamientos sanadores, pero ese tipo de magia también se disuelve. El jefe litho que llevo dentro conoce íntimamente a la muerte y ha traído a muchos de vuelta de su umbral, pero, por más que me esfuerce, la magia rebota en el cuerpo destrozado de Rudjek.

Dioses, no. ¿Cómo es posible que haya llegado hasta aquí tras la truculenta escena en el Bosque Oscuro y sea imposible salvarlo? Tiene que haber un modo de ayudarlo. No puede ser demasiado tarde.

—Arrah. —Essnai se agacha a mi lado—. Se ha elevado.

—No, no, no —susurro—. Se pondrá bien.

Sukar y Essnai se me llevan de su lado y no tengo fuerzas para forcejear. Está muerto y los malditos cravens han enviado su cadáver para atormentarme. Es la única explicación posible.

El silencio alarga el momento y mi angustia, pero, de pronto, se mueve.

—Veinte dioses. —Rudjek tose—. ¿Vuelvo a estar soñando?

Algo se derrumba en mi interior y corro a su lado.

—¿Y yo? —pregunto con los ojos llenos de lágrimas—. ¿Eres real?

Rudjek rueda sobre un costado y me mira con ojos cansados y embelesados.

—No te imaginas lo difícil que es dar contigo.

Las palabras le vibran en el pecho, un pecho esculpido en piedra y más cálido que mil soles. La elara hecha jirones deja al descubierto pedazos de su piel bronceada. Toco con los dedos su ropa destrozada para asegurarme de que no es una aparición, de que realmente se trata de él. Siento un cosquilleo caliente en la piel, como siempre que nos tocamos. No tiene ninguna herida en el estómago, a diferencia de lo que vi en la visión, en la que el craven prácticamente lo partía por la mitad. Hay mucha sangre, pero ni rastro de su procedencia. Me da igual. Está vivo y está aquí conmigo. Sukar carraspea detrás de nosotros y le quito las manos de encima.

—¿Cómo has llegado hasta aquí? —pregunto mientras Rudjek se incorpora—. ¿Cómo sabías dónde estábamos?

—Re'Mec me envió de vuelta —responde Rudjek mientras Sukar y yo lo ayudamos a levantarse.

Sukar cruza los brazos.

—¿Cómo llegaste a tener tratos con un orisha?

—Es una larga historia —replica Rudjek, contemplando el recinto vacío del Templo.

Cumplió su promesa. Fue a buscarme.

Reviso su cuerpo tres veces en busca de lesiones, y él me mira como si fuese un espíritu conjurado de la nada. Su mirada está cargada de nostalgia, dolor y remordimiento. Dejando a un lado que apesta, está bien. Está mejor que bien. Está vivo.

—Te vi… morir en el Bosque Oscuro. —La imagen de Rudjek tendido en el claro se repite en mi cabeza.

—Morí en el Bosque Oscuro.

—¿Otra larga historia? —suspira Essnai.

Rudjek inspira trabajosamente.

—Más larga que la de antes.

Rudjek me mira directamente a la cara y una oleada de calor abrasador me trepa por el cuello. Estoy segura de que, como Tam, ve lo que los rituales me arrebataron. Sus ojos suplican la respuesta a una pregunta que no formula.

—Re'Mec me lo contó todo.

No da más explicaciones. No es necesario. El silencio que se hace entre ambos es ensordecedor.

—Bien, por fin estamos todos —dice una voz que suena a pergaminos arrugados.

Nos damos la vuelta y Sukar tartamudea:

—¿Tío?

Barasa está en el patio. Lleva el caftán amarillo andrajoso y sucio.

—¿Quién más habría atrapado su *ka* en este lugar espantoso? Sukar se ríe con los ojos llenos de lágrimas.

—Solo un loco.

El vidente parece de carne y hueso, pero cuando lo miro mejor me doy cuenta de que es una nube de niebla con forma humana. Igual que Arti en mi visión antes de tomar forma. La magia que sentí en el viento al llegar al Templo era la suya. La magia de un difunto.

—Un loco que debe transmitir un mensaje. —Barasa nos indica que lo sigamos con un gesto—. El viento confía secretos.

Sukar y Essnai obedecen sin rechistar. Rudjek me mira arqueando una ceja y me encojo de hombros. Estamos tan cerca que nuestros dedos se tocan mientras también seguimos a Barasa. Entramos a toda prisa en el vestíbulo y nos dirigimos al Salón de los Orishas. Al pensar en lo que Sukar ha dicho antes, intento imaginarme a Efiya ocupando el lugar de la Sin Nombre. ¿Podría mi hermana ser ella? La magia de mi interior se centra en la estatua para buscar respuestas, pero Barasa interrumpe mi concentración.

—No tenemos mucho tiempo —explica—. Debo entregar el mensaje que liga mi *ka* a este lugar antes de que la magia se desvanezca. —La voz le flaquea y frunce el ceño—. Soy consciente de los acontecimientos recientes..., de la *tragedia* que azota a nuestro pueblo.

Bajo la mirada para esconderme del dolor que veo en sus ojos, un dolor que es como una herida infectada que no deja de empeorar.

—¿Efiya sabe que estoy aquí?

La pregunta resuena en el salón y todos contenemos el aliento.

Barasa asiente, con el rostro compungido.

—Sí, pero ahora mismo está demasiado ocupada matando orishas para preocuparse por ti.

Aprieto los dientes al recordar cómo cayó Koré a los pies de mi hermana.

—¿Cuántos van?

—Además de la Reina Gemela... Ugeniou, el cosechador, y Fayouma, la madre de las bestias y las aves —responde Barasa.

Me apoyo en la estatua de un orisha, sin siquiera ver de quién se trata, mientras asimilo la información.

—Quedan once si contamos a la Sin Nombre.

Barasa chasquea los dedos y las antorchas de las paredes se encienden.

—De momento, el Templo es un lugar seguro. —Se desplaza por el suelo, medio volando, medio andando. Su caftán amarillo pálido roza la piedra a su espalda—. Está protegido contra la magia demoníaca.

—¿Por qué no te has manifestado hasta ahora? —Sukar cruza los brazos y mira a su tío—. He subido al Templo en incontables ocasiones y nunca te has mostrado ante mí. Soy tu *sobrino*. Por el amor de Heka, incluso oficié tu rito funerario.

—¡Tan quisquilloso como siempre! Modera ese tono, muchacho. —Barasa da unos golpecitos en el hombro a Sukar—. ¿De verdad crees que no me habría aparecido si hubiese podido hacerlo? Los orishas participaron en la magia que unió mi *ka* al Templo, y me prohibieron aparecer hasta que *ambos* estuviesen aquí.

El vidente me señala con un dedo retorcido sin mirarme a los ojos y después indica a Rudjek.

Rudjek y yo nos miramos, atónitos.

Siento escalofríos en los brazos.

—¿Por qué nosotros?

—Porque vosotros dos debéis matar a la serpiente. —Barasa entrelaza los dedos. Cuando por fin me mira a los ojos, lo hace con una mirada pesarosa—. Antes de que encuentre el *ka* del Rey Demonio.

Me llevo las manos a los hombros.

—Ya lo he intentado y he fracasado.

Rudjek apoya las manos en las empuñaduras de sus shotels.

—Yo lo haré.

Tan audaz como siempre. Tengo que reprimir una sonrisa.

Barasa alza las manos.

—Muchacho, si pudiese hacerlo cualquiera, no estaríamos teniendo esta conversación. Mientras los orishas mantienen ocupada a Efiya, quieren que Arrah se haga con la daga del Rey Demonio. Solo alguien tocado por su magia puede blandir esa daga. *Tú* debes ayudarla.

—¿Qué tiene esa daga que la hace tan especial?

Essnai está apoyada en la estatua de Re'Mec con los brazos cruzados. Es tan grande que la cabeza de mi amiga descansa sobre la rodilla del orisha.

—El Rey Demonio usaba esa daga para capturar las almas de sus enemigos —contesta Barasa—. Los orishas usaron una magia semejante para atrapar su *ka*.

Koré siempre supo de la existencia de mi maldición y cómo usarla en su beneficio. Rudjek da un paso hacia mí en un gesto protector. No lo sabe y ahora es un buen momento para explicárselo. Resumo la historia porque no soy capaz de admitir las peores partes, lo que no he sido capaz de admitirme ni a mí misma, como que la magia del Rey Demonio escarbó en mi interior, se acurrucó alrededor de mi corazón y tocó mi *ka*. Me resultó familiar de un modo inexplicable. También le hablo de Efiya y de los niños a los que convirtió en *ndzumbi*.

Cuando el vidente se dispone a volver a hablar, Rudjek levanta la mano para acallarlo.

—Veinte dioses, no me puedo creer que estemos perdiendo el tiempo escuchando esto —protesta en un tono estridente—. Los orishas y los videntes fueron quienes pergeñaron el Rito de Paso. ¿Cuántas familias han destruido con sus jueguecitos? Para ellos, esto no es más que otro juego. No les importa lo que nos ocurra a ninguno de nosotros.

Essnai y Sukar desvían la mirada del rostro devastado de Rudjek. El dolor por sus hermanos se asoma a sus ojos del color de la medianoche como las primeras gotas de la lluvia que antecede a una inundación. Nadie en todo Tamar puede decir que el Rito no lo ha afectado de uno u otro modo.

—¿Acaso no te envió de vuelta Re'Mec, muchacho? —pregunta Barasa—. Él te ayudó.

—Me ayudó después de hacer que me matasen —replica Rudjek.

Me sobresalta la frialdad y la resignación que impregnan su voz. Tendremos que hablar de este asunto de la muerte y la resurrección en cuanto se nos presente la oportunidad.

Recuerdo las manos de mi madre alrededor de la daga con la que me talló la serpiente en el pecho.

—Lo haré —anuncio, y Rudjek se calla—. No voy a quedarme de brazos cruzados mientras Efiya destruye el resto del mundo. Ya llevo demasiado tiempo manteniéndome al margen. No pienso seguir haciéndolo.

Rudjek abre la boca para protestar, pero lo fulmino con la mirada.

—Por una vez, estoy de acuerdo con Rudjek. —Sukar se aclara la voz—. Si Efiya es capaz de matar orishas, ¿qué posibilidades hay de derrotarla? También mató a los brujos, y vencerla será casi imposible incluso contando con la magia combinada de todos los jefes.

—Ella tiene una oportunidad. —Barasa me vuelve a mirar—. Es la única.

—Soy la única que fue tocada por magia demoníaca —mascullo.

—¿No se suponía que el Rey Demonio comía *kas*? —pregunta Rudjek, que sigue enojado.

—Se comió los *kas* que quiso —responde Barasa con impaciencia—, pero todos los *kas* que consumía pasaban a formar parte de él. Aprisionó al resto en la daga.

—Los orishas usaron su propio truco para atraparlo a él —susurro pensando en la caja de Koré.

—¿Y qué evitará que Efiya mate a Arrah antes de que se le acerque lo suficiente para usar la daga? —pregunta Rudjek.

—Creo que podré mantenerme viva el tiempo necesario para hacerlo.

Cruzo los brazos. Ya estuve a punto de llegar hasta Efiya una vez, pero Merka se interpuso en mi camino. Puedo volver a hacerlo.

Essnai se separa de la estatua de Re'Mec y endereza la espalda.

—No me gusta.

—¡Por fin hay alguien más que muestra un poco de sensatez! — exclama Rudjek, que vuelve a levantar la voz—. ¡Es un mal plan! No tiene en cuenta el detalle de que Efiya dispone de un *ejército* de demonios. No es tan fácil como acercarnos a ella y clavarle una daga en el corazón.

En cuanto he decidido que lo iba a hacer, Rudjek ha empezado a hablar en plural. *Nosotros*. Rudjek no consentirá que lo intente sola.

Sukar da un paso al frente.

—Espero que nos incluyas a todos en ese plural.

Rudjek se encoge de hombros.

—Me ofrezco voluntario para ayudar.

—Yo también me ofrezco voluntaria —interviene Essnai.

Si Essnai nos ayuda, Kira estará al lado de su *ama*. Majka también querrá participar: si no lo hace por ayudarme a mí, lo hará para poder incordiar a Rudjek. Sin embargo, sabiendo lo que mi hermana es capaz de hacer, me aterroriza la idea de que mis amigos estén cerca de ella.

Suspiro, con el corazón y la mente en un puño.

—¿Dónde está la daga?

—Escondida en una cámara bajo el Templo de Heka —responde el vidente.

—¿Y por qué a los orishas no se les ocurrió este plan antes, cuando Efiya no era tan poderosa? —pregunta Rudjek.

—Antes, Arrah tenía que romper la maldición de la sacerdotisa *ka* —explica Barasa en tono seco—. Después, los jefes debían morir... —Vuelve a mirarme a los ojos—. Tal como presagió tu abuela.

Rudjek se pone tenso a mi lado y yo me quedo sin palabras. *La abuela lo sabía*. En mi mente aparece la visión que tuvo en el último Festival de la Luna de Sangre. En todas sus visiones anteriores me había visto sola delante del Templo de Heka.

En la última, vio las sombras de los cinco jefes detrás de mí, cada uno con una mano en mi hombro. Se me hace un nudo en el estómago al pensar en lo horrible que debió ser para ella vivir sabiendo lo que sabía.

Sukar mira a su tío con una expresión aprensiva.

—¿Qué nos estás ocultando?

Barasa se estremece y gira de nuevo hacia mí su cuerpo fantasmal.

—Blandir esa daga también te matará a ti.

TREINTA Y CUATRO

De no ser porque ya está muerto, Rudjek le habría clavado los shotels en el corazón. Un largo escalofrío me desciende por la espalda y los gritos de ambos me retumban en los oídos. El corazón me late tan fuerte que me duelen las sienes. No quiero morir, pero lo cierto es que ya tengo un pie en la tumba. Ni siquiera la magia de los jefes puede traer de vuelta los años de vida que he intercambiado. Los demonios del desierto me llamaron *ndzumbi*. Soy un cadáver que anda, y la vida es un precio muy bajo que pagar si con ello consigo detener a mi hermana.

—Basta —digo poniendo punto final a la discusión. Se me nubla la vista y me froto la frente—. Es una decisión que me corresponde tomar a mí, y estoy decidida a seguir adelante.

Una sombra oculta el rostro de Rudjek, pero no enmascara sus lágrimas. Suelta las empuñaduras de los shotels y deja caer las manos a los lados del cuerpo. No cuestiona mi decisión porque sabe que no servirá para nada.

Una vez se ha callado, pregunto:

—¿Por qué me matará la daga?

—La orisha que forjó la hoja la hizo así —contesta el vidente zu disgustado—. Le concedió a él, y solo a él, el poder de atrapar almas, y la magia solo responde a su tacto.

Conozco a Barasa prácticamente de toda la vida, y nunca le había visto una expresión tan sombría y de puro odio como la que luce al mirar la estatua de la Sin Nombre. Los orishas erradicaron su nombre. La borraron de la historia. A juzgar por el ejemplo de Koré, que un momento era una niña engreída y al siguiente una asesina peligrosa, los orishas son volubles. La Sin Nombre debió de forjar la daga del Rey Demonio. Se puso de su parte durante la guerra y traicionó a sus hermanos por él.

—Cualquier otra persona moriría al tocar la daga, pero tú puedes engañarla —me asegura el vidente—. Todavía queda en tu interior un residuo de la magia del Rey Demonio. La daga es lo bastante poderosa para matar tanto a mortales como a inmortales… Bastará para cumplir su cometido, pero no para mantenerte con vida. —La silueta de Barasa empieza a desvanecerse—. Si tienes alguna pregunta, es el momento de hacerla.

No tengo preguntas.

Decidimos quedarnos en el Templo hasta que estemos listos para iniciar el viaje de ocho días a las tierras tribales. Barasa pasa sus últimos instantes a solas con su sobrino, antes de que la magia que ata a su *ka* se desvanezca. Más tarde, Sukar y Essnai van a comprar provisiones para el viaje y a buscar a Kira y Majka. Rudjek y yo nos lavamos en los barracones y después buscamos ropa limpia entre las literas. Ambos acabamos vestidos con las túnicas negras y los pantalones ajustados de los sirvientes del Templo. La ropa huele tanto a moho como los salones del recinto.

El tío de Sukar registró las estancias de mi madre y no encontró nada relevante. También revisó las catacumbas bajo el Templo. Nos ha contado que hay tres niveles subterráneos, dos de los cuales desconocía hasta después de su muerte. La mayoría de las cámaras estaban intactas, pero era evidente que mi madre había usado algunas de ellas para celebrar rituales. Decido investigarlas por mi cuenta y usar la magia para buscar alguna pista acerca de su siguiente movimiento.

Me siento inquieta mientras Rudjek y yo cruzamos la oscura antecámara de camino a las estancias de mi madre. Comenzaré por allí y, según lo que encontremos, probaré suerte en las catacumbas, aunque temo que, si tengo que ir bajo el Templo, me asalten los recuerdos de la noche en la que estuve allí con Arti y Shezmu.

Ya en las habitaciones de Arti, me gustaría preguntarle a Rudjek por el Bosque Oscuro, pero me resulta agradable estar juntos sin hablar, así que me muerdo la lengua. La habitación de Arti contrasta con los pasillos de piedra del exterior, y cuenta con unos lujos que nunca hemos visto en casa. Me recuerda a un decorado teatral, como si Arti fuese a actuar frente a la asamblea. Rastros de la fragancia de miel y coco de mi madre perfuman el ambiente y emociones encontradas se me asientan en el estómago. Es el olor de mi hogar, pero también un olor impregnado de malos recuerdos.

Cortinas de gasa rodean una cama lo bastante grande para albergar a un gigante. La sala de estar está repleta de ornamentos chapados en oro y baratijas de todo tipo. Durante las vigilias, los videntes se recluían en el Templo. Yo siempre ansiaba que llegasen, porque Arti pasaba días fuera de casa, trabajando. Nadie podía imaginar que estuviera planeando destruir el mundo. En cualquier caso, aquí no hay más que un eco lejano de su magia, y siento alivio cuando nos marchamos.

El candil de la antecámara mantiene las sombras a raya. Cierro los ojos y, mentalmente, veo un shotani en cada esquina.

¿Adónde los ha enviado el nuevo Todopoderoso junto con el resto de gendars? Essnai dijo que nadie lo sabía con certeza, pero me llama la atención el momento del traslado. Si no le importa que los demonios saqueen el Reino y asesinen a su pueblo, ¿qué le importa? Paso la mano por la pared húmeda y percibo las escrituras angulosas de los videntes grabadas en la piedra. El texto se arremolina en mi cabeza y los susurros del jefe zu, el maestro escribano, se imponen a los demás. Desde que los *kas* de los brujos se unieron a mí, mi percepción ha cambiado. Siento una conexión más profunda con el mundo, y siento que hay mucho más que soy incapaz de asimilar.

Miro el mural del Cataclismo Supremo, la historia de la creación de los orishas, en la pared opuesta. Un volcán escupe nubes de tormenta. Según los videntes, el Cataclismo Supremo precede a todo lo demás. Antes de la aparición de los orishas, creó el orden y el caos. El tiempo surgió del orden, y la vida y la muerte nacieron del caos. Los susurros de mi cabeza suenan tan febriles que me hacen sentir que yo también estoy cayendo en el Cataclismo Supremo. Tam me contó una versión más colorida de la historia de la creación. Cuanto más sé de los orishas, más ajustada a la realidad me parece la versión de Tam.

He recorrido estos salones incontables veces, pero ahora también los veo a través de los ojos de los jefes. Vislumbro imágenes fugaces de videntes del pasado celebrando rituales, siento el roce de magia muy antigua y distingo las tenues líneas que conectan todo lo que hay en el universo. Los pensamientos de los jefes entran en conflicto con los míos, y cuesta separar unos de otros y mantener mis recuerdos íntegros.

Rudjek me toca la mano.

—¿Te encuentras bien?

Parpadeo y enfoco de nuevo su rostro.

—Resulta que los cinco jefes dan mucha guerra. Les gusta hablar a todos a la vez, —Me doy cuenta de lo cerca que estamos y me ruborizo. Me aclaro la voz—. ¿Has estado con Re'Mec todo este tiempo?

—En cierto modo, sí. Tras escaparme de mis aposentos, tropecé con *Tam* de camino al Mercado Oriental. —Rudjek hace una mueca de desdén al pronunciar su nombre—. Cuando digo que «tropecé con él», me refiero a que me salió al paso y chocamos. —Rudjek hace una pausa y respira hondo para serenarse—. Arrah... ¿Cómo de bien conoces a Tam?

—Sé que es un malnacido egoísta. —Arrugo la nariz—. No le importó haberte enviado a seguir una pista falsa.

—Ya veo. —Rudjek arquea las cejas, sorprendido—. Conozco a Tam de toda la vida. Crecimos compitiendo en la arena de mi padre y asistimos juntos a clases privadas durante años. No dudé de su palabra cuando dijo que había oído a la sacerdotisa *ka* ordenar a un sirviente que organizase su traslado al valle Aloo.

Veinte dioses. Debería haber sabido que era un error no calcinar a Tam en el callejón. Él solito sirvió a Rudjek en bandeja a los cravens.

—No sé si era cómplice de mi madre o...

—Tam no es quien pensábamos.

Antes de que se hiciera escriba, no había visto mucho por ninguno de los mercados a Tam, el joven de complexión bronceada yöome, facciones tamaras, cabello rubio y ojos azul celeste. No había dado importancia al detalle porque muchas familias de clase alta no se prodigaban por el núcleo de la ciudad, ya que enviaban a sus sirvientes a comprar lo necesario.

Tam me narró la historia de los orishas con tal nostalgia que cualquiera habría dicho que la había vivido en primera persona. Y lo que dijo en el callejón sobre los demonios cuando me pregunté por qué era tan fácil matarlos. «Repite la pregunta cuando des con uno de ellos que haya consumido cien o mil almas». De pronto, comprendo la verdad.

—Tam es Re'Mec.

Rudjek asiente. Tenía razón en lo referente a los orishas. Les gusta jugar. La verdad es dolorosa como un latigazo: para ellos, no somos más que simples muñecos. La primera vez que vi a Koré en el callejón, parecía completamente humana. Pude reconocerla por la magia, el pelo serpenteante y la caja, pero solo porque me permitió ver esos detalles. Nunca he percibido ni rastro de magia en Tam, pero siempre ha sido un camaleón. Mientras Koré me ayudaba, él debía estar con Rudjek en todo momento. Y no solo eso: Re'Mec lo ha estado vigilando desde que era un niño.

Tras años de clases con los escribas, sigo siendo incapaz de asimilar que los orishas caminan entre nosotros. Para ellos, somos piezas de una partida de perros y chacales. Arti y Efiya son las piezas del Rey Demonio, y Rudjek y yo somos las de los orishas. Confié en Koré incluso tras descubrir que los orishas mintieron acerca de los demonios. Ahora me doy cuenta de que estuvo al tanto del plan de los jefes en todo momento y no me dijo nada. Me frustra pensar que, sin ellos, ya estaríamos muertos.

Rudjek vuelve a escrutar mi rostro.

—Parece que acabes de ver el fin del mundo.

—Nada nuevo. —Suspiro y hago un gesto desdeñoso con la mano—. Ya lo vi hace meses.

Estamos tan cerca que siento el calor que desprende su cuerpo. No puedo dejar de mirar sus largas pestañas morenas, y el salón parece más pequeño e íntimo de lo que debería. Con nuestras familias desperdigadas y nuestros amigos lejos, nadie puede interrumpir este momento. Esta vez, nadie nos separará.

—A los pocos días de mi llegada al valle Aloo, encontré un campamento abandonado. —Rudjek se aclara la garganta y prosigue la historia—: No me lo explico, pero... el campamento olía a ti. —Gira la cabeza para ocultar que se ha ruborizado—. Olía como tú en este preciso instante. Una fragancia dulce y embriagadora. Olía a algo prohibido...

—¡Rudjek! —Yo también me ruborizo—. Estamos hablando del valle Aloo, ¿*recuerdas*?

—Perdona. —Se pasa los dedos por los rizos morenos desaliñados—. Es que me distraes.

—¿Acaso tú no me distraes a mí? —replico.

—¿Por dónde iba?

—Por el campamento abandonado.

—Alguien había arrasado el campamento. —Traga saliva y se balancea sobre los talones—. Pensé en el Bosque Oscuro, los cravens y las historias que nos contaban de pequeños...

«Los cravens no se dejan ver», me dijo mi padre. «Solo es posible percibir su presencia». Decidieron no mostrarse a Oshhe el día que fue a cazar al buey blanco, pero Rudjek no tuvo tanta suerte. Ya no tiene el emblema familiar; se lo arrebató el craven que lo mató en mi visión.

—Tengo la impresión de que las historias que nos hicieron creer no cuentan toda la verdad sobre los cravens.

—Las historias no hacen justicia a lo que son —añade con la voz temblorosa, y su sencilla declaración desprende tanto dolor que le acerco una mano para acariciarle la mejilla. Gira la cara al sentir mis dedos, hasta que sus labios me rozan la palma, e inspira. Tiene la piel muy caliente—. Pueden hacer cosas que no había visto jamás... —Me mira con unos ojos repletos de una tristeza desesperanzada que me parte el corazón—. No sé si puedo confiar en mis recuerdos.

—¿Qué te pasó, Rudjek? —susurro.

—Luché contra un craven que estuvo a punto de partirme por la mitad —dice, y el cansancio preña cada una de sus palabras—. Entonces morí —añade.

Ambos guardamos silencio mientras se levanta la túnica negra para mostrarme el estómago liso y sin cicatrices.

—Las garras del craven siguieron esta trayectoria. —Mueve la mano de izquierda a derecha sobre su estómago y recorro el mismo camino con los dedos. Se me calienta todo el cuerpo y se le pone la piel de gallina siguiendo el curso de mi tacto. El corte invisible acaba sobre el hueso de la cadera de Rudjek, y tardo un instante más de lo debido en retirar la mano. Casi siento la expectación que palpita en sus venas, tan intensa como la mía.

—¿Y Re'Mec te trajo de vuelta? —pregunto apartando la mano y mirándolo.

—No, no fue él —replica Rudjek, rojo como un tomate—. Me curé solo.

Me dispongo a hacer más preguntas cuando un cosquilleo familiar me trepa por los antebrazos. Rudjek también debe percibirlo, porque se da la vuelta bruscamente y desenvaina los shotels. Ambos miramos hacia la oscuridad abrumadora.

—Esto es lo que yo llamo una reunión emotiva —ronronea una voz conocida que me hiela la sangre—. Me costó lo mío acabar con los guardias de los orishas de este lugar. —La luz de las antorchas ilumina a Merka. Sigue ocupando el cuerpo larguirucho del pescador flaco con la cara picada de viruelas, pero se mueve con una extraña gracilidad que antes no poseía—. Tu hermana está muerta de preocupación por ti, Arrah. Habría venido personalmente, pero está bastante... ocupada.

Los susurros de los jefes vuelven a bombardearme, y hacen tanto ruido que siento que la cabeza me va a estallar.

Rudjek y yo nos alejamos de él, pero algo se mueve entre las sombras a nuestra espalda.

—Parece que es mi noche de suerte —gruñe Rudjek—. Pudré matar a mi primer demonio.

Se me hace un nudo en el estómago. Rudjek no sabe a qué se enfrenta. Si lo que Tam dijo en el callejón es cierto, los shotels no le servirán de nada. Cuantas más almas consume un demonio, más poderoso se vuelve. Cuatro demonios más aparecen de entre las sombras que hay tras Merka.

Si ellos están aquí, Efiya y su ejército no pueden andar lejos.

—Será un placer mataros.

Merka sonríe y los demás demonios se abalanzan sobre nosotros. En el momento en el que Rudjek alza los shotels, alguien me agarra por la espalda. Pataleo, grito y lanzo puñetazos, pero algo me golpea tan fuerte en la cabeza que las piernas me flaquean y veo borroso. Rudjek intenta llegar hasta mí, pero lo rodea una horda de incontables demonios.

—¿Me has echado de menos? —me susurra Merka al oído en un tono suave como el hidromiel. Me lleva a rastras a una habitación, cierra violentamente la pesada puerta que la guarda y me propina un empujón que casi me hace caer al suelo. Es más fuerte y más rápido que antes, y el poder le brilla en los ojos.

Estamos en un reducido estudio sin ventanas y sin más salida que la puerta que ha dejado a su espalda. En el suelo hay candiles encendidos distribuidos a lo largo de las paredes, y una silla y una mesa en un rincón. Retrocedo hacia la mesa y Merka acorta el espacio que nos separa.

Sonríe de nuevo.

—Me ha parecido que nos vendría bien algo de intimidad.

—¿Dónde está mi hermana? —pregunto para distraerlo.

—Librando una guerra contra sus enemigos. —Merka se encoge de hombros—. Me ha enviado para que me ocupe de ti.

No es difícil imaginar lo que quiere, que es lo mismo que desea Efiya. Mi hermana nunca ha podido escrutar el interior de mi mente, así que ha enviado a Merka a recabar información. ¿Sabe que los *kas* de los jefes están conmigo?

El color de sus ojos varía del jade al verdemar, y adquieren un matiz esmeralda antes de recuperar el tono jade original. El corazón me late con fuerza, pero su mirada me serena. Me hundo en unas cálidas arenas movedizas que me arrastran hacia su estómago y, cuanto más hondo desciendo, más me regodeo en su mar de tranquilidad. Olvido las preocupaciones; Efiya deja de importarme, y tampoco me preocupan Rudjek o mi padre. Lo único que importa es que me adentro más en los ojos de Merka y viajo hacia su alma.

—¿Sabes por qué tu hermana eligió rehacerme a mí primero? —pregunta Merka.

Me doy cuenta de que estoy sentada en la silla y se arrodilla delante de mí. Abro la boca para hablar, pero estoy demasiado cansada y me limito a negar con la cabeza.

—Me trajo de vuelta por ti —explica divertido—. Le pareció que mis talentos peculiares resultarían útiles. Son muy parecidos a los del antiguo sacerdote *ka*, pero a diferencia de él... yo puedo hacerlo muy placentero.

Parpadeo y me encuentro sola en un plano vacío dentro de la mente de Merka. Una luz suave brilla a mi alrededor, pero su oscuridad perversa repta sobre mi piel e invade cada centímetro de mi cuerpo. En el interior de esta criatura no hay nada bueno, solo ilusiones engañosas. Puedo ver su auténtico rostro. Es más alto de lo que debería ser posible y deforme, un monstruo de dos cabezas con la boca llena de sangre y sin ojos.

—Ábreme la mente, Arrah. —Volver a oír mi nombre me despierta del trance, y regreso a la silla de la habitación en penumbra—. Cuéntame tus secretos.

—Tú primero —grazno. Apenas puedo respirar—. ¿Solo eres el perrito faldero de mi hermana?

Merka me propina una bofetada que me hace crujir la mandíbula. De no estar ya sentada, habría caído de rodillas. La sangre que me humedece la boca sabe a tierra mojada, pero disipa los restos de la neblina que me confundía. La magia de mi interior me sana la mandíbula, mitiga el dolor hasta reducirlo a un recuerdo vago, vibra bajo mi piel y me aclara la mente.

—Admiro tu coraje. —Aprieta los dientes—. Será un placer aplacarlo.

Por el resquicio bajo la puerta veo sombras oscuras que se desplazan por la antecámara, donde el combate prosigue. Si la pelea continúa, Rudjek está vivo. Todavía hay esperanza.

El sudor me resbala por la parte baja de la espalda cuando Merka me sujeta la barbilla y me obliga a volverlo a mirar. Sin embargo, esta vez estoy preparada: la jefa mulani me indica qué debo hacer. Su magia penetra en los rincones más profundos de la mente del demonio. Es una criatura llena de vicios, pero, en el fondo, no es más que un ser marchito e insustancial. Un torrente de poder me atraviesa y lo someto a mi voluntad con la misma facilidad con la que machacaría un puñado de hierbas. Abre los ojos como platos, primero sorprendido y después atemorizado.

Replicando la voz autoritaria de la jefa mulani, digo:

—Suéltame.

Merka asiente y pierde la fuerza en la mandíbula y los brazos. Un fulgor blanco me ilumina las palmas y se las apoyo en las mejillas. Los ojos jade del demonio se vuelven casi translúcidos. Intenta hablar mientras el rostro se le llena de grietas, pero lo sujeto para que no se mueva. La piel se le deshace como papel quemado y la carne se le ennegrece y se le desprende de los huesos. Nos miramos a los ojos por última vez y maldice antes de que la transformación se extienda a todo su cuerpo.

Mi furia no conoce límites, y cuando termino no queda nada de él.

TREINTA Y CINCO

La ira todavía me hierve en la sangre, pero no puedo dejar de mirarme las manos, pensando en lo que le han hecho a Merka. Pensando en lo que he hecho por voluntad propia. Lo he matado. Esta vez no puedo echarle la culpa a la magia tribal, como cuando la magia demoníaca mató a aquellos hombres en el árbol sagrado. Ahora soy consciente de que el fuego que arde dentro de mí es solo mío. Yo lo controlo. Incluso cuando la magia demoníaca respondía a mis órdenes, no hacía más que cumplir mis deseos, por más devastadores que fuesen. He soñado toda mi vida con poseer magia, y ahora que la tengo, no puedo evitar preguntarme si este es el motivo por el que Heka me negaba sus dones durante el Festival de la Luna de Sangre. Él sabía de lo que soy capaz.

La magia se enfría dentro de mí y mi ira se apacigua justo cuando Rudjek derriba la puerta y entra en la habitación. Está cubierto de sangre. Suspiro, aliviada. Está bien.

—Veinte dioses. ¿Eso lo has hecho tú? —Mira la pila de cenizas, lo único que ha quedado de Merka. El asombro y la incredulidad se asoman a sus siguientes palabras—: Supongo que no soy el único que guarda un secreto.

La siguiente hora es frenética. No podemos esperar a nuestros amigos. No hay tiempo, y la verdad es que no están a salvo conmigo. Efiya enviará a más demonios o vendrá ella misma. No confío en los orishas ni en su plan, pero tengo que hacer algo.

Intento convencer a Rudjek para que se quede con ellos, pero sin mucho entusiasmo. Ni siquiera escucha mis protestas. De todos modos, no puede decirse que las cosas nos fuesen muy bien a ninguno de los dos cuando el visir desterró a mi familia y lo dejé atrás. Barasa dijo que Rudjek y yo juntos podíamos detener a mi hermana, y Rudjek deja muy claro que piensa acompañarme. Me alivia saber que estará a mi lado cuando llegue el final.

Abandonamos el Templo y descendemos al núcleo de Tamar. En el límite occidental de la ciudad, distinguimos la silueta lejana de las montañas Barat. Por suerte, nadie nos reconoce cuando hacemos una parada para comprar provisiones, caballos y una vara para mí. La gente está demasiado ocupada ganándose el pan para sobrevivir un día más. El coraje que veo arder en sus ojos entre tanta destrucción me llena de esperanza. No me puedo salvar, pero tal vez pueda salvarlos a ellos.

Rudjek no habla mucho, pero me mira cuando cree que estoy despistada. Yo hago lo mismo. A veces se refugia en sí mismo, los ojos se le vuelven distantes y la expresión, reservada. Ya le había visto la cara convertida en una máscara, pero jamás en una fortaleza semejante. Yo también he cambiado, porque algunos momentos me llevan de vuelta a Kefu y me aceleran el pulso. Momentos en los que me entra un sudor frío al oír el crujido de una ramita bajo los cascos de los caballos. Momentos en los que veo el rostro triste y mudo de mi padre suplicándome que lo libere.

Cabalgamos la mayor parte del día, espoleando a los caballos más de lo debido. Ambos aprendimos a montar de muy pequeños por diversión, ya que era una actividad popular entre la gente acaudalada, aunque es difícil que alguien la practique dentro de los límites de la ciudad. Cuando empieza a caer el sol, me duelen las piernas y la espalda tras pasar tantas horas sobre la silla de montar. No somos grandes jinetes, pero Rudjek parece llevarlo mucho mejor que yo.

Tras un breve descanso al anochecer, volvemos a la carretera de tierra y recorremos los campos de labranza del flanco occidental del Reino. De vez en cuando, Rudjek se muerde el labio inferior, reuniendo valor para preguntarme algo. Cuando veo sus dientes clavarse en su piel suave y flexible, mi mente fantasea y una corriente cálida me desciende por el cuello. Solo rompen el silencio los relinchos lastimeros de los caballos y el golpeteo de sus cascos en la tierra. De pronto, tras horas de viaje, el silencio extraño que se alarga entre nosotros se me hace insoportable.

—No es muy propio de ti morderte la lengua —digo para distraerme de mis pensamientos.

—¿Cómo mataste a ese demonio? —replica como un rayo.

—Uno de los jefes me dijo cómo hacerlo —respondo tras una breve pausa—. No entiendo cómo funciona exactamente, pero su magia responde cuando la invoco. —Me encojo de hombros—. Parece saber lo que quiero, aunque yo misma no esté segura de ello. Al menos la mayoría de las veces.

—¿Y no te cuesta años de vida como la otra vez? —pregunta mirándome de arriba abajo.

No soy capaz de sostener su intensa mirada. No sabe que intercambié más años de vida por magia en Kefu.

—No... Esta vez no. —Me obligo a sonreír—. No gracias a los orishas, o a Heka, de hecho.

Durante el resto del día, las conversaciones son incómodas, y están salpicadas de risas nerviosas, expectación y una cierta tristeza. Encontramos un lugar en el que acampar para pasar la noche cerca de un riachuelo en el que rellenamos los odres de agua. En el valle no se oyen más que los búhos y algún silbido ocasional del viento entre los árboles. Cerca de nosotros hay ovejas pastando en libertad en las colinas cubiertas de hierba, y el olor de sus excrementos flota en el ambiente.

Cenamos un poco de pan con queso, pero estamos demasiado nerviosos para comer mucho. Rudjek me sonríe fugazmente y me tenso. ¿Veo más de la cuenta en ese brillo travieso de sus ojos o realmente no sabe qué hacer con las manos? Se ha lavado en el riachuelo usando un jabón que le ha dejado la fragancia de un cielo perfecto. *Sálvame, Heka.* No puedo controlar la reacción de mi cuerpo cuando lo veo, sobre todo cuando me mira así. Nos sentamos tan cerca que nuestros brazos se tocan. No nos atrevemos a retirarnos a la tienda.

—Puedo dormir aquí fuera. —Rudjek se rasca la nuca—. Hay sitio de sobra.

—No será necesario —replico—. Prometo no morderte.

Rudjek se ríe.

—No estoy tan seguro.

No malinterpreto sus miradas, y él tampoco malinterpreta la mía. No me esperaba algo así. Si esto es lo que creo, antes de que acabe la noche tendré el beso que ansío. Necesito aire fresco. Me levanto y Rudjek también se pone en pie de un salto.

Se ruboriza y mira el fuego.

—Cuando estuve en el Bosque Oscuro, Re'Mec me dijo muchas cosas. No sé si creo todo lo que me dijo. Tengo que contarte algo, pero no sé cómo.

—Cuéntamelo cuando vuelva.

Miro hacia el riachuelo y le lanzo a Rudjek una mirada que espero que sea incitadora, una promesa.

Levanta la vista hacia el cielo con el ceño fruncido mientras la noche envuelve el valle.

—No tardes mucho... Me sentiré solo.

No lo había planeado, pero necesito un momento a solas para pensar.

Mientras camino entre los árboles en dirección al arroyo, doy vueltas a cómo se desarrollará el resto de la noche. ¿Hasta dónde quiero llegar? Me salpico agua en la nuca, pero no basta para mitigar el deseo que me arde por dentro. Antes de que se me olvide, trago un poco de raíz de cohosh mezclada con hierbas. No espero que las cosas vayan tan lejos, pero estoy preparada por si ocurre. La tintura impedirá que acabe encinta.

Algo me pica en el cuello. Le doy un manotazo y examino la mancha de sangre en la palma de mi mano y el mosquito aplastado. Si Efiya libera al Rey Demonio, ¿los humanos no serán más que mosquitos que aplastar? Las voces de los brujos vuelven a hablar y me mareo. Susurran sus esperanzas, sueños y miedos, como si confesármelos fuese a darles una nueva oportunidad de vivir.

No me queda mucho tiempo. ¿Cuántos años me robó la magia necesaria para romper la maldición de mi madre? Demasiados. ¿Cómo le explicas a tu mejor amigo que morirás pronto? Me horroriza pensar en lo devastado que quedará Rudjek cuando la daga acabe conmigo. Esta noche será una de las últimas que pasemos juntos.

Mientras me lavo, la luna y las estrellas desaparecen. Se me hace un nudo en el estómago. Koré, la orisha de la luna, murió por mi culpa. Se sacrificó por una charlatana porque creía que yo podría detener a Efiya. Espero que tuviera razón.

Sin la luz de la luna, regreso al campamento dando tumbos entre los árboles. Camino un buen rato, pero sigo sin ver el fuego. ¿Me he perdido? Siento un escalofrío al ver un enjambre de familiares que entran y salen de la arboleda y se cruzan en mi camino como una manada de perros salvajes. El corazón me late con fuerza. Allá donde van, los acompañan los problemas.

Efiya.

Echo a correr y los arbustos me hacen cortes en los pies y los tobillos. No hay ni rastro del campamento. Independientemente de la dirección que siga o de lo mucho que avance, el camino siempre me lleva de vuelta al arroyo. Me detengo con la frente bañada en sudor y apoyo las manos en las rodillas, jadeando. Me arde el pecho. Estoy atrapada en un laberinto.

Mi hermana tiene a Rudjek.

No debería haber permitido que Rudjek me acompañase, a pesar de lo que dijeron los orishas. Efiya es mucho peor que nuestra madre; es una chica con un poder casi ilimitado que ni siquiera distingue el bien del mal.

—¡Rudjek! —Mi voz resuena en la noche.

El silencio que sigue es vasto e impenetrable.

Los ojos se me llenan de lágrimas y un cosquilleo me sube por los brazos como un ejército de arañas. Temo lo peor. Lo está torturando. Si le apetece, hará que sea lento y doloroso. Debería haberle pedido que se marchase en cuanto se presentó en el Templo.

Oh, Heka, no, por favor.

No puedo perder también a Rudjek justo después de recuperarlo tras tanto tiempo. No tiene sentido suplicar a un dios que ha dado la espalda a su pueblo; un dios que permitió que Efiya masacrase a las tribus como si fuesen ganado, pero lo hago de todos modos.

—¡Encontraré la salida de este laberinto! —grito en la oscuridad apretando los dientes—. ¡Y encontraré a Rudjek!

Un silencio ensordecedor resuena en mis oídos como una amarga risotada. Los jefes me han ayudado en otras ocasiones, pero ahora, cuando más los necesito, guardan silencio. Debe haber otra salida. Me devano los sesos tratando de recordar algún ritual que pueda ser de ayuda. Como Efiya no puede alterar mi mente, el laberinto debe ser una simple ilusión visual. Solo necesito ver el camino correcto, como hice para escapar de la hacienda de Kefu. En el borde del agua, recojo algunas piedras y las arrojo a los árboles. Algunas llegan muy lejos, pero otras se esfuman y aterrizan a mis pies. Podría pasarme la noche entera lanzando piedras para desentrañar el camino, pero para entonces Rudjek podría estar...

Por fin oigo los susurros de los brujos. Una voz destaca por encima de las demás. Es la voz de un hombre cuyo tono fluye como un río apacible. Me concentro únicamente en lo que dice él. Puedo verlo mentalmente. Es alto y tiene la piel bronceada y casi translúcida. El jefe kes. No permito que el miedo me impida oír su voz. Me aferro a ella, dejo que fluya a través de mí, e invade cada rincón de mi mente hasta que es la única que oigo.

No estoy sola.

Puedo mostrarte el camino.

—Indícamelo —susurro en la oscuridad.

El jefe kes aparece en el límite de la arboleda como una imagen trémula. Permanece inmóvil, esperando. Tiene los ojos blancos con motas grises, y las mejillas le tiemblan, como si quisiese hablar, pero no pudiese. Puede que la energía que precisa para crear esta frágil forma física lo debilite demasiado. Me mira, y después traslada la vista a un lugar más allá de los árboles para indicarme que debo apresurarme. Me aparto y se abre paso a través de los árboles, girando y cambiando de rumbo, caminando en círculos. Ya no oigo la suave corriente del arroyo, aunque parece estar a un tiro de piedra.

En su lugar, oigo carcajadas. Es la risa de Rudjek. Exhalo aliviada: si se está riendo, tiene que estar bien. Sin embargo, ¿de qué se ríe? El brujo de mi mente se esfuma y algo me empuja a través de una puerta invisible.

Vuelvo a estar en el riachuelo. *No, no, no.* Cierro los puños, pero observo que la luna y las estrellas han regresado. Si ellas han vuelto, debo haber salido del laberinto. Corro a través de los árboles y esta vez distingo la hoguera del campamento a lo lejos. A medida que me acerco, ralentizo la marcha y siento que me flaquean las piernas.

Veo la espalda desnuda de Rudjek, de cara al fuego. Cambia de posición y distingo que hay otra persona enterrada entre las pieles bajo su cuerpo. La dulce risa de la chica entre las mantas recuerda al trino de un pájaro. Me acerco tanto a ellos que me detengo al otro lado del fuego y huelo la fragancia empalagosa de ella mezclada con el olor a lilas y humo de leña de Rudjek. Destellos de su piel de color miel y su túnica negra con volantes me queman los ojos mientras los dedos de Rudjek recorren los picos y valles del cuerpo de la joven. La abraza como si ella lo fuese todo en el mundo para él. No, como si ella *fuese* su mundo.

Mi presencia, o tal vez el cosquilleo del viento en la espalda, hacen que Rudjek mire hacia atrás. Cuando nuestras miradas se encuentran, abre los ojos como platos y se levanta torpemente del enredo de pieles. Gira la cabeza bruscamente entre la chica que sigue tendida entre las pieles y yo, perplejo. La chica se incorpora y estoy a punto de caerme de espaldas.

No puedo respirar. No doy crédito a lo que veo; a quién veo. Me rodeo la cintura con el brazo.

Efiya sonríe.

—¿Arrah? —Rudjek mira a Efiya boquiabierto y después me mira a mí.

Actúa como si no pudiera distinguirnos. Es cierto que Efiya y yo parecemos hermanas, pero ella es más alta, más felina y más hermosa. Es imposible confundirnos, ni siquiera de noche. Lo sería incluso aunque ella no tuviese los ojos verdes y yo del color del ocaso. ¿Es que somos iguales para él?

—No lo entiendo...

—¿No lo entiendes? —repito, y la magia arde en mi interior—. ¿Intentas meterte en la cama con mi hermana y ahora buscas comprensión?

Se queda boquiabierto y el rostro se le vuelve casi tan pálido como el de su madre. Se separa un poco más de Efiya.

—¿*Tu hermana*?

Efiya vuelve a tumbarse y mira las estrellas.

—¿No te alegras de que haya protegido tu virtud de esta criatura patética? —pregunta en un tono seductor.

Rudjek niega con la cabeza. Le tiembla todo el cuerpo. ¿De verdad pensaba que ella era yo? Sin embargo, Efiya puede matar dioses, y cambiar de aspecto siempre ha sido un juego de niños para ella. No le pregunto por qué lo ha hecho. Quiere castigarme, hacerme sufrir, destruir las pocas cosas buenas que me quedan en la vida. Pensaba que torturaría a Rudjek para atacarme, pero no se me pasó por la cabeza en ningún momento que fuese a hacer algo como *esto*, que lo usara a él para torturarme *a mí*.

—Arrah... Yo... No lo sabía... —tartamudea Rudjek—. Pensaba...

Efiya se levanta.

—No hace falta que me des las gracias.

No sé si habla con él o conmigo. Rudjek se abalanza sobre ella, pero la magia de Efiya me atrapa y ambas desaparecemos en una tormenta de viento y lluvia.

El mundo se esfuma. El valle, Rudjek, la tienda y la hoguera desaparecen. Un trueno retumba en mis oídos y un rayo me cae tan cerca que me chamusca el vello de los brazos. La lluvia me golpea el cuerpo en un asalto constante y las nubes nos envuelven los pies. Estamos en la cima de una montaña y el frío me hiela los huesos.

—Me decepcionas, hermana. —La voz de Efiya es el aullido del viento—. Creía que no eras de las que se escapan con un chico, pero veo que no eres distinta a los demás. Sois criaturas tan emocionales... Eso sí, admito que el chico era delicioso. El sabor de su piel es *inspirador*, y las cosas que hace con su...

—¡Cállate! —rujo como un animal acorralado a punto de atacar. Los susurros guardan silencio, pero su magia se me acumula en los dedos y me corre por las venas. Estaban esperando el momento de su venganza. Quiero proporcionárselo. Yo también quiero venganza—. No eres nada, Efiya. Eres menos que nada.

Ladea la cabeza, examinándome, y su sonrisa se transforma en un ceño fruncido.

—El único motivo por el que vives es que debes liberar al señor de nuestra madre —le espeto—. ¿Eres consciente de lo patético que es eso?

Parpadea bajo la lluvia. Tiene el pelo empapado y enmarañado. Le brillan los ojos con la curiosidad y el asombro de una niña y veo un destello de la pequeña que era hace apenas unos meses. La niña que intentó mitigar mi dolor un instante y usó su poder para paralizarme al siguiente.

—La magia de los jefes te ha vuelto atrevida.

Rechaza los insultos con un gesto de desdén.

No digo nada y el viento nos empuja y nos acerca un paso.

Efiya me mira y se ríe.

—Debería haber sabido que se iban a unir a ti, que te usarían para esconderse porque no puedo ver el interior de tu mente. Fueron muy astutos, pero no funcionará. Tomaré lo que me pertenece.

Un aguijonazo de dolor me desgarra el estómago y el rostro de la abuela aparece fugazmente dentro de mi cabeza. Estábamos sentadas con las piernas cruzadas en su tienda y las trenzas blancas le caían en cascada por encima de los hombros. Había visto a Efiya en su forma de entonces, como una serpiente de ojos verdes, un demonio. A pesar de todo, no pudo hacer nada para detenerla. Ninguno pudimos hacerlo. Mi hermana es demasiado poderosa.

La magia que ahora bulle en mi interior es el último acto de desafío de mi abuela, porque tanto ella como los demás jefes sabían que mi hermana iría a por ellos. La abuela lo presagió en una visión. No necesito preguntar qué fue de los *kas* del resto de los brujos. Efiya los debió de devorar para hacerse más poderosa.

—Solo eres una enfermedad —digo mientras invoco al viento.

Me abalanzo sobre Efiya y ambas emprendemos una caída interminable. El suelo corre a nuestro encuentro. Somos un enredo de brazos y piernas, y ambas pataleamos y gritamos. Efiya intenta entrar en el vacío, el espacio entre el tiempo, y le agarro la muñeca. Mis dedos son como un nido de víboras escurridizas que le clavan los colmillos. Chilla, desconcertada por primera vez en su vida, pero no logro sujetarla. Se libra de mí y desaparece.

Cuando impacto contra el suelo, mi mundo se rompe en mil pedazos.

TREINTA Y SEIS

Me levanto del suelo agrietado que tengo bajo los pies. No puedo deshacer lo que ya está hecho. No puedo mirar a la cara a Rudjek mientras me dirijo a la tienda y me pongo ropa seca. Aunque me siento cerca del fuego, un intenso escalofrío se adueña de mí y no me suelta. Rudjek va dos veces a lavarse al arroyo, pero el olor almibarado de Efiya se adhiere a él como la marca territorial de un perro. El resto de la noche se hace largo e insufrible, y pierdo la cuenta del tiempo que pasamos esperando la llegada del alba.

—Lo siento, Arrah —dice por centésima vez—. No lo sabía.

—Ya lo has dicho —gruño con la mirada fija en el fuego.

—¿Podemos hablar, al menos? —La voz grave se le quiebra cada dos palabras.

—¿Puedes dejarme algo de espacio? —resoplo, exasperada—. Tengo mucho en lo que pensar.

Es verdad. Tengo que olvidar lo ocurrido entre Efiya y él para centrarme en el detalle de que esta noche he hecho daño a mi hermana. Justo antes de que entrase en el vacío, mi magia la ha herido y Efiya ha huido de ella. He intentado matar a mi hermana haciendo lo mismo que para abrasar a Merka, pero el efecto de la magia en ella no ha tenido nada que ver con lo que le hizo a él. Él era un simple demonio. Efiya es un demonio y Heka a la vez, y eso la hace mucho más poderosa. En cualquier caso, lo de esta noche me da esperanza. Si puedo hacerle daño usando solamente la magia de los jefes, cuando tenga la daga del Rey Demonio podré acabar con ella.

Aunque intento concentrarme en nuestro objetivo, el corazón me arde de celos.

Imagino a Efiya en los brazos de Rudjek.

Mi hermana lo tiene todo: magia, el amor de mi madre, y ahora a Rudjek. Yo he anhelado poseer magia toda mi vida, y he rezado a Heka para que me la concediera. Ella nació rebosante de magia, mientras que yo tuve que intercambiar años de vida por unas migajas. Intenté ganarme el amor de mi madre, mientras que Efiya no hace más que rebelarse y, a pesar de todo, mi madre no la da por perdida. Ahora que conozco la historia de Arti me doy cuenta de que yo no podía hacer nada para cambiarla. Me quiere a su torturada manera. Sin embargo, ese amor no me habría bastado ni siquiera en circunstancias normales.

Y Rudjek. Veinte dioses.

Camina de un lado a otro. Detesto la expresión de remordimiento y dolor con la que me mira. Sería fácil echar la culpa de todo a Efiya, pero él debería haberse dado cuenta de que no era yo. ¿Cuánto tiempo hemos pasado juntos? Incontables tardes ociosas parloteando de cualquier tontería que nos viniera a la cabeza. Algún detalle de Efiya, por pequeño que fuese, debería haber hecho que se diera cuenta. ¿Cómo ha podido ser tan tonto?

Aguzo el oído al percibir algo en el aire y ruido entre la hierba del campo. Rudjek se detiene y se lleva las manos a los shotels. Se nos acercan unos pasos tan suaves que casi no los oigo.

Me levanto con la vara en las manos. La magia me hace cosquillas bajo la piel. Yo también estoy preparada.

Rudjek pisotea el fuego para apagarlo y nos agazapamos entre la hierba alta. Algo se mueve en el bosque, al este de donde estamos. El corazón me late con fuerza. No hemos visto ningún rastro del ejército de mi hermana, pero no tardarán en llegar. Hay magia flotando en el ambiente.

—No entiendo cómo es posible que *nadie* en todo ese apestoso pueblo tuviera unos pocos caballos de más —dice una voz aguda y protestona.

Es *Majka*, y creo que nunca he agradecido tanto oírle lamentarse de algo como ahora. Suspiro y la presión que sentía en el pecho se relaja.

Essnai entra en el claro y la luz de la luna se refleja en la franja de pintura amarilla que le va de la frente al puente de la nariz. Sukar la sigue de cerca y un brillo tenue ilumina sus tatuajes. Kira llega poco después. No sé cómo han llegado hasta aquí, pero me alegra ver a nuestros amigos.

—Para empezar, no deberíamos haber agotado a las yeguas —refunfuña Kira.

—Nos ofrecieron burros. —Sukar se encoge de hombros—. Tú los rechazaste, Majka.

—¿Has visto cómo estaban? —Majka agita un brazo—. Parecían medio muertos.

—Vosotros cuatro hacéis más ruido que una manada de hienas —digo incorporándome.

Kira agarra dos dagas y adopta una posición de ataque hasta que sus ojos sagaces nos ven y se relaja.

Essnai chasquea la lengua.

—Siempre a la fuga, por lo que veo.

—Veinte dioses. —Majka sonríe al ver a Rudjek—. Es verdad, estás vivo.

Rudjek se frota la nuca.

—He tenido días mejores.

—Algo me han dicho. —Majka da una palmada afectuosa en el hombro de su amigo—. Por cierto, tu tía nos echó de los gendars por culpa de tu numerito. Me muero de ganas de patearte el trasero.

Rudjek hace una mueca.

—Ponte a la cola.

Sukar me saluda llevándose una mano a la frente y haciendo una leve reverencia. Le devuelvo el saludo.

—¿Pensabais que os podíais escapar sin nosotros? —pregunta—. Ya sabéis que no puedo resistirme a una buena pelea.

Me encojo de hombros.

—No quería arrastraros a esto.

Essnai frunce el ceño y me mira de arriba abajo.

—Vimos la carnicería del Templo.

—Estábamos preocupados por vosotros —añade Sukar con desdén.

Los tres unimos las frentes y nos volvemos a abrazar. Durante un breve instante, me olvido completamente de Kefu, de Efiya y de mi madre. Mis amigos se alegran de que esté bien, pero también es palpable su miedo. Saben lo que ocurrirá pronto, que no pasaremos mucho más tiempo juntos. Los echaré de menos.

—No me puedo creer que el supuesto gran orisha Re'Mec sea Tam. —Majka hace una mueca—. Luché contra él en la arena muchas veces, ¿sabéis? Es espantoso con los shotels, y las dagas no se le dan mucho mejor.

Rudjek mira a todas partes para no tener que mirar a nadie a los ojos. Agarra las empuñaduras de los shotels con tanta fuerza que se le ponen los nudillos blancos.

—Es lo que él quería que pensásemos.

Kira se acerca al cráter que he dejado en el suelo al aterrizar. Acaricia una hoja con una elaborada empuñadura de hueso tallado. Es muy distinta de sus dagas habituales.

—Vaya, esto es interesante.

—Veo que tienes dagas nuevas —comento para no tener que explicar el agujero.

—Tam..., bueno, Re'Mec... nos dio juguetes nuevos para defendernos frente a los demonios. —Sukar me muestra un par de nuevas hoces resplandecientes y las hojas reflejan la luz de la luna. Las inscripciones grabadas en las armas brillan incluso en la oscuridad—. Aun así, es una sabandija mentirosa.

¿Fue así como Rudjek mató a todos esos demonios en el Templo Todopoderoso? ¿Re'Mec también reforzó sus shotels con magia? Me muero de ganas de preguntárselo, pero la rabia y el dolor hacen que me muerda la lengua.

De pronto, docenas de sombras aparecen y desaparecen bajo la luz de la luna, y Rudjek desenvaina los shotels. Kira hace volar una daga hacia la oscuridad. El arma atraviesa una sombra que se esfuma junto con la daga. Kira ahoga una exclamación y, al volverme, veo que mira la hoja, que ha vuelto a la funda que lleva ajustada a la cintura. Me mira con los ojos como platos.

—Hola, magia orisha.

No hay tiempo para las respuestas ingeniosas porque un pequeño ejército se dirige a nuestra posición, y no hay duda de quién se trata. Su magia satura el aire nocturno, y se mueven como el viento, vestidos con uniformes negros.

—Shotani —susurro.

Si mi hermana controla al nuevo Todopoderoso, también tiene a los ejércitos del Reino a su disposición. ¿Quién más indicado para darnos caza que los soldados de élite entrenados en el Templo? Podrían matar a un hombre en medio de una multitud sin que nadie se diese cuenta.

—Formad un círculo —ruge Rudjek, que asume el papel de líder sin pensárselo dos veces, una reacción muy apropiada para un chico criado para ser el próximo visir del Reino. Francamente, el puesto le viene como anillo al dedo—. La mayor fortaleza de los shotani es el sigilo. Son buenos en el arte de matar a corta distancia, pero no en espacios abiertos como este.

Rudjek habla como si ya se hubiese enfrentado a ellos. Una vez más, me pregunto qué debe haber vivido desde que partió hacia el valle Aloo, y me percato del cambio que ha experimentado. Sujeto la vara y obedecemos sus órdenes. Rudjek se coloca a mi izquierda y Sukar a mi derecha.

—Las armas que os dio Re'Mec anularán la magia de los shotani —nos informa—. Intentarán romper el círculo. No se lo permitáis.

—¿Estás seguro de lo de las armas? —pregunto—. Arti y Efiya lo habrían previsto.

A Rudjek le vuelven a centellear los ojos. El deseo me palpita en el pecho y una calidez familiar se extiende por mi cuerpo. Su mirada me recuerda el beso que no fue en el jardín, cuando su fragancia jugueteó con mis sentidos. A pesar de la incertidumbre que pesa entre nosotros y la batalla inminente, no puedo negar que una parte de mí todavía lo anhela.

—Vuelves a hablarme —observa con la voz grave y ronca—. Al menos eso es bueno.

Me mira a los ojos hasta que tengo que apartar la mirada.

—Ya os haréis carantoñas más tarde —gime Majka—. Ahora mismo, tenemos trabajo.

Los shotani entran en el valle silenciosos como familiares. Al menos son cincuenta asesinos de élite, y nosotros somos seis.

—Veinte dioses. Lo retiro. —Majka pone los ojos en blanco—. Haceos todas las carantoñas que queráis, porque igualmente estamos jodidos.

Sukar gira las muñecas y coloca las armas en posición.

—No caeré sin luchar.

La mitad de los shotani cargan a la vez mientras el resto aguarda. Corren a través del campo como gacelas. Kira lanza sus dagas, y cuando el shotani al que acierta cae, las armas reaparecen en su cintura entre un destello de luz dorada.

A pesar de nuestros esfuerzos por evitarlo, consiguen separarnos fácilmente. Essnai y Sukar luchan espalda contra espalda y se enfrentan a cinco shotani que se mueven como serpientes escurridizas. Majka y Rudjek también están espalda contra espalda, y la mayoría de los shotani van a por ellos. Bailan a nuestro alrededor como ráfagas de viento, repartiendo tajos y golpes.

Rudjek se separa de Majka para derribar a cualquier shotani que venga a por mí, pero no puede detenerlos a todos. Derribo a los atacantes con la vara, golpeando en los puntos débiles que me enseñó mi padre. Mientras los rechazo, Essnai arranca ojos y dientes y rompe huesos. Su vara es un destello de luz que se mueve en sincronía con su cuerpo. Kira corre arriba y abajo por el campo, entrando y saliendo de las sombras. Sus hojas vuelan por los aires, a veces haciendo blanco, y otras no.

Rudjek hunde su arma en el estómago de un shotani y hiere a otro en el pecho. Seguidamente esquiva otro ataque, pero no es lo bastante rápido y la hoja de un tercer shotani le impacta en el hombro. El pulso me palpita en los oídos mientras el shotani extrae la espada del hombro de Rudjek y le arranca un grito de dolor.

Tanto dolor.

Tanta sangre.

Tanta muerte.

Un regusto a hierro me impregna la lengua cuando bloqueo el arma de otro shotani con la vara. Me tiemblan los brazos al tratar de contener su fuerza bruta. La magia arde bajo mi piel, pero no la necesito. Me agacho a la derecha y trazo un arco con la vara para barrerle las piernas. Cuando cae al suelo, le golpeo con fuerza en la sien. Ningún shotani ha intentado matarme. Efiya debe querer hacerlo en persona para poder consumir los *kas* de los jefes.

Mientras Rudjek se defiende de dos shotani, un tercero se escabulle tras él. Rudjek pivota a la derecha y esquiva el golpe, pero es demasiado lento y el tercer shotani le hunde una espada en el hombro. La hoja brilla con una magia que le trepa por el cuello y le desciende por la espalda antes de disiparse. Rudjek chilla de dolor y deja caer el shotel que llevaba en la mano derecha. Como en el Templo Todopoderoso, la magia rebota en él, a pesar de que ya no lleva el broche de hueso de craven. Antes de que pueda preguntarme cómo es posible que repela la magia, hace girar el otro shotel por delante del cuerpo y abate al shotani agresor. Los otros dos aprovechan que está distraído para atacar.

Salvo el espacio que nos separa como una exhalación, golpeo a uno de los shotani en el estómago con el extremo de la vara y el soldado sale despedido hacia atrás. No, *vuela*. Ha sido obra de la magia. Me agacho, doy media vuelta y alcanzo al segundo a la altura de las rodillas. Se le rompen los huesos y sus gritos me atraviesan. En cuanto está en el suelo, lo remato con un nuevo golpe.

—Gracias. —Rudjek hace una mueca y alarga el brazo hacia su espada.

La herida del hombro se le cierra sola y me detengo, boquiabierta. Donde hace tan solo un instante había un corte, ahora solo hay sangre, polvo y una piel tersa.

El estruendo de metal golpeando contra metal me retumba en los oídos.

Rudjek se encoge de hombros.

—Puede que no te haya contado todos los detalles de mi historia en el Bosque Oscuro.

—Siempre te guardas un as en la manga —digo negando con la cabeza.

Rudjek me guiña un ojo.

Una luz blanca brilla entre los shotani que siguen en formación y los soldados se dispersan. Entran en combate con recién llegados que se mueven tan hábilmente como los asesinos de élite o incluso mejor. Los recién llegados derriban shotani como si fuesen reclutas novatos de la Guardia de la Ciudad. Yo golpeo más cabezas, estómagos y órganos vitales con la vara. Me duelen los hombros y tengo la frente bañada en sudor. Estoy agotada. Todos lo estamos.

Cuando nuestros salvadores vestidos con túnicas blancas atraviesan la barrera de shotani, cruzan el campo a la carrera para ayudarnos. Solo son cinco, y me asombra que hayan matado a tantos shotani tan deprisa.

Cada vez que matamos a un shotani, un nuevo grupo se suma a la lucha. Majka se inclina a la derecha y Sukar tiene el rostro cubierto de su propia sangre. Yo lucho con más agresividad y salvajismo, y dejo de preocuparme por cómo derribo a cada shotani, solo me preocupa hacerlos caer. En mi interior arde un fuego que despierta a las voces.

Susurran sobre rayos y truenos.

Susurran sobre tormentas de fuego.

Susurran sobre asesinatos.

Aprieto los dientes para reprimir la rabia. Me arden todos los poros de la piel y tengo la sensación de que mi mismo ser quiere estallar en llamas. Usando la vara, puedo detener a unos cuantos shotani, pero con mi magia puedo detenerlos a todos. Al final, estoy demasiado cansada y cedo al impulso de liberar la ira acumulada. Se me eriza el vello del antebrazo cuando el primer rayo impacta en un shotani y le prende fuego. Otro rayo corta el cielo y ataca de nuevo. No dejo de invocar la tormenta hasta que el resto de los shotani están muertos.

RE'MEC, ORISHA DEL SOL, REY GEMELO

*¿E*stás preparado para escuchar la verdadera historia de Oshin Omari y los cravens?

Tienes buen aspecto, por cierto. La herida está sanando como cabía esperar.

Cuando Oshin se adentró en el Bosque Oscuro, los cravens lo aguardaban. La anciana fue piadosa y le dio una muerte rápida e indolora. A continuación, ordenó a su único hijo que adoptase la forma de Oshin para que pudiese regresar a Tamar e influenciar al rey. Su hijo se llevó el cadáver de un craven que había muerto de viejo como prueba de la victoria de Oshin, y usó sus huesos para elaborar amuletos que protegían contra la magia, a pesar de que él no los necesitaba porque los cravens son antimágicos e inmunes a la influencia de la magia.

Veo que no te lo estás tomando bien.

Permíteme aclararte algo. Tienes parte de craven, Rudjek.

Concedí muchos dones a los cravens. Si vives el tiempo suficiente, los descubrirás.

¿Por qué? Por fin llegamos al quid de la cuestión.

Se avecina una guerra, Rudjek, y tendremos que esforzarnos al máximo para evitar que destruya este mundo. No podemos hacerlo solos. Debes convencer a los humanos y los cravens para que sellen una alianza.

Estamos muy mermados tras la guerra contra Daho, a quien tú conoces como el Rey Demonio.

Debo admitir que es un cabrón muy astuto.

A pesar de que lleva miles de años aprisionado por nuestras cadenas, ha hallado la forma de atacar. Usó a vuestra sacerdotisa ka para hacerlo. Ella también es bastante lista. Si yo hubiese intervenido cuando el antiguo sacerdote ka violentó su mente, no nos veríamos en este trance. Desgraciadamente, no puedo cambiar el pasado.

No fue siempre tan malvado. Me refiero a Daho.

Mi hermana lo encontró abandonado por su pueblo y moribundo junto a un lago helado.

Entonces, ambos eran niños, y no prestamos demasiada atención cuando ella lo sanó.

Cuando él se hizo un hombre, mi hermana empezó a comprender la muerte, un concepto que no resulta nada obvio para un inmortal. Fram, orisha de la vida y la muerte, es quien mejor lo entiende de todos nosotros. Es su naturaleza.

Como nuestra hermana no quería perder a Daho, le enseñó a consumir kas para alargar su vida. El primer ka que consumió fue el de un hombre que había asesinado a su madre y había usurpado su trono. Fue un error bastante desafortunado.

No sabían que consumir el ka de alguien cambiaría la naturaleza de la persona. Daho había devorado el ka de un demonio muy ambicioso que no se detenía ante nada para ganar más poder. Así dio comienzo su sed insaciable de almas.

Perdimos demasiado tiempo debatiendo qué hacer con Daho. Otro error. Se volvió inmortal y reunió un ejército de inmortales comparables a los orishas. Su ansia de obtener nuevas almas los llevó a destruir pueblos enteros.

Decidimos atacar aquello que más amaba, nuestra hermana.

No fue una decisión sencilla, pero sabíamos que perderla lo debilitaría.

Fram la mató. Al menos, nos hizo creer que estaba muerta.

Fram tiene un corazón blando. No deberíamos haber confiado en él.

No te aburriré más con nuestros problemas familiares.

Sin embargo, Rudjek, debes saber que tu implicación en este asunto es tan personal como la nuestra.

TREINTA Y SIETE

L os shotani yacen muertos a mis pies. Los he matado yo. Los he destruido con rayos que les han prendido fuego. Estoy temblando y Rudjek me agarra los hombros para tratar de serenarme un poco, pero él también tiembla. Una mancha de sangre en la túnica marca el lugar en el que el shotani le ha hundido la doble hoja. Hay mucha sangre y tiene el rostro pálido y cansado.

La magia tiene un precio.

Aunque ya no pague el coste en años de vida, lo hago con parte de mi alma. He matado a todas estas personas, como maté a Merka. Como maté a los hombres junto al árbol sagrado Gaer. Sí, ellos han intentado matarme primero, pero eso no exime a mi conciencia de lo que he hecho. ¿A cuántos más mataré antes de que llegue mi final?

—Estamos bien. —Rudjek me frota los brazos, pero ni siquiera su calor logra que deje de temblar—. Gracias a ti.

Gracias a mí, la charlatana convertida en bruja que gobierna una magia que no le pertenece.

Me gustaría perderme entre sus brazos y apoyarle la cara en el pecho, pero también quiero alejarlo de un buen empujón. Haría lo que fuera para no tener que recordarlo abrazado a mi hermana entre las pieles. Rudjek percibe mi estado de ánimo y deja caer las manos a los costados. Él también sufre.

Le doy la espalda y veo que los recién llegados guardan la distancia, pero nos observan como halcones. No, me observan *a mí*. No han dicho ni una palabra desde su llegada. Lo más chocante es que ninguno de ellos luce ni una sola gota de sangre en la túnica blanca.

—Son del Bosque Oscuro. —Rudjek hace un gesto indicándolos—. Han venido a ayudar.

Todas las historias describían a los cravens como seres con la piel como la corteza de un árbol, garras y un cuerno en el hocico. Los recién llegados son... *personas*. Nos miran con tanta curiosidad como nosotros a ellos. No son lo que vi en mi visión sobre la muerte de Rudjek, pero ahora que empiezo a calmarme, percibo su antimagia. Como en mi visión, es un escudo invisible que se alza entre nosotros, y siento que mi magia dormita.

—¿Son cravens? —Arqueo una ceja.

Rudjek sonríe tímidamente.

—Han alterado su aspecto para no asustaros.

—¿Quién tiene miedo? —Majka mira a Sukar—. ¿Tú estás asustado?

Sukar se limpia la sangre de una herida que se va encogiendo en su mejilla.

—Vuelvo a aburrirme.

Rudjek sonríe a los cravens, que le devuelven el gesto.

—Me alegro de veros.

Parecen de nuestra edad, de unos diecisiete o dieciocho años. Son tres chicos y dos chicas.

Al ver que seguimos mudos, Rudjek carraspea.

—Son mis... eh... guardianes.

—Esto no deja de mejorar. —Majka pone los brazos en jarra—. Eres el futuro visir del Reino y ahora tienes guardianes cravens. Solo falta que nos confieses que también eres un orisha.

—¿Para qué necesitas guardianes? —pregunto.

—Os lo explicaré más tarde —replica Rudjek, ansioso por cambiar de tema.

Nos presenta a los cravens y agradezco poder centrarme en ellos para no tener que pensar en lo que ha ocurrido esta noche. Han reproducido la forma humana con maestría, aunque con diferencias sutiles. Fadyi, su líder, es el que mejor lo ha logrado de los cinco. Tiene los ojos muy separados, la nariz ancha y unas arrugas finas que dan textura a su mandíbula angulosa. Lleva el pelo corto por los lados y una cabellera de rizos negros en medio. La forma de Jahla es casi tan detallada como la de Fadyi, y se ha añadido unas pecas que le salpican la nariz. Räeke es la más baja del grupo y tiene los ojos de color avellana un poco más grandes de la cuenta en relación con la cara. Ezaric y Tzaric son gemelos con largas rastas y la piel de una tersura imposible.

—Habríamos venido antes si el ejército de Efiya no hubiese realizado una incursión en el bosque —explica Fadyi hablando do un tamaro con acento extranjero.

Rudjek se pone tenso.

—¿Estáis todos bien?

—Logramos repelerlos, pero sufrimos muchas bajas —responde el craven con los ojos abrumados por el dolor.

Me estremezco. Mi hermana debe ver la antimagia de los cravens como una amenaza. Los orishas, las tribus y ahora los cravens. Está eliminando a cualquiera que pueda hacerle frente.

—Hemos seguido su rastro hasta aquí. —Jahla se acerca a Rudjek y un mechón de pelo plateado le asoma por la capucha.

Olisquea el aire y siento un calor que me trepa por el cuello. Me mira y hace una mueca—. Vaya, esto es un giro de los acontecimientos muy desafortunado.

Rudjek empalidece y baja la mirada. La craven debe oler a Efiya en él.

—Será mejor que alguien me explique qué está ocurriendo —dice Majka en un tono agudo—. ¡A Rudjek casi le han rebanado el brazo y está perfectamente! Sukar, también se te ha curado la cara... ¿Qué está pasando aquí exactamente?

—Mis tatuajes son protectores y curan las heridas leves —le recuerda Sukar.

Mientras Kira atiende una herida en el muslo de su *ama*, Essnai murmura:

—Debería haber nacido zu.

—Eso no explica lo tuyo, Rudjek. —Cruzo los brazos y espero una explicación.

Todos lo miramos.

—Creo que es un buen momento para contaros el resto de mi historia.

El olor de la sangre de los shotani muertos flota en el ambiente como leche agria. Su magia opresiva se ha disipado como si la tierra la hubiese absorbido tras su muerte. Una nube de moscas desciende sobre los cuerpos mientras buitres nos sobrevuelan en círculos, esperando a que les demos vía libre para poder darse un festín.

—Cuéntanoslo por el camino. —Me llevo las manos a los hombros—. Deberíamos seguir adelante.

Majka me señala.

—Tú también tienes que contarnos muchas cosas.

Viajamos el resto de la noche y todo el día siguiente. Guardo las distancias con Rudjek mientras nos cuenta la verdad acerca de su antepasado, Oshin Omari, que en realidad fue un craven haciéndose pasar por un humano. La historia explica tanto el motivo por el que Arti nunca pudo atacar al visir como que Rudjek siempre se pusiese enfermo en el taller de mi padre. La magia abrumaba sus sentidos y su cuerpo trataba de bloquearla. Efiya, por su parte, logró engañarlo porque era lo bastante poderosa para ello. Logró tocarlo. Un escalofrío me desciende por los brazos al recordarlo y me obligo a volver a obsesionarme con los cravens.

En el Bosque Oscuro, los guardianes le enseñaron a Rudjek algunas de sus habilidades, pero, aparte de la sanación, aprendió pocas cosas más. Fadyi tiene un talento excepcional para transformarse, algo que ya imaginaba por los minuciosos detalles de sus facciones humanas. Jahla es la rastreadora del grupo, una cazadora capaz de encontrar cualquier cosa. Räeke puede alterar el espacio y manipular el entorno, como un brujo. Ezaric es un sanador talentoso, y Tzaric es el mejor luchador de todos ellos. Todos los cravens poseen estos talentos, pero unos son mejores que otros en cada uno de ellos. Siento curiosidad por descubrir qué más sabe hacer Rudjek, pero no se lo pregunto porque me obligaría a hablar con él.

Es una lástima, porque tengo muchas preguntas. ¿Por qué no presenta ninguna de las características físicas de los cravens? ¿Experimentó algún síntoma más aparte de la alergia a la magia antes de morir en el Bosque Oscuro? La historia no acaba aquí, pero me callo las preguntas. Pueden esperar por ahora, o para siempre, ya que moriré en el momento en el que mate a mi hermana. Siento mariposas en el estómago al pensarlo. No es justo; mi vida parece una broma pesada que alguien me está gastando. A ver qué más podemos hacerle para destrozarla. Sin embargo, me niego a derrumbarme. Llegaré hasta el final de todo esto.

En cuanto me sobrepongo al shock, siento el impulso de burlarme de Rudjek, como hizo él tantas veces para distraerme cuando yo no era capaz de adquirir magia. No puedo negar la emoción mareante que siento en el pecho, a pesar de todo lo que ha sucedido. Finalmente, me muerdo la lengua. Mi amigo es un *craven*. Lo miro marchar al frente del grupo flanqueado por sus guardianes. La historia sobre su antepasado siempre me pareció fantasiosa, pero nunca la puse en duda. La verdad es mucho más interesante que la leyenda. Solo Rudjek sería capaz de hallar el modo de ser todavía más mágico, o... antimágico, si es que eso existe.

Una vez que hemos contado nuestras historias, la conversación languidece. Rudjek me mira furtivamente, pero me deja espacio. Con Essnai y Sukar a mi lado, no me resulta complicado evitarlo. Caminamos todo el día, pero avanzamos a un ritmo lento. Llegamos al paso que conduce a las montañas Barat casi al anochecer, y estamos demasiado agotados para iniciar la ascensión.

Acampamos y nos repartimos en dos turnos de guardia por si apareciesen más shotani o, peor aún, el ejército de demonios de Efiya. Los cravens se ocupan de la primera guardia. A Rudjek no le hace ninguna gracia que instale mi camastro entre Essnai y Sukar, lejos de él.

Essnai y Sukar me preguntan cómo estoy en incontables ocasiones, y hacen todo lo posible para asegurarse de que como lo suficiente. Me sobreprotegen a causa de *mi* magia y porque voy a morir. Soy la última bruja. Casi. Efiya es otra cosa, pero todavía quedan Arti y Oshhe, mi padre, a quien dejé en las manos de monstruos. Me duele el estómago al pensar que lo abandoné. Solo puedo albergar la esperanza de que Efiya siga ocupada con su ejército y buscando el *ka* del Rey Demonio. Eso debería mantener a salvo a Oshhe, siempre y cuando Arti lo deje en paz.

El alba llega muy rápido. Paso la noche dormitando, dando mil vueltas en el catre, incapaz de ponerme cómoda. En mis sueños, Efiya está en los brazos de Rudjek. Él le acaricia la mejilla y mira su boca como si fuera una fruta deliciosa que debe probar. Se dan un beso largo y sensual, lleno de pasión, que me carcome por dentro. Él le promete que irá hasta el fin del mundo para protegerla. Ahora él le pertenece a ella, no a mí. Nunca será mío.

No quiero este recuerdo y haría cualquier cosa por olvidarlo, pero nunca lo haré. Odio a Efiya por haber engañado a Rudjek, y no puedo perdonarlo a él. Yo soy capaz de reconocer el ruido de sus pasos sobre los adoquines con los ojos cerrados, y la cadencia musical de su voz en el bullicioso Mercado Oriental. Crecimos juntos. Pasamos incontables horas escapándonos a la orilla del río. Debería haber sabido que ella no era yo.

—¿Quién debería haber sabido que ella no eras tú? —pregunta Sukar.

Me incorporo apretándome las sábanas contra el pecho. El sueño me nubla la mente y todavía me duelen todos los músculos del cuerpo de la batalla con los shotani. Ha pasado mucho tiempo desde la última vez que entrené el combate con vara con mi padre, y por aquel entonces nunca acababa tan exhausta.

—¿Qué?

Me mira con el ceño tan fruncido que se le arrugan los tatuajes de la frente.

—Decías que debería haber sabido que ella no eras tú.

Mis amigos no saben lo que pasó entre Efiya y Rudjek, y no tengo la menor intención de contárselo. Sukar mira a Rudjek, que está con los cravens en un extremo del campamento.

—¿Qué os pasa? —pregunta en voz baja.

Rudjek me mira con sus ojos oscuros como la hora de *ösana* y el sufrimiento grabado en el rostro. No presta atención a lo que le están diciendo Fadyi y los otros.

Empiezo a darme la vuelta en el catre con cuidado de no despertar a Essnai y Kira, que siguen durmiendo abrazadas.

—Nada importante.

—Es obvio que es mentira —resopla Sukar—, pero no es asunto mío.

—Exacto —coincido—. No es asunto tuyo, así que no preguntes.

—Alguien se ha despertado de mal humor. —Se ríe y hace una mueca de sorpresa e indignación tan exagerada que no puedo evitar reírme también. Necesito reírme. Necesito olvidar. No tengo tiempo para lamentarme por lo que podría haber habido entre Rudjek y yo. De todos modos, voy a morir. Entonces estaré en paz. Me lo repito constantemente para seguir adelante un día más.

Mientras caminamos por las montañas, evito a Rudjek a toda costa. Puede que no esté siendo justa con él, pero es lo mejor. Cada vez que nos acercamos, busco algo que hacer o me pongo a charlar con alguno de mis amigos. Comparto nuestros momentos favoritos del Festival de la Luna de Sangre con Essnai o Sukar, y Majka trata de animarme cuando no está demasiado ocupado camelando a la craven de las pecas y el pelo plateado. Cuando Kira no está con Essnai, me deja practicar con una de sus dagas. Cada vez que la lanzo, imagino la cara de mi hermana y se me revuelve el estómago.

El séptimo día, dejamos atrás las montañas y descendemos a un valle en los confines de las tierras tribales. No hay ni rastro de Efiya, sus demonios o los shotani. Mis *supuestos* amigos fingen estar atareados y nos dejan solos en el campamento a Rudjek y a mí. El truquito me enerva y también me alejo del campamento, pero Rudjek me sigue hasta el río. No estoy lista para esta conversación. Todavía no. Las heridas son demasiado recientes.

Me detengo sin mirarlo.

—Me gustaría estar sola, por favor.

—¿Piensas evitarme para siempre? —pregunta Rudjek, irritado.

—Ese es el plan —replico—, así que márchate.

—Sé que nunca me perdonarás lo de Efiya…

Me giro y el sol se refleja en los ángulos de su barbilla.

—Eres un majadero.

—Me lo merezco —dice mirándose los pies—. Me merezco algo peor.

—¿Se supone que debo tomarme como un halago que pensases que iba a entregarme a ti?

—Yo también quería entregarme a ti. —Se estremece—. Debería haberme dado cuenta de que…

Estoy tan enfurecida que me tiembla todo el cuerpo.

—¡Sí, deberías haberte dado cuenta!

Estamos muy cerca el uno del otro y su fragancia embriagadora me hace cosquillas en la nariz. No entiendo cómo puede oler tan fantásticamente bien tras viajar durante días. Alarga un brazo hacia mí, pero se detiene y pide permiso con los ojos. Debería negárselo y marcharme para ahorrarnos a ambos el mal trago, pero no lo hago. Asiento porque todavía lo deseo.

Rudjek me toma la mejilla en la mano y me giro hacia la calidez de su palma y le permito que me atraiga hacia su pecho. Los latidos de su corazón me resuenan en los oídos con una fortaleza que me infunde paz. Podría quedarme así para siempre, escuchando el ritmo de sus latidos.

Me hunde la nariz en el pelo e inspira como si inhalara una bocanada de vida.

—Arrah. —Mi nombre suena a dulce música en sus labios; a trino de un pájaro cantor; al sonido del mar. Sus siguientes palabras me provocan un escalofrío que me desciende por la columna—: Tengo que contarte algo.

Los susurros de los jefes me sobresaltan y ahogan su voz. Siento el calor de su mano en el rostro, un calor demasiado intenso. Un dolor agudo me atraviesa la mejilla y me separo de él, tambaleándome. Me siento como si me acabasen de abofetear. La magia de mi interior se despierta y se dispone a atacar a Rudjek. Me alejo más de él y Rudjek también retrocede. Una barrera invisible nos separa.

Rudjek se mira las manos como si fueran serpientes peligrosas.

—Es de lo que quería hablarte. La antimagia. Por eso debería haberme dado cuenta de que no eras tú, Arrah. —Hace una mueca de disgusto—. Re'Mec me dijo que nunca podríamos estar juntos. Aunque seamos capaces de controlar nuestros dones respectivos, tu magia y mi antimagia, hay otras consecuencias. Nos debilitaríamos mutuamente y, tarde o temprano, uno de los dos destruiría al otro. En el claro, pensé que tal vez se equivocaba. Creí que teníamos una oportunidad.

—Pero no nos había pasado nunca... —Recuerdo los besos que estuvimos a punto de darnos, las veces que nos hemos tocado durante instantes prolongados y el calor que me acompañaba después. Antes yo no tenía magia, pero ahora, con los *kas* de los jefes, las cosas han cambiado—. Efiya...

No tiene sentido. Mi hermana *es* pura magia, pero...

—No lo sé. —Rudjek se aleja otro paso de mí—. Por algún motivo, ella es distinta.

Comprendo la respuesta al enigma y el corazón me da un vuelco. Si mi hermana es lo bastante poderosa para matar orishas, la antimagia de Rudjek no es nada para ella. No me pasa desapercibido lo irónico de nuestra situación y tengo que reprimir una risa amarga. Toda la vida he deseado tener magia para salvar el abismo que me separaba de mi madre, pero era el sueño estúpido de una muchacha estúpida. Ahora la tengo y no basta para detener a Efiya, solo para echar a perder cualquier oportunidad que tuviera con Rudjek en mis últimas horas de vida.

Nos miramos fijamente con unos ojos en los que arden emociones, toda una vida de oportunidades perdidas.

Quiero volver a perderme entre sus brazos, pero esto es cuanto podemos tener el uno del otro.

No es suficiente.

TREINTA Y OCHO

A Rudjek le da miedo tocarme. Cree que soy una flor que se marchitará y morirá si la perturban. No sabe que ya he muerto mil veces. Morí cuando mi madre me maldijo. Morí cuando robó la luz de mi padre. Morí cuando vi a los niños que había secuestrado para el ritual. Morí cuando Koré me habló de los *edam*. Muero de nuevo cada vez que cierro los ojos y pienso en todas las cosas espantosas que ha hecho mi familia.

No tengo miedo a la muerte, pero no quiero morir sin antes haber sentido el tacto de sus labios en los míos. Aunque solo sea por un instante. Me atormentan los recuerdos de besos de los *kas* que llevo dentro. Besos tiernos y suaves; besos apasionados; besos sensuales y pausados que me dejan sin aliento; besos apresurados y torpes que me aceleran el pulso.

He estado evitando a Rudjek desde la noche de Efiya. Ahora que estamos solos, sentados junto al río, oyendo el fluir del agua, no quiero seguir alejada de él. Quiero lo que mi hermana obtuvo de él. Quiero más.

—Deberíamos regresar antes de que vengan a buscarnos —dice Rudjek en tono sombrío—. Essnai y Sukar pensarán que te he secuestrado.

—Te darían caza. —Arrojo una piedra al agua—. Essnai te rompería las piernas.

Rudjek esboza una sonrisa traviesa.

—Me temo que me haría algo peor.

Fadyi, el líder craven que casi parece humano, aparece en el claro. Mantiene la vista fija en el suelo, como si nos hubiese sorprendido haciendo algo indecente.

—Siento interrumpir —dice. Hemos divisado el ejército de Efiya viniendo desde el sur, a medio día de distancia.

—¿Podemos mantener la ventaja hasta alcanzar el Templo? —pregunta Rudjek en su tono de mando, un tono frío, preciso y preparado para dar órdenes como si llevara haciéndolo toda la vida.

Nos levantamos con la espalda rígida y sospecho que ambos compartimos la misma fatiga en los huesos. Esperábamos oír esta noticia desde hace días, pero eso no facilita la labor de asimilarla.

—Solo si seguimos avanzando sin descansar —responde Fadyi—. Los demonios siguen estando limitados por sus huéspedes, pero desconocemos qué serán capaces de hacer una vez que hayan consumido almas suficientes.

Los jefes hablan al unísono en mi cabeza formando un coro ensordecedor. Sus palabras son urgentes y frenéticas, y la necesidad de llegar al Templo me tensa los músculos. *Debemos partir ahora mismo. No hay tiempo.* Echo a andar, no de vuelta al campamento para recoger nuestras cosas, sino hacia donde ellos me encaminan. Rudjek me llama, pero su voz también se pierde en el coro de voces. Cuando Fadyi y él me dan alcance, sus palabras suenan como un sueño medio olvidado suspendido en los límites de mi memoria.

Los brujos me llevan hacia el templo en el que exhalaron su último aliento. El lugar en el que su sangre manchó la hierba. El lugar en el que debo enfrentarme a mi hermana por última vez. No me detengo hasta que la luna expulsa al sol del cielo. Caminamos sin descanso durante horas y llegamos al Templo en plena noche. Espero encontrar un auténtico cementerio y el olor a muerte flotando en el ambiente, pero no hay cadáveres. Efiya los quemó para que los jefes no pudiesen regresar a sus recipientes, y dejó la hierba del lugar impecable e intacta. No puedo dejar de preguntarme si se trata de un gesto sentimental por los días que pasamos en el jardín de Kefu.

Del Templo de Heka no quedan más que algunos montones de ladrillos y columnas derrumbadas. A través de los recuerdos de los jefes, veo a Efiya destruyéndolo, frustrada después de que se le escapasen. Subo los escalones irregulares acompañada por Rudjek, que porta una antorcha, y los demás nos esperan fuera. Caminamos entre cálices caídos, estatuas rotas y piedras agrietadas. Los susurros solo enmudecen cuando llego a una tarima elevada situada sobre una plataforma plana. Está cubierta de polvo y residuos, pero ha resistido intacta a la destrucción general. Doy unos golpecitos con los pies a la plataforma.

—Es aquí.

Rudjek se arrodilla e intenta retirar la gruesa placa de granito sin éxito. Hace una pausa con la frente empapada de sudor.

—Puede que necesite algo de ayuda.

Me arrodillo junto al granito.

—Prueba ahora.

Tiramos los dos y la piedra gime al moverse. El polvo y los restos del desastre caen al pozo sin fondo que hay debajo.

Rudjek silba y el sonido resuena en la cámara.

—Ahora nos toca arrastrarnos al interior del vientre de la bestia.

—No es exactamente el vientre de la bestia. —Alargo el brazo hacia la escalera excavada en el muro—. Pero se le parece bastante.

Rudjek enciende varias antorchas que encuentra por el suelo y las distribuye por el Templo para que dispongamos de algo de luz. Deja caer una en el agujero y cae durante tanto tiempo que la llama se extingue antes de que llegue al fondo. Nos miramos y su expresión lúgubre es un reflejo de la mía.

—Voy primero. No sabemos qué hay ahí abajo.

—Nada vivo —replico. Nada que queramos ver.

Rudjek se sujeta una antorcha apagada a la espalda y desciende hacia la oscuridad. Me apresuro a bajar tras él. No quiero alejarme mucho de Rudjek, por temor a que Efiya aparezca de entre la oscuridad y se lleve a alguno de los dos. El aire viciado me ahoga y me arde en la garganta.

Rudjek profiere un chillido de sorpresa y freno en seco agarrada a la escalera. Un aire frío me envuelve el cuello mientras se apaga el eco de su voz. ¿Se lo ha llevado Efiya como un ladrón nocturno? ¿Lo ha reclamado como trofeo otro demonio? ¿O se trata de una nueva fuerza desconocida que lo ha asustado para atemorizarme?

—¿Qué pasa? —pregunto en el silencio del abismo.

—Creía que habías dicho que aquí abajo no había nada vivo —gimotea Rudjek—. Algo me acaba de reptar por la mano.

Suspiro ante la incredulidad que desprende su tono y seguimos descendiendo por la cámara fría y oscura.

—Rectifico: no hay nada vivo *relevante*.

—Los insectos gigantes son bastante relevantes.

Reprimo una risotada que se me asienta en el estómago. Esta es la faceta de Rudjek que más he echado de menos, el Rudjek que no se toma a sí mismo demasiado en serio. *Te he echado de menos*. Te quiero. No pronuncio las palabras en voz alta, como si decirlas supusiese tentar al destino. ¿Acaso no ha conspirado ya el universo contra nosotros de una u otra forma? En lugar de hablar, me guardo las palabras, que alimentan el fuego que ya me arde dentro.

Rudjek aterriza en el fondo de la cámara con un golpe seco y un crujido.

—Veinte dioses.

Cuando llego al fondo, enciende la antorcha con un pedernal. Observa la estancia y abre los ojos como platos.

—Esto es una tumba.

El suelo de la cámara está cubierto de huesos: mandíbulas, cráneos, tibias, omóplatos y costillas. Huesos minúsculos y enormes de hombres y mujeres que debieron ser gigantes. De repente, el tiempo se arremolina a mi alrededor y absorbe mi mente por un agujero negro tan deprisa que el mundo se invierte. La montaña de huesos se encoge hasta que no queda nada salvo un suelo de mármol blanco. La luz del sol penetra a través de las ventanas abiertas, por las que contemplo una exuberante cordillera. Parpadeo varias veces para disipar la niebla que me confunde. No me he movido. Estoy en el mismo lugar que antes. En el pasado, estuvo situado en la cima de una alta montaña, y ahora se encuentra en las profundidades de un pozo.

Los *kas* que habitan en mi mente guardan silencio.

Uno tras otro, voy distinguiendo más detalles. Molduras doradas que recorren la base de las paredes. Jarrones de un cristal tan fino que las rosas rojas y el agua que contienen parecen suspendidos en el aire. Personas congeladas por efecto de la magia que me miran con ojos desesperados y suplicantes. Son el doble de altas que yo y poseen alas de plumaje blanco que proyectan prismas de sombras por la habitación. Los ojos de todas ellas brillan con una maravillosa luz verdosa. Tienen los dientes afilados como cuchillos y la piel diáfana como los norteños. Su postura refleja en cierto modo la naturaleza etérea de los orishas.

Visten túnicas doradas y plateadas resplandecientes, y anillos de rubíes, diamantes y ópalos negros. Me acerco a ellos con el corazón en un puño hasta que puedo distinguir el movimiento de sus pechos al respirar. El pánico que los embarga es palpable, aunque no se manifieste en las sonrisas artificiosas que esbozan. Este lugar me resulta familiar; reconozco el aire fresco de montaña, las rosas fragantes y, sobre todo, la macabra decoración. Giro la cabeza para preguntarle a Rudjek si él también lo está viendo, pero ha desaparecido. Esto es una visión de la cámara en otra época. Él sigue en la versión actual, una tumba.

Cruzo la sala en la visión y las estatuas vivientes ajustan ligeramente su posición para mantenerme a la vista. Un atajacaminos se posa en el alféizar de la ventana, ladea la cabeza y me observa con unos ojos negros curiosos. Abandono la antecámara por un arco lo bastante grande para que pasen por él personas de la medida de las estatuas. Conduce a otro salón de mármol blanco, un espacio vasto y majestuoso.

En el salón hay un arco de escalones y un trono que flota como una nube. La luz del sol que entra por las ventanas lo tiñe de un tono amarillento. Me acerco y mis pasos resuenan como campanadas en la sala.

—Por fin vienes a casa, querida —musita una voz suave como la seda fina y endulzada con la miel más deliciosa. El aliento de quien me habla es como una brisa cálida que me acaricia el cuello, y despierta un sentimiento profundo en mi interior, como el primer trueno de una tormenta. Una sombra de su poder me rodea el pecho, justo como ya lo hizo anteriormente, cuando Arti me maldijo con su magia—. Te he echado de menos —añade.

Me doy la vuelta de inmediato, pero no hay nadie. Mi mirada regresa a los escalones y, contra toda lógica, los subo para encaramarme al trono que se eleva por encima de la habitación. Un instante después, llevo un vestido rojo que fluye como lava a mis pies. Bandas doradas me adornan los brazos, y mis manos descansan sobre dos cráneos humanos pulidos. El asiento está formado por fémures lustrados y atados con cordeles de oro, y cráneos animales bordean el respaldo. Una serie de costillas confieren al trono su curvatura característica. He ocupado este asiento muchas veces. Este lugar es un recuerdo, y parece tan real como el momento en el que he entrado en la cámara con Rudjek hace un instante.

—Tu madre te marcó con mi magia para mantenerte a salvo de Efiya. —Un nuevo susurro en el viento. Su nombre me hace cosquillas en la lengua y me resuena en los oídos. Sus palabras están llenas de rabia y tristeza—. No te volveré a perder, no cuando estamos tan cerca.

—¿Quién eres? —pregunto con la voz temblorosa, aunque conozco la respuesta. Efiya y Merka fracasaron, pero el Rey Demonio ha hallado la forma de invadir mi mente. Ahora me murmura mentiras para que confíe en él, mentiras que solo se creería una estúpida.

El escenario cambia y estoy sentada junto a un lago congelado con las piernas cruzadas. A mi lado hay un joven, el chico más hermoso que he visto jamás. Su pelo moreno tiene un mechón blanco que hace juego con las alas que tiene plegadas a la espalda. Una de las alas es más alta que la otra, como si no se hubiese recuperado bien de una vieja lesión. Un recuerdo que sobrevuela los bordes de mi conciencia amenaza con asomarse cuando lo miro, así que fijo la mirada en el lago. Apenas veo de reojo destellos fugaces de su rostro, pero el pulso se me acelera.

—¿No recuerdas nada? —Su voz es un ronroneo, una canción de cuna, el rumor de una música embriagadora.

No me atrevo a contestar, y se abraza las rodillas contra el pecho.

—Soy Daho.

Pronuncia su nombre como si esperase incitar una reacción por mi parte, pero me da igual cómo se llame. Quiero que salga de mi mente. A pesar de ello, no puedo dejar de mirar el lago helado y la niebla que brota de él.

—Yo... conozco este sitio —tartamudeo, sintiéndome como si hubiese pasado eones sentada en este mismo lago.

—Es nuestro lugar —dice Daho—. Me encontraste aquí cuando mi gente me abandonó.

—No —susurro, negando con la cabeza—. Es un truco.

—Fram te robó los recuerdos —suspira—, pero regresarán a su debido momento.

—No consentiré que juegues conmigo como has hecho con mi madre. —Aprieto los dientes—. No sé cómo has logrado entrar en mi mente, pero no soy como Arti o Efiya. Yo no haré tu voluntad.

—No estoy en tu mente, *Dimma* —replica—. Tú estás en la mía.

Al oír el nombre, un dolor agudo me recorre la cabeza y soles y lunas centellean ante mis ojos. Es peor que la visión de Rudjek en el Bosque Oscuro. La luna y el sol se persiguen por el cielo a tal velocidad que se desdibujan en una sucesión interminable de fuego y hielo. Siento que la cabeza me va a estallar. Me aprieto la frente entre las palmas, pero el dolor se intensifica. Estoy a punto de recordar algo cuando una magia calmante y purificadora erradica el dolor. Estoy mirando el lago helado de nuevo y olvido el nombre.

—Lo siento. —Daho hace una mueca—. Había olvidado que Fram también te arrebató el nombre. Su magia oculta tu

476

mente para evitar que recuerdes quién eres en realidad. Cuando te marcaron con mi magia, traté desesperadamente de recordártelo. —Hace una pausa y se acerca todavía más las rodillas al pecho—. No dejabas de repelerme. Ahora soy más fuerte, y tú también lo eres. Pronto volveremos a estar juntos.

«Fram también te arrebató el nombre».

Fram, orisha de la vida y la muerte.

Sus palabras me dan vueltas en la cabeza y no consigo desentrañar su significado. Me quedo sin habla mientras una magia tranquilizadora elimina los recuerdos que bordeaban mi mente, recuerdos que parecen muy antiguos. Pienso en la orisha Sin Nombre con las serpientes enroscadas en los brazos. La orisha sin rostro. La misma de la que Re'Mec, haciéndose pasar por Tam, se negó a hablar. La orisha que traicionó a sus hermanos por el Rey Demonio. Ella fue su *ama*, su amor. ¿Fram le arrebató el nombre *a ella*? ¿Y el Rey Demonio, por algún motivo, piensa que soy *yo*? Aunque una parte de mí rechaza esta revelación siniestra, a otra le gusta la idea. Recuerdo lo familiar que me resultaba su magia al ocupar mi cuerpo, cómo me protegía, cómo trataba de serenarme.

No, no puede ser verdad.

Yo no soy *ella*.

Quiero mirarlo, pero una fuerza me obliga a mantener los ojos fijos en el lago helado.

—Quieres que crea que soy la orisha Sin Nombre —le espeto—. ¿Me tomas por idiota?

—Tardarás un tiempo en recordar —replica—. Yo te ayudaré.

—Deja de mentir —exijo, y mi voz suena como un eco penetrante—. Sé quién soy.

—No tengo que convencerte de nada —dice en un tono demasiado calmado—. El tiempo lo desvelará todo.

—Si no me quieres convencer, ¿por qué estamos manteniendo esta conversación?

—Por motivos egoístas —confiesa—. Necesitaba verte.

Detesto la oleada de deseo que su voz despierta en mí. Su magia me envuelve y me abraza como un viejo amigo. No, me abraza como un viejo amante que ha vuelto a casa. Me resulta tan familiar como yo misma y reconfortante. Quiero perderme en ella. *Veinte dioses, no.* No puedo permitirlo.

No puedo dejarme engañar por sus mentiras. Recuerdo que los demonios de Kefu trataron de impedir que regresase a mi cuerpo cuando estaba al borde de la muerte. Recuerdo cómo el Rudjek de mi sueño apeló a mi corazón para tratar de retenerme. Miro más allá del lago y la niebla se transforma en la tribu litho, miles de caras pintadas de blanco que me miran. No son personas de los pueblos tribales, sino demonios que adoptan su forma. Son una proyección de mi memoria.

Daho hace un gesto en dirección a los demonios.

—Eran granjeros, eruditos, albañiles, personas de todo tipo. Eligieron no luchar en la guerra, pero los orishas los mataron y atraparon sus almas en Kefu de todos modos.

Hay tanto dolor en sus palabras que también me aflijo.

—Intentaron robarme el *ka* —digo con algo menos de convicción.

—Nunca devoraron ni una sola alma, pero a los orishas no les importó. —Respira hondo—. Vieron que eras especial. Intentaron salvarte de Efiya y evitar que ascendieras a la muerte.

Se me hace un nudo en el estómago. Estaba segura de que los demonios ansiaban mi alma, pero hicieron poco más que mantenerme al borde de la muerte. Si hubiesen querido mi alma estando yo en ese estado, no les habría supuesto ningún esfuerzo tomarla. Tiene razón. Eran distintos de los demonios que se burlaron de mí en el desierto cuando rompí el maleficio de mi madre. Eran diferentes de los demonios que despertó Efiya. No puedo creer la mayor parte de lo que dice, pero los orishas no son ni mucho menos perfectos y son vengativos. Koré dijo que me habría matado para atacar a mi madre si se le hubiese presentado la oportunidad. Para Re'Mec, el Rito de Paso es un modo de castigar al Reino.

La duda y la incertidumbre vuelven a abrirse paso en mi cabeza. Me frustra que los orishas tampoco sean dignos de confianza, pero, a pesar de todas las mentiras que puedan haber contado, es indudable que los demonios son peligrosos. Lo vi yo misma en el callejón, cuando el demonio devoró el alma de aquel hombre. A pesar de ello, no puedo dejar de pensar que también hay parte de verdad en lo que el Rey Demonio dice de los orishas.

—Aquí hace un frío espantoso.

Rudjek rompe mi conexión con Daho y mi mente regresa al presente, a la cámara llena de huesos.

Inspiro, pero el aire viciado me impide respirar hondo. Me tiembla todo el cuerpo. Rudjek desplaza la antorcha de un lado a otro para examinar la cámara. El desgaste ennegrece las paredes, y en algún lugar se oye un goteo de agua sobre piedra. No puedo sacarme de la cabeza la voz de Daho. Es una suave brisa que me acaricia los labios, un cálido abrazo. Si dice la verdad, hay secretos enterrados en mi interior, secretos que no puedo ni imaginar y que acabarán conmigo.

Apoyo el brazo en la pared y cierro los ojos. Un trago de bilis ardiente me trepa por la garganta, pero lo obligo a volver a bajar. Rudjek se planta a mi lado de inmediato y me posa una mano en el hombro. Una corriente cálida me desciende por el brazo. Es una sensación más tenue que cuando me tocó la piel o cuando me abrazó. Me reconforta cuando más lo necesito, pero retira la mano enseguida por miedo a los efectos de su antimagia.

—Estoy bien —jadeo casi sin aliento.

El Rey Demonio solo intenta distraerme para que no encuentre la daga. No se lo permitiré.

—Cuando estés lista nos pondremos en marcha. —La voz grave de Rudjek me recuerda por qué estamos aquí.

Nuestros ojos se encuentran en la penumbra; los suyos brillan como lunas negras que contrastan con su piel bronceada. Fragmentos del pasado flotan en mi mente como las cenizas de un fuego, y una nueva verdad siniestra aflora a la superficie. Recupero un recuerdo de uno de los brujos. Es del jefe zu, el mejor escriba de su pueblo, un historiador.

—Cuando el Rey Demonio cayó, Koré y Re'Mec derrumbaron toda una montaña para enterrar su legado —digo—. Este lugar es cuanto queda de él. Años después de que se formase el valle, las primeras tribus que se instalaron en estas tierras pudieron percibir los restos de su magia. Eso fue lo que incitó a Heka a bajar de las estrellas.

—¿Qué es este lugar para *ti*?

Lo pregunta como si él también hubiese visto los recuerdos, o como si pudiese oír que ahora el corazón me late a dos ritmos distintos. Temo que la respuesta lo destruya, o que me destruya a mí, así que la escondo tras los lúgubres muros de mi mente.

—Un lugar repleto de mentiras —contesto.

Un dolor ardiente me atenaza el corazón cuando entramos en el salón del trono en el presente, no en el recuerdo de un tiempo olvidado. Tenemos muchas palabras pendientes, y mucho por decir. Vidas enteras de secretos se interponen entre nosotros, pero las aplazo por ahora. Me atormentarán hasta el fin de mis días, pero si logro matar a mi hermana, ese momento llegará pronto.

El salón del trono es el reflejo oscurecido del lugar de mis recuerdos. El polvo satura el aire viciado y cubre el mármol blanco de una pátina gris. Nuestras sombras se alargan por el suelo, el doble de altas que nosotros, como si nos hubiésemos transformado en los demonios que vivieron, amaron y murieron aquí.

La antorcha de Rudjek ilumina los escalones que trazan un arco por encima del salón y se pierden en las sombras.

—¿Qué es eso?

—Un trono —respondo, y la oscuridad amortigua mi voz.

Rudjek echa un vistazo a la estancia con una mano en el shotel.

—Este lugar me da mala espina.

Cuando me vuelve a mirar, le beso. Lo sorprende con la guardia baja y trastabilla. Sus ojos ansían más, y la sorpresa le ha congelado los labios. Se acerca un paso más con las mejillas encendidas y luego se detiene. En su mirada se libra una auténtica guerra, pero se obliga a quedarse quieto.

—No podemos, Arrah —dice con una mueca de dolor y tristeza—. Ya viste lo que estuvo a punto de pasar cuando nos tocamos junto al río.

Los labios me cosquillean y el fantasma del abrazo me acompaña como la resaca de una tormenta. El calor y el frío se suceden en mi cuerpo, y la combinación es chocante y deliciosa. Me acerco un paso más a él. Quiero saborear sus labios, explorar su boca y sentir su calor enredado con el mío. Quiero que me haga olvidar a Daho.

—Puede que no sobreviva a esta noche, Rudjek. —Me trago el nudo que tengo en la garganta—. No quiero morir sin saber qué se siente al besarte.

Rudjek apoya la antorcha en un muro y me toma entre sus brazos. Me apoyo en su cuello cálido y, de nuevo, me abruma la nostalgia.

—No vas a morir —dice en un tono grave y pesado—. No lo permitiré.

Levanto la cabeza y parpadeo para contener las lágrimas.

—¿Lo prometes?

Rudjek me sujeta la cara entre las manos y me tiembla todo el cuerpo.

—Sí.

Cierro los ojos y me besa como es debido por primera vez. Sus labios suaves son delicados como pétalos de rosa, y su lengua es abrasadora como los rayos del sol. Sabe a invierno, a luz del sol y a manantiales de agua tibia. Mis manos buscan torpemente un lugar al que asirse mientras me atrae hacia él. Recorro con los dedos la superficie de su cuello, sus hombros y su espalda, y él también me explora. Sus manos recorren la forma de mi clavícula, y dibujan un rastro de fuego que me deja ansiando más. Cuando nos separamos, me arde la boca. Su antimagia me despierta un zumbido en los oídos y un picor en la piel. La cabeza me da vueltas y el agotamiento se instala en mis extremidades, pero el instante ha valido la pena.

—Ha sido...

—Alucinante. —Una trenza me ha caído frente a la cara y Rudjek me la coloca tras la oreja. Sus dedos me acarician la mejilla—. ¿Estás bien?

—Me siento un poco débil.

Nos miramos en un silencio que se alarga demasiado, conscientes de que no podemos volver a besarnos sin que haya consecuencias. Una piedra fuera de lugar en los escalones detrás de Rudjek me llama la atención. La separo de la moldura agrietada y saco la daga envuelta en tela que hay en el hueco. La empuñadura tiene incrustaciones de oro y plata, y hay símbolos grabados a ambos lados de la hoja.

Rudjek mira la daga, ensimismado y con los ojos apesadumbrados.

—No lo hagas, Arrah.

—Debo hacerlo —digo con un hilo de voz—. Ya lo he asimilado.

—Pues yo no. —Rudjek mira a cualquier parte para evitar mirarme a los ojos—. No puedo perderte.

—Mira todos estos huesos. —Hago un gesto con el brazo—. La historia se repetirá si mi hermana libera el *ka* del Rey Demonio. No puedo permitirlo.

—Aquí debe haber miles de muertos —susurra—. Era un monstruo.

—*Es* un monstruo.

Hablar en pasado supone fingir que la amenaza ya no existe, pero Daho está muy vivo.

TREINTA Y NUEVE

—¡Se acerca alguien! —grita Majka.
Me aseguro la daga en la cintura y subimos la escalera a toda prisa. Rudjek está cubierto de polvo y tiene un aspecto desaliñado y agotado bajo la luz de la luna. El beso también me ha debilitado a mí. No ha sido buena idea, pero me da igual y no me arrepiento. Mis sentimientos por Rudjek y este nuevo recuerdo inimaginable de Daho siguen ardiendo dentro de mí. El beso solo ha servido para empeorarlo. Si sobrevivo a esta noche y me mantengo alejada del palacio del Rey Demonio, puede que esta nueva conexión se desvanezca. Quiero creer muchas cosas que no son verdad.

Rudjek desenvaina los shotels en un solo movimiento raudo.

—Usaremos el Templo como base.

—¿Qué Templo? —chilla Majka, que eleva la voz una octava más—. ¿Te refieres al montón de piedras en el que estáis?

Sukar baja el catalejo.

—Esto va a ser interesante.

Un joven con pelo ondulado del color del sol sale de entre las sombras. Es Tam. O supongo que debería llamarlo Re'Mec. El pecho me arde de ira y me muerdo el labio. Gran parte de lo que hemos vivido se habría podido evitar si hubiese actuado con compasión.

Viste una elara blanca con bordados rojos, dorados y verdes, y sandalias con abalorios. No es un atuendo práctico para la batalla. Es casi imposible creer que, una vez, *él* derrotó al Rey Demonio. Los escribas llamaban a Koré y Re'Mec los Reyes Gemelos, pero es obvio que ella fue la auténtica heroína y él un simple comparsa.

—Re'Mec —dice Rudjek en tono desdeñoso.

El orisha sonríe, pero el sentimiento no le alcanza los ojos. Cuando su mirada azul pálida encuentra la mía, siento un pinchazo en el fondo de la mente, un recuerdo que chisporrotea como una antorcha bajo las primeras gotas de lluvia y trata desesperadamente de liberarse de unas cadenas invisibles. La misma magia fresca y calmante de antes borra el recuerdo sin que llegue a concretarse. Esta magia no es obra de los brujos. Es antigua, más que el mismo tiempo, y sabe a lágrimas.

—¿Te conozco? —pregunto, pero no es la pregunta correcta—. Tú... ¿me conoces?

Re'Mec parpadea y se ríe.

—¿Tu novia ha perdido el juicio?

Rudjek lanza uno de sus shotels a la cabeza de Re'Mec. La espada silba en el aire y el orisha se aparta de su trayectoria en el último momento. El arma se estrella contra una columna de piedra astillada y se queda clavada. Es una lástima que no haya impactado en Re'Mec. No es mejor que Daho. En cierto modo, es peor. Se mantuvo al margen y permitió que el sacerdote *ka* torturase a mi madre. Él fue quien exigió la celebración del Rito de Paso que ha destrozado tantas familias. Los orishas están tan alienados del resto de nosotros que no se molestan en reflexionar sobre las consecuencias de sus actos. Sin embargo, el desconcierto que he visto en sus ojos cuando le he hecho la pregunta era sincero, lo que me da la esperanza de que Daho estuviera mintiendo.

—¿Te parecen formas de tratar a un viejo amigo? —pregunta frotándose la barbilla con un gesto dramático.

—Sabandija llorica. —Rudjek aprieta los dientes—. Cuidado con lo que dices.

—Discúlpame. —Re'Mec me dedica una reverencia aatiri—. A mi hermana le caes muy bien, aunque tal vez debería hablar en pasado, ya que nadie la ha vuelto a ver desde que partió hacia Kefu.

La vergüenza me tiñe de rojo las mejillas. Me sigue asombrando que una diosa muriera para salvarme.

Sukar escupe en la hierba.

—¿Has venido a hablar o a luchar a nuestro lado, *orisha*?

Re'Mec se lleva una mano al pecho, indignado.

—¿Yo debo tener cuidado con lo que digo, pero está permitido insultarme?

—Deja de comportarte como un niño grande —le espeto—. ¿Has venido a ayudarnos o no?

Re'Mec y Rudjek me miran arqueando una ceja.

Aves carroñeras nos sobrevuelan en círculos. Como los familiares, aguardan el festín que les espera, porque aquí pronto habrá sangre y cadáveres con los que llenarse el buche. La brisa transporta la comezón de la magia demoníaca, que me repta por la piel como un puñado de ciempiés, pero la magia de los brujos despierta para salir a su encuentro y envuelve mi cuerpo en un remolino de una luz de colores bailarina que palpita como un corazón.

Dos halcones aterrizan en la base del Templo. La conciencia apreciable en los ojos negros de las aves no es el único detalle que delata a los cravens; también los descubre el resplandor de sus alas a la luz de la luna. Su presencia aplaca mi magia y la luz danzarina palidece. Los halcones pliegan sus alas y sus cuerpos se transforman en masas grises informes.

—Veinte dioses, Rudjek —dice Majka—. ¿Tú también sabes hacer eso?

Rudjek ladea la cabeza como si la respuesta fuese obvia. Yo también me lo pregunto, pero ni lo confirma ni lo desmiente.

—Están cerca —informa Fadyi una vez que ha recobrado su forma humana. Räeke está junto a él, y uno de sus enormes ojos está mucho más alto que el otro. Al ver que todos la miramos fijamente, parpadea y vuelve a cambiar para corregir el error—. Debemos prepararnos.

Re'Mec sonríe afectuosamente a los cravens con chispas de luz solar en los ojos, como si estuviera dispuesto a ir al fin del mundo por ellos. Ellos miran igual a Rudjek. El orisha es idéntico a su hermana, aunque puede que sea incluso más insufrible que ella. En cualquier caso, ambos han intentado ayudar a su retorcida manera.

Re'Mec habla a los cravens en una lengua sincopada y tonal.

—Les está diciendo que se mantengan a cierta distancia de ti para no entorpecer tu magia —traduce Rudjek con una sonrisa en sus labios. Unos labios que ahora sé que saben a dulce de leche. Unos labios que quiero volver a saborear.

Debe leerme la mente, porque se ruboriza tanto como yo.

Jahla inclina la cabeza y olisquea el aire.

—Dos mil. La mitad son demonios, la otra son shotani.

Kira prepara dos dagas.

—Me gustan esas cifras.

Koré y Kira se habrían llevado bien. Ambas estaban sedientas de sangre y adoraban sus dagas. Ahora Re'Mec le ha regalado a Kira unas hojas casi idénticas a las de su hermana.

Esta noche, ella honrará a la Reina Gemela caída. *Y yo te honraré a ti, abuela. Lo prometo. Honraré a todos los que han caído a manos de mi madre y mi hermana.*

—Estamos en tierra sagrada. —Sukar recoge un puñado de tierra y la deja caer entre sus dedos—. Si Heka quiere, saldremos victoriosos.

No diría lo mismo si supiera lo impías que son estas tierras y hubiese visto la bóveda llena de huesos que tiene bajo los pies.

Fadyi y Jahla se colocan flanqueando a Rudjek, y Re'Mec se sitúa frente a ellos y deja de fingir que es otro para encararse a la noche. Los gemelos, Ezaric y Tzaric, se transforman en leopardos idénticos. Uno de ellos me guiña el ojo y yo le devuelvo el guiño un instante antes de que vayan a cubrirnos la retaguardia junto con Räeke. Son mucho más interesantes que las historias que cuentan en Tamar para asustar a los niños.

Kira y Essnai intercambian una mirada triste y se entienden sin necesidad de hablar. Sufro por mis amigos. Quiero que vuelvan a estar juntos en casa, a salvo, como antes de que mi madre lo estropease todo. No soporto la idea de que estén arriesgando su futuro para ayudarme. No es justo. No está bien. «Perderás a muchos amigos antes de que todo esto acabe», me susurra el recuerdo de la voz de Arti. Cierro los puños a ambos costados. No lo permitiré.

Me coloco detrás de Rudjek, flanqueada por Sukar y Majka. Essnai está a mi espalda junto a Kira, y más atrás hay tres de los guardianes de Rudjek. Los cravens se han alejado a una distancia prudencial para que nada bloquee mi magia cuando llegue Efiya. Siento la fría hoja de la daga de Daho en la cintura, y aunque sé que me conducirá a la muerte, me resulta relajante. Con ella, tengo una oportunidad de poner fin al reinado de terror de mi hermana.

Majka se toca la barbilla, fingiendo estar muy concentrado.

—Según mis cálculos, nos superan en número un millón a uno.

—Tus cálculos se equivocan —dice Essnai, mirándolo con los ojos entornados.

—Si no puedes con todos los que te tocan, ya me ocupo yo, Majka —me mofo.

Sombras demasiado coordinadas para ser familiares cruzan la luz de las antorchas distribuidas alrededor del Templo. Se acercan a nosotros y los latidos de mi corazón me retumban en los tímpanos. Aunque lo tenemos todo en contra, estoy expectante. La magia me cosquillea por la piel como la luz de mil soles que arden en mi interior.

—Mirad lo que sé hacer. —Rudjek mira fijamente el shotel que ha clavado en la piedra y el espacio que lo separa de su espada se arruga como la corriente de un río. El shotel se agita, se libera y vuelve volando a su mano—. Me lo enseñó Raëke —dice sonriéndome por encima del hombro.

—Nos has estado ocultando cosas, malnacido —dice Majka. Cruzo los brazos.

—Yo puedo invocar una tormenta.

—Creídos —gruñen Sukar y Essnai al unísono.

Todo el mundo pone las armas en posición y el ruido metálico es ensordecedor. Sukar me mira con una sonrisa esperanzada, alza la hoz hacia mí y asiente. Mi vara se ha quedado dentro del Templo. No la necesito. Esta noche necesito magia, y no pienso fracasar. Esta vez no.

Los shotani son los primeros que pisan el valle, silenciosos como un ejército de difuntos. Los demonios los siguen y sus ojos resplandecen en la noche como los de hienas hambrientas. Como los shotani visten túnicas negras y los demonios llevan uniformes rojos de gendars, es difícil determinar hasta dónde llega el ejército. Nos tienen rodeados.

—¿Por qué no se le ha ocurrido a nadie invitar a más cravens a esta batalla? —pregunta Majka.

Rudjek cruza los shotels ante sí.

—Tienes suerte de que hayan venido algunos.

Re'Mec alza las manos hacia el cielo y la luna brilla más para que veamos mejor.

Efiya sale del vacío, desciende en el valle, frente a Rudjek, y el tiempo se detiene. Rudjek se queda totalmente inmóvil, con los shotels en las manos. Yo también estoy paralizada, pero mi mente no lo está. Todo el mundo permanece inmóvil como estatuas. Efiya se inclina hacia Rudjek y le susurra algo al oído. Él mueve los labios, pero el viento se traga sus palabras. Un fuego candente me arde en el estómago. ¿Qué se están diciendo? La magia de mi interior empuja a la suya, que rebota y me golpea en el pecho con tal fuerza que toso y escupo sangre, pero su poder sobre mí mengua.

Entonces mi madre aparece de entre las sombras seguida de cerca por Oshhe y los ojos se me llenan de lágrimas. Mi corazón se enternece y se encoge a la vez. Mi padre está en los huesos y tiene el rostro demacrado. Arti no tiene mejor aspecto. Corre hacia mí con los ojos desorbitados.

Mira a Efiya, que sigue susurrando al oído de Rudjek, y después me mira a mí.

—Dame la daga —murmura Arti, desesperada—. Dámela antes de que sea demasiado tarde para detenerla.

Miro a mi padre, mi madre y mi hermana, frenética. La voz de Arti me palpita en la cabeza y perfora todo lo que sé de ella. Deseo fervientemente que sus palabras sean sinceras, que mi madre por fin haya entrado en razón. Sin embargo, ella no quiere detener a Efiya…, *quiere* la daga para que no eche a perder sus planes. Efiya todavía no ha liberado el *ka* del Rey Demonio. La necesita. Después de todas las fechorías que ha pergeñado, no me creo que Arti haya cambiado súbitamente de opinión. Es otro de sus trucos.

Retrocedo un paso, pero se acerca más a mí. Tiene lágrimas en los ojos.

—Solo alguien tocado por su magia puede blandir la daga —dice—. Dámela y pondré fin a todo esto ahora mismo.

¿Cómo puedo confiar en mi madre después de que sacrificase niños para invocar un demonio? ¿Por qué debería sentir remordimientos justo ahora? Su odio fue el desencadenante del derramamiento de sangre, pero no puedo negar la angustia que veo en los ojos inyectados en sangre de Arti, ni el dolor que lleva grabado en el ceño fruncido. Ella también está sufriendo. ¿Es por las tribus? ¿Sabía que Efiya también las atacaría? Aunque mi madre no sea tan despiadada como pensaba, ahora ya no importa. Es demasiado tarde.

—Aléjate de mí —le espeto.

—Por favor, Arrah —suplica—. No tenemos mucho tiempo.

Niego con la cabeza. No pienso ser un peón en el juego que se traiga ahora entre manos.

Se acerca un paso más y mi magia la ataca, pero su poder se alza para contrarrestarla. Llegamos a un punto muerto rodeadas de chispas.

—Los jefes acertaron al ligar a ti sus *kas* —observa con alivio.

No reconozco a la persona que tengo delante, el arrepentimiento que veo en sus ojos ni el dolor que oigo en su voz.

Quiero a mi madre. No he dejado de quererla a pesar de todo lo que ha hecho, y verla así me parte el corazón. Quiero creerla. Quiero apoyar la cabeza en su hombro y dejar que este momento entre nosotras ponga fin a la mala sangre, que invierta el tiempo y borre nuestra historia para que podamos volver a empezar desde el día en que pintó los bailarines mulani en

la pared cuando yo era pequeña, y que, en vez de sentirse decepcionada, no le importe que yo no tenga magia y se sienta
orgullosa de mí. Sin embargo, todos los deseos, las esperanzas
y los sueños del mundo no cambiarán el pasado.

—Ella los mató. —Apenas soy capaz de contener el llan-
to—. Todos los brujos han muerto.

Arti mira el lugar en el que llevo la daga debajo de la túnica con ojos ávidos.

—No era mi intención. —Vuelve a mirarme a los ojos—.
Eso no formaba parte de mi plan. —Extiende un brazo hacia
mí—. Tienes que creerme. —Al ver que no le devuelvo el gesto,
deja caer la mano a un costado—. Yo solo quería que Jerek, Suran y sus señores orishas sufriesen. Lo que debe preocuparnos
no es el Rey Demonio, Arrah. —Arti gira la cabeza hacia Efiya,
que sigue hablando con Rudjek, y añade—: Es tu hermana.

—¿Por qué ahora? —La miro intensamente para evitar
derrumbarme. Sigue defendiendo al Rey Demonio a pesar de
todo lo que ha pasado. Mi madre es un caso perdido—. ¿A qué
se debe este cambio de opinión?

Arti levanta la barbilla y compruebo que en sus facciones
todavía queda algún rastro de la orgullosa sacerdotisa *ka*.

—Si tengo que elegir entre liberar a mi señor y enmendar
mis errores, elijo lo segundo. —Suspira—. Puede que a estas
alturas ya no signifique mucho, pero quiero que vivas más allá
de esta noche. Por favor, hija, déjame hacerlo para compensarte
una fracción de todo el daño que te he causado. —La preocupación y la angustia desaparecen de su expresión, como si se hubiese resignado a la decisión que ha tomado—. Dame la daga,
Arrah —repite tras respirar hondo en un tono sosegado.

Las lágrimas me resbalan por las mejillas. Mi madre me
ofrece sacrificarse para salvarme, para salvar a la hija charlatana que siempre la ha decepcionado. Puede que lamente este

momento el resto de mi vida, pero creo que lo dice de corazón. Parte de la tensión que me oprime el pecho se relaja mientras miro el lugar bajo la túnica en el que he escondido la daga. Titubeo porque todavía no estoy segura de si puedo confiar en que no cambiará de parecer. Cuando vuelvo a levantar la vista, la punta de una espada se asoma a través del pecho de mi madre.

La sangre me salpica en los ojos. No puedo respirar. No me puedo mover. Solo hay rojo; rojo por todas partes. Me cubre la lengua y me abrasa la garganta. Efiya arranca la hoja de la espalda de nuestra madre.

El rostro de Arti dibuja una mueca de dolor mientras susurra:

—Lo siento.

Antes de que su cuerpo golpee el suelo, su *ka* se eleva y se une a Efiya.

Efiya sonríe.

—Siempre estarás conmigo, madre.

Oshhe exhala y una nube blanca abandona sus labios. Frunce el ceño como si viese por primera vez. Efiya acaba de extraer el shotel del pecho de Arti. Cuando los ojos de Oshhe me ven, sonríe. Es una sonrisa cansada, pero llena de esperanza. El tiempo se detiene y, durante un instante fugaz, solo estamos yo y mi padre. Su rostro se transforma y vuelve a ser el hijo orgulloso de la tribu aatiri. El corazón me va a estallar de alegría. Es mi padre de verdad. Es él.

—Pequeña sacerdotisa —dice con un hilo de voz—, necesito que seas fuerte un poco más.

Voy tambaleándome hacia él cegada por las lágrimas y la sangre. Los ojos no me engañan. Mi padre ha regresado. El color vuelve a sus mejillas macilentas y su mirada oscura brilla de nuevo. Lo salvaré de todo este dolor y espanto. Volveremos a su taller y allí secaremos hierbas y limpiaremos huesos. Trabajaremos en el huerto y comeremos dulces de leche hasta que nos duela el estómago, y escucharé sus historias durante días, durante semanas, el resto de mi vida.

Efiya aparece delante de Oshhe en un abrir y cerrar de ojos y le hunde la hoja en el corazón.

—¡No, no, no! —chillo, y siento una explosión de dolor en el pecho.

El suelo tiembla bajo mis pies y me abalanzo sobre mi hermana como una tormenta inclemente.

CUARENTA

E fiya y yo somos una maraña de brazos y piernas perdida en una nube de polvo mágico. Nos lanzamos arañazos, puñetazos y patadas. Le estrello la cabeza contra el suelo y ella me propina un rodillazo en el estómago que me deja sin respiración. Intento recuperar el aliento.

Es demasiado poderosa.

Su magia arde al contacto con mis defensas y penetra muy dentro de mí. Un frío glacial me detiene el corazón y despedaza mis músculos. La piel se me agrieta como un cristal roto hasta que un calor abrasador contrarresta la magia y repara los daños. Invoco un rayo que la hace arder. Nuestros gritos se anulan mutuamente, y el dolor…, veinte dioses, el dolor es tan intenso que me nubla la visión.

Efiya retrocede un paso y se separa de mí, como si esto fuera un sueño y fuese el momento de tomarse un descanso. Tiene el cuerpo cubierto de cortes, arañazos y quemaduras, y está sangrando. No es invencible. Me permito el lujo de sonreír.

—Es como cuando jugábamos en los jardines —se ríe Efiya, encantada—. Lo echaba de menos.

Arremeto contra ella, pero se envuelve en el vacío y desaparece. En su ausencia, los demás despiertan dando un respingo. No hay tiempo para los lamentos porque su ejército se abalanza sobre nosotros como una bandada de buitres. Mi magia sigue en guardia porque me abruma la sensación de que unos ojos ávidos me observan el alma. Distingo a un demonio situado en el centro del ejército que carga contra nosotros. Lleva un nuevo rostro, bronceado y anguloso, y un cuerpo musculado y compacto, pero su magia es inconfundible. Efiya ha dado un recipiente permanente a su padre demoníaco, Shezmu. El eco de los golpes de metal contra metal aporrea mis sentidos, pero mi mente parece perdida en un naufragio en las profundidades del Gran Mar.

Una multitud de cuerpos giran y se desplazan a mi alrededor, pero no puedo dejar de mirar a mi padre. El latido de mi corazón me retumba en los oídos con tal intensidad que me tambaleo mareada hacia el lugar en el que yace en el suelo. Me arrodillo, respirando entrecortadamente, y lo tomo entre mis brazos. Mi magia lo envuelve en un capullo de colores brillantes, se posa sobre él como polvo de estrellas y le sana la herida. Su cuerpo está reparado, pero Efiya le ha devorado el alma. La magia no puede remediar eso.

«Pequeña sacerdotisa», susurra el recuerdo de su voz, «necesito que seas fuerte un poco más».

La ira ulcerada en mi interior estalla. Mientras me levanto, un rayo desgarra el cielo con un destello ámbar cegador y golpea a demonios y shotani. Se desploman formando pilas de cuerpos en llamas, y las columnas de fuego que brotan de su carne abrasada se elevan hacia el cielo. Lágrimas calientes me bañan las mejillas. No pararé hasta que todos sufran. Disfruto con sus muertes.

Rudjek baila una danza intricada a mi alrededor, lo bastante lejos para poder usar las espadas con libertad, pero sin alejarse demasiado para no perderme de vista. Los shotels trazan arcos elegantes que despachan a un enemigo tras otro. Flexiona y gira el cuerpo con fluidez, reparte tajos y clava las espadas en pechos, estómagos y gargantas. Majka hace lo mismo, pero sin tanta elegancia.

Mientras Rudjek me protege, Fadyi y Jahla le cubren las espaldas. Rebanan shotani con las dagas en forma de garfio que denominan *cosechadoras*, que atraviesan la carne y los huesos con facilidad. Los shotels de Re'Mec centellean mientras corta a un demonio tras otro con movimientos espectaculares y arrogantes.

Kira lanza las dagas con una puntería impecable que le permite derrotar a varios demonios en apenas unos instantes. Detrás de nosotros, Ezaric y Tzaric han vuelto a adoptar sus formas humanas. Sukar y Räeke luchan juntos, pero no veo a Essnai por ninguna parte en el momento en el que una horda de demonios se abalanza sobre ellos. Se me hace un nudo en el estómago y desvío la tormenta hacia los demonios que tengo detrás para ayudar a mis amigos. Kira arremete de lleno contra el grupo de demonios, y se abre paso a golpes hacia Essnai. También la pierdo de vista.

Un trueno retumba en el cielo en el mismo instante en el que una flecha me roza la mejilla. Me arde la cara y la sangre me resbala por la barbilla. Rudjek trata de repeler a tres demonios a la vez, pero él también sangra y sus movimientos son menos fluidos y precisos.

—¿Estás bien? —jadea girando la cabeza.

Antes de que pueda responder, el cielo se abre. Una bestia enorme aterriza en el valle y el suelo tiembla. Estoy a punto de perder el equilibrio, pero Majka me agarra el brazo para mantenerme en pie. Al caer, la bestia aplasta a docenas de demonios y shotani.

—Por todos los dioses, ¿qué es eso? —ruge Majka para hacerse oír por encima de los gritos de la batalla.

La bestia es colosal; tiene la piel negra cubierta de espinas cortas de hueso y la boca llena de dientes afilados y torcidos. Echa la cabeza hacia atrás, levanta el hocico hacia la luna y gruñe, un sonido que reverbera en todo mi cuerpo. Trota hacia nosotros y hace vibrar el suelo a cada paso.

—¡A mi hermana siempre le han gustado las entradas teatrales! —ríe Re'Mec.

La bestia se disipa en una nube de niebla roja y los demonios más cercanos caen de rodillas y se agarran el cuello. Mi mirada encuentra la de Rudjek en el momento en el que una silueta solitaria emerge de entre la niebla. Es Koré, agazapada sobre una rodilla flexionada. Se levanta con dos shotels en las manos y unas trenzas largas que vuelven a ser un nido de serpientes inquietas.

No sé si mis ojos me engañan.

—Te vi morir —susurro.

Koré sonríe y levanta la barbilla con orgullo.

—No se me mata tan fácilmente.

¿Dónde ha estado todo este tiempo? Me alivia que esté viva, pero también me enfurece que haya sobrevivido mientras los brujos perecieron. Miro hacia el lugar en el que ha caído mi padre, pero el valle está recubierto de cadáveres y no lo veo.

—¿Y el *ka* del Rey Demonio?

Planteo la pregunta con rigidez y se me agarrota el pecho. No puedo fracasar después de llegar hasta aquí. Mi padre no puede haber muerto en vano.

—De momento, sigue a salvo —responde al fin, y exhalo el aire que me ardía en los pulmones.

—Tenía la situación bajo control —le dice Re'Mec a su hermana.

Aunque habla en tono relajado, su postura indica todo lo contrario.

Antes de que pueda responder, Efiya vuelve a salir del vacío y hunde un shotel en la espalda de Tzaric. Ezaric no corre mejor suerte y la hoja de mi hermana le atraviesa el cuello. Rudjek profiere un grito desgarrador y su dolor es palpable mientras mata dos demonios más y corre en auxilio de los cravens.

El corazón me aporrea las costillas y el ruido de la batalla me resuena en los oídos. Mucha gente buena ha muerto por culpa de la cruzada de mi madre y Efiya para liberar al Rey Demonio. Mi padre, mi abuela, los brujos, e incluso mi propia madre, y siguen muriendo ahora mismo. No puedo consentir que sus muertes sean en vano. Si no detengo a mi hermana aquí, el Rey Demonio y ella lo destruirán todo.

Efiya reaparece sobre Sukar con las espadas ensangrentadas y se abalanza sobre él. Todo sucede tan deprisa que un movimiento se desdibuja en el segundo, y este en el tercero. La antimagia aguijonea el aire y una espada perfora el pecho de Efiya. Sukar aprovecha la oportunidad para rajar el cuello de mi hermana con su hoz. La espada se convierte en cenizas y ambas heridas sanan sin derramar ni una sola gota de sangre. Efiya vuelve a cargar contra Sukar con los ojos llenos de odio y sed asesina.

—¡No!

Mi magia aleja a Sukar de las garras de Efiya, pero mido mal la fuerza y mi amigo se estrella contra una columna y se desploma. Me cubro la boca con la mano para ahogar el grito que me quema los pulmones.

—Esto ya no es divertido. —Efiya salva la distancia que nos separa en dos pasos—. Es hora de poner fin a este juego.

Rudjek arremete contra Efiya, pero Jahla y Fadyi lo retienen. Koré, Re'Mec y Kira le lanzan sus armas, pero el tiempo vuelve a detenerse. Ha sido obra mía. Debo alejar a Efiya de mis amigos o no se detendrá hasta matarlos a todos. Los jefes me indican qué debo hacer. Doy un paso hacia atrás y me encuentro en el interior del Templo en ruinas. Efiya entra en el vacío, reaparece delante de mí y una luz blanca centellea y nos sella dentro del edificio. No se oye nada. Fuera, todo el mundo permanece inmóvil.

Estamos en el Templo tal como era antes de que ella lo destruyese. La luz de las antorchas ilumina pilares y columnas inmaculados. Murales con estrellas y grabados de las cintas etéreas de la luz pura de Heka decoran las paredes. Este lugar es otro regalo de los jefes, un lugar en el que Efiya y yo existimos al margen del propio tiempo.

—Solo traes destrucción a todo lo que tocas —digo—. Esto tiene que acabar.

—Esto no ha hecho más que empezar, querida Arrah. —Efiya sonríe—. Yo soy la vida y la muerte.

Me estremezco y siento que me flojean las rodillas.

—¿Cómo has podido matar a nuestros padres?

—¡Están aquí! —Se golpea el pecho con el puño—. ¿No lo entiendes? —Parpadea para contener las lágrimas y su rostro adopta una expresión emocionada que parece ajena a ella—. Están a salvo junto con todos los demás que hay dentro de mí.

—Estás loca —le espeto, y las palabras me saben a bilis.

Efiya frunce el ceño, como si la acusación la ofendiese.

—¿Todavía estás dolida por lo de Rudjek?

No pienso darle la satisfacción de ver el daño que me ha hecho.

—Le hice un regalo que tú nunca habrías podido darle —insiste Efiya sin malicia—. Deberías darme las gracias.

—¿Darte las gracias? —repito riendo.

Efiya me señala el pecho con un shotel ensangrentado.

—Recordará tu rostro, no el mío.

¿Está celosa? Descarto la idea. Si siente algún tipo de emoción, es desprecio. Sin embargo, todas las almas que ha consumido han pasado a formar parte de ella y la han cambiado. Ahora Oshhe también forma parte de su ser. Él me quería. Y Arti también me quería.

—Ya no oigo las voces de los jefes. ¿También han callado los *kas* de todas las personas a las que has asesinado? —Efiya no contesta, y añado—: Este lugar es especial.

—He tenido visiones en las que entrábamos al Templo, pero nunca he visto el interior.

—Ni tú ni yo debíamos verlo —digo—. Aquí no nos protegerá nuestra magia.

Efiya reflexiona un instante y mira el shotel que todavía sostiene. A continuación, vuelve a mirarme a mí con una expresión decidida y salvaje.

—Es una auténtica lástima para ti.

Su hoja se me hunde en el estómago antes siquiera de que pueda pensar en la daga del Rey Demonio. Efiya me sonríe con los ojos llenos de lágrimas. Todavía tengo la espada clavada. Toso y noto el sabor de la sangre en la lengua. Con el rostro compungido, mi hermana extrae la espada, que cae al suelo con un estruendo metálico.

—Tenía que ser así.

Me abraza.

Me dejo caer entre sus brazos. En otra vida, habríamos podido querernos y ser grandes amigas. Nos habríamos hecho trenzas y habríamos discutido por el último dulce de leche mientras nuestro padre nos contaba historias. En otra vida, nuestra madre nos habría cubierto de besos y nos habría permitido llorar sobre su hombro.

Esta vida se me escapa del cuerpo y me invade la paz. Pronto podré descansar. Con un último esfuerzo, saco la daga de debajo de la túnica. La empuñadura se calienta y se ajusta a mi palma. La daga altera su forma para encajar bien en mi mano. El precio que debo pagar por usar esta arma es la muerte, pero estoy lista.

En un instante que transcurre demasiado deprisa y demasiado despacio a la vez, hundo la daga entre las costillas de Efiya. Atraviesa la carne con facilidad, desgarrando su cuerpo y rompiéndome el corazón en mil pedazos. Me asalta un recuerdo, el más preciado que conservo junto a mi hermana. La primera vez que se metió conmigo en la cama y se acurrucó a mi lado. Intentó mitigar el dolor que sentía con una sonrisa radiante y ojos maravillados. Ansiaba estar cerca de mí, pero yo la rechacé. Libero la hoja de la daga y la dejo caer entre mis dedos ensangrentados. Golpea el suelo con un tintineo metálico que culmina en una nota final que sella nuestros destinos.

Efiya trastabilla hacia atrás y ambas caemos poco después. Alargo el brazo hacia mi hermana, y ella se arrastra hacia mí. Las manos y las rodillas le resbalan sobre el charco que forma nuestra sangre. Ninguna intenta hablar. Es demasiado tarde para decir nada y, a veces, las palabras no bastan para expresar los anhelos de nuestros corazones mortales. Se derrumba fuera de mi alcance y las lágrimas me corren por las mejillas. Un brillo ígneo le baila en los ojos hasta que quedan inmóviles, y su *ka* dorado y vibrante la abandona por los labios entreabiertos. Se ha ido. Mi hermana está muerta, y yo la he matado.

La daga cubierta de sangre yace entre nosotras, brillando mientras prende la primera chispa de su magia para capturar el alma de Efiya. La oscuridad se apodera de mi vista hasta que todo se vuelve negro, mi corazón deja de latir y muero por última vez.

QUINTA PARTE

Porque ella es luz y es oscuridad,
y en la muerte da comienzo su auténtica vida.
Algunos actos nunca pueden redimirse,
y por ello siempre estará sola.
—Canción de la Sin Nombre

CUARENTA Y UNO

Asciendo hacia el cielo durante una eternidad. No hay tiempo, ni principio ni final. Al morir, el lazo que unía mi antiguo recipiente y mi auténtico yo se rompe. Ahora que soy libre, soy luces y sombras que flotan, siempre hacia arriba. La batalla sigue su curso a mis pies, pero ahora no es más que un sueño lejano. Me relajo y me hago una con el cielo, la luna y las estrellas. Mil vidas de recuerdos se dispersan como motas de polvo de estrellas.

Un conocimiento nuevo palpita en mi existencia informe. No hay magia calmante que pueda silenciar mis recuerdos, como ocurrió en el palacio, cuando estaba con Rudjek. Esta vez, me parten el corazón.

En mi primera vida amaba al Rey Demonio. Amaba a Daho.

Tras nacer del Cataclismo Supremo, me instalé junto a un lago helado en la cima de una montaña a contemplar cómo envejecía el mundo. Pasé mucho tiempo en la quietud de un instante hasta que un mortal con un ala rota se desplomó delante de mi lago. El mortal estaba al borde de la muerte, un concepto que yo no iba a entender hasta mucho más tarde. Solo conocía a los mortales en términos extremadamente vagos, pero al asomarme a su alma, vi su vida entera.

El pueblo de Daho construía moradas que se alzaban hasta las nubes. Dominaron los viajes por el cielo mucho antes de alterarse a sí mismos para tener alas. Desarrollaron curas para todas las enfermedades que conocían, y aprendieron a alargar su vida natural. Sin embargo, por más avanzada que fuese su medicina, no lograban alcanzar la inmortalidad.

Bajo el mando de la familia del muchacho, su pueblo, compuesto de demonios, disfrutó de un milenio de paz. Él era el único heredero de su reino, pero era un joven enfermizo. Los enemigos de su padre lo sabían, y aprovecharon esa circunstancia para recabar apoyos contra su familia. A la muerte de su padre, asaltaron el palacio y mataron a su madre. El chico huyó y fue a esconderse en las montañas. El nuevo rey no fue tras él. Nadie pensó que fuese a sobrevivir al frío y las bestias salvajes.

Creé un recipiente para que albergase mi alma y me acerqué al muchacho, que me suplicó que lo ayudase. Toqué su alma, sentí su pulso vital en sincronía con el mío y distinguí los hilos cósmicos que nos conectaban. En ese momento, vislumbré su futuro, sentado en un trono conmigo a su lado. Cuando le devolví la salud, Daho me preguntó cómo me llamaba, pero yo no tenía nombre. Los nombres eran otro aspecto de la existencia que yo todavía no comprendía.

Pasamos muchos años juntos en esa montaña. Me disgustó mucho que me dijera que un día iba a morir. Como no podía hacer que fuera como yo, dejé vagar la conciencia por el universo, en busca de una solución. Encontré a un pueblo que gozaba de una vida muy larga gracias a que transmitían sus almas a otra persona en el momento de morir.

Me pareció justo que Daho tomase la vida del hombre que había matado a su madre y le había robado el trono, el falso Rey Demonio. Sin embargo, cuando Daho probó el alma de aquel hombre, algo cambió en su interior. Se hizo más fuerte y adquirió magia, a pesar de que su pueblo carecía de ella. Tenía que seguir consumiendo almas para vivir tanto tiempo como yo, y acabé por entender la horrible maquinaria que había puesto en marcha. Intenté desesperadamente encontrar otra solución, pero fracasé. Aun así, no podía permitir que Daho muriese. Lo amaba demasiado. Gobernamos sobre el reino demoníaco hasta que mis hermanos decidieron castigarme por mi error. Después de que Fram me matase, Daho se dio un festín de almas hasta volverse tan poderoso como mis hermanos, y reunió un ejército para destruirlos.

Revivo la guerra interminable entre los demonios y mis hermanos. El derramamiento de sangre y las muertes sin sentido. El caos que consumió el mundo. Veo a Daho sentado en su trono, solo y destrozado, con el vientre lleno de los *kas* que ha devorado durante todo un eón. Lo ha hecho por mí, porque morí.

Veo su forma verdadera, un cuerpo plateado titilante con unas alas anchas como mares, y una complexión esbelta y decidida. Sus ojos brillan con una luz esmeralda y levanta la barbilla con orgullo. Mi alma palpita con el recuerdo de las veces que he acariciado esa mandíbula, y de sus dientes afilados, atormentándome y provocándome mientras su *ka* cantaba mi nombre. Mi nombre auténtico. El que solo he recordado al morir.

Dimma.

No estoy en ningún lugar y estoy en todas partes a la vez. No soy nadie y soy todos. Soy ella, la orisha Sin Nombre. Soy Arrah, y mil personas más que vivieron y murieron en un ciclo interminable como castigo por haber amado a Daho.

Me elevo por encima de las estrellas, más allá del universo. Solo existe la infinita oscuridad del Cataclismo Supremo, creador y destructor de todo, y la violenta tormenta de su interior. Su llamada es lo único que importa a medida que me acerco a él. Me devorará para que pueda ser destruida. Estoy a punto de entrar en su boca, dispuesta y preparada, cuando me arrastran a otro plano.

—Hola, hermana.

Las voces que me hablan son familiares, suaves y sincrónicas, y no son ni de hombre ni de mujer. Los gemelos se materializan delante de mí. Están tan juntos que sus cuerpos se funden. Uno es luz y el otro, oscuridad. Uno es vida y el otro, muerte. Sus facciones delicadas presentan dualidad y simetría. Su género es fluido. Son dos caras de la misma moneda y están en constante cambio. La estatua que los representa en el Templo Todopoderoso no les hace justicia. Nada sería capaz de capturar su belleza.

—Hola, Fram. —No usamos palabras. Dialogamos a través de los hilos cósmicos que lo conectan todo en el universo—. Aquí estamos de nuevo.

—Por última vez —dice Fram.

—¿Tú también te has cansado de este juego? —pregunto—. Es hora de que se acabe.

—Debería haberte dejado morir la primera vez. —El dolor se refleja en sus ojos por un instante—. Debería haber dejado que el Cataclismo Supremo te destruyese, pero te quería demasiado.

—Tenemos esta conversación cada vez que muero —le recuerdo—. No quiero repetirla.

—Tienes que entenderlo. —Las voces de Fram se entretejen con recuerdos que se manifiestan como lluvia alrededor de sus cuerpos—. Eras muy joven. Una niña. El Cataclismo Supremo nos concibió a todos con un eón de separación entre unos y otros… Primero fueron Koré y Re'Mec, y luego los otros… Pero tú llegaste mucho más tarde. Nadie sabía qué hacer contigo, así que te dejamos hacer a tu antojo. Es una forma horrible de criar a una niña, pero nosotros también estábamos aprendiendo, aunque pensábamos que lo sabíamos todo.

—Es el gran defecto de nuestra estirpe —valoro—. Pensamos que lo sabemos todo.

—Veo que la resurrección por fin te ha enseñado algo.

—Me ha enseñado que nunca podré enmendar lo que he hecho.

—Es cierto. —Fram asiente con ambas cabezas—. El daño no puede repararse.

El silencio se alarga entre nosotros en este lugar ajeno al tiempo. Incluso aquí, el Cataclismo Supremo me llama y ardo en deseos de acudir a él. Sería una liberación ser destruida, no tener pasado ni futuro, ni ningún recuerdo. Empezar de nuevo, o no. Nadie sabe qué ocurre con todo aquello que destruye el Cataclismo Supremo.

—¿Todavía lo amas?

No hace falta que precise a quién se refiere; solo ha estado él desde aquel día en el lago helado. Añoro los siglos que pasamos viendo cómo cambiaba el mundo, y la nueva vida que creábamos. Percibo que es más poderoso que en las anteriores ocasiones en las que yo morí; está a punto de escapar de su prisión. Su llamada tira de mí, y no hay nada que desee más que ir a su lado.

Por el Cataclismo Supremo, sí, todavía lo amo.

Un eco crepita en mi *ka*. Un río embravecido, una tormenta. Se niega a ser ignorado como los recuerdos de la historia de otra persona. Soy Arrah y también soy Dimma. Somos un mismo ser, pero también somos distintas. Ella tiene sus ideas y yo las mías. Existimos como una sola persona y como dos. Si no estuviese delante de Fram, no entendería la dualidad, las dos caras de mí misma. Ambas rotas sin la otra.

—¿Y qué me dices del craven? —pregunta Fram, y sus voces suenan como una corriente de aire.

—Rudjek.

Pronuncio su nombre y los recuerdos vuelven de pronto a mi *ka*. El timbre grave de su voz, sus sonrisas, a veces tímidas y otras arrogantes. La sensación de que su alma está ligada a la mía como agua cálida que me salpica la piel. Hace cantar a mi *ka*, e iría hasta los confines del universo para verlo reír. También le quiero, tanto en esta vida como en la muerte. Daho es mi pasado, y él es mi futuro.

—Cuidado, hermana —me advierte Fram—. El amor de una orisha es peligroso. Deberías saberlo mejor que nadie.

—¿Vas a enviarme de vuelta? —pregunto.

Son indecisos por naturaleza y se sumen en una profunda reflexión.

—No —responden en un tono sentencioso—. Si renaces, Daho recobrará la esperanza. Cuando pierda la esperanza, podremos destruirle al fin.

—Sigues sin entenderlo. —Mi *ka* palpita, frustrado—. Enviarme a la muerte no saciará su sed de venganza. ¿No aprendiste nada la primera vez que me mataste? Yo debo ser la encargada de detenerlo. Debo enmendar el daño que he causado. Tras la desaparición de Arti y Efiya, no tendrá forma de escapar de su prisión, y Koré y yo podremos dar con la forma de destruir su alma de una vez por todas.

Fram niega con ambas cabezas.

—Tú, *Arrah*, tienes buenas intenciones, pero tú, *Dimma*, irías junto al Rey Demonio en cuanto se te presentara la oportunidad. La mejor solución es que te reintegres en la matriz. Es hora de que regreses al Cataclismo Supremo.

Las almas de los brujos siguen entrelazadas con la mía y su magia palpita en mi *ka*. La magia de Dimma, *mi magia*, también está presente, encadenada y sometida. Toda la vida he pensado que no tenía magia, pero Fram la había bloqueado, como han hecho con mi mente. Por su culpa, he vivido incontables vidas repletas de frustración y tristeza. Mi ira vibra en los hilos cósmicos que me conectan al universo.

—Devuélveme a mi recipiente roto *ahora*.

Dimma y yo coincidimos y, por una vez, nuestros pensamientos transcurren en singular. Puede que no estemos de acuerdo en la persona a la que amamos, pero ambas queremos regresar al mundo mortal, el mundo de los vivos.

—No. —La magia calmante de Fram intenta alcanzarme el alma—. Se te ha acabado el tiempo.

Me resisto a su influencia con la magia que tomo prestada de los brujos. Un millón de chispas de colores rodean mi alma y repelen la magia de Fram. La cadena que aprisiona mi magia se dobla, pero no se rompe.

Fram se acerca más a mí.

—No lo hagas. Solo causarás incontables muertes.

—No me iré —digo, y mi *ka* rompe la cadena.

Este lugar, en el que el tiempo no existe, tiembla y se resquebraja bajo el peso de mi furia. Me escabullo por una grieta y desciendo de nuevo hacia el mundo como una estrella fugaz. Fram me acompaña en su forma incorpórea. Su magia me golpea como un látigo candente y detiene mi caída. Me retiene y mis recuerdos se desdibujan mientras una niebla envuelve mi conciencia. Mi nombre verdadero se desvanece.

—No, no me iré —repito, aunque siento la mente más embotada y menos decidida.

—Debes hacerlo —susurran dos voces que no reconozco, aunque las conocía hace apenas un instante.

—Suelta —susurra otra voz.

No se trata de uno de los brujos, aunque también procede de mi interior y comprendo lo que quiere que haga. Mi *ka* es una niebla que no llega a ser sólida según los estándares mortales, pero sí basta para mantenerme cautiva en esta trampa. Las dos veces anteriores que abandoné mi cuerpo, temía viajar demasiado lejos y perderme en el mundo de los espíritus. Lo que pretendo hacer es algo distinto y mucho más arriesgado. Voy a dejar que mi *ka* se deshaga, que se haga uno con todo. El jefe kes dedicó la mayor parte de su vida a explorar el mundo de los espíritus, y sabe cómo hacerlo.

Expando mi conciencia en todas direcciones, llevándola más allá de los confines de mi *ka*. Al principio es un proceso sutil y lento, una nueva conciencia que crece dentro de mi mismo ser. Mis recuerdos más recientes, todo lo ocurrido desde la muerte de Efiya a mis manos, se desvanecen. Me aferro a la idea de volver a ver a mis amigos, y de ver a mi padre por última vez.

Caigo entre las estrellas en un descenso sin final.

CUARENTA Y DOS

No sé cómo he llegado a este lugar. Estaba en el Templo con Efiya y después he despertado en el cielo. He matado a mi hermana. Lo que he hecho me desgarra. Quiero gritar, pero no tengo voz y el dolor amenaza con quemarme viva.

El *ka* de Rudjek me llama, canta mi nombre, y me atrae hacia él.

Mientras mi *ka* se recompone, me concentro en la canción de Rudjek y dejo que me sirva de guía. Su tristeza me arrastra de vuelta al campo de batalla, y floto al interior del Templo y me instalo en mi cuerpo destrozado. En cuanto abro los ojos, veo a mi hermana y me invade el desconsuelo. Ha muerto. Yo también me estoy muriendo, pero mis pensamientos y recuerdos parecen enmarañados y confusos.

Veo un fogonazo de luz y el ruido de pasos raudos.

—No, no, no —dice Rudjek—. Arrah, no.

Me toma entre sus brazos y miro su rostro compungido.

—Te pondrás bien.

—¡Está viva! —grita alguien. Es Majka.

—Debería ser imposible —dice Koré, más a lo lejos—. ¿Estás seguro?

La piel me arde y gimo de dolor.

—Si quieres que tenga alguna oportunidad de recuperarse, no deberías tocarla —observa otra voz, la de la craven llamada Jahla.

Se refiere a que la antimagia de Rudjek es peligrosa. Ya siento su efecto. Una lágrima cae del ojo de Rudjek, y cuando me toca el rostro, me quema y me arranca una mueca.

—Majka...

Está tan destrozado que no logra decir nada más, y su amigo me toma en sus brazos. Rudjek retrocede. Me duele verlo sufrir.

—¿Qué hacemos con Efiya? —pregunta Fadyi.

—Quemad su cuerpo antes de que decida regresar —sentencia Koré en un tono amenazante—. Hacedlo donde lo puedan ver los demonios y los veréis correr como los cobardes que son.

Me abandono al sueño y, cuando despierto, estoy tumbada en una tienda. Koré está a mi lado y presiona las manos sobre mis heridas. Duele, pero es un dolor leve. Re'Mec está a mi otro lado. Ambos me miran como si fuese un misterio que tratan de desentrañar. Detrás de Koré, vislumbro a Sukar tendido en una litera improvisada. Está dormido, y los cravens no se alejan de él. Fadyi, Jahla y Räeke. Recuerdo que Ezaric y Tzaric, los gemelos, están muertos. Mi hermana los mató. Y también mató a Arti y Oshhe. Las lágrimas me bañan las mejillas. Nunca volveré a escuchar una de las historias de mi padre, ni volveré a recoger hierbas en el huerto con él. No volveremos a formar parte de la caravana que viaja al Festival de la Luna de Sangre, y a partir de ahora no se celebrarán más festivales.

—¿Te ha enviado Fram de vuelta? —me susurra Koré al oído—. Percibo el sabor de su magia en tu interior.

Mantener los ojos medio abiertos consume todas mis energías, y no tengo fuerzas para responder. ¿Por qué iba el orisha Fram a tener algo que ver conmigo? No tiene sentido que me pregunte por ellos. Essnai, Kira y Majka están a los pies de la litera, con cara de estar preocupados. Rudjek está algo más atrás con los brazos cruzados. Tengo muchas preguntas sobre los demonios, los orishas y mi hermana.

—¿No puedes hacer nada más? —pregunta Rudjek—. Has ayudado a Sukar.

—He detenido la hemorragia y le he sanado la herida —responde Koré—. La magia de la daga envenena su sangre, tal como esperábamos. En realidad, es posible que solo haya alargado su sufrimiento. Y no puedo hacer nada más sin distraer mi atención de asuntos más importantes.

—¿*Asuntos más importantes*? —Rudjek se enfrenta a ella, enfurecido—. ¿Dónde estaban los Reyes Gemelos cuando Efiya exterminó a los pueblos tribales? ¿Dónde estabais cuando la sacerdotisa *ka* creó a esa monstruosidad?

Los hombros de Re'Mec se tensan.

—No vayas por ese camino, muchacho.

—¿Sabes dónde *no* estaba? —Koré se levanta y las trenzas se le agitan—. No estaba acostándome con la hermana de Arrah.

Rudjek se ruboriza. Essnai maldice y Kira lo observa fijamente. Majka mira a cualquier parte menos a su amigo. Rudjek baja la mirada y la angustia le retuerce el rostro, como si quisiera sepultarse bajo una losa de granito.

Re'Mec emite un largo silbido que resuena en el valle.

—No es necesario que hagas públicos los deslices del muchacho, Koré. Todos fuimos jóvenes *una vez*. ¿Ya lo has olvidado?

Enfatiza «una vez» de un modo que evidencia que hay una historia tras sus palabras, pero Koré no se amilana y su mirada adquiere una expresión hostil.

—¿Acaso no vieron los demás cómo se te acercaba Efiya para susurrarte algo al oído?

Rudjek no contesta, pero Jahla lo hace por él.

—Sabes tan bien como yo que lo engañó.

Re'Mec se levanta.

—Aunque me encanta presenciar una buena discusión, mi hermana y yo tenemos una horda de demonios que debemos cazar y matar. Uno de ellos robó la daga del Rey Demonio y quiero recuperarla.

Un aguijonazo me perfora el pecho. ¿Cómo es posible que uno de los demonios robase la daga? ¿Ocurrió justo después de que yo... matase a mi hermana? Hay un agujero en mi memoria y me frustra no ser capaz de recordarlo. Debemos recuperar la daga... No podemos permitir que los demonios la conserven. Es demasiado poderosa, demasiado peligrosa. Intento advertir a mis amigos, pero la sangre que se me acumula en la garganta me ahoga la voz.

Koré me da un golpecito en el hombro y el sueño vuelve a reclamarme. Dormito durante días. En sueños, estoy sentada en el suelo con las rodillas abrazadas contra el pecho, y contemplo un lago helado cubierto de neblina. A veces estoy sola, con la brisa fresca que me acaricia los brazos por toda compañía, pero no tengo frío. A veces estoy con Rudjek y nos abrazamos sin decir nada bajo una gran piel marrón. A veces me acompaña otro joven del cual solo veo un mechón de pelo plateado y unas alas.

—¿Me recuerdas? —pregunta el joven alado de mis sueños—. ¿*Nos* recuerdas?

Apoyo la cabeza en su regazo y es tan reconfortante que podría permanecer así toda la eternidad.

—¿Quién eres? —me giro hacia él, pero el sol me impide ver su rostro.

—Me llamo Daho —responde entristecido.

—¿Te conozco?

Tras un largo silencio, responde, conteniendo las lágrimas:

—Todavía no, pero me conocerás.

—Tienes un nuevo cuerpo. —Vislumbro sus facciones oscuras, y un recuerdo me bordea la mente. Un recuerdo de él.

—Sí —confirma sonriente—. Vendré a buscarte, lo prometo.

En otro sueño, una bestia alada con dientes afilados y cabeza de chacal desciende del cielo y se me lleva.

—Rudjek —digo con un hilo de voz rota.

La luz titilante de las antorchas proyecta sombras cambiantes en el interior de la tienda.

—Estoy aquí, Arrah.

Toma mi mano; lleva unos guantes gruesos.

Rudjek me acaricia el dorso de la mano con sus dedos enguantados, tratando de aplacar mi angustia. No se atreve a decirme la verdad; que el universo ha conspirado contra nosotros; que nuestro tacto es venenoso. Que nunca podrá haber nada más entre nosotros por culpa de mi magia y de aquello en lo que él se ha convertido.

—No dejarás que se me lleve, ¿verdad?

Me aferro a su mano, mi nexo de unión a la vida. Los sueños se abren en mi mente como heridas recientes. Son señales inconfundibles. El sudor me desciende por la espalda. A veces, los sueños son solo sueños, pero a veces son retazos del futuro. Ahora poseo el don de la visión de la abuela, y mis sueños significan algo más. Presagian una verdad terrible.

Rudjek frunce el ceño, preocupado.

—¿De quién hablas, Arrah?

—Del Rey Demonio —gimo con la garganta irritada.

—Sigue en su prisión. —Rudjek me acaricia la mejilla—. Nos salvaste.

Miro sus ojos enbelesados y comprendo que la verdad lo destrozará. También me devastará a mí.

EL REY DEMONIO

*E*ste nuevo recipiente es bastante pequeño y carece de alas. Echo de menos sentir el viento bajo mi cuerpo. Tardaré un tiempo en acostumbrarme. Sí, lo sé, a su debido momento. No hace falta que me lo recuerdes. No me gusta verme en este estado de debilidad. Mi pueblo me necesita. Lo que queda de él.

Asediaremos a los humanos y los cravens que tanto aman los orishas.

A lo largo de todos los años que he pasado encadenado, he aprendido a ser paciente, y también he descubierto muchos de los secretos de los orishas. Sé cómo destruirlos, pero no se trata únicamente de darles muerte. Deben sufrir como yo he sufrido.

Disfrutaré cada instante del proceso.

¿Qué pasa con ella?

Si vuelves a llamar «chica» a mi esposa, te arrancaré el corazón y te lo haré comer.

Sigue siendo tu reina, y aunque lo haya olvidado, no es culpa suya.

Sí, es un riesgo, pero escúchame bien: obra con cuidado en todo lo que respecte a Arrah. No permitiré que sufra daño alguno. Muy pronto *volverá a ser ella. Estoy convencido de ello, y tú también deberías estarlo. Sabes que Dimma amaba a nuestro pueblo tanto como yo. Cuando haya recobrado la memoria por completo, regresará a casa. Tengo que encontrar a Fram. Ellos me dirán cómo romper el hechizo de Dimma para que mi amada me recuerde.*

¿Crees que un joven al que apenas ha conocido durante un instante en el tiempo se interpondrá entre nosotros?

Cuando llegue el momento, también me ocuparé de Rudjek. Lo convertiré en un ejemplo para los demás.

Advertí a Efiya que Koré era una tramposa, pero no me hizo caso. Mira lo que le pasó por ignorarme.

No pretendo ser insensible, Shezmu. Sé que era tu hija y que la querías.

Tú también mereces venganza. Puede que Arrah fuese quien blandió la daga, pero los orishas guiaron su mano. No sabía lo que hacía. Koré y Re'Mec la engañaron. No lo olvides.

Arrah quería a su hermana, y Efiya también la quería a ella.

Ahora ya sabes qué se siente al perder a la persona que daba sentido a tu vida.

No es fácil perder a una hija. Lo sé perfectamente. Los orishas no permitieron el nacimiento de mi hijo, y ahora mi esposa ni siquiera se acuerda de él. Debo ser cuidadoso con ella. Es como antes, cuando éramos jóvenes y no sabía gran cosa sobre la vida y la muerte. Entonces ella tuvo paciencia conmigo, así que ahora yo debo hacer lo mismo por ella.

No permitiremos que esto nos separe. No después de tanto tiempo.

Yo también estoy cansado de esta guerra. Quiero ponerle fin de una vez por todas.

Conmigo volveremos a vivir en paz, como bajo el reinado de mi padre.

Sin embargo, para que haya paz, debe haber muerte.

AGRADECIMIENTOS

La expresión «para hacer esto hace falta un ejército» es la primera que me viene a la cabeza cuando pienso en todas las personas que me han brindado apoyo desde el momento en el que escribí mi primera palabra hasta la publicación de *Reino de almas*. Empezó con mi madre, que me animó a desarrollar mi temprana pasión por la lectura y por contar historias, siempre encontró un modo de llevarme a la biblioteca y compró libros para que yo los devorase. Leíste mi primer manuscrito con tanta alegría y entusiasmo que, aún hoy, sonrío y me emociono al recordarlo. También debo decirles a mis hermanos que estoy muy orgullosa de ellos.

Sospecho que no es fácil vivir con una escritora. No obstante, Cyril, lo llevas como un profesional. Has permanecido a mi lado en los buenos y los malos momentos, en las alegrías y en los sinsabores. Eres un campeón por soportar mi parloteo incesante sobre libros, personajes y mundos imaginarios. Gracias por apoyarme incluso cuando masculло detalles argumentales en sueños. Me mantienes cuerda y equilibrada. Tu paciencia no conoce límites, y tu compromiso con tu pasión me inspira para seguir persiguiendo mis sueños.

A mi agente literaria, Suzie Townsend: has sido una diligente abogada de mi obra desde el primer día, y una socia de ensueño. Gracias por todo lo que haces, por tu apoyo y por tu bondad. Gracias a Joanna Volpe, la mente maestra tras New Leaf Literary Agency, y a Pouya Shahbazian, el mejor agente cinematográfico del mundo conocido. A Mia Roman y Veronica Grijalva, por hacer su magia. A Meredith Barnes, experta en publicidad, porque he sido afortunada de contar con tu pericia. A Dani, que comparte mi aversión al kétchup, tengo suerte de tenerte en mi equipo. A Hilary, Joe, Madhuri, Cassandra y Kelsey, todos formáis parte de mi aldea.

Me considero afortunada de haber contado con dos fabulosas y trabajadoras editoras para *Reino de almas*, Stephanie Stein, de HarperTeen, y Vicky Leech, de HarperVoyager UK. Stephanie, eres genial en lo referente a la construcción de mundos y el argumento. Vicky, eres maravillosa afinando los hilos que dan consistencia a una historia y asegurándote de que todos los detalles sumen para construir algo mayor. Hablar del desarrollo del argumento y la historia con vosotras dos siempre es un placer. Gracias por ayudarme a encontrar y mantener mi voz y mi estilo narrativo.

Al equipo que acompaña a Stephanie en HarperTeen: Louisa Currigan, Jon Howard y Jen Strada, no podría salir adelante sin vuestras miradas sagaces y vuestros conocimientos. Gracias también a la extraordinaria comercial Ebony LaDelle, y al equipo de Epic Reads; a Kimberly Stella y Vanessa Nuttry en el ámbito de producción, y a Haley George, que dirigió la publicidad. También estoy agradecida a Jenna Stempel-Lobell y Alison Donalty por haber orquestado una cubierta mágica para los Estados Unidos.

Quiero expresar el máximo respeto al ilustrador de portadas Adeyemi Adegbesan. Tu obra es rompedora y exquisita. Keisha, canalizaste toda la fiereza de Arrah.

Natasha Bardon, gracias por defender este libro en HarperVoyager UK. No sé dónde estaría de no ser por el fabuloso equipo de Marketing integrado por Rachel Quin, Fleur Clarke y Hannah O'Brien, gracias por vuestra dedicación. Jaime Frost, gracias por hacer correr la voz acerca del libro. Al maravilloso equipo de Diseño, creasteis una cubierta asombrosa para Reino Unido. Barbara Roby, tus notas de revisión tienen un valor incalculable.

Este libro seguiría en mi ordenador de no ser por mi mejor amiga y experta en Mickey Mouse, Ronni Davis. No habría entrado en Pitch Wars de no ser por tus ánimos. Es un gozo hacer lluvias de ideas y debatir historias contigo. Estoy encantada de que empezásemos a hablar de libros en medio de una reunión cualquiera en el trabajo, que acabó dando pie a nuestra amistad. Gracias por tu energía, tu amabilidad y tu amistad.

Hablando de Pitch Wars, gracias a Brenda Drake y a todo el equipo que trabajó incansablemente para ofrecer un punto de encuentro entre escritores y mentores. Gracias a Jamie Pacton y M. K. England por ser mis mentoras, lo que me abrió muchas puertas fascinantes. Gracias a Tomi Adeyemi por tu generosidad. Siempre te agradeceré el apoyo y que me ayudaras a pavimentar el camino para más novelas fantásticas que celebren la cultura africana y negra.

A mi gran amiga y compañera de críticas, Alexis Henderson, no sé si habría sobrevivido a Pitch Wars sin nuestras charlas a medianoche, nuestras lágrimas virtuales y nuestra testarudez incansable. Adoro cada uno de los personajes que escribes y siempre estaré abierta a tus libros. Gracias por tu apoyo sin igual, por las incontables sesiones de lluvia de ideas y por tu amistad durante los altibajos del proceso de escritura.

Gracias a las siguientes autoras de género fantástico que leyeron borradores tempranos del libro y me dedicaron palabras extremadamente amables: Samira Ahmed, Mindee Arnett, Elly Blake, Rebecca Ross y Rebecca Schaeffer.

A mi familia #ChiYA, señoras, habéis sido mis puntales y mi fuente de inspiración. Samira, gracias por ser una ferviente defensora de la justicia. Gloria, tu presencia es una fuerza calmante. Lizzie, eres una delicia. Anna, eres fantástica y nunca olvidaré nuestro épico retiro para escribir. En cuanto a la miembro honoraria del grupo, Kat Cho, te agradezco mucho tu generosidad y tu amistad.

A Reese, Mia, Jeff, Lane y Rosaria, mi tribu de autoras de Chicago, siempre espero con ganas nuestras reuniones. A los Speculators, que me adoptaron en su familia. David R. Slayton, tus historias son épicas y tienes un corazón enorme. Antra, ojalá viviéramos más cerca para podernos pasar el día charlando. Nikki, Axie, David M, Nikki, Liz, Erin, Alex, Helen, Amanda, sois fabulosas. Mención especial a #SuperBlackGirlMagic y el Write Pack. A mis primeros críticos, Dave y Denis, recuerdo nuestra colaboración con mucho afecto.

Gracias por los ánimos, Eric Francque, Kim Cavaliero-Keller, Troi Rutherford y Kathleen Misovic. Kedest, nuestra vieja amistad no tiene precio. Gracias por aconsejarme sin filtros en todo momento. Alice Singleton, he aprendido mucho de ti.

Jen (The Book Avid), eres feroz, no lo olvides nunca. Gracias a Rachel Strolle, superbibliotecaria juvenil y baluarte de la diversidad; y a los grupos que me han ofrecido cantidades ingentes de información: Kidlit Alliance y Kidlit Author of Color. Gracias a We Need Diverse Books por para el camino allanar la publicación de más libros de autores diversos.

A las autoras que me inspiran: N. K. Jemisin, Laini Taylor, Leigh Bardugo, Holly Black, Octavia E. Butler y Margaret Atwood, entre muchas otras, sois maestras de vuestro arte.

Mi mayor agradecimiento es para los libreros y bibliotecarios que están poniendo este libro en manos de lectores. Y a los lectores que han probado suerte con mis palabras, gracias por vuestro apoyo. Por último, gracias a la señora Okeke, mi profesora de Inglés en el instituto. Nos dejaste demasiado pronto, y siempre recordaré tu pasión por Shakespeare y la narrativa.